苏旷传奇

飘灯 ◎ 著

第二卷

怒海云归 下

人民文学出版社

第五十九章 · 再挂云帆 ········ 002
第六十章 · 望洋兴叹 ········ 023
第六十一章 · 静海生波 ········ 035
第六十二章 · 浮槎本事 ········ 056
第六十三章 · 不测风云 ········ 076
第六十四章 · 怒海云归 ········ 099
第六十五章 · 万人如海 ········ 126
第六十六章 · 添酒回灯 ········ 145
第六十七章 · 蓬山此去 ········ 165
第六十八章 · 夜半无人 ········ 193
第六十九章 · 青鸟殷勤 ········ 209
第七十章 · 潮洄从之 ········ 227
第七十一章 · 兵临城下 ········ 247
第七十二章 · 画地为牢 ········ 261
第七十三章 · 火烈具扬 ········ 278
第七十四章 · 侵略如火 ········ 300
第七十五章 · 怀刃卧榻 ········ 319
第七十六章 · 关山夺路 ········ 340

第七十七章·微木花开 ·············· *373*

第七十八章·借刀杀人 ·············· *402*

尾声·依旧水波平 ················ *417*

第五十九章　再挂云帆

盛夏的晴天，海风一遍遍推着白浪。此处海面距岸大约五里，水深且没什么礁石，海水在湛蓝里透着一丝淡青，三十多艘大小船只随意散开，有的升起帆，有的正在落下，有的水手攀在桅杆上检查船桁和桅索，有人浸在海水里，上上下下，查验船底和锚链。

这已经是出海前的最后一次查验了。海鲨沉没之后，风主晋升为云家船帮的头船——这是艘坚固的四桅船，三层甲板，单以速度论，比海鲨还要快得多。

风主长二十四丈，主桅高二十三丈五，龙骨和主桅都是整棵海神杉制成的，那是真正的比黄金贵重得多的无价之宝，木材伐下来之后阴干炮制，之后在桐油里反复浸泡了九年；而比海神杉更珍贵的且可遇不可求的，就是云家的云帆，它的原料和制作手法都是不传之秘，那帆轻薄而坚韧，入水不沉，火烧不透，普通的刀割不破，在狂风暴雨之中满帆的时候，像是海神在放牧白云。

风主落了锚，帆还没有升起，洁白巨大的船帆堆叠在桅杆底部，像个女神长裙委地。

云小鲨舒舒服服倚坐在主桅最顶端的大横杆上，穿了身松松垮垮的白袍，看起来也像是一朵云。头顶上，一面半耷拉下来的三角风向帆正遮住耀眼的阳光。

她赤着一双脚，双腿交叠在一起，皮肤被海上的阳光染成蜜蜡色，袍角搭在膝盖上，小腿结实漂亮的肌肉拉出一道剑脊一样的弧线，小腹上搁了碗烤虾，左手握着一个小小六棱银瓶，瓶身上一层细水珠，无名指和小指勾着瓶盖，仰头抿了一口；右手油汪汪的，举着半拉虾肉，喂手背上的小金。

她仰起头，看看天。天上好像也有一片海，海上好像也有一层浪。真是好时节。

"丢丢，你成熟点，自己吃不行吗？非要我给你剥壳。你又不是咬不动！"云小鲨喂得烦了，嘟哝一句。

那小祖宗能夸不能批评，一批评又开始作势欲蹦，她右手赶紧去护着虾碗："哎哎，行了行了，别乱动啊，碰下去不好收拾……"

说起来真是头疼，小金挑食得要命。手掌长的大虾，对半剖开，刷油烤到半熟，塞一层芝麻炒的肉酥——小家伙食不厌精脍不厌细，也不爱吃芝麻，也不爱吃肉酥，但就要夹肉酥的那薄薄一层虾肉，一只虾啃下来，根本吃不了两口。真不知道在此之前，它是怎么过穷日子的！

云小鲨头疼得不行，但也真没办法，这小东西吧关起来跟你翻脸，赶走又不合适，船上没有人见它不大惊失色连忙往后退的。这倒也罢了，金壳线虫天生的招猫逗狗，见什么咬什么，上次追击一只海鸥，一路顺着桅杆爬上去，差点把云帆给啃了。

"丢丢啊，吃人的嘴短，干脆以后跟我吧？"云小鲨剥了三只虾，才轮上自己吃一只，烤虾已经被海风吹冷了，味儿不对了。

小金闻言，来了劲，也不知道是同意还是不同意，撒娇还是闹脾气，在她手心里拼命拱，不管自个儿一身油，非要往人脖子上跳。

云小鲨一把揪住它，这么没家教的玩意儿，到底是哪个王八蛋教出来的！她实在懒得伺候了，一把拽下旁边挂着的手巾，连带把小金擦了个干净，顺带着抄起大半碗还没动的虾，甩手一起扔进海里。

她这一发火，小金也就不蹦跶了，乖乖坐在她肩膀上，耷拉着脑袋，好像知道自己错了一样。

云小鲨又抿了一口酒。很小的酒瓶已经见底了，那是初酿的海魂，凛冽冲淡，还没有深得其中三味，要再在大海里颠簸两个月才好。

她把酒瓶挂在桅杆上，从腰间锦囊里取出一封信来。竹皮纸的信封，已经被反复开启过很多次，封口的折痕都有了毛边。里面有三页纸，她也已经看了许多许多遍。

第一页纸，是苏旷朋友的信。这是个誊本，苏旷一字不差地手抄过，连字体都尽量模仿得端正严谨，一丝不苟。

苏兄：

别来无恙。

渔村一别经年，昔日江湖，已成明朝山岳。余自外中原，隐居南疆，重开一天地。偶逢良夜，修竹明月，清风薄酒，思及苏兄笑貌，豪侠气魄，犹在目前。

自别后，余怀志远游，买舟车、赴云南，自无量山分江处，随澜沧江顺流直下，入南国诸域。道逢旅人，言此间诸国数部，兵燹不断，商道断绝，余不通语言，又存心避战，自恃武功，只在丛林里走。沿途风物，一言难尽，有高山峡谷，焚风炙人；猛虎跳树，白猿啸叫；长蛇伏波，巨鳄吞楫；密藤水林，蚊衣蛭履。此间另有一种雨季，自三月至九月，日日滂沱，在途泥泞，苦不堪言，余自忖非常人，犹自数度绝路呼天。一路极尽艰辛，历时一年零三月，到了暹国第一大城、阿瑜陀耶——至此方知，旁人都从海路上来！

此城建在三川交汇之岛上，宏伟瑰丽，不让中原，佛塔林立，商埠云集，大有可观之处。

余来此处，实有隐衷。

余自幼失怙，家母是暹罗人氏，孤身携一幼子，辗转中原，求告诸门，艰难可知。天下之大，唯江南笑纳楼容我母子，传授武功，抚我成人，任由来去，恩同再造，义薄云天。我母平生不语前事，偶忆少时，言及大城家邸、闺房前蕉叶下有白象行走，唯此一瞬似有欢颜，后母郁郁而终，我方十四，长恸经年。

今至大城，多番寻访，得母旧宅邸，见诸舅，喜出望外，天地之间始有血亲。余昔年极清谨，长路万里，所求无非人间。此间无春秋，自是一桃源，余终日嬉游，得一白象库库，常随左右。一年间，渐通语言、晓风土，杯中岁月，已忘江湖。

前日又逢重五，余听众人奔告，道是海西大湾与河口交汇处，有一条食人巨鳄，长可径丈，浮于绿波水草之中，已噬数人，忽一日，天降九只玄鸟，有神女在背，指鳄鱼叱骂，分而裂之，村民焚香献花，以为神灵。

余讶极，转告诸舅。不想数日之后，彼神女驾玄鸟至大城中。其翼走风沙，路人皆欲狂。我舅父是大城中将军世家，听报急垂问，不想彼女知我，一口叫破江湖姓字，刹那之间，恍如隔世！

余至此方知，苏兄，你与银沙教有这许多恩仇！

教母谏言,她愿献百万资财，助我大城军备。须知暹罗五十年来,兵戈不断，缅人数度侵扰，闻听此话，城中数家累世大族无不动容。彼之所求，只有一事，要我在大湾口上，觅一岛，再建笑纳楼，彼当依照江湖规矩，与你一决生死，若能和谈，永罢刀兵。

噫！余某人天涯孤旅，万水千山，孰知在暹罗海上再遇江湖事！

余数日踌躇，思忖再三，依允了她。事已至此，如双箭在弦，对峙眉目，必有一发，她不肯前往中原，你又如何愿往银沙总舵？苏兄，你与银沙教恩怨，余偏听而已，不便断言。余虽居暹罗，亦不过万里漂泊，转蓬过客，所能应允你的，着实不多。一言以蔽之，力所能及，不过是由我做中、舅父作保，划一中间地段，不至于设下埋伏陷阱，你与银沙教战和自定，大城取一笔天降资财。其余事你自思忖！

五千里之遥，不知此信如何能到你手，所谓千古独谁，江湖笑纳，但听天命，事在人为。

余怀之

云小鲨知道"余怀之"这个名字。这个名字在江湖上默默无闻，更多人熟知的是他的别号"萧老板"。

在江湖上，笑纳楼是一个极其神秘的存在，没有人知道它的总舵在哪里，成员究竟有几个，只要它出现，就是有了经年生死、难断难决的大恩怨。笑纳楼的生意是提供一个不偏不倚的中间地带。

萧老板的话是有道理的，事已至此，教母固然不会再在中原武林的地盘上和苏旷叫嚣；中原武林中人几乎没有人有海上经验，苏旷其实也很难攒够水手船只，围攻总舵。可唯一的问题是，教母为什么要选择暹罗？暹罗实在是太远了。

第二页纸，是苏旷的信。

小鲨：

一别月余，你不羁归海，不知自在如初否？我也颇过了段快活日子，放开怀抱，把酒耍刀，好不逍遥。

提笔先捎去个坏消息，你收到这封信之后，少则五天，多则七日，我们恐怕又要见面了。你莫要恼火，也先不要骂慕容兄，听我细说。

本月十六，我们收到了教母的信，一张海图，一枚蜡丸，誊本都已经附上了，除了纸张、颜料不同，一切尽量还原。

山庄里没有人懂得海图，还是我跟你相处了一些时日，略知一二，我就不班门弄斧了，你纵横四海，见多识广，仔细瞧一瞧，看还能不能觉察出什么来。

蜡丸里是我朋友的信，泥封、火漆、锡条俱全，我仔细查验过，确保半路之上没有人打开或者调包。我朋友叫作余怀之，这个人我跟你提过，想必你多少还有点印象。他是我信得过的人，也在笑纳楼中共过生死，他所说之事俱在信中，你自己看吧。

得信之后，我们几个当晚就大大争论了一宿。

教母可恶至极，五月十六才送来地图，七月半就要会面，以目的地之遥远，行程之紧急，普天之下，只有云家船帮可到。我们也争论过，教母随手一指，定在常人不可抵达之处，陷阱必然密布，何况以逸待劳，而且汪洋大海之上，白隼、信鸽，都没有落脚之处，到时候音讯难通，极难援手，我们是不是一定要被教母牵着鼻子指挥？

我反复考虑过，还是认为势在必行。理由有三：第一，依照余兄信中所言，教母四月半才离开京城，五月初五就在暹罗南部现身，两地相隔万里，显而易见，水陆皆不可能，只有精卫鸟的翼力能够企及，而精卫鸟只剩下九只，九翼之力，带教母这样一个身体残缺、形同幼女的怪物或许可以做到，带上官乾那等壮汉则是万万不成。换而言之，上官乾此时也在路上，我们全速赶到，未必尽失天时。第二，按照余兄信中所言，由他做中、他舅父作保，让双方找个中间地谈一谈，尽力保证三方和平，我想是值得一试的冒险。暹罗并非银沙教老巢，此时此地，以常理论，也没有站在她们那边的道理，我们小心谨慎，步步为营，未必尽失地利。第三，我已将原本信函交飞隼送到神捕营，要白鹿、随波全力调度，最好是择人立即赴台州，率三十六岛海船出发，作为第二拨援军；并请兰叔、刘伯告知国公爷，尽快请调照会，广州、海南还能再拨出一队海船，借驻占城会安港——会安距离海南琼州不过五百里，一昼夜可达，海贸商船多有往来，几乎是一个华埠，此地进可攻退可守，可以作为第三拨援军。这样算来，我们也不是孤军深入，未必尽失人和。总而言之，教母绝非善类，夜哭兄在她手里，如今余兄也与她碰面，无论如何，有九只精卫鸟在侧,暹罗恐怕无人可以制住她,我们若是按兵不动,后患必然无穷。

争论了一个通宵,我们决意出战,既然定夺,就宜早不宜迟。我还有一件师门私事要料理,南枝也要尽快开炉浇铸第七版的狩天者。我们这边会不眠不休、全力筹备,如无意外,三日之后,一早启程。

小鲨,你也早做准备。

回头见。

苏旷

苏旷这一纸信,大半篇幅讲的全是己方思路,也就是"有哪些疑虑""为什么要这么做"和"胜算有几分",具体到"带哪些人来""船帮应该做什么准备"他则只字不提,那些事,无非是"我的分内事"和"你的分内事",相知至此,彼此应该可以托付了。

信上更没有多问一句,"路途遥远,诸事凶险,你还愿意不愿意?"他唯一的问候是你"自在如初"了吗?有那么指甲盖大的酸溜溜。

云小鲨笑了笑,把那张纸挪开,又翻到了第三页纸。

那是一张暹罗附近的海图。准确地说,是以暹罗南边的金邻大海湾为中心,南到满剌加、北到占城的海图,标注了数百个岛屿、河流、大大小小几十个属国。

他们此行的目标是海湾口的一座无名小岛,那上面打了一个小小的红叉。

这张海图相当粗糙,港口的位置有不小的谬误,岛屿的大小也随意得很——这并不是画图的人多么草率,海图勘绘本来就是极其艰难的事业,大多数人能随手弄到的图,基本就是这个水平。

除了目标地点之外,这张海图上有意无意地勾画出来了信风和海流的方向。如果仅仅是作为一个地理标注,那么本无须如此。

这是一个很有意思的信号。人的眼光是很容易被环境决定的,对绝大多数生活在陆地上的人来说,看图的第一着眼点一定是岛屿和陆地,图上的空白地段则默认是大海。但是,对于一个真正的航海者来说,那是远远不够的。在"海上人"的眼里,只标注了大陆和岛屿的海图,相当于一张白纸。海图是为了航行准备的,图上最重要的是,海流。

大体而言,海流是随风的,风是有季节的,冬天和夏天的风不同,南方和北方的风更不同，到了最炎热的海域，有很长一段时间则根本没有风。具体到航行本身，海流更是随着风向和地形千变万化，可谓错综复杂。高山海峡喇叭口形成的激流，冷热海面造成的对流，近地处雨季生成的洪流，海底突然抬高变成的暗流……这些都是水手们一生阅读不尽的大书，稍有差池，就可能随时随地殒命。

这张海图上，标注海流的地方有三处——两处都是在海湾群岛之间那些曲线密布、容易看错的地方。这倒也还罢了，但还有一处，是在海图西南角的满剌加大海峡，绘图者随手标了一个顺风顺水的箭头。

这就更有意思了。他们要去的地方，离满剌加还远着呢！如果尽情猜测，这更像是一个渗透到骨子里的习惯。

每一个曾经受训绘制海图的航海者，分区定位之后，都会把对自己最重要的地标先画出来。就好像绘制星空图，粗略分区之后，大多数观星者都会先把北斗七星画出来；这就好像是练武的起手式，有时候一眼就能看出师承来。福建的船帮会先标台湾，广东的船帮会先标海南。那什么样的船队喜欢先标满剌加呢？

不太像是银沙教。银沙教的总舵在吕宋岛的东南方，那片海域一言难尽，既偏远又没什么值钱的出产，极其容易搁浅，而且很难顺上风。在地图上，银沙教总舵、中土、满剌加是一个很大的斜三角形，就航海本身而言，教母她们来中土虽然千辛万苦，但比去满剌加容易多了。

也不太像是暹罗的人。暹罗有贸易大港，船队倒是经常走满剌加，但不至于连自己国家最重要的港口和岛屿都会标错。

如果这个绘图者既不是暹罗的，也不是银沙教的，还不是久居中土的……那么，在视野范围内最熟悉满剌加大海峡的船队，就是云家船帮了。

云家船帮是做珠宝生意起家的，众所周知，世上最好的宝石在锡兰。而去锡兰只有一条路——趁着每年夏天的西南季风，过满剌加，横穿风暴之海。某种意义上说，云家船帮就是在这条著名的海路上夺得了纵横七海的名号。

云小鲨脑海里有一道光，一闪而过。她想到了一个人，一个云家船帮的叛徒。但她并不敢确定，只有一张图而已，线索太少了，只能猜想，无法推演。而且，并不能很好地分辨这到底是无意的马脚，还是有意的陷阱呢？

起风了，桅杆一阵摇晃。云小鲨拢了拢头发，抬头看，海上的浪倚风起了势头，一层推一层，一叠压一叠。这很好，整个云家船帮都在等这阵风。他们需要查验的也是整个船队最重要的一环，就是船帆。

风来得愈急，船身的晃动越来越猛烈，桅杆上快要坐不住了。云小鲨折起了那三页纸，塞回信封里，装进随身锦囊中，招呼小金，准备下去忙正经事。

"鲨头儿！鲨头儿！"船的另一侧、下甲板的舷梯上，一个水手扒着船舷向下看，整个上半身都探了出去，好像看到了海面上的什么，挥着手臂大呼小叫。

"怎么了？"云小鲨站在横杆上问。

"鲨头儿，"那个水手回过头，他有点傻愣愣的，手在半空中一通瞎比画，"那个……慕容总镖头……他求见！"

云小鲨听来疑惑，慕容止疯了吧？这是大海！四面八方都是水，他又不是东海龙宫的龟丞相，来了就上船呗，有什么好求见的？再说了，这些日子来，她和慕容止可没少见面，眼看要启航，云海之盟有许多事要加急处理，他们每天都得碰一碰，经常一起吃了午饭约晚饭，她这次离岸才两个时辰不到，再过两个时辰就该回去了，有什么事非要急吼吼地划着船来说？

"这人脑子素来有病！"她嘀咕一声，胡乱答应，"那就……请他上来吧？"一边说着，她拽着帆索，三悠两荡落了地。

云小鲨是赤着脚上桅杆的，一双软牛皮编的木屐乱扔在下面。她趿拉着鞋，拎着小银酒瓶上的链子，向那边的船舷走。那边慕容止正费劲巴拉地从船身的软梯上攀上来。

慕容止看起来挺正常的，甚至过分衣冠楚楚了一点。大夏天的，他穿了身对襟银线亮绸袍，踩了双厚厚实实的青绦靴，这种靴子出了名的不能碰水，被海水浸湿了一大半，看起来又黑又皱的。但这显然是正经待客的装扮。

云小鲨望着他，满头雾水："慕容……总镖头？你这是有什么急事吗？"

"啊，鲨头儿！"慕容止额头满是汗，用手背揩了揩。他边往这边急走，边连连点头，"对对对，真有点事。你看，这个是……你点名的采买单子都配齐了，你过过目！"他慌慌张张，从左边衣兜里摸出一沓子纸，递给云小鲨。

云小鲨更疑惑了，接在手里，随意翻了翻。是，有些要出海的储备她是交由慕容止采买的，可那都是些很常见的东西，茶米、油盐、衣食用具、火把、风雨灯、粗细炭、干粮、菜蔬、腌货、火腿、活禽……全是一手交钱一手交货就完事的，她又不用打折，还有什么难办的呢？至于这么特地说一声吗？她胡乱"过了过目"，不太明白，抬头看慕容止。

009

"还有还有！鲨头儿！这个是……你要的书单！"慕容止又在另一边兜里乱掏，又摸出一沓子单子，赶紧递过来，"这可是相当不好找啊！我们泉州书店太少了，我跑了好几家藏书大户，才把鲨头儿你要的都给筹齐，也不知合不合你的心意……鲨头儿，你看看……怎么这回咱们船帮忽然要搞读书室啦？"

云小鲨也接过这沓单子，略微翻了翻，听说列书单是很有门道的，她不是很懂，就又胡乱点点头："我不是……见贤思齐嘛！这回，我去看人家沽义山庄，南枝有好大一座藏书楼啊，一排一排的，都堆堆垛垛那么高，又气派又有学问的样子，我再回来一看……我们就只能天天打牌，倒是个个会打很多花样……人比人，丢死人。"

"哎，鲨头儿，这是对的，古语说得好嘛，一等人忠臣孝子，两件事耕田读书……就是还有一样！我也四处托人打听了，是真不知道怎么给你弄这些书的防水，炭包石灰都不行，人家都说，海船上最好别带那么些书，搁哪里都没用，一个浪撞进来，什么都完蛋。"

"你少管闲事，浪打了我不会扔吗？扔大海里有人罚我钱吗？"

"哦哦，那行，那行。"

"然后呢，就这些？"

"哦，这个是咱俩结余的账目！"慕容止一通乱摸，连靴筒里都找了一遍，又搜出张单子来，"鲨头儿，你走之后呢，咱们上次买的这个布庄……"

"慕容止，你到底有正事没有！生意上的事，我想我们已经白纸黑字交代得很明白了！我走之后，所有的生意都交由你代管，净利里面，抽三成给沽义山庄。你放心吧，万一我要不回来，或者回不来，这些都算是你的了。"

慕容止连忙搓搓手："哎，鲨头儿别呀！那怎么好意思！"

"没事儿，我又不是只在泉州有产业，我在暹罗也有，在天竺也有，不差这一头。"

"哦……"

"那你还有什么事吗？"

"没……没了。"

"慕容止，你到底什么意思？这些个破账加在一起就一句话的事儿，你跟我说所有事都办完就行了！回去不能说吗？我是出来查帆的，打个转就完事了，天黑之前就会回去，又不是一去不回，你这么脑子进水跑来干吗？"

"鲨头儿，还有个别的事。"

"快说！"

"苏旷他们到泉州了。"

"我就说呢！人到哪儿了？"

"我派人给接镖局了……"

"来多少人啊？"

"得有个三……三五百吧！"

"你会估人头吗？三百人和五百人差很多好吧？"

"鲨头儿，我这不是一直在忙吗？我这好多事不是都要安排吗？人家！那也都是些名宿！对吧？咱们东南武林，排面！对吧？总得找几位头面人物，摆酒接风，对吧？"

"对……慕容止，你今天好生奇怪，这个要巴巴跑来说一声吗？我回去之后，那些人是都没了吗？"

"哎呀，我真是编不下去了！"慕容止没招了，摇摇头招招手，"鲨头儿，借一步说话。"

"你疯了吧？有什么就说！这甲板上一个人都没有！"

"借一步，借一步……"

云小鲨跟着他走了两步，到了船边。她一下子就明白了——葫芦里的小金突突跳。

慕容止擦擦额头的汗，向下一指："鲨头儿，不是我的意思！我都劝了，舒舒服服喝酒等你回来，他非要弄个船来看看，说这是他头回见云家船帮的地方……到了又没胆，死活不肯上来，让我们先聊着，先别提他，我都跟他急半天了，你说我跟你昨天傍晚见一面，今天中午又见一面，一路送你上的船，还有什么可聊的！"

海风吹着乱发，云小鲨轻轻抚了抚额头。

她不是没想到苏旷会来，是没想到苏旷会这么没头没脑地来。上次也是这样的，忽地趁一阵风，就站身边了。

她向下看去，那是一艘浅口平舱小渔船，船舱中央搁着个五尺高的大木箱子，船头长长一道缆绳钩在大船绳梯上，随着风一浪一浪地起伏摇摆。苏旷站在船上，双手叉着腰，仰着脸向上看，见到她出现，有点不好意思地笑。

一侧舷梯上，几个水手也趴着看，不敢议论，都挤眉弄眼的。

海风越来越急了，浪直接蹿起来，好像风里有个妖怪，在扯着海面上一层皮往上拎。涛声澎湃，浪花一头头扑进小船里，苏旷的下衣摆和鞋子一片透湿。他也穿着一身不适合出海的衣服，灰布衫，黑布靴上脏兮兮的，好像刚刚结束长途跋涉。

这艘小船太浅了，沿岸收个鱼苗还能凑合，有风浪的时候不适合下海。此时此地，好像不请他上船也不合适似的。

云小鲨拎着酒瓶，肘撑在船舷上，长发在海风里飒飒地飞，笑嘻嘻的——这人也不知道是害羞还是死犟，不招呼还真就不吱声，自个儿在那硬挺着，浪打浪，也跟着浪东倒西歪的，船舱里浇了一底的水，再扑腾一会儿就要沉海了。

苏旷似乎笑嘻嘻地说了句什么。但听不见，天地之间汩汩濉濉。

云小鲨手拢在嘴上喊："你说什么？海风太大，我听不见！"

苏旷也大声嚷嚷："我说，鲨头儿，你好快活啊！我在下头看你好久了，你这帆上就差十个字：重修花果山，复整水帘洞。"

云小鲨哈哈笑，一招手。苏旷试图跨过箱子去拽着缆绳靠近大船，一个浪卷过来，船身猛一晃，宝贝箱子差点翻海里了，他抓抓头，向上喊："不知道怎么上来！"

"快去！"云小鲨冲那几个水手一招手，吩咐下去接箱子，她转脸问慕容止，"你玩他呢？这离岸五六里呢，你就划这么个小船来，还敢带货？"

"哎哟，我的亲鲨头儿！我敢玩谁呀？"慕容止苦着一张脸，"我刚不是跟你说我们在喝接风酒吗？他是谁呀，苏大侠对吧？谁不想跟他喝一杯啊？他从一进门就围在人堆里，见谁跟谁干杯！我这当东道主的，不得挨桌招呼吗？哎，一回头，他跟人家正拼着酒呢，互相说话也听不懂，忽然咣一顿杯子，喊了声'不胜酒力'，扭头就奔出去了。我还当他闹肚子哪，赶紧跟出来给他指茅房啊，结果人家回镖局，拎个箱子直奔海边，拽着我就上船。说有话跟你说，等明天大家都上船了，就没机会了。我这一路说'亲大哥呀这船不行'，他说'我说行就行，你划你的！'"

云小鲨拍拍慕容止的肩膀。这事儿真不能怪他。

箱子接上来了。苏旷也接上来了，落汤鸡似的，站在一边脱下上衣拧干，他的裤子和鞋子都湿透了，淋淋漓漓地淌水。最后小船也吊上来了，控了水扔船边上，缆绳拴牢。

苏旷倒了倒靴子里的水，干脆打赤脚站着，裤脚还是湿漉漉的。他好像有点真喝多了，拎着靴子，咧着嘴笑。他是个酒量和酒品都很好的人，认识他很多年的朋友，也没怎么见过他大醉失态的样子。

云小鲨叹了口气："不难受吗？去下面换身干净衣裳吧？"

苏旷摇摇头："不用！小鲨，我不多打扰你，一会就走。"

慕容止赶紧说："我去换我去换，我这也一鞋的水，可难受了。"然后，一溜烟地跑开了。

几个水手还在舷梯下面聚众看热闹。慕容止经过的时候，在一个人后脑勺上拍了一下，几个家伙如梦初醒，也跟着跑了。甲板上只有两个人了。

苏旷没话找话："这甲板真干净啊，都不敢下脚。"

新甲板是干净，刨子推得溜光水滑，一点木刺没有，舣了灰泥，打了蜡，上了油。所有的船身都大修过，云家船帮脱胎换骨。

云小鲨客气一下："新船嘛！这时候不宝贝，什么时候宝贝？"

苏旷有点紧张，手指在船舷上一轮敲。

云小鲨抬了抬下巴："你不是有话要对我说吗？"

"对！先说正事！"苏旷忙俯身，打开了那个随身箱子，先从角落里取出一个重重包裹的瓷罐子，"小鲨，南枝有几样东西要捎给你……这个说能防太阳晒伤，我也不太懂，你打开看看。"

云小鲨接在手里，没看，也没打开。

苏旷继续开那箱子，把固定用的铁锔和木条撬开些，指着下面一大堆精钢九连环一样的东西，介绍："这个是第七版狩天者的一个……草稿。"

云小鲨眼睛一亮，俯身细看。那是一套很精致的机关，连环套着连环，锁链连着锁链，七八个触发的机栝小钢筒，蛮复杂的，乍一看不知道怎么用。角落里有一卷羊皮纸。

"这是图纸，"苏旷递给云小鲨，"标得很清楚，小鲨，你自己看。据南枝说，这一版是历次尝试最接近成功的一次了，但就是触发上有点问题。所谓狩天者，其实万变不离其宗，最简单的模板就是我们在杭州的时候用的那个步步生莲。但是，你想，步步生莲想要在空中用，短时间内弹射的范围要足够大，而且要在近到贴身的距离连环触发，这样才不会被精卫鸟的翅膀拍落。你看，这一套是可以用机关发射的，也可以用炮，精准和速度我们都测试过，两三只鸟肯定是有效的。但唯一的问题是，如果鸟多了，分散成群，想要把这套机关全部打开，一共需要三轮触发，到第三轮，空中有六个触发点，自备的机栝无论如何都无法瞬间做到了，只能希望到时候，天时地利人和，精卫鸟离地足够近，我们再用弓箭试一试。我已经飞鸽传书，让白鹿捎两门小山炮来，也希望他的青崖弓白鹿箭能有用武之地。"

他讲这些，倒是一口气滔滔不绝。云小鲨心想着，展开了那图纸："那多做几套呢？"

苏旷摇摇头："是这样考虑的，但这玩意很难一次性浇铸，几个莲花扣都是之前做好了的，再做几套，需要大量的手工打磨和调试，希望第三拨援军出发的时候，南枝能来得及。"

云小鲨点点头："那就是说，南枝没来。那丁桀也来不了，你们还有谁？"

"福宝、风不二、颜大哥……还有，东篱兄自告奋勇。"

"这倒是始料未及。"

"东篱兄早就不那么钻牛角尖了，他身披纯白，心犹五彩。我琢磨吧，可能还是因为我送他那双红蓝袜子。"

"怎么没我功劳吗？"

"嘿嘿。"苏旷挠了挠头。好像气氛稍微没那么尴尬了。

那一整套狩天者全都拿出来了，箱子底层还有两样东西，看起来是一长一短两个布包裹。

"小鲨，"苏旷打开第一个布包，取出一柄短剑，一尺半长，三指宽，有着亮闪闪的白银和乌木打造的剑鞘，"这个是藏山一玉，我用了一半，没法还你了，剩下还有一半。碧海洗银沙又折去了个头，两个都得重铸，就互相熔冶了一部分，重新打了两柄刀剑。你看，这柄剑是我画的样子。"

他拇指在剑吞上推了一下，云小鲨轻轻呀了一声。

那着实是一柄动人心魄的短剑。很难形容那种似玉非玉的颜色，但是，大概很久之前，那个叫作庄周的人，看见秋水之后，也那么轻轻呀了一声。

秋水是钟灵毓秀的颜色；秋水是春天酿成的酒；秋水是活的琥珀，封印着灵光闪闪的逍遥游。

苏旷轻轻拨了一下银色的小剑鞘，示范："小鲨，我想……你有海牙枪和鲨齿链，这个就聊作贴身防护。我做了个臂套，这样就可以做袖剑用。还有，剑鞘上我请南枝做了个机关，一扣这儿，就能射出银针来。"

云小鲨接过来，确实是绝佳的礼物。

"至于这一柄……这个我想，还得继续借刀一用。"

另一柄是碧海洗银沙。依旧是一把长刀，但刀身稍微瘦削了一点。依然是一柄淡墨色的刀，带着夜幕中大海的颜色，似乎要吸尽一切的光和色彩，刀背上同样镌着水波的纹路，锋刃如龙舟，划出极美又极洒脱的弧度，刀刃是黑色的，但淡淡的一层光是银色的，像是水墨凝结在月光里。与之前不同的是，原先只开三分的刃口全都开了，刀身上一边依旧镌刻着"出世海波平"五个大字，只是改成了苏旷的手笔；另一边，则是五个篆字，一时不认得。反正，既然开了全刃，就不好说三分已足凌天下了。

"来得正好！"云小鲨掂了掂那柄刀，又打量周围海域，"我正想着，明天的出海祭要扔点什么呢。我明天用完再还给你。"

她一挥手臂，把宝刀嗖地扔进海里。真是个急性子的姑娘，苏旷拦都拦不及。

所有的礼物都拆完了。太阳微微偏西，海风呼啸起来，好像天上也有一柄傲然独尊的长刀，从海风上刨下来一层龙鳞，洒在浪上，全是粼粼。

两个人面对面的，有点怔怔。正事谈完了，只剩私事了。

"小鲨，我记得你跟我说……我们不算那个什么，也不算朋友了，是吧？"

云小鲨微微地点了一下头。

"那……不算朋友，总得算熟人吧？"

"好，算。"

"相识一场，明儿就上路了，我想，我应该……好像也不能住在你的座船上。"

"头船不载客，这是规矩。"

"哦，我能挑吗？我挑那个猪头船，肚子圆滚滚的。"

"那艘叫貔貅。"

"嗯，小鲨，是这样的，你拂袖而去，我挺难过的，我想……我们至少应该好好道个别。你再请我喝杯海魂吧，好不好？"

"好，你等我。"

云小鲨点了点头，站起来，准备去底舱厨房。路过舷梯的时候，有个水手上来问："鲨头儿，别的船都查完了，就剩咱们的风主。这会儿风正好，是现在试帆，还是再等等？"

"你们试吧，不碍事的。"

底舱的水手们一拥而上，去解开帆索，升起船帆。

云小鲨拎了两瓶酒回来,扔给苏旷一瓶,示意一起去船角坐着。她目不转睛——新帆初试海,是船帮的大事。

"唿!"尖锐响亮的鹰哨声。

"啸!"底舱同样的哨声作答。

"起锚!"

起锚了,铰链盘嘎轧嘎轧地转动着,长长的重逾千斤的铁链被从海底拉起来,清澈的海面上浮起一片混浊的沙水,巨大的四角铁锚哗啦啦出了水,像是海底巨龙的一只爪子。

"头帆!"

头帆是主帆,也就是主桅杆上最高、最大的那面横帆。那像是一片刚刚从织机上取下来的云,洁白耀眼,慢慢升上帆顶。

苏旷也看得目不转睛。世上很少有比船帆更美丽又更英武的存在。在同一个刹那,倾国倾城的美人儿从地上拉起最华丽的礼服,奔赴一场人生的盛宴;名扬千古的将军戴上最后一块胸甲,踏上命中注定的战场。

"次帆!"

"三帆!"

"尾帆!"

一道一道的纵帆也升起来了,阳光洒在云帆上,一片耀眼而纯粹的白,几羽自由而招展的翼。

"满帆!"

"满帆!"

"满帆!"

所有的帆都升满了,帆面兜着风,稍微还嫌生涩的黄麻帆索发出了弓弦一样的咯吱咯吱声。

一只年轻的海兽苏醒过来,轮番立起了背上的巨鳍。它在打着哈欠,伸着懒腰,慢慢舒展开身体。大船左右摇摆着,嘎吱嘎吱地歪过来、歪过去。

船舷上最后的两根梗水木还没有钉上,船体摇摆达到了最大的幅度——那只海兽活过来了,它摆动着躯体,轮番在海里滚着两肋,左舷哗啦出了水,之后是右舷。

大团的帆索在甲板上滚动着,像黑色的海蛇,疯狂拧动,尾巴胡乱抽打。

轰——砰！帆转过一半来，海风猛烈地撞击在主帆正面。

轰——啪！所有的风帆，一起鼓到了最大的程度。

柔——虎！所有的帆索，都拉直了，像是天地之间的巨大弓弦。

风帆！风帆！风帆！这是大海上最美丽的场面。

整个船体猛地倾倒，之后再正回来。

帆和索都接受了考验。海兽复活了，海兽自由了。

水手们全都拽着船舷，赤着脚，啪啪跺着地面，手掌猛烈拍着船舷，发出嘹亮的欢呼声："鲨头儿！风主可以启航啦！云家船帮可以启航啦！"

云小鲨盘着腿，坐在舱尾一角，向着他们举了举手里的酒瓶。她命令着："返航吧！晚上不轮值的，都可以好好喝一杯，尽情休息享乐。明天一早，我们出发！"

"嗯！"尖锐响亮的鹰哨声。她的命令传遍所有船只。

"啸！"大海上，每艘船都在回答。

所有的帆都调整归位，船头向着泉州港，船身划出的涟漪渐渐整齐划一。这是最后一次短暂归航了，明天就要远征。

风主在愉快前行，甲板摇摇晃晃的，两个人坐在船的犄角，靠得很近，但也总碰不到一起去。

"小鲨，"苏旷举了举酒瓶，"为云家船帮喝一杯。"

两只酒瓶撞在一起，铮的一声。

云小鲨的眼睛清亮温柔，有一点隐约期待："你来，到底要跟我说什么？"

苏旷想了想："小鲨，我想问你一个问题。对你来说，什么是最重要的？"

云小鲨也想了想："自由吧，我们海上人，没有乡愁，更没有故国，我们和自由一起漂泊，自由在哪儿，我们就去哪儿。大海就是这样，没有路，也永远用不着回头，走过的海面茫茫一片，只要向前，新世界永远是新的。"

苏旷在认真听着。

云小鲨问他："我回答完了，轮到你了。你呢？什么是最重要的呢？"

苏旷转过头，很郑重地看着她："小鲨，我来，是想……跟你说说神捕营。"

"什么？"云小鲨一怔，之后嘴角有点若有若无的嘲笑，这显然是一个意料之外的答案。

"我想跟你尝试解释……小鲨，我不想很多年之后，你还是那样回忆我，觉得我骨子里还是那个庞然大物的一部分,我选了它,背叛了你。"

"哦?你不是吗?"

"至少不全是。"

"我怎么看你,对你来说很重要吗?"

"很重要。"

"那你说吧。"

两个人就坐在舱角,就着夕阳和云帆,一口一口地啜着新酿的海魂。

苏旷慢慢地讲了深埋在前半生里的那块黑铁。他讲了十九棵松的由来;讲了九月七,英雄归故里;讲了那道"贪生怕死,勿入此门"的铁门槛;讲了那些年轻人的迷茫和痛苦,牺牲与风华正茂;讲了一些人的义无反顾;讲了一些人的万里蹀躞;讲了十面大旗的热血和理想;讲了他们几个人藏在卷宗阁下面的秘密……他讲了很多。没有一个是英雄故事,那些都是推开门去、拔刀之前,在漫漫长夜里的犹豫和软弱。

云小鲨轻轻皱了皱眉。她倒没有别的意思,只是不明白为什么要跟她说这些。对神捕营、对公义,她没有很尊敬,也没有不敬。那是个离她很远的存在,就好像"侠义道"一样。

苏旷一口接一口,他今天喝得有点多:"小鲨,你忍着点烦,一定要听我说完。你知道吗,小时候我问过师父,我问他,关于公义,你真的相信吗?他告诉我说,不是相信不相信,他看得见。小鲨,你明白吗?相信不重要,但是看得见是很重要的,如果一个东西,我真的看得到,那就不再是虚无缥缈的了,那是我的一部分,关乎我为什么成为我。也就是说这里不存在选择,因为我没有办法抛弃我的一部分。"

云小鲨狐疑:"你什么意思?"

"小鲨,听我说,我想跟你谈谈感情……你别误会,不是我跟你。"苏旷想了想,一个字一个字,说得很慢,"举个例子,不知道恰当不恰当。就好像,你要去航海,旅程很重要,船很重要,水手很重要,海图很重要,去的地方很重要,满载而归也很重要,整个过程都很重要,那些都是你的一部分,没办法说走到一半,我不想走了,那就没路了,只能沉下去,对不对?但是感情是什么呢,就好像是大海之上,你猛一抬头,看见的那轮月亮。你也没有办法问我,航海重要,还是月亮重要?战斗重要,还是月亮重要?活着重要,还是月亮重要?这不是二选一、三选一。小鲨,我想,真正重要的是无论我活着,还是死去,我都是见到过月亮的人了,从此与众不同。"

"你到底想说什么？"

"是这样的，小鲨。我信里跟你说过，我还有一点师门私事要办，其实就是风筝那个胎带的病根，我怕我回不去了，临走之前，趁着丁桀在，联手把这个病根除了。哦，事已经办完了，小姑娘挺好的。但是，临出门的那个晚上，我把她当面托付给南枝和丁桀，跟她说要听话，结果小姑奶奶忽然不理我了，把她的小兔子小被子全扔了，一个人跑到山顶上，发了很大的脾气。我当时真的……我真的不想哄她，因为……我实在已经很累了，筋疲力尽。我想我一个做大师兄的，豁出命去，把她寒毒给去了，对得起她也对得起师父了，至于别的事，我没本事把那么复杂的事情，跟一个七岁小孩解释清楚，只能希望风筝长大之后，明白我，原谅我。"

云小鲨怔怔地看着他，苏旷的酒快喝完了，他接着说："可是，快天亮了，队伍准备好了，马上要出发了。我以为风筝会来送我，可她还是没有，我忽然就一激灵……对我来说，她是个小师妹，很宝贝，但也就是小师妹。但对她来说，我是她的父亲、母亲、师父……最后才是大师兄。这个世界上，她只有我一个亲人，她全心全意相信过我，以为我绝对不会抛下她，可我……确实还是有更重要的事情要做。"

云小鲨明白他来干什么了。

"小鲨，我就又想，其实，我从来没有试图理解过，你从十岁到十六岁，一个人在那个孤岛上是怎么长大的。所有声称爱你的人，一夜之间都消失了，你是个小孩子，要一个夜晚一个夜晚地去弄明白这个世界到底发生了什么，之后再闯出那片绝地。无论这背后有多大的理由，都是不应该的。小鲨，伯父和伯母，尤其是伯父，他确实欠你一个道歉。可是，小鲨，我也想，你已经足够年长，也足够强大了，甚至可以说，你打下的江山，已经强大到足以让他们也骄傲了，时至今天，你或许可以试着作为一个强者去理解。那个时候，你的父亲，他其实也很害怕。他的师门因为他的不作为，覆没在最好朋友的手里，这对所有人来说，都是灭顶之灾，难免无地自容。要知道，一个大人，内心在剧烈痛苦的时候，还能伪装成一个大人已经很不容易了，更何况还要伪装成一个英雄。或许……他真的不是选择了那个很正义的东西，然后抛弃你，只不过，之前的那些夜晚，他也已经筋疲力尽，没有力量把前因后果跟他的女儿解释清楚。"

云小鲨仰了仰脖子，她的酒也喝完了。

"我多喝了两杯,僭越了……小鲨,如果你能原谅他,能够再一次带着那个十岁的孩子从孤岛里走出来,或许你能感觉到,他真的很爱你。有时候我都在羡慕你,你的父亲、母亲、霍伯伯,如果不是所有人都爱你,那个孤岛怎么会有十年的和平?银沙教为什么空着位子等你?只不过,他们虽然都是徒有盛名的大人物,但都没有强大到能向一个孩子表达爱意。小鲨,你懂吗?不表达感情,有时候不是因为狠心,而是因为软弱。你明白吗?不管大海黑不黑,月亮永远在的,真的!相信我,永远在的。"

苏旷说完了,两个人的酒也都喝完了。苏旷猛站起来,他喝多了,起身略快,有些头晕目眩,声音不知不觉变得很大:"我走了,小鲨,你早点休息,明天猪头船上见!慕容止,我们走!……我好像有点晕哎,你来划船!"

慕容止刚换了身衣服,闻言连忙跑出来,颠颠地拦着苏旷:"苏大哥!苏大侠!我的亲大侠,你是真喝多了。你别往那儿看,来来,往这儿看啊,这才是船头,我们前面就到了,还划什么船啊?走走走,我搀你回去睡一觉,早点休息……"

"我才不要早点休息,你回去陪我喝一杯。"苏旷搂着慕容止的肩膀,用劲地拍了拍,高高兴兴地大声说,"你懂不懂?我今天终于没事了!我想干什么就干什么,懂不懂?我就想放开了喝一场。咱们哥俩不醉不休!"

慕容止边胡乱搭腔边拽着苏旷走了。云小鲨目送着,她还是怔怔地抱着胳膊,海风吹拂,纷飞长发吹在脸庞上。

船到岸了,她没有下船。最后一个夜晚了,云家船帮还有许多要收尾的正经事。

苏旷一路哼着歌儿,难得的轻松自在。他做了该做的所有事,剩下的就是天该做的了。今晚,他打定主意,要把自己放倒。他很久没有大醉过了,之前的很多年总是在照顾别人,一路清醒到最后,之后,想必也不会再有机会。他欠自己一场烂醉如泥。好在,愿意和他喝一杯的人多到数不清,他和认识的人、不认识的人、刚刚认识转头又忘记的人,干了一杯又一杯。

他喝到跌跌撞撞,神志不清,最后倒也知道杀熟,扑到沈东篱身上,胳膊挂在他脖子上,不停打着酒嗝,随时准备吐出来。沈东篱冷然警告他:"你敢吐我身上,我就杀了你。"

他也不记得自己到底吐了没有,只记得一直有朋友陪着他,坐在海边,喂了一夜的蚊子,也看了一夜海上的星星灯火。不知是酒局里,还是海上的渔船里,迷迷糊糊，好像听见有人弹琴作歌——

> 君为山中客，我是海上人。
> 我命如飞羽。
> 海风一吹，便是启航时刻。
>
> 君为行路者，我是海上人。
> 我命如朝露。
> 海风一起，便是别离时刻。
>
> 君为起舞者，我是海上人。
> 我命如琴弦。
> 海风一拨，便是高歌时刻。
>
> 君为拔刀者，我是海上人。
> 我命如鲸落。
> 海风一停，便是沉睡时刻。

弦歌之中，夜风温柔，他终于不知道在哪儿睡着了。那是很长、很好的一场安眠。

第二天清晨，他被隆隆的乱鼓声吵醒。

宿醉，头痛得要命，醒来之后，他才发现自己居然已经躺在海船的舱房里，换了干净衣服，洗干净了脸和手。舱房里没有人，窗户半开着，欠身一看，外头阳光洒满海面，金灿灿霞光万道，碧蓝蓝万顷波涛。这是在哪儿？莫非已经出发了吗？

他揉着脑门站起来，头晕得要命，也没有洗漱，随便披了件衣服，迷迷糊糊就走了出去。

所有人都在甲板上，所有的船头都在擂鼓。好像一场盛会。

咚咚。咚咚。咚咚。

小艇都已经收了，十八艘大船，围成一个巨大的圈子。海波潋滟，光华万道。苏旷想起来了，这是云家船帮出海的仪式。每一次出海，都要在一个比上一次更深的地方，打捞起来一样重要的珍宝。这是从海神手里取得的入门令。大海只欢迎真正的强者，就好像自由也只属于真正的强者一样。

咚咚。咚咚。咚咚。

水波一动，哗啦一声，云小鲨浮出水面，手里举着那柄碧海洗银沙。

鼎沸喧哗，战鼓咚咚，云小鲨攀上风主，举刀，拔刀，指向苍穹。刀刃上光芒冷厉，海风呼啸起来，云帆猎猎作响。

今天是好天气，艳阳高照，顺风顺水，正是扬帆出远洋的大好时节。

鼓声一停。风主的船头上，有人高声大叫："传鲨头儿号令！云家船帮——第二百六十九次出海——"

"是！"

"是！"

"是！"

十八艘大船，海刺和水手齐声大叫，一声接一声，海天应和。

云小鲨遥遥望了眼苏旷，他在猪头船上，脑袋乱蓬蓬的，也像个猪头。

她昨夜回去，查了长刀另一侧的铭文，那几个篆字是——百年明月心。

第六十章　望洋兴叹

帆船是讲究天时的,很少有海船可以在夏天驶向暹罗。

夏季并不顺风,从六月到九月,整个南部海域都在刮西南风,而且越向西南,风浪越猛烈。只有极少数时候有东风,但那通常是吕宋岛以东洋面袭来的飓风。在正常的情况下,各大船队会等到一年的冬至前后,顺风顺水地前往南海诸国以及更遥远的天竺、波斯,次年的夏天再顺风返航。

不过,逆风也不是不能走。毕竟,谋事在人,成事在天,即便是最好的天气,海面上也不可能一连几个月都顺风顺水,所有的船队迟早会遭遇到逆风的情况。

风帆船最害怕的是无风,航海过程中,微弱的顺风比正常的逆风要艰难多了。如果说顺风考验的是船和帆,逆风考验的就是船队的航海技术。横帆走顺风,纵帆走逆风——任何风帆船都无法在正面直击大风的情况下逆向行驶,逆风或者横风的时候,走的是"之"字航线,倚靠船帆两面的风力的速度之差和船舷竖向和横向的海水阻力之差前进。换而言之,控帆技术越好,"之"字划得就越小,所耗费的人力和里程越短,相对的速度也就越快。

除此之外,远航过海的船队有一项灵魂技术叫作"过洋牵星术"。千百年来,大多数的海船都只能在海岸线附近几十里的范围内航行。因为一旦远离海岸线,进入茫茫汪洋,需要时刻确保船队在航线上,这时,肉眼目测日月星辰的准确度就不管用了,常用的水罗盘也总有谬误。优秀的船队使用的航海仪器是牵星板,用一套星板算出星辰的高度,再依照星辰与海面的夹角,算出所在的具体位置。当船队完全在航线上,就大概可以避免岛屿和暗礁,甚至可以保证夜间的行驶。

大海上,小的偏离无关紧要,一旦有大的偏离,就可能会遭遇极大的风险。而且,所有船都跟着头船走,头船头舱全程发出指令,是整个船队的头脑、灵魂与心脏。

总而言之，整个航程，瞬息万变。海图越清楚，航线越准确，测算越明晰，对天文、地理和海洋越精通，船体越坚固，货舱、桅杆和帆的重心和角度越合理……船队的速度就越快，安全级别当然也就越高。

远洋航海对财力、物力、人力的要求都极大。人力之中，除了技能之外，更重要的是默契和经验。大多数优秀的船队，水手们都是十年、几十年如一日地生活在一起。毕竟，没有什么行当像航海一样，所有人的生命是彼此托付的，每一个环节的纰漏都可能全员丧命。新水手上船要经过重重考验，有漫长的学徒期，之后是内海航行，再之后才是远洋。

云家船帮是海船之中的翘楚。没有任何船队能够像他们一样，世世代代生活在海上，对海洋本身的热爱甚至高于对财富的渴望。他们的默契程度高到匪夷所思的地步，一群人像是一个人，一个头脑指挥着上千条手臂。几乎每一代云家领袖，都有与生俱来的使命——将可航行的海图再扩大一圈，把航海技术再提高一层。

许多其他的船队，甚至提出过建议，愿意耗费巨资，就是为了跟随云家一程，看看他们在暴风巨浪之中的控帆动作。但没有人成功过。云家船帮一如既往地神秘、安静而沉默，他们自成一家，独木成林，从不与同行结伴。即使海上相逢，只要有大风雨，没有任何船队能跟得上他们。

云家船帮究竟有多快呢？完全顺风顺水的情况下，从福建泉州港到占城会安港，其他船队最快的速度大约是半个月——云家船帮在这一项的优势并不明显，跟同行也差不多，最快顶多提前个一两天。但是，逆风航行就远远不同了——即使在没有风暴的条件下，大多数船队顺风的速度是逆风的五倍左右，但云家船帮的逆风速度却能达到顺风的三分之一；而在有风暴的情况下，大多数船队根本无法起帆出港，只能是长达一个月甚至数月的等待，而云家船帮是可以抵御小型暴风雨的，极端情况下，他们也能冲过中等的风浪区。至于那种足够把整个海面掀过来的龙卷风，任何船队都无法对抗，只能尽力避免，或者听天由命。

世界上的道理一通百通。所有的领域里，平庸者皆不足道，优秀者在顺境中的表现也差不太多，卓越者能够驾驭困境，而唯有真正的王者才可以冲破绝境。

这趟远行是破天荒的，云家船帮其实也没有走过那么远的逆风路。不过，他们想试试。如果他们都做不到，就没有别家能做到了。

云小鲨一早传下号令——从泉州出发之后，船队日夜兼程，中途只在占城会安港停泊一次，补充食物淡水，其余全程一概不落帆、不靠岸，最大程度缩短航程。

当然,这个号令只跟船帮的人有关系,"旅客们"不用管,他们也帮不上什么忙,自己玩好自己的就行了。他们上船的时候,个个都有种掩饰不住的兴奋劲。江湖中人,千里驰援这种事不常见,但隔个几年还是会有一回的,但远洋航海这个事呢,实在太新鲜了。

大多数人对远洋是完全陌生的,各种异域志里又特别爱撒欢地写怪力乱神,什么巨人高丈二啊、羽人生六翼啊、蛇首人身啊、人首蛇身啊……那么大新鲜,谁不想看看?再者说,就算是为江湖履历考虑,跑去暹罗打一架能和跑去天津打一架一样吗?赢了回去能吹一辈子。

他们其实都带了点东西。最后一天在泉州,小部分酒囊饭袋去拼酒了,大部分谨慎人还是去逛街。虽然船帮说食水都备了,但每个人还是凭借想象力买了一堆自己用得着的,还有些虑事周全的长者,特地买了点文房四宝之类的小礼物,想着这番出行多少滋扰了暹罗地面,说不定到地头了还能派点用处,"颁赠群夷、以修两国之好"。

不过,上了船之后,大家陆续发现,买的东西,路上用得到的不多,真正需要的,什么都没带。

海船上极其无聊,唯一需要做的,就是解闷。

云家船帮毕竟是货船,最底层是密封舱,上面就是货舱,货舱不管载不载货都要有一部分固定的重量,好压住船舷吃水的深度。至于客舱,都是临时现改的,人家自己人挤一挤,空舱的数量相当有限。

中原武林大约来了五百人,除了按照海上规矩,头船不载客之外,五百个客人分别散在十七艘大船上,有的船多些,有的少些。因为全程不落帆,也就意味着全程不能串门,只能等船身交错的时候,大家互相站在船边挥挥手、喊喊话。

一开始,大家想的都挺好,看看海景、讨论讨论武林大事,切磋切磋武功,聊聊天……但是,大家很快就发现,海景倒也不是不好看,但是相当不经看,吃完饭、剔着牙,从船头走到船尾看看就完了;切磋武功不知道在哪儿切磋,船上一绳一木都宝贝得不得了,生怕给碰坏了;打牌倒是一直在打,但是一艘船开两桌,大家轮着打就完了,也不能把人家挺传奇的船帮搞得跟个赌场似的——这里还有个面子问题,云家船帮的人来来去去的,挺客气的,你姓什么就喊你什么大侠,大家伙自恃身份,不愿意让他们瞧低了中原群雄;聊天也蛮好,群雄嘛,大家来自五湖四海，互相说说江湖趣事、惊险经历，也是一场结交。不过呢，武林中很少有人能空着嘴聊，多少得喝两杯、弄几个小菜，炒个蛤蜊，拌个蚕豆什么的……自己吹吹牛，互相也给点面子吹捧一番，两个时辰就混过去。可这回是在船上，而且行程极为紧张，供给固然不缺，但也不丰盛，毕竟是要去海战，又不是去玩儿。全程不落帆，水和食物大多数都已密封好，按次按量配发，免得在风浪里颠簸的时候弄洒了。

江湖群雄当然不是嫌弃招待不周，就是没吃的聊不长，无聊得要命，也不知道能干什么。他们东遛西找找，很快发现每个船上都有间屋子，里面有一大箱子书。大家挺高兴的，趁着诸船交错的时候大声嚷嚷着互相告知了，但是各回各舱，一翻之下，几家欢喜几家愁。

慕容止不会买书，反正不是花自己的钱，直接问藏书人大价钱包下来。藏书人都是按照经史子集分类，水手们搬运的时候，也不管三七二十一，一船一箱随便放，以至于每艘船都跟开盲箱似的。其中一艘海鹘的船运气最好，里面全是各种仙剑怪谈荒诞话本小说，还颇有些春意盎然、男欢女爱的秘本，那艘船上大家喜滋滋，也不怎么声张，各自挑了喜欢的，回屋看得津津有味。别的船就都很惨，有的船是史书舱，《春秋》《汉书》《史记》之类的。史书呢，声称爱看的人多，真爱看的人少，不过，所谓汉书下酒英雄分内之事，大家伙装也得装一把，纷纷一通抢，说那个归你，这个归我。至于拿回去之后，实在看不下去也没什么办法，硬着头皮打着哈欠，时不时豪侠本色，扼腕叫唤一声；有的船是诗词歌赋，不好看归不好看，但至少不用装模作样，大家胡乱翻一通，码整齐又放回去了，有些伤春悲秋的浪子游侠还真看下去了，日出日落的时候赶紧跑出来，就着海天盛景嘴里念念有词……

最惨的就是苏旷那艘船，这船人手气特别差，一打开哀号一片，里面全是《大戴礼记》《小戴礼记》《五经正义》……差不多都是经学注疏这种没人味的东西，所有人宁可咬紧牙关挨顿打也坚决不看。而且，须知《五经正义》可不是一本两本，一大堆呢，就那么堂而皇之摆在箱子最上面，慕容止还特地大圈大点，点名道姓要给苏大侠。苏旷和沈东篱纳闷坏了，两人深入剖析一番，觉得慕容止可能真没怎么念过书，看见正义两个字，就给英雄好汉们送来了。

造化弄人，实在不得已，苏旷那艘船就变得非常活泛，大家伙变得特别热爱看海，看到鲨鱼也嗷嗷叫，看到鲸鱼也嗷嗷叫，看到海鸥都指点一番。别的船一错身过去，大老远就热情洋溢地跟他们打招呼。

沈东篱生性僻静，从来不会觉得闷，也不会嫌吵，他自有烦心事。

他独占一间舱房，设在少有人经行处，推门进去一尘不染，壁柜后面还有个小平台，可以独自观海。一切都颇合他的心意，只是洗澡有些不方便。

这一次船帮出海，可谓不惜血本，完全没有载货，底舱空出不少，全都储备了淡水、食物和武器战备。淡水供应固然充足，但也没有充足到可以洗澡的地步。

云家船帮常年浮宅海上，南方海域又多雨，每艘船都设了雨水槽，收集落下的雨水，太阳晒得暖烘烘的，搁了明矾淀一道，用干净细沙滤一道，这就可以洗衣了；再讲究点，用海藻碎粒滤一道，可以冲凉；如果还想再洁净些，还能用细炭再滤一道，通常情况下，三道炮制的雨水已经可以储备来做饮食用水的了。

别的人都不觉得有什么，海上嘛，淡水宝贵，人人都有思想准备。尤其是丐帮弟子，根本不需要冲什么凉，大手巾蘸湿、浑身擦一遍就蛮好，就算不擦也能凑合。

但沈东篱真是不行，他瞪着那个水，举起来看看，放下去又看看，拧着眉头，咬紧牙关，念念叨叨了好久，最终还是回床打坐。但南方海上炎热得很，也不是靠打坐能解决问题的——沙漠里虽然也没水，可是又热又干，不容易有味，海上就不一样了，稍微耽误三五天，可能就不太容易人淡如菊。

但是好在，云家船帮预备充裕，很快就有人来告知沈东篱，说鲨头儿有令，知道沈庄主性喜洁净，命每艘船特地匀一箱水出来，省着点用，正好能刘会安。

于是，每天黄昏，吃完晚饭之后，就看两船相交，帆影如乱羽，夕阳照海流，沈东篱身手绝世，带着换洗包裹，从这艘船上跳到那艘船上，翩若飞鸿，婉若游龙，白衣惊飞，纵横驰骋。江湖中人连连叹绝，遂引为传说。

苏旷的那艘船上，一共分到了八间舱房，沈东篱独占一间，他自己、风雪原、颜中望、风不二四个人一间，挑了个犄角小舱单独关着束星儿，其余五间里，二十个丐帮弟子分三间，九个江湖客分两间，李牧没资格睡舱房，就拿锁链拴在鳄鱼笼子里。

他们此行带了两个人质，束星儿和李牧，这两个人待遇可不太一样。

束星儿毕竟是个容颜清秀的少女，众人厌恶归厌恶，也不好下手折磨她，就冷着脸走来走去，当她不存在。更何况，刚刚上船的时候，两个丐帮弟子拿锁链锁了李牧，回头就要捎带手锁上束星儿。说时迟那时快，风雪原一步蹿了出来，拍胸脯保证，说我来看着。看着就看着吧，这种时候，大家也不考虑别的，只要她别哭哭闹闹地跳了海，能把夜哭郎君换回来就行了。

李牧就不同了。没有人不恨叛徒，这个人勾结魔教，致使总舵大火，两百余名兄弟惨死，后来，追凶路上，又牺牲了张莘一队人，最后还连累帮主盲了双目，险些酿成惊天祸患。以丐帮的严刑峻法、残忍手段，如果不是教母点名要他做换人的筹码，恐怕真是要被活剥了皮，零敲碎剐才能甘休。

丐帮弟子并不打算拿他当人看待，从押他上路起，就用铁链锁了手足，随时随地非打即骂，好好地端了饭来，也直接倒在地上，说他动过的碗筷，即使洗过了别人也嫌脏，让他像狗一样跪着伸头吃。李牧不辩白也不求饶，当然也不肯那样吃，只缄默无语，一路死命挨着，挨打也挨饿。真被折磨得狠了，就撕声嚷几句。

此时，苏旷总会过来从中劝解，倒也不会说这样多不合适，只说咱们真坏了他们的人，他们也要坏我们的人，还是再忍耐。苏旷心里确实揪得厉害，想世间，人同此心、心同此理，那银沙教何尝不是最恨叛徒？夜哭郎君这些日子，恐怕也是生受了。

有时候，夜半三更，等丐帮的众人都睡了，颜中望就起身给李牧送些干净的食物和饮水去，极简短地与他辩几句经，之后长叹一声，回屋禅坐。颜中望说，李牧真是佛法义理极其精通的一个人，绝非浪得虚名。这难以理解，他身体里毫无妨碍地同时住着两个人，一个是大彻大悟、普照慈航；一个是卑鄙恶毒、肆无忌惮。他懂得一切道理，但绝不观照自身，是自己一盏心灯的灯下黑。

颜中望头发长出了一寸有余，他并不勤剃。他着僧衣，严守一切戒律，清晨即起，晚上还要诵经。其实，颜中望在戒律院的时间已经满了，如果想要离开少林，就可以永远离开，即便还俗也可以随自己的心意。只不过，他已经不想离开了，十七年来，晨钟暮鼓、青砖黄灯，昔年的江湖杀伐气已经洗涤一尽，他此番回江湖走此一转，算是了尽尘缘。聊开了天去，他还说，在这个世上还有唯一一个嫡亲妹子，按说他本该送她出阁，但不想当年铸成大错被押回少林，也是无可奈何。兄妹音讯断绝已久，这些年时常挂念，不过，想来妹子已经和妹婿在一起，安享天伦，他很想知道她过得好不好，也想见见外甥和外甥女。丐帮是天下第一大帮，打听消息最拿手，这回临来之前，他已托了丁桀代为打探，等回去，一定就有准信了。

"明镜师兄会不会不甘心？"风不二抽冷子这样问。一关十七八年，生命里最好的时光都被夺走了。

"倒也不会，"颜中望静静地这样答，"我是个天赋二流、勤奋一流、眼界顶流的刀客。天注定，从很年轻的时候起，看得到的地方，是终生无法抵达的。那些年我为刀所驭，活得辛苦，但并不明白缘故，真如人在大海，口渴欲死，四面皆是咸水，又喝不得，只好苦苦挣扎。当年总以为铤而走险、偷来绝顶刀谱，就能解脱那种求不得的大苦，其实……斩断因果，未必不是一桩好事。"

风不二若有所思，良久，叹息一声："我也一样。"

颜中望就问："那纪兄弟未来如何打算？"

风不二又叹息一声："说不好！我这个人，半生负气，动辄离席而去。少年时候，怒别乡关，以至于我母临终都无缘见她一面，深为憾恨；年轻时候，又拘束在借刀堂杀手门规之下，以冷血无情为荣，优柔寡断为耻，和真虎为友，想天下无人知我，我亦事无可以对人言。直到再遇我父兄，他们在我心中死而复生，好像命里头有些少年累积的冰冷挂碍，从此被一段生死契阔、赤子热血冲破，前半生才又豁然贯通。这一回出山，心结已了，也不知道前途何处，就想换个活法，做一些有意思的事。"说到这里，他又问，"苏旷，你未来什么打算？依我看，既然云姑娘不睬你，不如回去一起做借刀堂，明镜师兄也还俗了事，咱们轰轰烈烈，开山立派。"

苏旷枕着手臂，淡淡回："胡说，小鲨哪里不睬我？"

大家一起劝："别想太多了，人家真不睬你，船走了十天，云姑娘看都没往咱们这边看一眼。"

苏旷就眨眨眼："你们出家的出家，光棍的光棍，男欢女爱懂个什么？她半夜偷偷瞟我来着。"

风雪原忍不住了，叫破："师兄，是你半夜偷偷去看她吧！"

大家嘻嘻哈哈的，就把"未来什么打算"这种讨厌的问题糊弄掉了。

这些日子，夜深人静、暑气消散，苏旷确实会披衣出来，踏着月光，走到船舷边胡乱发一会儿呆。他也没有什么不开心，只是舍不得睡。时间不多了，总想再多看看这个世界，反正，到时候自会长眠。

有时候看风主，也不一定是看小鲨，就随便看看。

有时候看月落，月光浸入漆黑的大海，浮出来就是风和黑夜。

有时候看遥远的云帆,磷光一样闪闪的,偶尔有船员吹着海螺,呜的一声,呜的又一声,海哭一样,好像在安慰着什么萦绕不去的灵魂。

有时候看海浪舔着船舷,不可思议的庞然大物在海浪里沉浮着,坚固,又灵活。

有时候物伤其类,看大横帆一直没有升起来过,那巨大的帆被帆索捆着,像是自由的羽翼在黑夜中挣扎。

有时候,貔貅在浪里走快一些,能看见风主的头舱,那里的灯也总亮着。

小鲨也睡不着吗?小鲨在想什么?哦,对了,就是那间舱房,小鲨描述给他听过——有一间舒服宽大的船舱,有着温软舒适的床,有整个船队最好的厨子,最美的酒。每一个清晨,我们一起从美梦里醒来,你第一眼看到的是我,我第一眼看到的是你。甲板上每天用海水洗得干干净净的,风平浪静的时候,大海上闪着阳光,船舷上吊着瓶酒,我下去泡一泡,你烤着鱼,等我上来……我们去看看这个世界到底有多大,从一个港口去向另一个港口,永远在路上,永远很自由。这样好不好啊?

他轻轻闭了闭眼睛。可能真是没出息,闭上眼睛,总会想起小鲨在他怀里的样子。那是他们你侬我侬的夜晚,她搂着他的脖子,长发缭绕在他胸口,弄得他老想打个喷嚏,她眼波迷离,呢喃着问他,一起走好不好?那个时候,她美得像个神话,他迷恋那个光洁又圆实的肩膀,稍微凸起的肩胛骨之间有月牙泉一样的弯儿,他老忍不住去亲那儿。

挺难想象的,命运有时候会问出这种可笑问题:你选和心上人一起浪迹天涯,还是捆到松树下面去砍头?这谁不会选吗?不会选的是小狗。太他妈欺负人了,谁能活不活呢?我又不信转世投胎那一套。人是贱虫,怕死怕得要命,史书有载,有些人都变成人彘了,在茅房里还能再滚半个月呢。

可我能跑吗?笑话,当然跑不了啊。在国公爷的心目中,或者说,在律法的秩序里,我的罪过,比上官乾大多了,比李喻也大多了。即使最后取缔掉神捕营,也不可能容忍一个弑君者还活在这个世界上。即使我将来无声无息地被处决掉,像李喻一样,抹去一切履历和卷宗,变成另一个"那个人",我曾经存在过这件事,也已经足以令神捕营蒙羞了。更不用说,如果还有更高层与我缔结同盟,甚至试图庇护我。我胆敢跑,就一定会有人出来承担这个代价。代价会大到……不管跑到天涯海角,只要知道那个消息,我就会恨自己出生过。

那么……我可以坦然走过那一程吗?希望如此吧。死亡,像一堵渐渐逼近的高墙。它清清楚楚出现在眼前的时候，生命变得如卵击石。

我不信神，不信鬼，不信仙，不信佛，不信命，当然也没有自恋到可以崇拜自己，除了尽量站直，从那堵墙上的无数倒影里汲取勇气之外，别无可求。

如果结局已经无法改变，希望我能像师父一样，到死心如铁，最后一刹那，手也没有抖……

夜风朗朗，两道船身之间海浪急响。

他等了很多个晚上，想看看小鲨会不会走上船头。不过并没有。逆风航行是头等大事，头舱极其辛苦，几乎无法放松一丝警惕。

只有一个晚上，忧伤的风雪原走到他身边。月光下，大海像是粼粼的网。

风雪原挠着头说："师兄，星儿她哭了，她说她害怕，她不想去了。"

他有点火气，心想，冷血小妞，你看着我万叔死成那样你都不怕，现在知道怕了。

风雪原继续挠头说："师兄啊，你别生气，我不是叫你想办法，就是心里堵得难受！我没处说，想跟你聊聊。"

他想了想，拍了拍师弟的肩膀说："别想太多，走，去厨房聊吧，我陪你喝一杯。"

风雪原点点头又忍不住提醒道："师兄，你最近是不是喝得有点多？"

那晚之后，他就没再独自上船头了。

他翻出那根青布带，系在头上。

大家伙该吃吃，该喝喝，不停打牌，互相切磋牌技，没人注意到。

船上炎热，所谓酷暑无君子，很快，人人都换了牛鼻短裤，要么干脆打着赤膊，要么套件无袖的短麻褂，赤着脚跟拉着细草鞋，都晃悠来晃悠去的。除了沈东篱，依旧卓尔不群，白衣胜雪。

有一天，众人吃完午饭，照例打牌，海上忽然起了大风浪。那风来得好急，甲板上，水手跑来跑去，忙着降帆。不远处的海面上，乌云如山，摧压过来，云里面电闪雷鸣，而船这边的一线天还是朗朗乾坤。眨眼之间，如山大浪，轰然而至，真是海水壁立，灿如银墙。众人都惊叹不已。紧接着，所有的船舱猛烈摇晃着。众人立足不稳，都向一边倒，堆叠在一块，又向另一头滑歪，船越晃越猛，地面的舱板整个直竖起来，桌子轰隆隆向舱壁撞，牌具洒得满头满脸都是。舱门推不开。舷窗上，什么东西在猛烈冲击着，之后，小窗栓嘣地断了，大股的清亮海水直接冲进来。

看见海水，大家都蒙了。正好，外头有个海刺跑过去。有个瑟瑟发抖的家伙，扒着窗户扯着嗓子喊："大兄弟，给句话呀！咱们这回是不是要死了？"

那个跑过去的海刺又迅速跑回来说："没事啦，普通风浪而已，跟你们说过，打牌要把桌角的栓子拴紧，你们都不听。"

大家胆子顿时大了，立刻又有人扑过去抓着窗户问："那你们要施展控帆之术了吗？外人能看吗？我们能去围观吗？"

那个海刺还是说："没事啦，真是很普通的风浪……正好顺风，什么也不用施展，降帆就行了。"

有个人的屁股被"东风"刮了好长一条口子，他揉着伤口，有点纳闷，这个是普通风浪，那不普通的风浪长什么样子？反正知道没事了，众人也就不惊慌了。等稍微风平浪静，几个人收拾了牌桌，又跑去看外头——天翻地覆，有时候窗外是海，有时候窗外是天，有时候窗外是浪。几个人玩命吐，吐到海天玄黄。

那整个夜晚，都是狂风暴雨，而且愈演愈烈。墨黑轰鸣的海面，颠倒起来，摇摆起来，翻沸起来，十八艘船在风口浪尖，原本巨大的楼船像是狂风里小小一片叶子。快要失聪了，到处都是巨大轰隆隆声和嘎吱嘎吱声。轰隆隆的雷声、浪声、雨声。嘎吱嘎吱的帆声、船木声、帆索声。一切像要断裂了，一切像要毁灭了。

鬼使神差，一念闪过，苏旷上了趟船头，他恍惚之间记得，云小鲨很喜欢暴风雨。但是实在太黑了，海面上的黑暗是纯粹到近乎寂灭的黑暗，那种巨浪带着天旋地转，让整个世界都失去平衡了，头顶和脚下都是无边无际的黑，好像是挣扎在深渊的肚腹里，快要被黑暗世界分娩出来。

喀，喀喇喇，喀喇喇喇喇……一道巨大的、粗野的、雪白的闪电落在漆黑的波涛上。像一道光柱，像一道光门。如此之近，如此之壮烈。那种突如其来的、爆裂的光明。纤毫毕现的、几乎令瞳孔灼痛的光明。

刚才眼睛在黑暗里沉浸了好几个时辰，这个闪电突如其来地落下，眼球像要炸了一样难受，让人莫名其妙地想起"天不生仲尼，万古如长夜"。或许"文明"的"明"字就是这个意思吧，不管人类在历史中摸索了几个千年，走了多少艰难与歧路，当光明降临的时候，世界就那么清清楚楚地被看见了。

在那个刹那，苏旷转过头去，他赫然惊觉，两艘船差点就撞在一块。这距离近到令人窒息，侧边那艘船正被海浪托举着，像是要整个翻转过来再摁进水里去。

他看得见对面那艘船甲板的纹理，看得见那边的帆快要歪倒、长长的帆索在半空荡着，像雨林的古藤一样垂下来，甚至看得见在甲板上倾下的水流从舷槽孔一泻而下变成几百道水柱，在海面上激起来一条条的小小波湫。

也就在不到一丈外，好像欠过身子就能拥抱的距离，云小鲨正转过脸来。她似乎也站了很久，安安静静的，一点都不大惊小怪。她一只手扶着船头的木柱，一只手挡开脸颊上的乱发，只穿了身水靠，外面的白袍远远吹挂在桅杆上，飒飒啦啦地飞，头发湿透了，又被海风扬开。

很奇怪，他们谁都没有意外。还来不及问候，闪电就消失了。那种广袤的无边无际的黑暗又回来了，所有的感觉再次错乱，她又变得很遥远。

苏旷想了想，举起手指，吹了一声很长的呼哨。等了一会儿，那边清清楚楚地回了一声。

那个夜晚很长，最激烈的狂风过去之后，大雨连绵不断。船依旧在摇晃，那已经可以被普通人接受了。舱房里只要没有人吐过就比较好办，大家擦擦就睡了。吐过的自求多福。

因为昨天一下午和一整夜较为折腾，很多江湖客全程抱柱，疲倦不堪，后来纷纷补觉，一口气睡到日上三竿。他们醒来，睁开眼睛，照例打开窗户，发现很多人上了甲板。很快，大家都跟风上了甲板。

正午，晴空万里，澄净蔚蓝的天空上，飘着几缕好像是织女刚刚纺出来的白云。阳光照在平静透明的海面上。几乎每个第一眼看见这片海的人，都惊叫起来。河伯应该是见到这片海才会望洋兴叹。那是人类很难承受的美，那样的清澈、纯粹、流动、明媚、辽阔的琉璃。

无法用天空形容那片海；无法用梦境形容那片海；无法用语言形容那片海。好像作为生命，就应该在某一刻，看见那样的一片海，才算是对过往磨砺的补偿。

有个水手爬在桅杆上打招呼："哎，大家都吃饭了吗？我看厨房都没人进啊？"

"还吃什么呀？我这会儿还想吐哪！这……这还算普通风浪吗？这要还普通我真没法活了。"

"这不算，这是小暴风。"水手见怪不怪，整理着帆索，"其实吧，各位都是高手，这还是不熟悉海面的缘故，太紧张了，稍微多历练几次就好了。"

"群雄"一片哀号。有人指着那片海问："对了，兄弟，这是哪儿啊？"

所有人都安静下来了，等那个答案。

"我们的南海呀！"水手回答，"我们运气好哇，昨晚赶上大顺风，一夜过海南。看过南海，就知道东海没法看了，对吧？"

那天是六月二十一，船队启航之后的第二十七天，借一股小台风之力，当天傍晚，云家船帮抵达占城会安，入港停泊。

第六十一章　静海生波

占城会安港是南下南海诸国的第一站，华埠众多，来往诸国船队如云。按照惯例，船队在港里停泊三日，补给食水，修整桅桁帆索，置换第一笔货物，也放水手们出去转一转，吃吃喝喝，耍点乐子。

此番行程紧急，只安排了一夜休憩，船上留了一批海刺看舱，与大家约定，明早日出归队，卯时启程。

水手们还好，这些江湖客在海上颠簸了快一个月，又晕又闷、又惊又吓，船一到岸，蜂拥而下，只要站到大地上，一个个的都欢欣鼓舞，喜不自胜。他们早早打听妥当，哪里能沐浴，哪里买新衣，哪里吃点好的，哪里能玩耍……欢欢喜喜分头结了伴，准备今宵无眠，放肆个痛快。

苏旷他们一行五人下了船，正商量着和哪伙人搭伴，忽然就见云小鲨下船来，她换了一身本地素白长裙，长长的麻花辫绾在左肩，用块手帕扎着，看起来像个与世无争的普通姑娘。她没带长兵刃，就在腰间用丝绦系了短剑和荷包，拎了一兜不知什么东西，和颜悦色地走了过来。

苏旷看得微微一怔，说实在的，云小鲨穿素白裙子不算好看，一是肤色偏黑，二是她性情有些桀骜之处，举止之间，有些举着钳子的大螃蟹气概，和素雅二字并不沾边。刚在一起的时候，小鲨初坠情海，还有点为悦己者容的意思，有天穿条白裙子问他好不好看，他一眼看见哈哈就笑，说像根白年糕上面顶了个红糖窝头，小鲨瞪他一眼，但之后似乎就真不太穿了，倒是两人掰了之后，动不动一身白。

片刻失神，云小鲨已走到面前："各位有去处了吗？"

大家都纷纷摇头。

苏旷没说话，云小鲨扬起下巴看他。风雪原赶紧拿胳膊捅他："小鲨姐问你话呢!"

苏旷马马虎虎嗯了一声说:"听说有条河叫怀江,是秋盆河的支流,我们准备去看看……"

大家赶紧又纷纷说:"你要看你看!谁没看过河呀?大老远来占城看河!正是饭点呢,我们饿了……"

云小鲨看着他,似笑非笑:"烤鱼吃不吃?"

苏旷还不说话,大家那个急啊:"吃吃吃,我们都爱吃。"

于是一行五人,跟着云小鲨往城里走,几个人不明就里,以为两个人就是寻常情侣怄气,都往后撤,有点撺掇苏旷上去跟云小鲨并行的意思,他几回不接这个茬,场面有些尴尬,剩下四个人互相一打量,沈东篱和风不二本身话就少,弄个大和尚上也不合适,风雪原硬着头皮走上前,跟云小鲨并肩,边走边聊天。

会安是大港小城,往来各国船多,水手也多。因为刚刚过了风暴,正是北上船队出海的好时候,港口附近都是水手,扛着大捆油毡、帆索,用手推车推着鱼干、稻米,储备海粮。

东拐西绕,进了城区,眼前茅舍、竹屋渐渐增多,都是吊了脚的,想来常年雨水丰沛,几个赤着脚的儿童在门前或蹲或坐,用火燎了芭蕉杆的皮,在石臼里舂成糊糊,有捕鱼的汉子走过,黑赤着上身,扛了一条老大海鱼,尾巴还在他背后噼啪地甩。不多时,眼前一条粼粼碧波。河中荡着几艘平舱小木船,戴着尖斗笠的农妇在卖新稻米和一小篓一小篓的河虾,还有少女蹲在河边石板上,放着河灯。

云小鲨熟门熟路,看起来是此地常客,她一路指点——那边是牙角行,就是贩犀角和象牙的,犀角呢,都是熟人生意,没一点门道,连接头的主顾都不好找;做象牙生意的呢很少跑单帮,都是几个船队聚一拨再走,买家也爱搭伙来,一般来说,一年只开一个月的市;那边是做红货的,喏,看起来就是普通草屋子,平平无奇,对不对?这一行太招刀兵了,谁都不敢露白;那边是木材和香料行,这一带出产奇楠沉香,沉香之中的王者,不过,世上最拔尖的沉香在真腊。哎呀,我搜罗过一批极品,爱不释手,都在海鲨上,不能提不能提。风主上还有几件,略次一点,你说你已见过世间最好的东西,其他的,哪怕瑕疵一点点,就怎么看怎么不入眼,你们谁想要我可以送一件……大家就适时纷纷点头,说那就送一件吧,算是此行的纪念……

苏旷还是不说话,垂头耷拉脑袋跟在队伍最后面。

再向前走，道分两头，建筑风格渐渐迥异，一边明显是福建两广的，另一边是扶桑式样。云小鲨向另一边指了指："那边是一群扶桑人的聚居区，浪人武士不少，狠角色也不少，有一个叫什么什么来着我给忘了的剑客，使一种叫什么什么来着我也给忘了的剑术，反正啊，特别喜欢削别人脑袋顶的头皮做战利品，喏喏喏，前年那里发生过一场大械斗，打完之后，地上几十块头皮，还有带着发髻的呢，啧啧啧，血不拉滋怪恶心的。"

　　苏旷一路听着，没什么机会插话，听到这里赶紧凑上前两步，接茬说："这个我知道，柳生笾，摩顶一剑，他后来怎么啦？"

　　连沈东篱都摇摇头。

　　云小鲨头也不回，就向着空气，没好气地回答："死了！"

　　苏旷一愣："怎么死的？"

　　"挺大个人，又不会说人话，只会刀啊剑啊打打杀杀的，可不就得被人宰了吗？"

　　苏旷摸摸鼻子，暗叫一声不对，又磨蹭回队伍后面去了。

　　云小鲨耸耸肩膀，冷笑一声，问风雪原："喂，福宝？你说啊，皮肤黑的人，穿白不好看吗？"

　　"启禀小鲨姐，这个得分人呀！"风雪原想都没想，俩胳膊冞开，一手用力往下一比，一手用力往头顶一划，"世上大多数人，都是中人之姿，那可不就得讲究吗，人是衣裳马是鞍，三分天然七分打扮，对不对？有的人呢，在这条线下面，这个咱不提，品行才学为重；还有的人呢，在这条线上面，那脸蛋是老天爷给的，布衣钗裙不减天姿国色，那就不用再多事了，想怎么穿就怎么穿，随便怎么着，都能穿出别样风情来，为这个枯燥世界增加一点色彩。"

　　云小鲨哈哈大笑："除了沉香还想要什么？"

　　风雪原赶紧走近一点："那得看我姐的心情赏呀！赏什么由着我挑吗？不瞒姐说，小弟就指着这趟发财……"

　　苏旷在后面听得直搓印堂，心说这是楚随波的师弟吧，哪儿像我的师弟啊……

　　他们一路向华商聚居处走，那一片，几条小街阡陌交通，织成一张网。云小鲨领头，拐进一条小巷子，土路很窄，只能两人并行，路上坑坑洼洼的，两边都是茶叶铺、绸缎庄、药材行……这个月份，都没什么生意。走到巷子中段，云小鲨向前指了指，说声到了。前面是家窄门面的店铺，挂着个少说也有十几年没洗过的旧布招子：林阮记三鱼。

037

五个人都不是没见过世面的，走了挺远，来吃那么一家小破店，大家都稍稍有点惊讶。

"这家老板姓林，今年八十二了。他是佛山人，祖父十九岁来会安，后来娶了个姓阮的本地姑娘，落地生根，林阮记的招牌那时候就挂起来了。他的叔伯、堂兄弟、兄弟、儿子、侄子、孙子……家族里的其他人，全都去做船上生意了，就他老两口，还在这里卖烤鱼。"云小鲨招手引路，"哎呀，他们家的三鱼，是烤鱼、鱼脍、鱼丸汤……那真是绝了，别说区区一个会安，你南北各走一千里，肯定没有更好吃的，进来进来……"

苏旷他们五个昨晚大风暴之后谁都没胃口吃饭，听说有天下第一的烤鱼，那真是饥肠辘辘，口水滴答。一行人跟着云小鲨进了那家三鱼店，这家店门面小，里头也狭窄，刚进门一个窄窄的尺半柜台，一间屋子里拢共只摆了三张半桌子——最里头的半张桌子还顶着墙角。放眼四顾，房梁、柜台和桌椅全都黑黢黢的，看起来像是积攒了几十年的烟熏火燎。柜台后面坐着个白头发老者，歪坐在藤椅上，睡着了。他看起来像是画上的南极仙翁，头发没几根了，又稀疏，好像光亮亮的秃脑壳上起一层银雾，腰上扎了条围裙，手上握一个没刻完的水尾圣娘木雕，刻刀跌落在地上，围裙上全是刨木花。柜台上，还摆着观音菩萨、弥勒佛、太上老君、妈祖、海夜叉，以及可能是本地的什么外国神仙……一长溜十几个，刻好了但没上漆的木雕像。

"林阿公！"云小鲨撩开门帘就招呼一声。

"嗨呀嗨呀，水尾娘娘对唔住！"这位林阿公惊醒，揉揉眼，一看云小鲨，连忙搁下水尾圣娘像，先跟那木雕匆匆忙忙拜两下，掸掸围裙上的刨花，搓着手跑出柜台，一张脸乐开花，"云！小！鲨！你点嚟啦？呢个系边阵风把你吹嚟嘅呀？"

"哎呀，林阿公！哪阵风都不吹我，我这是逆风。喏，我带几位江湖朋友来吃个晚饭。我这趟有点急事，没来得及准备，这是您惦记的关外老山参，成色不一定够好。"云小鲨把那兜礼物搁在柜台上，回头招呼，"你们随便坐吧。"

"林阿公好！"几个人连忙客客气气打了个招呼。

"哦，江湖朋友！"林阿公连忙过来招呼，撇着一口生硬官话，"小鲨的朋友呢，就是我的朋友啰，各位坐，坐呀！"

大家连忙点头。云小鲨四处看了看，又拿起雕像打量一番，搁下。

"阿公，还在刻！上回不是说歇了吗？还看得清呀？"

"看不清啰！曾家小九今年要出海去大食，嗨呀，他四叔公左缠右磨，非要我再给他们做一批，做完这批就收。"

"阿婆呢？"

"到关帝庙打牌去了。"

"哦，那您自己搞菜啊？搞不搞得动，累不累啊？"

"我就单搞鱼嘛，别的菜叫虾仔弄。"

"虾仔这成孙女婿啦？"

"嘿呀！上个月刚刚办的事。早知道小鲨你要来，我家拖也要拖到现在的。喏，来招呼你朋友。"

"坐啊，"云小鲨走过来，拽了张椅子先坐下，"来来来，不碍事的。哦，明白了，不要当阿公是老人家，人家开门做生意，客人吃好喝好就是好的！"

林阿公提了茶水过来，看几个人还站着，恍然大悟，忙从一边拿了条雪白手巾擦给他们看："喔！这个桌子啊，你们看着脏，其实最干净的啦！"

各位倒不是客气，都想坐想得要命，风雪原已经沉了几回屁股，又站直了。沈东篱瞪着那个桌子，咬了几回牙了，也不是存心要失礼，实在坐不下去，眉毛根和手指头一阵颤抖，轻轻喷了一声，往门口看看，又看看大家。

"破我执……破我执……"苏旷连忙搂着他的肩膀，把他摁下去了，沈东篱屁股落凳的一刹那妄图站起来，他抱着没松，挣扎几个来回也就好了。

"阿公，你不用管他，这个朋友与众不同一点，不是针对你。我们都饿了……"云小鲨拿了筷笼来，自己给大家分碗筷，随口点，"烤鱼看着办！鱼脍蘸料少酸，鱼丸汤里面加加点瑶柱，他们刚下船胃口不好，来个海螺片粥，不加葱不加芫荽，再来个芭蕉烤肉、甘蔗虾，素菜随意配几样，再来几个下酒的凉菜，有什么上什么吧。这位大师在斋戒，您给弄碗僧家吃的就行了。"

"酒要什么？"

"有独钓寒江没有？"

"有！"

"来最陈的，大师不能喝我们就……来一斤吧，再来一斤新米酒。"

苏旷眨了两下眼睛，云小鲨没理他。

第一道荤菜上来的时候，颜中望就默默坐到角落的小桌上去了，背对他们，轻宣一声佛号。

酒菜很快上齐了。鱼脍是很大的一盘，也不知是什么鱼，也不知是什么蘸料，刚宰刚片的，鲜灵水活，苏旷、风雪原和风不二吃了第一口，忍不住就嗷嗷叫："大师，还俗吧还俗吧！这个值！"

　　沈东篱皱皱眉，觉得忒失礼。颜中望眼观鼻鼻观口，懒得跟他们计较。

　　那筷子也黑黢黢的，沈东篱又微微皱着眉头，蘸着酒水悄悄擦了好几遍，苏旷趁林阿公走出去，丢了个眼色，风雪原连忙抱住沈东篱，他夹一筷子鱼片用手托着喂："哎呀，你走这一趟免不了的啦，咬咬牙，破我执破我执……"

　　"喂，你这个人，不要那么无聊……"沈东篱往后躲，生怕滴到衣服上，风不二觉得好玩，帮忙也拦一下，苏旷那一筷子递进嘴，沈东篱嚼了嚼，有点诧异，"大师，要不真还俗吧……"

　　颜中望的素斋稍微耽搁了一会儿，是一碗米线，清汤寡水的，搁了些面筋、黄花、木耳、油笋干。林阿公特意解释说："大师，找料花了一点点工夫，我家老婆子也信佛，这个锅子、筷子都没有沾过荤腥，油是素油，放心用。"

　　不多时，酒菜上齐，最后，一大盆子烤鱼也端上来。那边厢，僧家子弟，本来就讲究食不言。这边厢，一桌上五个人，也吃得鸦雀无声，没话可说。

　　讲起吃来，沽义山庄的陈师傅走南闯北，自成一家，可谓艺压当行，沈南枝又是个吃家，为一口好的不惜血本。论食材精美、刀工细致、烹饪火候、口味平衡……林阿公这家又小又破的三鱼店都跟陈师傅没得比，但就是他家这三道鱼，在鲜和腥之间，画龙点睛地那么轻轻一撞，变成了一股不管不顾的草莽生猛劲，那鱼就好像刚刚在大海里斗过龙王似的，野得霸道，蛮得逆天，那一口下去，嘴里的生鲜猛烈，真是从嘴唇边炸进喉咙口，再乱石崩山一样滚进胃里，一口连一口，根本停不下来，真恨不得连舌头也是这个味儿，嚼嚼吃了算了。

　　配着鱼，就要说这口酒。独钓寒江是自酿的浊酒，模样也不中看，有一点点像醪糟，但入口有股寒厚劲道，雪团里面包着火种似的，正是既去腥，又提鲜，再陪着几口朴实敦厚的烤肉压一压冲劲，真是穿肠过腹，绵绵不绝，连着二五杯下了肚，一口后劲才直冲天灵，腾地蹿上来。

　　几个人吃得不过瘾，就喊着再来一条，再上一壶。云小鲨连忙摇手劝："这个鱼和酒，劲道都特别极致，过犹不及，不能经常吃，一次也不能吃太多，三鱼就三鱼，少了差意思，多了就过了。你们留点肚子，先就着这个米酒，吃点别的菜，让林阿公给我们泡一壶茶，喝完了之后呢，我带你们去逛别的地方，会安本地好吃的东西还多着呢。"

风雪原连忙问:"小鲨姐,你到底来吃过多少次?"

云小鲨笑笑:"可不是单我一个人吃多少次!我们云家人,算是他们家店的老客人。我外公年轻的时候,每次上岸就会来了,再后来呢,我娘也来。总而言之,云家人只要是到会安了,一定来林阮记一趟,不过,就算在这待十天半个月,也只吃一次,点到为止。"

别人一听都不勉强,就苏旷摇摇头:"不过瘾,真不过瘾,再来两壶,过了就过了嘛。小鲨啊,你吃那么多回,就不好奇过了是个什么感觉吗?"

云小鲨看了他一会儿:"你路上可没少喝。"

苏旷也看看她:"我有数的,过了会安,滴酒不沾。"

云小鲨又看他一会儿:"不试别的?"

苏旷也坚持:"就这个。"

云小鲨点点头:"你量多少?"

苏旷摇摇头:"不知道……上次泉州人太多了,没来得及数数,就给放倒了。"

云小鲨回头问:"阿公,你还有多少独钓寒江?"

林阿公就说:"今年一共就二十斤。"

云小鲨点点头:"全拿上来。再来一条烤鱼。"

两个人对面坐,话都不多,酒一上来,也不怎么吃菜,都是一顿杯子,仰脖子就干,这一喝上快酒,就有了点拼酒的意思。其他人也不知道他俩到底怎么一回事,反正他们爱拼就拼吧,别人慢慢喝,你敬我一下我敬你一下的。

颜中望的一碗米线早就吃完了,不知道能干吗,拽了张椅子,盘腿坐着,闭目,转着念珠,念念有词。沈东篱也拿本讲暹罗文速成的小册子在一边看,风不二和风雪原都是功业未成,跃跃欲试,对重建借刀堂极有兴趣,反复讨论了许多步骤和细节。

一顿饭吃了快两个时辰,残羹冷炙,一地都是空酒坛子。时候不早了,林阿公送了茶炊来,这是有点催促送客的意思。

云小鲨挪开碗碟,腾出桌边一块空地,林阿公放下茶炊,扯了张凳子坐下,云小鲨就顺手给大家沏茶,第一杯敬给老人家。

茶酽得很。林阿公慢慢啜那茶,看了看四个人:"各位,吃得还好呀?"

大家都称赞,酒足饭饱,十分惬意。

林阿公老眼昏花里有一点深意，忽然又用广东话问云小鲨："小鲨，你上次嚟阵跟我讲，第次返嚟带个中意嘅后生畀我睇，佢哋边个系嘢？"

云小鲨脸上红涨涨的，酒意已深，她嘿笑一声，摇了摇手："唔好提，阿公！佢哋都唔系！"

几个人都一愣，有人听不懂，有人装听不懂。

苏旷愣愣的，去拿最后一个酒坛子，摇了摇，才发现已经是空的了。他好像也有点醉了。

林阿公看着她："真嘅？"

云小鲨点点头："真嘅！"

林阿公看了苏旷一眼，摇头叹息："小鲨……你阿妈当年也讲了一样嘅话，也冇带嚟人。"

"喂，阿公！"云小鲨顿时急了，嚷一声，站起来，扶着林阿公的肩膀，往柜台那边推。她似乎真是醉了，手劲稍有点大，推得老人家一个踉跄，自己辫梢的手帕跌落在地，浑然不觉，"时候不早了，结账，我们该走了，您呀早点歇息……"

"唉……"林阿公又叹了口气，很长很长，他摇着白花花的头，打着哈欠，噼噼啪啪打了几下算盘，递了张单子给云小鲨。云小鲨一手用力抚着额头，肘撑着柜台，伸手接，老人家手又往回一缩，又追问："点解呀？"

"喂，阿公……"云小鲨深深地低着头，猛吸口气，整间小店都很安静，过了一会儿，她抬起眼，清楚干脆地给了个答案，"佢冇选我。"

满座皆惊，几个人一起看苏旷。苏旷盯着酒杯。风雪原急得四处乱看，他是真没听懂。

"雯昂！"林阿公打抱不平，啪地一拍桌子，"冇选你？噉佢选了边个！"

云小鲨摇摇头，嘿嘿笑了声："佢选了……佢闪闪发光嘅英雄梦。"

酒杯啵的一声碎了。

云小鲨拿着账单走回来了，摇摇晃晃的，长发散开了，她没看见地上的手帕，一脚踩了过去，走到苏旷面前，啪的一声，账单拍在他面前："不难为你了，做朋友吧。"

账单大得离谱。这个时候，也很难站起来追究异国他乡的，为什么要这么坑自己人。

"小鲨……"苏旷有点窘，"我……我没带够钱。"

云小鲨哈哈大笑："那好，哪位大侠结账啊？"

风不二看了眼账单，赶快说我忘带了。沈东篱说我根本没想起来要带。风雪原本来还准备叫个炸春卷带走呢，手在半空停了一下。颜中望穿好鞋子，走过来伸头看一眼："阿弥陀佛，我一个出家人，就吃了一碗米线……"

"走吧走吧……"云小鲨笑得直不起来腰，第一个向外走，走过柜台的时候，抓了那个水尾圣娘像在手里，也不回头，"阿公啊，所有账都结完了！以后呢，我可能就不来啦，这个，我带走留个纪念！"

林阿公没有送，坐在藤椅上，闭着眼睛，好像睡着了一样。好像……每一代云家人都是这样的。

六个人出门来，夜幕已经降临，小街上家家户户都点了灯，有些人家已经张罗着洗洗睡了。

此地灯笼颇有声望，云小鲨醉得摇摇摆摆，一路走，一路抬头沿街看灯，遇见别致的就随手扯下来，之后随手扔一块碎银子到人家院子里。没多久，六个人各自擎了一柄在手上。

走到小巷尽头，右拐是出去的长街，左拐是个旧木门第，抬眼看，也是烟熏火燎、黑黢黢的一座关帝庙。

苏旷低头看了看，直接就走进去了。大家也就跟着，也都低头看了看——门槛是木头做的，但露着一截生铁。

关帝庙小得很，看起来就是这附近街坊凑钱盖的，夹在两座宅子之间，只有一丈宽，进了大门，后面略宽敞，也不过是个寻常木院。这里的木头都上年头了，两边板壁上写着许多捐赠人的名字，正前方木栏杆前有个香炉，香灰积了老厚，香火早灭了。木栏后，神龛里一尊关帝的木像，百年香火，把关二爷的红脸熏成了黑脸，身后一匹黑漆漆的马，右手一柄黑乎乎的刀，左手一卷黑黝黝的书。庙墙后面有打牌、洗牌、吆喝的声音。

苏旷抬头看了一会儿，忽然问风雪原："福宝，你家乡有关二爷的像吗？"

"哪儿都有呀！"

"你知道他骑什么马？"

"说书先生都讲了，赤兔啊！"

"什么刀？"

"谁人不知，青龙偃月刀！"

"那看的什么书？"

"……青龙偃月刀的刀谱？"

"傻小子，记住了，是《春秋》。"

苏旷在他脖子上揉了揉。

后面有个老太太的声音在问："谁在说话啊？"

苏旷回答："我是路过的，进来给关二爷烧炷香。"

老太太边洗牌边说："外人烧香要给钱哪，右边有香，十两银子一捧。"

几个人一起向右看——右边有个屁。

苏旷认真讲价："我心诚！老太太给个便宜价。"

老太太啪地打了张牌："那你有多少啊？"

苏旷回答："我有九两七。"

老太太啪地又打了张牌，好像那张牌被人碰了，墙那边砰砰啪啪各自打了几轮，她才又回答："看你心诚，烧吧！"

"多谢！"

几个人完全搞不清楚他们在说什么、干什么。

苏旷左右张望一眼，向后退，稍稍一蹿，轻轻上了香案，伸手从那卷《春秋》里摘下枚小蜡丸，再四下看看，招呼几个人快速离开。

他们又走了很远，到了刚刚经过的那条河边，找了个无人僻静处。苏旷再左右看看，挑亮灯笼，捻开蜡丸，查了里面火漆、锡条，确认无误，旋开，抽出一张纸条。

他看了一眼，对大家说："小鲨、诸位，这是白鹿的信。他说，三十六岛的援军可能无法及时赶到了，三十六岛的船主常年在东海行动，没走过那么远的海路，一听命令，都抵死哭求，说这样的大逆风，强行出海是给龙王爷送命，只能走走歇歇，看天行动。他安排了一拨手下押船，叫船队继续前行，尽快赶到，自己带队改走陆路，沿古驿道，八百里快马、换马不换人，先火速到桂林，从安南、占城，走神捕营内部的另一条路，等拐过金瓯角，再搭船来跟我们会合。这样算起来，应该也就迟个三五天。"

云小鲨非常惊讶："神捕营在占城还有门道？"

苏旷没有回答，手里托着那枚蜡丸。

众人立即恍然大悟——关帝像虽然常见，但是既骑马，又一手执刀一手《春秋》的真是没几尊。

风雪原立即懂了："哎呀，铁门槛，九月七……我明白了！只是师兄，他们怎么知道我们什么时候来？"

"他们不知道，就是守着。"

"如果来的不是他们等的人呢？"

"墙那边的人不开机关，那本《春秋》就永远都打不开。"

"如果等的人不来呢？"

"那没关系，人不来就换下一个消息嘛，没人拿走的毁掉就行了。他们不是等人，就是守这卷《春秋》，到上了岁数，就换个年轻人。"

几个人都有点震撼——这确实是最简单也最难的办法，本来就只有春秋才能守《春秋》。

云小鲨问："没有鸽驿，这信是怎么送到的？"

苏旷眨了眨眼睛："这是神捕营的秘密，我不方便说。"

那张纸条在他手里化成了齑粉，落入脚下的那条河。

夜深了，河水静而温柔。

这条河叫怀江，很美的名字。据说，一路向南走，过了这条江，你就开始怀念一个再也回不去的地方，一个再也见不到的人。

星空下，粼粼水面上偶有小木船顺流直下，不知是谁，放了一盏又一盏的河灯。风雪原不太明白那是什么，苏旷就告诉他，流水浮灯是寄托缥缈心愿的。少年人孤陋寡闻，第一次知道可以这么烂漫地许愿，很激动地拿了自己的灯去放。大人们就笑，告诉他可以放六个，连许六个愿。苏旷跟过去，帮他把灯笼底封了。

云小鲨倚着一棵树，抱着胳膊看流水。沈东篱走过来："云姑娘，借一步说话？"

云小鲨跟他走了几步。苏旷斜眼瞥见他俩往一块儿凑，激灵一下，缩了缩脖子。

沈东篱开门见山："云姑娘，我犹豫再三，还是冒昧请教一声，你和苏旷……似乎是别有隐情？"

云小鲨点了点头。

沈东篱打量她神情："不知云姑娘方便告知吗？"

云小鲨想了想，揉了揉太阳穴："沈大哥，我也不知道方便不方便，这个事是苏旷的生死大事，但是……他要是不想说，由我来说好像也不合适……"

沈东篱嘶一声，轻轻摇头："若是神捕营的秘密，我是不该打听……"

云小鲨想了想，欲言又止，眼珠子骨碌碌一转："沈大哥，这个事，你要说是神捕营的秘密呢，当然也是，你要说不是呢，好像也不是……反正吧，我拿捏不好，不知道能讲不能讲。但据我所知，他是主动跟丁桀说了……"

云小鲨走开了。沈东篱的脸色慢慢沉下来。转过脸，上上下下扫了苏旷几眼，目光冷冰冰的。苏旷有种不祥的预感，他挠挠头，不管师弟了，主动走过去配合训话。

沈东篱冷笑一声："苏旷。我想请教一声，我们算是有点交情，是不是？"

"东篱兄，你这话问的，我都不知道怎么回答！有什么还是直说吧。"

"那么好极了，我想打听一声，你苏大侠有什么了不起的生死大事，是很好的朋友不能知道，但是最好的朋友能知道的？"

"沈菊花……你都在吃哪门子干醋！飞醋！"

"哦，我不能问吗？苏旷，我觉得这个事情，从头到尾，对我来说，简直是可笑之至。我本来并不认识什么夜哭郎君，他是你的朋友，你把他带到沽义山庄来，吃我的，住我的，还看我不顺眼，跟南枝动那点小心思，还当我不知道。如今，我要为了这个狗屁江湖道义，坐两个月的船，去为了你的朋友拼命，能不能活着回来还是未定之天。我本来也不打算认识丁桀，你又把他带到沽义山庄来，这一来可好，他吃我的，住我的，捎带手还把我的山庄直接就征用了，我半生就图个清净啊，如今呢？大门口就是菜市。苏旷，苏大侠，我觉得你我相识一场，这场朋友我很够义气了！而你，我所谓的至交好友，一路上跟我藏着瞒着，你的生死大事，能告诉丁桀，不能告诉我？丁帮主可是连来都来不了！"

"沈菊花啊沈菊花……我没有瞒你！那个情况是……丁桀眼睛坏了，万念俱灰，我被逼急了，没办法……"

"意思就是，真逼急了还是能问出来的？"

"我去你妈的！尽套人话！"

"说，不说我转头就走，说到做到。"

"小鲨……"

"你是要把大家全都叫过来，一起问你是吗？"

苏旷扬着头，想得脖子都酸了，他左转几圈，右转几圈，挣扎片刻，搂着沈东篱的肩膀往一边带："来来来，过来几步，小声点说话……反正吧，真到时候，你也得知道……"

他们在河边坐到天色微明。河水滔滔,带走了人间的许多秘密。

不过没有关系,这只是个偶然邂逅、天明就要离别的异国他乡,如果没有意外,他们此生应该都不会再踏足这里。

会安是个港口,来去都是海上过客。他们来了,他们走了,和陌生人街头械斗,头破血流,彼此记不住名字,和逢场作戏的漂亮姑娘誓言深爱,接个热吻,之后各自漂泊。此处如是,彼处也如是。陆地上的人们耕作、休憩、婚丧嫁娶、争夺蝇头小利、长相厮守、繁衍生息、忙忙碌碌度过浮生。此处如是,彼处也如是。

太阳升起来了,短短的一夜结束了。他们沐浴、更衣,迎着初升朝阳回到了港口,开始了新的旅程。

七月十二,黎明。

离开会安的二十天后,云家船帮绕过金瓯角,进了金邻大湾,船队转帆折向正西方,过了真腊地界,进了暹罗海面。

金邻大湾是一个纵横千里的大海湾,东西方在此交汇,航运、贸易自古频繁。南海诸国千百年来,征战不断,安南、占城、三佛齐、真腊、老挝、兰纳泰、暹罗、缅甸……这几个大国,相互之间,都有几场灭其王城的大战,真细说开,极为惊心动魄。如今,以缅甸最为势大,暹罗和兰纳泰长期处于守势。除此之外,还有三十多个自立为王的小国,至于部落小邦,则有上百之多。

船队进入大湾之后,通常情况下,极其小心,生怕走错路线——有的港口是贸易为本,有的港口则是雁过拔毛,万一赶上一阵大风,一不留神停靠错了,轻则可以重税,重则货物被扣、血本无归。

航海贸易是成本极高、风险极大的生意,一旦成功,获利也远超所有行业。船队不仅要和大海、风暴本身作战,也要躲避层出不穷的海盗,绕开黑吃黑的港口税吏,对抗早已抱团的本地商人。这每一环都是复杂的操作,单单凭借国内经验,仅仅依靠和"当地官府"打通关节已经不够用了——远洋航海来回起步就是一年,有时候隔个三五年再去也是常事,乱世无定主,谁也说不好下回再去,那个"当地官府"还在不在。所以,几乎是无可避免的,所有外国商人都非抱团不可,这样才能彼此照应。在全世界,任何一个以航海为生命线的大港,各国商会都是自然而然兴盛的。

047

暹罗定都王城阿瑜陀耶。这是一座光辉灿烂的城池，意为不可战胜之地，神圣转世之所，"大城"是华人对其的尊称。

大城是河港城，它在三河交汇之洲上，并曾经耗费巨大的人力、物力，修建了一条人工运河，把第一大河昭披耶河的弯曲河道拉直，从此之后，成千上万的商船队可以从大海、经昭披耶河直抵王城，直接贸易，繁华一时无两。

大城以贸易立国，从建国肇始，就将港务视作重中之重。城中设立了左港务和右港务，左港务由华人出任，掌管东方世界的航运；右港务由穆斯林出任，掌管西方海贸的往来。华商在此，生生不息，地位殊拔，一直稳稳占据着小半壁江山。这也是云家船帮相当放心来这里谈判的原因。

云家船帮一路向西，进了大湾之后，路线已经变得清晰，水手控帆就可以抵达，无须再行号令。

今日天气晴好，大海上商船来往，百舸千帆。放眼望去，两头翘的波斯舶，山头帆的昆仑舶，月弧鸠嘴的大食舶……这个月份，大多数都是刚刚穿过满剌加，由西方来了东方。

风帆永远迷人，它们像是陌生的国度递来的洁白信函，一旦开启，似乎可以窥见另一个世界。

彼此熟稔的船队遥遥照面的时候，海面上响起一片海螺声，更近的时候，是口哨声和摇旗致意——云家船帮在这个月份南下，意味着完成了一场更增传奇的历险。

过了正午，吃罢午饭，云小鲨小憩片刻，大约在未时正离开头舱。她换好了鲨皮水靠、劲练外衣，银环束紧长发，鲨齿链和海牙枪缠在腰间，短剑扣在护臂上，随时随地做好了应战准备。

不用召唤，所有人都整装持戈，上了甲板。风主早就装好了一套狩天者，如今，也把遮蔽的油布撤去。箭在弦上，一触即发。

苏旷他们五人也到了风主船头。眼前大海碧蓝澄澈、美不胜收，此时海风迎面一吹，真是心旷神怡。海面如书，有人能阅读出很多，有人就看不出什么。苏旷见云小鲨目光逡巡，若有所得，连忙虚心请教："小鲨，这是哪儿了？眼下我们要做什么？"

"不用做什么，等他们来找我们。"云小鲨斜斜向北一指，"海图上的目标岛在那边,按目前的速度,傍晚太阳落山前能到。不过,我们已经在暹罗海面上,大城海督必然已经看见了,不出意外,他们的船应该已经出发了。咱们到人家地头了,没有主人许可,贸然登岛也不合适。传令下去,收一道帆,减速,船队收拢,适当致意。"

号令传下,船队变阵,雁形阵列慢慢收拢为斜长的菱形阵列,这是一个防御的做客的态度。

再过了约莫一个时辰,北方岸边有了影影绰绰陆地的影子。离得还太远,看不清具体的地形、建筑,但是来往船只都向那个方向鸣号一声——那里是著名的昭披耶河入海口,逆流直上,则是一代传奇的阿瑜陀耶城。

"来了。"云小鲨随手一指。

众人看过去——东北方向,驶来了一艘二十列的桨帆船,单桅单帆,船上分两排列坐着划桨的水手。船头站着一个人,远远瞧不清面容,只看见那人一身暹罗装束,宝蓝折幔,装饰着白羽的对襟袍,没有发冠,袒露着小腿,远远地平摊开双手,示意没有武器。再近些,那艘船的速度也慢下来以示没有恶意,那人远远一拱手,大声问:"前方可是云家船帮?余怀之特来拜见云船主……"

他离此还有百丈之遥,声音也不算很大,但清清楚楚,如同风行水上,显然内力极为深厚。

云小鲨挥挥手,十八艘大船的弓箭一起收回。她也远远致意:"久仰江南笑纳楼!云小鲨海外飘萍,与江湖两两相忘,不想他乡有缘得见萧老板,幸会之至。"

两人互相问好,桨帆船已经靠近风主船头。云小鲨向身边示意:"请!"

"冒犯!"余怀之再度拱手一礼,纵身一跃,跳到风主船壁上。这水面起跳,和陆地起跳大大不同,借力太轻巧,起不了身,借力过猛,容易把自己家船颠倒了。余怀之这纵身一跃,桨帆船居然没有太大动静,这番力道化得十分轻巧。他手掌在船壁上一拍,壁虎游墙似的,三下五下,就上了船来。船头众人都喝一声彩。

"今日贻笑大方!"余怀之的声音里有一种江南特有的儒雅硬朗,面容有石狮之相,自带三分公正威严,目光在人群之中一转,落在苏旷身上。他微微一笑,点点头,"苏兄久候了。"

苏旷也点点头:"萧老板久等了。"

昔年相逢,两人也是这般对话。自小渔村挥手道别后,其实也不过三载春秋而已,但猛一回头,真是生死契阔,恍如隔世。

"萧老板，我为你引见，这位是……"

"东篱把酒，余某人就算有眼无珠也该认识。"

"这位江湖上有个名号叫风不二。"

"狂风吹剑，岂有不知？"

"这位大师，俗家用一柄破月刀。"

"今天吹的到底是什么风？朔望双侠久别江湖，居然也得见了。"

风雪原挽了袖子，露出手臂淡淡一寸疤痕："萧老板当年赐教，小弟不敢忘啊！"

"福宝长高了。长江后浪推前浪，苏旷，令师弟恐怕迟早青出于蓝，有你兄弟二人携手，铁先生当老怀大慰。"

苏旷心里微微一动，萧老板真是阔别江湖了，连师父离世也不知道。这样想来，他手里掌握的音讯不知有几分是真，银沙教捷足先登，不知跟他们都说了些什么。

他们在船头互相客气、叙旧问礼一番。楼船下面，那桨帆船上有人大声问了句什么，语气态度极为恭敬，余怀之点点头，回头吩咐一声。桨帆船转向带路，船队继续向海图上那座岛屿驶去。

"苏兄，我们先公后私。"余怀之从口袋里拿出一本文牒，递给云小鲨，"云船主先过个目，这是大城左港务、总督府的文书，我这次前来，大约可以代表大城方面的态度。"

云小鲨确认无误。

"好，说正经事之前，我想再向各位确认一遍。苏兄，我没有向任何人避讳过我是你的朋友；但也一开始就在信函里告知了，银沙教交了大笔的献金。我今日在此，只能尽力公允，做居中的调停。"

苏旷也点点头，信中确实早已明言。

"这里还有一份文牒。"余怀之从口袋里拿出第二本文牒，还是递给云小鲨，"在你们到来之前，银沙教和大城拟定了这样一份契约——她们交了很大一笔献金，买下前面那座岛方圆百里海面上七天的和平。如果在这七天里，你们可以达成和议，那样最好不过，大家免动刀兵，不伤生灵。如果在这七天里，你们无法达成和议，还是要用武力来解决问题，那么你们需要离开暹罗海面。云船主是知道的，大湾外面，有无数的无主之海，你们可以随意挑个地方生死决斗。如果在这七天里，你们单方面决定停止和议，准备动手，那么需要先行退出海湾口，七天之后，契约一满，我们会派人送她们出湾口，如果不走，我们会强行驱逐。但无论如何，这七天内，她们一定是安全的。除非，她们先破坏契约，先行动武。"

云小鲨接过来，验视文牍。

苏旷想了想，问："她们买下了百里海面的七天和平？"

"是。原本是要买一个月的，但她们带来的白银不够。"

"我打听一下，七天是多少价？一个月又是多少？"

"这暂时不方便透露。"

"为什么？我们万一也想买呢？"

"契约上有约定不可外泄的条目。"

"她们是怎么付的账？船运来的现银吗？船在哪儿？"

"这暂时也不方便透露。"

"萧老板，这相当重要。"

"你可以等七天之后再问。"

"七天从什么时候开始算？"

"今天，今天是第一天。"

"她们带了多少人？"

"只有两艘船，一百多人，九只精卫鸟。"

"什么？只有这么一点？"

"至少……我看到的就那么多。"

"那……怎么谈，在哪里谈？"

"你们看到前方那个岛了吗？"

苏旷点点头，前方确实有陆地的轮廓。

"那座岛是分给你们的，岛上有淡水、屋舍，我们提供粮食，如果需要，也可以派仆人洗衣做饭。岛的西边有深水港，可以停船。"

"那她们人呢？"

"在另一座岛，和这座岛相隔百里，遥遥可以对望。"

"在哪边谈？"

"两边都不合适，在船上谈。明天一早，我会在两座岛的中心海面抛锚一条船，派人护卫，你们各自选两个代表，上船谈议。当然，我会列席。"

"我们一定要同意这种方式吗？"

"苏兄，依我看来，确实如此，你们远道而来，最好还是客随主便。你想想看，那样的一艘船和昔年的一座笑纳楼不会有很大的区别。我们所能提供的，就是一个中间的地方，确保你们双方不会遭遇暗算，平平安安把要谈的事情谈完。当然，我们提供给你们的，也会照样给她们一份，这是地主之谊。如果你们确实不肯接受，这份文牍就不要签，立即转向，离开海湾。还是那句话，七天之后，我们也会送她们出去。"

云小鲨和苏旷对望一眼。苏旷拉她走开几步，低声问："怎么看？"

云小鲨低声答："我想这样很好，算是公允的。"

"那……你签吗？"苏旷又问。

"签。不过我想先看看岛，转一圈吧。"

"好极了，我也想先看看人。"

苏旷走回来几步："萧老板。"

余怀之点一点头："二位商量妥了？"

苏旷也点点头："是，我和小鲨商量过了，这份文书并无不妥之处，大城诸君处事公允得当，感谢照顾。岛既然就在前面，小鲨想要绕一圈，眼见为实，确定房舍、淡水、港口都与刚才所言无误。"

"理所应当。"

"苏某也有个不情之请。"

"哦？请讲。"

"我这趟来，头一件大事，就是交换人质，我要先确认我的朋友平安。"

余怀之想了想："好，你等一等。"

过不多时，那座小岛就在眼前了。确实并不大，船队绕一圈，大概也就一个时辰。岛中央有座不高的小山，山上还有山泉，泉水流下，汇流成一口小水潭，岛山的东南北三面全是峻嶒石地，西边是唯一适合驻扎的平野，有一段人工修整过的简易泊船码头。确实是非常合适的住宿地——这里天气炎热，过夜不冷，即使没有房舍，露营也没什么。

余怀之问："云船主，还要看些什么？"

云小鲨挺满意的，点了点头。她唯一不安的，就是这趟旅程，好像过分顺利了一点。

"如果二位不嫌弃，今晚上，我会留下来共进晚餐。我想，按照江湖规矩，主人家不先进饮食，客人恐怕也很难放心。"

"求之不得，正要一叙别情。"

船队泊岸，船帮先派人上岸迅速查视一番，回来确定诸项无误，十八艘楼船才一一落了帆，抛了锚。水手、海刺、江湖客们下了船，纷纷来回，搬运行李，分配屋舍，忙忙碌碌。

云小鲨和苏旷五人，就和余怀之一起站在码头，望向天边，默默地等。

"来了！"

人群里一声惊呼，所有人都就地搁下了手边的东西，有人按着腰间兵刃，船上人举起了弓箭——九只遮云蔽日的精卫鸟掠过海面，带着两个人，向这边飞来。

海风猎猎，数千人寂静无声。他们早已经不是当初惊慌失措的样子，这一次远道而来，双方都做足了准备。

精卫鸟飞得很高，似乎是也有所忌惮。苏旷尽力张望，远远只能看见四只垂云巨鸟，带着一张又轻又薄、像噩梦一样黑的网，网中间置一方轻巧软榻，一个黑衣女子盘腿坐在上面。另四只垂云巨鸟，直接吊着个网兜，网兜里是个蜷缩成一团、不知死活的男人。实在太远了，人又缩在网里，什么都看不清。精卫鸟并不准备降低高度，它们似乎也知道，船上有牵制的机关利器。

"小鲨，地面交给你！"苏旷交代一声，拔腿就跑，一路蹿上甲板，攀上桅杆，手脚并用，不多一会儿，站到主桅顶上，大叫一声："来的是教母？"

黑衣女子转脸看他。她依然高高在上，像是黑色夜雾凝聚成的精灵鬼怪，又苍老又年轻，根本分辨不出年龄。一袭黑袍浓密而轻盈，一张脸半遮蔽着，看不清真容。她用一种玩味的甚至过分亲切的声音问候："苏旷，看起来，你身体康复得很好，真是可喜可贺。"

"少他妈废话。你让夜哭兄过来一点，我看不清楚！"

"我要的人呢？"

"我的人没事，你的人当然就没事。"

"你的人已经来了，我要看我的人。"

苏旷挥挥手，有人把李牧和束星儿推出来了，踢了一脚，两人都叫。

"听清楚了？"苏旷厉声逼问，"你的人没事。我的人呢？"

教母微微一笑："火气别那么大，你们远道而来，早早休息，我们明天见！"

她挥了挥手，九只精卫鸟一起振翅，眼看就要离开。

053

"你他妈敢！"苏旷怒极，连扶都不想扶了，站在桅顶，戟指大叫，"你敢走试试看！夜哭郎君的命我不要了，我数到三，现在就先宰了这两个狗杂种，趁着天没黑杀上你那个破岛。谈你大爷个血判！我看咱们谁能多活几个下来！"

教母停在半空，不来也不去。

"一！"

两柄刀立即架上两个咽喉，束星儿没命地叫起来，凄厉之极。

"二！"

刀锋轻轻一拖，喉头双双见血。

连李牧都叫："教母救命！这疯狗玩真的！"他害怕归害怕，但知道求也没用，骂得倒硬气，边上几个人一通踹，又拽起头发来，刀依旧横在流血的脖子上。

"三……"

"你暴躁些什么？"他话音刚落，教母怪责一声，倒也不愠怒，轻轻抬了抬手，精卫鸟缓缓飞回来。

苏旷凝神端详。那个巨大的网兜就吊在他面前，被风吹着，滴溜溜转了一圈。这一回，他可以清清楚楚地看到那张熟悉的脸，和半闭着的眼睛、半张的嘴。

"他怎么了？"

教母勾了一下手。八只带人的鸟之外，还有一只自由的精卫鸟，它飞过去，不轻不重，一翅膀扇在夜哭郎君身上，夜哭郎君啊的痛呼一声，缓缓睁开眼睛。

苏旷身体向前探了探，但没法再向前了，再向前就失足跌落大海了。他和那双眼一对望，眼泪都快出来了。他认得的，那是一双经历过巨大折磨，瞳孔几乎涣散的眼睛，他嘶声叫："夜哭兄！"

夜哭郎君在网里稍微蠕动了一下，四下看看，见到了精卫鸟的巨喙，砰砰拍打的翅膀，脚下一浪一浪冲着沙滩的大海，以及……不远处的苏旷。他慢慢清醒过来，有些欣喜："小苏……你来啦？"

"我来了！我带你回去！"

"别……别费劲了……我已经没用了。"

"她怎么你了？告诉我，她怎么你了！"

"我被带回来的时候，肩胛骨已经碎了，再也做不了什么了……"

苏旷手向下指了指，毫不犹豫："我们也砸一个肩胛。"

束星儿像疯了一样叫。她看见两个丐帮弟子冲上来，直接剥开李牧的衣服，拿着凿子和锤子，几乎是毫不犹豫地一刀割开皮肉，露出白骨，直接一凿子砸碎了他的左肩胛。李牧撕心裂肺地喊，鲜血顺着石头缝向大海流。

"姓苏的！你他妈畜生！你们这群畜生管自己叫侠义道！"

"闭嘴，不然还有另一边。"

李牧闭嘴了，咬着牙，浑身抖。

教母托着腮，好像有点兴致了："苏旷，你这次来，今时不同往日了。好，你想见的人已经见到了，好好休息，明天见。"

"笑话！我再不同往日，也是拜你所赐。"苏旷也点点头，"希望这是第一次，也是最后一次流血。祝我们能谈得愉快，明天见。"

鲜血在海边礁石上，凝结成细细一条线。远方的夕阳落入大海，晚风吹过，海面红得也像血。

这是第一回合的交手，也是一个不太吉祥的征兆。

苏旷和教母双双对望——他们都有预感，这一次，和平恐怕不会那么容易到来。

第六十二章　浮槎本事

七月十三。黎明。南国七月破晓得早，才睡下没多久，天就蒙蒙亮了。

岛上虽有几排"屋舍"，但可谓简陋之极，用粗粗剥皮的椰树搭了个屋架子，上面覆上棕榈叶编的屋顶，扔条席子就可以凑合睡了。云小鲨看了一眼，就回船去睡，船帮的水手和海刺们也都回船。

岛上住的全是江湖客们。岛屋里又潮、蚊虫又多，但泊岸抛锚的帆船摇晃得太厉害，一般人实在受不了。沈东篱干脆就在岛山顶上，盘腿打坐，呼吸吐纳了半宿。

苏旷昨夜睡得迟，他们一行人和余怀之共进晚餐，送走余怀之以后，他围岛巡视了一圈，划定了几个布置鹿栅、堆砌石墙的点，回去之后也懒得洗漱，倒头就睡，本来想着心事万千重，没准要失眠，不想一梦沉沉，睡得甚好，再一睁眼，就看见气象万千——海潮声隆隆，乌沉沉的海面上，刺入好几道长而灿烂的金光，晨风扬起沙滩上一片白茫茫沙雾，一颗孤独的青椰子在海边滚。天色尚早，趁着大多数人还在酣睡，他去山泉水边冲了个凉。

昨天晚上，和余怀之共进晚饭的一个时辰里，大约都是他在抓紧时间、滔滔不绝地讲，说这些年发生的几件大事情，银沙教的断腰之仇、宫廷的祸起萧墙、江湖的英雄令、惨死在上官乾手下的那些人、被银沙教灭门的那些人、丁桀的眼睛……余怀之听得时而惊讶、时而唏嘘、时而扼腕，感慨不已。

只是饭后也已经不早，余怀之还要匆匆赶回去——他是居中调停的人，不适宜留在其中一方那里过夜。送上船的路上，余怀之简单说了些自己的经历。他在暹罗，并没有什么一官半职，但三位舅父之中，有两位位高权重，大舅父是北方达城的总督，三舅父是一位"帕"，也就是伯爵。他来大城之后，一直住在三舅父的府中,也就是母亲未出阁时候的旧邸里,三舅父对他很是倚重,也有意扶持他进入左港务、主持华商船务,一直助他在大城结识贵人、交游武士,短短一年之中,他名声大振,已经成了阿瑜陀耶的第一高手。

苏旷听来并不意外,萧老板本来就是不世出的绝顶高手,即使在中原武林,也没有几个人能压得过他。更何况,除去武功、出身不提,萧老板性情冷静持重,凡事极少偏听偏信,如无极大必要,绝不会出于冲动站在哪一边,是天生的调停者,真要是主持大城左港务,也是诸家华商船队的好运气。

"苏旷,也真是天数,你这种出生入死的大事,我已经主持两回了,上一次人家是苦主,这一回你是苦主。你留步吧,明早会有船来接引,希望这一劫也能平安过去,到时候我带你在大城转一转,你来寒舍喝两杯,看我的白象库库。"

萧老板应该是真的喜欢那头叫库库的白象,信里特地说一遍,见面又说一遍。临行时萧老板提出,他们远道而来,水土不服,如有需要,可以调拨一批仆人来服侍衣食,苏旷拒绝了。洗衣做饭之类的事情,他们可以自己解决,而且,毕竟少一个陌生人,就少一点风险。

苏旷冲完凉,捎带手把换下来的脏衣服也洗了,这时候朝阳才初升,岛山后面朝霞红艳艳的,照得赤裸脊背上的水珠也光灿灿的。

正洗着,看见沈东篱也来冲凉。沈东篱洗澡跟皇上祭天一样,是个挺大的事,而且不允许边上有个人在刷鞋。

擦肩而过的时候,他们匆匆交换了想法。

"我和小鲨去,岛上你留守?"

"好。你们是乘他们的接引船去,还是用自己的船?"

"当然用自己的船,让他们的船带路就行了。到时候,抛锚在附近海面上,万一真有个什么,要跑能跑,要打能打。"

"我把鹿栅架起来?"

"好。船上我们有准备,做了铁甲防护,岛上面也尽量在空中拦一道,哪怕是蔓藤啊、竹架子什么的都好,至少,不能让精卫鸟直接俯冲下来。但也要注意防火。"

"我知道,刚才已经看过一圈了。"

"东篱兄真是,瞎子擦屁股——心里有数。"

"不会打比方,可以不打。"

"还有,颜大哥和风不二你挑一个,我带一个走,到时候,我跟小鲨上他们的船,我们的船上也留一个高手压底。"

"你带风不二走吧,海面上,需要权变、灵活一些,岛上防御,够稳重才好。"

"福宝我也带走,这个时候,我不想让他和束星儿多说多话的。"

"别的人呢?"

"萧老板叮嘱过,会面的人不能多,各出两个足够了。两边的大部队都在岛上,船上用云家的海刺就行。昨儿晚上,我转了一圈,看他们不少人晕船得厉害,没怎么吃就去睡了,今天让大家恢复一天。"

"好,就这样。"

"那你洗你的澡,我去那边晾衣服。"

"哎,你这就算刷好了吗?上面还有沙子。"

"刷好了刷好了,简直是洁白如雪……"

没多会儿工夫,需要行动的人群都起来收拾妥当了。

风不二继承祖业,兼做医生,匆匆为李牧最后换了一次药。李牧的伤是终生的,可能一辈子都无法抬高左臂。听看押的人说,他一整夜都在呻吟,时时骂一嗓子。

苏旷并没有感到抱歉。他没有什么别的选择,甫一交手,必须让对方知道自己不惜见血的勇气。从他在那卷《春秋》里取出蜡丸的时候起,他就察觉到了,他们已经离开了江湖和神捕营的势力范围。他从一开始就知道暹罗有多遥远,但"知道"和真正"察觉到"是两件事。他们从来没有到那么远的地方行动过,这么远的距离意味着变化莫测的大海、瞬息万变的风暴、陌生的国家以及音讯的完全隔绝。他的第一拨援军可能迟到,那么第二拨也可能,甚至可能最后没有援军。

西域也很远,沙漠和戈壁一样可以杀人,风险也同样不可控。但西域是可知的,朝廷在西域有千年以上的经略史,也积攒了足够丰富的资料和典籍。孙白鹿甘冒奇险,就一样可以去追击悍匪。但暹罗完全不同。他对暹罗和这片海一无所知。一无所知的背后,有一个很可怕的威胁——游戏规则可能已经在不知不觉中改变了。

他昨夜散步的时候去看过李牧一次,李牧对他骂不绝口,看他的眼神里全是蚀骨的恨。他无所谓,顶多是有些可惜。李牧的才华非同一般,这个人一身武功,历两宗佛界,懂六种语言,阅三千经典,知十方世界,懂得四谛七苦……这一切,本来应该把他拉到一个比江湖草莽高一层的境界去,但居然加在一起,都抵不过少年时被丐帮排挤的区区痛苦。不过也没什么办法，可能是因为活得太凌空蹈虚、假模假式，也可能是因为天性凉薄、知己不知人，还可能是因为性情过于敏感又封闭……反正，无论如何，就是有那么一些人，他们无论阅历多少，唯一忠诚的就是自身的痛苦。

一轮红日，在海平线上随云吞吐，海面上霞光万道。接引他们的小船来了。

云小鲨很早就起来了，做足了准备。她直接动用了风主，这是她最得心应手的船。她也带了最精锐的一批海刺，布置好了狩天者，随时随地准备掀桌子开打。

风主扬帆，启航，跟随那艘接引船向东行驶了五十里左右，抛锚在一片茫茫无边的大海上。

那艘用来"和谈"的船早已停妥了，那是一艘中等大小的鸠首月形船，有深而阔的船舱。

银沙教的人已经来了，她们是直接乘接引船来的，倒是显得光明磊落。

云小鲨挥了挥手，一群海刺下了水，验明船下没有机关，海底没有埋伏。吃一堑，长一智，他们几乎是步步为营。

风主是三层楼船，比那艘帆船的船舷高出一丈，相互之间没有搭跳板，显然是默认他们可以过去。两人互相点了点头，说一声"走"，一奔船头一奔船尾，齐齐一跃而下，站稳在那帆船甲板上。

走进船舱，里头宽宽绰绰的，空荡荡的船板上铺了五张芭蕉席子，四席相对，前面各置一张矮几。一席在右侧，萧老板已经盘腿坐好，几上摆了纸和笔，向他们示意对面——矮几对面，两个女子微微点头致意，一个矮小、黑衣，四十多岁年纪，正是五夫人；另一个是个二十出头的姑娘，比五夫人高出一个头去，淡褐色的皮肤，肩很宽，穿一条亚麻长裙，腰上束了个小小的竹篓，正左一眼右一眼地打量，好像对这个世界很好奇。

这是苏旷第一次端详五夫人。她矮小干瘦，毫不挺拔，像个菜市里卖鱼的女人，脸上没有一点妆，眼角和嘴角的皱纹深而严厉，干瘦的右手上指节很大，指甲新剪过，剪得非常短，露出了指尖皮肉的一丝白边。至于左手已经没有了，空空地突兀在袖口里。那是云小鲨的一剑。

"苏大侠、小鲨。"五夫人向空席位示意，"坐。"

她和教母截然不同，教母的声音里，没有生命的气息。而她的声音里有一种冷硬的掌控力，像一只巨大的铁爪抓进泥土里，把一切细小的枝枝蔓蔓都挖断了。

四个人面对面地坐下了。五夫人微微颔首："二位远道而来，舟车劳顿，实在是辛苦了。这位是我教药堂的执笔人，她负责记录下来我们的对话，把一切呈报给药堂尊者。我代表教母来，今天我们达成的任何协议，都可以看作是整个银沙教的意愿。"

云小鲨和苏旷对视一眼，"药堂尊者"，他们已经听见过很多次这个称谓了，如果对方只能来两个人，一个作为教母的代表，一个作为药堂尊者的代表，那么，也就说明了这个职位权力相当之大，或许是教母之下的第二人。

"教母人在哪里？"

"两百里之外的海船上。苏大侠，你也明白，随时可能火并的情形下，我们需要确保她的安全。"

"五夫人空口说白话，拿什么证明，你能做银沙教的主？"

"苏大侠不用咄咄逼人，你跟我们谈，就一定能做中原武林和神捕营的主吗？协议达成之后，我们自然会给一个双方都认可的办法。"

"也行，那我们开始吧。"

"谈正经事之前，苏大侠，我想先向你道个歉。"

"什么？"

"当然是你腰的事。"五夫人深深躬了躬身子，很是诚恳地提醒，"苏大侠，那件事想必你还记得，必须当面承认一声，下令断你腰的人，是我。"

苏旷倒抽了一口冷气。这有什么可"想必你还记得"，谁还能心大到连这事都忘了？他永生永世也忘不了那一天。鬼门关一样的雪山，行刑场一样的冰河。那个黑衣蒙面的女人高高在上，凌空指点，她说了五个字：让他老实点。那五个字，是午夜梦回的惊悸战栗，他一遍又一遍地从同一个梦魇里挣扎醒来，咬紧牙关，把耻辱和痛苦咽下去，直至东方发白。

简直是不可思议，他们还有面对面谈论这件事的一天。

"给你写那封信的人，也是我。"

是了，还有那封信。

苏旷望了她一眼。他当然也还记得守默谷雪上的那一纸素笺。那封信文辞典雅，字迹秀丽，没有落款，像是地狱的邀请函。夜哭郎君看到之后，恐惧到微微发抖。他那个时候，还不知道天高地厚，刀山剑冢也好，龙潭虎穴也罢，并没有什么不敢闯的地方。

但是，那之后的一年里，他想起那封信，偶尔也会发抖。

那封信是这样写的：

> 妾慕苏君亦久矣。向闻苏君怀不酒之狂，奋不周之怒，作不仇之斩，只手侠行天下，守默谷中，一冢耿耿百年，破立两难，开阖失据，妾每思之，其忧难寐，常有发冢之心，光大武道之志，奈何放眼所及碌碌庸庸，唯待英雄千里而来，剑冢重开之日，令弟平安之时。闺阁之谋不足为哂，以君之落落襟怀，必不至负昆仲高谊也。再拜。

最可怕的地方就在这份先礼后兵上。写信的那个人，好像真的是发自内心地欣赏他、赞许他，之后，毫不犹豫地毁灭他。他一度认定这是教母的手笔。但这真的是眼前这个人写的吗？他有一点不确定。

苏旷不愿意多纠缠过去，点头："请赐教，我做了什么对不住贵教的事？"

"我跟小鲨解释过，那次是个误会。我本来只想把你打断腿带回去而已，我的命令下得不够清楚，动手的那个家伙，自己又发挥了一把。"

"是个误会？"

"对。"

云小鲨也忍不住冷笑："我的船也是个误会。"

"本来就是，小鲨。"

苏旷冲云小鲨摆摆手，意思是我的事先来："好。那先告诉我，为什么要打断腿带回去，我跟贵教到底是哪里过不去？"

"苏大侠，做人讲点道理。我们银沙教，就算是众人唾骂的魔教，那也是个立教三百年的所在啊。你在大庭广众之下冒充我们教主，私自修行敝教的心法绝学，怎么，这都不能抓你回去吗？"

苏旷愣了一下。他确实冒充过教主，而且很快就把这事忘到九霄云外了。那本来不是他的主意，是丁桀临时想出来的鬼点子。他当然也修行过人家的心法绝学，那也不是他主动求索，是云小鲨送给他的礼物，而且也不知道不能学。

五夫人自有道理，继续说道："冤有头债有主，我们又不是丐帮少林侠义道，看谁不顺眼，就胡乱上门教训人。"

"冒充一下教主，就要打断腿抓回去？"

"是啊，你要是冒充皇帝，还会诛九族呢。"

云小鲨忍不住插了一句："阴墟和十三式是我送的。"

"小鲨，既然说到这儿了，那我也提醒你，你本来就没资格送，霍教主传功给你，银沙教虚位以待，是你主动放弃了这个位置，换了一岛的海神杉。既然已经换了，就应该明白，银沙教和你没关系了，你凭什么拿我们的至宝随意去送人情？"

"为什么算你们的？武功心法，是义父传我的，给的时候，可没说不许教人。"

"霍瀛洲的武功，本来就是银沙教倾其所有栽培出来的。"

"五夫人，武功和药方并不一样，武道就是要传人，传人才能发扬光大。"

"我们并不这么认为。"

"等等，小鲨，你先打住。"眼见涉及道路之争，苏旷又摆了摆手问五夫人，"行，这事的来龙去脉我算清楚了，你们也不算师出无名。但是，今天我来了，你刚才也说过，冤有头债有主，如今债主上门了，你们准备给个什么说法？"

"我们的事情谈完之后，我可以把动手的那个家伙交给你。"

"喂，我跟你好好说话呢，别他妈给脸不要脸。"

"你着什么急呀？我还没说完呢，除此之外，那个命令是我下的，我来负这个责。"

"怎么负？"

"以眼还眼，以牙还牙，正事谈完之后，你也可以打断我的腰，或者，我可以自杀。"

苏旷彻底听愣了，这有点超乎意料之外。是，他万里迢迢是来报仇的，但别人跟你说，可以报仇啊，拿我的命走。这就有点……怎么说呢，不符合常理。常理是千古艰难唯一死，不到万不得已，是断不会把命交给别人的。但银沙教的这群人，太容易想不开了，动不动就用自杀解决问题。上次在杭州也是，他们还没有准备逼到那一步，一个个全服毒死了。"死"变成了如此轻描淡写、随随便便就可以宣之于口的解决方案。如此不尊重自己的生命，到底是之前经历了什么？

苏旷挠了挠头，一时不知怎么接茬。

"苏大侠，这样你满意吗？"五夫人殷殷地问。

"这都什么跟什么呀！"苏旷有点着急了，"你们会不会谈判啊！谈判，两边谈哪！大家往好了谈啊，往活路谈啊！我为什么要满意？活着不好吗？至于打断你的腰……真是莫名其妙！难道能弥补我什么吗？对我有什么好处吗？"

五夫人有点淡淡惊讶："你觉得活着就那么好吗？"

"你他妈真有病吧！真有病换个人来谈！活着当然好啊！花花世界，有酒有肉，有朋友有爱人，四处跑四处玩的……我要是能活一千年，我绝不活九百九十九年，少一天我都跟阎王爷没完！你们不想看看一千年以后的世界是什么样的吗？我跟你说啊，我现在最盼的就是有鬼，哪怕在十八层地狱里受刑，那也有个熬头，有个忍头，总比灰飞烟灭强吧。"

五夫人像看个怪物一样看着他，他的眼神也差不多。

这是第二次的道路之争了，也是一个很难调和、一般人又压根想不到的底部分歧。

五夫人试探着问："说一个你认可的方案。"

苏旷掰了掰手指头："第一，五夫人，不是我看不上你，但这个事，你不够格，必须教母出来，立下契约，保证以后不再进犯中原武林，不再胡乱杀人。第二，贵教要废除那些残忍恶毒的肉刑，一样不留，不能动不动这样好吧，断人腰剥人脸的，你们自己动手的时候恶心不恶心。第三，除掉所有蛊虫和精卫鸟，尤其精卫鸟，一只不许留，没事儿就吃人的畜生，不允许存在。第四，王素和上官乾交出来，我们带走。第五，剩下银庄在哪儿，说出来。第六，放了我朋友。"

"六条都做到，你就满意了，是吗？"

"六条都做到，这事就结束了。我的腰可以算了。"

"小鲨，你呢？你的条件呢？"

云小鲨和苏旷对望一眼，她想了想，一时甚至不知如何作答。

五夫人取出一本小册子，推过来："小鲨，我上次跟你解释过，也道歉过，你不肯接受。我说了，云家船帮的蛊虫，是你手下秦海锐偷的，而且还偷错了，也给我们带来了麻烦。为了证明这个，我们特地从药堂调出来了所有蛊虫卵的出入记录。喏，都在这里。当然，这个也是可以伪造的，但你仔细看看，里面最繁琐、明细的记录都有，包括那段时间寻找丢失蛊虫卵的记载，中间还有你们老秦去拜访时候立下的手印和字据。小鲨，那天我向你动了手，是我判断失误，但我没办法了，你这条线是我负责的，我不能眼睁睁看着银沙教多出你这个大对头，腹背受敌。你也砍掉我一只手啊，对不对？我的错在先，我不怪你。小鲨，我允诺过，只要你中立，分一家银庄给你，我说的还算数。"

云小鲨和苏旷又互相看了一眼，又都看了一眼小册子上的字迹。是汉字，但太端正，太清晰了，像是印出来的字一样，每一横、每一竖、每一撇、每一捺都完全一样。如果这是一个人写出来的，那么，那个人一定很可怕。

云小鲨试探着回答："五夫人，你的意思是……如果我也愿意算了，你就答应这六条了，是吗？"

"我不能一次性答应你们。需要有点商量，有个过程，譬如精卫鸟，那是我们的命根子，你得给我们几年时间，慢慢地减少，一下子就除掉，我们就完全没有防御了，只能任人宰割。至于银庄，你们已经挖走了三个，而且是最大的三个，其余的，我们可以交出来一半，一半已经很多了！说真的，在我们建立十二月银庄之前，江湖上根本没有那么多财富，这里面的大多数，是我们辛辛苦苦经营出来的，多少给我们留一点。而且，依照刚才的承诺，剩下的这部分，我们再拿一个整的出来，补偿小鲨。"

"王素和上官乾呢？"

"实不相瞒，上官乾服下了我们教母的蛊虫，每个月必须服一次解药。如果大事妥当，你当然可以把他的人头带走。至于王素，也在我们视线之中，我们可以帮你们抓到他。"

听到这里，连萧老板都忍不住了，示意几上的纸和笔："二位，这个确定之后，是要立契约的！"

"萧老板在开玩笑，我们请苏大侠和小鲨来，就是为了立这份契约。"

苏旷轻轻摇了摇头，直截了当地问："明人不说暗话，讲吧，你们到底想干什么？"

这一次，五夫人和那个年轻姑娘对望了一眼。五夫人的脸上，露出一种奇怪的、骄傲的、闪着光芒的笑容："话已至此……不瞒二位，我们想要建个国。"

萧老板啪地就把笔扔了。苏旷惊讶到微微张开嘴，看了看云小鲨。云小鲨也一样，一脸藏都藏不住的震惊。这事也太大了！而且也远远超乎他们来时的预计。谁早上出门的时候，会想到要参与建国这种大事？回岛去都没法跟沈东篱他们说！

苏旷用力按了按太阳穴，他脑海里忽然闪过梅山书局里那个要用箩筐抬出去的周九桐的老父亲；那一屋子朽烂了的雕版，一卷写满了漂流故事的《浮槎记》；那一只嚷着"道不行"的鹦哥……那一次，他脑海中曾经有过一闪念，但很快，就把那种最荒诞不经的理由排除掉了。

他尽力让自己跟上这种节奏:"五夫人……你们要在哪里建国?"

五夫人拿了一张地图出来,展开说道:"我们初选的位置,在真腊的原属国、三佛齐的南方,也就是和金瓯角交界的这片丛林里。诸位,请你们放心,一旦建国,我们会立即向朝廷称臣纳贡,也会和暹罗百世交好。"

可怜苏旷和萧老板,你看看我我看看你,一时之间,瞠目结舌不知所对。也谈不上赞同,也说不好反对,就是顿时觉得胸襟、眼界、格局……都忒井底之蛙了,和银沙教这些人没得比。还请我放心?我算什么人呀?我放什么心呀?这么大个事,是该跟我商量的吗?我谅孙白鹿他们来了,也高明不到哪里去!

"小鲨,"五夫人微笑莞尔,"你还记不记得,我跟你叮嘱过,返航的时候,无论如何要从总舵走一趟,有事情跟你商量?"

云小鲨也揉了揉太阳穴:"也是……关于这个事?"

"是。"

"找我是……干什么?"

"小鲨,当然是共襄盛举。"

"啊,我吗?我能……干什么……关于这个事?"

"小鲨,不要妄自菲薄。"五夫人展开地图,看着这茫然不知所指的三个人,从容地指点,"诸位请看,我们研究很久了,如果我们想要建立一个纯粹的女儿国,那么这里再合适不过。小鲨,你知道北边的兰纳泰,被他们朝廷称之为什么吗?叫八百媳妇国。"

"那你们要叫……七个夫人国吗?"

"当然不是。听我说,在古时候,你看这一带,也就是水陆二真腊、占城以南、暹罗东南,这么一个大圈,是南海诸国的第一个国家,叫作扶南国。扶南国的开国女王,叫作柳叶女王,她曾经创立过煌煌战功,开国三千里。只可惜,柳叶女王一世不传,被一个叫作混填的男人娶了,繁衍子孙,她的国家变成了混氏王朝。我们想要重立扶南国,从此之后,这里会有一个女人自己的国家,每一代都是女王。"

"好……特别好……"云小鲨坐不住了,站起来走了几步,问余怀之,"萧老板,我是做珠宝生意的,不是特别懂军国大事。据你所知,这种事在暹罗这一带是常见的吗?有什么特殊的地域文化……大家都允许是吗?"

余怀之相当谨慎,伸头仔细看了看那个小圈子,期期艾艾:"余某也是刚到暹罗投亲,可谓人生地不熟……而且也是江湖草莽出身,并不熟悉祀戎之事……我想,如果是在那种丛林里,或许是可以的,谁会多管闲事呢……这附近有很多很多小国,几十个总有的,隔几年就出来一个,隔几年又没了。倒也没必要急着建交,可以先发展一段时间,观察观察。"

苏旷听了一愣:"咦,真这么容易?那我们要不也建一个?要不就来时候的那个岛,也很小,应该没什么人在意……那个岛风景太好了,小鲨你心情不好可以来晒太阳……"

萧老板脸色一沉:"那个岛是我母亲家族的,我是借出来给大家用。"

苏旷耳朵跳了一下,好像有个很狡猾、一闪而过的想法在脑海里过了一下,但一时还被开天辟地的大事震惊着,小灵光没有抓住。

"请诸位不要嘲笑我们的志向吧。"五夫人又深深一欠身,弄得萧老板有点不好意思,"我们不是要建立那种部落小邦,我们要一个真正的国家,我们已经筹划了二十年了,付出了难以想象的牺牲。而且,我们需要的东西,差不多都准备妥了。"

"不是,萧老板不是嘲笑你们,他跟我一样,就是蒙了。等等,我来梳理梳理啊,贵教的夫人组织,就是为了……"

"为了用最快的速度,懂得那些机构是怎么运转的。我们时间并不多,只有一代人。我们七姐妹,在少女时候,就结拜金兰,立下金兰之契,誓约彼此忠诚。之后,进入了七个不一样的所在,有宫廷,有帮派,有银庄,有武库,甚至还有青楼……我们也算忍辱负重,从借刀堂学会了训练杀手,从守默谷得到整个武库,在皇宫里学习枢纽的运作,在洛阳窥探江湖的规矩……这一切,就是为了有朝一日,姐妹们能有一个自己的家园,不再颠沛流离,也不用寄人篱下。如果不是丁桀自以为是,发英雄令,我们已经把十二银庄陆续都运出来了。"

"自以为是?"

"当然,难道不是吗?我们并不想跟什么中原武林、少林丐帮为敌,那么多年,行事隐秘,也尽量在绕着他们走。我确实灭掉了九天堡,但那是我妹妹的大仇啊,可连区区一个孙云平出面,我都退避三舍,这怎么就又惹到丁桀了?他好端端的,为什么就非要重新出山,下令八百侠义道追杀我们?我们经营了那么多年的基业,几乎毁于一旦,最后,要他一双眼睛,也是理所当然的吧?"

"你们不想跟丐帮为敌,柳衔杯烧人家总舵算怎么回事?"

"柳衔杯是柳衔杯,我们是我们。"

"我不懂怎么区分。"

"柳衔杯是霍瀛洲那一脉。"

"说清楚，我不是你们自己人。"

"我确实需要说清楚银沙教的一些变更。众所周知，三十年前,敝教教主霍瀛洲，率众北上，在海南崖州建立新总舵，以为跳板，进取中原，银沙鼎盛，被称为魔教；二十年前，霍教主与汪振衣同归于尽，银沙从此式微；十二年前，丁桀新任丐帮帮主，率众南下，荡平崖州新总舵，号称诛尽银沙。这些应该是天下的共识，对不对？那个时候，他们浩浩荡荡一行人，大约斩去了银沙教一千颗人头，俘虏了两千人北上，从此有名有姓的高手尽去，银沙无人。不过，丁桀眼高于顶，他眼里的高手和教众，只是男人，至于老弱妇孺，他并没有多看一眼，挥挥手就离开了。"

这是丁桀的风格。丁桀确实目中无人，他平生所恨，就是"不能早生二十年，手刃霍瀛洲"，连成年之后的诛尽银沙，都有点大材小用的落落寂意。他只摘高手的人头，剑下不死无名之辈，至于那些哭哭啼啼的女流之辈，他不会去杀了她们，不会去欺负她们，当然也不会安置她们，准确地说，在他的世界里，她们并没有存在过。他转身离开，这个除魔卫道的故事就结束了。整个江湖，曾经以为的魔教也就此结束了。而银沙教以一种他没有想象过的方式死灰复燃。

"可能江湖之中，并没有多少人细想过，银沙教不是一夜之间败北的，霍教主殒身之后到丁桀诛尽银沙为止，还有八年的时间。这八年，滞留在海南总舵的那一大批女教众，过得很惨。当然，银沙教那帮高手在的时候很惨，在高手被除掉之后，她们就更惨。你们能明白吗？她们是……输家发泄怒火的对象和赢家的战利品。"

这是可想而知的。那群曾经跟随霍瀛洲叱咤风云的魔教高手们，当然能够预见到几年后的命运，但他们也没有退路，他们灭了无数个门派，面容和名字早就被记在复仇的榜单上，他们的人头迟早会被侠义道拿来祭旗。失败和覆亡是在八年里逐步侵蚀人心的，那应该是充满压抑、恐惧和阴暗的日子。而当那三千高手尽去之后，"魔教余孽"是人人得而欺之的。丁桀和他的人当然不屑，但还有的是人"屑"。

概莫能外，挑起战争的是一些人，承担战败代价的是另一些人。像很多被挟裹进战争的女人一样，在男人们胜利的时候，只能分享一半的荣光，但失败之后，要承担双份的耻辱。

"那时我们这些留守在老总舵得以保全的人，甚至好几年无法和她们取得联系,银沙教的海船也全被丁桀一把火烧了，那时候的精卫鸟也还没有翼力带着人长途飞行。狂风巨浪，万里汪洋，我们只能试图搭商船，但总舵的钱财也早就被运到海南了，岛上是很贫瘠的，我们并没有多少钱，即使凑齐了一些，也很快被那些海盗一样的船帮夺走……走到哪里，都是颠沛流离，黑白两路，人见人欺，不堪回首。我们没有权力，没有武功，可也绝不愿意姐妹们分离，从此忍气吞声、了此残生。我们有的，只有药岛上浅海留下来的蛊虫卵和精卫鸟，除了奋死一搏，让精卫鸟变得所向无敌可以横渡大海之外，我们无路可走。"

确实如此，霍瀛洲之死是个分水岭，在此之后，一直以来只是影子的夫人们走上台前。

柳衔杯那一拨人，和她们确实不是一路的。柳衔杯那一拨人，是没有被屠尽的高手，他们心怀大恨，终生试图向丁桀复仇，带着"老幼妇孺"之中的"孺"们再度壮大，但依然在江湖门派的格局里。而"老幼妇孺"的"妇"们，走了另一条路，一条前所未有的，寄生、极速发展、崛起，之后再自立门户的路。

宝剑有双锋，丁桀的"诛尽银沙"除掉了她们的保护者，但也除掉了她们的绊脚石。

再想起云小鲨故乡之岛的那些蛊尸，这两股势力，各自发展之后，总是要争夺总舵的资源，想必是最终进行了正面交锋，并且，一方完全吞噬了另一方，得到了全部的银沙教。

"小鲨啊，我们曾经对你寄寓厚望，我一直在苦苦寻找你，曾经一度以为，找到你，就找到我们未来的领袖了。可是，我终于带你上岛的时候，希望你能留下来，率领我们走出苦海，你断然拒绝了。你还记得……你当时说了些什么吗？"

云小鲨眼里有一些微光在闪。五夫人说的"那些年"，恰好也是她江湖出道、夺回云家船帮的"那些年"。她只有在出道的第一战，找了颜小朔练手，事实证明差距太大了，大到胜之不武的地步。她几乎是立刻就明白过来，那意味着什么——另一扇更强大也更广阔的世界的大门，在眼前徐徐开启。

后面的十年里，她声名鹊起。她避开了陆地上的丁桀，在海域则没有对手。她什么都不缺，就缺船。

五夫人带她上总舵的时候，她的眼里只有一岛的海神杉，那是她的桅杆和龙骨，也是无尽征途。五夫人陪伴在身边，絮絮叨叨介绍了许多银沙教起源神话之类的无聊废话，她充耳未闻。她其实还遇到过一个朋友……唔，不过那是很久之前的事了。对了,那时候,她们想要跟她说什么来着?

"记得。"云小鲨点点头,重复了少女时的承诺,"我永远不会为别人而活,我的未来在大海上,不在荒岛上。"

五夫人提醒她:"你还说了一句话,这让我们之后无法保持交情。"

云小鲨又点点头:"那我也记得。"

五夫人在那个时候年纪也不算很大,面对一个前所未见的天才少女,她既要拿腔作调拿出年长姐姐的做派,一通虚张声势,免得她看透银沙教当时只是一个烂摊子,又忍不住羡慕感慨:"小鲨,你命真好,你长得这样美,天分这样高,他们还把路都给你铺好了。"

云小鲨轻轻抚了一下额头。那一年,她也才十六岁,单枪匹马、得天独厚,想要闯出前所未有的功业,野心像风帆一样鼓舞,理想像旗帜一样飘扬。她立即被那样的话激怒了,那时候,她才刚刚夺回船帮,立足未稳,正需要天底下所有人承认她的一己之力。于是,她很骄傲地扬起头,略带轻蔑:"我的路是我自己走出来的,我用了六年时间闯出我的孤岛,你们也该走你们自己的路,不要总指望别人。"

于是,五夫人没有再劝过一个字。她们给了她海神杉,她放弃了继承权,从此一拍两散。

再后来,她们像热锅上的蚂蚁一样,继续寻找未来的教主。她们四处都找过了,教内找,教外也找,所有天才俊彦都问过一遍,但一直没有人站出来。因为那之后再两年,就是丁桀"诛尽银沙"的时刻。

江湖上所有人都知道,那些年丁桀像是一柄一寸一寸推出鞘的神兵利器,寒光日益慑胆,一旦横空出世,银沙教必然要遭遇灭顶之灾。谁愿意正面对抗全盛的丁桀啊!

没有领袖,她们选择了自己来。

如今,云小鲨长到了五夫人当初的年龄。她成名很久了。她赢过,也输过,纵横过,也折帆过。我亦曾经沧海客。

"小鲨,"五夫人又问了一次,"时至今日,你还认为你的路,全是自己闯出来的,和上一代无关吗?"

呵呵,当然不是了。有些记忆一闪而过。好像在刹那之间,她又看见了那个夜晚,母亲抚摸着她的发辫,问父亲:"小鲨跟我姓云吧?"

父亲说好。

她猛然全明白了。人无法预见未来，他们那时不知道最终谁会战死。那种时刻，汪、霍二人已经不适合也无法再坐下来探讨她的前程问题了，他们只能沉默，彼此心照不宣。

如果汪振衣杀了霍瀛洲，那时候，父亲带她走；如果霍瀛洲杀了汪振衣，那时候，义父会带她走；如果他们两败俱伤，那么毁灭的时刻会推迟，江湖会出现新格局，那她最好跟着母亲。

她在孤岛上独自成长了六年。她出不去，因为岛外海面有个大漩涡。可那片"大漩涡"不仅是她的天堑，也是她的屏障，独自成长的岁月里，同样没有外来者可以闯进来。她安全、自由、孤独、怒气冲冲，那是段天赐太平的习武岁月。到她能够离开的时候，已经是真正的强者了。

五夫人的眼真狠——他们三个，确实为她谋划好了道路。而她在很多年里，一无所知。

云小鲨有些许不安："或许……重来一次，我也会做一样的选择，不过，我愿意为当初的傲慢道歉。"

"不用了，小鲨，我们自己的道路，本来就该由我们自己闯出来。"五夫人还是轻轻欠身，十分诚恳，"如果你能理解我们当初的难处，请在这一次帮助我们。我知道，我们这一代人做了许多残忍、血腥的事，但没办法，我们确实没有干净的路走，我愿意用生命作代价洗清这个罪过。小鲨，请你相信我，我们有许多年轻的姑娘，她们的手是干净的，人是聪明的，再过一代或者两代，她们能建设一个很好很好的新世界……或许，她们的佼佼者，也能像你一样，做自己热爱的事情，而且出类拔萃。"

"你要我怎么帮你？"

"既往不咎就足够了。"五夫人看起来十分谦卑，"还是那句话，我们愿意为所作所为付代价。我愿意一死，请你帮助我们得到和平，让这场恩怨在我的死亡上终结。之后，让年轻的姑娘们建立新世界。"

云小鲨想说些什么，转头看见苏旷轻轻地摇了摇手指，又悄悄指了指舱门。她迟疑了一下，改口："我们回去考虑。"

五夫人瞧在眼里，微微一笑："小鲨，学会看人眼色了，这可不太好。"

"五夫人慧眼如炬，那我直说吧。"既然被喝破，苏旷也干脆坦白，"我对你们的新世界没意见,但新世界毕竟是明天的事,不能用来解决今天的问题。今时此地,我有三个问题,想问个明白。"

"你说。"

"第一,我数来数去,一共只出现了六个夫人,以前我想教母本人就是第七个夫人,但现在听起来并不像,你能不能告诉我,最后那位夫人在哪里?"

五夫人顿了顿,没说话。

"第二,你们只带了一百多个人在岛上,不会告诉我就用这些人建个国吧?既然已经准备得差不多了,那么其他人在哪里?手上很干净的姑娘们在哪里?手上不干净的杀手们又在哪里?你们运出来的银子在哪里?运银子的人又在哪里?总不会还在总舵吧?大老远的!还是都已经来了,就埋伏在这附近?"

五夫人还是没说话。

"第三,王素和上官乾呢?尤其是上官乾,是正在赶来的路上,还是也在这附近?"

五夫人依旧没有说话。

"我想,以诚相待,肯定是包括了这些问题的。二位,我今天能提的就是那六个条件、这三个问题,你们要是还得回去请示,那我们也得回去再商量。"苏旷起身,主动结束了今天的对话,"五夫人,你一人做事一人当的心意我领了,但你得明白,这场恩仇长达百年,早已经血流成河,你一个人的命恐怕不够换你想要的东西。想谈下去,就得互相递筹码。"

五夫人快速做了个决定:"我先告诉你王素在哪儿。"

"哦!这是个筹码。"

五夫人写了张纸条递过来:"后面怎么谈?"

苏旷接了,看一眼说:"这样如何?按照之前的说法,各退一步,银子我想想办法,给你们留一部分。三天之内,我们再碰一次,你得把正主请出来,让我也跟她聊聊。最重要的是,下一次,不管和谈成不成,约好的事情总得办,你们把夜哭郎君带来,我把束星北和李牧带来,咱们当场先换人,行吗?"

五夫人想了想,点了点头。

苏旷和云小鲨出舱后回到风主上。今天,他们谈得很快,聊完了还不到中午,回岛还来得及吃午饭。

云小鲨问:"你信不过她?"

苏旷摇摇头:"我倒不是信不过她。她把所有责任都往自己头上揽,这不对劲。我是信不过教母。"

云小鲨想了想,又问:"撇开别的不论,她说的新世界,你什么感觉?会是真的吗?"

苏旷也想了想:"说不好,听着很好,但也略有点怕。"

"怕什么?"

"怕……怕教母一直在利用这个新世界,毕竟这个世上,没有什么比这玩意更让人不怕死的了。我们还是回去吧,跟大家伙一起讨论讨论,这个事稍微大了点,我还得再理理。"

云小鲨点了点头,抬头看了看天,远天又有一山乌云御风而来,快下雨了,这场雨不会小。她忍不住想,这个时候,南枝在身边就好了。

余怀之来道别,苏旷把刚才那张纸条递给他说:"萧老板,这会儿还早,你什么打算?要不到我岛上再聊聊?"

"我先回去一趟,这个事情发展实在超出预料,我得跟舅父报备一声。今晚或者明天,抽个空再来找你吧……"余怀之展开纸条,一愣,"王素在大城?"

"你知道这个地方?"

"当然!"

"萧老板,我们明确一下七日之约,是你们、我们、银沙教的三家契约……这里面没王素什么事,对吧?"

"对……"

"那我抽个空去趟大城会违背契约吗?"

"抽个空?"

"我想现在就去。五夫人启程回去报告教母,多少还得要点时间。"苏旷把小金葫芦递给云小鲨,"我刚才在心算上官乾最快的速度,他刚刚砍了条胳膊,无论如何也得歇两天,之后再……嗯,咱们好不容易趁着小鲨的船快,能提前到地头,这个优势不能浪费,我想冒个险,速战速决,趁着上官乾还没来,先把王素解决了。"

云小鲨要过纸条来看,说:"如果这个地方是假的呢?"

"那正好,之后的一切都不用谈了。"

"如果你算错了,上官乾已经来了呢?"

苏旷没有说话。

"如果这是陷阱呢？如果是声东击西呢？如果是调虎离山呢？"

"我再想想啊……风不二、福宝，都过来，大家抓紧商量商量。"

六月三十。

云家船帮离开会安后的第十天。孙白鹿率领他的青崖白鹿旗，在傍晚时分，由陆路赶到了会安城。

他们是沿着古驿道来的，那是一条崎岖、艰难的道路，时通时断，几乎是紧急军情专用，对马匹换乘和人员身手的要求都极高。通达的驿路上八百里加急，换人不换马；险山恶水之中，则需要将坐骑留在驿站，改为步行、跋山涉水。

这条路每个站点都需要有人接应，到地方可以直接下马甩缰走人，资费相当不菲。是以，神捕营当时得到的许可是只有十大名捕才有资格动用。

会安是一路纵马疾驰的终点，再往前，路途就很不好走了，尤其是占城最南边的金瓯角。他们掌握了一条近路，从那里直接穿过沼泽和丛林，到达真腊的海边，再乘船到暹罗。按照事先的约定，孙白鹿会在这里等南边的向导，也顺便等楚随波来会合。他的人长途跋涉，疲惫至极，明早动身，后天晚上就要进入丛林，对体力的消耗极大，今天需要休息一晚上，吃点好的，再好好睡上一觉。

他们向关帝庙走去。

会安本地也有马匹，但全是矮腿马。所以，他们的高头大马在人群中显得很是扎眼，如果进小巷子，可能都无法容纳另一个人擦肩而过，也没法转身。他们正想着怎么带马绕过去，有人指了指，关帝庙门口围了一大群人，都在议论纷纷。有些蹊跷，孙白鹿皱了皱眉，扔了缰绳，说了声"站着不要动，我去看看"便走了过去。

小小的庙门被踹下来了，关羽偌大的一颗头被整个砍下来，摆在供桌上，长长的也是泥塑的长髯坠在桌前，看起来吊诡之极。

人群都在乱生气，这到底会是谁呢？真大胆！敢砍关老爷的头！

孙白鹿走过去细看。那颗头是陶土烧制的，相当之坚硬，在供桌上风风雨雨摆了将近一百年了，里面变得又酥又脆，不管怎么弄断，都一定会有很多裂纹、碎块，落很多灰土渣，但是这个茬口光滑利落，几乎一刀断颈，如斫新木。这份力量和速度已经相当可怕了。可是，又居然完全没有碰断同样是陶土的长髯，真是不可思议的准头和控制力。这样的一刀,孙白鹿自己是施展不出来的。这一刀已经足够说明身份了。当今世上,能劈出这样一刀的人,一只手或许不够,但两只手一定可以数过来,而这个时候能出现在会安的,则只有一个。

那只握着《春秋》的手也被砍下来了,扔在香炉灰里,机关撬得乱七八糟。至于青龙偃月刀上,隐隐约约的有几个字,不知是蘸什么写的,颜色很淡,凑近去看,大刀正面是六个字:吹牛!刀法平平!反面是另外四个字:公门鹰犬。再细看,那十个字全是血书。每一笔,都是开头的一点浓,后半笔画枯淡,似乎只是十指沾满了血,来这里随便蹭一下。

谁的血?孙白鹿脑子嗡的一声,拔腿就往林阮记跑。

林阮记已经关门了,布招子摘下来,揉一揉扔在路边。展开看看,上面一样是血迹,像是刚擦过手。

孙白鹿手有点抖,推开门进去。

屋里光线很暗。屋角还有一桌一鱼三吃,已经是残羹冷炙、杯盘狼藉。柜台前,林阿公坐在藤椅上,白花花的头歪在一边,他套着条围裙,一只手垂在身边,另一只手虚握着个刚刚完工还没有涂漆的水尾圣娘,围裙上全是刨花,还有……苍蝇。

孙白鹿把他僵硬的尸体扶了起来,然后一眼就看到凶器了,那柄刻刀是从背后直没入心脏的,动作极快,没有挣扎,没有出声,甚至没有流多少血。看尸体和菜肴,凶手走了没多久,大约也就两三个时辰。

孙白鹿深吸口气,往后厨走——林阿公不是他们的人,阿婆才是。

阿婆在关帝庙打了四十多年的牌了。她每天傍晚都去,风雨无阻。她不会武功,也没读过很多书。她有三个儿子、两个女儿、十一个孙辈,还有小重孙。不过,他们都不知道,她是"神捕营"的人。

她当然也没去过京城,这个活儿,还是她少女时候从另一个阿婆手里接过来的,那个婆婆给她讲了一遍铁门槛和十九棵松的故事,她就点头了:"我做嘛。"

活儿挺简单的,机关稍微复杂了一点,但认真学,很快就学会了。来的人对了,扳动机关给他东西就行了;或者,扳动机关让他把东西放进去。规矩只有一条:守得住岁月;嘴要严。

孙白鹿知道这个阿婆,还是临行的时候,刘伯特地提醒他的:"会安那个阿婆啊,之前跟咱们的人提过,说一辈子守《春秋》,老听人家说十九棵松、十九棵松……咱们的十九棵松到底长什么样啊?我这回做了个小盆景,你去捎给她。"

孙白鹿就问："捎什么盆景，要真没什么事了，我找个机会带她来转一圈呗？"

刘伯就笑了："八十岁老太太了，又不是练家子，从会安来京城，你不怕半路上出事情啊！"

孙白鹿越想越心惊胆战，他走到后院厨房，之后扶着门槛愣住了，被遍地血腥气冲得一阵恶心。厨房后面惨不忍睹——杀鱼槽里全是血，大鱼在地上噼啪跳着，白头发在水槽里漂着。尸体像是被处理过的鱼，有人极其残忍地折磨过她，但是……万幸，老太太岁数大了，没怎么熬刑，直接就一口气过去了。她应该什么都没有吐口，凶手显然很生气，踢飞了许多木盆啊、水瓶啊之类的东西，最后意犹未尽，去砍了关羽的头。

孙白鹿坐在门槛上，抱着头忍了好久，还是没忍住，脸埋在膝盖里，吸了吸鼻子。这真是一个完全没有底线的畜生，他居然还是当世前三的高手！

他想，上官乾，你不可能是囫囵着死的，不可能的。他还在想，我们得尽快，但无论如何，还是要休息、吃饭、好好睡一觉。如果上官乾没有拿到任何他想要的东西，那他走不了丛林，会迷路的，这个跟武功没关系。那么，按照他最快的速度，我们应该会一起抵达大城。

第六十三章　不测风云

"我只能带你们到这里了。"余怀之停在寺庙前的一处转角，招了招手，六个手下躲进庙墙和菩提树之间的一片空隙里，在暴雨倾盆的街头，匆匆路过的人几乎看不出踪影。"这个地方叫作金池寺，斜对面那边就是皇家庙宇玛哈泰寺。记住，在暹罗尤其在大城，寺庙是很神圣的。直接从那道墙翻进去，按照我说的路线走，抓你们要抓的人出来，不要闹出任何乱子。听明白了吗？"

"明白！"

"苏旷……怎么说呢，我本不应该带你做这个事，这个事情会让我在舅父面前很难堪，甚至失去他的信任。我不认识王素，也不知道他做过些什么，我唯一采信的就是你的话，我希望你没有骗我，他真的是个十恶不赦的恶棍。"

"绝对是！"

"行了快去吧，速战速决。"

余怀之自己也躲进那片空隙里，他想，这场战斗应该是能很快结束的。手下的人试图给他打伞——那片可以容身的空隙并不大，挤六个人已经是极限了，第七个人难以避免要暴露在外，当然更无法张开伞，而且，这么大的雨，打伞也无济于事，大家都湿透了。他选择的地方和路线或许不算特别好，但已经是短时间内、在这附近能找出来的最优选了。

余怀之并不是擅长做这种事情的人，他素来不喜欢突然袭击、一拍脑袋做决定。沉稳持重的人，就难免深思熟虑，甚至有延宕之嫌。

"如果没有认识苏旷，我应该还在笑纳楼，主持江湖公案，过一种无惊无险、不悲不喜，也心如止水的日子。"余怀之心想，然后抬头望了望黑沉沉、雨云无限的天空。"不知道是那样好呢，还是如今这样好呢？但无论如何，世上并没有'如果'，我已经选择了另一种人生。"

雨渐渐大起来了。屋角的墙壁上，洇湿的那条水迹原本只像条小蛇，之后变成了巨蟒，再之后像个头前披着长发的女鬼。砰！反复被雨水冲激的墙顶石缝，直接喷溅出了一小股泥沙，之后变成了拇指大的泉眼，污水哗啦啦地满墙流着。

小小的斗室里，闷热的程度，像是前些年疯狂挣钱的速度一样，以一种心惊肉跳的方式飙升。斗室里的积水也在向上涨，刚刚还只是没过脚背而已，很快就没过了脚踝，所有能漂浮的东西都漂在水面上——草编的拖鞋、一个油腻腻的假发髻、女人穿过了的汗津津的紫花肚兜、装着剩饭的碗、两根带着烂菜叶的筷子、一根香蕉皮……味儿真是馊臭得可以。

王素半蹲半坐在"梳妆台"前，这大约就是个简易的竹台子，上面放了块带着碎纹的菱花镜，还有一大堆胡乱放的首饰。他半蹲在凳子上，穿了条女人的淡红缠腰布裹起来的裙子，时不时提一把裙角，唯恐它沾到污水，对着镜子，下巴上贴了块膏药似的东西，拿热手巾敷着，不远的凳子上还有一盆热水，里面浸着另一块手巾。

"这可怎么办呀？"在他身后，解海棠盘腿坐在木床的凉席上。那已经是她最后的阵地了，值钱一点的包裹全堆在上面，绫罗绸缎、金银细软，还有七具名琴。屋里太憋闷太湿热了，脖子和背不停地出汗，她只穿了个肚兜、短绸裤，光着细嫩嫩白生生的膀子，头发高高盘起，拿着扇子使劲地气急败坏地摇，"想想办法呀！这能过夜吗？"

"问狗老天去！问我有什么用！我管下雨吗？"

"问老天？我就问你。王素！好端端的，我们到底为什么来暹罗？不是说好了去扶桑吗？都说了那么多年，大黑婆死了就去！我都学了扶桑话了！这可好，我被你哄上船，说什么快走快走去扶桑喽！这一上船，没完没了，每天都在海上，吐死我了！我说，就算我傻、我没出过远门，去个扶桑要两个月吗？你非跟我鬼扯什么……我们好容易到地头了，一下船，两只大象，跟你举着个鼻子，我就问你，这是扶桑吗？是扶桑吗！"

"哎呀，你激动什么呀？扶桑跟暹罗，它有什么不一样！"

"有什么不一样？这就是不一样！苏旷他们又不追去扶桑，我们去了，不就不用窝窝囊囊躲着了嘛！"

"哎呀，海棠，听我说。那个扶桑呢，是稍微安全那么一点点，但是，我们在扶桑没钱呀，什么都要从头做起。这个常言说得好，'有钱男子汉，没钱汉子难'，你锦衣玉食惯了，是不知道，白手起家这个事啊，那就是热油锅上走钢丝，走一遭就算你福大命大造化大，谁敢走第二遭啊？对不对？这个暹罗呢，危险是危险了一点，但是，我有产业呀！只要我们熬一熬，把苏旷熬死了……嘿嘿，海棠，到时候，这个大城、这个暹罗，不出十年，我再拿下它半壁江山来。"

"又来了，你上次说苏旷死定了，我是信以为真……"

"放心！这回苏旷真死定了！"

"我还就不懂了，上回人家腰打断了，躺在你家凉亭里，你全盔全甲地带着人去捉，还能让人跑了，这回人家活蹦乱跳的，凭什么就死定了呀？"

"男人的事，女人不懂！"

"我有什么不懂？你就是贪！上回伸出个小指头也把人捏死了，你非得又要秘籍，又要金壳线虫，又想苏旷眼睁睁看着自己众叛亲离承认你赢。"

"嘿嘿，刚说不懂，你倒真懂我……"王素没生气，嘿嘿笑着，换了块热手巾，接着捂在下巴上。屋里确实太热了，他实在捂得不耐烦，顺手一拽膏药，骂了句肮脏之极的话。胡须只扯下来一大半，还有一小半，软溜溜但顽固地滞留着，他疼得直滋溜嘴，但还是拿着个小镊子，一根根地快而猛地把剩下的小胡子们拔下来。

"你拔胡子就能扮女人吗？看你那大手大脚的，还有一腿的毛！"

"她们也没那么无聊，看我腿毛干吗！海棠，你别瞧不起人，等过会儿，我描眉打鬓扮上了，让你看看什么叫绝代风华。"王素脸上油汗太多了，一时还没法上妆，就先不管，揣了两个椰子壳进胸口衣襟里，一边调整胸部，对着镜子，左右扭动比画。

解海棠扭过脸去，没眼看他。但就那么大点儿的地窖，往哪儿看都恶心，黑乎乎的水面、湿黏黏的墙，目光所及，墙上趴着十几条蚰蜒，一只臭鞋子漂起来，上面还有两个巨型蟑螂在横渡汪洋。她一巴掌拍死只伺机落下的蚊子，有点压抑不住暴躁："你说，咱们就委屈点过点有钱小老百姓的日子，不成吗？"

"不成啊，当然不成。海棠啊，你明白吗？我从十八岁卖了祖宅放手一搏的那天起，就想通了，再穷无非讨饭，不死就要出头，我就算是千刀万剐了，也不当小老百姓。"王素看着镜子里的自己，脸上笑容收了收，略冷峻了些，他把椰子壳调整到位了，看起来真是浑圆丰满、我见犹怜，他自己挺满意的，尖着嗓子，雄浑骚浪地嘤咛一声。

解海棠望着墙角蚰蜒,怔怔地没回话,不知道在想什么。

整装完毕。到最后一步了,不化妆不行了。可屋里闷热到极限了。王素拎着裙角,站起身来,踩着凳子,到墙角顺着个竹梯爬上去。顶上有个地窖盖子,从里插着个生锈的铁销。他嘎轧嘎轧把那铁销拽开了,稍稍把地窖盖子顶上去一些,吹进来一点新鲜空气。

解海棠也连忙站起来透气。地窖口的水,像小瀑布一样往屋里涌,但那风是真清新啊,干净的、凉飕飕的,像换了世界一样舒畅。

王素深深吸了口气,好像听到点什么不一样的声音,再高举起来那盖子一点,伸头左右看看外面的情况。之后,他就看见一个人半跪在不远处,眼神正与他相对,用一种骨头里听着都疼的声音问:"王素?"

王素的第一个念头是:化了妆就好了。第二个念头是:算了,这就是命。

下头,解海棠还在大声喊:"你透口气就快合上呀!水都要满了。"

"海棠啊,穿衣服上来吧,苏旷来了。"他干脆挪开了窖盖,爬了上来。

他是一个天生的赌徒,懂得什么叫愿赌服输。

苏旷也站了起来,就在对面。

一片风雨大作的水世界。

此处是金池寺的一片废弃佛堂,角落里堆了些木石料,估计是准备雨季结束后重修。佛塔外头是空地,丛丛青草,上面零星铺了些碎砖,远天玄黄,竖立着十几柱高棉样式的尖顶佛塔。

此刻大约是申时,天本来还应该是亮着的,但大雨倾盆,狂风刮得雨水四下乱流,天空乌沉沉的,佛塔根根矗立,有种六道轮回、正法庄严的虚无感。即使王素极少伤春悲秋,见此天地,也难免有一种身在何处、身处何世的错觉。

"咬住点牙,撑不住就撕块衣服塞嘴里。"

王素二话不说,照做了。

苏旷走过来,他慢慢地错了下后牙根,挥拳,王素本能地伸着手臂挡了挡,但来不及,那拳速度太快,还是砸在他耳朵根上,天地嗡嗡轰鸣。第二拳砸在鼻梁上,大团的鼻血直接涌出来了,眼前一片五光十色的眩晕。

身后,解海棠一声惊叫。但惊叫声还有一半在喉咙里,立即有个人跳过去,捂住了她的嘴。另一个人也蹿过来,掀开窖盖,伸头看了一眼,捏着鼻子下去。

079

第三脚是窝心脚，直接踹胸口上，王素后退几步，倒了。俩人都不说话，新仇旧恨，没话可说。苏旷冷着脸，膝盖压着他胸口，一拳一拳抡着打。王素咬着嘴里一团布，抱头蜷成一团。他和少年时候一样，冷厉阴鸷、不择手段，但也说到做到——只要你赢，你说什么是什么。

地面上，一大团鲜血在雨水里氤氲开，蜒蜒地向地窖里流。

苏旷打完了。倒也谈不上尽兴，但再下去要出人命。王素在地上抖，像只刚刚下锅的虾。苏旷走过去，伸手把他那条又长、又拖沓的裹腰长裙撕下来扔了，看见那俩椰子壳，摇头笑笑，拽下来扔掉，又在他背上摁了摁，找准了穴道，掂量着下手的轻重。

王素轻轻哼一声："别弄残我……"

苏旷嗤一声，把他穴道封死了。

在他们的身后，解海棠披头散发、淡红衫子、素白裙子，怀里抱着最心爱的一尾琴，她脸色惨白，但也说不上惊惧，好像一切也在意料之中。

苏旷仔细看了她一眼，印象之中，那是个清冷寡言的琴师，他没想过，她会做王素的姘头。

很快，风不二也上来了。底下又脏又乱，污水横流，他没找到要找的东西，就把堆在床上的七八个包裹全拎了上来，毕竟，贵重的物品应该不会浸在水里。

苏旷直接拎起王素，往肩头一扛，招了招手："走！"之后他一马当先，奔到墙角，直接翻墙出去。

风雪原有点犹豫，他倒不是带不走解海棠，就是一时不知道怎么带。这是挺大个的一个人，还是女的，如果直接抱腰难免会碰到胸和屁股。他还是个会害羞的少年，没干过此等强掳妇女的事。

风不二白了他一眼，把一大堆包裹塞给他，撕了块衣服塞到解海棠嘴里，从地上拾起那块湿布胡乱一裹，扛起来就走。

大雨滂沱，簌簌沥沥，千条万线。看不清四面八方，放眼四顾，只有建筑物的轮廓。

刚才约好的街角空空荡荡的，没有人。萧老板不在，他手下的人也不在。都去哪儿了呢？苏旷忍不住轻轻叫了一声："萧老板！"没有人回应。

苏旷怔了怔，这并不寻常。他们是第一回来阿瑜陀耶城，人生地不熟，如果没有人带路，在这样的雨里，他甚至无法找到出城的路。

风雪原和风不二也过来了。

"师兄，怎么回事？"风雪原问。

苏旷摇摇头，雨水横流，他甚至无法找到蛛丝马迹。

"师兄，那怎么办？"风雪原又问。

苏旷把王素扔地上，叉着腰，摇摇头，还是不知道。

"我们这么带着人，是出不去的。"风不二提醒他。

"或许刚才有熟人经过，他们不方便打照面，躲起来了，我们稍微等一等。"苏旷想了想，这个理由太牵强了，他往地上扫一眼，看见王素脸上有一点"说不定会有转机"的神态，接着说，"真要是出不去，就杀了他再走。"王素又闭上眼睛，一派听天由命。

大雨天，街角人是少，但并不是没有人。此处接近皇宫，远处有巡逻的卫兵向这边来了。这就显得很尴尬——三个人，抓了两个人，还带了七八个花花绿绿的包裹，说不是强盗自己都不信。

卫兵们很快发现了他们，向这边一溜小跑，嘴里轱辘铿锵地喊着。越来越要命了，他们的语言还完全不通！来的路上，沈东篱好学不倦，不知道从哪儿找了本暹罗文速成的小册子，没事瞟两眼，劝他们都多少学两句，他们都放弃了。暹罗语和梵语有点像，长得奇形怪状，念起来佶屈聱牙，不知从何学起。他们看两眼就去打牌了。书到用时方恨少。

卫兵跑过来了，其中一个戴着长尖顶帽子的，看起来像是他们的头，拿着弯刀指着他们，很愤怒地说了一大通话。还有个人指着地上的王素，大声质问他们。虽然听不懂在说什么，但凭借江湖经验也可以推断，发现有贼，询问几句，再不回话就要抓人了。真是太要命了，此情此景，上手就打肯定是不合适，撒腿就跑也不知道往哪儿跑。

"萧老板——余怀之——"苏旷实在忍不住，扯着嗓子大声喊。

这一喊已经运足了内力，方圆一里内都能听得清清楚楚。然而，还是没有回音。太奇怪了，萧老板并不像是在这种时候抛下朋友不管的人。他去哪里了？还是就在刚才片刻之间，出什么事了？

卫兵们已经拉开围的架势了。风雪原不知道该不该扔掉包裹，极轻声问："师兄，打还是跑……给个话呀。"

苏旷又想想:"等等,我再去交流一下。"

风不二和风雪原都睁大了眼睛。只见苏旷走到尖帽子面前,手舞足蹈,开始比画。他先比画一下自己的脸,然后指了指大树和寺墙之间的空地,手搭凉棚,四处看看。

风雪原赶紧提醒:"师兄,你别这么比画!人家以为我们是小偷,那个是放风的……"

苏旷想想也对,又比画。他拍了拍腰间的刀,在空中连翻了两个跟头,还尽心尽力在地上劈了个叉,意思那人会功夫,之后回忆了一下,大声说出自己唯一记得的词"帕",他记得,萧老板说过,帕是伯爵的意思。萧老板吹嘘过,在阿瑜陀耶城交游一年多,已经是公认的第一高手了,"公认"就意味着多少有些名气,希望他没有吹牛。

卫兵们虎视眈眈。人类的表情是共通的,他们脸上都写着"费解"和"这人疯了吧"。

风雪原小声说:"师兄,什么跟什么呀,我都没看懂。"

苏旷那个烦啊:"你会,你来。"

卫兵向他们又急又快地问了几句什么,听起来很不耐烦,语带威胁。

苏旷挠了挠后脑勺,又抓了抓脖子,绞尽脑汁,拿出最后且唯一的线索——他伸出双手在耳朵边上招了招,又用条胳膊扮大象鼻子,呜嗷呜嗷地叫两声,之后半空很爱抚地摸了几下,意思是头小象。然后说:库库。这回,有个人好像真的看懂了,脸上露出个笑容,问他们一句什么:"库库?"苏旷胡乱点点头。

风雪原着急啊:"师兄,这是乱点头的时候吗?"

那个人又指了指王素和解海棠,语带警惕地问了句什么。苏旷胡乱摇了摇头。

为了加深印象,他又比画了一次库库。那个人犹豫片刻,几个人交头接耳,说了几句什么,好像有点争论,之后统一了态度。几个人都用刀指着他们,领头的那个招了招手,示意随我来,向另一个方向走。

"行了,谈妥了!"苏旷挺满意的,跟风雪原和风不二也招招手,"走吧!他带我们去见萧老板!"

他一马当先走在前面,俩人不知如何是好,也只好再扛起俘虏,跟他走。

风不二一手抱着解海棠,一手拎了小山一样的包裹堆,跟巨大的葡萄串似的,很轻声嘀咕一句:"风雪原,我准备退出借刀堂了,这是最后一次跟尊师兄出来办事……"

暹罗南部的雨季,真是名不虚传。雨下得看不见人,也看不见路,也看不见哪是哪。

卫兵们带着他们,停在一处府邸前。不知道这里是不是伯爵府,但是很显然,这是个尊贵所在,门前还有守卫。

卫兵们和府邸守卫们交流片刻。府邸守卫们指着他们,质问一样地说了一大串。卫兵们脸色也沉穆起来。听起来,大家的语气又有点不对劲了。

苏旷拍拍风雪原:"要不然,你把我刚才说的再讲一遍……"

风雪原咬牙切齿:"我不……"

风不二凑过来:"有点不对劲,他们摸刀了,小心一点。"

卫兵向门里抬了抬下巴,好像是问要不要进去问一声。守卫轻声地恶狠狠地说了句什么。三个人都有点警觉。听不听得懂是一回事,能不能感受到敌意是另一回事。

只是就在这个时候,府邸里面,传出来一声象叫。

即使不很熟悉大象,也能听懂,那是稚声嫩气的小象的叫。而且凄厉,充满恐惧,像是马上就要被老虎吃掉似的。

"我去看看,你们原地别动!"苏旷脸色一凛,回头吩咐一声,后退几步,一个助跑,直接连跃带翻过墙头,不等守卫反应过来,身影消失了。

"我去……不是我师兄,真要骂人了!"风雪原左右看看,守卫和卫兵正包围过来,锵锵锵地亮腰刀。风雪原一阵烦闷,这是我们想原地不动,就能原地不动的吗?

他俩没办法,扔下俘虏和包裹,也拔出刀剑,摆了个防守的架势。只能仗着功夫还行,在这里凑合着打一打,勉强拖延到苏旷出来。

王素穴道被封,一动不能动,任暴雨往口鼻里灌。解海棠则挣开那块破裹布,坐了起来,自己拿掉了嘴里的碎布衣襟。

"不许乱动!"风不二厉声威胁。

"太莽撞了,这个人怎么会是你们的头儿?"解海棠轻轻嘟哝一句,向着那几个守卫,说了一大串暹罗话。

风不二和风雪原大吃一惊。几个守卫稍微放下了刀,但还是围着他们。而本来闭目等死的王素也睁开眼睛，惊到目瞪口呆。

"我跟他们说，那个人去见他们伯爵了，他们有要紧事，马上里面就有命令传出来，不必急于动手。"解海棠解释。

"你是什么人？"两个人都惊悚。如果解海棠是自己人，没道理苏旷不知道。

"回头自有解释的时候。"解海棠不再多言，她把王素的头托放在膝盖上，轻轻抚摸，让他舒服一点。然后拿起一个包裹，打开抽出一支笛子递给风雪原，"这里是神捕营的平安火，你会放吗？"

风雪原点点头。

而王素脸在她手掌下，眼里全是不可置信。

苏旷直截了当地向着小象惨叫的地方跑。他身法极快，飞檐过墙，尽力不和人打照面。战斗是速度的艺术，一旦做决定，就速战速决，尽量不让对手有时间反应过来。

他并不是冒失鬼，只是某个刹那，抓住了那一闪的灵光，看到了那条正向着草丛游弋的响尾蛇的尾巴。

在此之前，他有过一丁点怀疑——在全部计划里，余怀之这个位置是有问题的。像他们这样的一支庞大船队，进入到任何一个国家的重要港口附近，都应该引起足够的警觉。左港务和这位"帕"当然可以租借两个荒岛、收取大笔献金，但不应该只让余怀之一个外人接洽全部，换而言之，昨天来船接引他们时，就应该有更实权的人物同时出面。而且，既然那位"帕"位高权重，就更不应该轻易地把如此的权柄，交给一个刚刚来一年的外甥。这不符合人性，也不符合权力的规则。

余怀之天然对权谋没有感觉，他成长在一个足够公平、足够冷静的小世界里。但是，这种小怀疑没有引起他们大的警觉。他们商量过，云小鲨也很放心，大城和大多数华商船队的关系很好，而余怀之又带来了左港务和总督府的文件，毕竟那份文牍是真的，有足够的分量，如果对方违背契约，就是整座阿瑜陀耶城在背信弃义。大城方面没有任何必要，为了区区一个银沙教，败坏一座王城甚至是一个国家的公信。

可是……就在刚刚，电光石火之间，苏旷的灵光又一动，一下子想起来了左风眠。丁桀说过，很长一段时间里，左风眠一再闹着要去暹罗，这个提议一度让他们很不愉快。左风眠为什么非来暹罗不可？很多洛阳人甚至不知道有这么个国家。是谁告诉她的呢？会不会是银沙教的夫人奚金钗？奚金钗为什么告诉她呢？看起来银沙教在暹罗早有布局。是什么布局？这是不是他们把战场拉到这里的原因？

再想想，王素穿了一身女装，显然，他不是有某个癖好，而是要进一个外面的男子不方便进也不允许进的禁区。那是哪里？最可能的地方是大城的宫廷里，或者极其重要的王公贵族府上，尊贵的女眷，才能这样防护重重。会不会，在宫廷之类的地方，有银沙教的第七位夫人？如果是这样，就很可怕了。

银沙教才不介意谁得罪了谁，最后会不会打起来之类，她们对任何国家的安危都不介意。在互相制衡、冰炭同炉的权力天平上，这个教派的力量像是一只从高空胡乱扔下来的皮球，不知道会落在哪里、弹到哪里。至于什么舅父……并不是每个人生下来就一定要有个家的，也不是每个家一定都是很温暖的。

……

苏旷很快就找到小象了。

小象在后花园，那儿有个很精致的小象舍。小象舍也是白色橡木做的，门前有流动的水，里面铺着干净的稻草，到处吊着香蕉和甘蔗，角落还摆着几样小玩具，平时宠爱之极的样子。

那也确实是一头很可爱的小白象，大耳朵像小翅膀一样，额头还有绒毛，褐色宝石一样的大眼睛，长而卷的睫毛，长鼻子的褶皱粉嫩粉嫩的。但如今，它在象舍前的泥地上，被用铁链捆住了前后腿，跪在地上，脖子上流出很长一道鲜血。驯象的象奴，手里握着把长而硬的对成年公象才能用的镰刀。刚才应该是戳了几下脖子，小象大概没受过这个，叫得凄楚惶恐。

象舍前围站着一群人，七八个侍卫、十几个仆人，居中一个四十岁上下的男子，仪态最庄严，衣衫最华贵，苏旷从另一边屋顶刚一跳下来，其他所有人都围过去护着他。

就是他了！苏旷想都不想，扑过去，随手抢下一把腰刀，架在那人脖子上，威胁着喊："都别过来！"

人群都在愤怒地喊叫。不过这个动作是举世通用的。有人跃跃欲扑，苏旷轻轻扯了一下腰刀，在那个人脖子上拽出一道血痕。人群都惊悚，又纷纷后退，示意别冲动。

苏旷连声命令："找个人来！找个翻译来！"

虽然听不懂，但他们应该也有类似的需要。过了没一会儿，匆匆跑来一个年轻人，很惊讶地问："你是什么人？我是余怀之的暹罗语教师，我叫宋玉。"

如聆仙乐耳骤明，世界豁然开朗了。苏旷横刀，示意刀下："这个人是谁？"

"我们萨武伯爵的长子颂猜。"

赚到了！苏旷又问："余怀之呢？"

颂猜摇摇头，表示不知道。

"谁给你们的命令驯服库库？"

颂猜不肯说。

"先叫我的人进来。"

风雪原和风不二头昏脑涨地进来了，还是扛着两个俘虏和一堆包裹，他们看到这个阵势，一个头两个大。

"宋玉，你替我告诉这位颂猜。他父亲，还有那位宫里的贵妇人都做了什么事，我全都知道。立刻带我去见余怀之，只要我的朋友没事，他们的破事我也懒得管。快一点，不然我现在就杀了他。"

宋玉转达了苏旷的话，也转达了颂猜的回复："好。"

库库在地上伸着鼻子挣扎着。苏旷看了看它脖子上的那个伤口："库库也带着，你们放开它。"

颂猜依言吩咐属下，象奴遵命，放开了库库。小象好像真的通灵，跑去水桶处，生气地吸了一鼻子水，冲象奴一阵乱喷，之后自己跑回象舍，用鼻子卷出花环项圈，看起来萧老板平时也是那么带它上街玩的。

"行了，我们走！宋玉你也跟着，福宝，你带着库库！"

现在，他们的队伍里，有了三个俘虏、一堆包裹、一只甩着鼻子的小象、一个苦着脸的翻译，还有一群不得不跟随的侍卫。

风雪原和风不二都黑着脸，进城的时候，明明是这个人嘱咐他们要速战速决，不要惊动任何人……

算算时辰，快到傍晚了，雨变得更大，天完全黑下来，连街道都快要看不清。

余怀之被暗算的时候，没有丝毫提防。当时，他更多的心思集中在思索怎么跟舅父解释这件事。这个事情，这样处理有点不太妥当。虽然说，王素是个混蛋且藏在大城，他作为大城未来中坚的一分子，也有义务把他揪出来。但不管怎么说，他私自带着他的朋友,到神圣的寺庙里抓人,这会显得他里应外合,胳膊肘向外拐。他很珍惜这座城的,这是他第一次真正拥有了一个家和家人。他不想让家里人对他失望,但他也不想对朋友袖手旁观。

当时他犹豫再三,还是决定帮苏旷做了。苏旷在暹罗人生地不熟,真要自己闯进寺庙带人走,麻烦或许更大,到时候还是要他出面善后。而且,最重要的是,他是有立场的,他相信这个朋友。

他主持了那么多年的笑纳楼,从来没有见过如此的一个人。在苏旷身上,有一种很打动他的东西,那是一种不言而喻的正直,天经地义的坦荡,或许可以称之为赤子之心。有时候,你看到这种人向前冲,把整个后背留给世界,忍不住伸手替他挡一下。之后,莫名其妙,就变成了朋友。

余怀之默默盘算着,等苏旷他们抓人回来,再送出城,天已经很黑了,按照这个雨况,恐怕也无法再出海。这样的话,干脆喊他们回家,洗个澡,换身衣服。等后半夜早早起来,黎明就出海,什么也不耽误。他也已经想好了措辞。如果舅父盘问起来,就说得到线报,不知道什么人,把通缉的大恶人藏进神圣的庙宇里,这样亵渎佛祖是不可容忍的,所以才不得不为之。

这样应该没什么问题了。舅父一向很喜欢他带朋友回家,说不能带朋友回的家就不是家,也一直很喜欢中原武林,遇到个跟武林沾边的人,都东问西问。唯一需要注意的小地方就是库库总是人来疯,太喜欢用鼻子冲客人喷水了,这样很没家教,需要多教育。

他正在想着,恍惚之间,街角一声象吼。一列卫兵,簇拥着一头战象走过来了。这样的暴雨天,马车很难前行,对大象来说就显得轻松惬意。余怀之抬头看,那头象他认识,那是家里的老公象,缺了半只牙,用黄金镶着,也是舅父多年的坐骑。他连忙过去打个招呼。

"怀之,"前面的象奴挑起象帘,舅父从里面探出头来问,"你怎么会在这里?"

余怀之有些微尴尬,上前:"舅父,我帮个朋友办点事。"

"你什么朋友?要在寺庙办事?"

舅父是六旬的长者了,这样伸出头来,雨水打湿了头发。

"舅父!"余怀之轻轻跺脚一顿,攀上象背,左手拉着象座前拉杆,身子已经离地,他耳语,准备说出盘算好的措辞,"是这样的……"

他话音未落,象奴手里,一支小竹管射出了一小股黑水。余怀之一代高手,反应已经快到可怕，连忙伸手去挡，黑水之中，中空的一排铁针射在手腕上。

如此之近的距离！余怀之本能之下，挥手就要还击，但是看了看舅父，手顿在空中，轻轻摇了摇头。

百般淬炼的躯体已经做出反应，感情却还措手不及。而腰间，一股巨大的力量袭来，是那只象鼻子卷着他腰，把他凌空卷起，又重重摔在地上。刹那之间，手腕灼烧而僵硬，眩晕的感觉直蹿上头。

一群人一拥而上，手里都握着小竹管。他们知道他的功夫，这一年他已在这座城池闯出声名。密密麻麻、细如牛毛的铁针射进手臂、大腿、腰、腹……刺痛伴随着麻木，连喉头和舌头都僵硬着。他听说过这种东西，那是象药，是搅碎的木合欢配合着减弱毒性之后的蝮蛇涎，足以让一头发情的成年公象很快失去战力。他浑身僵硬，已经没有动弹的余地了。

人群迅速合拢，又迅速散开。余怀之躺在雨水里，大雨浇在鼻翼上，呛进嘴里，他不敢置信地望了望舅父。

萨武伯爵端坐象背，高高在上，挥挥手，示意卫兵。一个卫兵，从怀里取出一枚粗竹管，戴着手套，握起一团搅碎过的木合欢，塞进他嘴里。那是一团粗糙的、着了火的荆棘。舌头、上腭、喉头、大脑、胃和肺……一起失去了知觉。

之后，跟随着他的那六个"他的人"走过来了。他们早就准备好了，手里提着抓人的麻袋。他被套头，扔上象背带走了。

失去意识之前，他用最后的力量扭头看了看。就在不远处，是金池寺的寺墙。小苏要出来了。可是，街头雨水横流……那些人相当小心，没有留下任何痕迹。

金池寺的东北方向不远处，就是皇家庙宇玛哈泰寺。顺着寺庙，向城北一直走，是连成片的皇宫与内宫，彼此有河道勾连。内宫有一道秘门，平常时候很少有人启用，那叫作鬼门，是运送死去宫女出宫的地方。有极少数时候，譬如暴雨天和深夜，有人从鬼门进来了，守卫们也睁一只眼闭一只眼。

贵妃帕莎玖素雅在她的观星白塔里。白塔在内宫最僻静的一个角落,相当之高，但只有塔顶阁楼和塔基地宫，二者之间用长长的旋转木梯连接。

贵妃帕莎玖素雅是著名的宫廷星象师，她擅长画星图，会占卜，也知晓星辰代表的尘世含义，有时候会预言作物收成的丰歉，有时候会看到边境线上的征伐，王太后、王后和其余几个妃子都很喜欢她的预言故事。王太后和王后给予她每个月五次在观星塔里观测、绘制星图和阅读神旨的特权,外人不许打扰。

贵妃偶尔向相好的妃子透露,近来的星图有巨大的变化——在远处某个神秘的丛林里,一个崭新的国家要诞生了。哦,她真的和庸俗的占星师不一样,她的预言总是别开生面。

今天是重要的日子。贵妃很早就安排了附近的守卫,来人不要多问,放行就是。

窗外雨声轰隆,暴雨在砖石路上流成一条咆哮的小河。即使是在雨季,这场雨也大了点,连内廷花园的河流都在浑浊地奔流着。

有客人来了。厚重的木门被侍女拉开了。

萨武伯爵走进来,摘去被雨水打湿的礼冠。他的手下抬着麻袋进来了,反手带上了门,把麻袋扔在地上。

贵妃在看半幅星象图,整个后宫都在等着她下个月的预言占卜。

"人带来了?"

"带来了。"

手下解开麻袋。余怀之瘫软在地,嘴角全是白沫,脸色铁青,喉头僵硬,呼吸困难,呕吐物让他差点窒息,因为胸口始终不能吸入足够空气,腹部急速抽搐。

"你们下的药力是不是太凶猛了?"

"不敢不如此。他是个高手,怕他还有瞬间还手的能力。"

"药力能持续多久?"

"一天一夜。"

"让他清醒一点,不要死掉了。"

萨武伯爵示意,手下们再度戴上手套,从他嘴里掏出那团荆棘,提了一大罐子清水来,灌下去,等他肚腹高高鼓起后再一拳打过去,那些清水全都呕出来了,余怀之的胸口和鼻息有了些许的起伏。

"锁起来吧。"

萨武伯爵又示意,手下们把余怀之推到石墙边,双手锁在生铁铸环上。余怀之喘着粗气,喉咙里的火烧火燎感退去一些。

"啊……哈……"他试图说话,舌头还是僵硬的。

"你不用再问什么了。"贵妃帕莎玖素雅直接告诉他,"我们和一个人做了交易,想必你也听说过他的名字。他受了伤,失掉了一只胳膊,急需一个真正的绝顶高手来补充内力,不然的话,他很难杀掉苏旷。萧老板,我们都知道,你内力浑厚,当世鲜少有人可及。"

余怀之当然知道她在说什么！上官乾少了一只胳膊，元气大伤，但是，九头蛟是可怖的邪门秘术，如果可以"吃"掉一些内家高手，短时间内能够极大回复。他什么都懂，只是忍不住挣扎。但一切都是徒劳的，即使没有被锁在墙上，这恐怖的药效也足够让他变成木头。他唯一期盼的，就是上官乾不要马上就来。

萨武伯爵问："贵妃，他还要多久？"

贵妃看了看沙漏："还早，约好了在午夜。"

萨武伯爵打了个哈欠："哦，我岁数很大了，需要按时就寝，如果睡得太晚，可能会失眠。贵妃，我是否可以单独和他聊几句，算作舅父和外甥之间的话别？"

"请便。"贵妃点了点头，"那么，我上楼去画星图。"

她带着侍女离开了，并且在楼上反锁了小门。几个卫兵也退出去。地堡里只剩他们两个人。

余怀之望着舅父，他还不能说话，但眼睛里全是"为什么"。那是一直待他好的老人，眼神里有装不出来的亲情，第一次见面就把他抱在怀里，放声大哭："佛祖啊，我看见了梅龙媞娅的眼睛！"而且，他对舅父没有威胁。他全心全力地辅佐他，如果是他和表哥有利益冲突，他愿意离开。他至死不明白。

"怀之，"萨武伯爵喊着他的名字，拽了个凳子坐下，"梅龙媞娅生前有没有跟你说过你父亲的事情？"

余怀之摇摇头，母亲对父亲言之甚少。他有一丝不祥的预感。

"那你知道吗？那一年，你父亲也是这样被我抓到的。你父亲余少萧，是个身无长物的流浪汉，整天在码头闲逛，琢磨着搭船周游天下，因为他功夫很好，我不在乎他的出身，和他交了朋友，一见如故。那年夏天，我在筹备一支卫队，准备亲自送我妹妹，也就是梅龙媞娅去缅甸与副王完婚。我问余少萧，我们需要一个高手，他有时间吗？是否能帮忙训练卫队？我愿意给予重金。他同意了，说我们是朋友，他什么都不要。可我万万没有想到，余少萧是个下流坯子，他确实什么都不要，只要我们萨武家族的无价之宝。他什么正经能耐都没有，只会仗着甜言蜜语，哄年轻女孩的欢心。那个时候，我家里也有一头白象，叫瑷瑷，是梅龙媞娅的心上珍宝，也是她即将去缅甸的坐骑，白象病了，我们到处找医生，余少萧靠着自行琢磨医书，给瑷瑷看病，整整一个夏天里慢慢地接近我的妹妹，他试图破坏我们的婚约，那也是暹罗和缅甸的一桩联姻。你明白吗？怀之，当年我们发现了状况,那个下流坏子,不知何时,他进了梅龙媞娅的闺房,让她身怀有孕。他什么都知道,那个时候,梅龙媞娅被王上封为白象公主,如果这桩联姻完成,我的父亲将成为一位昭披耶,这是家族的荣光。怀之,当时我父亲非常愤怒,这样的行径玷污了门楣,让我们家族蒙羞,也无法面对王上。我父亲下令把那个混账处死,将来诞下婴儿也要溺死,梅龙媞娅滚进寺庙去,我用和今天一样的方式在白象舍外抓住了你父亲,要处死他,但是梅龙媞娅的母亲,也是大哥和我的母亲,哭泣着苦苦哀求。我们没有办法硬下心肠,只能命令这个混账东西带着我的妹妹立刻离开暹罗,永远都不许回来。"

余怀之慢慢闭上眼睛。

"梅龙媞娅是怎么和你说我们的?"

余怀之在心里回答,你想多了,阿妈从来没有说过你们一个字的坏话,她一生都在怀念少女时候的府邸,白象和阿瑜陀耶城,怀念父亲和母亲,谈及兄长,说你们和父亲亲如兄弟,有无尽快乐时光。

"梅龙媞娅告诉你要为余少萧报仇,是吗?"

余怀之心想,报仇?等等,什么报仇?给我说清楚。母亲说,父亲死于江湖仇杀,而那几个人,她没有看清楚面孔。

"怀之,你比你的父亲强,他离开的时候,肝脏已经中毒了,我不知道他是什么时候死掉的……"

唔,我只在襁褓里见过我父亲!他只来得及搭船回到故乡的土地,他见到了我,之后很快就走了。原来不是江湖仇杀,可母亲不愿意告诉我。她应该想不到,有一天,我会起意做这样一趟旅行。

"说实在的,怀之,我不想这样对你……你有梅龙媞娅的眼睛。我很想念她,我们所有人都爱她,漂亮的小梅龙媞娅,我们的眼珠子……我的母亲,是哭着思念她而死去的……这一切都怪你父亲!"

她也思念你们。真他妈的,她也爱你们!

这个简单的故事讲完了。余怀之静静听着。萨武伯爵走到窗口又走回来,连打了几个哈欠。没有侍女,他自己给自己斟了一杯茶,而贵妃还是没有下来。

时候不早,他准备告辞了。就在此时,大门的门闩动了一下。有人在外面轻轻敲门。

余怀之和萨武伯爵都向门边看。门外明明是有侍卫的。

萨武伯爵走过去，轻声问："谁呀？"

外面有人用暹罗语答应一声："快开门！有急事。"

萨武伯爵把门拉开了。他很吃惊，没有听到任何动静，但门外的侍卫全都倒下了。门口走进来一串非常长而奇怪的队伍。

最前面的是小象库库，跑过来用长鼻子在余怀之脸上不停地挠。之后是苏旷、刀架在脖子上的颂猜、风雪原、依旧不能动的王素、风不二、能动的解海棠、面如土色的翻译宋玉以及许多花花绿绿湿漉漉的包裹……还有一个长腿圆脸、裤脚稀烂、衣服被淤泥染成土色的年轻人。他向着锁在墙上的余怀之拱了拱手，即使在这样的情况下见面，也客客气气地说："神捕营楚随波见过萧老板！"

贵妃帕莎玖素雅站在白塔的塔顶。那个隐秘的小窗户，能够看得见下面来的客人。她的面前是包着金角的石板，上面是恢宏灿烂的一幅星象图，她握着石笔在角落标注上自己的名字，之后拿起带着松胶、香蜡和一点碎金屑的喷壶，向上面喷了喷，再擦去多余的石粉。

星象图完工了，可以保存和悬挂起来。她确实是优秀的星象师。侍女按照五体投地的礼节，拜伏在她的面前。

"去把星图献给王太后。"贵妃想了想，"代我禀报她，今夜有大火的征兆。"

"是！"侍女双手合十伏在地面，额头贴在手上，她犹豫着，并不敢出言提醒——贵妃这是怎么了，今夜这样的瓢泼大雨，就算天上出太阳也看不见，还有什么星象图可言？又怎么会起大火？

"也代我问王后好，祝福她平安吉祥。"

"是……"

"你去吧，立刻就去。"

侍女接过星图，恭恭敬敬，跪着退后，离开塔顶阁楼。按照命令行事就是，这是她的本分。

小小的铁门在身后关严了。她下楼来，进了塔基地宫，大吃一惊。石宫里居然有如此之多的人，还有奇形怪状的外国人，这是前所未有的。萨武伯爵和颂猜少爷瑟缩在角落里，几个人正从墙上把余怀之放下来。

"这是什么？"有一个人伸手阻拦，之后通过翻译盘问她。

"贵妃的星图。"

"拿来给我看看。这是什么，密密麻麻的？北斗星我倒是认识。"

"这些是星辰。贵妃告诉我们说天穹里，有明亮的星辰，也有暗淡的星辰，有燃烧的星辰，也有死去的星辰，正是那些平时看不见的星辰，诉说了尘世的秘密。"

"完全看不懂！死去的星辰她怎么看见的？你倒是说说看，就这个图，诉说了尘世的什么秘密？"

"我也不知道。贵妃刚才说……今夜有大火的征兆。"

所有人都愣了愣。今夜这雨下的！本事稍微差一点的江洋大盗都点不着火。

"走走走！"苏旷大叫起来，他扑过去，萧老板还有最后一只手腕钉在墙上。

白塔正中的楼梯围绕的木柱，从上到下冒起了白烟，看起来像个扎了许多孔的巨大的香薰棒。地面的砖缝，偶尔也有白烟冒出来。

来不及再撬了，苏旷拔出一柄腰刀，全力一劈，内力到处，把那支锁腕的铁环整个给砍了下来。

木梯中间的柱子是空心的，有一道油槽，贵妃把火油从塔顶倒了下去。火苗顺着油槽向下流，最后，连通了地下的油桶，一点火星顺着火油烧下去，整座塔都被点燃了。油气混合着水汽，充弥着整座白塔，很快就要炸裂。

轰——砰——哗！雨夜里，白塔发出让整个王宫为之仰头的巨响，之后所有人都看见了，白塔顶上有一道巨大幽蓝的火焰，被气流抛向夜空，划出一道流云飞袖一样的火焰弧线，之后整座塔隆隆燃烧起来。

所有关于银沙教的资料……全都消失了。死去的星辰，在很多很多年前也曾经燃烧。

王宫的守卫、国王的亲兵、总督府的士兵……蜂拥着向这边跑。

到处都是厉声高叫，宋玉面如土色地翻译给大家："所有人立即放下武器！"

这场纷乱稍稍平息时，已经到了午夜了。

肇事者们被转移到总督府。沙那瓦昭披耶、左港务总督和大城防务总督济济一堂，今夜灯火通明。

这是个复杂而棘手的突发事件，看起来，有这么一群持刀的外国人去寺庙抢了人，又去伯爵府用刀架在别人脖子上，最后挟持人质进入内宫，导致整个观星白塔付之一炬。

不过，他们那边也在全力辩解，说贵妃帕莎玖素雅是邪恶教派的一分子，她勾结了伯爵，在神圣寺庙里私藏了逃犯，并且陷害刚刚缔结盟约者。

看起来，辩论正在趋向明朗。

孙白鹿和楚随波有备而来，他们带着国公爷关从周向沙那瓦昭披耶问候的书信、刑部通缉王素的海捕公文、兵部请求给予协同的大印公文……左港务总督也提供了余怀之被陷害的证据……当然，这些都不是最重要的。最重要的证据，是由解海棠拿出来的，她藏有王素布局多年的财富图谱与神捕营苦求不得的账本，那足够清楚地证明了银沙教的银钱流通——大笔的金银通过王素的商铺进入大城，形成产业，得到大笔利益，再由贵妃输送出去，就在近日，她收买了内廷的一众守卫，也直接拨给伯爵府一个匪夷所思的数字。无论在哪个国家，最终为了什么目的，这种内宫和权臣的勾结，都是致命的。如果一切顺利，天明之后，总督府会派出海船，协同抓捕另一座岛上的银沙教众。

孙白鹿和楚随波在里面办正事。在总督府走廊下的空地上，王素倚柱坐着，他已经解开穴道，手脚都被镣铐铐着，有人持刀在颈，严防乱动。斜对面的花圃石栏杆边，苏旷、风雪原和风不二都一脸晦气，三个人或蹲或坐，各自有一只手腕被铁链串着吊在栏杆上，身边也有一群神捕营的人和总督府的卫兵持刀看押，稍微一挪动，就被用双语嚷嚷："老实蹲着别动！"

对于神捕营一众人来说，这也是很过分的行径。他们持刀闯进寺庙，持刀闯进伯爵府，最后潜入内宫，抓了人也绑架了人，在所有的卫兵都在包围，喊着所有人放下武器的时候，居然还想往外冲。

当然，风不二和风雪原挺无辜的，苏旷喊冲，他们没脑子地也跟着冲。这要是让他们再闯出去，以后不用跟大城打公务上的交道了。

苏旷异常焦躁，时不时抬头看外面狂风乱雨。这是很糟糕的事，银沙教捉了萧老板，是要献给上官乾的，但是，不知道是那场大火的警示，还是他们早就更改了计划。反正，上官乾没有来。他去哪里了？如今局势正在明朗，银沙教的局面急速恶化，那么，他们会不会在最后的几个时辰里誓死一搏？如果会，他们要干什么？这些消息传不出去，东篱和小鲨还没有防备。他开始盘算，如果就这么闯出去，弄掉手腕上那根链子不成问题；跑出总督府应该也不在话下，可是上哪儿弄船？如此风暴，如此怒海，他总不能抱块木头游泳过去吧！但或许也还好，这样的狂风，他固然过不去，精卫鸟也无法飞翔。就算上官乾真的去了岛上，只要没有精卫鸟，小鲨、东篱和小金在一起，对付他绰绰有余。他心如乱麻，一会儿试图站起来一下，一会儿又试图站起来一下。

走廊那头，楚随波出来了。楚随波匆匆走过来，按着他肩膀，让他尽快蹲下："苏旷，你老实点不行吗？沙那瓦昭披耶问了几次了，你们到底是干什么的，是不是我们神捕营的，为什么这么肆无忌惮，拿着刀到处乱闯，弄得我们很难回答……"

"你让他问问那个帕！那个帕怎么那么肆无忌惮。问我？我不乱闯，萧老板早出事了，你们还老老实实在港口倒换通关文牒呢！"

"那个不叫通关文牒，再说，萨武伯爵已经在处置了，我们这不是要把你择出来吗？"楚随波也蹲在他身边，小声劝，"而且，你着急有什么用啊？大半夜的，你知道外面多大风？放宽心，这个时候没有任何船能出海，精卫鸟也出不了海，对不对？沈庄主和云姑娘肯定都准备休息了。放心好了，天一亮，我们一起过去。"

"你至少想个办法通知他们一下……"

"我问过了，真通知不了！这么大暴风雨，港口灯塔也看不见……"

"难道就干等着吗？"

"依我看，还非得就干等着，风雨小一点再说。"

"妈的！那你放开我，我自己想想办法！"

"你别乱想办法不行吗，你跑一整天不嫌累吗？就老实坐会儿歇歇……我是跟你认真的啊！苏旷，我和白鹿地位不够，权职也不够，这会儿已经焦头烂额了！今天，你们不管为了什么理由，真的是很出格了！真把昭披耶和郑总督也惹烦了，明天有没有船都两说。坐着，好吧？你给我坐着！"

苏旷给摁坐下来，楚随波自己也累得不轻，一屁股坐地上。

走廊那头，孙白鹿被什么人送出来，他一路走，一路回头客客气气，"是是是"了几句，之后长长吁口气，也过来一屁股坐下，筋疲力尽往地上摊开一躺："我真快不行了，从丛林出来，裤裆里的烂泥都没洗。这大半夜的，一个府一个府去求人，这一路给我跑的！"

楚随波跟他挺亲近："辛苦！辛苦！"

苏旷没好气，晃了晃手腕，踹了孙白鹿一脚："钥匙！"

"钥什么匙，你给我老实待着！让我喘口气，你再跑，我真没劲追你……"

"还有谁在里面？"

"解海棠和萧老板，都要单独问一遍话，免得串供……哎，解海棠来了！"

解海棠也被人送出来了，身后那个人挥挥手，暹罗卫兵们退回去了。这说明不用再看押着他们了。

解海棠脸色苍白,双手拽紧衣襟,她走过来,侧目看地上的王素,王素也在看她。

孙白鹿半起身,手肘撑着地,在一堆地上乱伸乱叉开的腿中间踢出一块空地,下巴示意:"来,海棠,既然是自己人,坐会儿?我问你啊,我们怎么都不知道你,你从哪来的,原先跟谁的?"

解海棠盘膝坐下,离他们略远:"我不是刑部的,我是大理寺的,宫商角徵羽里的徵,原先跟童账房……"

几个人都吃惊:"童账房,哎,三年前过世了是吧?那你来头不小啊!什么时候开始跟王素的案子?王素在我们这也是头号案子,怎么大理寺没跟我们打过招呼?"

"也用不着打招呼吧,"解海棠微微一笑,"反正……大理寺查命案不行,神捕营查钱案不行……"

"胡说!"三个人都坐直了,异口同声。

苏旷只是脱口而出,但转念一想,神捕营关我屁事,又歪倒躺下了。

楚随波跟着来劲:"大理寺最延宕了,小案子小拖,大案子大拖,就一个案子,一年来回跑,批个十几次,根本没人站出来负责任……"

孙白鹿赶紧赞同:"就是!贵部啊,命案不行,钱案也不行!一年也不知道有多少次上门找我们协同擦屁股……还敢挤对我们!"

解海棠低头,拔地上草:"人人都说,神捕营最爱抱小团,原先我还不信……"

楚随波和孙白鹿对视一眼,都有点尴尬。孙白鹿挥挥手:"算了不说那个,那海棠啊,你跟王素案子到底多久了?"

解海棠低头:"十年。"

"什么?"孙白鹿脸上有点沉下来了,正色坐起,"海棠,怎么回事?十年?这个可不合规矩啊,你跟王素十年,至少应该跳两次明桩?"

"我……一直没跳。我很小就去他身边了,身份是绝密,大理寺里只有童账房知道,后来童账房出了意外,就没人再知道了。"

"解海棠!"孙白鹿连称呼都改了,扶着膝盖站起来,身边几个人都站起来,"你得知道,你这是在干什么?"

"我当然知道啊。"解海棠抱着双膝,若无其事地微笑,她看了看地上的王素,王素果然也在看她,"我本来是准备瞒下来的,如果他真的带我去扶桑,这个事就再也不会有人知道了。"

王素有两次机会能把人生的烂账平了,远走高飞,但他都选择留在赌局里,还想赢一把大的。可惜事不过三。

她这话一出,孙白鹿直接挥手:"锁起来!"两个神捕营的立即上前,去抓解海棠手。

"孙白鹿,"解海棠没有反抗,嘴角还是清清冷冷的一抹笑,"何必啊……"

地上的王素忽然挣扎着大叫起来,两个人一起按他:"她嘴里有毒!"

满座皆惊,孙白鹿和楚随波一起上前,一个扼住解海棠喉咙,一个抱着她腰,用膝盖顶着胃部,孙白鹿厉声叫:"吐出来!解海棠!敢服毒视同叛国!"

楚随波也柔声劝:"海棠,吐出来,这个事情没那么大,你这次立下汗马功劳,将功折罪,回去不会太难为你。"

苏旷也半跪着,俯身焦急看她脸:"海棠,没事的。喜欢人不是错啊,过几年就好了,你肯定过得去!"

解海棠眼里有泪,还在看着王素。王素挣起来,又被按着跪下,但也劝:"海棠……吐出来!听话!"

解海棠紧紧闭着嘴,咬着牙。

王素看着她,笑笑:"行了,干吗呀?你就算跟我一起死,咱俩能下一个地狱吗?你下你的我下我的,我还是不会带着你。海棠,要不你帮帮忙,据说我还有个女儿,等她长大了,替我偷偷看她一眼,看跟我长得像不像,好不好?"

解海棠闭了闭眼睛,眼泪流过苍白的脸颊,落在地上。她牙关稍微松了点,孙白鹿赶紧趁机捏开她下巴,说声"得罪",把她牙缝里没咬碎的小药片捏了出来,远远扔开。

"这就对了,你那么年轻,陪我干吗啊。我做半世人上人,最后落个什么都没关系。"王素嘿嘿一笑,又舒舒服服摊回到地上,下巴一指苏旷,"再说,黄泉路上,我有他做伴呢,嘿嘿嘿,对吧?姓苏的,你就犯贱吧!我都想不明白,你就说那个狗吧,养家里扔块骨头,那也就忍了,这都解开项圈踢出门,你还非要帮忙咬人,图什么?你啊!我都替你盘算过了,估摸着到时候论起来,你比上官兄得轻点,保不齐比我还重,至少咱俩一般齐。"

几个人不知道他在说什么,都往苏旷脸上看。苏旷就冷笑:"关你屁事。"

"是,是不关我屁事……"王素换了个舒服的姿势,大大叉开腿,倚着柱子蹭了蹭后背痒痒,也看了看外头风雨,"对了,孙白鹿,有个消息,你是没告诉他,还是连你都不知道啊?"

苏旷佯装无事,眼角一抖。

孙白鹿问:"什么?"

"哦,那就是公务繁忙,没时间看信。快去看一眼吧,我听说前些日子那场大风暴,哎,都知道吧?三十六岛的海船,被海风刮丢了一艘……"

"丢了?"孙白鹿轻轻嘀咕一声。

"对啊!就是那艘头船哦!哎,还不只是海船,快点找找看,你的青崖白鹿旗是不是也丢了一面?"

"你什么意思?"

孙白鹿还有点没反应过来,苏旷直接站起来了,他脸色铁青,往前走,风雪原和风不二都不得不贴近栏杆,伸胳膊往那头送铁链子。

王素和苏旷冷冷互相打量。王素看着苏旷,笑得很得意:"我还听人传说,那艘海船可不是随随便便丢的哦,前些日子有个云家船帮的叛徒,好像是潜伏进去了,他可能有点能耐,知道怎么逆风过海……"

总督府外面,一片闪电,雨地白刹雪亮。

苏旷脸色全变了。他完全听懂了这个阴谋。他二话不说,甚至不再多看王素一眼,直接往外冲,孙白鹿、楚随波连忙一左一右死命抱住,苏旷挣着厉声高叫。他们都认识他很久了,从来没有听过他的声音里会带着这种恐惧的哭腔:"孙白鹿!你他妈的堂堂一个名捕,连个破船都看不好吗!"

第六十四章　怒海云归

傍晚时分，暴雨倾盆。

那是激烈、愤怒、无边无际的雨，像是要洗去人间所有的罪恶，又像是要索性毁灭这片天地所有的罪证。

粗而白的水柱落在沙滩上，细沙被冲走了，留下洁白、粗糙的沙砾，一大片一大片的沙丘被小小的洪流犁出沟壑，那些分叉的五花八门的沙沟正在慢慢形成陆上的闪电，一个滔天巨浪，整片的海被天神的缰绳掀起来，带着咆哮冲向沙滩。

暴雨是没有方向的，四面八方都有水流在冲击，头上、脖颈、肩膀、背、暖烘烘的胸口和小肚子……海浪的浪花反复裹在腿上，留下麻酥酥的一层沙粒。

岛上的屋舍，几乎形同虚设。房顶、屋架、席子……全在滴水，只是好在这种椰木油性很高，雨水退去后也和之前差不太多。唯一干燥的地方，就是"灯笼"——水手们轻车熟路地在屋舍里稍微不落雨的地方钉了三重木笼，把风雨灯保护在中间，每隔两百步设置一个，保证有人的地方就有光源。

另外一个稍大的避风的帐篷里躺着李牧。他毕竟有伤，这么泡在水里不太合适。束星儿坐在他旁边，抱着膝盖，低声啜泣着。

除此之外，所有人都在屋檐下看海。水手和海刺们并没有兴趣看海，但既然鲨头儿在陪着看，他们也就陪着看，偶尔说几句这还并不算最大的，最大的是如何如何的形状。而那些江湖客们都在滔滔不绝地议论着。有些人是第一次这样直接目击炎热海域的飓风，兴奋和惊讶压过了小小的不适。还有些人体格差些，无法与大自然泰然相处，总是这么湿漉漉的，脸色就难看，打探着到底什么时候雨势能稍微停一停，多少睡一会儿。

"雨季就是这样，大雨一来，海面上无法行船，平地上全变成沼泽。附近很多战争，都是十月、十一月再开打，就是避免在交战之前，暴雨先杀死很多人。"云小鲨侃侃而谈，她向沈东篱和颜中望介绍着海、大雨和南方世界，如数家珍。

"云姑娘好从容。"沈东篱羡叹一声，他的大袖时不时地灌满了风，像个大喇叭似的哗啦啦往后吹，露出两条手臂来，就算没有什么不适，也多少有些狼狈，"云姑娘是不怕雨吗？"

"是，我不怕水，就怕旱。如果在沙漠里走，我的皮肤会慢慢坏掉。不过水里就没关系，浸泡多久都没关系。"云小鲨伸出胳膊给他们看，"我的皮肤和普通人的不太一样，你们可以轻轻捏捏……不要很用力，喏，像我这样捏，会感觉到有薄薄一层的筋膜从下面弹上来，这个保证我们云家人可以潜到很深的水下面去。"

两个人都稍微有点尴尬，之前和姑娘说话都不兴这样动手动脚的。不过，沈东篱好奇心动，先伸手按云小鲨说的捏了一把，好像确实有层滑而韧的筋膜，在皮肤和肌肉之间，隐隐若有若无。颜中望则合十，坚决说："阿弥陀佛……不捏。"

"我得到海底下很深的地方，才能感觉到这层膜完全弹上来，像是一层皮下的软甲。我的瞳孔也是，不过这个火光不够，看不清楚。"云小鲨又扒拉了一下眼睛给他们看，"总的说起来，云家人的身体非常适合大海，在我们的传说中，云家的祖先就是一族从海里走上陆地的人，最早的先民就生在海里，死在海里。"

"阿弥陀佛，"颜中望叹了口气，沉默良久，忍不住轻声抱怨了一句，"舍妹要是知道输给你这样的怪物……"他知道这件事很久了，但一直没有提过，也一直有芥蒂。

"抱歉，我……"

"没关系，云姑娘，江湖规矩就是如此，既然是生死约斗，即便取人性命，也是无话可说。是舍妹……唉，罢了。"颜中望顿了顿，本来想说些舍妹"心胸窄了"之类的客套话，但这些年实在牵念，即使在外人面前，也终是没有说出来。

一时之间，三人都有些无话可说。

"云姑娘，你看这场雨势，什么时候能小一点？"沈东篱打量那片海，适时换了话题。沧海连天，翻沸不尽，看也看得厌了。

"这雨且下呢，看架势得到后半夜。"云小鲨四处环顾，"这会儿还早，过会儿再歇息。东篱大哥，我们要是困了，回船睡就行了，你们怎么办呀？"

"回船？"沈东篱有些惊讶，这船在浪尖上上上下下，跟颠锅里的炒菜似的，"这样还能睡？"

"这都不碍事的。"

沈东篱、颜中望谨慎地商量着：

"我们要不在山后面石头坚固处凿几个木架子，压几个帐篷吧……让他们轮番去睡。"

"也不合适，暴雨一落，石头太滑，万一塌了就麻烦了。"

"讲到底，还是得等天晴，修一修这些屋舍。"

……

他们又在海边观望了一会儿，颜中望说："小苏是回不来了！"

云小鲨点点头："苏旷是肯定回不来了，这种风浪，大城里也没有什么人能送他们一程。"

头一轮狂风暴雨稍稍平息，因为脚下是沙滩，倒也没多少积水，大家看闹海的劲头过去了，被雨水反复浇着，都有些倦意，趁着风雨稍息，在后面避风处生火做饭，研究帐篷。

湿木柴总烧不太起来，温汤冷食的，锅里也落了不少雨水，众人草草用过晚饭，都食不甘味，果腹而已。再闷闷坐一阵，天彻底黑下来了。

云团里转着滚雷，轰隆隆的，像有巨大的车在天上跑。眼看着，过一会儿又要来一轮大的。

"鲨头儿，"有个人指着远处问，"那边也有岛吗？"

"没有啊，怎么了？"

"好像也有火光……"

"不可能，那是海面。"

云小鲨一边说着，一边向前走了几步，没错，那边确实有火光，一闪一闪的。

那是火炬，很大的火炬，在左右摇晃着。显然，那边有船，这是一个海面上通行的求救讯号。这样的天气，有船只出事是很正常的。水手们立刻向海边跑，都拿了珍贵的蘸了燃油的火炬，也左右晃，为那艘船导航。

它向这边来了，但实在很艰难，这几乎是直面的逆风。它靠近了一些，又靠近了一些，但距离上岸还是太远了。所有人都冲到海边了，所有人都知道这意味着什么——海难。

大家敲着鼓、锣、盆和一切可以敲响的东西，把为数不多的火堆聚在一起，烧得旺旺的，灯也架高，虽然明知道那边听不见，都还在喊："这边，这边是陆地……

加把劲，快了……就快到了……"

火光熄灭了，海面上一片漆黑。众人都有些沉默。

有人就问："鲨头儿，看着不远，咱们能救吗？"

云小鲨轻轻摇摇头。

有人着急："鲨头儿，你刚还说你能出海呢！"

云小鲨叹口气："我们是很勉强地能出海，但这么大的风，我们也很难返回来，要在海面上兜好久的圈子。"

人们都有点急："人命关天啊，想想办法。"

云小鲨还是摇摇头："人命在海上并不关天。而且，我们这个状况，明天随时要动手，我并不想再横生枝节。"

她很坚决，话说到这个份上，别人也不好再慷他人之慨。更何况，苏旷临行前也叮嘱过，无论如何，坚守不动，等他回来。

但是，出于一种同类守望的天性，人们还在海边聚着、盼着。即使海船无法靠近，至少也想看到一点光，看到生的奇迹。

轰！更大的一片火光，直冲天际。那是好几丈的火焰，在夜空里冲出长长的一束。没有别的东西可以点燃这样的大火——那是最后的呼救，他们已经点燃了船帆！

海船离岸已经不算远了，火光里船身清晰可见。那是艘三桅帆船，最后一道桅杆折了，耷拉在船舷上，拉着船身也侧倾，他们点燃了头道帆，所有人都在甲板上呼救，在这海潮如雷音的夜晚，其实什么也听不见，但这一道冲天大火，让人看得见，那边人已经全上了甲板，在船头敲打一切能敲的。而且，并不难辨认出，那是……三十六岛的头船。

那是艘很灵活的海船，经过了修整和改造，云小鲨认识它，云家的水手们也认识。那天在龙蛇岛，云小鲨曾经攀登上那艘船的船舷，干掉了那边的老大，夺回了云家船帮的海上威名。它为什么会单枪匹马出现在这里？那枚夹在《春秋》里的密信不是说了吗？三十六岛海船无法逆风穿洋，不得不迟到，孙白鹿和楚随波改走陆路来。但不管怎么说，这些船，是被神捕营征用了的，是他们的同盟军。

"鲨头儿……咱们要不……？"这回，连云家的水手也在问了。

云小鲨在犹豫。说实在的，云家船帮有这个本领，至少可以让人转移到这边船上来，见死不救有点不太合适。但她有点担心……别的。

一再斟酌，思前想后，天平渐渐向"去"的那方倾斜，毕竟这么大的暴风雨，精卫鸟也无法振翅飞翔。

那艘船上的帆火要消失了，有人张开双臂，用力扯着一面旗子。远远看过去，只有一半，看得见半只白鹿。青崖白鹿旗，是孙白鹿手下的人吗？

算了，接一下吧。云小鲨很快笃定了主意。她脑海里，闪过苏旷那张像要死了爹一样的哭丧脸，他朋友多得要命，谁出事都难过得不行。

"小鲨，"沈东篱是唯一一个没有撺掇她出海的人，略踌躇，"情况未明，你不要逞强，自家安危第一。"

"没事的，东篱大哥。"云小鲨一边点人上船，一边解释，"过会儿，我要是迟点回来，你们不要担心，我们回来的海流是对面逆行的，可能要转一个大圈子。"

"处处留心，不行就撤，随时给我讯号。"

"知道了，东篱大哥，你保护好他们就行了。"云小鲨想了想，扔过来小金葫芦，"我的船上有狩天者，岛上防卫还不太行，你拿着吧。"

沈东篱正要还回去，她已经快步走开，边走边用力挥手："回头见！回头见！"

沈东篱微微笑了笑。他江湖成名已经二十年了，头一回被人这么照顾，还是个姑娘。算了，拿着就拿着吧，还是再研究一下帐篷。有些人，长途海船之后的晕船一直没有好转，再这么一直淋雨，要生病了。

趁着一阵稍微风平浪静的间隙，风主扬帆出发了，水手们小心谨慎，没有一道帆敢升满，在海风里，像是蹑手蹑脚的夜游神。淡白色的船帆渐渐隐没在黑暗里。之后什么都看不见了。过一会儿，海上似乎有一声雷响。再之后，就只有风雨轰鸣。

"沈庄主！"身后，有人示意。

沈东篱回过头，岛山的山头上，风灯在灯架里摇了摇。那是讯号灯，岛那边有情况的意思。

沈东篱皱了皱眉，不敢大意，回屋取了梼杌剑握在手里，吩咐众人原地不要动，颜中望见他这样警觉，也拿了破月刀在手。

两个人到了岛山顶上，山不算高，但是湿滑陡峭，没有道路。那上面有轮班冒雨哨卫之人，指着海面给他们看。这边海面上也有一条小船，船上大概有七八个人，都抓着船帮，趴伏着，任由风浪抛高抛低。

"什么时候发现的？"

"就在不久前。实在太黑了，更远的地方我们也瞧不见！沈庄主，怎么办？他

103

们看起来，已经在海面上漂了很长时间了。"

这样的小船，可能发生的情况就更多了，或许是刚才大船放下来的救生船，或许是从随便什么地方漂过来的。这艘船很难救援了，这边的海甚至没有海滩，只有一片乱礁石。

轰！海浪席卷而来，冲闯着石壁，脚下的山石都在隐隐摇晃，让人想起共工怒撞不周之山。那艘小船被海流高高托举起来，哗地直接抛进了礁石堆里。那些人也随之被海浪洒得到处都是，有人趴着，有人躺着，或许已经晕过去了，甚至可能已经死了，高处看下去，并不怎么动弹。

"我下去看看。"沈东篱点点头，提了一盏小些的风灯，"你们在这里再守一守，辛苦。"

他奔下去看，颜中望也跟着。

这边山势较陡，一些石缝土隙里长满了密草，滑不溜丢，来去自如的都是高手。

下了岛山，到一片裸石缓坡上，石坡上流水汩汩，再向下看，沿海岸边一片怪石嶙峋，像是一只巨兽张大的嘴，正要择人而噬。那只小船就搁浅在乱石堆里，船头已经撞碎了，几支船桨都飞出去老远，而船上一共八个人，都躺在石碓里，被海浪冲得一动不动。

沈东篱示意颜中望先在岸边不要动，他走过去，拿了灯，挨个去照——八张脸他陆续看过，都是很普通的面孔，也是很普通的身材。

沈东篱稍稍松了口气，来的不是上官乾，他一颗心就放下去了一大半。

这座岛上的江湖中人、云家子弟，每个人都被传发了上官乾的画像，每个人也都被谆谆告诫，此人身材高大魁梧，肌肉虬结如岩，不择手段，毫无人道，一旦落单遇见，转身就跑。除了上官乾和精卫鸟之外，银沙教是一个以毒药、蛊物制胜的邪门教派，其余人的战力并不足道。

沈东篱步步为营，他挑了最靠近岸边的一个，试了试鼻息。那人是呼吸的，闭着眼睛，不知道哪里受伤了，他又准备去搭脉搏，那人正好颤巍巍抬起右手，痛苦而微弱地呻吟一声，那手全是淤泥，脏得要命。沈东篱想也没想，向后退了一步。

其余几个，也都差不多。没有明显的外伤，可能是头被磕碰到了，这些要挪到干净、亮堂的地方细看。至于最远的一个，快要被回流潮卷回海里去了，沈东篱快步去捞。那个微弱呻吟的又极其痛苦地哼了一声。

"阿弥陀佛。"颜中望俯身去探他脉搏，准备抱他上岸。

"大师，你先不要动，岸边等我，提防有诈。"沈东篱已经下到海里，从背后绕过去，提起那个人的腰带，手臂伸老远拎着，虽然夜黑如墨，他能够感觉到，那个人已经没有了气息，身体都冰冷僵硬了。

他应该是死了，沈东篱抖了抖手，掂量着说："船上的人好像是过来前就被人杀了，拴在船上。"

他一边说着，腰间的葫芦动了一下，拽着的那个"人"也动了一下。

沈东篱托了爱干净的福，生怕被泥沙瘀血沾到身上，并不太触碰这些人，也不太在乎如果是重伤者要怎么呵护、会不会加重伤势之类。想当年，他号称杀手之王，自外于侠义道，为人十分冷淡，动辄见死不救，遇到伤势太重的江湖客，顶多帮手给个痛快。于是，他想也不想，就把手里的"人"扔了出去。

果然，那已经不是个人了。那具尸体还未落地，猛一摇晃，甩起一头水珠，就要咬过来。而小金毫不犹豫地如闪电一样蹿过去，在他喉头一点。

兵不血刃，战斗还没开始就结束了。

但是，几乎就在沈东篱叮嘱的同时，颜中望正把那个伤者抱在怀里。他已经无法还俗了。如今，明镜禅师是个真正的出家人，慈悲为怀，普度众生。

他怀抱的那个伤者，也像是草丛里埋伏的一条毒蛇，以一种难以看清的速度暴起，一只手探进了颜中望的胸口。只有一声闷哼，连呼救都来不及。

那人果然毫无伤势，一跃在地，抓着颜中望，向岛山上猛蹿。当啷一声，破月刀落地。

沈东篱大吃一惊，颜中望绝非泛泛之辈，该有起码的反应和招架，但就那么被直接得了手。即使是偷袭，这样可怕的速度和爆发力，普天之下，能做到的人也没有几个。

他正拔腿要追，地上其他几具尸体也在蠢蠢欲动。

这几具尸体的蛊虫卵，应该是上岸前不久才喂下的，适才刚刚孵化出来，这样才不至于惊动小金。这几具尸体，是用来挡路的。

小金不等吩咐，斜蹿起来，在礁石、水坑、沙砾、尸首上连续十几个起落，快如闪电，一触即发，六具刚刚坐起来，还没活动开的蛊尸又全部躺下。

沈东篱招呼一声小金，拔腿就追。他追到了岛山下的那片流水缓坡上，看见了四肢平摊开的颜中望的尸体。在极短暂的时间里，颜中望遭受了巨大的痛苦，胸腹全都干瘪下去，似乎被恶鬼一口吸干，喉咙、胸口、手臂……全都有血红的、怪蛟一样的蜿蜒瘀痕，整张脸上有干尸的狰狞，张大嘴，似乎正要呼救，眼睛暴突，眼白上的小血管全炸了，死不瞑目。

就是顷刻之间而已。沈东篱长吸口冷气，震讶惊怒，摇了摇头。他理解不了这件事。除了上官乾，没有人再有这种手段；可是如果刚才那个人是上官乾，即便脸上能够易容，身材如何改变？高大魁梧的身躯去哪里了？虬结如岩的猿臂又去哪里了？难道这个世界上，真有这种邪术吗？

上官乾长得不算英俊，但也不算难看，瘦削、结实、硬朗，眉眼刀削斧凿似的，身材极其魁梧。而刚才那个人呢？相貌说不上丑，但乍一看是有些突兀的，他骨相有些崚嶒，眉骨横绝，颧骨凸出，腮骨也棱角分明，像是层峦叠嶂的一方绝壁。

两张脸孔似乎也有相似。沈东篱来不及细想了。无论是不是上官乾，那个人已经离开了，或许就在附近的黑暗里，或许去了那一边。这座岛上，还有五百江湖客，每一个都可能成为猎物。

眼下情形糟糕极了，天太黑，又是暴雨夜，而最可怕的事情是根本没人认识那个人，这五百人是为道义集结的，互相之间并不熟悉，那个人随时随地可以潜伏在人群里，滥竽充数。

沈东篱立即做了决定。他无暇再照顾颜中望的尸首，全力跑到山头，取了那盏大灯，招呼了哨卫跟他走。那之后，一路走，一路运足内力大声呼喊："全岛的江湖朋友们、云家兄弟们！请留意，上官乾已经上我们岛了！明镜禅师已经罹难！全岛的江湖朋友们、云家兄弟们！上官乾已经改变了身材面目，我再说一遍，上官乾已经改变了身材面目。所有人立刻放下手头一切，不许乱动，不要交谈，立即到木屋前的海滩上来，互相之间，留神前后左右！"

"你们随我喊！"他吩咐着跟随他的几个人。而且，他们互相之间，也很留神不走得太近。这个时候，任何人都可能是"那个人"。

起初是他一个人在喊，很快变成了七八个人在喊，之后，大家都在喊。一遍一遍，声音越来越大，越来越整齐，声浪一波一波地传出去。人群也渐渐集中到了屋舍前的海滩上，那里有两百步一设的"灯笼"，是岛上光源最为充足的地方。

所有人都来了，每个人都知道刚才那段话意味着什么。上官乾可能就在前后左右，恐惧、愤怒、猜忌……都会是他的帮手。猜疑链一旦形成，他将在黑暗中渐渐主导场面。

人们笔立如森林。沈东篱站到了人群最前面，左右都有灯。他是一个非常不喜欢讲话，更反感大吵大叫的人。今天，他快要把一生要喊的话都喊完了："诸位，请看向我，听我的指挥。留神你的前后左右，请大家缓慢地把后背转向大海，面朝着我。"

大家这么做了。海滩一览无余，能够埋伏的余地相当少。沈东篱面朝所有人，他自己的背后是黑压压的屋舍和岛林。

"诸位，请听我说！刚才的消息是无误的，明镜禅师已经罹难了，他此前是一位剑侠，之后是一位高僧，他在试图帮助一个落了海难的人，有恶鬼利用了他的菩萨心肠。我没有照管他的身后事，因为，明镜禅师最希望的一定是不再有人再遭毒手。如果各位能够相信我的判断，那么，这个恶鬼就是上官乾，我不知道他用什么手段改变了身材。但是，众所周知，他少了一条右臂，这在短时间内，可是作不得假。我想请所有人，一起脱掉上衣，举起右臂，左右摇晃，像我一样，来。"

沈东篱从十四岁起，就不在别人面前打赤膊了。他很忌讳别人看见自己的裸体，那种毫无边界感的袒露让他觉得粗俗可鄙。即使是在沽义山庄，他也终年住在后山的剑庐里，过一种清冷而孤绝的日子。很多年里，在江湖传说之中，他是最有仙气的一个人。但此刻，他慢慢放下桲杌剑，伸手解开衣带，脱下了早已透湿的一袭白衣，略叠妥，搁在一边。

依然是所有人都照做了。赤条条的身体，真实血肉的手臂，皮肤下肌肉滚动，带着雨水。手臂如林，一起举向夜空，慢慢摇晃。

"请大家关照左右。"

所有人都在互相看。这确实是很难作假的，即使是苏旷那条由沈南枝制作的左臂也一样，脱衣细看，总有端倪，挥舞摆动，总是和血肉之躯不同。

"请大家互相握手、击掌。"

手和手握在一起，雨夜里，有数千人齐齐击掌的清脆声。人类知道什么是握手，掌心的温度，手臂的坚定摇晃，力量的传递，以及彼此的信任。

"好了，如果大家乐意，可以互相通报姓名了。"

"在下青城陆辛！""雁门代子钱，幸会！"人们互相低声而热烈地说出姓名和来历，在这个漆黑的夜晚，他们彼此结识；之后的很多年里，他们之中的一些人依然会是朋友。

"考虑到上官乾有可能埋伏到船上，请云家的兄弟们忍耐，今夜不要回船。"

"是！"

"也请各位江湖朋友,彼此守望,我们等待天明。"

"是！"

"还有谁没有来？"

"沈庄主,还有束星儿和李牧,我们没有人管他们,听到命令,放下一切就来了。"

"唔……随他们去吧。"

灯笼在沙滩上,淡淡地亮着。午夜了,最为风高浪急的时刻。海潮丛生,一如梵音狮子吼。大家就在海滩上,没有人向黑暗处走一步。

沈东篱盘膝坐着,似乎闭目调息。忽然,黑暗之中的林野里,有阴恻恻的一声问:"想不到暗香盈袖沈东篱,居然这样胆小如鼠。"

众人一起抬起头,望向暗处——他果然在的。那个人在密林深处,他的内力也很浑厚,也能传出来很远。

沈东篱盘膝坐着,棒杌剑横在膝上,鼻观口口观心地说:"上官乾,我们是人,不是野兽,怕黑、怕被咬,这有什么奇怪吗？倒是你,你一生都怕光。你既然不胆小,走出来啊？"

"昔年天下第一快剑沦落至此！沈东篱,我给你一个机会杀了我,你也给我一个机会杀了你,你过来,我们一对一交个手,敢不敢？"

沈东篱没有回头:"我不高兴跟你交手。"

上官乾一时语塞。

沈东篱慢慢地说:"而且,我是不是天下第一快剑,根本不重要。我就算是第十、第一百、第一千快剑,那又如何呢？天下第一千零一剑就没法活了吗？"

上官乾又语塞,他没想到,这个人开始不要脸了。

"上官乾,做人的道理,你一样都不懂。我听人说,你武功很好,可能是当世前十,或许前三,如果你还不满意,我算你天下第一好了,之后呢？你就满意了吗？"

上官乾冷冷地笑:"知道打不过,就开始说道理了。"

沈东篱也冷冷地笑:"你和我都心知肚明,我此刻过去,未必打不过你。"

"那来啊。"

"我不去。你有胆子,你倒是出来啊。这里有的是人想和你交手。"

上官乾顿了顿:"独来独往的沈东篱,学会以多欺少了？"

沈东篱呵呵一笑："笑话。我独来独往，是因为我喜欢清净，我有钱，我家地方够大；你也独来独往，是因为你是一头恃强凌弱的畜生，没有人站在你那一边。"

暗林里的那个人沉默了很久。他没有再说话，当然也没有出来。始终也没有人过去查看。

很久之后，暗处才传来一声惨叫，之后是一声怪笑："沈东篱，我算你捡一条命！"

那声音渐渐远了，向岛的那边去。

直到暴雨渐渐停息，东方微明，岛上可以视物的时候，众人才三五成群，结伙去查看。

束星儿不见了，而李牧惨死在地。看起来，是和颜中望的尸首一模一样的死法。除此之外，今夜并没有别的死伤。

只有在黑夜的大海上，才知道什么是风暴的力量。

怒海的力量是直上直下的，楼船被抛起来，再压下去。被海风忤逆着直接掀起来的巨浪，隆隆地砸在甲板上，压得船头直接翘起，每一样能被风吹走的东西，都会顷刻之间消失不见。这样的风暴里，主帆是无法升起来的。但如果可以控制住方向，仅仅是海流的速度和力量，已经足够带着风主向前。

水手们小心翼翼地操控着三角帆，像是在小山一样巨大的火药桶边把玩火星。

说实话，云小鲨享受这样的时刻。她喜欢与狂风共舞，有时候甚至乐于得到这样的机会。这种感觉战栗而狂喜，脚下就是死亡，随时随地的死亡，恣肆汪洋的死亡，而生命就是死亡怒海上的那一叶风帆。只有少数人能从风浪里读出大海的意志，又只有极少数人即便读出也不屈服，但可能只有那么一两个人，最终心醉神迷地爱上。而且，毕竟还好，这趟旅程并不远，金邻大湾的普通风暴也无法比拟更西边天竺之海的狂风暴，一切还在可控之中。

那艘快要沉没的海船就在眼前了。

东海三十六岛全是海盗，他们自己并没有船坞，也就没有造船的能力，每一艘船都是在大海上抢来的，那是群狼搏虎的打法，许多小船围攻，拿下大船，许多大船再抢回来楼船。这是艘头船，那些战利品海船之中最大的一艘。

看到云家船帮的荧荧白帆时，那边甲板上的所有人都在欢叫。其中不少确实是三十六岛的老相识——他们认识云家船帮，云家船帮也认识他们。

109

他们的桅杆彻底从根部折断了，沉重的桅杆、船桁和帆索像是巨翼一样拖在海面上，让整个船体向一侧倾斜，一切的重物也滑向另一边，而另一侧无力地挺露出船腹。

这些人是有经验的，在船体彻底失去平衡之前，就扔掉了所有的重物，所有人在另一侧紧紧抓着船舷。

风主小心翼翼地绕到了船舷高高翘起的一侧。

桅杆折断的那一侧是沉船的死亡之域——那边有密密麻麻的帆索，形成无数个套圈，索圈在海浪下面漂浮，也可能随时抽紧，在这样的黑海里，就是无数条随时择人而噬的海蛇。

没有什么手段能把人直接转移出来。水手们和云小鲨商量着，如果搭绳桥，可能会把风主的船也拉歪，直至桅杆失去平衡，重蹈覆辙；如果放小艇，他们上小艇的难度和跳海差不多。最好的办法，就是趁着对面那些人还有体力，让他们抱着系着绳的木头之类的东西跳海，不至于沉没；而这边最精锐的，最好是鲨头儿本人，用小艇系在大船上，在洋流所向的海面，做一次拦截。海流这样湍急，他们又已经坚持了这样久，如果不下海帮忙，他们可能上不来。

"那就这样办吧！"云小鲨把头发编成发辫，盘紧了，"来两个人跟着我！"

"我！我！"几个人纷纷举着胳膊，"鲨头儿，咱们干这票月底加钱吗？"

"想得美！"云小鲨耸肩，腿蹬在船舷上，热热身拉拉筋，"咱们这一趟来逼罗，每一天账上都在亏钱……哎呀，我的心在流血。"

"那咱们图什么呀！"有人去准备吊绳、滑轮和小艇了，那两个准备跟随下海的人也扎紧头发，理好袖口和裤管，在两边大腿外侧都系上匕首，绑好海靴。

"不图利，肯定图名喽！"

"哦，懂了懂了！"几个人拉长了调子起哄，"祝我们默默无闻的云家船帮，早日名扬四海！"

"你们几个真是的！"

"鲨头儿，你就给句痛快话，我们跟着你风里来雨里去的，到底最后能不能带人走啊？"

"哎呀，你们无聊死了，叫你们看点书，就知道打牌，谁跟你们说我跑这趟是为了……"

云小鲨一句话没有说完，就看见对面的船腹上有很大一团火光闪了一下，之后，是轰的一声巨响。整个风主巨震，像是海船被人在肚子上狠狠打了一拳。她一把抓住船舷。这是……炮？

有那么一个刹那，云小鲨的脑海里是空白的，她没反应过来，也没有任何人能理解这种情况。是，苏旷那封信里提过，到时候带几门小山炮来。那这是走火了吗？别开玩笑了，这炮填一发打一发的，而且埋伏在船腹，大概是货舱的位置，瞄准都要费半天劲。那对面这群畜生是在干什么，非要在这个时候，报东海一箭之仇，跟我们同归于尽吗？

"船怎么样？"她皱着眉头问，凭感觉，船身被击中的地方在第二密封舱一带。

"鲨头儿！"水手们反应过来了，纷纷在甲板上疯跑，"二道舱炸破了！三道舱四道舱还能用！"

"转舵转舵转舵，头帆拉起来。起锚起锚！走走走！"一道接一道的命令，当务之急，是离这群发疯了往地狱里跳的魔鬼远一点。

云小鲨向船腰走了几步，她没有去检查船体那个破洞。炸了就炸了，这么大的船体，一两炮沉不了，再修补是回头的事。她还在盯着对面的船，想要弄明白，对面要干什么，还有什么人，还有什么手段。

很神奇，对面甲板上呼救的那群人似乎也被那一炮惊呆了。他们纷纷挥手、哭喊，大叫着这不是他们干的。

不过没有用，风主要离开了。他们更绝望，纷纷跺着脚，在甲板上追着跑，还是敲锣打鼓的。

如果这一切都是有预谋的，那么，排除一切恶毒心思不谈，这个折桅本身是非常有技术难度的一件事，那个控帆者对风力和海流都很熟悉，恰好驾驭到了一个会折下船帆又不至于倾覆的角度。还有，最重要的是，今夜一切的海上行动都是高危的，他是个疯子，宁可自己冒着生命危险，也非要弄死我们不可。

云小鲨大概知道那个人是谁了。

不过，答案已经不重要了。对面甲板上，忽然传出了一阵惊叫——那是绝对的惨绝人寰的令所有人一起丧胆的叫法，海里的活鬼攀上来也不过如此了。再之后，风主上的水手们也同样叫起来。

对面的甲板上，"走"上来了两只精卫鸟。它们和火炮一样，好像之前也是藏在货舱之类的地方。

是的，这样的暴风雨，精卫鸟也不能展翅。但大家都忘了，它们不仅会走，

111

还会游呢。而是谁在操控它们？不知道！似乎没有摇铃者操控，而这是最令人恐惧的地方。

"狩天者！狩天者！"风主上的水手真不算是没见过世面的，但也已经被这样的三重夹击逼到濒临崩溃，暴风、炮、精卫鸟……谁也不知道如何同时应对这三样。

暴风雨让所有能在空中飞翔的东西都失灵——精卫鸟如此，狩天者也一样，无法发射，强行发射也没有了准头。

对面船上的人，失去了希望，疯了似的纷纷跳海。跳海也会死，但至少还能多活一会儿。

两只精卫鸟站在对面甲板上。它们的选择立即就很清楚了，下海去捉，风急浪紧，耗时费力，只要一振翅，这边就有香喷喷、最好吃的人。

风主上的水手，没有一个跟着跳。跳海是彻底放弃，他们还在控帆，还在试图保护这条船。

云小鲨的手也在抖。情况完全溢出了想象。如果是一只，她或许还能拼一把，两只，那是没有任何希望的。刹那之间，她有点后悔把小金留给沈东篱了，但很快又想，算了，他们不打这边就打那边，总有一头是硬仗。

她把海牙枪解开握在手上，尽量让自己沉稳一些说道："大家冷静一点，我们能赢。除了控帆水手，所有人离开甲板，立即，马上！好，头帆不要动，二道帆三道帆升起来，起锚！"

有清楚的命令就好办多了，兵随将令草随风。

精卫鸟准备过来了。它们是飞鸟，不是来战斗的，是来觅食的，很显然，它们出于本能地如厌恶丛林的枝丫一样，讨厌船中央桅杆附近密集的帆索。如果甲板上的开阔处有人，它们就会很自然地到甲板上来。

云小鲨试验过狩天者，这样的狂风暴雨，只要发射，半路上必然失去准头，她能做的就是重复沈南枝在杭州密道里做过的，把机关摆在甲板上，回到低级的步步生莲。环扣上是有卡子的，她俯身半跪着，一手握着海牙枪，另一只手一个一个按下那些卡扣。

暴雨还在下着，脸是麻木的，因为过度的紧张，几乎什么都感觉不到；海浪还在摇晃着船身，能隐约感觉到那个炮洞破口的冲击。

精卫鸟过来了。这样短的距离，就是一振翅、一收翅而已。它们就站在不远处。

云小鲨猛咬舌尖，快而剧烈的疼痛让自己更清醒一点，手速更快也更稳。她已经迅速地在甲板上摆了大半个莲花了，剩下的还没有摆完。

一个很可怕的事实是……这鬼东西是协同作战的，它们会配合，而且配合得相当默契。一只从正面踱来了，另一只，似乎正在绕到背面。

怎么办？怎么办！即使它们被扣住了爪子，攻击力还是一样强悍，还是能吃掉她。云小鲨倒吸一口冷气，她没有选择了，海牙枪穿过最后一朵莲花。

啪！那只正面走过来的精卫鸟，脚下的一朵莲花盛开了，机关砰地弹起，扣在它的爪子上，它向前又走了一步，之后是另一只爪子。

身后，巨翼带着腥风，半飞半冲。

云小鲨就地一滚，向桅杆后面躲，反手按照适才刹那的判断，海牙枪脱手而出，砰地射在精卫鸟的肚腹上，这已经是绝大多数禽兽的软肋了，但对它来说什么都不是。海牙枪上，那朵附带的步步生莲啪地弹开，绕住它一只脚，也把枪尖卡在机关里。精卫鸟的尖喙直接啄在头边的甲板上，那是普通柴刀砍不透的硬木，它硬是啄出一个好大的白坑。

船头再一次被海浪掀起来。云小鲨拽着海牙枪，顺势沿着湿漉漉的甲板向后滑，枪尖和步步生莲扣在一起，都缠在精卫鸟腿上。她一路迅速地连滑带滚，滚向瞧好了的位置，那里有刚刚绞上来的船锚。

船锚的绞盘卡扣还没来记得关上！她直接把海牙枪的护手环扣在船锚头的生铁环上，就地又一滚。追击而来的尖喙第二次啄在耳边，钉住了一团头发，连拔剑削断都来不及，她直接伸手把那一小绺头发拽断了。

另一只包抄过来，羽翼横扇过来，她被拍飞出去好远，连腰带肚子撞在桅杆上。她忍着疼，站起来。

那只精卫鸟没有追过来——两只精卫鸟被狩天者连着，而其中一只的左脚被海牙枪和船锚连在一起。远洋海船的船锚是很沉的，风主上配的是四爪金龙锚，五百多斤左右的重量，加上巨粗的锚链，合计有三千多斤。连锚带精卫鸟一起扔下海，谅它们上不来。

计划完美，唯一美中不足的是，海牙枪是武器，不是机关，枪尖会从卡扣里滑脱。

两只精卫鸟，在甲板上呼啸惊飞着，四只触目惊心的巨爪连着步步生莲和海牙枪，胡乱地乱扇乱抓。海牙枪的枪尖咯咯乱晃，看起来，确实是会滑脱的。

"你们俩……"云小鲨很小声地说，微微招了一下手。

"鲨头儿……"两个水手躲在索桶后面，小声答应。

113

"过会儿，它们追我下海，你们立刻冲过去，把锚抬起来扔海里，越快越好，听明白了吗？"

"可鲨头儿……"

"不要紧，它们吃不了我……等着给我庆功吧！我数到三，来！一、二、三！"

精卫鸟已经过来了。云小鲨站起来，她半蹲下，反蹬了一脚桅杆，用尽腰和腿的全部力量，借力向前直掠，算准角度，从双鸟之间猛蹿过去。

这已经是她一生之中最快的速度了。她后来听人说，杭州那一回，丁桀跟精卫鸟直接较量过一次，丁桀的巅峰速度和精卫鸟近地飞翔的速度几乎一致。那太快了，她做不到。而且那是陆地，不是湿漉漉的甲板。她没有任何选择，必须把战场拖进海里。

直穿过双翼之间之后，她不再回头，不再计算速度，置整个后背于不顾，眼里就只有船舷。噔，一个踏步，脚尖蹴动，大腿强而有力，跳出去！背后，喙和爪一起追来。

她径直地向海里落。那只喙好像就在后脑勺，似乎张开了，还有腥气。但精卫鸟被船锚拉了一下，它们双双俯冲，之后暂时吊在半空。

水手一拥而上，趁它们还未起翅的一刹那，抬起船锚，跟着扔下海去。

扑通！云小鲨先纵身入海。之后，船锚带着锚链，以及两只精卫鸟，一起入海。

精卫鸟是海鸟。在传说之中，它们曾经捕猎过鲨鱼。苏旷曾经绘声绘色描绘过它们在冰河里的恐怖之处。不过，冰河可不是大海。河水不够深。

云小鲨下水前，深深地吸了一口气。证明这个世界属于谁的时刻到了。

下潜。下潜。下潜。

十丈之后，海水开始变化。百尺水下，海洋似乎是从年轻变得古老，不再是戾气的、激烈的、难以驯服的激流喧嚣，洋流变成了整体一块，缓慢而不可阻挡，像是宇宙包含着星辰。皮肤下的那层薄膜有了感应，崭新的滑而韧的盔甲在生成。与此同时，整个耳部鼓膜封闭了，世界没有任何声音，只能听见来自内部的自己的血流和心跳声。

四爪金龙的巨锚带着长长的锚链，向海底速沉。铁锚沉得更快一些，精卫鸟还在奋力鼓动着双翼，试图向上游，摆脱这个小小的机关。

这是好事。苏旷提醒过，精卫鸟的翼下翅根是软肋，那里药力最薄弱，最容易被撕裂开。

但海牙枪的环扣没有那么紧，它很快脱开了，狩天者绕在锚链上，两只精卫鸟带着狩天者和海牙枪缓缓上升。

真是糟糕！让它们出水还得了！云小鲨回头，向上浮过去，她谨慎地抓住了海牙枪的一端。

她得把它们固定在锚链上。可是谈何容易！

精卫鸟感觉到了活物，唰！它们在海水里一个灵活的扎猛子，喙向下，直奔云小鲨而来。

来得好！不怕它们向下，就怕它们出水。云小鲨继续全速下潜。她的头发在海水里散开了，一只喙啄了一下，叼住了一部分，她拔出手臂上的藏山一玉，顺手削断了大半。

精卫鸟只追逐了两丈左右……海底的巨大的水压给了它们本能的威胁，再度转头向上。

云小鲨也重复了第二遍，回头浮上来，又拉了一把海牙枪。这一回，她手很快，把鲨齿链的护手连在上面。

另一只尖喙又到了，她向锚链的外部游。

嚓！喙叼过来，她伸手格挡，巨喙咬住了鲨齿链的链刃，尖锐而巨大的爪子向她腹部抓。

云小鲨猛地蹬腿，身体在海里完成了一个反向的折腰。一大串湍急的无声无息的小漩涡和小气泡在海里搅动着。

她的灵活度已经相当之高了。

羽翼搅起急而猛的一股水流，向耳朵拍来了。这样打上去，必然是要聋的——云小鲨在水里第二次拧腰，哗啦啦又转了半圈，头竭力向外，避开，那扇羽翼擦着面孔扫过去。

虽然是在水里，精卫鸟的翼力大减，但这一下，是结结实实扫在脸上。眼前金星直冒，即使闭眼，也能看到一片快要炸裂的血红。与此同时，一大团鲜血从鼻孔处氤氲开。没关系，只是鼻腔小血管破裂而已。

她闭上眼睛，无法再水下视物。

水里闭气的同时，一连串连续而激烈的动作让那口气急速耗尽，她咬了咬牙，带着眼前一团血雾，从海水里凭着感觉抄到了鲨齿链的链刃，拽回来，扣在锚链的环扣上。

两只精卫鸟都被锁在锚链上了。她的两样软兵刃也都离手了。

她还是闭着眼睛，安全起见，向黑而冷的水底再潜了一小段，向远处游开，之后上浮，尽力在绕开精卫鸟攻击范围的同时，回海面换气。

短短的一段距离，变得极其吃力。鼻腔里的小小创口，在海底巨大的压力下，很快撕裂，上腭和喉咙也在破裂，嘴里全是不知从哪儿涌出来的血。

应该快到了……应该快到了……

哗啦一声响，她浮出水面，深深地吸入一口前所未有的腥甜的空气。还好，方向感并没有失去，风主离她并不远，她慢慢地游过去。

海浪翻涌着，不过不要紧。她到了。所有水手都在向下看，焦急等待着。

有人发现了她："鲨头儿！"他们惊喜地叫，挥着手，跳着脚。

云小鲨张开嘴，稍微喝了半口海水，仰头漱了漱嗓子里的血腥，之后发出声音："来！鱼叉！"

她还要再下去一趟，她得解决它们。不然，她的船无法起锚，炮洞的破口会越来越大。但谁也不敢确定，海牙枪和鲨齿链就能经受住它们的拉力，一旦挣脱，是灭顶之灾。别人帮不上忙，她选择动手的地方太深了。

精钢的鱼叉扔下来了。入手一沉，差点脱手落海。本来她准备带两支，但掂了掂，这一通周旋，手臂失力极大，一柄已是极限。

来啊！速战速决！她又稍微跃起来一些，像鲸鱼跳出水面吞下去什么一样，尽可能地吸了一口气，再一个猛子扎下去。

下潜。下潜。下潜。我又回来了。云小鲨又睁开了眼睛。还好，那种眼球快要爆炸的痛感消失了，她看得见，但是看不清。

轰——轰——轰——

两只精卫鸟围着锚链打转，在反复拍着翅膀，水流四处冲击。它们又没有鳔，也需要呼吸，不然也一样会被活活憋死、淹死。

海牙枪的枪柄也是精钢铸造的，但已经被拽到弯曲。真是可怕的力道。这太可惜了，她得到海牙枪也有十年了，得心应手，不知上哪儿找第二样去。不过没关系，得到鲨齿链和海牙枪之前，她用的也是普通鱼叉。

两只精卫鸟沉浮游动，一上一下，一左一右，求生的挣扎让它们的攻击欲更肆虐。小水桶粗的锚链笔直伸向海底，偶尔被它们带得晃一晃。

云小鲨绕了半圈，顺着洋流的势，从后方谨慎靠近它们。那是一个它们转身扑过来会被海流阻挡的方向。之后，她下潜，小心翼翼地向上，瞄准了一只正在抬起翅膀的家伙，双臂较劲，在心里大喊一声，一叉唰啦啦地直刺过去。

触到了，但没有扎进去，被滑开了。海里实在太难借力了，整个身体都是浮在水中，纯粹的臂力对付一条普通的做晚餐的鱼当然没问题，对付这种来找晚餐的魔鬼就差很多。

我必须得来点硬的了，我经不起几次这样的换气。云小鲨心里想着，又试了试把靴尖塞进锚链的环孔里踩着。但是不行，锚链很粗，环孔却是椭圆的，海靴轻便，但是前头方方扁扁的，完全无法塞进去。她直接把靴子脱了，赤着脚把脚尖踩进锚链里，没问题的，但脚尖很容易被卡到。

但没时间再瞻前顾后了。她双脚尖都踩进锚链环里，牢牢踩实，拧腰，再用力一蹬，双臂较劲，第二次刺出，鱼叉在海流里刺出几近中空的一道水箭。

唰！整枚叉尖精准无误地直没入那边的翅根。啪！她清清楚楚地看见精卫鸟那个致命创口被海流迅速撕开，一整个翅膀下的肉和筋露了出来。

干得漂亮呀！她心里对自己喊了一嗓子。

另一只过来了，她连忙下潜。但是，脚尖一时拽不出来，情急之下猛地一扯，很糟糕的感觉，似乎是有只小脚趾骨折了，但脚掌还是卡在里面。

没得选了。精卫鸟向她冲，她也转身，面对面地将藏山一玉握在手里，反手向精卫鸟直扎过去。

来啊！她的内心里有一声咆哮！就像是很多年前启航时一样。我来这片海，是来拿我配得上的。

尖喙又来了，精卫鸟也被激怒了，巨口大张开。她做了极近距离的躲闪，冷静之极。那个带着钩的上喙尖啄进了锚链里，一时也卡在里面。她绕过双爪，径直地把藏山一玉从翼下斜刺了进去。削铁如泥的好家伙！一柄短剑全没入体，她顺手一划。成了！

与此同时，身边的海流砰地一震，精卫鸟在还击，另一只翅膀扎扎实实地拍在左肩上。

云小鲨的左臂瞬间失去知觉，应该是脱臼了。双脚终于拽出来了，不过没有感觉。

两只精卫鸟各自废了一只翅膀，这很好，它们无法保持平衡了，开始向下落。

云小鲨仰面向天，悬浮在海水里，让血液稍微恢复流动。她准备上去了。但是……她看见了一串水泡。

并不是感觉到的,而是就在眼前、清清楚楚看到的,她不受控制地开始吐出空气。这是非常糟糕的情况——死亡沉潜!

这个深度的海水,是一座海牢。那种压力,像是两爿巨大水碾,把整个肺部压成一团。当空气开始吐出,这个过程几乎不可逆。而人在这种情况下,无法再上浮。她的母亲,应该就是这样死在海里的。

她在向下落……越挣扎,越向下……

这个过程新鲜而充满恐惧感,她的躯体渐渐失去知觉,大脑还清明,没有丝毫痛苦,困到极致的沉睡感从后脑勺冒出来,那是缺乏空气的症状。她看见鼻翼前更大更鲜红的一团水雾,血管在加速破裂。

她又看见精卫鸟了。她和它们一样,挣扎只会加速沉沦。

开始的时候,海牢是一座碾,很快地,当鲜血也随之流出,就会变成一座山。

她想了想,不再动了,尽量平躺着。记忆深处还有过去清晰的记录——这片海湾很美,海水清亮,她往昔来时,曾经无数次下潜,据她所知,金邻大湾的最深处也并不是那种几无极限的深度,应该很快可以触底。

她默默等待片刻,落地了,身边是海底,数丈长的海藻环绕珊瑚,浮沙扬起,如雪,如雾,如尘,如梦。

她看见精卫鸟也落地了。它们在海底挣扎着,拍着残翅。它们的生命快结束了。

但云小鲨肺里也没有空气了,她血液里还有一点力量,就好像蜡烛见底,还能用残存的烛油再燃烧片刻。

精卫鸟落地的方向,就是四爪铁锚的所在。她用最小消耗的动作,在沙地上爬过去,用仅存的能动的右臂拉住锚链,不再顾及脚趾究竟断没断,踩着链环,一尺一尺重新向上攀登。

躯体迅速失去知觉。左臂消失了,脚也消失了,之后是双腿,肢体完全地麻木,腹部和腰部也消失。

我来得及。

她只有心脏在跳动,所有的精神力注入一只右臂,僵硬地反复,一尺一尺地攀登,一尺一尺地上升,自己给自己打着拍子,一、二,一、二,一、二……

我来得及。

身体在调控着最后的资源,一切交给心脏和手臂,最后直接关闭大脑。脚已经无法踩在锚环上了，全靠手在拉动，全靠这无数年付诸大海的经验和热爱。

她意识渐渐消散了。但手臂还在做同样的动作，像只僵尸。一、二，一、二，一、二……

我来得及。

砰！头撞到了什么，几近木石的脑子转了转。这是船底！一股新鲜兴奋劲在脑海里分泌出来，好像是大脑关闭前留下的火种。她更清楚了，这个形状是船底用来保持平衡的梗水木，她被浪推着，身体胡乱摆动，硬木在后脑勺上反复地敲。

没关系的，尽管敲吧！这是我的船，每一根木头、每一根钉子，都是我亲手挑选的。我不会被我的船杀死。

她还是用唯一的一只手臂，推着船底，让自己离开那片危险的海域。

离开海水的刹那，她等待了片刻。空气并不是吸进去的，是自己涌进去的。肺部重新开始疼痛，剧烈的火辣辣的，充满了血和痉挛的……活着！

哇哦！她仰面向天。身体慢慢复活了，重新感受到了大雨。

暴雨比人海前小多了。鼓膜也重新工作了，那是雨声、涛声、大海的歌声。但她还动不了，需要有人看到她，下来接她。

她继续等。已经没什么可怕的了，精卫鸟再也上不来了，她的人迟早会发现她。

但是……她都快忘了那个家伙！身后一只手臂，直接反扣住咽喉，另一只手捂住了她的嘴。一个熟悉的声音在耳边轻声笑："阿姐，我终于等到你了……"

海猴！

云小鲨绝望之极——她的人就在上面！所有人都在等她，但她一丈一丈地离开了。她甚至能看到他们，焦急搓手、翘首以待的样子。

海猴的水性也很好，远超大多数人类的那种好，他像只仰面朝天抱着食物的海獭，带着云小鲨，向黑暗处游。

他带着她，转到了沉船的另一侧。这个角度，没人能看得见他们。那里有倾覆的大片的船帆。船帆下，成百上千条帆索在海浪里悬浮漂游，像无数个死亡的吊绳。船帆周围全是尸体，黑乎乎的长发在浪里浮着。那些落水者不知轻重，都向这边游，试图爬到帆上自救，但没有一个成功，全被缠绕住了，窒息而死。但海猴不在乎，他的灵巧和敏捷甚至在云小鲨之上，即使在云家船帮，也是出类拔萃的一个。

刚才，云小鲨潜下海大战精卫鸟的同时，他也没闲着，用两个三角侧帆拼在一起，做了个筏子，还准备了一根桁杆作为船橹，一根长木作为船篙。他把今夜的战利品拖上他的筏子，沉甸甸的。再之后，他拔出匕首，斩断了筏子和主桅连着的那根大帆索，吹着口哨，撑一下船篙，也躺在云小鲨身边，避人耳目，随着洋流，向远处漂流。

云小鲨躺在船帆上，眼睁睁看着风主。只要有一个人看见他们，她就得救了。她稍微缓过口气，试图叫一声。

海猴拔出藏山一玉，压在她喉咙，在她耳边呢喃："嘘，阿姐，不要让坏人发现我们。"

云小鲨快疯了，用脚指头想，也知道被他带走是什么下场。她试图殊死一搏，翻身滚下海去。但刚一动弹，海猴就一拳打在她太阳穴上。这一拳狠而重，她彻底昏死过去。

不知过了多久。等再醒来的时候，风主已经看不到了。周围是黑漆漆的大海，海浪依旧咆哮起伏，但暴风雨已经停了，只有牛毛小雨，簌簌落下。

云小鲨晃了晃头，清醒了一点，她试着动弹。但左肩依旧是脱臼的，海猴并没有替她合上关节，右臂和腰腿被绑在横杆上，臂套和藏山一玉的剑鞘也都被摘下来了。

海猴一手托着腮，斜躺在她身边，几乎贴着她的胸，像很小的孩子贴着母亲。他的眼睛一眨不眨地盯着她，用一种亲热到阴森森的语气问候："阿姐，你醒啦？"

云小鲨惊讶极了，一生并没有遇到过这样的时刻。

海猴伸手，轻轻抚摸她的脸，那声音有种可怕的欲望："阿姐，你好绝情，就这么赶我走……"

云小鲨轻轻咬了咬牙。但海猴凑得更近，脸在她的脸上蹭："不过，阿姐，你要记得你说的话哦，我在海里，赢了你，你就是我的。"

云小鲨快要疯了！她拧过脸去，海猴把她的脸又硬扳了回来，说道："说话，不要不理我嘛！"

云小鲨眼睛四处扫，极度的恐惧在飘升，他居然没有把筏子周围的那些尸体扔掉，那些黑乎乎的长发前后左右都是。

"阿姐，说话呀？我是不是赢了你嘛……"海猴还在故意撒娇，他的声音在海风里听起来像是梦魇，"我讨厌你冷冰冰的样子，来，对我笑一下！"

云小鲨轻轻闭上了眼。

"你不想看见我，你不想看见我！"海猴被激怒了，叫得有点吱吱响，他从一边桅杆上拔出藏山一玉，剑尖慢慢划过云小鲨的眼睑，鲜血流进云小鲨的眼睛里，"你看不看我？你看不看我！"

云小鲨不敢不看，眼睛睁开了。她无法开口，她怕激怒他，可也不肯哀求他，她用尽所有的力量遏制住内心的惊惧，咬着牙关。

"你的眼睛真漂亮，你的剑也好美……阿姐，你为什么发抖，你冷吗？"

他的剑尖，像是情人的手指，顺着眼角向耳朵滑，之后顺着脸庞的轮廓游动，似乎是温存爱抚一样。皮肤划破了，但刺得并不深，血流得到处都是。海猴的头凑过去，伸出舌头，舔了舔那一脸的血。

云小鲨忍不住了，浑身跟着战栗，低低嘶叫一声："杀了我！"

"你终于肯跟我说话啦。阿姐，我怎么可能杀了你？等那个废物死掉以后，我们还要一辈子在一起。"

云小鲨眼里的惊恐快藏不住了，她颤抖着，压着嗓子问："海猴，水生伯呢？他不劝劝你吗……"

"哎呀，你想起他来了？阿姐，水生伯死了，是你害死他的……他不肯跟我上银沙教的船，所以就被人装进麻袋，丢掉海里了。"

"你……疯了……你真的疯了！"

"阿姐，猜猜看，我想干什么？"

"海猴，我是待你不够好，但是我……我也毕竟救过你。"

"嗯，不要说那个。你救了我，我今天也救了你啊？阿姐，你这么聪明，不会不知道我想要什么。阿姐，我长大了哦。"

"你要干什么！"

"我准备了那么多年，把第一次开口送给你，你不在乎……阿姐，你知道吗？我所有的第一次都是你的。"

海猴拿着藏山一玉爱不释手，短剑削铁如泥，剑尖绕过左颈的动脉，刺破皮肤，在大血管上停留片刻，顺着咽喉滑下去，割开水靠，划过胸口，一路划向小腹。水靠被划开了，胸膛袒露，皮肤上也径直划出长长一道血槽，鲜血涌出来，染得身下帆布鲜红。海猴终于看见了他想要看见的那双眼睛——全是恐惧、瑟缩、无助、哀求。

"这就对了，这样才乖……"海猴抖了抖手，藏山一玉扎在头上桅杆里。他要腾出手来，做别的事了。

云小鲨轻轻咬住嘴唇，她想，无论如何，不要哭啊。

身下，有什么东西游过来了，她慢慢转过眼睛。不知何时，海面上已经多了许多三角鲨鱼鳍。大风暴结束了，它们也来了。这里，毕竟还有许多、许多的"人"……

"阿姐……"海猴伸手一点一点剥开她的衣服，像是剥开他最心爱的珍宝，这是他想了很久的事情。他依然带着那种亢奋的热忱："不要怕，只要你乖，我就不伤害你。阿姐，等那个废物死了，我们回我们的船上去，我们永远在一起……好不好，永远在一起……"

三角鳍离他的腿已经很近了。两道三角侧帆，是不太可能绑得很平衡的。云小鲨慢慢闭上眼睛，全身的力量集中在腰上，猛地一拧身。

这一点力量就够了，海帆打滑，海猴脚下一空，向帆那边胡乱蹬了一脚。之后，海浪开启，乌溜溜的鲨鱼跃了出来，咬住了他的腿，往下拖。

"阿姐！"海猴撕心裂肺地惨喊了一声，那也是最后一声。

今天是个大日子，他太高兴了，高兴到忘记大海里有鲨鱼这回事，也忘记了自己是从哪里来的。

水下无声。几十道背鳍在身边游着，也在身下穿梭。这是一顿丰盛的晚宴，它们举家前来，有时这里拱一下，有时那里扯一下。

鲜血顺着帆布缝渗下去，看得到，有背鳍就在身边寻觅。云小鲨试着伸手，够了够头顶的藏山一玉，很快，她放弃了。这是足以抵御暴风的帆索，海猴的结扣是很结实的，她只能等人来救她，或者……无非是回家。

她仰头看，暴风雨停了，月亮在头顶。经过风雨洗礼，夜空有种难言难述的澄澈，似乎千里万里都是黑而深的琉璃。无边的大海，海潮庄严，涛声永不停息，浩瀚里有种亘古宁静。明月无尽光华。

有个人说过的，大海是永恒的，而明月只有一百年。那是百年明月心。

此地四海无人，云小鲨再也忍不住，仰天号啕大哭，泣不成声。

黎明终于到来了。红灿灿的朝阳，金灿灿的海滩，被暴风吹到倒伏的枯树，汩汩的清泉。

苏旷在海边踏浪狂奔，无法形容那种被摘了心的感觉。也不是疼，也不是害怕，就是空空荡荡的。

没有了，什么都没有了。整整一夜，直至风平浪静，风主都在等待云小鲨，当水手们终于按捺不住冒险起锚，才看到铁锚上两只精卫鸟的尸体，还有已经变形的鲨齿链和海牙枪。那之后很久，甲板上尽是死寂的，那是濒临失去一切的崩溃。

只要鲨头儿活着，她不会不回来。

他们四处找，找到了一只浮上来的靴子，也发现了精卫鸟喙尖缠绕的头发。他们甚至不知道下面应该做什么了，每个人都惝惶四顾，试图找到点什么支撑的命令。

苏旷也茫然，哆哆嗦嗦地说："找啊！接着找啊！"

所有人都在发了疯地找，云家船帮在找，整个大城的港务也在帮着找。

云家人向着昨夜海流的方向找。他们找了一天一夜，甚至接连发现了好几座新岛。后来，在一座荒岛的沙滩上，发现了搁浅的云小鲨。

苏旷奔上沙滩，深一脚浅一脚地跑。

他冲到那个筏子边，再度愣住了。他甚至看了看天，有点隐隐地愤怒，觉得无论如何，你不应该冲她来。

他蹲下看，这是谁啊，到底做了什么……云小鲨短发凌乱，短剑插在头顶，手和身体绑在桅杆上，满脸都是血，脸侧有很长的伤痕，像是道黑紫的大蜈蚣。肩膀肿了很高，骨头折向一个诡异的方向，脚趾也肿得老高，脓血透亮。鲨皮水靠被撕开，胸腹……似乎是直接被剖开了，衣服里全是血块。

苏旷愣了一会儿，他缓缓伸出手，在半空停了停又缩回去。他抬头看了看，手在腿上掐了一把。挺疼的，是真的。

他伸手摸了摸她的脸，之后探了探呼吸。他手有点哆嗦，试了好几次，搞不清楚有没有呼吸。

"苏哥……"跟着他跑过来的海刺着急了，"你要不行，我来！"

好像是有呼吸！他有点手足无措，到处都是血，一时不知道如何是好。

云小鲨轻轻转了转脖子，眼皮动了动："你先解开我啊……"

苏旷猝不及防地惊叫了一声，然后立刻知道该干什么了。他拔出短剑，割断帆索，慢慢先托起肩膀，探了探，只是脱臼，但太久没有复位，应该已经有积液。他说了声"忍着点"，咔嚓一声把关节送回去，之后扎好，把人半托半抱在怀里，尽量不动伤口，才轻声问："怎么了？谁干的？"

云小鲨试着坐起来，疼得浑身直抖："你是白痴吗……先给我水……"

"哦！水！"苏旷解下随身的小水壶，慢慢地一口一口喂着。

海刺也终于放下心来，回去告知喜讯。

此时的云小鲨头晕目眩，伸手扶一把水壶，看见手背上掉下一滴泪，又一滴泪。她抬头，微微地笑："吓着了？没事啦……"

"你自己觉着，能挪动吗？"

"行。"

"那我们先回去。"苏旷解下外衣，披在她身上，但看了看胸口那个很长的划痕，忍不住又问，"谁干的？告诉我。"

"想干吗呀？帮我报仇吗？"云小鲨又轻轻笑了笑，"已经死啦！"

"好……那我们先回去再说……"

苏旷把她抱起来，向海边小船走。云小鲨问道："岛上怎么样了？"

"颜师兄……没了。李牧也死了，上官乾带走了束星儿。其他人都没什么事，沈菊花说，多亏你临走给了他小金。"

"银沙教那边的岛呢？"

"我还没来得及问。"

"你呢？这趟在大城……"

"那都不重要。"

"上官乾？"

"交给我！"

"……就急着找我呀？"

"嗯。"

"干吗呀，我说了没事，你老哭什么……"

"我不是哭，我就是……刚才有点紧张……"苏旷想了想，稍微蹲下，放下云小鲨，让她半靠着手臂，揉了揉额头，"小鲨，我想跟你说个事。"

"什么？"

"我刚才在想……以前我老觉着，这不得先走一步吗？不太好拖累你……我刚才就临时改主意了……这就是一个想法啊，也没深思熟虑……先跟你商量商量……"

"什么呀！什么事也不耽误你一边走一边说吧！"

"也行！那咱们边走边说啊！你看，那天在太平客栈……你别这么贼笑呀，我不是说那个……我说当时，白隼飞过去，记得吧？我亲了你一下，你也陪我喝了杯酒，我还说，就当糟老头子来听墙根了，对吧？我呢，也陪你去你小时候的岛上，见过伯父伯母了，虽然非常意外，有很多僵尸，但我确实去过了。"

"所以？"

"小鲨，我们算是……见过天地，拜过高堂了，你要是……你要是既不嫌弃，也不后悔，就干脆顺水推舟，择日不如撞日，把最后一拜也拜了吧。"

"苏旷，你是觉得你哪里比别人香吗？你觉得……你之前什么都没有，之后马上就要死了，和你成亲，这算是个对我的补偿吗？你不要这么自大，好不好！"

"我不是那个意思……"

"那你什么是意思？"

"算了算了……你别动气，我今天脑子不太好使，我们……先回去……"

"你说了多少遍先回去。"

"这次肯定回去，不打岔了。"

"好啊。"

"小鲨？"

"我说好啊，我不嫌弃，也不后悔，你放我下来。"

苏旷扶着云小鲨，两个人眼圈都有点红。

时日不多，不过也无妨。人生至此，幸会一场。

"你的伤……"

"不要紧。"

苏旷拂衣，之后扶了一把云小鲨，他们面对面跪了下去，就在海天交映处，枯树清泉边，互相拜了一拜。

海边还停了几艘船，大家都在等他们，远远望着也不知道他俩在干什么。

俩人回来了，神情都奇奇怪怪的，手拉着手，什么也不肯说。

临上船的时候，苏旷想起来问："谁知道这叫什么岛啊？"

"不知道，就是个破岛吧……"

第六十五章　万人如海

今夏京城少雨，井水变得咸而涩。因为雨少，连带着水果也变得贵了，入夏以来，神捕营只发了些荸荠、莲子之类，勉强充作三伏天的福利。

文陵江住的小院外头有一圈小小的荷塘，白石曲水，斜柳闻莺，无穷莲叶，别样荷花，是神捕营里风光最好的所在。小院的东南方就是卷宗楼，一条笔直小径，通向幽深僻静。小径上，兰雪拥和刘伯庵并肩而来，一个摇着柄羽扇，蓝纱袍罩着白衫，踏一双方头乌履；一个摇着把蒲扇，皱巴巴一领汗褂子，踩两只扑哒扑哒的老布鞋，双双正聊在兴头上。在池塘边一棵斜柳树下，韦悲半蹲半靠在一块太湖石上，正端着个碟子，捏刚洗好的莲子吃，咬一口，牙齿挤出莲实，噗地把莲子皮吐了。不远处的一片草地上，一个年轻小伙子，正指挥着王羽，降下天边盘旋的白隼来。小伙子手里挥着带布条的木杆，嘴里"噢噢噢"地喊着；王羽一条乌黑辫子垂在胸前，布衫布裤，胳膊上戴着厚厚的袖套，白隼一落下来，她就紧张得缩着脖子闪避，弄得白隼半路又飞开。

"中来！"兰雪拥招了招羽扇，称呼着韦悲，"中来"是他的字。

"二先生、刘伯。"韦悲忙起身过来。

见他碟子里头有莲子，刘伯庵随手捡了几个咬在嘴里，嚼了嚼说道："干瘪成这样，还没有咱们自己荷塘的好吃。"

"没喽，今年国库吃紧，三伏饷全砍了，就这个莲子，还是户部自己掏钱，跟大家意思意思。"兰雪拥也拈了一个，捏了捏，随手扔了。

"怎么就吃紧到这个地步！"

"哎呀，我是懒得议论他们，前些年，底下不知上了多少本……算了，前事不提也罢。"兰雪拥上了一点岁数，两鬓微白，更添神仙仪态，他羽扇轻摇叹息道，"就这些日子啊,我走动到哪里,都被人打听案子,也不管哪个衙门,跟刑部挨着不挨着上来就问,十二月银庄什么时候能全挖出来啊?至少能挖几个呀?我就觉着咱们四面八方全都是吧嗒吧嗒的嘴,都在等着这锅肥油……"

韦悲思忖片刻:"真要全挖出来,这两三年,倒是干什么都够了。"

"够了是够了,可道理不是这么个道理!他老卢当家管钱袋子,这都冬至了,总该把年三十的账安排好吧?不能总这么……指着咱们挖老鼠洞过年呀!"

兰雪拥调侃得开心,反捉着扇柄,在空中虚挖两下。

韦悲跟着嘿嘿一笑:"那可不是普通老鼠洞,那洞里什么鬼玩意儿都有,动不动就咬掉你一个手指头。"

兰、刘二人都呵呵直笑,兰雪拥拿扇子拍他肩:"中来!这趟还得辛苦诸位。你们这拨什么时候动身?"

"准备明儿一早走!"

"那今天晚上,略迟一点,你再受累来我这一趟,或许我还有个事。"

"哦?二先生,什么事还得晚上才能说?"

"我这会儿还说不准哪。傍晚我得再去趟国公府,号个准脉,昨儿听老爷子的声气,好像是有点那个意思,唔,想要我们带着小世子关无尘一起去。"

"嚯!"韦悲皮笑肉不笑,嘴角向下抽动两下,"国公爷,这是明着给世子铺路了!"

"哎,不兴这样讲。老关家满门忠烈,五代凋零,就剩这一根独苗,老爷子都八十五了,这时候不铺路,什么时候铺路?再说这些年,神捕营得多少庇佑,照拂世子也是应该的。"兰雪拥拿羽扇指了指他,"而且,就算老爷子真有那点意思,那能明着讲吗?不还得我们主动提吗?"

"提什么?提我们神捕营案似看山不喜平?嫌千山万水还显不出我们,非要再带个少爷,多点波折?"

"哈哈哈,中来!好一个'案似看山不喜平'!回头哪,发花红的时候还得记着,钱乃身外须看淡……"

这两人互相调侃作乐,刘伯庵听得脸色一沉:"不知道这有什么可笑的。主犯还没有落网,分钱的分钱,抢功的抢功……得了,你们慢慢聊,我回去看卷宗了。"

他也不管拂不拂人面子,直接就走了。兰雪拥和韦悲都摇头苦笑,刘伯庵就是这样执拗的性子,人人都知道。不过,只要老头子漏了口风,带人是一定要带

127

人的。年纪轻轻的世家公子，履历上一片白板不好看，就算是口无遮拦说错几句话，也无碍大局。况且，以关无尘的身世，神捕营不伸手接着，大理寺就会伸手要。这可是份天大的人情，难道谁还指望关从周能有什么别的事求上门来不成？

池塘边草地上，年轻人嘴里唤着"喽喽喽"，反复挥手。那白隼越飞越高，快要盘旋到天了，就是不落下来。

兰雪拥一眼瞧见，示意："他哪儿来的呀？"

"万老大上半年挑的那一批，本来说等九月七一块儿进门，就他在家赋闲，也没什么事做，我问了一声，这就安排过来了。没有正职，也不敢给正事，就先照顾白隼。"

"王羽呢？"

"是我看小姑娘在楼上看得羡慕，叫她下来一起玩。"

"哦。"兰雪拥走过去，从年轻人手里拿过带布条的木杆，交到王羽手里，"自己唤，手伸直，脖子不要躲，你怕它也怕。它下来的时候，心里要想着，欢迎回家，把自己当主人，那就不怕了。"

小姑娘脸红红的，紧张又兴奋，但那股瑟缩的畏人的气质终于是不见了。她接过木杆，伸直胳膊，成年男子的袖套几乎盖过整个手臂，向着天空呼唤："喽喽喽……"白隼落下来，她很勇敢地挺着手臂迎接上去，心里轻轻地念："欢迎回家呀。"白隼收翅，之后稳稳落在胳膊上了，她高兴极了，举给兰雪拥看。

"就是嘛，以后干什么都先记住不要怕……"兰雪拥接过这只鸟，胳膊掂了掂分量，拿了爪子上的小竹筒递给韦悲问，"这一只是驻在哪儿的呀？怎么胖成这样！"

"它是驻沽义山庄的！"韦悲打开小竹筒，"是沈南枝的来信，她说最终一版的狩天者做出来了，咱们谁要是路过，上门去带一下。"

"好消息！"兰雪拥抖手让白隼飞开，示意年轻人和王羽继续去跟它玩，"练着去吧，记着啊，晚上别让它再吃了，能飞也真不容易，这不瞎耽误事嘛。"他走了几步，又回头喊道，"王羽？"

"啊，二先生？"王羽看起来很喜欢那只白隼，托着它向前跑，跑得轻快又有力量，听到兰雪拥叫，猛回头——亭亭玉立一个小姑娘，大辫子乌油油的，头皮上梳开头发的地方，白白净净一道线，眼睛里扑闪扑闪，全是青春的光。

"不用过来,你玩你的……王羽,过会儿回去之后问问你父亲、母亲,都有什么话要吩咐,再给你哥哥写一封信,写完送来卷宗阁。"

"啊!能给我哥写信啦?"王羽一下子站住了,脸上一个笑容绽放开,"那二先生,我能给苏大哥、风筝也写吗?"

"苏大哥"这个称呼,神捕营很久没有人这样喊过了。韦悲听得怔了怔。

兰雪拥也想了想:"王羽,这个有些不方便,你就单给风筝写吧,好吗?"

小姑娘很懂事地轻轻地点了点头。

兰雪拥向前走,韦悲送他几步,见四下无人,就直接问了:"二先生,你昨天去问国公爷,苏旷到头怎么处置啊?等那头完事了,能容他自己动手,来个痛快吗?"

兰雪拥轻轻摇头:"不成。我昨天陪了国公爷一整天哪,是从早陪到晚。老爷子的意思呢,也很清楚,说我们这都糊涂了,咱们是图要他的命吗?咱们是要全个法度,要是让他自己动手,再说两句人五人六的,咱们成什么了?人得押回来,活要见人,死要见尸,必须带回来。"

"他真要立下什么大功呢?"

"到时候再说……或许,赏个痛快。"

韦悲点了点头:"明白了。"

前行不远,到了分岔路口,两个人分道扬镳。

兰雪拥独自信步而行。斜穿过风雨校场,神捕营的西北角有座小楼,是临时囚禁案中要犯的所在。按照律法,绝大多数犯人在神捕营不可停,要直接递解到天牢,但也有那么极少数的几个,能在特批下例外。有些案子,事关重大,瞬息万变,随时都要突击口供,须臾不可放松,就只能从权,先扣押下来。如今,小楼的地下囚室里只有一个人,就是上官乾的那个亲随。

亲随是个矮小可笑的侏儒。他长得很奇怪,不仅身材矮小,准确地说,还有那么点畸形——他上半身宽大而厚实,腿却又短又小,鸡胸又驼背,脖子总是可笑地向前倾,声音里有一股尖细的雌音,眼睛和耳朵苦恼地向下耷拉着。

在禁卫军,没有人知道他的来龙去脉,大家只知道,他和上官乾一起来的,同食同宿,极其亲密,形影不离。但是,神捕营查遍了所有的文书,都找不到他的名字和记录。

只要有记录，神捕营不可能有找不出的名字。换而言之，他从一开始，就是一个没有名字的人。他扮演过上官乾，也能衣冠楚楚、侃侃而谈，无论外表还是神态，几乎没有人能辨认出其中不同来。但一旦开始审问，他就像癫痫一样发作，抽搐着口吐白沫，如果打一下，连大小便都会一起流出来。在几位名捕轮番审讯，甚至兰雪拥也亲自问过之后，大家都放弃了。他不像是装疯，好像精神里也被种下什么蛊虫，一被逼迫殴打，立即开始自我毁灭肉身。他或许就是上官乾的一个傀儡而已。

不过，这一次兰雪拥带来了新的物证。他想，或许会有什么新的突破。

兰雪拥下了地牢，走近囚室铁门，先在门缝里张望一眼。囚室里只有一领草席，亲随跪坐在草席上，一根一根抽出那长草茎，插在自己鬓角，像是插花。

"真好看！"也不知道是装疯，还是真傻，他对自己甜蜜蜜地说着。然后，从地上抹起沙土涂在脸颊上，又没有镜子，胡乱地给自己鼓鼓掌。

他好像很喜欢照镜子，但是搜查他的住处，里面一面镜子都没有。那么，谁是他的镜子？

守卫过来开门，兰雪拥扇子指了指亲随说道："一直都是这样吗？"

"一直都是这样，吃饱了就开始胡闹。"

"那没吃饱的时候呢？"

"哦，那倒没留意，饭还是按时给够的。"

兰雪拥示意，两个守卫进去直接把他架了出来。

他惊慌失措，头上的乱草掉了一地，像一只大鹅一样昂头刚刚地叫，小短腿够不着地，在半空一轮乱蹬。他尖声尖气地喊着："你们要打我吗？你们要打我吗？不许打我！"

兰雪拥拖了张椅子，拂衣坐在他对面，慢慢地摇着羽扇。不管是真疯还是表演，且等他尽兴。

亲随乱蹬了一阵，累了，喘着气，改为哼哼唧唧地啜泣。

兰雪拥手里拿着几张发黄的纸。时候差不多了，他看了看手里的第一张，抬起头问了反复问过无数遍的问题："你叫什么名字？"

亲随回答："我没有名字。统领没有给我一个名字。"他提到"统领"的时候，声音甜腻腻的。

兰雪拥单刀直入："二十年前，京西客栈纵火案，丢了一个孩子，叫李迟。那个人是你吗？"

亲随用力蠕动起来，身躯左右摆："我不知道！我不知道！"

"那么，这个人你认识吗？"兰雪拥把那张纸反过来，那是喻佛争入职时候的画像。

几乎每个神捕营正式的捕快，都有那么一张画像，大家都选了自己最喜欢的动作、看起来最英俊的表情。论功行赏的时候，有时候会在风雨校场贴出来，受万人敬仰。苏旷那张就是白鹤亮翅的动作，嘴快要咧到耳朵根，一副兴高采烈的派头。但喻佛争的表情和动作都很奇怪，他盘膝坐着，脸上不悲不喜，右手虚搭在左掌上，掌心好像捏着什么小东西似的。这是一个很内敛、很掩饰的动作，但同时也是喻佛争最自然的动作。画像上，喻佛争年轻的脸清清楚楚——骨相崚嶒，额骨、眉骨、颧骨、下颌……都突兀而分明。

"我不知道……我不知道。"亲随显然是有反应的，他挣得手腕上铁链当啷当啷地响，驼背在石墙上乱蹭。

"那么这张呢？这个人你认识吗？"

那是另一个人，也是和喻佛争长得很像的人。那是文陵江画的像，一张可能是亲随的"本来面目"的像。

文陵江看到亲随的时候，有些犹豫地提出来，这个人可能不是因为先天的残疾才变成这样的。她试探着给他画了张复原的图，将鸡胸缩回去，驼背抻平，头和脖颈摆正，变形的骨骼恢复正常。这是一门用在仵作之中的技术，有时候需要根据残骸模拟出生者原先的长相。复原图当然并不标准，但拿出来之后，大家都很震惊：这实在太像喻佛争了。有时候，证据隐蔽到上穷碧落下黄泉；有时候，证据又正好长在脸上。可亲随骨骼的扭曲、变形，又究竟是在什么特别的情况下才能长成这样的呢？

于是，所有的调查一起指向喻佛争的出生处：小桑村。

那是一轮艰难的筛查。小桑村原本就是一个黑村，三姓之家人来人往，他们做粪肥生意，收粪的主顾们和运粪的村民也很少闲话家常，几乎没有多少留存的资料。上官乾屠村灭门之后，更是连最后的线索也中断了。

但是，他们在京西客栈纵火案的关联记录里，发现了新的线索。纵火的前一天，神捕营的日常出行记录中另有记载：城戍方面得到一桩虚报的案情，有个女人指控，说京西客栈有人牙子出没，拐了孩子做坛童。

131

虚报的案情并不重要，那些记录多如牛毛，过去了就过去了，也就没有被录入神捕营的正式记载，所以在此之前，一直被他们忽视着。但是，正是那一天，铁总捕头亲自到京西客栈逮捕了喻佛争。也正是当天深夜，喻佛争用九头蛟杀死了他的好友，也是十大名捕之一、精通易容术的玉面灵狐——胡忘筌。

他们开始全力搜寻相关人等的讯息，毕竟客栈的经营者们还有不少在人世，只是大半凋零，很多人早已离开京城，不知所终。

在大量的追寻、云烟讲述、残牍片纸之中，他们确定了两个名字：李正和李迟。这是两个由喻佛争带到京西客栈的孩子，李正曾经在这里学过"穿云"。但是，在那场大火之后，李正和李迟同时消失了，而喻佛争也就此叛出神捕营、远走天涯，永远离开京城。

串联这些线索，真正的难度在于时间，时间长河的冲刷之下，彼此离得太遥远，但一旦齐集，之后的推论并不困难。线索拼接在一起，指向的答案渐渐清晰。

按照年龄判断，上官乾应该就是李正，那么，这个亲随只可能是李迟。接下来的问题是，李迟失踪的时候只有三岁，是个很健康的小孩子，他为什么会变成这个样子？

兰雪拥继续逼问："告诉我，你曾经是个坛童吗？"

亲随的痉挛更激烈了。他又开始吐出大量的白沫，浑身都在如中邪一样的抖，大小便流得满裤腿都是。

坛童是个传说中很邪恶的把戏，是把小孩子放在大坛子里，只给吃喝，不让出来，天长日久，身材畸形，长成个大坛子一样。这种恶毒的玩意儿，鲜少出现，更是三十年来绝迹于京城。但如果用来解释他的畸形，那就再合适不过。亲随的身体，正是一个孩子，在坛子里活了好些年留下来的罪证。

兰雪拥盯着亲随的眼睛看。他的眼神在躲闪，偶尔触及，有极深的痛苦。一如荒原疯狂的乱草之下，有冰冷的尸骨。那种极其激烈的身体反应，似乎是用来保护这段记忆的伪装。那么……伪装剥掉之后呢？

兰雪拥又挥挥手，手下拿了一面大镜子在亲随面前。

"啊！"他忽然惊叫一声，尖锐、凄厉、狭路相逢。虽然依旧凄绝，但这是一个男人的声音了。

他向左转头，是另一面镜子；再向右转头，是又一面镜子。他只能死死闭着眼睛。不过没什么用，眼皮颤抖得太激烈了。

答案呼之欲出。不过，兰雪拥还有个问题，那也是他真正好奇的问题：李正和李迟到底有何等深仇大恨？如果李迟长大了，经历了非人的毁灭的虐待和折辱，最终变成这样一个奇怪耻辱的小丑，他为什么不仇恨？如果纵火当日，李迟只有三岁，那么，这个仇恨应该是针对上一代的报复。但他们的上一代，明明是一样的。

亲随的喘息平息了一些，他继续扭动着，像是一只被粘在墙上的甲虫。不过，他在竭尽全力地向墙里碾，似乎不是想要挣脱，而是想要消失。

兰雪拥的声音像是梦魇，一路追问进最深的噩梦里去："你怕他报仇，还是不肯面对现实？"

亲随终于求饶："不要再问了……"

兰雪拥拿出那个金九头蛟的链子，套在中指上，在他眼前慢慢晃。

他们得到这个金链子之后，做过类似的尝试，这次的反应和之前类似，他的眼里有自然而然的甜蜜、亢奋，脸上的表情却痛苦至极。而不同的是，这一次，连他身体的某个隐秘部位也起了反应。他先天的残疾不仅在胸和背，而且只有在完全成为另一个人的时候，才能摇身一变，成为一个真正的男人。

"跟我说说他。"

"我不知道……我不知道……"

李迟的声音粗起来了，好像有个咄咄逼人、不可一世的人物在臆想里复生。

"他有什么弱点吗？"

"不要再问了……"

亲随在激烈挣扎，他的手颤抖，紧紧握着双拳，指甲陷进肉里，脚上的铁链也乱响。

"我试着给你一个答案，你看对不对？你不是上官乾，李正也不是，他是你们兄弟俩共同缔造的一个人。李正不在场的时候，你就是他的替身，是这样吗？"

亲随终于瘫软下来，大汗淋漓，像张人皮挂在墙上。

他被问中了，像个气球被戳破了阀门。他是个缚地不散的怨鬼，做鬼虽然万劫沉沦，但更怕的是阳光，一旦被阳光照到就会灰飞烟灭。

"不对吗？难道你不是上——官——乾？"兰雪拥站起来，凑近一点，在他耳边，一个字一个字地问。

亲随满脖子都是油汗，他有点痉挛，吃力地但还是无尽坚决地吐出那几个字："不……我……我是上官乾。"

这是招供了。兰雪拥站起来，不再和他多话。

"给我重发一张李正的红名通缉。让韦家兄弟带一份给苏旷。"他顿了顿，"用李喻的形影图。"

这一天快到傍晚了。

卷宗阁的二楼尽头，刘伯庵整理卷宗的小书厅。巨大的书桌上，正中铺着那张宴饮图，那张图似乎被拿起来看了无数遍，边角都卷翘起来，折痕已经磨出毛。宴饮图的四周摆满了各式各样的图片，全是白纸上画着大大小小的黑点、一些直线、几道随意弧线的颜料……有的像星辰，有的像地图，有的只是一些错乱的点而已。

文陵江在整理分类，看起来工作要收尾了。刘伯庵走到文陵江身后，等待着做出结论的时刻。

文陵江双手取出另一幅地图，那是一张全舆图，西至西域，东至扶桑，北至漠北，南至暹罗。她已经在上面钉了十二枚银针，手里正拈起最后一枚银针，然后毫不犹豫地钉了上去。

刘伯庵凝神，随机点了点头，问道："陵江，你能确定吗？"

"我能。"文陵江肯定地回答，指着图解释说，"刘伯，我想，这已经是确凿无误的了。这张宴饮图，就是剑菩提传下来的十二月银庄地图，也是那个西域小国的财富地图。十二个关键的藏银点，后来变成了十二月银庄，在这张图上，点在十二个瞳孔上。这张图上有许多个人物，您看，主人代表着京城元月银庄，主宾代表着长安二月银庄，峨冠长袍者在杭州三月银庄，市井摊贩在成都四月银庄，关东猎鹰是苏州五月银庄，祖胸露腹的勇士是金陵六月银庄，雪白凤凰小鸟正探着头，这意味着扬州七月银庄，扬蹄的骏马是兰州八月银庄，盘中的牛头是台州九月银庄，英武侍卫在广州十月银庄，斜蹿来的猎豹就是福州十一月银庄，而最后，深目高鼻、拿着仪器观星的胡人在阿瑜陀耶城，也就是一直最神秘的十二月银庄。"

"很好。"刘伯庵问，"陵江，你是怎么想出来的？"

"不是想出来的，是轮流试出来的。"文陵江回答，"那一天，二先生提出了最初也最重要的疑问——这幅画看起来完美无缺，但细究的话，技法上显得怪诞，好像是先点几个点，再在那些点上作画，好像要掩饰什么似的。我以此为端倪，想找出这些重要的点，我按照绘画的常理推断，这些点应该是固定的部位，譬如眼睛、手指……我就轮番做了各种尝试，最后连每一笔的起笔都标注了一遍，好在我第一遍尝试的就是眼睛,只是找不准是哪个人的哪一只眼睛,这让进度变快,信心上也增加了不少。苏旷给了我们十二月银庄的名字,那么,十二月银庄的位置连起来,在地图上就有了大致的轮廓,再彼此做印证,就很容易了。"

"难怪第十二个银庄一直找不到,又至关重要,原来是在暹罗,我们的手伸不到的地方……看起来,银沙教的财富,是通过阿瑜陀耶城的华商转移出去的。"

"我想是的。"

"还有个问题,如果连骏马、猎鹰、猎豹的瞳孔都是地标,花园一角的这几个少女呢?为什么没有呢?她们的瞳孔代表什么?"

"一开始……我找不到线索,似乎什么都不代表,就是闲笔。但您看这几个少女,她们的绘画技法是极其流畅的,毫不凝滞,与其他人完全不同。就画技上说,她们是这幅图上最成功的几个人物。可在整体布局上,她们的位置非常不合理,好像这幅画是临摹的,另一个画师把这几个人从原画的位置又向东南方下移了几寸。"

"哦?这我倒不懂。"

"我想,这一定是别有深意的。您仔细看这个十三四岁的少女,她是最美丽、最年轻的一个人,即使在这幅画上,也让人过目不忘。也只有她的神情,最为轻松、惬意、快乐,我想,她才是画师最喜欢的,也是最后的寄托。"

"你的结论是……?"

"因为有阿瑜陀耶城的存在,我把全舆图拼起来铺开,试着在地图上找到了少女瞳孔的位置。这个位置非常清楚,在真腊南部的丛林之中,距离南方海岸大概三百里地。我想,如果没有猜错,在这幅画流传的过程中,银沙教进行了第二次的创作,挪动了少女位置,沿用自古传承的标记法。这幅画的存在已经很早了,大约二十年前就有了……我也斗胆猜测,银沙教总舵的人和财富,早在她们布局阿瑜陀耶城的十二月银庄的时候,就已经慢慢转移到了这个更秘密的位置。更清楚地说,这里就是银沙教的新总舵。"

"行了,足够清楚了,把地图重标一份给我。"

"是,刘伯。"

"你做得很好啊,陵江……这段日子辛苦了,做完这个,你就好好回去休息。"

"刘伯,我还有一个心愿。我在卷宗阁的工作已经全部完成了。请您允许我,明天清晨和韦家兄弟一起出发。我曾经随同万老大,跟过很多案子,经验足够丰富,我不会拖大家后腿的。"

135

"陵江，你还是非去不可？"

"是，如果不去，是我毕生的遗憾。"

"你问过雪拥的意思了吗？"

"问过了，他说……我是你们老哥仨商量定的卷宗阁的传钥人，如果你没有意见，他就没有意见。"

"那你的身体可以吗？"

"我想还可以。您放心，我不会勉强的，不行就躲到大家身后去。"

"那么就去吧，保护好你自己。"刘伯庵伸出手，按了按文陵江瘦削的肩膀，"我们等着你凯旋。陵江，记住，我们三个都在等着看你跑马升旗。"

文陵江眼里含泪，重重地点了点头。

这一天的傍晚，天空有火烧云，**重重叠叠**，云霞万千，看起来，似乎是祥瑞的征兆。

即便是在一片王侯府邸之中，关府也是庄严持重、气派殊异的一座。国公爷的书房在后花园边上。

关从周位列三公，两朝辅弼，五代重臣，满门忠烈，无人不敬仰，无人不赞叹。不过……毕竟老人家了，人丁冷落，没有孩童绕膝，难免触目凄凉。是以，花园收拾过，尽量小而精致，看起来花团锦簇，满目姹紫嫣红。世子关无尘的书房，也设在后花园，和曾祖父的书房只隔一道花墙，便于晨昏定省，一同散步、聊天。

这一遭，关老爷子临危受命，重新出山，执掌神捕营。他退隐将近二十年，老人家颐养天年、含饴弄孙，当然也就没有自己的公署。在刑部的时候，他就在刑部尚书李霁的花园里找了间书房，凑合了事；后来回了国公府，也懒得大兴土木，就直接命人把自己的书房腾出来最大的一间。那间大书房中，一进门，迎面挂着"宁静致远"四个大字，一张大书桌上摆满了卷宗、文书、文房四宝，书桌后一张太师椅，靠墙一个红木文玩架，文玩架上也不放金石器皿，就搁了十几盆兰花、文竹之类，墙角一架折起来的紫檀白石屏风。这些都是李尚书见老爷子用过了还喜欢，特意送上门来的。除此之外，空空荡荡。老爷子到这个岁数，富贵齐天，沧桑尽阅，身外之物，实在是毫不萦怀了。

夏天的土又松又潮，文玩架下有块红砖裂了，这些天，架子微微歪斜。

今天老爷子气色不错，心情也很好，索性亲自出马，指挥着家丁下人把那两样老旧笨重的红木架子和紫檀屏风扔出去，换一个金丝楠竹的显得雅致轻快的新书架。别的都好说，就是不要碰坏了花草。

下人在里头来回搬。国公爷岁数大了，晚饭吃得早，也吃得少，他捧着热腾腾的参茶，慢悠悠地在门口，边指挥，边踱步来回逛。

"老东西该换就要换。"他乐呵呵地说着。

李尚书不懂他的心思。

国公爷这一辈子，经历的、履行的、担当的，无一不沉重，所谓丹青无非以血陈书，到这个岁数了，就想看点新的、绿的，青春活泼的新玩意儿。这个案子，眼看就要收尾了，这是他关某人一生最重要的两个案子之一。

第一个案子，是百里南屠案，那个案子里，他失去了两个儿子，他看着他们从襁褓之中，长到满地乱跑，到束发读书，直至长成为栋梁之材，文韬武略、忠孝两全。噩耗传到家，夫人哭得直接快要没了命，可他觉得，老天真要是那么个意思，那也值得——他二子殉国，但得了铁敖这一个可遇不可求的奇才。那时候，他年富力强，也赤胆忠心，能硬下心肠咽下这份丧子之痛，毫无私心地为国家求贤。

他没想到的是，老天意犹未尽。他没了儿子，又尽心竭力，养大了孙辈，也是文武双修，家训严格到了严厉的地步。他有四个孙子，都是聪明、英武、舍身报国的好孩子，他自以为关家有后。可没想到，四个孙儿，也都一一殉国了，最年轻的那个，出事时候只有二十岁，抱着残腿在床上滚，一口口一声声地喊爷爷，把他的心都喊碎了。

他实在受不了，他已经老了，身边只有无尘了。他试图弥补，宠爱、呵护，要风不给雨，要星星不给月亮，把自己一世欠儿孙的，全都给了这个小重孙孙。

无尘是有些不懂事，但无尘还小呀，就算不懂事，也没有不明理呀？我关家的孩子，大节上是不会出错的！再说，我要那么懂事的孩子干什么呀？我还没要够吗？我那些懂事的孩子全都听了我的训诫，遇到事，第一个冲在前头。我一个白发人，送了多少黑发人。

今年，他已经八十五岁了。他这趟出山，殚精竭虑，尽己所能，硬是拼着这把老骨头，把神捕营这段风雨飘摇的日子扛下来了，他接过担子的时候，还是个安康健朗的老人，如今气弱神虚，风烛残年。幸好，如今一切都在慢慢水落石出，一切形势都在好转，总算快要到论功行赏的日子了……他有点急，以往他不会那么着急的，但他八十五岁了，身体已经不太好了，他等不起。

137

他下定决心，这一回，他破天荒地要徇点私，把自己唯一的小重孙孙，给扶上马去。他并不指望也不会在很短的时间里，让关无尘谋取一个贻笑大方的位置。但是，那些重要的场合，关无尘该出席了。日后，孩子出入朝堂，履历上不能是一片空白。他希望还能再支撑几年，把无尘孙孙扶上马，再送一程。如此，他既可以对得起国家，也对得起关家列祖列宗，安然阖目九泉。这也不该有人说他什么闲话，这是关家五代赤血英魂应得的。

老爷子参茶喝完了，稍微打了两趟拳，问手下人："你们看我，这把身子骨可还硬朗啊？"

下人们都唯唯诺诺。早些日子，他们都爱夸国公爷精神矍铄，但这些日子，国公爷真不太行了，鹤发苍颜，身子伛偻，每天一早一晚都要咳嗽很久，喉咙和肺里有永远咳不完的痰，看着卷宗就能睡过去，如同一支风中残烛。于是，他们就换个路子夸赞："国公爷福寿双全，国之栋梁，这是咱们的福气！更难得的是，咱们国公爷，人老心不老，忠义头上，比许多年轻人还要壮怀激烈！"

关从周哈哈大笑，他岁数和资历都够了，可以坦然收下这些恭维。

书房里头，架子挪开了，家丁用扫帚扫去浮土、更换新地砖。老爷子兴致勃勃，要进去看。好些下人劝他："国公爷歇歇呗，仔细这土脏了鞋子。"不过，国公爷今儿兴致好，非要领兵作战、指挥到底不可。

浮土扫开了，红砖也搬开了，不知是不是老眼昏花，关从周看见了一截铜金色。他怔了怔，托着茶碗，用力弯下腰，因为实在已经腰腿僵硬，不得不一手撑着膝盖，吃力地半蹲着，险些一头栽在地上。下人们一拥而上，来搀扶他。

"挖开！"他命令，声音里颤巍巍的，一种莫名的恐惧在心里敲着小鼓。

砖下泥土也被挖开了，露出很大一片黄铜。

"再挖！"他继续命令，指着旁边一堵墙。

于是，整间书房都被挖空了，在一面墙的夹缝里和一大半地砖下面，藏着满满的铜片和铜管。这个东西，关从周认识，这玩意儿叫"隔墙有耳"，是可以把声音传到很远的地方去。这东西设在这里，简直再合适不过，关从周老了，耳朵不中用，经常需要神捕营来人，大声禀报些什么。

国公爷好像什么都明白了。他直起腰来，就在那么一个刹那，他一下子彻底老了，通身的气色都衰败下去，残烛那点汪汪的油流了一桌子，火灭了。他扶着拐杖，脚步飘在地上，好像身子挂在拐杖上。他顺着那些铜条走——下人们在前头挖着，不算远也不算费劲，那些铜管埋得并不深，全在密密团团的名花丛下面。铜管的尽头，在后花园不远处……关无尘的书房里。

老爷子拄着拐，站在重孙孙门口，遥望天边，夕阳如血。他看着关无尘惊慌失措地跑出来，问下人在干什么，之后，不敢置信，用手去挖那些铜管，再拳开两只沾满了泥土的手，团团乱转，像个愚蠢的小鸭。

小东西会演戏了，我怎么一直都没发现过呢？我不是干了半辈子神捕营吗？我怎么从没发现这些东西？唔，小东西二十岁了，二十岁，他小叔都殉国了。可在我心里，他还是个天真无邪的小孩子。我可该怎么办呢？我还能再尽一回忠吗？我不秉公执法，关家五代忠良就是个笑话，可我要是秉公执法了，关家五代……后面就再没人祭祀祖宗牌位了。

老爷子转头看了看夕阳，他有点蔫，垂着白花花的脑袋，稀疏发髻上，一块美玉耷拉下来。他转回头，轻轻唤了声："关无尘。"

关无尘忙跑过来，扑通跪下，抱着他的腿，摇着哭喊着："太爷爷，我不知道这是怎么回事……我真的不知道！"

老爷子差点被摇倒，几个下人忙把世子拖开。花园是修缮过的……那是世子第一次"办点事"。

"无尘，这个园子，之前咱们不是修过吗？"老爷子没让他起来，扶着拐杖，弯着腰问，"你是自己找的工人？"

"对……"

"哪儿找的？"

"我……我不知道……朋友推荐的。"

"什么朋友？"

关无尘脸色惨白、铁青，又一次膝行上前，死死抱住太爷爷的膝盖。

"说呀……"

关无尘不说话。

"你认识上官乾！"

还是牙关紧闭。

"为什么！"

"太爷爷……太爷爷！我不知道上官乾是这种人！他没败露之前，和我谈得来……因为……去年，我的手被苏旷的杀人虫子咬穿过，神捕营没人帮我说话，都站在苏旷那边。就是上官乾一个人，他说我眼光锐利，胸有万丈韬略，一眼就看穿了铁敖他们的虚伪面目……"

"你居然受用这一套？"

"太爷爷……我错了，我错了！太爷爷！"

"你和他交往有多深？"

"我们……交了朋友，互相做客……有时候……有时候留过他宿，抵足长谈。"

"我怎么都不知道？"

"上官乾说……尽量还是不要惊扰国公爷，避免给太爷爷添麻烦。"

"添麻烦……呵呵，添麻烦！"

"太爷爷，我不知道他干这个，我不知道！"

"你都告诉他什么了！"

"太爷爷，我没有！我什么都没有！"

"你还干过什么？"

"我……"

关无尘的眼光，有一丁点闪烁。

"说！"关老爷子重新又是一位神捕营的老捕快了。

"我带他逛过……太爷爷的书房……他说，他不信我能带他进去……我说我能！他说……我要真能，一辈子对我刮目相看……"

"你哪儿来的钥匙？"

"我……拓了一个……"

"你……你这畜生，你做这种杀头的事……就为了让他刮目相看？"

"太爷爷，他们……神捕营那些人，没有一个看得上我，都以为我是纨绔子弟，是个纸上谈兵的白痴……上官乾……只有他，看得上我，敬重我……"

不用多问什么了，放了上官乾那样的人进家门，之后，他自己会做一切，也会去找一切。他会易容术，当然可以肆无忌惮地去书房找一切要找的东西，也可以想方设法地听许多不该听的秘密。

关从周一脚踢开关无尘，但一时膝盖伸不直，没有踢开。老头子抡着拐杖，没头没脑地一顿打，厉声大叫："捆起来……来人，把他捆起来……"

下人们不知所措，但还是按照老爷子说的做了，但温温柔柔地用腰带拢了拢关无尘的胳膊。

"都是你们！都是你们这群奴才！每天在我面前夸无尘少爷，用功读书！谦逊有礼！"老爷子又轮番用拐杖打着那些下人，下人们跪着，不敢动，他又去打关无尘，关无尘号啕大哭。

亡羊补牢，在绝大多数时候，是来不及的。

关无尘撕心裂肺地求饶，他从小到大没挨过太爷爷一个手指头。他犯过无数次小错，每一次这样哭，之后就算了。

"把他给我送到……把他给我捆送到……"

关从周急得直哆嗦，但说不出话来。他本来直挺挺地站着，忽然，脊梁一抽，脖子一梗，后脑勺里好像有什么小小的东西炸了，眼前一黑，扶着腰，僵直地向前伸了伸下巴，手抖起来，之后浑身抖得像风中的落叶。再之后，在下人们的呼叫和簇拥里，老爷子软软地倒在地上，口歪眼斜，嘴角流出涎水，再不能言。老爷子被人送到床上躺着，有人去叫太医。

无尘少爷在一把鼻涕一把眼泪里，慢慢抬起头。他眨了眨眼睛，忽然慢慢明白过来发生了什么，用一种很奇怪的声音轻轻吩咐："快解开我呀！"

下人们也明白了，忙松开他。

"把这些东西先埋上吧……"关无尘站起来，脚尖指了指铜管上的土。

他轻松了很多，下了今天的第一道命令。

下人们想了想，哄然应命。

老爷子这场中风来势汹汹，恐怕很难好转了。那么，关家的爵位，是世袭罔替的。这个年轻人，已经在一场小小的变乱中，成为这个家族的继承人。

花园原貌很快就恢复了。关无尘好整以暇，手背在身后，看了看满园晚芳，微微一笑。他会好好照顾太爷爷的。这是为人子孙，应有的孝义。幸亏那一天，他没有去赴上官乾的约。这样很好，没人知道到底是怎么回事。只要上官乾死掉就行了。如果一切不出意外，就等十二月银庄案子了结，论功行赏。新年开春的时候，他就会循例封侯爵。他才二十岁，一位小侯爷，前途无可限量。

一个时辰之后，兰雪拥依约来了。但老爷子中风了，这让他始料未及。世子不让他进老爷子书房，或者去取任何一样东西，这也让他很奇怪。

兰雪拥是一代名捕，他犹豫了片刻，还是要请问世子："敢问世子，还要和神捕营的捕快一同前往暹罗吗？"

关无尘慢条斯理："这次太紧急，我就先不去了吧，就有劳诸位捕快……浴血奋战，大家辛苦啊。我回头会找李尚书商量一声，另外挑个合适的日子，跟刑部的人搭个伴，届时再前往。兰二先生，你们忙你们的，大热天的，太爷爷一时半会也醒不过来，就不用总来国公府问安了。"

兰雪拥低头凝思片刻，本来有话要诘问，但再一思索，点了点头，也换了一副恭敬的口吻："是。"

第二天清晨，第三拨援军出发了。

韦家兄弟、文陵江，带领神捕营上百精英。一列快马，沿着黄尘驿道，烈日下狂奔。

按照信函上的约定，路过沽义山庄的时候，他们一起去迎接沈南枝和她的狩天者。当然，如果时候赶得巧，有机会在沽义山庄吃一顿中午饭，是谁都不会拒绝的。

在他们到来之前，吕颂去九天堡看望姐姐和小外甥。丁桀已经带着他的人，还有一大群浩浩荡荡的侠义道离开了。他们并没有北上，返回洛阳，也向两广一带前行，确保银沙教不会在国境线之内死灰复燃，也趁机拜会岭南武林。

在此之前的很多年，南北方武林几乎是彼此隔绝的，大家的心性、流派、功夫都不尽相同。在丁桀两眼未盲的时候，多少以中原为尊，从未主动拜访过岭南；但眼盲之后，心翳反而消失不见，一身风尘，不辞辛苦，拄一支竹杖南北奔波，四处拜会同道，敲开百家门户，互相切磋武道，也探讨未来武林变革的大势。

那支竹杖，是苏旷临行留给他的礼物。据苏旷说，那是灵山之顶他开腰之时抬头看见的一枝青竹，觉得青翠欲滴、灵动非凡，就做成手杖，随身带了下来，陪同自己走过很长也很艰难的一程。苏旷说，如今我是用不着了，你拿着用吧，将来若是见不到，就留个纪念。

沽义山庄，众人列席，沈南枝做东。陈师傅的手艺非凡，所有人都在狼吞虎咽。只有风筝，她接到了二毛的信，看得咬着筷子头，吃不下饭。那是很长很长的一封信，讲了很长很长的一个故事，弄得她"哇"个不停。

"南枝姐姐，二毛叫王羽了！"风筝拿信给沈南枝看，"二毛说，将来要做个很厉害的捕快，帮很多女孩子……这个词是什么意思呀？"

"叩关而入，就是，走到你想进的地方，敲一敲门，光明正大说一声我要进来的意思。"沈南枝把她拎回椅子上，"风筝，先吃饭再看信好不好？二毛进步很快啊！

你要再不好好吃饭，好好练功，将来见人家，人家都不跟你玩了。"

"我有好好吃饭！我吃完了我吃完了！"风筝两三下把饭碗扒得干干净净，下地拽着大雅就跑，"大雅，别添饭了，肚子饱了又困，我们出来练功！"

"喂，别拽我的袖子擦嘴……"大雅也在练功狂热期，一喊就跑，外头大太阳晒得地面明晃晃的，也不知道姊妹俩跑到哪里去。

文陵江也只吃了很少，放下了筷子，说了声抱歉，站起来消食。她看起来，又轻又瘦，腰肢盈盈一握，似乎真的可以做掌上舞。

沈南枝托着腮，微微笑着："文姑娘，传说你会飞？"

文陵江点头："沈二姑娘，是的，贻笑大方了。"

"你能飞多高？"

"按照原理说，放风筝能飞多高，我就能飞多高，不过大多数时候，离地太高会失控，还是控制在十丈左右的高度。"

"哦……"沈南枝又看了看装着狩天者的闪闪发光的大箱子，似乎有了新的想法。

午饭之后，他们不再停留。小饭厅门口，早早放了十七八个大箱子。

"我跟诸位去凑凑热闹。"沈南枝酒足饭饱，整装待发。

"二姑娘愿意亲自去，当然再好不过。但是，这么多箱子……都是要我们带的吗？"

"对啊，这是衣服、衣服、衣服，这是点心，这是鞋子，这是雨具，这是防晒和防虫防蛇的药，这是机关、机关、机关……"

"二姑娘，机关我们一定带妥，至于衣服和零食太多了，能少带几箱吗？"

"衣服拿下来一箱好了，点心少不了，少了就连狩天者也没有。"沈南枝摊摊手，笑眯眯地安慰大家，"宽放心，我们都是第三拨援军了，他们的头一仗必然打过了，真要打输了，早就死了，我们这么急去也没用，万一路上碰到上官乾，我们又打不过，多晦气啊对不对……他们要是打赢了，无论如何也得等着我们。"

韦慈韦悲互相看一眼，叹口气吩咐道："那把我们自己的行李扔一部分……"

沈氏兄妹都不在家，依照传统的守庄规矩，沽义山庄的机关墙渐渐升起，直至在天穹合拢，从此固若金汤。山庄大门外，厨师、丫鬟、家丁和工匠们一起送出来，他们一起挥着手，大声送别，他们知道怎么保护这个地方，这里也是他们的家。

沈南枝吃得饱饱的，打了个嗝，回头，歪着脑袋，也跟大家伙摆了摆手："你说你们，来沽义山庄都是图什么？"

"我们没出息，就奔着挣钱多，活得自在，有二姑娘照顾！"

"要是有邪魔外道呢？"

"我们就关门躲起来！"

"好！我走啦！关上门吧！"

"二姑娘保重！二姑娘旗开得胜！二姑娘早早回来！"

第六十六章　添酒回灯

海潮吞吐，岁月无声。不知不觉，七月已经过去了。在暹罗海外的孤岛上，侠义道和云家帮众经历了一场短暂而又漫长的休憩。

说来也是蹊跷。雨夜激战之后，苏旷寻回了云小鲨，众人回岛清点残局时才发现，别的东西都在，独独少了那柄碧海洗银沙。那是一柄傲然独尊、削铁如泥的神兵利器。苏旷当时去大城，是个隐秘的行动，并不方便随身携带兵刃。然而，无论对于哪个高手来说，一旦到手，都是如虎添翼。

清查完本岛之后，他们又驾船去了银沙教驻扎的另一座岛，场面让人大吃一惊。那座岛上，横七竖八留下了几十具尸首，因为南国的炎热和雨水的浸泡，都早已经膨胀腐烂了，每一具尸体上都有九头蛟的痕迹，死状惨不忍睹，按照形容装束判断，应该都是银沙教的杀手。

苏旷一众商量了一番，推测大约是那一夜上官乾已经暗自运起九头蛟的秘术，这边沈东篱严防死守，得不了手，就连夜回转去不分敌友地大杀一番，想来这种邪门功夫非要找人宣泄不可，不然反受其害。

除了那一地尸首之外，银沙教的其他人也消失了，连同束星儿、夜哭郎君，还有七只精卫鸟。那两天，银沙教有充裕的离场的时间，这一边无暇他顾，所有的船都在疯狂寻找云小鲨。

这是个出乎意料的局面，他们这边好不容易站稳了上风，但是敌人消失了。即便扩大搜寻范围，找遍附近数百里海域、岛屿，也都没有任何踪迹。所有的消息也都断绝了。唯一能做的只有等待，等待京城神捕营的援军到来，等待他们带来新的消息。

太平岁月容易过。余怀之接了白象库库在身边，又精心为它做了个漂亮的象舍，朝夕相伴。他建楼的手艺一被众人发现，就再也停不下来，连天加夜地率众在岛上伐木，重修了旧屋舍，新建了宿营地，还趁着有余暇，稍稍修整了一番上山的羊肠小道。

　　库库并不怕人，整座海岛都是它的大乐园，它长得可爱，又特别懂礼貌，跑到哪里都人见人宠的，冲谁伸鼻子都有人跟它"握手"。除了小金，小金蛮横霸道惯了，天上地下唯我混蛋的，时不时地就要蹿出去吓唬一下库库，金光一闪，小白象就惊慌失措地扇着耳朵甩着鼻子乱跑。为了这个事情，余怀之敲门找了苏旷很多次。

　　云家船帮的子弟们把风主驶到大城港口去修理，好在只是一个密封舱破损了，修补起来并不麻烦。

　　至于江湖客们，一些人性喜热闹，于是便成群结伙，轮班去大城采买粮食衣物，也顺便观光览胜。另一些人偷得浮生，乘舟海钓，垂竿撒网，捉了许多鲜鱼海蟹，研究各式焗烤法子，配上椰子水快活吃喝。

　　日子平安顺遂得出奇。这段难得的神仙日子里，苏旷与云小鲨新婚燕尔，双宿双飞。他们每天起得很早，在天光还未破晓、暑热还未升起的时候，带一壶冷茶、一条手巾，顶着一路星光，径直登上岛山的山顶。苏旷只管练他的刀，云小鲨在一边倚树看着。那夜海战之后，她多少耽搁了治疗，皮肉伤倒是不打紧，两只小脚趾脓坏得厉害，只能切掉，休养一段之后，借助拐杖勉强可以行走，但到能够腾挪闪打还需要一些时间。

　　苏旷已经不是在练寻常的早课了。很明显，他的面前有一个假想敌，他有时候刀锋如醉如狂，练到汗流浃背，有时候又只是怔怔地站着，出神很久。他在回忆大别山里自己和上官乾的那场"交手"，也在重温熊耳山的峡谷之上丁桀和上官乾的那场恶战，毕竟在丁桀面前，上官乾是做不到藏私的，他一再复盘那几个试探之后，双方各自转守为攻的瞬间，时不时地"咦"一声，实在冥思苦想、不得其解，就回到云小鲨身边坐下，也不肯自己动手，就哼哼唧唧，仰着脖子张着嘴，讨人喂口水喝。

　　晴天晴练，雨天雨练。有时候，青天如野，沁人心脾，太阳从海波里升起来，金光万道，粼粼荡漾。他们也难免贪恋好时辰，坐在山顶一块虹石之上，彼此握着手，面朝大海。海上的日出是很美的，像爱人之间温柔的吻一样。

岛上的山顶几乎变成了苏旷一个人的演武之地。沈东篱本来起得也很早，也很喜欢独上山巅，但既然苏旷拖家带口占了位子，他就让贤，撑一尾独木白舟，远远地往海里去。他的剑法叫作繁花照海剑，自是要向孤独灿烂、旖旎辽阔处寻觅些剑意，有时候风浪起了，远远地能看见他一条白木舟在风口浪尖上纵横驰骋，穿梭往复，似乎也有些以舟御剑的意思。

　　再到阳光大炽、暑热升腾的时候，苏旷他们就下山了。路过一处峭壁险岩，苏旷会稍微站一站，那下面不远处，就是明镜禅师殒身之地，佛家弟子讲究火葬，事发之后，他们很快就把禅师的遗蜕堆柴焚化了，收敛了骨灰，存在一个锡酒罐子里，想着将来回归中原，总要找到其妹颜小朔，细细向她交代此事，代加关照才好。那片石头的缝隙里，本来就怒放着一丛剑蓬草，诸事办妥之后，一株长草茎顶上忽然开了朵黄花，两尺多高，细细的花枝，炒蛋一样金灿灿的颜色。青青翠竹，皆是法身，郁郁黄花，无非般若。苏旷经过这里，总会驻足片刻，想着颜大哥在天有灵，要为我观敌瞭阵。

　　下山之后，他俩照例会分开一小会儿。苏旷冲个凉，和江湖朋友们混在一处浪荡说笑，谈刀论剑，讲些门派传奇、江湖故事。这些日子，风雪原和风不二并没有闲着，他们孜孜不倦地发展借刀堂的新成员，好说歹说，拉了三个新人入伙，个个摩拳擦掌，准备将来回返中原，干一番惊天动地的事业。云小鲨则回她的船上去，风主修好了，云帆还换上了崭新的帆索。海船一样需要每天的训练，风雨无阻，到了离岸稍远处，她就潜下海去，日常浸一浸。云家人血脉殊异，到了深水区自有细微变化，海水对伤口反而有愈合的作用。

　　江湖客和云家船帮终日厮混，学会了用旗语说话。他们也有一面硕大如翼的炊烟旗，挥三下，船队就靠岸，准备一起吃午饭了。

　　午饭后，也是天气最热的时候，很多人会小憩一会儿，也有人在大树下打牌、下棋、玩骰子。有人执黑白子手谈，海外一局弈，山中日月长；也有人杀气盛，握着棋子一路笃笃当当敲过去，车马双行，孤兵过河。

　　到了下午，气候宜人，苏旷会去海滩边练第二次刀。这一次，他就不是自己练了，会邀请几个人对战。被邀请的人，是上午闲逛的时候挑好了的，有时候是一两个高手，有时候是好几个人一起并肩上。他在加强训练他的左手，少了碧海洗银沙，他更加倚仗这件朋友们一起送给他的神兵利器。

　　在过往的很长一段时间里，他过于倚重右路，左路几乎是空缺的，左手还是

147

这具躯体的新援，需要一点时日来磨合。不过幸好，在最初略显生涩的一两个月的磨合之后，这只左臂进步神速，它灵活性当然略差一些，但凌厉坚硬则远非血肉之躯所能比拟。

那真是梦寐以求的快乐，他重新拥有一个可以大开大阖的门户了，可以肆无忌惮地全攻全守，像是一支队伍忽然拥有了一支崭新的无缝连接的左路。过去略显保守的武技体系被冲击着，独撑大局的右路重新获得自由，许多过去无法施展的招式和变化像新泉水一样涌出来，每一场对战都在刺激新体系的诞生，他在最短的时间里吐故纳新，他的身体迅速遗忘残缺，重新冲击完美之境，出手渐渐趋向浑然天成。

他明白，他在和时间赛跑，上官乾也一样。九头蛟是予取予求的掠食之道，最可怕的地方，就是可以在短时间内"吃"掉猎物，迅速恢复。上官乾恢复到什么地步了？九头蛟还有什么不为人知的法门吗？他在哪里？在等什么？要做什么？

他下午练两场，最多三场，不会缠斗，但也不会把自己弄到筋疲力尽。这个时候了，进一寸难如登天，保持信心和状态比什么都重要。等到了黄昏，别人都四散去喝水、休息、准备开晚饭了，他和云小鲨就顺着海滩手拉手散一会儿步。

他们很喜欢一座大礁石后面的小滩涂，那里水波清澈，小螃蟹举着海草跑来跑去。他们会攀上那座礁石，身边有晚风轻轻吹着，海波里盛着夕阳的伤痕。他们在那里手拉着手，并肩坐着，看远处蔚蓝大海碎浪堆叠，涛声隆隆地拍岸，一只只鸥鸟掠过长空，直至夕阳入海，天幔火云万千。他们偶尔谈笑，偶尔拥吻，任由发丝纠缠，肌肤贴合，大多数时候就那么互相安静陪伴着，似乎知道韶光易逝，想留住也是徒劳，倒不如认认真真地消磨时间。看不见的是时光如水、逝者如斯，看得见的是云小鲨脸上和身上伤口渐渐结痂愈合，双脚的包扎也一层层地去了。

楚随波和孙白鹿留守在大城里，借住在左港务的府邸上。他们是公门的人，需要和大城随时联络。他俩每隔三天来一次，每次都带酒来，也捎上库库喜欢的甘蔗和甜蕉，有时候也带新消息来。

新消息并不常有，无非就是第二拨援军和第三拨援军在会安会合了，韦家兄弟率众上了三十六岛的船队，之后就是无聊至极的等待，船队到某地了，又到某地了。大事情早已经讨论了个底朝天，没什么正事可说了，大家就点起篝火，焗蟹烤虾涮鱼，块肉碗酒，乱讲些快活闲话。

暹罗有一种娑罗酒，甜而且淡，喝很多碗都不会醉。大家就那么喝着、聊着，有时候快活了,就一同唱起歌来。

某一个夜晚,晚霞退进天幕,苍穹变成深海的颜色,星光漫天。那天酒正好,他们各自讲人生快活事助兴。朋友嘛,本来就是靠有趣的往事走在一起的。他们围着篝火,聊啊聊啊,吃得蟹贝壳堆成小山。夜已经深了,但大海实在太美了,正是群星璀璨时,海面上碧波粼粼,好像是龙宫里奇珍异宝一起发出光芒,远处草丛里萤火虫星星点点,风中带着木叶甜香,没有人愿意回去睡。于是他们都添了酒,又抱了许多柴丢进火堆里,火星散漫,向着群星飞。

苏旷那天谈兴颇足,一端起酒碗,就停不下来。他挑最好玩的事情讲,惟妙惟肖。他说啊说啊,说和沈东篱江湖初遇的故事,和沈南枝互相捉弄的故事,在子弟营和孙白鹿住一屋的故事……一个一个和他所有朋友的过去故事,甚至有一次云小鲨问了,他就从头细讲了龙晴和凤曦和的故事。

云小鲨端着酒杯,三分酒意,醉眼乜斜地说:"喂,你的晴儿到底长什么样子?"

苏旷说:"这也不是一句两句能说清楚的……我画给你看!来!福宝,笔墨伺候!"

好几个人一下子凑过来。苏旷可能是真有点喝多了,仗着酒胆,啥都敢干,端着酒碗,在随便抓过来的一张白纸上草草勾勒出一个坐在树上、烤着肉串的姑娘,她很年轻,洒脱得很,眉目清灵婉转,回眸一派风流。

"画工不错!人长得也美!"身边几个人都胡乱夸奖,拍他肩膀,酒泼了他一裤子。

苏旷看了看那幅酒后即兴的画,形神毕肖,还蛮得意的。他吹干了墨,随手远远掷开笔:"这是我第一眼见龙晴……那时候我见识还浅,一眼撞见她,就觉着真好看啊,世上肯定没有更好看的姑娘了……后来呢你也知道,狠狠地伤心了一场……一别七年了,我也时常想起他们,想五哥和晴儿究竟去了哪里,过得好不好,一起骑马、喝酒的时候会不会也偶尔聊到我……他们一定做了爹爹妈妈,也不知道有几个孩儿,是男孩儿呢还是女孩儿。前些年我还一直在念着,要是能张罗着你们见一面就好了,说不准你们还能交个朋友,看来是没这个机会了……小鲨啊,你行事太独,眼又高,常年浮宅海外,难免朋友少,这个人哪,朋友一少呢,遇上伤心事就容易往心里去,排解不开,到时候……这让我多少有些放心不下……来,小鲨,收着!送你做个纪念!"

云小鲨接在手里,怔了怔,忽然就明白了。他在道别,那些美好而珍贵的回忆,是他人生里一颗颗璀璨珍珠,他把最秘密的那几颗也打捞出来了,串成项链,一并送给她,作为最后的礼物——希望你以后一个人在海上的夜晚,想起我来,多些开心的时候。

她鼻根有些酸酸的,眼里有些热热的,但如此良辰,欢聚时光,陪君醉笑三万场,不诉离殇。她就也斟满了碗酒,接着往下说:"呀,都讲过了?轮到我了?那我说说第一次发财的故事吧,在那之前呢,我们也小打小闹地挣了一点辛苦钱,那次是真正知道什么叫一夜暴富……"

人群嗷的一阵激动,云家船帮是建立过财富帝国的,酒色财气的故事人人都爱听,比坚持正义还吃力不讨好的故事吸引多了……

火堆边总是嘻嘻哈哈,笑浪一阵接着一阵,有人笑得前仰后合,酒碗端不住,泼泼洒洒,有时候烤好的虾在人头上乱扔,被伸出来的手迅速截了道,有时候两个人忽然谈起兴头,喊得费劲,有人站起来,挤到对面人身边坐下,人群就轮流挪挪屁股,调出新座次。

风雪原还是少年心性,酒酣耳热,新学了首酒令,拎着根筷子,在空酒坛上击节而歌:几人与我称兄道弟,几人见我烂醉如泥,几把刀,几条命,几多破事由他去……

那一夜,他们聊到篝火成灰,东方欲晓,几乎所有人都喝多了。只有楚随波,从来浅斟而已,一直都很清醒。

那个黎明,晨雾苍茫,楚随波站在海边岩石上,吹了一曲箫。到孤绝处,长相思,摧心肝。

他吹的是那首《极乐世界》。

苏旷拎着两个酒瓶,站在岩石下听了很久。

长风涤荡,红日海上,欲凌波而出的刹那,楚随波抚箫,一动不动,衣袂飘举,万籁俱静。苏旷爬上岩石,拍了拍他的肩膀,递了一壶酒过去。楚随波接在手里,依旧看那日出:"我不是酒鬼。"

苏旷一手搭在他肩膀上。楚随波低头看了看,淡淡地说:"我也不喜欢跟人勾肩搭背。"

苏旷不管,拿酒壶跟他碰了碰,先自行抿一口:"来,咱们哥俩走一个。"

"走什么呀……刚喝了一个通宵!"

"随波,你瞧,这景多好!东临碣石,以观沧海……嘶,后面什么来着……幸甚至哉，歌以咏志！来，咱们碰一个，就祝……那个……祝天下太平！"

"你为了多灌一口……真是什么都编出来。"楚随波不情不愿，抿了一口，把他的手掸掉。

"随波啊……"苏旷也在看那海上红日，眯缝着眼，"令郎叫什么来着？"

"我儿子叫楚让。"

"好名字啊！让者礼之主。果然像你儿子。"

"什么叫像，本来就是我儿子。"

海潮澎湃，一道浪从天边来了，一道浪又从天边来了，卷起千堆雪，打在脚下岩石上，轰然四散，喧哗孤寂。

"随波啊……"

"又干什么？"

"你试试降个调子。"

"什么？"

"降一个调子吧，那原曲太高了，好是好，非常人所能为，必成绝响，勉强什么？留在乐谱上就完事了。常言说得好，'观千曲而后晓声，观千剑而后识器'，所谓人间道呢，总是自天及壤，你看这百川归海，海潮回响，也未必总是念念不忘崎岖来路。"

"你要跟我说什么？"

"已经过去的事，就不必再回头了，该扔就扔，该放就放。"苏旷说，"随波，这是我最后一次喝酒，今天喝完，我就准备戒了……韦家兄弟快来了。来，咱俩正经碰一个，祝你经此一役，前途无量。"

"托你吉言。"楚随波微微一笑，"小苏，我也想祝你一个，可惜啊，我想不出来……活到你这份上，已经什么都不缺了。"

苏旷哈哈大笑，两个人双双一饮而尽，把酒壶掷进海里。苏旷转身跳下岩石，先行离开。他走了数百步，就听身后，又一曲《极乐世界》奏起，深沉柔和了许多，不再惊绝缥缈，另有一番烟火抚慰。如果说原一曲是西方佛国，飞天狂舞，九渊地狱，沥血成魔，这一曲，就是人间的音乐了。

苏旷驻足，站了站。其实……剑菩提也不是非到至境不可的，当时他已经是天下第一了，坐拥荣华富贵，睥睨生老病死，如果不是强行要和释迦牟尼比肩，后面的许多事都不会发生了。

人就是人，怎么活，无非几十年而已。

数日连绵阴雨，即便是南国，也添一层秋凉。
中秋那一天，苦等的援军终于到了。
是日，天又放晴，到傍晚夕阳入海时，红彤彤的海面上，三十六岛的主帆渐次出现在众人视线之内。先是船帆，之后是船头，渐渐地出现了船头诸人的轮廓。到大家看清楚沈南枝圆滚滚的脸颊的时候，海滩上一片鼓掌欢呼。
海船还未到岸，船头人群之中，白影一闪，是文陵江先行振翼，船头起飞，轻飘飘半空一折一落，收翅落地。"一羽凌江"正是扬名立万的当口，人群立地呼啸，如雷贯耳。
人终于聚齐了，可谓兵强马壮，热闹非凡。海船泊岸自有一番麻烦事，水手们还在下锚、降帆、搭跳板、搬运行李，韦家兄弟和沈南枝先行过来照面。两拨人等会师都等了太久，其间闲极无聊，能聊的全聊了，互相神交耳熟，并不用再多介绍。
"诸位，久仰久仰，沈庄主，幸会幸会。"韦家兄弟向江湖众人一一抱拳施礼。之后，韦慈不再客套，开门见山，"白鹿、随波、苏旷，我们在真腊海边发现了一些情况。一路上十分着急与你们一叙，我们正好也饿了，我看今天就先不和大家伙寒暄，咱们几个赶紧找个安静地方坐下，边吃边聊。"
于是众人颔首，着人去备晚餐。之后，沈家兄妹、余怀之、风不二和风雪原坐在一边，算江湖道上人；孙白鹿、楚随波、文陵江、韦家兄弟坐在另一边，算是神捕营的人；苏旷和云小鲨居中。
烤物还是老三样，各式各样的鱼虾蟹，篝火旺旺燃起，添酒回灯重开宴。
诸样海味烤好还要一段时间，韦慈打开随身行囊，取出几卷油纸包裹的文轴舆图，理了理，先分给苏旷一张，示意大家传着看一看。他俩和文陵江互相探询，文陵江示意，还是由他一人主讲。韦慈就喝了口水，润润嗓子："诸位，你们看的这张图，是陵江临来之前，在卷宗阁整理出来的一张十二银庄的地图。各地的标识都已经很清楚了吧？"
文陵江训练有素，那张图清楚明白，很快就传了一圈。
韦慈又递出第二张："这一张，是西域小国里流传出来的花园宴饮图。苏旷，你似乎也在守默谷见过同样的壁画。各位请注意，你们看这个地方，就是极美少女的眼睛这里，喏，陵江做了标注。这儿，就是银沙教的新老巢，也是她们最后一个据点。这个地方在真腊的一处丛林腹地，距此岛大约船程四百里，上岸之后向内陆再走三百里。七天前，我们来的路上，经过这附近海岸，当时我们几个商量了一下，想着既然狩天者就在手里，沈二姑娘也在身边，不如就壮起胆子，先向丛林里蹚几步，略微探探路，来了跟诸位说话，也好有个眼见为实。"

众人都"噫"了一声，略为惊讶，神捕营胆量非凡，做此决定，可以说是当机立断。

韦慈接着说："我们按图索骥，上了岸，那个地方荒凉之极，海岸边全是礁石、沙砾地，海滩也就是寻常沙贝沉积，但是，在西岸边一片平坦处，有些木头被海浪冲上来，堆积在一处。本来海域沉船也是寻常，但是沈姑娘看了之后，说这个榫卯和胶合不像是船舶上的木头，倒像是简易建筑拆下来，或者说可能就是个码头。她建议我们派水性好的人，在附近海底找一找。我们依令行事，这一找，果然有所斩获，那附近的海底是趁着旱季大退潮时整饬过的，珊瑚、礁石都除去了，海水的深度正方便泊船，也有许多砖石木料就裹在麻袋中沉在海里，想来是麻袋被风浪卷开，浮木漂了上来，又被海浪推到岸边；我们又在附近力所能及的地方，再扩大范围去找，发现了十几艘不大不小的木船，也都是近期刚刚凿沉的。"

"也就是说……？"苏旷问道。

"也就是说，银沙教的教母和教众，应该就是在不久前到过此处，或许已经潜入丛林了。她们临走的时候，试图毁灭行踪。"

"接着说。"

"我们当即兴奋起来。她们人不少，难免有些足迹，顺藤摸瓜，那是我们的当家本行。我们几个离岸向北行走，一路追踪，走了不过一里地，就见到了丛林地带。不过，那片丛林，真是蛮荒之地。实不相瞒，我们兄弟常年在京畿活跃，这种地貌、植被真是闻所未闻、见所未见，我看那些灌木密不透风，枝枝叶叶都挤在一起，满地蔓藤，好像整座丛林就是一大团藤条绿筋，不知应该从哪下脚。好容易刀劈斧砍，开出一条小路，没走几百步，前面又全是泥浆，一脚踩进去就没了膝盖。我们不敢冒进，就准备先退出，跟你们会合了再说。临走之前，陵江想再碰一碰运气，她就振电母翼飞了起来，在丛林边缘四处寻觅。各位都知道，陵江有双常人所不能及的慧眼，还真是让她看到了一条路。空中俯瞰，果然有条隐隐约约的线，沿线灌木的枝杈都是刨砍过的。陵江胆子大得很，她不顾我喝止，又落低了凑近看，真就让她找到一种标识，那林子里面，沿途种了一种白花矮荆棘，与别树都不同，可以作为她们的路标。我折了一枝带回来，请云船主看一看，认识不认识。"

他从行囊里又取出一尺多长一根连花带叶的荆棘枝，递给云小鲨。

云小鲨看一眼："是，我在银沙教总舵药堂岛上，见过这种荆棘，就长在海神杉附近，所以过目难忘。好像是……药堂的浅海尊者，从吕宋一座岛上找出几株植物反复培育出来的，她给它起了个名字，叫作微木。"

众人心里都是微微一动，同时想到了那一句"精卫衔微木，将以填沧海"。

"原来如此，多谢云船主。"韦慈点点头，接着说，"陵江向丛林里又飞了一小段，说里面是亮晃晃一大片沼泽，她不敢再向前，怕精卫鸟出击，也怕打草惊蛇，就撤回来了。我们就商量，反正跑得了和尚跑不了庙，银沙教在此地经营二十年之久，再跑就连老巢都没有了，决议先来跟你们会合，大家一起商量商量再说。不过，起锚扬帆之后，老本行作祟，我们又想，查都查了，附近再询问些目击人才好。就又四处找了找，在附近海岛上找到一个捕鱼摸珠为生的部落，里头人不多，都是披发文身。我们船上带的有通译，一交流，倒是勉强可以对话。我们跟他们打听，他们说，这一带近二十年来，每年雨季结束的时候，都有海船前来，每次都带了人、牲口、货物、粮食……有男人也有女人，但领头的几个女人穿着长袍，戴着面纱，显然是发号施令的海巫女。她们从不和别的人搭话，也不许人靠近，如果被冒犯，就会举起手来用一种巫术杀人。他们说，丛林确实有条路，被附近一些渔民叫作海巫女之路，十几年前，她们还找了附近一些部落岛民，代为搬运石料，但那条路每年旱季才会显露出来，这一带丛林长得飞快，雨季一到，没几个月，藤蔓疯长，就把开垦出来的小路全封住了，外人没有向导，一旦进去，没有人能活着出来。我们打听清楚了，想着所获不少，估摸你们也等久了，就直接过来了。"

孙白鹿听到这里，点头赞赏："干得漂亮！"

"各位，以我们的人手，这一趟能把银沙教的新总舵端了吗？"楚随波问，"国公爷、兰二先生都是什么意思？可有另予印信？"

韦悲回答："我们的人手，打一场正经小仗都够了，银沙教倚仗的无非就是精卫鸟、蛊虫和毒药，如今，最多再加上丛林。如果这一次拿不下来，任由她们在丛林坐大，后面再来一趟就不容易了。国公爷和兰二先生交代的意思倒是很清楚，我们要的，第一，教母的人头，她在宫中安排灵妃，以致……咳！诸多祸患，罪不容赦；第二，十二银庄的剩余藏银，这每一笔银子都是从中原、江湖流出去的，兹事体大，务必要追回；第三，上官乾和王素务必归案，活要见人，死要见尸，至于其余处置,将在外,由我们几个商议着定夺,真到了决议不定、要拍板拿主意的时候按律行事,令高者尊。除此之外,并没有另予印信。"

楚随波点了一点头,心里有数。他问的是极其关键的一点,神捕营来的这几个人,韦家兄弟和孙白鹿都是十大名捕,十大名捕之中,从来都是按旗次排位,青崖白鹿旗排第七,一苇慈悲旗排第六;文陵江还没有旗帜,按职位只是万蜀戎手下一员,需要听令行事;而他临行之前,兰雪拥和刘伯庵曾经给了他万里戎机令,也就是说,真有必要,他可以一语定乾坤。

孙白鹿又问萧老板:"萧老板,银沙教也曾祸乱暹罗后宫,依你看,暹罗有无可能和我们联手行事?"

"绝无可能。"萧老板直接摇头,"实不相瞒,诸位,事到如今,连我的身份都很尴尬……银沙教虽然扰乱了暹罗后宫,但毕竟也就是用大城做个银钱的中转,并不伤筋动骨。倒是咱们,这么些人,老在岛上,把这附近虾蟹都吃小了一圈,人越聚越多,又有船又有武器,人家提防得很,给钱都不愿意要了,好几次明示暗示,问我们什么时候走人,再不走就要硬赶了。"

韦慈、韦悲兄弟一起点头。韦慈说:"倒也是这个道理,此事和暹罗关系不大,王素落网,教母离开,这已经没人家什么事了,我们来岛上本来是为了借地和谈,对头都走完了,我们总滞留也不合适。"

"而且,留在这里每天花费也确实不菲。"孙白鹿摆摆手,"如果人手是足够的,就尽快做准备,采办海粮,越早出发越好。"

他们几个你一言我一语,聊得热络。云小鲨若有所思,走到沈南枝身边坐下,轻声耳语:"南枝,要不行李搬我船上吧?今晚咱俩睡?我有个事,想跟你聊聊……"

"行啊。"沈南枝嘻嘻笑,"我不想着上你的船,我就不来了。"

篝火熊熊地升起来了,晚餐也都准备好了。几个人一路来,在船上吃了好些日子的海粮,正馋得眼睛发绿,立即就要动手吃喝。

"大家先等一等,还有一桩事情,说完了再吃不迟。"韦慈拿出另一份卷宗,先抽了其中一张肖像,递给沈东篱,"沈庄主,按照目前的情况,你是唯一和上官乾的真身打过照面的人,烦劳你仔细看一看,是不是这个人。"

沈东篱接画在手,大家也凑近看。画上是个二十七八岁的青年,面相很是突兀,几乎是凸显在纸面上。他确实当得起"骨相崚嶒"四个字,紧绷绷的皮肤下面好像藏了一具生铁髑髅,而那具髑髅打造之时,每一锤都用力过猛,他的眉骨横绝、颧骨凸出，腮骨也棱角分明，像是层峦叠嶂的一方绝壁，硬得硌眼。

"栩栩如生，真好画工！"沈东篱轻轻一赞。

"沈先生过奖。"文陵江颔首致意，"是这个人吗？"

"是。"

韦慈忙追问一句："兹事体大，沈庄主可以确定吗？"

沈东篱很坚定："不会有错。那是个暴雨深夜，别的东西或许看不清楚，但……我郑重看过他，绝不会忘记这张脸。"

举座都料到了这个答案，但还是片刻寂静。他们找了好久的困兽，终于被逼到角落了，正在转过身来。

韦慈叹口气："苏旷，这张是喻佛争的形影图。"

苏旷在听："喻佛争和上官乾是什么关系？"

"喻佛争的本名叫作李喻，上官乾的本名叫作李正，他们俩是同父异母的兄弟。李正还有个嫡亲的胞弟，叫作李迟。非常之巧，可能是天意吧，他们三兄弟，简直长得几乎一模一样，这为我们省了很多工夫。"

"居然有三个兄弟？"

"你看看这些……"韦慈递过最后一袋卷宗，略厚，全都整理、誊抄过，"我们带来了能找到的所有资料，誊得急了，所有都写在一起，楷体是正卷，行体是口供，草体是我们的推演……这份是京西客栈纵火案，这份是小桑村的纵火案，这卷是刚刚重启了的李喻的卷宗，这是刘伯新立的李正和李迟的卷宗。"

篝火在烈烈烧着。柴堆里，火星在苍白的余烬上奔走流转，凡有过往，不容成灰。看卷宗需要一会儿工夫，几位来客就抓紧吃了几口，而卷宗也一份一份地在大家手里传阅着。

李正这个人，像是一个从来不曾存在过的隐形人，或者说，像是人世间隐匿着的一只活鬼。卷宗一页一页翻过去，他的生平和来历，慢慢地被这些蛛丝马迹一笔一笔勾勒出来。李正也似乎正在从上官乾的皮囊之下走出来。

"我似乎是明白了。"苏旷快速翻了几页，又回头找，"他的生平还缺了一段，他五岁之前在哪里？好像完全是空白的？"

"如果我们没有猜错……在井里。"

"什么？"

"就是大家都知道的那种井，枯井。我们在小桑村外的一片荒山里，找到一个棚子，已经塌了，下面压着一口枯井，井底挖得很宽，很宽的意思是，对于一口井来说算很宽，可以住人。我们去查过，那里面显然也是有人长期生活过的，我们也在井壁上找到了梯子，还有……一个正字的划痕，不知是数什么的。因为没有更多的证据支持，连推演都不算，仅仅是一个猜测，我们就没写到卷宗上去。"

"哦……他在那里待了多久？"

"五年。"

"等等，多久？"

"五年。"

"他五岁的时候才……也就是说……"

"是，李正出生在那口井里，长到五岁，之后就被他的亲生父亲带回了小桑村，认祖归宗。"

认祖归宗这四个字变得讽刺极了。当然，李正这个名字也讽刺极了。不管怎么说，人不应该承受这个，有人生在天上宫阙，有人生在烟火人间，有人生在草莽窝棚……但无论如何，没有人应该生在井里，长在井里。

"那这个……这个京西客栈的乐伎，雁姬……这个……"

"是，就是你推测的那个意思，所有的线索都指向得很清楚。"

"所以喻佛争……"

"是他的亲大哥，也是传授他武功的人。"

"那个李迟……小弟李迟？"

"你见过的，也打过交道，就是那个亲随。"

苏旷确实见过亲随，也确实打过交道。他闭上眼睛，仿佛就能看见那个家伙举着紫金蝎子，欢乐而甜蜜地向他跑。可是，亲随怎么会和李正长得一样呢？那个亲随完全是个畸形儿，鸡胸、驼背、罗圈腿。

"这是最后一份文书，也就是我们临行前，二先生在李迟嘴里拿到的口供，因为实在是事出紧急，可能还用了一点过界的方法。"韦慈指了指苏旷手里最后一张纸，看着苏旷越来越紧蹙的眉头，点点头，"对，他本来也不长这样。他幼年的时候，被做成了一个坛童。"

"坛童？就是……"

"就是你知道的那一种。"

"谁干的？"

"李正。"

"我去他大爷……"

"李喻被带走的那天,有人来报,京西客栈发现了坛童。那是个误报。我想,李正认为那是一场陷害,就是神捕营和铁总捕头,害他失去了母亲,也失去了大哥。"

"然后……之后他没本事报复神捕营,却亲手把他的亲弟弟变成了这么个东西?"

"是。"

"为什么……"

"我们把能写的都写了,我想,在座所有人的推测都是一样的,因为只剩下那一种解释,只剩下一种解释的时候,通常就是真相。"

苏旷坐不住了,站起来,走了几步。他不算是孤陋寡闻的人,但依然被这样的人间惨剧震到了。在小桑村,离神捕营只有五里地的小桑村,住着一窝活生生的鬼。他按着印堂,闭了会儿眼睛。上官乾,我看见你的地狱了。

"苏旷,下面就是最重要的一步了。依你看,上官乾人在哪里?他是跟着教母去了丛林,还是依旧留在阿瑜陀耶城?"

"我不知道……"

众目所向,大家在等他说下去,不知不觉,他已经变成了这座岛上发号施令的人。

苏旷想了想又说:"按照常理说,他应该已经跟教母进了丛林,但我又总觉得,他没有走远,就在附近。"

所有人都有些吃惊,可并不意外。

"我知道他是什么样的人,他是个赌徒,比我们赌得都重,每一把都会连皮带骨全押上去。他连押几注,都赔了本,他在丁桀那里没有得手,分身在皇宫里被随波揭穿,东篱兄这里又严防死守没有机会。可他已经服下蛊虫了,这是永永远远的受制于人,教母知道他是谁,不会给他巧取豪夺拿到解药的机会,与其如此,放手一搏说不定还能翻盘。"

"他还想再翻盘?"

"当然。"

"凭什么?"

"凭我的人头。"

"怎么到手？"

"我给他一个单挑的机会。"

"小苏……"

"只要他能杀了我，不仅名正言顺地拿走碧海洗银沙，还能用九头蛟取我内力，从此之后，八荒唯我、四海一人，这个机会他一定很想要。"

"苏旷，你想清楚！"

"南枝，这些日子，我已经反反复复，想得很清楚了。"

"我不是担心你的安危……苏旷，我让你想清楚，你得考虑后果啊，你能稳赢吗？他真做到了怎么办？他把你吃了，那后面我们麻烦就大了！"

"喂，南枝，我既然提出来这么做，自问还有点把握，就算赢不了九头蛟，真到了那一步，我自有手段，不会让他取我内力。"

"我也不知道你说话算不算数，行吧，我们商量商量，提前做点布置。还有一个问题，你准备怎么把消息传给他呢？"

苏旷招招手：「福宝，笔墨伺候。」

风雪原忙站起来，去拿文房四宝，研墨，准备展纸。苏旷摆了摆手，就把刚才那张形影图拿过来，略一思索，空白处题了几行字——

坐井观天客，阖家尽死囚，我刀壁上叫，昨夜思汝头。
空岛虚以待，生死任去留，前仇渴百斩，一断一千休。

他提起来看了看，吹干了墨，递给余怀之："萧老板，烦劳安排人，帮我贴在大城城门上。附近不用埋伏人，贴上之后离开就好，我等他的回话。"

余怀之点头一应："好。"

这一轮谈话总算告一段落，虾和蟹全都熟了，尤其是此间蓝蟹，鲜香油亮，一口肉一口黄的，配上椰子肉烤的小薄片，大家都吃得喷喷有声，惜乎将来不复见。这顿饭要吃很久，他们要讨论的还有很多，后面的好几天，所有人都会很忙碌。

"等等，还有一件事。"云小鲨摊手，"我刀思汝头，你的刀呢？"

"刀……我再去借一把好了。"苏旷看起来胸有成竹。

这十二个人里，除了他，没有人用刀。

苏旷大步向人群走，远远地打了个呼哨，招了招手。

那一片海，那一片天。夕阳燃烧在晚霞里，似乎是万尺雪凉不了的赤子心，波涛灿灿滟滟，仿佛是三十年流不尽的英雄血。

海滩上三千人渐渐齐集，刀剑在腰，都在望着他，等他一声令下。那些是侠义道，他们是江湖人。侠义道是热肠古道，谁是领袖，是用仁义、肝胆和担当来定夺的。

"诸位安好啊，"苏旷抬起头向大家拱手，说道，"我有一战，生死与之，苏某这里，有一事相求！"

所有人一呼百应："是！苏大侠义薄云天，我辈千里追随，正是要听从吩咐！"

"我的刀丢了，手里缺个家伙，想找各位借刀一用。"

呛啷一声，金铁交鸣，啸啸龙吟，人群之中，凡有刀客一起拔刀在手，残阳之下，一片雪亮冷厉。

既然苏大侠要借刀，所有人都慷慨，无论挑中哪一把，都是荣耀。放眼望去，近千柄刀，长刀、短刀、双刀、直刀、弯刀、鬼头刀、斩马刀、雁翎刀、索子刀……应有尽有。

苏旷一边信步向前走，一边左右端详。找到称心如意的兵器，谈何容易。

名铁求其主，英雄求其锋。人和刀的相遇，本来就是江湖之中最具传奇的一场邂逅。

说实在的，碧海洗银沙丢了，苏旷当然很遗憾，那是柄不世出的神兵，随便哪个刀客，只要到了手，绝不会弃之不用。

但……居然也有一点点轻松。

碧海洗银沙没有任何缺点，如果非说有，就是太完美了，高贵、华丽、无懈可击、坚不可摧，每一个角度都凌厉得有点过了头……他也很珍视，一摸到也爱不释手，但扪心自问，有点驾驭不动。那更像是霍瀛洲的刀，凌驾于苍生之上，不太像"我的刀"。很难说清楚"我的刀"该是什么样的，但他是有感觉的。他人生的第一把刀，仅仅是一柄断了半截、锈迹斑斑、藏在衣柜上的斩马刀，可一旦入手，生死与之，魂魄相依。

天快要黑了，快要看不清了。如果找不到，就只能明天上船接着找。再找不到，就随便从名刀里拿一把凑合。

他的朋友们远远站着，有备无患，开始商量第二套方案，看是不是来得及再打一柄。

风起了。苏旷站住脚步，轻轻闭上眼睛，想了想，提出另一个要求："各位……

烦劳，挥一挥刀，让我听一听。"

一片金刃破风声。

轰——轰——

魂兮——魂兮——

海潮轰鸣，刀声呼啸。我有迷魂，以待惊雷。

"就这把吧。"他在一个人面前站住了，睁开眼睛。

那是个普普通通的人，拿着把平平无奇的刀，有点受宠若惊的样子。

"兄台是……"苏旷有点尴尬，这个人其实跟他通名报姓过，还一起打了好几次牌，但这个普通人实在太普通了，转身就忘了。

"在下……江湖诨号赛马超，姓蒯名佩字玉祥。"

这么个诨号记不住也很正常。

"蒯兄！"苏旷拱拱手，直奔主题，"这个刀……请问是……"

"哦！苏大侠居然看上我这刀吗？"那位赛马超连忙以手抚刀，拿大拇指嘣嘣弹了两下，"哎呀，那老板诚不我欺呀！实不相瞒，苏大侠，我这把刀，是这趟临行之前在路边刀铺里买的，刀铺老板一听说我要来追随诸位行侠仗义，哎呀，那是双目炯炯放光，拽着我一通猛吹，非要说是祖传了七八代的神兵利器，正是用武之时！我打眼一看，呸！欺负谁呀！这刀锷款式多新哪，前年才出来的！我甩手要走，老板又拽着我，胡搅蛮缠，说虽然不是真祖传的，也是他自己呕心沥血打的，不骗我，真是把好刀，是好刀就该配英雄，斩妖除魔，问天下谁有大不平，无论如何不能给埋没在荒郊野外了……那个刀锷他确实不会打，现买现拆了一个装上的……他苦苦求我啊，我都不忍心了，觉得被骗了就拉倒，就问多少钱？他跟我开五百两！五百两！这不找揍吗！我一路还价，砍到三十八两，老板是死活不乐意，瘪个嘴巴，我说真没办法，我就带了那么些银子，卖就卖不卖就算了……临了吧，那个龟孙子连我那个钱囊都给顺走了，虽然不算贵重，也是我媳妇绣的。我这一路，骂了他好久……"

这位朋友有些激动，啰嗦了点。苏旷拍了拍他的肩膀，伸手，那人有点不太信，把刀递过来。

苏旷接刀在手，在风里挥了一记。呜的一声风鸣。

是我呀。

没错的，刚才就是它。

161

"那个……蒯兄，这把刀方便割爱吗？我丑话说在头里，碧海洗银沙之下，它不一定是囫囵的，要是破了，我回头只能赔你三十八两……"

"苏大侠！你要看得上，尽管拿去！这算什么，这算什么！斯逢幸事！蒯某与有荣焉！与有荣焉！"

说实在的，那真是一柄好刀，上好的镔铁百炼成钢，一遍遍地淬炼，一遍遍地打磨，一遍遍地调试。

它入手舒服极了，不会轻一点，也不会重一点，锋锐刚刚好，弧度刚刚好，软硬刚刚好，让人有种说不出的自在。就像是一双料子上好、半新不旧的好鞋子，一坛藏了三十年、清冽绵软的老酒，一位相交半生、心灵相通的老朋友。

做这种真正的好刀，不仅仅需要好铁和冶炼的技艺，更需要无穷无尽的时光与耐心。

五百两一点都不算多，是这位赛马超不识货。

那位刀铺老板，在荒郊野岭，守着孤零零的一炉火，在漫无天日的等待里，一钎一锤地敲打出了自己的英雄梦。他希望它能托付给一个真正的侠客，匡扶正义、斩妖除魔，问天下谁有大不平。

它确实比不上碧海洗银沙，但说不定也能赢。

八月十六，清晨，阿瑜陀耶城的大门上，多了那张形影图。

之后，那图孤零零地贴了好些日子。

人们一边在等，也在筹备着开拨启程。神捕营的人来回往复，办公文、手续，筹备海粮，以及各项物用。

寄押在左港务府的王素也被带回来了，神捕营在阿瑜陀耶城找了几个坚固的装巨鳄的笼子，把他塞进其中一个去。

神捕营是有备而来的。三十六岛船队里有艘船叫作"巨鳌"，船身并不算大，速度平平，中舱圆鼓鼓的，舱壁异常坚固，载货的量一度雄踞东海，正好可以改造成一艘囚船。

苏旷去探望过几次，见王素蜷缩在铁笼一隅，埋头瞌睡，头也不抬，一个多月来，这个人大约没洗过澡，蓬头垢面，臭得熏眼，脚踝上的伤口烂出很大的脓疮来。

苏旷听看押的人说，王素被审问了很多次，软的硬的都来过，颇吃了些苦头，但并没有招出什么，说的都是别人已经知道的，再逼就装疯卖傻。看押的人还说，但这人倒也并没有自暴自弃，趁这段日子重新皈依三宝，常常眼观鼻、鼻观口，拿着手上铁链当佛珠数："愿常寂静，学诸正法，无牵无挂，长住涅槃，这都是幻，这都是空……"

王素运到船上之后，有时候沈南枝去找他聊聊，他俩倒是能说上几句话。

又一日，苏旷见他笼子后靠墙的缝隙里脏得厉害，食物残渣和各种污秽攒了好久，都有蛆在爬，叹口气，拿扫帚给扫了。王素就垂着头，自顾自哼哼："阿弥陀佛，菩萨慈悲，饭都馊了，全是沙子，全是沙子……"

苏旷就摇摇头，去厨房给他重新弄一份食物，带了一杯清水。王素吃得狼吞虎咽，快见底了才问："一点肉都没有？"

苏旷抱着胳膊看他："死到临头还这么贪？念佛还是吃肉，只能选一个。"

王素等到吃完了，最后一粒米也捏进嘴里，水也喝得干干净净，才闷头念叨："你也快喽，瞧见那几个空笼子了吗？总有一个是你的……"

"没别的话可说了吗？"苏旷手伸进去，拿走了杯子和盘子，嘿嘿笑一声，"瞧你那点胆！"

王素其实还是有话说的，只是一抬头，二人对望，笼里笼外，生死陌路，过一会儿打个饱嗝，一抹嘴算了。苏旷也知道他有话说，不过，对王素，此生言尽，不想陪他多聊。

囚舱里空空荡荡的，显然还要再装一批人才能满载而归，随着海浪起伏，镣铐和铁链敲着舱壁，当当响。

七天之后的黄昏，回信送回到了岛上。

那是藏在最后一袋粮食里的——一颗"丁桀"的人头。那颗"人头"是用枯木和明胶做的，栩栩如生，居然有七分神似，眼眶里黑洞洞的，塞着一张小纸条。上面九个字：没下毒，不着急，回头见。

大家都在看那行字，那不是上官乾的字迹，上官乾的字迹大家都见过，中规中矩，端庄威严。这已经是李正的字迹了，他的字迹确实和昔年的李喻很像，字很小，间距稀疏，狂筋怪骨，横竖撇捺都突兀，像是钢条插在笼子里，也像是被野火烧过的荆棘丛。

他完全恢复本来面目了。他在示威，也在昭示胜利之后的另一种狂妄打算：如果他能够吃掉苏旷，全身而退，当然下一步会去吃掉丁桀。

海粮是左港务府帮忙采办的，全程都是自己人经手，手续严丝合缝，谁也不知道这颗人头是什么时候放进来的。

　　这颗人头送到江湖众人面前，无异于在人群里放了一颗惊雷。李正说没下毒，可他的话谁也不敢信，顿时到处乱哄哄的，已经入舱的海粮又全都检查一遍。

　　所有人都在望着苏旷。苏旷凝视那张纸条，握了握拳，又松开。他的感觉并没有错，这些日子，李正确实在这附近，遥望过他们，或许也权衡过这场决斗，但终于还是押后了，把所有的战斗拖进丛林里。

　　苏旷也做出了决定："时不我待，我们启程吧，江湖朋友来的时候坐哪艘船，回去一样坐哪艘船。"

第六十七章　蓬山此去

东方最大也最深的一片海叫沧溟宗，连天广阔，没有尽头。沧溟宗上，有一片蛮荒的群岛，叫吕宋岛。吕宋群岛的南方，还有一片洒在大海里的小岛屿，像是沧溟之中的银沙。很久很久以前，银沙教就诞生在那片小群岛上。

那里像是海神的泄愤之地，周围风暴海流不断，既没有渔场，也不在航路上，绝大多数的岛屿上都是石头，种不了粮食，物产极其贫瘠。

在生存压倒一切的岁月里，男人们只能出远海捕鱼。远海捕鱼是一场悲歌，常常狂风暴雨之后，男人们全军覆没。

或许是海神的补偿，这些荒蛮群岛之中，独独还有一座药岛，上面长满了稀世的奇花药草，包括举世无双的海神杉。

当然，有奇花异草，就有无数毒虫。于是，男人们出海捕鱼，女人们种药、采药、炼药，靠药物换取所需的一切。

除了自然繁衍，补充人口的方式还有一种"靠天吃饭"。这些岛虽然不在航路上，但距离也并不算远，每年飓风时节，都会有几艘甚至几十艘遇难的海船被吹到岛边，大多数时候就是残骸了，有时候还有活人。

捡到哪些人，就看刮什么风。西风大作的时候，捡到的多半是天竺、暹罗的海商，他们带来了海图和贸易，带来了对航路的知晓；北风大作的时候，就是中国、扶桑、高丽的渔民。

一代又一代，海风吹来的八荒遗民，搁浅于此，繁衍生息，生儿育女。

不知银沙教的教义是什么时候落地生根的——那是一个古老的膜拜死亡和风暴、崇敬诞生万物的大陆架的海洋宗教。银沙教的主事者是七地母，她们执掌一切。

又很多年过去了。其中有那么几十年，风暴变得更大。海难的搁浅船只也变得更多。

有一年，北风特别狂暴，连续吹来了几船中原武林的叛徒。他们带来了武功，带来了知识，也带来了对一个文明世界的想象。

暴力是丛林世界的第一法则，银沙教的武力突飞猛进，极短的时间里，他们就横扫吕宋岛的土著，不必再出远海捕鱼了。他们渐渐摆脱了靠天吃饭，他们有海船，只是还不能远航。

七地母不再拥有神一样的地位了，但还是举足轻重的祭司，拥有制衡和选出教主的权力。而教主成为这个世界的领袖。

这个世界开始起变化。海风每年都会吹，银沙教日益壮大。

这个杂糅的教派里，有来自四面八方的漂流者，但最强大的一脉，始终是中原武林的反叛者。这里像是一个海外的水泊梁山，能逃来的都绝非易与之辈，而且大多数都上过侠义道的英雄令，背负过天诛地灭的罪名。他们对中原武林的仇恨是自然而然的，奇怪的是，向往也是自然而然的。

中原武林也知晓了这里的存在。这是欺师灭祖的叛徒们的聚居地，当然也就是魔教。

五百年来，中原武林是被三大家共同执掌的。在丐帮中兴之前，天下第一大门派一直是昆仑。

昆仑横绝天下的末期，确实是等级森严，门户之见病入膏肓。英雄令本是统领八百侠义道的至高之令，是要在道高一尺魔高一丈之际，要天下英雄以良知为凭，以道义为召，骨血共筑之，携手共击之的最后一声召唤。但昆仑最后一位天下第一的掌门人，非常热爱大场面，执剑侠义道不到二十年，连发五道英雄令，烽火戏诸侯似的，弄得江湖极度疲敝，无数名侠听"英雄"二字色变，排着队金盆洗手，许多年轻人直接转头去投奔神捕营。

在那之后，昆仑就此衰微，丐帮成为第一大帮。自此，武林权力中枢转移到洛阳之后，再也没有西移过。

也是那些年，仿佛一颗天降火流星冲进了丛林里，一切平衡被掀翻了。

风起于青蘋之末，翻天覆地的大变局起于大海之南。

有一年，天魔女带着霍瀛洲、精卫鸟和十二银庄的地图登陆银沙诸岛。天才、暴力、财富同时入手，不可一世的野心就此诞生。

霍瀛洲横空出世，要做一件一步登天的事——他要发动一场北伐，要给摇摇欲坠的中原武林最后一击，要换一个新世界。

整个武林的终生梦魇即将到来，一场大战正在拉开血淋淋的帷幕，七地母再也没有制衡教主的力量。她们悄然隐退，在暗影里完成古老的传承，把权力交给了更年轻的七个姑娘。

风云变幻里，那座药岛也在变化。

药岛已经没有原始的、生机勃勃的古老丛林了。在新任的霍教主的命令下，药岛的姑娘们开始寻找经典毒药的新配方——有些毒药虽然毒，但原料太稀少，药典中最珍贵的"银沙"需要一种五彩斑斓的大海蛇的毒汁、珊瑚虫的粉末，还需要火山爆发时喷出来的硝粉，而且炼制起来极其容易失误丧生。

银沙教需要廉价的替代品，要可以大量培养的药草和虫豸，要一座崭新的药堂。

也是得天独厚，那些年，药堂的姑娘们一样天才辈出。药堂的姑娘们，大多数是弃婴。采药制药，需要从儿童时期培养，年龄大了，眼睛就容易对色彩的细微变化失去辨别力。而且，一个有了善恶观的成年人，再怎么泯灭天性，都已经失去了自然天成，无法汲取大自然里最本源的那股力量。其中最杰出的天才叫作浅海。

浅海是姐妹两个一起被嬷嬷们捡回来的，来的时候，姐妹俩腿都坏了，但妹妹浅海还小，只有两岁，慢慢医好了。姐姐虽然也能勉强站起来，但是留下了永远的病根，她就是后来的五夫人。

姐妹俩各走各路。浅海是天才，对草木、虫豸和药物有天然的通灵。她在药岛长大，与世隔绝，几乎到了和草木同枯荣的地步。据说，在她刚刚成为一个少女的时候，就把新一代的"银沙"配方里最重要的一种植物培育了出来，那就是微木。

微木是相当神奇的一种植物，本身没有毒，汁液甚至可以解毒，但加入到药物熬炼中，可以百倍增强毒性。

银沙终归可以大量炼制了，唯一美中不足的是，一旦暴露在日光下，很快会失去效用。从此再没有人超越浅海，浅海自己也没有能够超越自己。那之后的很多年，"银沙"夺去无数生命，让中原武林一再闻风丧胆，但成分和配方再也没有能改进过一点点。

直至今天。

发动北伐的十年前，霍瀛洲先一步登陆海南，寻找合适的山林，开辟为苗圃。他需要一个能够随时随地供应银沙的大本营，海南某几处的气候土壤和药岛有近似之处。

每年都陆续有药堂的姑娘们带着药苗和种子过来，十年垦荒，十年树木。

海南总舵在崖州，银沙教鼎盛时期，一度势力遍及海南全岛。药堂的苗圃也就随之遍布了全岛。

姑娘们成长为女人们，自然而然地在新总舵扎下根，繁衍生息。她们跟随霍教主跨海而来，要摧毁已经腐朽的侠义道。所有人都在呕心沥血，没有几个人真正质疑过这场北伐。

银沙教里只有极少数人提前布局，谋算后路。再后来的几年，银沙教势如破竹地打下了大半壁武林，无数名门被血洗，许多传承数百年的大世家就此灭绝，闻风投降的小门小派不计其数，势头最猛的时候，他们距离最终的目标看似只有一步之遥。但那一步之遥，变成了永远的天堑。

江湖史上最激昂的一幕重现了。危急存亡的关头，摇摇欲坠的昆仑满门血祭卫道之后，万里奔流汪振衣站了出来，侠义道再一次迸发出可怕的生命力，在被摧毁之前，完成了自我的迭代。

人人都在说江湖，很少有人真的想过侠义道的本源在哪里。

侠义道真正的生命力植根于一种难以言喻的信念，与三大门派无关，与武学道统也无关，那是第一个无名之辈向着第一个森然可怖之物拔刀时自然诞生的信念——我辈在此，尔等必不可为此不义之事！那是正义必然战胜邪恶，光明必然战胜黑暗的信仰。至于何为正义，何为光明，那似乎是开辟鸿蒙之际、天日高一丈地日厚一丈时，大地自有的尺规。

江湖记起了第一滴英雄血，从此又是潮落潮生二十年。

某一日，汪振衣与霍瀛洲同归于尽。与此同时，天之一隅，在骤起朱楼的崖州新总舵里，发生了一场天崩地裂。

没有任何一个银沙教徒曾想过霍瀛洲会战死。在此之前，任何人都不相信汪振衣能杀得了霍瀛洲，大多数霍瀛洲的信徒都认为他只是带着痛惜去铲除最后一株"兰芝当道"。若非如此,霍瀛洲根本就不应该单刀赴会。那时候银沙教占尽上风,霍瀛洲如果是仅仅想杀掉汪振衣,带几只精卫鸟就可以了。

谁也不知道霍瀛洲怎么想的,他没有留下任何手记文书,这个人来去这个世界,都是倏忽一闪,神出鬼没。

总而言之,他很不负责地死了。而他死之后,银沙教急转直下。

银沙教一度鼎盛的时候,单凭武力就可以碾压三大派之中的任何一个,甚至可以隐隐和三大派对抗。但那些高手亦没有得以留名,因为丁桀横空出世。丁桀的剑太快了,他们的人头只能变成功劳簿上一道道血债的勾销。

最后的几年里,天罗地网重重逼近,残部无处可去,只能全员退守崖州。

有人试过给丁帮主捎话,说是愿降,但没什么用。丁桀踏平总舵前,绝不受降。几乎所有曾在霍瀛洲驾前乞降的侠义道叛徒,都被押解回原门派,极尽羞辱折磨,以儆效尤。银沙教死于丧胆,和昔年侠义道经历的一模一样。

再后来,那些岁月里,女人们苏醒过来。她们开始意识到一件可笑的事情,她们从来没想过北伐,从没想到到万里之外改天换地,那是霍瀛洲和男人们的野心欲望,是和她们压根没有关系的战争。但她们同样承受了战败的一切,甚至更多。

分道扬镳吧,她们这样想。而我们需要一个领袖,一个坚定有力的领袖。于是,一个领袖站了出来。

那是教母,上半身是成熟女人,而下半身宛如孩童,在那么大的劫波里,她从没有焦虑、忧愁、激烈,也没有仇恨。在此之前,她好像是在礁石和黑色海浪之间的暗痕,潮涨了,她就消失;潮退了,她就出现。

她说出了所有人的心声:跟我走,我们去寻找一个新世界,建立一个自己的家园。

"新世界",哪怕是仅仅存在于想象里的新世界,在这些早已经无家可归的女人们中间,激起了无可言喻的力量。

青鸟殷勤为探看,五夫人驾驶着精卫鸟,四下寻觅着落脚处。她是七地母里最坚决的一个,带着巨大的热望四处找,在大海里找,在丛林里找,在口耳相传的故事里找。

皇天不负有心人,她找到了。

在暹罗以西、真腊以南，有一带堪称广袤的丛林。丛林之中，沼泽串连，河网密布，藤蔓纠缠。如果没有精卫鸟，在外面看过去，那里不过是草甸连天、泥泞沟洼，虫豸密集如云的蛮荒之地。而从天俯瞰，在鸿蒙世界的中心，有一片原野，原野上勾勒着一片旧城邦。

五夫人带来了第一批人，她们踏上了这片土地。

此地是得天独厚之所。荒草之下掩埋着耕种过的田垄、巨石的地基，更远处，有断壁残垣、石柱和石塔，甚至还有一座堡垒。如果仔细寻觅，还会发现祭祀用的神殿、埋葬族人的坟茔堆、曾经修筑过的水库、一片静谧的巨石山谷……而石塔上甚至有古老的文字，找人翻译，上面记载着，此地是扶南国开国柳叶女王最初的自己的部落。

一切都是一应俱全的。

初次踏足此地者欣喜若狂，毕竟，按照原有的蓝图重建，比起刀耕火种、胼手胝足地垦荒容易多了。

神祇的命令，天赐的国度。

她们来了。

老总舵距此三千里，来回可谓千难万险。教徒们用了超过十年的时间，悄无声息、暗度陈仓，一点一点把人和财富转移到新的王国里去。

她们利用每一个旱季出入其中，一趟趟运来应有的一切。某一年带来了鸬鹚，某一年带来了鸡鸭，某一年带来了耕牛。时光自有生命力，丛林和大地毕竟是慷慨的。水库复修了，水渠做了引导，一片沃野之上放眼望去，一亩亩的水田星罗棋布，屋舍间杂其中，杂花生树，充沛丰饶。而银沙教独步天下的药堂再度有了园圃，她们带来了精心保护的药苗、虫卵、器皿和数百年累积的笔记图册……这是她们赖以生存的根本。而高高的石塔，变了她们的守卫神鸟——精卫鸟的栖息地。

埋首十年，药堂众人苦心钻研，改良了羽甲的药方，让精卫鸟的羽翼更加坚不可摧，爪和喙力大无穷，载人飞行的能力无出其右。某种意义上说，药堂为银沙教造了一道会飞的长城。此外，她们还有另一道无形的长城。

如今，这个数万人的部落已经有模有样了，距离小邦国只有一步之遥。唯一美中不足的，是这附近都没有矿藏，无法开炉冶金，只能开埠贸易。

不过没有关系，最近一次的搬运，她们的同伴满载而归，运回来了堆积如山的货物、书籍和金银。只要扛过最后一波攻击,她们就大功告成了。庙堂和江湖都在遥远的中原,那里风云变幻,恩仇更迭,只要休养生息个十年八载,谁还会再惦记那些天涯海角、陈芝麻烂谷子的事呢?

吕宋岛上,老总舵中的另一派并不关心女人们在做什么。柳衔杯重招旧部,也培育了一批少年,他们是真正的"魔教余孽",对偏安南海一隅、从此成为化外野人毫无兴致,假想的战场始终都在中原。教母和她的手下相当沉默,静观其变。

柳衔杯用了很长时间,准备并且策划了一场玉石俱焚的攻击,目标直指昆仑青天峰和丐帮洛阳总舵。教内很多人并不赞成,但反对没有什么用,柳衔杯胸藏大恨。地母们并没有阻止这场攻击,她们等待的时机到来了,她们需要柳衔杯的溃败,等一场借刀杀人。

昆仑一役之后,青天峰震荡,柳衔杯三兄弟尽殁,而与此同时,银沙教的所有人力物力,终于完全归属于教母。精卫鸟、蛊毒、十二银庄,这些安身立命的根本都在。

这是可怕的势力,足够在任何一片土地上掀起腥风血雨。丛林里那块倒扣的暗牌可以翻上桌面了。但是,教母沉默而晦暗,建立一个新的城邦,还需要一个年轻智慧的接班人。教母直至此时,才把一直栽培的海柳尊者推了出来。她说,这是我的女儿,也是诸位的女儿,她会带领我们建立我们的新世界。

海柳是药堂的第二个天才。据说,也是超越了浅海的天才。她是银沙教的丁桀,是一个为防守而生的领袖,像浅海一样,拥有与生俱来的对草木虫豸的灵敏,而且绝非与世隔绝之辈,从很小起就进行海量的阅读,以聪慧著称于众。

海柳和她的同龄人,也就是战败后成长起来的完成了三千里怒海迁徙的一代年轻人,被教内称之为"跨海一代"。

所有人都在为这场最终之战做准备。

城邦占地百里,东北角的一片芭蕉林中,有半间残殿。残殿是古老神殿的遗骸。泥土之中,只剩下十几根石柱,立的立、倒的倒,石柱上面的花纹已经被风雨和泥土剥蚀殆尽,看不出原本侍奉的是什么神。而如今,这间残殿变成了李正的暂居之所,这是他为数不多的嗜好之一,他喜欢住在空空落落、大到没边的地方。

这个地方太大了,很难重修,只能胡乱地搭了一些黄竹架子,盖了几十片莎草帘。风一吹,几十张偌大帘子一起荡开,像是一只小山样的怪兽夯开了鳞片。

171

残殿内空旷辽阔，几乎可以跑马。土地还是沙泥地，只在角落里摆了两件略嫌寒酸的家具——西北方的角落里有一张简易竹床，东南方的角落里摆着个破木桌，上面有水壶和食盘，从一端走到另一端，可能需要五十步左右。残殿的正中，有一座一丈方圆古砚似的石台，中间的凹痕深约两尺，刚好容得下一个人的身体。时值正午，草席缝隙之中，一道道的天光照在地上。石台四角，四只铁炉上煮沸着四瓮热汤药，沸腾的药汁顺着剖开的半片青竹，缓缓注入凹痕之中。

水雾氤氲，药汤的气味已经浓到刺鼻。李正赤身裸体，浸泡在药汤里，热水早已满溢，顺着石台缝隙流在莎草席上，在土地上四下漫延，洇成吞象长蛇。

水温已经烫到了常人无法容忍的地步，李正闭着眼睛呻吟着，他在忍耐，牙关的肌肉滚动着。他泡了很久，脸庞和胸口变成了蒸螃蟹一样的酱红色。他的皮肤比常人诡异，常年覆盖明胶的地方，毛孔全都坏死了，好像浑身都覆盖了一层薄茧。薄茧之下是一身很可怕的肌肉，有一种悬挂了一年以上的风干牛肉的肌理，连一丁点儿正常人的油脂也没有，粗大而虬结的血管突兀在皮肤表面，青郁郁的血管节像个活物，一扭一扭的。

这是银沙教的新药，据说，是精卫鸟羽翼上圣药的改良版。强劲的药力在身体里运行着，这刺激让他痛苦，痛苦又让他兴奋。皮肤下的九头蛟文身慢慢浮现出来，在药水里扭动着，鲜红淋漓。李正深吸了一口气，连脸也没进药汁里，嘴里吐出一串小小的气泡，浑身的肌肉松弛下去。

回忆和药汤一样，让他痛苦，也让他兴奋，或许多年之后还会让他溃烂，不过都没关系。他需要那些痛苦的回忆，仅仅是因为，那些影子是他唯一的伴侣……

"大哥"离开之后，他又去过很多次神捕营。他也并不是那么喜欢神捕营，但有时候，人就像条流浪狗，只能顺着一点只有自己能嗅到的气息，慢慢回溯过去，寻找一点昔日的温情。

神捕营守卫森严，高墙壁立，很长一段时间，他还没有能力翻过去或者潜进去。于是，他就绕着神捕营转，在那条满是小铺子的长街上来回走，有时候也会"顺便"摸进隔壁的子弟营。

子弟营的防守，松懈得多。他很快就发掘出一条"路"，在东北角的围墙下面，有条地道，和外面是半通着的。不知道一开始是做什么用的，那条地道随随便便用一些松土填着。他用了一个通宵，就把地道挖通了，废土分成很多份，扔进粪桶里面。

没什么人怀疑过他。他看起来,就像是个普通的收粪少年。这是一个屡试不爽的隐身术,只要穿得破破烂烂,身上臭烘烘的,手里总摆弄着粪勺和大粪桶,就永远不会有人多看你一眼。

在相当长的一段时间里,那条地道成了他独有的"路"。他像是一条活了的影子,专往隐蔽地,贴着墙根走,在树荫里走,看别人练武,也看别人怎么生活。

如果正好是人来人往的晚餐时间,他就也四处逛逛,偶尔被人发现问起,就举一举手里腌臜的扫帚。那个时候他还不会易容,但伪装起别人来惟妙惟肖,他有一种与生俱来的潜伏在人群里的天赋。

他痴迷于看人练武。倒也谈不上偷师,在武学世界,他有一种与生俱来的傲慢,无非就是观摩一番,看别的同龄人是怎么做的。

在远观的同时,他完成了和假想敌们的交手。说实在的,在这个小世界里,配得上做他假想敌的人并不多。他每次来,都会尽量在人群之中找到苏旷。大哥偶尔提及苏旷几次,带一点点赞许,带一点点不忿。大哥说,几乎神捕营里所有的高手都认定,苏旷天赋异禀,是将来接掌铁敖衣钵的人物。

在那个小世界里,很难不发现苏旷。苏旷练功经常有人围观,他人来疯,人多劲头大,有时候打得不尽兴,还会直着脖子四处问:"还有谁?"

其实也不过如此吧。李正在遥远的角落里,心里这样默默评估着,冷冷地笑。

跟随太子之后的那些日子,他在东宫受训,准确地说,是在东宫附近一处废旧冰库里,由一些蒙着面的不知名的武师调教他。他有时候会得到重赏,有时候会受到严厉的惩罚,没有人告诉他规则,规则要靠自己去领悟。他身边没有同龄人,学习的都是必杀技。

从没有武师和他聊过家常,也没有武师摘下过面罩,更没有人告诉他练习那些杀招是用来做什么的——如果他练成了,自然会知道;如果他练废了,废物自有废物的去处。

他也没有再见过太子,太子带他回东宫之后,就彻底消失了。他是明白的,是他资格还不够。

这样的情况延续了三年。正常情况下,他每个月能出来两次。他在神捕营的围墙外逡巡了两年半,有时候一个月去两次,有时候两个月去一次。他依然每次都会去看看苏旷。像一个影子一样,看着另一个人长大。在他的眼里,苏旷的破

173

绽越来越多了，他一次比一次确定——点到为止的比武不好说，如果真刀实剑地动手，他肯定可以杀了这个"未来栋梁"。而这份自信到很多年之后，才第一次动摇。

当然，他去神捕营的首要目的不是苏旷。他在等大哥。

他风雨无阻地去了三年，有一天，他听到了等待的消息。大哥快要"回"来了。

那是一场漫长的恶战，也是神捕营历史上被撕去的一页——喻佛争以九头蛟诛杀了他的好友，也是神捕营十大名捕之一的"玉面灵狐"胡忘筌之后，一路向武陵山奔逃。"九世佛争，一世成魔"，在十万大山之中设下陷阱，用计埋伏，前后诛杀了四大名捕，以及数十位一流高手，神捕营的英雄谱为之半空。

大决战之中，神捕营几度合力，喻佛争几度突围。最后，喻佛争被铁敖亲手拿下，那是一场血战，双双九死一生。

喻佛争最后还活着，或许是来不及自寻了断，或许也存心埋骨此间。总之，他被用紫金蝎子押了回来。

消息传回来之后，整个神捕营都默默沸腾了，在彻夜地等，等一场裂骨断肠的复仇。

李正也在等。他心知肚明，这是他能够见到大哥的最后一面了。

得到消息之后，他第一次未经允许就离开了东宫，夜不归宿，守在神捕营西门附近的废阴沟里，除了稍微用一点自带的水和干粮，简直寸步不离。

他前后等了九天，直到有那么一次，他开始动摇，疑心消息错了，又疑心大哥已经被押到别处，就又偷偷从那条地道摸进隔壁。

那天，他看见明亮的小小的饭堂里，苏旷坐在高大的木椅子上，捧着个酱骨头，埋头一通啃，步踵武就在背后，给苏旷盛一碗热气腾腾的汤。苏旷似乎不知道那个晚上将要发生什么，他快活地把鞋子勾在脚尖上喊："武师傅，不要葱花也不要芫荽。"好好的一碗汤，就那么不要了，盛出来，放在一边，香喷喷的，那水汽白茫茫的，好像是竹荪排骨汤。

"嘿！那边谁啊！"步踵武转头向他，厉声喝问一声，快步走了出去。但他运气好，门口又赶来了什么人，附耳匆匆说了句什么。步踵武的脸色就很难看了，喝了声"小苏赶紧回去睡"，拔腿就跟那人跑了出去。

他知道，大哥来了，也跟着跑了出去。

那是个后半夜，西门外短街上夜雾蒙蒙，刚过子时，辚辚声响，车队来了。很长的一条车队——前面都是灵柩，一车一车的，上面搁着白木做成的薄棺材，棺材缝里洒出些用于防腐的石灰和盐。很多人都守在门口,眼中含泪,紧咬牙关,握着拳头,无声啜泣。

归来的都是英雄。在神捕营,少年们第一次出任务,一定会从子弟门的铁门槛跨出去,而当有朝一日,他们变成一副棺椁的时候,也会再迈过这道门槛,魂化杯酒。

灵车每过一辆,铁门槛就是哐啷一声响。如祭,如祀,如磬,如缶。

一响又一响,一响又一响。长长的车队,怎么也响不完。直到最后一辆,是囚车。

囚车被打开了,喻佛争被拖出来。他低着头,披着发,赤裸着上身,镣着手脚,跟跟跄跄,背后脊梁骨里钉着一具紫金蝎子,栩栩如生。有人在拽他脖子上的铁链,踹他膝弯,他们要他四肢着地,爬过那道门槛。喻佛争似乎已经虚脱乏力了,但又似乎仍悍勇凶顽,喉咙里发出低低的咆哮,似乎是在咒骂。

或许是之前已经破口大骂过,他的下颌已经被蝎子的尾钩反穿过一次,舌头烂了,说不出囫囵话,但依旧听得出入骨的仇恨,抵死的诅咒。

于是,所有人都一拥而上,拳脚相加。他们已经忍了很久了,如果铁敖一声令下,他们每个人都愿意亲手把这个叛徒剐了。

李正远远看着,只在阴沟缝隙里探出半具眉眼,他手在怀里攥着个小小的药瓶,那是他偷来的,据说是东宫里很灵的金创药。

他看不清大哥的脸,只能从人群缝隙里,看到一点挣扎蠕动的影子,听见镣铐拖在地上的哐啷哐啷声,喘着粗气的哼哧哼哧声和拳脚相加的砰砰闷响声……他咬紧牙关等了很久,他想冲出去,或者喊一声,但喉咙口被一双看不见的手扼住了。

喻佛争被拖进去的刹那,若有所思,回头看了他一眼。他看见那张脸了。他们终究是见了一面。他哆嗦了一下,小药瓶掉在脚边的湿泥上,很轻的啪嗒一声,之后鬼使神差地,铁敖也向这边望了一眼。

李正轻轻颤抖了一下。不是恐惧,是一种奇异的震慑,他一下子就明白过来,在此之前,大哥为什么对这个人顶礼膜拜。人是会追逐一些生来就缺少的东西的。

不过,铁敖并没有发现他。李正藏的那个角落隐蔽极了,巧妙极了,他为了这场等候,在阴沟里忙碌了很久。而且,铁敖也已经很疲惫了,长路穷途,强弩末处,李喻也是他一生之中最大的挫折。

"停手吧,押回去。"铁敖挥手,制止了那场群殴。他脱下斗篷,搭在手臂上,似乎想起了些什么，向子弟营的方向深望了一眼，向身边人叮嘱了两句，摇一摇头，迈步进了大门。

之后，西大门嘎嘎呀呀地合拢了。那里面即将发生一场史无前例的酷刑。以至于，多年之后，还能震慑住任何一个想要反叛的人。

而李正捡起金创药，坐在泥上，抱着膝盖。他需要一段时间，把方才那一幕好生咀嚼一番，吃下去。

直到夜已深凉，周围只有枭鸟啼叫，他才爬上来。他沮丧极了，他等了两年半，依旧没有喊一声的胆量。他不知道去哪里，就在北街上来回地走。他的裤子和鞋子上全是泥，又湿又冷，口渴得厉害。

那会儿太早了，所有的铺子都还没有开。他看见街边有扇门，里面亮着灯，犹豫了一小会儿，就想去讨口水喝。但是一靠近，他就听见里面有两个人在吵架，听声音是一男一女。他很好奇，隔着门缝瞄了一眼，他像是只新妖怪，迫不及待地想要择人而噬，但也想偷窥一番人间的生活。

男的是步踵武；女的有清秀温婉一张脸。那场架正吵到烈火烹油处——

"步踵武！你这次走了就不要回来！"女的带一点哭腔数落，"我跟你说几遍啦，幺儿病了！烧了两天！你也顾顾家，自己两个闺女，整天看也不看一眼，那群不知谁家的小孩子，一有个头疼脑热，跑得比亲爹还快。"

步踵武摊开手，反驳："妇道人家，懂个什么！这都什么时候了，咱们营多少伤损，一车一车往里拉尸首，天都塌下来半个！总捕头累得不行，叫我回去看着点！你说铲奸除恶的大事我帮不上忙，这点小事情难道不该顾好吗？幺儿病了，我不是来瞧她了吗？她睡着呢，我守在家里有什么用？真要是再烧起来，不就几步路？你去找我不行嘛！"

女人声音就恼怒起来："我去找你！步踵武，我找得到你吗？你叫我怎么找？我两天一宿没合眼了，家里两个孩子，一个病着！是，铲奸除恶的大事我不懂，可就这么点小事情，你不能也顾一顾我吗？幺儿睡着，可你们那群孩子，不是也睡着吗？除了你，别人都死了吗？"

步踵武就解释："瞎说什么呢，有几个烦人的小崽子只认我……总捕头刚刚特地叮嘱了，这些天手段非常，要咱们看好这群小崽子，不许他们跑来跑去，看见什么不该看的，也别叫他们乱议论！"

女的彻底被激怒了："总捕头总捕头！你是铁敖的家奴吗？步踵武，我跟你直说吧，反正今儿不许再去了，这一次，说不许就不许。再有，我告诉你，少跟我提你那帮孩子，我也受够了，我也是个人哪，我家大门整天开着，认识不认识的野孩子，喊我一声婶子，我就得赔着笑脸给弄饭、补衣裳，为什么呀！凭什么呀！我卖给你们神捕营啦！"

步踵武的嗓门也大起来了，急了："胡说八道，什么叫野孩子，那都是子弟营的好孩子，将来都是国之栋梁！"

女的脸冲脸喊着："国之栋梁！国之栋梁！我听你这四个字听够了！我告诉你什么叫野孩子，铁敖捡回来的，没爹没妈的野种！就是野孩子！"

步踵武的脸色立刻变得铁青，二话不说，挥手打了那个女的一耳光，转身摔门就走了。他走得又急又怒，根本没有发现藏在一边的李正。

李正稍稍探头去看，见院中是个约莫三十的女人，伏在井栏上，用手背捂着嘴低声啜泣，肩背一耸一耸。那个女人跌了一跤，发髻歪着，哭的声音不大，可好像哭尽了一生的伤心事。

她哭自己的命的样子，真像娘。李正慢慢走过去，蹲在那个妇人身边。她脸庞很俏美，轮廓似乎也有一点像娘。

女人见了外人，吃了一惊："你是谁？"女人的额头上有块磕伤，应该是刚刚栽倒在井栏的时候撞的。

"我……我不是谁。"李正这些年，并没有怎么跟外人说过话，更不要说是外面的女人了，他脸上的表情僵硬而古怪，把攥了很久的那个小药瓶递了过去，"你不要哭了。我有金创药，我给你涂上吧，涂上就不疼了……"他手指蘸了一点金创药，就生硬地直接涂在女人额头上，"我说得对不对，不疼了，对吧？"

这动作太失礼了，女人很惊讶，打量他："你是……子弟营的孩子吗？"

李正摇摇头："我不是。"

女人有点警惕："那你到底是谁，叫什么名字？来这干什么？"

"我……我不是谁……我叫……你叫我小郑吧。"李正皱着眉头，很吃力地回答，"我来……是来看我大哥的……"

"你大哥在神捕营做事？"

"我大哥……是个犯人。"

"你爹妈呢？"

"我没有爹妈。"

李正也刚长哭过一场，也红着一双眼，失魂落魄。女人的眼光柔和了一些，她又扫了扫李正的裤子和鞋子："你见着你大哥了？"

"没有……"李正用力摇头，幅度很大，"我今天想去见他，可没有见到……你不要问了，这个药送给你吧，这个很好用，我猜大哥应该用不着了……那个……我走了好远的路，能不能给我……一碗水。"

女人点点头，整理衣裙站起来。李正在后面问："喂，你叫什么名字？"

"我？"

那个女人回过头，眼里有一些诧异。好像这是一个很奇怪的问题，以前从来没有人问过她："我叫卢鹤。"

她用袖角揩了揩眼角，看起来又是一个端正的闺中妇人了："等着，小郑，大冷天的，婶子给你弄口热饭吃……"

那天晚上，他在步跸武家的织房里过了夜，他睁着眼睛，拈起一根针，按照一个古老的咒术，把那只紫金蝎子的尾针文在手臂上。那个文身他文了很久，文完的那一天，喻佛争化作腐肉，阖目离世。

那一夜之后，李正回了东宫。他知道东宫会有场惩罚。不过，他并不是太在意，在他看来，如果说银子是一样物件的代价，惩罚就是一件事情的代价，只要付得起，就大可以去做。但那一次，东宫并没有惩罚。

太子来了，并且拿出一幅画——一幅金碧辉煌的像壁画一样的卷轴，即使他什么都不懂，也看得出是个摹本，太子问他："你见过这个吗？"

见过，他在他娘的房间里见过。但他娘是个哑巴，什么都没有跟他说过。他这么回答了。

太子有些失望，拂袖离开了，吩咐手下："再去找一找，古帅当年献上来的藏宝里，还有没有别的物什……"

后来，他被禁足了半年。再出来之后，他依旧径直来了神捕营。但这一次，他去了卢鹤家。卢鹤也记得他："小郑来啦，等着，婶子给你弄饭吃。"

他俩就这么认识了，有种无法言明的默契。李正话不多，不知道如何向人示好，经常就问几句"他对你好不好"诸如此类的废话。卢鹤就叹口气，遇着不愿意回答的问题，她答非所问："去，吃完把碗刷了。"他俩一问一答总不挨着，但也能聊得来。

有时，他还是会趁着人来人往，去看看苏旷，比一比进度。说起来实在奇怪，他练得很苦，熬尽七情六欲，并不把自己当人，东宫那些轮换的武师们似乎也不把他当人。这些年他进步相当神速，比较起来，苏旷好像一直破绽都很多，也一直都"不过如此"，但他似乎也一直都没法把苏旷甩下一个身位来。

苏旷的进步方式神出鬼没、独树一帜，眼看着技盖止于此了，一拍脑袋，又猛蹿一截。他俩禀赋不同，道路也不同，但似乎只有一点是相似的——如果说武学只给了他一样礼物，那就是忘我，他只有在练武的时候，才能纯粹而专注，忘记所有痛苦，忘记仇恨，甚至忘记自己还活着。苏旷也是，苏旷虽然看起来热热闹闹的，活得枝枝蔓蔓的，但似乎练武的时候，也会抛却那具肉身，变成另一个人，一个有着完全不同的神采，专注到庄严的人。说不清掌握了什么秘技，但终归是一眼能和别人区分开来。

又过了很多很多年，他需要在易容的明胶之外，再披上一层衣冠诗礼的外皮的时候，他才忽然看见了那个字：道。当一个人极致地忠诚于刀的时候，刀也会为他开出一条道来。无论是极善还是极恶。

不过，"道"这个字眼，对他来说有点太可笑了，他细细咀嚼了这个字之后，曾经有过片刻的面红耳赤。他一生里，只有那么两次感受到羞耻，一次是闻道，另一次是初夜。

在远观了无数次之后，李正终于在北街上迎头撞上了苏旷一次，苏旷买了一包刚出炉的红豆栗子糕，热腾腾地两手来回倒，呼呼吹着气。

他轻轻问了声："苏旷，早啊？"

苏旷胡乱点了点头，专注于那包糕，匆匆就擦肩而过了。从此再没有打过照面。

时光叮叮咚咚响着，像是上天的锤子敲在大地的砧板上。又三年过去了，李正已经十六岁了。他已经足够高，肩膀也宽了一圈，很快就要钻不进那条地道了。他也并不打算再钻，下一回，他要大步走进神捕营的大门。

他还是常去卢鹤家，准确地说，是步踵武家。在绝大多数人的眼里，步踵武是个硬朗仁义、受人尊敬的老管带，他夙兴夜寐，很少在家停留很久，有时候忙起来，就睡在子弟营。

步踵武早就把家里那点抵牾忘到了九霄云外。他有高兴的理由。那些年，他功不唐捐，子弟营再度迎来了历史上最好的一届少年，就好像当年三杰命中注定地分到一起。也是那些年，苏旷开始练刀了，像是一块终于打开的和氏璧，所有人都明白，传说了很久的预言终将成真，此子绝非池中之物；还是那些年，他们有了好几个名捕苗子，各有擅专，群星闪耀，熠熠生辉。这群孩子长大成人，就意味着人世间少了一批穷凶极恶，多了长夜万家灯火。这是国家之幸，黎民之福。

步踵武并非一点私心都没有，他也尽力为家里谋划着。他膝下无子，那么些个好孩子，瞅准了随便弄个女婿，将来住得近，来回走动就几百步，多么好。而他至死也没有怀疑过后院失火。

十六岁那个盛夏，热得邪火，卢鹤在井边洗衣服。她低下头的某个刹那，梳得整整齐齐的发髻散开了，像是一朵朵浪花散开。

李正痴痴地看。她真的像娘，头发也像，侧脸也像，槌衣服的样子也像，尤其是哭的时候像。他走过去，从背后抱住了卢鹤，低声喊："婶子……"

卢鹤慌张起来，手里还拿着湿漉漉的木槌，急得直打："小郑，你这孩子！混闹什么，快放手……"

李正任她打，趴在她耳朵边上，求恳着："婶子啊，我长大了，他不疼你，我来疼你吧……"

卢鹤怔了怔，木槌落下来了，一滴眼泪也落下来了。

她是个女人，她正丰饶。于是，该发生的，都发生了。

他们做了同样的选择——如果加之于我的命运无法避免，我也可以成为别人的命运。至于那些事儿，他还青涩无知，需要这个年龄足够做他母亲的女人来引导。

在那之后，他俩如胶似漆，扮演了半年的露水夫妻。卢鹤好像重新变回了一个女人，青春在她身体里再度盛开，她眼睛水汪汪的，脸上笑模样变多了，做饭的花样也变多了，织布、缝鞋子的时候，好像都哼着小曲儿。

他待她也好。他不知道怎么待女人好，他能想到的，全都努力做了。

卢鹤一次都没有问过，你究竟是谁，真名叫什么，从哪儿来，你大哥叫什么名字。他那天进门进得太蹊跷，那天是喻佛争归案的日子。她是神捕营管带的妻子，她心里有数。她也知道，只要这句话问出来，这场春梦就终结了。

那段孽缘终结在当年的除夕。过小年的时候，李正终于被太子召见了。

太子来的时候已经很晚了，穿着极其华贵的礼服，好像是刚从皇宫侍宴归来，有些阴郁怒火。就像是九岁第一次匍匐在太子脚下一样，他毕恭毕敬，诚惶诚恐，额头贴着地,始终没敢抬头。

太子问了他一些话,似乎又没问什么,说了一些话,似乎又没说什么。所有的大人物都是这样的,你永远也猜不透他,但需要对他透明又忠诚。他如实述说了卢鹤的事。太子好像在听,又好像心不在焉。

"哦,喻佛争的事,居然过去三年了……李正啊,你还恨铁敖吗?"

"是!"

"从今以后,神捕营不许再去了……你说的那个女人那里,也不许再去了。"

"是!不过,殿下……"

"孤对你另有安排。"

"是!"

"退下吧。"

他恭恭敬敬地倒退着出了门。出门的时候瞄了一眼,太子眼角的皱纹已经很深了,鬓角也花白了。他想问以后另有什么安排,但终究没敢问。他想去找卢鹤道一次别,但也终究没敢去。

太子是他爬上天去的唯一的一根竹竿,他只能一手一脚地向上爬,至于爬到竿头不能更进一步的时候怎么办,这他想不出来。他唯一知道的,是既然已经选了这根竿子,就不能停手,一旦松开手,是不会落在地面的,甚至也不会落回井里。松开手,只有死。

阔别经年,他再见卢鹤的时候,已经是恶马王"上官乾"了。他杀了步踵武,手段毒辣,内心平静,为了这场杀戮,他已经准备了很久。

不过,他没有想过三杰能扳回一城。他形势很不利,需要一个翻供。于是,他回了老地方。他看见井台边已经变成了灵堂,步家两个姑娘都出阁了,孤零零的卢鹤在灶台边做饭,她低着头,缩着肩膀,腰身不再柔软,发髻里也已经有了银丝。他走过去,从背后抱住她,轻轻唤了一声:"婶子……"

婶子会答应他的,什么都会答应他的,他一直都知道……

瓮里药汁已经流尽了,铁炉在嗞嗞空烧。水雾依旧氤氲。

笃笃,笃笃。有人在外面敲了两下。残殿没有门,就一扇竹席聊作遮挡。

李正长吐一口气,哗啦水响,坐了起来。

竹席被挑开了,一个二十岁上下的女孩子走了进来。她很漂亮,头发像海藻一样茂盛，肌肤是象牙色的，紧实亮泽，五官不似中原，眉目野而美，双唇丰饶，大大咧咧地嚼着一块槟榔，进门前啐地吐了一口，像血。薄薄的素麻长袍只用一角束在肩头，赤着双脚，手里托着一沓干净毛巾和衣服。

李正当然还什么都没穿，也根本就没用手挡一下。女孩子一边向他走，一边向他腹下扫了眼，有一点不安，也有一点跃跃欲试。

李正从热水池里走出来，哗啦带一地水。说实在的，这女孩子很合他的胃口。他精壮而正当年，教母既然有这样的好意，他当然要笑纳。他湿漉漉地站着，女孩子冲他甜甜一笑，搁下衣服，拿起毛巾，替他轻轻擦头发的水。她动作温柔又撩逗，站得那样近，袍子也变得湿漉漉的，曲线玲珑。

他站着不动问："你叫什么名字？"

"海离。"

"好名字。"

"你呢？你叫什么名字？琴姊姊说，你说自己不叫上官乾啦，又不肯讲新名字，那我怎么喊你呀？"

李正眉头微微一皱，他并不喜欢被人这么反问。

"咦？"头发上的水擦完了，海离拿着毛巾，转到另一边帮他揩身体，一边看，一边啧啧称奇，"哇，这个胳膊是你自己砍下来的吗？哇，你这身肌肉真漂亮……还有她们说的九头蛟在哪里啊？真的会隐形吗，怎么看不到……天啊，你一点点肥肉都没有哎。你知道吗？琴姐拿了你的画像来，我们几个姐妹商量来着，她们都说你这样子可吓人了，我说我才不怕，就喜欢你这样的……"

"我不喜欢聊天。"李正从她手里摘下毛巾，扔一边去了。

"那好……真是无趣，我们直接开始吧！"海离好像也有一点点不高兴，但很快就克服了，她自己把袍子脱下来，还随手理了理，放到一边去，又从手腕上解下根发带，把长发扎起来。她双手抬起来的时候，胴体成熟饱满，坚实的胸、细细的腰、长长的腿，自己都忍不住轻轻赞许一声。每一种骄傲都其来有自，她确是极品的尤物。

李正走到她身后，摘下那根发带，也扔在地上："这样就很好。"

"会压到头发哎……不过主随客便，也随你吧。"海离转过身，修长温柔的双臂勾着他的脖子，轻轻地笑，试图伸头在他嘴角吻一下。

一阵嫌恶在心头飘过。李正皱了皱眉头，闪开了。

"你……不喜欢我吗？"海离有点吃不准状况了，眼光偷偷向下扫，她看到了一点儿"不喜欢"的征兆。

"你的话太多了。"李正冷冷回答，"你是哪儿来的，药堂的吗？"

"不是……我是近海楼的。"

"那是什么？"

"琴姐不是都介绍过一遍吗？近海楼是我们教里适龄姑娘们的一个组织……你非要现在聊这个吗？好扫兴的。"海离试着勾起他的热情来，手指轻轻柔柔，酥酥麻麻，在他胸口抚摸着。

"哦，你们那个组织是干什么的？"

海离的手已经慢慢滑向小腹，声音也变得更甜："就是……干脆直说了吧，我近来想要一个小孩子，就挑一个看得顺眼的健壮的人……这个你该不会介意吧……你不会有任何麻烦的……"

李正还是冷冷的，一丁点表情都没有，伸手抓着她的长发，把她往外挥了一把。海离猝不及防地尖叫一声。那很痛，也很粗鲁，但更可怕的是眼前这个人，手段冷硬极了，完全像是对待一堆头发、皮囊和内脏。

海离差点跌倒，但头发还在别人手里扯着。她被直接往上拽。尖叫变成惨叫。李正听见了，手攥得更紧，长发刺啦刺啦攥断在手里。

那相当之疼，海离眼泪流出来了。而且,她很难理解，在听到她痛苦的叫声之后，李正的身体才有了某种狰狞的变化。

"放开！你要是不想要我，可以一开始说的呀。"海离后悔了，拼命去掰他的手。她年轻、美丽、自信，在这个世外桃源长大，那些万里之外的血腥传说，于她而言，还只是个佐兴聊天的黑暗故事。

"跪下。"李正看着她脸上的痛苦神情，眼里有了种快乐而征服的光，命令着。

女孩子完全吓傻了，疯狂地挣扎起来，想跑，但被李正一把摁在地上。他有些厌恶，但又有些兴奋，他抓着她的长发，向下身按，他重复了孩提时，亲见的关乎男女之事的第一幕。一声喉咙里的闷叫，混杂着耻辱、愤怒和……害怕。她漂亮的指甲在地上抓着，折断在泥土里。

噩梦终于结束了。李正松开手，指缝里飘落好几缕头发。

那是一个恶鬼，从头到尾笔直站着，没有一丝一毫感情的波动。他身体的欲望，和他眼神里死亡一样的冰冷，是同时并存着的。

海离满脸都是眼泪，蜷缩着干呕。她进门之时，那种快乐又自信的光彩，全部消失了。

李正转身，稍微撩水洗了两把，下巴指指干净衣服，吩咐海离："过来，我胳膊不方便，帮我穿上。"

海离脸色惨白，死死咬着牙，眼泪流在鼻翼上，混着鼻涕，拖在嘴角。

"过来。"他声音里有种很可怕的东西。

她哆嗦着，服从了。

"还有鞋。"

她也照做了。

"我提醒过你，你的话太多了。"李正弯下腰，手指敲了敲她的脸颊，"回去吧，明天你要是再来，记得安静一点，或者换一个……你们那个近海楼的话少的姐妹也行。"

海离抓过长袍，她试图跑出去，但是腿太软，只能跟跟跄跄走了出去，直到出门之后，才爆发出一声压抑许久的骇哭声。

李正笑了笑，回头，给自己倒了一杯清水，拿了一块米饼。他从柜子下面抽出碧海洗银沙，盘膝坐下，用刀架在膝盖上做托盘，慢慢吃喝。

这事儿，发生在银沙教的总舱。很多人不会轻易饶了他。不过也没有关系，该冲突的事，迟早要冲突一把，银沙教所有人都知道他服了蛊虫，她们显然认定，他已经没有谈判的筹码了。怎么可能呢？他的最后一张筹码，早就在很久之前生吞活剥地咽下去了，永远都不会消失的。他试着打了一张牌，要看看教母的回应是什么。

圆石堡垒在丛林的心脏位置。石堡是这里保存最完好的古建筑，它更像是一座小型的石宫，一千多年的风风雨雨，蔓藤和苔藓已经和巨石长在一起，共同调和成暗绿的色调，好像不是建造在这片土地上，而是从丛林里长出来。

石堡也是这里最美的建筑，无论是从外看，还是从内看。高高的弧石穹顶打磨、抛光过，上面画着一幅未完工的精美繁复的壁画，画面似乎是好几个异教女神拱卫着一个大女神，角落里架着两个青竹架子，上面堆着好几大盒颜料——明亮天穹的蓝、血滴宝石的红、璀璨流转的金、月下珍珠的白……光辉灿烂，奔放绚丽。

细石条铺成的地面，天长日久，石头大多有了裂痕，为了防止虫蚁，缝隙里填充着失了毒性的银沙。

因为南国天气终年湿热，石墙离地一丈处开了六扇大窗，足够精卫鸟飞行进入。

堡垒的前端是一座祭坛。祭坛是黑曜石的，只崩裂了几条缝，几乎算得上完美。原先，这里是祭祀某种神祇的。如今，这里摆了一座小型的人头塔。

那是上百颗髑髅骨，眼眶嵌了金，下颌骨和颧骨用宝石装点着，骨缝涂抹着金漆。如果是夜晚，在火光的照耀下，必然是灼灼妖异，但此刻天光正好，太阳炽盛的光从高窗照进来，光柱里飞尘乱舞，地上大开着三道金门，髑髅坛显得黯然了些。

髑髅坛里全是叛徒和敌人。这个决定，曾经在银沙教内部引起不小的争论。银沙教确实有列人头塔的传统，霍瀛洲血洗中原的时候也那么摆过，但那个时候，是摆在敌人的大门口，起的是震慑作用，如今，摆在自己家的心脏里，震慑谁呢？

但教母坚持这么做，很多人也最终选择了支持她。如果不那么布置，只能按照原总舵的仪式布置，在原总舵的祭坛里，历代教主的位置和碧海洗银沙占了最核心的部位，而七教母只能忝列其后。她们历经千辛万苦，才开创了这个新世界。这个新世界，不允许再带有霍瀛洲的影子了。甚至，最年轻一代的小孩子们，根本连听都没有听过霍瀛洲的名字。

教母就在堡垒里。髑髅坛是个分界线，教母在靠内的一侧，显而易见，并不是所有人都能随意走过那道槛。她坐在一张宽大舒服的轮椅上，膝盖上搭一条波斯丝毯。她的右手侧有堡垒里唯一的一扇低窗，可以凭窗远眺。窗上挂着一只铜铃，风一吹，丁零丁零地响。七只精卫鸟伏在她四周，咕咕咕咕的，像七只大得可怕的鸽子。它们在啄一只铁核桃玩——铺地的巨石上密密麻麻，全是被铁喙啄出来的白臼。

药堂尊者海柳站在她身边，手臂里夹着一本折页图册。海柳是个高挑的姑娘，皮肤白皙、眉眼冷清温柔，像是寒冰封印的春柳叶。她穿了件淡蓝镶金边的无袖坎肩，珍珠白的束脚裤，长而浓黑的辫子束在一侧，黑发里编进去了一股金柳枝。

教母遥望远方稻田，下巴一指："那一片稻子，已经收完了吗？我们明天还有正事,不要耽搁了。"

"已经收完了。"

"做事可真快呀!海柳儿,我们种的还是占城稻吗?"

"还是占城稻。"

"哦,一年可以三收吗?"

"姆妈,我们调配过,两年可以做到七收。"

"那真是太好了,海柳儿,做得好。"

教母一边说着,手一边在海柳的左手上轻轻拍着。那是一只黑而干瘪的小手,在一只洁白修长的大手上拍,很是诡异。

"姆妈,明天的行刑,是要我主做吗?还是……"

"你不要管啦,让老五和星儿做。老五我去跟她说,你去交代星儿。"

"是。"

"海柳儿,我可真是喜欢你。"

"是,姆妈。"

教母示意,在膝盖丝毯上拍了拍。海柳忙躬身,打开图册,那是一张很大的折叠起来的地图。她伸出右手,五个手指上都有宝石戒指,戒指和一条细细的也带着一圈宝石的手链连在一起,宝石里流光飞舞,似乎有活物在动。她先一一把这些饰物都摘下来,放在腰间锦囊里,再伸手去指点图册:"姆妈,他们走到这里了。"

"我的海柳儿从来不坏规矩。"

"是,姆妈。"

教母弯下腰,低头细看那幅地图:"怎么这么一点路,他们走了半个月?莫非是迷路了?"

"姆妈,他们并没有走半个月。"海柳毕恭毕敬禀告着,"他们到岸之后,没有急于进入丛林,在海岸边扎营了十天。"

"十天?他们在做什么?"

"海岸上没有遮蔽物,只有礁石下一个据点,我不敢靠近,观察得不清楚……他们好像什么都没做,安营驻扎,吃吃喝喝的,又唱歌又跳舞,还一群人一起画了幅画。"

"哦,这么快活,也可以回老家去,不来找我们的麻烦。"

"似乎沈南枝出去转了一圈。"

"去哪里？"

"我不知道，我不敢追。可是，来回需要十天，我猜，她去找大河的入海口了。"

"做什么呢？"

"观测水量。姆妈，她好聪明。"

"海柳儿，你也聪明。"

"教母，我看……十天里，他们在加固他们的船队，我猜，是避免分头行动之后，精卫鸟抄他们的底。"

"分头行动？"

"对，他们留下了三成的人，守着船和码头。"

"哪些人留守？"

"京城来的双胞胎……和那个大城来的苏旷的朋友。"

"他叫余怀之。"

"是，我记下了。"

"怎么，上官乾没有告诉你他们的身份、武功和弱点吗？"

"姆妈，还没有。我去问过上官乾好几次，他绕着弯子，什么都不肯说。我想，如果我们不给他讯息，他也不会给我们。"

"那就给他。"

"给多少？"

"海柳儿，这一次，你是领袖，你来决定。"

"姆妈，你要我指挥一切吗？"

"海柳儿，你长大了，如我所愿，一切放手去做吧。"

"是，姆妈。"

"接着说，之后呢？"

"之后，好像很多人都在等沈南枝计算的结果。我不明白她算出些什么，但她点了头之后，他们就动身了。喏，按照这条路进入的丛林……"

"这是我们的路。"

"是。"

"他们怎么发现的？"

"他们发现了微木……但更可恶的是，他们有文陵江，文陵江飞在天上带路，简直避开了我们的所有陷阱。姆妈，我们那么多人、那么多东西，刚刚穿行过一

187

遍，丛林里一定会留下痕迹。我们已经尽力做了所有的遮蔽，但是做不到防止俯视，这是我们没法避免的……"

"我知道。"

"不过，姆妈，如果这一次，我们能干掉他们，不用半年，丛林就会恢复如初，到那个时候，随便什么人都不可能再找进来。"

"说得好，海柳儿。"

砰砰！堡垒木门紧闭，外面有人在用力敲。

海柳站直了身子，看那扇门："姆妈，是五姐姐。"

"老夯货，又来了。"

"姆妈，五姐一定是为了海离的事……"

"我知道。"

砰砰！砰砰！简直是在砸门了。

"那我……"海柳向门示意。

"去吧！"

海柳忙过去，拉开了铁闩。阳光夺门而入，一片光明地里，五夫人拄着一根木杖，拖着一只跛脚，怒气冲冲地走进来。门外石阶上，有十几个姑娘簇拥着海离，她们都在等，满怀期望。

"海柳儿，把门关上！"

海柳叹了口气，低头避开那些期待眼神，轻轻地关上了门。

五夫人走得一步一顿杖。她仰着头，目光厉厉，在穹顶的壁画上一一扫过。"海柳儿！"五夫人声色俱厉，"告诉你姆妈，这幅画，画的是什么！"

海柳还没来得及回答，教母冷冷回复："老五，总是老一套，你烦不烦。"

五夫人步步向前："我们等了三十年，才能把这幅画，画在我们自己家的房顶上。可你居然，容忍一个王八蛋，欺负我们自己孩子。"

"老五，大敌当前，分清轻重缓急。"教母微微地有些不耐烦，"海离自高自大，异想天开，自己愚蠢，送上门去找不痛快。"

"你！这是你该说的话？"

"我已经让海琴告诉她了，这个时候，我们不想和上官乾翻脸。老五啊，你一向聪明能干，脑筋怎么糊涂了？别忘了，上官乾服了蛊虫，我们想要他死，他随时随地都可以死……可是这会儿你杀了他，谁替我们做事呢？"

"不是我们，是你！"五夫人有些动怒了，她逼近到了髑髅坛前，可也不敢再向前一步，"总不能说，每一个你的决定，都非得变成我们的决定。"

"哦，你什么意思？"

"我的意思是，你专断独行已经到什么地步了？别忘了，你还没有向我解释，为什么让我去谈那个契约，之后又通盘撕毁？"

"城下之盟的契约没有必要遵守，不过是缓兵之计而已。"

"你后头和上官乾有约定，居然之前不跟我打招呼？"

"老五啊，我太了解你了，如果跟你打过招呼，就骗不动苏旷了。"

"那你也没有向我解释，你为何烧死老大，弃拂衣于不顾……"

"老五，提醒一次啊，你过界了。我也早就跟你说过，她们叛教在先……"教母扳过轮椅，不再远眺窗外，终于正面转向五夫人。她头上裹了一层很轻薄的黑纱，稍稍遮蔽了脸庞，只露出一双眼睛。那是一双非常苍老的眼睛，好像经历了好几个劫数轮回，有一种吞噬所有光的幽暗，完全不像是孩子，或者干脆说，根本就不是人类，更像是……海边经历了无数风吹雨打的黑色巨岩。

五夫人极其轻微地打了个寒战，她太懂这种眼神。

"老五，我明白的，你这段时间疲乏，忧思太过……不过，说话做事啊，多少留神一点。对了，你来得正好，我正要去找你，明天的行刑，由你来主做。"

"我不想做，我累了。"

"老五……第二次提醒。"

"好……我知道了。"

"老五啊，"教母微微笑了笑，"我知道，这些年你功勋卓著，这个地方是你一手发现的，也是你一手经营的，你做过的一切我都记得，该给你的，打完这场仗，我都会给你。但是，你也不要忘记，我们十二个分舵都没了，这已经是最后一片家园，那帮人正在往这里走，随时随地可能把这里付之一炬。而这一切，也是你动辄就灭门、满天下给你妹妹报仇的结果。"

"你！"

"不过是提醒你而已。迄今为止，我们还是老姐妹，那些你一个人做出来的决定，承担后果的也是我们。是我们的话，一切好说，如果你非要分个你和我，那就不好办了。老五，你回去吧，好好睡上一觉，休息休息，精卫鸟也带出去，给它们洗个澡，明天的事还有什么不懂的，问海柳就行了……"

五夫人慢慢摇着头，喃喃地重复教母刚才那句话："我还有什么不懂的，问海柳儿……就行了？"

海柳忙拉她袖子。

五夫人一顿杖："混蛋！"

教母依旧在微笑，声音像是隆冬的海水："对了，出去的时候，替我安抚海离，让她离开，不要在门口等了。"

五夫人的声音一下子激动起来："怎么……你真的不见她？哪怕你亲自安抚她两句，跟她说之后我们会替她……"

"出去吧。"教母再一次转动轮椅，又向着窗外。这意味着对话结束了。

窗外还是同样的景色，稻田，水车，飞鸟……她似乎永远都看不腻。

七夫人共主的时代早就结束了。髑髅坛后面坐着的是一个新国的王。如今只剩下自己，势单力薄，无非就是服从命令和不服从命令的区别。

五夫人长长地叹了口气，一顿杖，拖着跛脚，向外走。她手上的铃铛在响，七只精卫鸟全都站起来，跟着她走。

大门打开了。短短的十几级台阶，下面是一条小径，两边是大片秋花盛开的原野。天气晴好，阳光灿烂。

海离坐在路边，十几个年轻姑娘和一个年长的女人簇拥着她。大门一开，她们全都抬头，眼里都是期待。可五夫人轻轻摇了摇头，快步向前走。

海离失望极了，拦着她不让走："五姐，为什么？"

"她不同意。"

"那哪怕是你……"

"我也是一样的。"

姑娘们你看看我、我看看你，她们眼里的神情都是一样的，屈辱、愤怒……还有一点难以言状的恐惧。

"啊！"一个眼尖的女孩儿，忽然后退一步，用手一指，"五姐，上官乾！"

"上官乾"慢悠悠走过来了，还穿着那身沐浴后刚换的衣服，半敞着胸口，头发晾干了，随意披散着，手里反握着那柄碧海洗银沙。这可真是奇耻大辱，这样的一个人，在银沙教苦心经营十年的总舵，信步而来，手持着霍教主的宝刀，羞辱了教里的姑娘……而她们，竟然无能为力。

海离和大家都转头看向五夫人。她身后就是七只精卫鸟。

五夫人深吸口气，顿杖，厉声喝问："上官乾！你来做什么！"

"来道歉。"李正嘴角稍动，他走过来向五夫人点了点头，又向海离点了点头，"我刚才冲动了，冷静下来，觉得真是不好意思。海离姑娘，你上门得不是时候，我药性正发作，如果你要再来一次，我保证会温存又体面……"

海离低头，看自己捏到发白的指节："五姐，你们真不帮我，我就自己想办法。"

五夫人看着上官乾："上官乾，这不是道歉，这是挑衅。"

"五夫人，那要怎么才算是道歉呢？"李正还是很玩味地笑，"来者是客，我无意冒犯，事儿又不大。要不然，你们想一个道歉的办法，我一定照着做就是了。"

五夫人手握着木杖，枯瘦手背上青筋虬结。她在犹豫，这时候发起攻击，后果很难预料。

"如果暂时还没有方案，没关系，随时想出来，随时找我，我就住在那里，又跑不了。"李正点了点头，"五夫人，借过，我来是找海柳尊者的，要商量一下稍后咱们教里的防务。"

五夫人依旧低着头，她不轻不重地顿了顿木杖，手腕上的铃铛跟着一动，七只精卫鸟一起振翅。蓬山万里，垂云之翼。它们的翅根处，全都涂了一层金色药汁。

李正依旧皮笑肉不笑，慢慢扬起了碧海洗银沙："五夫人真有这个意思，我也正想试试。"

就在一触即发的时候，身后，堡垒的木门嘎嘎轧轧地打开了。

药堂尊者海柳，推着教母的轮椅，站在门口。李正盯了眼她手上的宝石戒指，咽了口吐沫。教母手搁在丝毯上，一动没动，但那七只巨鸟一起咕噜一声，收了翅膀，还是温顺地踱步，像七只大得惊人的鸽子。

"参见教母！"李正反手收刀，向她深深俯身，"我今天闹了一点误会……"

"既然来了，"教母远远吩咐，"给我的姑娘道个歉。"

"是。"李正转过身，向着海离，也深深一俯身，"海离姑娘，抱歉了。刚才的事真是过意不去，我当时的确药力正发作，神志并不清醒，事后想来，追悔莫及，希望能求得你的原谅。"

海离拧过头，并不肯看他，一个字都不说。

"既然已经道歉了，这件事就结束了。"教母很不耐烦地吩咐，"大敌当前，不要为这些无谓的琐事伤了和气。你们都回去休息吧，老五，去做你的事。上官乾，你进来，我们有正事要谈。"

五夫人望着教母的脸，好像在阳光之下，她的脸永远躲在半面黑纱里，看不清真容。

李正点点头，上了台阶。药堂尊者海柳推着轮椅，他们三个人一起转身进去。嘎嘎轧轧一阵响，堡垒的木门又一次关闭了。五夫人和姑娘们被遗留在外面。

第六十八章　夜半无人

部落的西南角紧邻着一条无名长河，混浊翻涌，汩汩滔滔。河畔有一片刚刚开垦烧伐出来的焦土。焦土肥沃，土壤里满满都是草木灰，晶腻得像用酥油拌过，一脚踩下去就是个深深的印子。

土地上搭了很长的简易雨棚，棚下面堆满了货箱，大大小小，层层叠叠，一眼望不到头，像一道长廊。这些是最近半年紧急运进来的各种货物，铁器、瓷器、木器、漆器、农具、丝绸、布匹、药物、成品衣裳……银沙教最后一座分舵撤离阿瑜陀耶城的时候，大手笔买空了半个银庄，搬空了能带走的一切。各项储备相当充足，足够三五年的支用。

河边是半蛮荒之地，离生活区还有一段路程，平时来这儿的人很少，甚至三五天都没有一个人影。到了半夜，这里只有一些丛林里的小动物跑来跑去。

近来，整个部落都在忙碌。这是一场生死战，也是一场圣战，赢下来，她们将建立一个渴望已久的属于自己的国家，而输了，一切灰飞烟灭。

夜很深了，繁星满天。束星儿赤着脚，一手举着一支烛台，一手提着双软麻鞋，蹑手蹑脚地走到了箱子长廊的一个拐角。

四面八方都是黑咕隆咚的，她左右看看，把烛台放在一边立稳，把一个箱子上的草席掀剥去，草席里面是一个一人多高的铸铁方柱。她默默站了一会儿，深深吸口气，弯腰蹲下，拿了个篾片向铁柱底下挖过去，那是湿漉漉的温而腻的泥土，挖起来并不费劲。

夜很深，人也很安静，夜鸟在林梢扑打着白雾，听得见长河煮浪，静夜奔雷，也听得见团成一卷的草席重新舒展开的细微噼啪声。

南方的丛林天亮尤其早，留给束星儿的时间不算长。很快，她挖到了铁柜的第一只角，小心摸索。没有，什么都没有，生铁上并没有丝毫的缝隙。说起来，这是一件已经被遗忘了的物件，是束夫人命令从守默谷运来的，没有说明过是做什么用。它非常重，相当不好搬。

曾几何时，教母对束夫人多少有些不满。也没别的，和别的夫人相比较，她多少显得徒劳无功。束夫人的任务只有一样，就是拿到剑冢里的至高武学，可她运回来的是一些铁柱和满满两大整船的散碎石块，全都用布帛精细包裹好，说那就是所谓至高武学——无中生有。从守默谷到这里可是实打实的万里迢迢，一路运费无异于等重的黄金，但费心费力拼凑起来，图案花纹不过是个赤身裸体的枯瘦男人。完美之极在被打碎的一刹那就消失了，目击过真正无中生有的，如今只有一个人。

上上下下失望之极，这让束夫人多少有些颜面无光。后来，没过多久，她就惨死在杭州城北的大运河上。人死万事休，办事不力之类的批评也只好搁置不提。再之后，刀光剑影、心机费尽，至于那些碎石和铁疙瘩也就冷落在杂物堆里，渐渐无人问津。

上官乾来了之后，银沙教众曾经怀抱最后的希望，把那些远道而来的宝贝指给他看。上官乾只看了一眼，甚至都没有弯下腰端详，就转身离去，跟她们说，早都没用了，无中生有是虚招，只可意会。不过，这些也别浪费，这些废铁可以重进熔炉，而这些碎石头，盖房子时或许可以做地基。

在那之后，这些东西就被彻底遗弃了。这里没有人知道守默谷，也没有人对那片白雪皑皑的冰封山川有兴趣，这里的绝大多数姑娘一生都在炎热的南方丛林，没有见过雪。

可束星儿是有记忆的。那是郁天元屋子里的铁柜，小时候，有次郁伯伯服药之后很是狂躁，告诉过她，里面有她娘留给她的东西。郁天元清醒之后就把这话忘了，这很正常，他和父亲一直服五石散，难免会在癫狂的时候说一些奇怪荒诞的话，谁也不会当真。不过，束星儿是当过真的，童年的很长一段时间里，她去试探着打开过这玩意儿，但这根本就是一块混铁，不像是能打开的样子。再后来，她长大了，在继母身边，除了孤独之外，都是有求必应，渐渐地也就把这玩意儿忘到九霄云外。她想，或许是郁伯伯骗她的，或许，只是郁伯伯对母亲的一个念想。当然，也有一些其他的原因，她不再是个小孩子了，慢慢知道了一些人事，幼儿时对亲生母亲的感情，也有了些不足为外人道的变化。

生母去世得太早了。她三岁那年，母亲就不在了。母亲只活在别人的传说中，遥远得像记忆之初，朦朦胧胧一个影子。她当然知道生母的往事，整个守默谷里，谁不知道娥皇呢？少女时代的娥皇就已经是众目所向，年长之后更是真正执掌了白马酒家。可是，母亲的故事一直给她一种淡淡的耻辱感——她是韩娥池无望于霍瀛洲之后委身下嫁的产物，是退而求其次的那个"其次"，是人生的大不得已。

母亲是坠崖身亡的，死因不明，阖谷风传，她是要在深夜里，到郁天元那里去。这个"风传"彻底毁掉了父亲，也毁掉了父亲和郁伯伯之间的情分，父亲从此一蹶不振，炼丹炼药，每月两次服用五石散。那些东西就像是混合着硫黄和毒药的烈酒，让他们疯疯癫癫，叱骂争斗，在万众瞩目之下，定时定量地出乖露丑。

好几百人，在一个与世隔绝的山谷里，守了四代，什么都不缺，又什么都没有。他们守的是两座山峰之间的剑冢，那块圆圆的巨石，像是天帝偶然间掷下的一粒棋子，落定了所有人的人生。

她就是这样长大的，在这短短的人生里，很难一次也不追问，活着到底有什么意思？

她常常去白马酒家，看那里的皮影戏。那玩意儿像是个嘲讽，她看得见那些皮影，听得到影子们的故事，可一切都隔着那层薄幕，一双看不见的手在操控着所有人的命运。在关乎守默谷所有故事里，她最私心向往的是她出生之前司画者和霍瀛洲到来的两次破局，尽管那两次都伴随着血雨腥风。她想，再来一次好了，把幕布撕了吧。

在屈指可数的有生之年里，她真的等到了第三次。这一次，她等来了风雪原，也等来了苏旷，等来了一场天绝地灭的血战，剑冢终于在万丈深渊之上陨落，山川断绝、冰裂雪崩。但她之前没有想过的是，剑冢打破的时候守默谷也消失了，不是被战争荡平的那种消失，是彻彻底底的好像从来不曾存在过的那种消失。

在那个夜晚，她真正失去了她的母亲、父亲和故乡。她失去了所有可以告诉她"我是谁"的过去。也像以往一样，没有人在乎她的境遇，没有人在乎她的痛苦，也没有人在乎她的记忆。她唯一可以做的就是依傍，唯一可以跟随的就是继母。

这有什么错呢？她听命于人，指挥了精卫鸟。没办法，即使不是胁迫，她也很难拒绝精卫鸟，她被那种磅礴的可以操纵他人生死的力量感控制住了，人们再恨她，也不能无视她。很多人对她骂不绝口，喊打喊杀，说的都是什么"律法""公义""人命关天"。得了吧，蒙谁呢，从她知道有这几个词开始，那些玩意儿就轻

195

如野草。她开始漂泊，随波逐流。

可没多久，她最后的亲人也惨死了，死得惨不忍睹，死在同一个人手里——她喜欢的那个人的师兄，一个被很多人称之为"仁义"的侠客。

而她喜欢的那个人，自始至终都没有背叛过师兄。这就意味着，他和她，永远都不会在一起了。连最后一点残梦都醒了。

她落到敌人的手里了，可那又能怎么样呢？无非就是处死我。可是，死了就死了吧，如果有一点儿都不疼的死法，我早就死了。

……

她的工程做得很快，第二只角也搜索完毕了。她抬头看了看夜空，找不到北极星，这里的星空，她并不熟悉，在他乡，连星宿都是陌生的。

她想起被关在沽义山庄的那两个月。那是一个江湖传说之中很神奇的地方。不过，那些神奇，和囚犯并没有什么关系。从被关进去的第一天，就一直在哭哭闹闹，叫个不停。也不是为了什么优待，就是忍不下一口气。

她太年轻，无端爱憎，轻佻悲欢，对这个世界满怀澎湃恨意，而且还没有被时间沉淀为块垒。她的七情六欲，始终在靠一口恶气掌着舵，很像是一个浮在水面上的气球，沉不下去，也飞不起来，随浪到了峡谷之中，上下左右、四面八方都在碰壁，情绪越强，反弹越大，每次怒气冲冲地出发，筋疲力尽地被弹回来，那种砰啪作响的左冲右突构成了精神世界的全部。从外面看，这是很招人厌的。

开始的时候，风雪原经常会来探望她，后来，风雪原跟随苏旷去洛阳了，她就孤零零一个人，再没人肯跟她说话。少了陪伴，她哭闹得更凶了。看守的人实在有点瞧不上她，就隔窗带话，说外面那些江湖客都说了些什么，说她只要露头，就一定会被活活打死，又嘲讽她，说真不想活了，可以自己绝食。

她立即采纳了这个建议，说不吃就不吃，直挺挺地躺在床上等死，可一等也不死，二等也不死，眼泪顺着鬓角流进枕头里。看守的人犯了嘀咕，这事儿不太好拿捏，总不好苏旷师兄弟回来，留下的人已经饿死了。他拿不准轻重，就去问沈南枝。

沈南枝那天刚吃了午饭，慢慢悠悠地散着步过来了，她在外头张望了一眼，问看守的人："她这样闹几天啦？"

看守的人赶紧说："两天两夜！"

"两天就是还不饿嘛！"

这话听起来真可恶，她愤愤瞪着屋顶，轻蔑地迸出两个字："胖子！"

沈南枝嗤的一声笑："哎呀，不是吧！你们几个说说，我就是微胖吧？"

身边一群人笑着说："微胖！肯定微胖！"

她更生气了，她转过脸，直勾勾地盯着沈南枝的眼睛，冷冷地开了口："沈二姑娘，你要是不信，可以杀了我呀。我爹死了，亲娘死了，后娘也死了，你们猜猜看，我怕死不怕死？"

沈南枝怔住了，皱了皱眉头。

她谈起"死"的口吻，怎么说呢？好像在谈一样与生俱来的、须臾没有离开的东西。她确实打心眼里厌恶活着，"活着"这个事儿，谈不上好，也谈不上不好，"活着"本来就像一个大人物讲的沉闷无聊又非得笑个没完的笑话，太想离场了，只是不敢而已。她如此年轻，可如此不耐烦这一场生，好像在母腹之中就开始厌憎人世的本来面目一样。

她和沈南枝就那么隔窗对峙了很久。她当然是知道沈南枝的，而沈南枝想必也知道她，风雪原归根结底是他们的人，该交代的怎么也该交代过了。

沈南枝在窗外踱了两圈，然后挥挥手叫人把她带出来，用黑布蒙上眼睛，往不知道什么地方送。

她跌跌撞撞被人推着走，虽然一直反反复复跟自己念叨着"我才不怕死"，但出于本能，还是哆里哆嗦的。

那儿应该是后山，很僻静的角落，脚底下的乱石头越来越多，过了一会儿，头顶上绞盘转动，哐啷哐啷一阵响，索道上铁链在摇晃，似乎有一个庞然大物从山腹里冲了出来。

有人摘下眼罩，她看见了。那是个生锈的铁屋子，上不挨天下不挨地，吊在一块山岩上。但她还没来得及看清，就被推了进去，同时扔进去的还有一本书、一盏灯、一壶灯油、一块火石、一大袋清水、一大袋麦饼、一个带盖的马桶。

推她进去的人关门之前跟她说，这个叫九宫数牢，每面墙上有九个数珠，沈姑娘交代了，也不难为你，只要你把其中一面墙上的横竖斜三列，每列相加转出同样一个数字来，门就开了。当然，你要是还想绝食，也可以继续。

之后，门就哐啷关了。黑暗而且死寂，像从未出生过一样。她完全地、彻底地、猝不及防地蒙了。沈南枝抛给她的，是一个完全在她视野之外的问题，和"活着有什么意思"这种人生大哉问有所不同，这个新奇的小问题，像是一个已成死局

197

的棋盘上跳进来的一只癞蛤蟆。癞蛤蟆，当然解决不了死局，但可以让人的视线从棋盘上离开。她当然可以继续绝食，当然也可以试试这道题，更何况谜面听起来……好像并不难。

她点亮了灯，试探着转了几个数珠，突然前后左右转得很快，顿时就有点眼晕。这个数牢太可恶了，只要随便一拨，前后左右上下的数珠都跟着动，如果拨快了，就哐啷哐啷乱成一团，如果发泄一样地乱砸，整个数牢天旋地转，像在九转丹炉里一样，变成了一个雷暴的中心。可只要停下来，那就又是个黑暗的、死寂的、与外界完全隔绝的小世界。

哭喊没人能听见，死亡是自由的。但如果想开门，第一步就是从混乱世界里找出规律来。她被这个问题抓住了。倒回来，第一步……不应该上去就转，应该先计算那面墙最终是什么样的，怎样做才能让横竖斜三列都是一个数字，中间那颗数珠最重要，它应该是什么？再推演，按什么次序转，才能把四面八方的那些珠子转过来。

这么凭空想不出来，她需要帮助。而除了手头那本厚得吓死人的书，别的什么也没有。那本书叫作《须弥芥子学宫术数入门·上》。她随手翻了翻，万万没想到，真的一口气就看下去了。

《须弥芥子学宫术数入门》是须弥芥子学宫历代掌学编纂修订的当代机关界学童的启蒙书籍，这本书浅近直白地讲清楚了一些术数上的原理，同时举例时搜尽奇峰，周游宇宙，让人开眼看世界。

原来，星辰的起与落是可以计算的；风雨的去与来是有迹可循的；山川河海的生与灭是人力可以观察的。那个混乱芜杂、择人而噬的幽暗世界，变得清楚了。绝望的反面并不是希望——绝望常常是偏狭逼仄造成的，反面是辽阔。

她如饥似渴地读着。不知从什么时候起，她好像多了一双眼睛，居高临下地看着那颗怒气冲冲、不断碰壁的皮球。而她一路追逐，十七年来寄居于斯的迷雾森林，开始显现出一条隐秘的道路来。那种体验前所未有，有如清泉流过灵台。

原来，在诸多七情六欲的悲欢爱怨之外，还有一种生之为人所能经历的最大喜悦——见智慧。

那是蒙昧之中的庄严宣告：人，是可以认识世界的。

时光在流逝，不知昼夜。很快，清水喝完了，麦饼也吃完了，灯油只剩下最后一盏底。她从书里抬起头——该试着去开启那扇门了。

她向前一步,小心翼翼地尝试。数珠咔啦咔啦地转动着,整个世界似乎也在跟着联动。

横着的一排……竖着的一列……斜着的……哦,推演的过程疏漏了,错了一粒。她试着去转回那一粒,但整面墙跟着混乱,她试了很多次,每次觉得就快要大功告成,那间数牢又开始恶作剧一样扭动咆哮起来。一而再,再而三,前功反复尽弃。

她开始狂暴,把手头一切能砸的东西砸到那面墙上去。灯光消失了。她开始忍无可忍地捶地大哭,痛彻心扉,倾尽半生。那是肆无忌惮的一场哭,哭得头晕目眩,她饥肠辘辘地睡着了。时间消失了,她在绝对的黑暗里醒过来,再睡过去,再醒过来。在她快要真正饿晕的时候,门开了,一线微光。

看守在外面问她:"沈姑娘又交代了,没想到你这么笨。还能再给你一次机会,不过,要学会好好说话。"

她瞪着眼睛,茫然不知所措:"什么叫好好说话?"

看守示范:"好好说话是这样的:态度呢,要放尊重一点,说'我同意这个方案,想再试一次,谢谢沈姑娘给机会'。"

她实在太饿了,就很艰难地开了口:"我……同意这个方案,想再试一次……"

看守把着门,要关不关的。她赶紧补上:"谢谢沈姑娘给机会。"

看守马马虎虎,挥手让她过了:"出来吧,马桶自己清理一下。"

于是,她得到短暂休息,洗了脸和手,吃了顿简单的饭,之后,看守又原样扔给她灯、水、麦饼,让她二度进去。在进去之前看守又问她说:"说起来,你干得还不错,大概一半了。想想,还要带点什么进去?"

她回答:"纸和笔。"

她第二次潜入黑暗,继续如痴如醉地读那本书。她全身心地沉浸进去。数牢里的时间开始变得不一样了,有时漫长到煎熬,有时快到一刹那。她安静多了,自然而然学会控制节奏,读累了就去转那个数牢,有好几次,转到即将大功告成,都又后退一步,重新开始。

说起来很怪,她甚至很怕,这次被放出去之后,就再也看不到这本书。她一鼓作气,三百页的书,一下看到两百四十多页,直到彻底卡住为止。

她有了第一个问题。这个问题难死了,好像到处都是死结,又好像差一点就能蹦过去,她使劲想,想得睡不着,想得脑仁疼。谁能想到呢?有朝一日,取代

"人活着有什么意思"的,居然是一个数学上的问题。她必须得出来问问了,于是,她举手去推那面墙。

在此之前,她已经推演了无数遍,过程轻松到超乎自己想象。

打开门,她就看见了沈南枝。沈南枝正在率众吃小山核桃,而身后一群人都在看那间数牢。

她蓬头垢面、脸色蜡黄、衣衫馊臭,但眼睛里开始有了神采。她走上前,鼓起勇气,翻开书,提出了那个问题。

沈南枝用唯一一根干净的小手指头,把她的书页翻回到了只有二十多页的地方,在一张图的上方、一个不存在的点上随意一指,嘻嘻一笑:"你根本没看懂,跳什么跳?"

她惊在当地。要怎么形容那种感觉呢?沈南枝点了一点,那张图就完全不同了,在一个平面的世界之上,又多出了一整个世界。就在同一个刹那,有个非常尖锐的东西在内心深处扎了一下。砰的一声,那颗气球被扎破了。她以前相当冷漠,从不求人,但这回,有点渴求地看着沈南枝:"我能……沈姑娘,能让我看完这本书吗?"

沈南枝想了想,略遗憾,摇摇头。她人生的大过并没有被弥补,那么,就必须继续被惩罚,而不是犒赏。

她被送回那间石磨坊。进门之前,她问看守:"我在数牢里……待了多久?"

看守告诉她:"第一次是七天,第二次也是七天。"

她吓了一跳。既然已无死志,就必须重新面对人生了。好几个夜晚,她开始睡不着,走到窗边,看着漫天星辰,怀念那个幽暗的数牢世界,居然有淡淡的遗憾。那个世界里有一条幽深的小径,她隐隐约约感觉到,如果早两年上路,那条小径会带她走到另一个不同以往的地方去,但如今,一切都来不及了。

再后来,苏旷师兄弟回来了。他们带回来一个坏消息,也带来了一个好消息——她安全了,教母开出了条件,他们会用李牧和她去换夜哭郎君的性命。

所有人待她的态度,都更冷淡了。除了风雪原,风雪原常常忧伤地望着她。说来好笑,风雪原一直都相信她本性善良,这连她自己都没有相信过。

她的身体变差了。她更瘦弱、更苍白,好像大病了一场。她吃不下睡不着,这回不是闹情绪,是真的病,可又没有原因。她终日极安静,一言不发,抵御着来自生命内部的巨大的束缚、巨大的窒息、巨大的挣扎,那些是毛毛虫在茧里发生的事。

一次，风雪原有点着急，就问："你有没有想吃的？我去给你弄点。"

她想了想："我想出去走走，晒晒太阳。"

风雪原恍然大悟，是，她是被关了很久了。

于是，她出去走了走，遇到了第二次冲击。

那是一个风和日丽的下午，初夏的武夷山美得不似人间，到处熙熙攘攘，吹拉弹唱，漫山遍野的年轻人从五湖四海而来，云集于此，仰望于此，求道于此，际会于此。

她很惊讶于自己的变化。阳光打在脸上，那种温热也冲进了往日冰封的屏障，她第一次感觉到"外面世界"并非全是敌意。

她遇到了苏旷。当然，父母之仇，不共戴天，旧恨依然。但片刻之后，苏旷就在沽义山庄后山的讲武台上，讲到了韩娥池。她再一次听到了那十个字，刻在白马酒家门前立柱上的十个字——武家之稷下，侠客之荆山。

"白马酒家，英雄照面"，那是她生母的志向。此之前很多年，她沉溺在悲哀里，从没有认真思考过这几个字背后的东西，白马酒家早就是她的噩梦与痛苦之源。但痛苦之源里，往往也藏着生之解药。

她隐没在人群之中，心潮起伏，哑然无语，隐隐约约感受到还有另一种巨大的力量存在，只是难以用语言表达。

思考总是步履蹒跚的，要过很久才能追得上当时际遇。到后来，她上了路，在瀚海漂泊的一场暴风雨里，闪电落在船头，才忽然明白，当时震慑心神的是什么力量：人，也是可以改变世界的。

如果真有所谓命定，她随波逐流的最后一站，就是这片丛林之中。

说实在的，她喜欢这里。她第一次踏足此间，那些同龄的女孩子们就一拥而上，握着她的手，向她笑着问好："欢迎回家！姊妹！欢迎回到我们自己的土地上！"

那感觉亲切极了，她来到了万里之外，可以换种活法，把过去一笔勾销，重新开始人生。

每个人都待她很好。人人都知道她和苏旷的血海深仇，知道她在那个世界早已没有立足之地，知道她天然通灵，会驾驭精卫鸟。那么理所当然，她本来就应该是这里的人。

可是……很多个夜晚，她又开始睡不着。经历过的一幕一幕像一张一张的皮影，开始摆脱了后面的那双手，自顾自地疯狂旋转。

这个与世隔绝的小世界，她的第二个家园……很快，就要又一次和强大的外力短兵相接了。那些年轻的热情洋溢的姑娘们，每一个人都坚决地拿起武器，保卫家园，她们如此自信，笃定可以赢下来这一仗。可我们……真的能赢吗？除了精卫鸟，我们还有什么倚仗呢？教母和海柳尊者显然还有许多秘密，可禁区从未向年轻人打开。她们在提防谁？她们在想什么？她们布了那么久的局，最后的防御是什么？外面那些人已经很近了，几天内就会到达，无论如何，这张大幕要揭开了。

昨天傍晚，海柳尊者到她宿处，传达了一个命令。明天太阳升起来的时候，她要执行来到这里的第一个任务——她和五夫人要主持一场行刑，驾驭着精卫鸟撕裂、生吃一个叛徒。

她点头接受了。教母的命令，不可能不接受。可这个夜晚，她辗转难眠，一幕幕黑夜梦魇、血淋淋的飞翔，一起在眼前重现，手腕上的铜铃像小小的炮烙，她拿下来，又戴上，再拿下来。

生命被激活之后，杀戮变得不可忍受了。实在忍无可忍，她索性起来，鬼使神差，来到这里。

前些日子，姑娘们带她河畔散步的时候，指过那些碎石头、废铁给她看，问她知不知道那些是什么东西，她支吾过去了。其实，在看见这些的第一眼，她似乎听见了九宫数牢的隆隆转动声。冥冥之中似有天意，在那本《须弥芥子学宫术数入门》里，在她贪快多读的那个部分清清楚楚地记载了，这是一种很精巧的极罕见的机关，叫作九疑暗柜，开门处就在柜角。

……

现在，她已经清理出第四只角了，之后吃力地把半个身子伏低下去。

手指抹开泥土，铁脚侧棱有条细细的缝隙，撬了撬，一道小小的暗门向上升起，她细细的手腕，正好可以勉强伸进去。她摸到了，前后左右上，五面嵌着数珠的九宫格。数珠依旧是灵活的，涂满了油，许多年都没有人触碰过，一搓就掉油渣。她需要转出五个数字，作为开门的钥匙。这并不需要多思索。

我是甲子年出生的人，天干是第一，地支也是第一。那么，前两位是"一"和"一"，把"一"推到九宫格的正中就可以了。我是九月四日的生日。后两位是"九"和"四"。

最上面的还有一面，是时辰，可这个需要推算。我不记得我是哪个时辰生的，但我记得父亲说过名字的来由。母亲说，我的女儿叫星儿，是因为生下她之后，我躺在床上，第一次抱着她，看见北斗七星，正升上西厢房的北窗。后来，西厢房封起来了，但我去过很多次。窗户的高度可以推算出星辰的高度，九月……北斗七星升到那个位置，应该是酉时或者亥时……哦，躺在枕头上，那个角度应该看不到……再调一个角，母亲想必是倚着床头的，我猜，亥时。最后一个数字，是十二。非常简单，横列相加为十二就可以了。

铮的一声轻响，柜门弹开了。

一柜子陈墨故纸的气息。秉烛照去，那是厚厚实实一柜子书。全是手抄本，都有了年头，缝线脱落、纸张泛黄、墨痕褪色，有些被蠹虫咬得不像样子。随手抽来一翻，字迹各不同，到处都有涂抹，文法差异极大，显然不是出自一人手笔。从左向右翻检第一排，那些书的扉页上都标注了来处和路径。这些书大多从非常遥远的异域来，有的从波斯来，有的从大食来，随着航海的船队几易其手；有的是谈话录，有的是旅行册，还有些根本看不懂是什么。

再一细照，书册最右上方的角落里，塞着个薄薄的木匣，打开来，里面是一沓旧信笺。开启来看，一张张都是来信，没有回函，大多很简短，全是出自一个叫"海客"的人的手笔。这个"海客"的字迹很古怪，运笔旁逸斜出，好似荒芜海滩上，散落一地焦木。第一张信笺上写着——

娥皇：

　　皮毛四十九件银两已补讫，计息一分，与今年预支参银，共计三万两，着人送至你处。我这里只要百年以上老参，愈珍愈好，随有随收，多多益善。

　　又，有客自大食来，捡拾出文书一二沓，讲彼处往圣异事，余着人粗译，竟然耳目一新。不愿私美，录一副本，随银款附上，聊供茶余。问好。

海客　辛亥仲春　于衢州

这应该是第一封信。束星儿掐指算了算，啊的一声捂了捂嘴，这居然是我出生前十三年的信，距今已有三十年了。那个时候，母亲也很年轻，正开始执掌白马酒家。

她匆匆翻下去，第二张上写着——

娥皇：

　　去岁扶桑有乱，海市再禁，颇不太平，你处存货先不要出手；近得一消息，吐蕃有一活佛涅槃，不日之间，必有大典，诸多藩王当广求好皮毛，夸其荣耀，我为你谋之，此路一通，其利或不可胜数。

　　又，上回来信，你问星辰如何测时，我也不懂，苦觅不得，前月截一天竺商船，获一旅者，见闻极广。他说某海书之中，有个星钟定位之法，只是彼处星宿与你处不同，也不知放诸四海，通也不通。我留心搜了此书来，叫他草草译了一稿，你先看着。问好。

海客　壬子秋末　于杭州

再翻，下一封隔了许久，只有寥寥一句。

娥皇：

　　连日奔忙，无暇北顾。问好。

海客　甲寅寒食　于广州

一封信一封信地翻下去，这个叫"海客"的人应该是和白马酒家做了很多年的人参、皮毛交易，出手极其大方，每次都是预付。但他和普通商客又不同，神通广大得很，这里截一艘船，那里俘虏一群人，总是能得到普通人够不到的消息。

他最多的一年写了六封信，那段日子心情似乎特别好，絮絮叨叨地写了诸地风物、竹梅雅趣、月涌海波、莳花种菜，对苋菜可以长成树林大惊小怪，还偶尔带了笔小孩子真是可爱。

他步履遍及大江南北，但始终没怎么提过自己的生意。他生意好像做得很大，扶桑、高丽、西域、南海无所不包。而且，多年来为娥皇搜罗了很多海外异域的书籍，有些是天文地理，有些是讲谈录，有些是思辨集，包罗万象、疆域之广，常常超出常人认知之外。他送书是持之以恒的，开始只送几本，后面就是整包。他最初还是为了茶余饭后的消遣，很快，就开始有目的地狩猎最珍贵的文明种子一样的书籍，随手把抄录的副本在守默谷存一份。

这样的通信保持了十年。最开始，娥皇也在跟读，早先的书上还有很多标记、校对，很快就消化不动了，原封不动地堆在那里。但很明显，娥皇能够意识到，这一柜子书极其罕见。她珍而重之地找了个宝贝柜子把它们收藏了起来。但出于某种原因，并不敢公之于众。

到了第十年，也是两人通信的最后一年。娥皇的生活有了变故，一封信这样写道——

娥皇：

　　上一回听闻你良缘结定，归于束君，一时动念，聊备薄礼，不意你原封退还，且无一字，余略怅惘。我无他意，无非尘外求一友而已。此事是我唐突，此后绝口不提。

海　客

写得很匆忙，而且，不知从什么时候起，"海客"的字迹也变了，深而内敛，寒意透骨，像是风暴海下的黑色礁石。

看起来娥皇最终还是回了信，且言辞很是激烈。于是，下一封是这样——

娥皇：

　　你来函勃然大怒，兴师问罪，真始料未及。你诘问口吻，倒和那群冢中枯骨一般无二，你问，汝何德何能，谬托造化，尽焚三道，涅槃六合？汝倚仗何道，妄动杀兵，千万生灵，百万血渊，供汝一浮槎？汝亦有莽荒大泽，为何不能自立？汝不过一人一生而已，为何不能自安？

　　娥皇，相识不少年头，不曾见你这样震怒过。你问许多话，实在答不了，简而言之，江湖之病，积弊百年，源头阻塞，积重难返，唯有丐帮昆仑少林三家尽灭，八百侠义道去其半，天地可变，万象维新。当年在白马酒家之外，我意已决，缓而图之，不过再荒废一二代人而已。此一番劫波十年前已起，狂潮撼海，势不可回，杀我者，悠悠众也，知我者，当是三百年后之人。

　　你既叫破我本名，此缘也尽。我也有一句话，斟酌了几年，倒也想斗胆问问你——束天北四代守剑冢，守什么，四肢俱全，能文能武，为何不能自立？娥皇，你也不过一人一生而已，又为何不能自主，要托庇于一山野庸人？

　　娥皇，谈这些话，不过要你早谋后路。这一战，天地必有翻覆，事若成，自有后话，一旦殒身，你夫妇当断则断，即刻离谷，按前次提过的路径，东渡扶桑。

言尽于此，阅后即焚。

问好。

霍

这封信并没有"阅后即焚"。那两张纸被揉皱了，又被抚平了，经过了一番取舍，终于还是留了下来。

到最后一封信了，束星儿心跳了跳。这居然是她第一次看见母亲的字迹。据说，母亲的字太潦草，又常有疏漏，白马酒家里面的一切文书账簿，父亲和继母都又抄了一遍。母亲的字迹……和想象中不太一样，有点乱哄哄的、气冲冲的，那执笔人不太像一个中年的妇人，更像个头发乱蓬蓬的年轻姑娘。

霍瀛洲：

狂徒造次！敢以一人欺天下！

你是何等样人，昔日白马酒家之外，我早已明白。你一生独孤，藐视凡尘，诸思求尽，诸道造极，非至情至性不以为性情，非剖生沥死不以为兴尽，非道成肉身不以为事功，以己度人，睥睨当世，自以为人人都是虚伪懦弱之辈。

你一生凌空蹈虚，无血无肉，竟然敢说什么"三家尽灭，八百侠义道去其半"，真是荒谬至极！我不知道你究竟有何等手腕，多大神通！就算是时无英雄，让你取了江湖，区区银沙教，也不过是速朽之物而已。

你问我，束天北四代守剑冢，守的什么？哈哈，好一个霍教主！你该是从没有想过，守默谷里，除了束天北，还有五百跟随之人，这些人，生于此，聚于此，生儿育女，柴米油盐。他们留在谷里，还有个谷主照拂，可一旦没了守默谷，谁庇佑他们平安？郁天元是我朋友，他已是残疾，需人照顾，一旦流离失所，又该何去何投？你还敢问我，为什么不能自主，要托庇一个庸人？呵呵，霍瀛洲，你真是混账，目中无人到了这种地步！想来你从不明白，人间有种东西，叫夫妻恩义。天北待我极厚，我母卧病在床，百事艰难，是他殷殷照料，养老送终，我接手白马酒家，是他和天元把祖上攒的剑谱一起交到手里，朝夕相伴，点滴扶持。

霍瀛洲，我们不是庸人，只是凡人。凡人就是如此，多思多虑，常忧常惧，卑污有时，怯懦有时。

我们和你骨血里就不同，生而无翼，做不到来去自由，只如蒲公英一样，年轻时候，趁着风起，飞上几里地，见一见世界广阔，之后落地生根，胼手胝足，白手起家。我此生足矣！无缺无憾，无怨无悔，如果说还有什么未竟之梦，那就是将来，我若侥幸能有一个女儿，她会在这个小世界，自由自在地长大，之后，将去向文明灿烂之地，成为一个我未曾见过的人。

这就是人间道。我以为，人间道就是一代人做好一代人的事情，非缓而图之不可，就是要忍着脏，就是要耐着烦，决不能动不动跳过一代人去，更不劳只手遮天的狂徒，代为谋划三百年去来！

道不同不相为谋。

韩娥池

最后一封信写得龙飞凤舞，滴了好几处墨，显然气坏了，一气挥成。

但它并没有机会被送出去。或许是送信人再也没来过。母亲当时是怎么想的呢？怕吗？对未来有什么打算？准备东渡扶桑吗？她和父亲聊过吗？聊了些什么？是不是也有很多个夜晚，她在西厢房的北窗前焦急踱步，抬头看着北极星，想着乌云滚滚的未来？

无论如何，母亲选择生了我。

是啊，我都快忘了，他们都是凡人。剑菩提来守默谷造剑冢，只是为了一个赌约而已！他随随便便带了四个侍卫，只是为了看门、送饭而已！侍卫们把这里经营起来，只是为了饭里有肉而已！本来，这个故事就早该结束了，不应该还有子子孙孙无穷尽。他非求什么狗屁天道啊！天道是人能求的吗？天活多久啊，人才活几十年而已！

我的母亲，已经很了不起了。她在所有需要勇敢的关头，都选择了勇敢。而我的父亲，可能软弱一些。他接受了祖父和父亲的遗命，变成了一个"山主"。他娶到了心爱的人，得到了主心骨，主心骨折断之后，他随之崩塌了。如果没有继母，他应该也早就死掉了。

他是个很普通很平凡的人，不足以面对那些江湖有史也要单章别述的名字。他也曾经尽力地笨拙地去守卫身边的所有人……他的跟随者、郁伯伯、母亲、继母、当然还有我。他也曾和我一样，惶恐孤独，无能为力，不知道被如此的庞然大物碾压成尘土之后，还能如何保卫生活。

我终于想明白来龙去脉了。我不知道该恨谁，我可能……真的做错了。

对不起啊……我想回头，可来不及了。

天快亮了。更远处的河面上，已经有了点点野火，那是警告。精卫鸟快要起飞了，河中沐浴，不可靠近。百丈高塔上，轰的一下又一下，白亮焰火向夜空蓬飞，那是为了稍后的行刑典在做准备。石宫里，有维纳琴在奏着不知名的乐曲，勾人魂魄、断断续续、若有若无。

束星儿匆匆吹熄了蜡烛，还原了铁柜。她是有备而来的，踮着脚尖快步走到一边的水沟里，蹚行了一段，以免留下足迹。她走了几步，找了个合适的地方，扶着树，准备换上拎在手里的干净鞋子。只是忽然之间，她怔住了——树后湿泥上有两个浅浅的脚印。她顺着脚尖的方向看了看，正好能看见她刚才俯身的位置。

强风吹拂，四野无人。头顶一声啸叫！七只精卫鸟列成阵势，展开羽翼，疾风迅雷一样，低空掠过丛林，齐齐向河水中去沐浴。束星儿手背捂着嘴，后背上一层冷汗冒了出来。

第六十九章　青鸟殷勤

惊魂甫定，束星儿洗净手脚，待回转宿处。这时候黎明将至，天将亮未亮，大多数人还在睡着。

她住在部落的西南区，一个年轻女孩们聚居的区域，野芭蕉和椰木围拢着房舍，建筑物之间铺着银沙小径，路两边长满了杂草，沿途几大片花圃里种着此间特有的微木，星光一样的点点白花正在盛开。小径在花圃前分了岔路，一条通向宿处，一条向着提供早餐的排屋。束星儿犹豫片刻，忙碌半宿，多少也有点饿了，转身就向排屋走。袅袅的炊烟下，是长长一排吊脚竹楼，竹楼下也铺着层细沙，楼前几道木阶，干干净净。

"星儿！好早啊！"热热辣辣的一声招呼。

束星儿抬头看，招呼她的人叫何仙姑。她用两只瘦瘦的胳膊，端了一大锅不知蒸什么的热水出来，呼啦一下泼了冲地。

"来吃早饭哪？星儿，自己扯凳子坐，想吃什么呀？"

"什么都成……"

"那行！你等着啊，我这儿正好有现成的！"

竹楼里还是空空荡荡的，十几张竹桌，几十张竹凳，楼后的大窗开着，正对着河岸，过堂风清清爽爽。束星儿随意找了个角落坐下，从怀里摸出金铃戴在手腕上，低头一看，手臂有些红痕，指甲缝里有点洗不净的泥土，心惊胆战，急急忙忙把手指蜷起来，胡乱遮掩着。

"星儿！"何仙姑匆匆忙忙拎锅返回厨房，没多会儿，端了碗热腾腾的鱼糜面出来，"火候刚好！趁热吃！"

鱼糜面是何仙姑压箱底的绝活儿，新鲜鱼肉打成泥，混了芋粉，擀成面条，鲜美可口。束星儿拎起筷子,吸溜吸溜吃起来,确实好吃。她一边吃,一边说:"仙姑,怎么有现成的?"

"你先吃着!"何仙姑格格腾腾地整理桌椅,边忙边说,"刚刚五姐来呢,跟我说做一碗鱼糜面,她去河边看一眼,回来就吃。我这是现杀鱼、现打鱼糜,面是做得了,人倒不见回来。星儿,吃着啊,我再给五姐备一碗去!"

束星儿筷子顿了顿:"呀,五姐来过?"

"是啊!五姐这两天,天天一大早过来,在河边不知看什么!"

何仙姑围裙上擦了擦手,匆匆忙忙就走开了。

束星儿三口两口,把鱼糜面吃完了。依旧早得很,竹楼里还不见来人,她搁下碗筷,走到后面大窗前,向河畔张望。

那是一条浑黄绵长的大河,从北向南流,此时正是南风,逆风在河面上掀起一个个帆形的小浪,像是有一双轻盈的鞋踏在水流上倒着跑。岸边有很宽的河滩,有的地方是卵石,另一些是沙土,河流在岸边冲积起层层白沫,沙滩上留下一弧一弧的水痕。

一群年轻姑娘在练习击剑,素麻短裙,高挑矫健,赤着手臂和腿,黝黑而结实,风里时不时传来格斗的叱咤声。

离岸不远处有一片沙洲,长满了水草,那里斜放着条中等海船,大半截船身埋在沙土里,喙形船首高高翘着。有条小狗在沙洲上面疯跑,有一声没一声地吠叫——潮水涨起来了,沙洲露出河面的土地越来越小,它对此很是惊奇。

两个十岁上下的小女孩,一前一后坐在水牛背上,涉水向沙洲去。她们都戴着花环,赤着脚丫,一个横着短笛,吹两声不成调的曲子,另一个咯咯笑,往河心打着水漂,惊得一对白孔雀空中翻飞。

而五夫人正坐在岸边一块礁石边上,像个很小的黑点,一动不动。她一直盯着那艘埋在沙土里的船,好像在等着河水涨起来,湮没那片小小"孤岛"。

"五姐——五姐呀——"何仙姑在楼下厨房里扯嗓子叫,"面好啦!空着肚子小心着凉,回来吃了饭再去望呀!"

五夫人一动不动,也不知听见没有。何仙姑喊不动,干脆提了竹笼,向河边送饭去。

"五姐"是五夫人的尊称,也是昵称,整个银沙教上上下下,比她大的、比她小的,都那么叫她。在这个小世界，好些人对她的尊敬是溢于言表的，尤其是何仙姑。

何仙姑是如皋人。关于乡梓，她记得的就那么多了。她是个普普通通的苦命女人，爹死得早，八九岁的年纪，舅舅做主，把她许了一个船行的老大做童养媳，身价是两舱稻。她做事勤恳，手脚麻利，船老大待她不算好，也不算差，总之是没饿着她，长满十五岁，初初有了女人的模样，船老大急急火火圆了房，她有些不情不愿，但和大多数女人一样，最后也依了。她十七岁上生了个小囡，小囡七岁的时候，船老大死了，死得不明不白，好像是被人设下了套，喝多了酒，言语相激，逼上赌桌，输急了眼不认账，被人套麻袋扔进长江里去。她年纪轻轻，成了寡妇，头七还没过完，和船老大赌牌的那帮人就来了，拿了张字据，说船老大欠了好大一笔债，连船带房子，都已经是人家的，过半个月就来拿。她不信也不依，说船老大根本不是好赌的人，一点家当都是拿命挣回来的，再说什么都抢走了，娘儿俩怎么活，可她也不识字，字据看不懂，号啕哭了几天，求了街坊邻居，见没人管，又大老远去县上告了官，衙门压根没让进，到最后时限，她撒泼打滚，抱着小囡躺在门口，说天可怜见，多少给孤儿寡母留一点，这是要人命啊！人家就嘿嘿笑了，变出另一张借据来，说不提倒是真给忘了，船老大赌得大了点，闺女也卖了。

抢小囡的时候她就疯了。她抢不过那些人，就哭着磕头，说真要这样，带她一起走吧，她还勤快，什么都能做。人家一脚把她蹬开了，扬长而去。她没办法，坐在地上哭，抱所有过路人的腿，谁见谁可怜，可是谁也没敢惹那帮人。好些人说，他们后头的主使人是三十六岛的海盗，杀人不眨眼，还偷偷跟她说，到处都在传，有个龙蛇岛的海盗头儿就喜欢小女孩儿，嫩得能掐出汁的那一种。

她哭到嗓子发不出声，半夜发着烧，迷迷糊糊，一步一磕头，去菩萨庙里求。她不要蒲团，人家给饭也不吃，絮絮念叨说胡话，渴了就咕嘟咕嘟喝冷水，就在青石板上磕头，磕得一地血印子。她手心里还攥着几个铜子儿，要烧香，可庙里谁也不敢收。

一天过去了，又一天过去了。或许是心诚则灵，到第七天，菩萨显灵了，破破烂烂的法身后面挪出个地洞，一个黑衣女人走出来到她耳边哑着嗓子问："你求什么呀？"

她赶紧说："菩萨在上……我要我小囡……"

那个黑衣女人还问："没有了吗？不想报仇吗？"

不问还好，一问，她牙关咬得咯咯响，眼睛血红血红的，直愣愣地喘粗气："菩萨在上……我要那群人……一个也活不成。"

"好，我答应你。"黑衣女人说。

再后来，"菩萨"办事雷厉风行，仅仅七天之后，一个风雨交加的晚上，一艘前往台州的海船沉了。

海船很大，上面人很多，但一个也没有生还，连尸骨都没有。没人知道那艘船上发生过什么，也没有人在乎。往来都明白，那是海盗的船。只是偶有过路海客，揉着眼睛说，好像看见了一天魔鸟，像地狱里的黑火。

那个黑衣女人，当然就是五夫人，即使在银沙教的内部，她也是以心狠手辣著称的，被称之为灭门老五。

何仙姑找回了她的小囡，从此以后，家乡留不住了。不过，她本来也不想留。五夫人带着她们母女俩，还有一群五湖四海的女人们，一路翻山过海，无尽跋涉，回到了这个地方，进入丛林的时候，许多个女人冲出来，握着她的手说："姊妹，到家了。"那是一种难以言喻的震栗。苦海中折磨的女人们，命如转萍，寄托浮生而已，从没有真正属于自己的土地。此后，她们一生忠诚于这个地方。

第一代开垦者就是这么来的。她们怀抱巨大的热望，不惜力气，不惜血汗，不惜性命。她们抚育也照拂下一代的女孩儿们，也包括她们自己的女儿。

她们之中绝大多数人都不识字，但在前往大城的采购单子上，人人都会第一个列——要有书！

要有书！要识字！要有码头！要有土地！要有家园！要有新世界！

在最初的那些年里，这一切都在成为现实，用一种连她们自己也惊叹的速度实现。在短暂黄金时代的顶峰，她们决定疏浚河道，打通这片沼泽，创造出第一个入海口，那样的话，她们就有码头了。

那条埋没在沙洲里的船是她们的测量船，用来记录河流的深度和淤泥的厚度。疯狂忙碌了大半年之后，那条船被一阵突如其来的夏日暴风雨搁浅在河中，这个计划中断了，现有的知识不足以完成这个工程。沼泽河网密布，疏浚几乎是徒劳的，所有旱季里的工作，都会被一个雨季打回原形。那艘搁浅的海船从此无人问津，天长地久，日益沉沦，越埋越深，只有翘起的船首，似乎是那段改天换地的光辉岁月的痕迹。

这一切，像是她们伟大事业的征兆。

黄金时代戛然而止。

大势已定，所有力量都聚集到了教母这个新的权力中心。攻守势异，教母开始重新审视七夫人的"任务"，她特地点名批评了五夫人，不查不知道，"灭门老五"灭的门实在是太多了，而且越来越肆无忌惮，眼看就要触怒整个的侠义道。不过，叮嘱归叮嘱，她们也都没有太把这当回事，毕竟，这里离中原实在太远了，汪洋海路，沼泽丛林，重重天堑，在此之前，从未发生过任何交锋。再说，就算是一个不大不小的触怒也没关系，侠义道群龙无主，三大派式微，丁桀退隐，看起来正处于一个新的低谷，她们高枕无忧。

三年前，昆仑青天之会后，七夫人第一次齐聚了。她们找了各式各样的借口回了一趟"娘家"，在那个差点成为码头的沉舟河畔，召开了第一次地母之会，讨论银沙教和整个部落的未来。

七夫人有过一场极其激烈的争辩，一些人主张转守，经营自己的地盘；另一些人主张转攻，把楔子牢牢扎进中原和江南，毕竟，她们的绝大多数收益都来自十二银庄，利润是这里的百倍以上。

那场争辩之中，七夫人之中的老大，也就是沙夫人的意见渐渐占据上风，她的主张非常明确，就是且战且退，见好就收。

沙夫人是七夫人里涉足江湖最深的一个人，她最年长，有着神一样的美貌，攫取了借刀堂的势力，在银沙教的势力扩张历程中，麾下杀手出力无数，功劳簿上也一直牢牢占着第一位。有她在，五夫人一直受到压制。沙夫人心狠手辣，但一直遵守江湖的规则，是这个规则里的邪派；五夫人则不是，五夫人从骨子里恨这规则。

至于教母，她好像只是一个影子。在以往的惯例里，这种涉及所有人前途的大问题，由七夫人一起决议，多数为准。不过那一次，灵妃始终一言不发。

那场决议快要落定的时候，极少出面的教母本人出现了。她带着她的心腹海柳尊者，海柳尊者则出示了沙夫人和真虎私通并且为自己谋划后路的证据。

沙夫人面如死灰，无话可说。她的谋划足够隐秘了，可教母的眼线更深。

狡兔三窟，她确实为自己谋划过一条后路。她在江湖上历练得足够久，知道大权独揽之后会发生什么。

教母中止了争论，直接做了决定。从那之后，七夫人共主的岁月结束了。

沙夫人被海柳尊者截断后路之后，再没有别的选择。她侥幸不死，得以回返江湖，唯一能做的，就是孤注一掷，把借刀堂做大，成为一个真正的顶级门派，再从幕后走到台前——那样的话，她需要一场真正的大胜。

在江湖上，真正的"大胜"，意味着硬碰硬的战斗，也需要足够分量的首级。沙夫人没有硬碰硬战斗的本事，但是，她知道铁敖和苏旷的首级一定是够分量的，那对师徒，当时恰好在王嘴村。机不可失，过了那个村，就再没有那个店。

造化弄人，那场万无一失的猎杀没有成功。王嘴村再度失利之后，沙梦州惨死，沙夫人命运已定，且没有机会脱身，她被五夫人处决了，死在剑冢那场弥天大火里，连同许多秘密，一起化为过眼云烟。

只有少数人知道她的本名，她叫齐勒耶姬卜珠，霍瀛洲的同母异父妹妹，天魔女一族最后的传人。

第一片败叶落下了，之后是一叶一叶地凋零。一个接一个，好像全是出于意外。唯一不知所终的是灵妃。她派人送了罗拂衣去杭州，但自己失踪了，教内有人猜测，王素选择了南下阿瑜陀耶城再赌一把，而她悄悄用上了王素之前备好的后路，搭乘了东渡扶桑的货船。

狂风暴雨，绿肥红瘦，惊觉回首，只剩下五夫人了。"灭门老五"已经老了，残着腿，断了一只手，昨天才被教母当面斥责过一顿，位置已经远远比不上年轻聪慧的海柳。

可这个家园，是她们一粒沙一粒沙聚起来的。以往的黄金时代里，所有人都能看得见未来。

她站在河边，看着河水慢慢上涨，淹没了沙洲，风一起，浪纹粼粼，那艘船宛如旧时，好像还要破浪，驶向尚未来得及存在的大海港口。

"五姐，五姐——"何仙姑提着竹笼，小碎步跑过去。她到了五夫人身边，打开食盒，送上碗筷，大概是说了些趁热吃之类的话。

五夫人很快吃了面，要收拾碗筷，何仙姑手脚利索，抢着收。两个人也没有多的话，就沿着河岸走了几步。五夫人拄着杖，跛着足，瘦小的身躯裹在黑衣里，走路一深一浅；何仙姑就小碎步跟在她身边。

那群练习格斗的女孩子，都差不多练完了，开始拉筋伸腿，见她们来了，一拥而上，都围着说话，热热闹闹的。两个放牛的小女孩也回来了，跟在人群里，一起向这边走。群情激昂，七嘴八舌，不知在说些什么。

这时，有个姑娘在人群中挥胳膊喊了句大约是"把他们都干掉"之类的话，大家一起挥着手跺着脚，嚷嚷了一阵，作为应和。然后，人群安静了一些，走得也快了许多。

人群快到了，束星儿心里烦乱得很，不想打照面，忙匆匆起身离去。

她刚到门口。轰，门被推开了，一大群年轻姑娘拥着五夫人冲了进来。她们之中，最大的也不超过二十岁，短剑短刀叮叮当当放了一桌子，拍着桌子喊："星儿，好早呀！都吃完啦！今天就看你的了！仙姑，肚子饿啦！快快快，不挑不挑，有什么吃什么！"

束星儿低头要溜出去。五夫人喊住她："星儿？"

她低低头："五姐？"

五夫人向她打量一圈："你脸色不太好，是昨晚没睡？"

"是……"她早就想好了托词，"我一直睡不着，去树林那边坐了会儿。"

"怎么了？"

"五姐……我是做了个噩梦，有点儿恶心……"

"什么梦？"

束星儿犹豫了片刻，垂下眼睑，扫了眼五夫人的脚。她不太确定，昨夜那双脚印的主人究竟是谁，她犹豫着回答："五姐……这几天晚上，我总睡不着，梦见那个……梦见精卫鸟吃人……我有点……有点害怕……还恶心。"

"这也很正常，你还是个小姑娘。"五夫人意外地温和，伸手拍了拍她的手背，安抚地握着，"你手这样冷！星儿，要是实在不成，我跟你换个位置，你在前面好啦，这样的话，你什么也不用做，转一圈就回来了。"

束星儿有些惊讶，抬了抬眼睛。她刚才太紧张了，只顾提防着别被看出破绽，并没有注意到五夫人的脸色一样很苍白，这样早的清晨，走这么一大圈过来，似乎也是一夜没睡。但不管怎么说，五夫人给出的的确是个好建议，"前面"只管飞就行了，在"后面"要驭鸟吃人，可怕多了。

"好……"束星儿点点头，"五姐，时候不早了，我得先回去换身衣服。"

五夫人点点头，径直向里走。

束星儿出了竹楼，长出口气。这再好不过了。

一个新的清晨到来了。南国黎明短暂，黄昏漫长，天方破晓，太阳急不可待、一跃而起，在树梢和树叶的罅隙里印满光轮，昨夜的微凉在片刻之间散尽，炙热升起，洪荒如炉。

整个部落里，到处都是乐声，放耳听过去，有维纳琴和乌德，也有来自西域的筚篥和琵琶，还有号角、木鼓和骨笛。乐声活泼奔放，鼓点哒哒哒的，像在打着拍子，仿佛是听到了召唤，人们从四面八方的屋舍里拥出来，向高塔去。

浩浩荡荡的人群里，绝大多数是年轻的女孩儿——一些姑娘们穿了五颜六色的裙子，额头和手臂上装饰着宝石和孔雀翎毛，脸颊上涂一点玫红或者姜黄的粉末；另一些就是素麻短裙，毫无多余配饰，四肢结实灵活，配着轻巧的臂盾和短剑；还有一些头上戴着微木花环，腰带上挂着几个藤编的小篓，这些是药堂的姑娘们。

年长的女人们大多保持着安静，即使前去，也尽量远远围观。有一些门闭着，门框上挂着叶环和花骨朵环，那是老人们和孩子们。

按照银沙教的传统，这个世界里依然保留着相当数量的年轻男人。他们大多数是从阿瑜陀耶城来的，面庞、身材各异，但还都称得上匀称俊美。大城是港口城，附近各个国家的都有不少人在彼居住，也有不少人搭船远航。在很长一段时间里，大城里一直游荡着一支十二乐伎班子，她们弹琴作歌，舞姿曼妙，歌喉婉转，传唱着一个极乐世界的故事。宴饮之余，一些得到邀请的年轻男子追随她们去了，回来就津津乐道——在神秘的丛林里，有一片香醉之谷，有许多明媚鲜妍的女孩儿，奔放不羁，如果被她们挑中，就能在香醉谷里做十日狂浪欢娱，如果表现得不错，还有一笔不菲的馈赠。最初几年观望的多，前去的少，但随着探险的前辈们一个接一个地全身而退，而且看起来眉开眼笑，快乐得不得了，还有几位个中翘楚，带回来的"馈赠"丰厚得过了分，一回大城，就开起了铺子……越来越多的年轻人，开始翘首期盼那张请帖。一些人来了就走，另一些人流连忘返，渐渐地就留了下来。

除了这些普通人之外，还有一些是从中原武林逃来的叛徒。在过去很长一段时间里，中原武林各大门派的反骨们，因为各式各样的原因，逆了天道，反了师门，被一道英雄令四海追杀，走投无路之际，还有最后一条路，就是服下蛊虫，投靠银沙教。这也就是牙一咬，心一横的事，朝廷的叛徒可以往江湖跑，江湖的叛徒没路跑，"魔教"是唯一可以对抗侠义道的去处。有人是为了报仇，有人是为了活命，有人在积蓄一笔财富，有人在等一份解药……他们甚至想过，吕宋岛的老总舵还荒着呢，既然这边不要了，干脆就找机会弄船过去，再另立一个新天地。

曾几何时，一切都在心照不宣的微妙平衡里——朝廷容得下侠义道，但时不时也要削枝减叶一番，免得荣枯不由己，生出别样事端。霍瀛洲北上时，投石问路，先灭了几个不痛不痒、不干不净的小门派，慢慢悠悠观望一段时日，见一切风平浪静，心里有了分寸，这才放手施为。

不过，那些都是旧秩序的游戏了。如今，教母要建立一个新秩序。谁也不知道新秩序意味着什么，有时候意味着新的家园和文明，有时候则意味着重走一遍太初生民的血腥和暴力。

外面的那些人快要来了——皮影戏后的大幕要拉开了，一切即将短兵相接。而在此之前，还需要一颗人头祭旗。

束星儿戴了配宝石的羽饰，额头也抹了点姜黄的粉，换了一身新衣，簇新的褶子在阳光下亮闪闪的。

恍惚之中、欢呼声里，人群推着她向前走向石塔，石塔前有一大圈空地，赭色的岩石、黑色的纹理，水磨过似的，泛着粼粼的光。

大家都抬头，束星儿也仰头望。那座石塔，那座部落里最高也最瑰丽的建筑，矗立入云霄。石塔接地的是一方黑色玄武岩基座，长十丈，宽十丈，高十丈，像一个小小的堡垒，黑岩之上，活灵活现地雕刻着一条巨怖的"那伽"，那是一种远古恶龙，不孝顺父母，也蔑视神明，不礼沙门，也不敬婆罗门，在人世间兴风作浪，灭绝五谷，法力未必通天，却也绝无悔改。石塔上的那条"那伽"大到震慑的地步，整整绕塔一周，首尾相衔，龙身高过人头，鳞纹森森，双目如鬼窟，怒张的巨口里黑森森的，正是入塔之门。

黑色龙岩塔基之上，是白色的塔身，一块一块圆滚滚的巨石垒起来，向天直冲去，在阳光下有种粗犷糙烈的白，猛一看像是层层古战象的头骨。

大约在离地二十丈的地方，是精卫鸟驻足的石台——四根石柱，撑起了贴着金箔的塔顶，遥看金光灿烂，不可方物。金箔塔檐下，悬着一圈铜铃，风一吹，铃声清脆悠长。一只硕大的孤零零的交椅，突兀地立在石台上，好像硕大蜡烛上小小的油芯。

石台是教母的禁地，从来不许外人涉足，即便是在银沙教内，她也从不在人群间步行经过，来去都搭乘精卫鸟，很少有人近距离看过她的脸和身体。

来了！人群发出了一声不算高但如海水一样澎湃的欢呼声，众目所向，望着石宫方向——七道黑火，带着两只网兜来了，其中一只网兜里站着个穿着黑纱袍的人,另一只空空荡荡的网兜,像是尾随她的乌云。

精卫鸟飞速极快,翅膀一掠,登上了石台。欢呼声戛然中止了片刻,人们发觉那个人不是教母。这是第一次有教母之外的人,以这种方式登上那座高台。人群静穆片刻。

那是海柳尊者,她是个高挑白皙的姑娘,黑纱袍下露出修长的双臂,低着头,远远的看不清脸,只觉十分冷淡,像是春水里的一块浮冰。远处乐声悠扬,曲子悦耳动听。七只精卫鸟围拢在她身边。

人们在等海柳尊者抬头,她在银沙教的地位举足轻重,但从来不是一个在公开场合发号施令的人。

漫长的刹那,喧哗的寂静,几个深深呼吸,海柳抬起了头。她似乎还有些恍惚,但很快就坚定下来,先微微转脸向石官方向张望一眼,窗口黑洞洞的,不清楚是不是有人在观望。之后,她转向人群,声音很清:"诸位,今天是个好天气。"

天气确实很好,金灿灿的阳光,为所有人镶嵌了一道金边。

"我尊奉教母的旨令,站在这里,是为了向各位宣告一件事情——或许是明天,或许是今夜,我们的和平就要结束了。众所周知,我们的敌人一天比一天近了,面对面是迟早的事情。当然,我们不会让他们那么轻而易举地进来,他们还未曾见识过真正丛林,而他们就快要见识到了。

"他们从很遥远的北方来,万里迢迢,咄咄逼人,找了一群帮手,带了许多武器,从京城,到杭州,到洛阳,到大城,一个接一个,拿走我们的十二个银庄,他们气势汹汹地来了,好像这一路还没有赢够一样,好像最终拿走我们的家园也是唾手可得的事情。关于我们,他们知道许多,但他们唯一不知道的是——我们是谁。

"诸位,我们是谁呢?我们之中的一部分人,是所谓的魔教余孽。曾经有那么一个人,出于他个人的雄心,向整个中原武林宣战。可他的雄心不是我们的福祉,他的意志不是我们的愿望,我们被挟裹进去,不得不跟随其后。或许吧,他失败了,可自身没有受到任何惩罚,这个人!这个人的一生,活得虚无缥缈,死得自私自在。他了结了他自己的痛苦!可受到惩罚的,是别人,是我们。

"那些日子、那段路,受到殴打的人,是我们;受到凌辱的人,也是我们;有的人一直号称是我们的同伴,可一旦大家都变成输家,就把所有的火气发泄在我们头上,好像从前杀人灭门威风八面的是我们而不是他们一样;有的人衣冠楚楚道貌岸然,在夜深的时候凌辱我们的姐妹,可是等到天亮了,他们依旧是八百侠义道的英雄，我们依旧忍气吞声，他们甚至是为了侠义和公道而来的！

"我们每个人都知道，这些是为什么，因为我们弱，即使聚在一起，也像是一群蝼蚁。很多年了，我们不相信我们能变强，很多年了，我们甚至还在四处找一个教主，好像我们天生卑贱，非得有个主子似的。

"某一天开始，我们厌倦了，我们想按照我们的方式活着，无论付出什么代价。

"诸位，这就是银沙教的药堂何以独步天下的秘密，这也是精卫鸟为什么长翔不落的秘密——我的前任、银沙药堂的浅海尊者，留下了上百本厚厚的积累百年之久的笔记，无数人把心血放在这些笔记里，那些不是毒药，不是蛊虫，是我们向丛林、向大海、向天和地索求力量的历程，那是我们的道路。

"除此之外，我们还是谁呢？今天站在这里的，还有无数的姊妹，从天涯海角来，从我们知道的不知道的大大小小的国家来，来之前，她们不知道这个地方，来之后，她们永远不会离开，她们，变成了我们。我们曾经是一群没有力量还手的人，很难说清楚谁在欺负我们，好像整个世界都在欺负我们。他们指手画脚的时候，我们在沉默；他们为所欲为的时候，我们在流泪；我们好像永远无所作为，气到头了，也只能一死了之，临死之前，随便诅咒两句什么。但从某一天开始，我们开始还手了，开始把那些强加在我们头上的惩罚，原模原样十倍奉还，我们开始说，这个世界，不仅仅会像你想的那样，也会成为我想的那样，如果你不同意，如果你说非要真刀实枪地较量，那就让我们见识见识血流成河，那么很好，就让所有人的血，一起流成河。在那之后，我们和他们再一起讨论，这个世界，本应该是什么样子。

"诸位，我们为这一天，等待了太久、太久。我们的这条路，走了太长、太长。积水成川，积沙成塔，精卫衔微木，可以济沧海。请你们记住，今天是和平的最后一天，明天开始，我们就要开始战斗了，战斗的结果清清楚楚——如果我们输了，那么就前功尽弃，灰飞烟灭；如果我们能活下来，将赢下来一个属于我们自己的国家。

"请诸位做好准备。此外，我们为这片森林准备了一份祭品，也为那些远道而来的客人们准备了一份薄礼。星儿、五姐，请二位帮忙，送给他们。"

她说完了。乐声沉默了片刻，之后又很快演奏起来。开始的乐声只是寻常奏乐而已，但越来越多的乐器加入其中，变成了一支乐队。

人群的目光重新落回地面。"那伽"的巨口一张，吐出一"团"人来。说是一团，是因为那个人头上、喉咙、左肩和小半个胸膛都罩着一层乌金丝网罩，看不清脸，他那么滚落下来，像一团麻袋装着的湿泥，也不怎么动弹，乌七八糟腥臭一团。

乌金网罩昂贵、坚固并且只此一份，它用来保护头颅、喉咙和心脏，那些都是要害，一击就会毙命，护住这些地方，行刑的时候，会让恐惧和痛苦延续尽可能久的时间。

那"团"人在地上蜷缩着，蠕动了一下，他显然经历过了漫长的折磨，也知道即将到来的命运，他已经不再反抗了，任由摆布，喉咙里像被一堆乱石压着，偶尔被一只耗子蹿过去，发出气若游丝的一声。

人群啧啧议论。很多人都知道这个人。这是一个杀手，而且是下作的杀手，用一个假婴儿害死过许多人；这也是一条著名的淫棍，诱惑过很多个无知的少女，即使对待自己的妻子和刚刚出生的女儿也心狠手辣；他还背弃了契约，出卖了无数教内的秘密，甚至亲自带着敌人，扫平了钱塘银庄，杀了两位夫人，掠走了无数藏银。银沙教今日的局面，确实和这个人有莫大的关系。他做的每一件事都罪不容赦，叠加在一起，简直应该生吞活剥。

乐声无端激昂起来，而且声音变大了。严厉而低声的号角，混合着尖细缥缈的骨笛，风中似乎有个喑哑的声音，如申如斥，如催如促。

那是十二乐手。她们的音乐，和精卫鸟是同一个故乡。

海柳举了举手，精卫鸟随之鼓动翅膀，七朵乌云落了下来。

有人上前，把那个人的乌金网罩上的卡扣和鸟足下的网兜连了起来。

乐声里多了些小而碎的鼓点，哒哒哒哒，哒哒哒哒。乐声里的意志已经越来越明显了，你看不见她，但她无所不在。

没有别的选择了。五夫人轻轻拍了拍束星儿的手臂，束星儿如梦初醒，踏上了前一个网兜。

精卫鸟起飞了，人群欢呼如潮。

四只鸟的那一网，是束星儿在驭鸟，带着囚犯。三只鸟的那一网，是五夫人驭鸟，兼任行刑。

这里有一个固有的仁慈的传统，是昔年七夫人一起定下的——不要让太多少女看到血淋淋的场面，远远观望，知道什么会发生，再见到后果，就足够了。她们遵循固有的路线，群鸟在高台起飞，穿过部落东南方的稻田，飞去另一处髑髅之地。

这条路并不太长，也就是顿饭工夫。顿饭的意思就是一顿饭，通常情况下，一个人飞过那么一程，最后只会剩下一颗头颅。

　　束星儿驾轻就熟，摇着手腕，金铃木然响着，丁零零，丁零零。她年纪很轻，但这样的登高飞行已经是寻常事了。早在她第一次驾驭精卫鸟的时候，就感觉到毫无难度可言。当金铃响起的一刹那，她心里最深的与生俱来的那种怒意升腾起来，猝不及防，她也能够感知到精卫鸟身体内部那颗僵死了五十年的心还在跳动，一点灵根深处也是恨海不绝——它们本是戈壁滩上迷途人的引路鸟，但引来的那些人，一把火焚毁了它们的家园。

　　它们没有来处了，我也没有；它们没有去处了，我也没有；它们没有父母、没有朋友、没有爱人了，我也没有；它们吞噬了剧毒的蘑菇，分食了主人的尸体，它们杀戮这个世界，也接受这个丛林的杀戮，它们变成真正的魔鬼了。可我……我本来也快要是的，但昨天晚上的某一个刹那……我好像开始不再是了。那个刹那有一种难以言喻的力量，好像有一只温柔的手，穿过了多年的时光，轻轻抚摸过头发和脸庞。毁灭一切甚至不惜毁灭自身的那股烈焰，似乎就么熄灭了。我又想离开了。

　　我逃离过很多地方，可这一次，却在逃跑的路上迎头遇见自己。我想消失，想停下来，想喊救命，我不想再看见血了，谁的血都不想看，我不想干这个，我后悔了，可我哪儿也去不了……已经来不及了……

　　丁零零，丁零零，丁……恍惚之间，铃声中断。束星儿浑然未觉，直到一只精卫鸟伸过头来，漆黑的喙和血红的眼就在面前。如果没有金铃约束，那么所有的人都不过是一团肉而已。束星儿吓得惊叫一声，收敛心神，不敢再分心。

　　精卫鸟是很快的，不多时，她们已经越过了稻田。脚下是无边无际的广袤丛林，矮矮的丘陵起伏着，大朵大朵的树冠挤在一起，常年炎热多雨的气候，让植被变得极其茂盛，上万棵、几十万棵树挤在一起，有一种茂盛的、掠夺的、吞天吐地的绿，森林中间有十几个亮晶晶的水洼沼泽，那条浊黄的弯弯曲曲的长河在这里才显出原形，似一条大野之蛇，在啜饮大地凝结出来的精华。很难用美或者不美来定义这里，美是文明，在源头之上，还有洪荒。

　　五夫人提醒一样，摇了摇手腕。时候不早，该行刑了。

　　束星儿轻轻闭上眼睛，说好了的，她什么都不用管，一会儿就完事。

　　五夫人手腕上的铃声稍微急促了些。风，在耳边尖啸。三只精卫鸟飞过来，

221

天空有品字形的三道黑火流过。它们围着夜哭郎君的身躯在飞舞。

夜哭郎君的身体吊在半空，来回摆动着。他双臂无力垂在两侧，任由自身的重量，扯出紧绷绷的肋部，肋骨下面有抻长到几近撕裂的皮肤，和因为消瘦而仅剩一点轮廓的肌肉。

精卫鸟毫不犹豫，啄向肝脏。那是一种狩猎的本能，肝脏是身体最肥美的部位。

夜哭郎君出于本能，向后缩了缩，伸手去挡。他挡不住，鸟喙长而尖利，连手带肋部一起啄穿了。猛烈的剧痛、垂死的刺激，他发出一声诡异急促的惨叫，像是喉咙里堵了很久的一块心脏，被忽然撬了出来。肋间鲜血顺着裤管，向下流。三只鸟一起围上去。

血腥气是强有力的刺激，束星儿驭下的四只鸟也急躁起来，啪啦啪啦扇着翅膀，伸着头，迫不及待想要参与其中。

"星儿！把它们拉高一点！"五夫人急促地命令着。好几只翅膀嘭嘭嘭地撞在一起，很不好操作。

束星儿应一声，轻轻眨了眨眼。那之后，她惊呆了，她好像是人生第一次看见一群猛禽在生撕活人，那个人就像是吊在钩子上的一块活肉，用最后一点力气胡乱躲着、闪着，他已经没有力气再叫了，只有嘶哑的"呃呃"声，用来阻挡的左手被啄断了，耷拉在一边，左腹半边被撕开了，一只鸟的喙尖全是血红的，往外扯肠子，一只鸟在啄他头上的网罩，另一只在撕他的腿肉。

雷霆过体，触目惊心。她想闭上眼睛，但闭不上。耳朵里是被烧红的锯子锯成寸段的哀号。两张网飞来飞去，像捕捉一场永无尽头的噩梦。

她僵在那里，举着手，浑然不知铃声已经停止，强烈的酸液烧灼着喉咙，早上吃的鱼糜面翻腾着腥气，哇的一口狂呕了出来。

"星儿稳住！"五夫人一声厉叫。

但来不及了，她的手已经木了，脑海如一片烧过的白地，根本不知道怎么摇。她一不动，四只鸟的阵形立即乱了，有三只想要去加入饕餮盛宴，另一只向她的喉咙啄过来。

"啊——"她没处躲，抱头蜷缩，撕心裂肺地喊着，边喊边吐。

"星儿！"五夫人的铃声已经摇到疯狂，她只有一只手，但要控制七只精卫鸟，速度快成嗡嗡一片，她完全无法做哪怕最短暂的停止，她的脸色憋得铁青，牙关处的肌肉僵硬得直扭。

七只鸟、两个网兜、三个人，在高空胡乱盘旋着，像在苍穹的大漩涡里，一会儿抛高，一会儿冲低。精卫鸟开始不耐烦了，张着嘴唳叫着，喙尖上带着血，它们被猎食的欲望和古老的铃声双重驱动，开始混乱，之后越来越暴戾，叫声也越来越尖厉。翅膀拍着翅膀，腥风卷起旋风，喙敲着喙，爪碰着爪，两个网兜在天空像巨大的秋千，猛一下荡过来，又猛一下荡过去，人快要被甩出去。五夫人咬牙咬到嘴角有了白沫，手快摇废了，但只要停下来，被立马生吃的不只是受刑的那个人，而是三个人。

　　束星儿捂着头，蜷缩在网兜里，当空向下，一口接一口地呕吐。突然，一记翅膀拍在她头上，她惨叫一声，顿觉天旋地转，风在耳边嗡嗡地吼，只能看见烈日照在网兜的环扣上，反射着灼灼的光。

　　五夫人的单手驭鸟，已经达到了极致，她闭上眼睛，眼角的皱纹里满是细汗。丁零零，丁零零，那七只精卫鸟居然就被一丈一丈地压降了下来。丁零零，丁零零，她已力竭，无法再控速了，竭尽最后的力气命令七只鸟一起向地俯冲。

　　嗡！嗡！嗡！风！风！风！

　　束星儿失神地睁着眼看，这是她一生经历过的最快的速度。她们急速下降，感觉是地面在向眼前扑，沼泽迅速变大，那条大野之蛇快要直立起来。丛林如海，山丘浪峰翻涌。浪头炸裂处，一朵一朵巨树的树冠，像海浪里无数只海兽的头，海兽群再迸裂，露出坚硬地面来。

　　这儿不行！五夫人竭尽全力，猛把七只鸟再拉起，划过一道长长的接近百丈的大"之"字形线路，鸟群弹跃过一片巨树，三个人连网一起摔进一片泥泞沼泽里。

　　铃声依旧不停。铃声就是命，没法停了。

　　五夫人极其坚决，让自己本来就不中用的双腿直接落地。不知道断了没有，不知道痛不痛，但她的脸上毫无表情。她张了张嘴试图说话，但带着血沫的白沫流得满下巴都是。她直愣愣地盯着束星儿，目光催促，示意卡扣。

　　束星儿啊的一声叫，如梦初醒，跌跌撞撞爬起来，解开自己身上的网兜，之后，急忙打开了网兜和鸟爪之间的卡扣。

　　丁零零，丁零零……铃声变成了最古老温柔的一种，那是回家的铃，是最初的铃。该走了，离开吧。

　　七只鸟在泥泞中驻足片刻，扑腾扑腾翅膀，对未完成的晚餐恋恋不舍，但还是遵从命令，振翅尖啸，带着一片泥水，破空飞去。它们接到的命令是回家，以它们的速度，"家"里的主人很快就会发现这一切。

五夫人终于仰面倒在泥浆里，手像鸡爪一样蜷曲。

夜哭郎君可能已经死了，他身边黑红狰狞一片。过了好一会儿，他的手微微颤抖，网罩下冒出几个气泡，流水从身边经过，带着一截肠子漂了起来。

束星儿深一脚浅一脚地跑来扶五夫人："五姐，怎么办……我们怎么办！"

五夫人倚在她身上，稍微喘了两口气："星儿，你跑，快跑……任务没有完成……她不会放过你……"

束星儿四处望了一眼，不知道这是何处，这里四面八方看起来都一样，沼泽、泥浆、不知深浅的水洼，到处长满了草，除此之外，就是一条小蛇从脚边游过。这并不像是能跑的地方，她也不知道该往哪儿跑。

她低头看五夫人，五夫人显然也在四顾茫然。没有微木的路标，任何人都无法用肉眼在沼泽里找出路来。

五夫人思索片刻，向一边指了指："先到那儿去，那里有几棵大树……"

"五姐，我扶你……"

"星儿，你得自己走，我左腿……可能是断了……"

"五姐，我们一起走！我……我自己也不敢呀，你救了我的命，我不能扔下你，没你，我也出不去……我背着你！"

束星儿吸着鼻涕，把五夫人扶在自己肩膀上。

她们路过夜哭郎君的时候，夜哭郎君手动了动，他想睁开眼睛，但没睁开，拿头罩在泥地上蹭了蹭，把眼皮蹭开了，抬起脖子，也四面八方看了看。

束星儿架着五夫人，看着他。夜哭郎君伸出一根手指，艰难地向远方一指，惨不忍睹的声音从狰狞的喉咙里钻出来："你们……绕过去……往那儿走……"

束星儿吃惊极了，低头看五夫人。五夫人脸色惨白，但眼中无限惊喜，慢慢点了点头。

既然出了声，这就是个活人了，活人就没法这么直接路过。束星儿手足无措："我没法带你们两个走，我也背不动你……我不是想要杀你……我能帮你做什么……"

夜哭郎君气若游丝："先把她扶过去……之……之后，把我也扶过去……我教你们……"

束星儿照做了。她回来拖人的时候，一直在抖，又害怕又恶心，不敢看，也不敢不看。夜哭郎君的大半条腿肉已经被撕下来了，露出鲜红的骨头，肠子带着一块内脏，拖在身体外面，她收拾不了这样可怖的伤口，就听从指令，拽了块衣服，胡乱包裹住内脏，又解下连着网兜的卡扣铁索，连拖带拽，把人弄到一棵大树下。

夜哭郎君一直闭着眼睛，不喊痛，不呻吟，甚至都不怎么呼吸，他在积蓄最后一点力气。他要求束星儿扶他坐起来，四下张望了一会儿说道："你们俩……能辨别方向吗？"

"不……"束星儿还没有说完，五夫人就点了点头。只见五夫人脱下一只鞋子，从鞋帮里抽出一根已经磨出刃的铁丝，另一边鞋帮里有一个很小的指南针。然后，她解开黑袍子，割开腋下和胸腹处缝布，里面是几张薄饼，和布料密密地缝在一起，大腿后面绑带里则装了很小的两个水囊。

束星儿睁大眼睛。五夫人居然早有准备！她要去哪里？她清早去河边，是为了告别吗？她是准备今天就走，还是随时随地找机会离开？

夜哭郎君轻轻点了点头，伸手要过那根铁丝，他慢慢地转过头，转得慢极了，好像脖子已经被扭断了一样，右手在地上画着。这看起来就像是个完全无力的胡乱的动作，但画出来的，还是流畅的直线和弧线。

他刚才人在半空，肠子被啄出来了，一条腿被吃了一半，但居然完全保存了右手，根本没有去挡一下。他盯了会儿自己画的那条线，一动不动，停顿了很久，久到束星儿差点要去试试他的鼻息，才慢慢说道："都看……看懂……了？"

五夫人点了点头，又看向他网罩后的眼睛："你怎么可能知道……"

夜哭郎君很慢地动了动脖子，大约是个摇头的意思，但只有下颌有一点幅度："帮我……我的头罩子……锁在……这棵树上……从……这个树根下面，穿过去……"

束星儿照做了，但并不知道为什么。

夜哭郎君靠在树上，喘了两三口气，又说道："这个……给我……"

他要的是那根开了刃的铁丝，五夫人放到他手上。她知道他要做什么了。他走不了，但精卫鸟一定会回来。

"要我帮忙吗？"

"不用……"

夜哭郎君抬起头，眼睛从乌金网罩里看了看天空。他大口大口呼吸着，猛地从外面抽进来几口新鲜空气。丛林里一片静谧，除了微风和淙淙水流之外，什么

225

声音都没有,只有他破风箱一样的喘息:"你……你们见到……苏,给我带个话……跟他说……幸会了……跟他说,我以前……做错很多、很多事……我很难过,我……我以为……永远……都不会再回头了……他知道,他都知道……我最后一段日子,好开心……我真的谢谢……遇见他,还有……朋友……我的朋友……幸会了……"

他用力地喘息着,他失血已经很多了,整个人都在抽搐,他摸索着在胸膛的网罩上找了一个网眼,那是心脏的位置,他稍微试了试那根铁丝的角度,大约觉得不够精准,拔出来,重新挪到了左颈的大动脉边。那是一个很好的角度,铁丝顺着网罩的网眼伸进去,刃口正在动脉上。他稍微调了调手势,刃口压着动脉。之后,用尽全身的力量,深深吸了口气说道:"对了……沈姑娘……南枝,来了吗?"

五夫人点点头:"来了。"

夜哭郎君没有再说一个字,手极稳地将那道细小的刃口一拖而过,涌泉一样的鲜血从网罩里冒出来,嗞嗞向外冒着、溅着,淋淋漓漓从身上流进泥土里。他没怎么挣扎,很快,头歪在一边,手随之摔落下来,那根小小的铁丝本来卡在网罩里,也跟着滚落下,停在一株草茎边。那根草迎风独秀,像是有只看不见的手使劲从地里抽出来的一样,根茎之初,有一小截清清白白,一点血污和泥土都不沾。

第七十章　溯洄从之

联队进入丛林的第九天，地形开始出现了变化——地势在慢慢抬高，土地越来越干燥，很多地方已经可以称为土壤而非泥泞，出现了成片的可以行走的草地，无处不在的随意漫涌的河网渐渐收束为河道，溪沟的上沿开始出现大块的石头。

这是很明显的征兆。毕竟，银沙教的总舵在一个有农耕、有建筑的部落里，那里不可能是一方泽国，必然是在沼泽之中的最高地。

当日午后，文陵江振翅归来，带来讯息——她在高空看见了银沙教的高塔，但因为忌惮精卫鸟的缘故，并不敢再上前侦查。按照文陵江的推算，银沙教的边界距离此地大约五十里，即使全速前进，赶到也已经是傍晚。联队双方商议了片刻，决定就地扎营，养精蓄锐，第二天黎明出发。

营地很快整饬完毕。土地被简单地收拾过一遍，用燃烧的巨木滚压过，以防止毒虫毒蚁；四周因地制宜，或者挖了简易的壕沟，或者用荆棘和硬木做了鹿栅；草丛里洒了防蛇的硫黄、烧了驱虫的药草，靠北边支起了长长一排薄油布大帐篷，里面全是辎重、炮箱、箭弩、机关、药物、暗器匣子……四周的大树上布置了远近三道哨网，一个时辰一轮岗，随时防备精卫鸟的突然袭击。

营地中间有道水沟，水流还算清澈，藤草深茂，乱石树杈横斜，沟上倒卧着一株大树，树根已经朽坏了，树冠和草丛融为一体，临近流水的部分长满了木耳。这道水沟变成了天然的分割线，一边是江湖人，一边是神捕营。

神捕营这边，依旧是行伍做派，令行禁止，按照百人队划片宿营。中间空地是一长列地灶大锅。

神捕营有规定，长途跋涉，食物必须煮过，免得不干不净，闹了痢疾。今天的晚餐相当简单，一路走过来，新鲜食物早就吃完了，剩下的全是既咸且干的——

227

几罐咸肉干,加水煮出来就是汤,配上一种豆子加米粉烤出来的饼,当然算不上美味,但相当方便。

辎重帐篷正中那一顶里,放了四门盖着炮衣的小山炮。大帐门前有个伐木剩下的大树桩,正好做桌子,简易的木碗、竹筷和包裹豆饼的蕉叶胡乱堆在脚下,桌上搁着一张简易的手绘的地图,地图四角用油罐、黄麻线轴、起子和青崖弓的扳指压着。孙白鹿、楚随波和苏旷围着看。

那是一张"众"字形的地图,银沙教的位置在"众"字正中的菱形上,四周的撇捺都是河网,串联密布如血脉。

天气闷热,四面无风。孙白鹿打着赤膊,晒成红褐色的肩膀上有条笔直的弓囊革带的白印,只穿条犊鼻短裤,裤管高高撸到大腿根,大腿上鼓着两道兽脊一样隆起的肌肉,赤着脚,小腿沾满泥浆,干硬成泥块的草鞋扔在一边。苏旷套一件已经反复浆洗成泥色的破褂子,应该是仰面胡乱冲过几桶水,那水就地取材,不太干净,脖子上挂有水草细茎,腰带上也沾着点青苔,大片的泥块冲掉了,剩下淡淡的泥水印子,沿着胸腹肌肉纹路勾画出一面古盾,扎进腰里,他也打着赤脚,套条短裤,草鞋湿漉漉的晾在一边。楚随波最周正,薄薄一件贴身的汗衫,被汗水濡湿了大半,外衣还扎在腰间,长裤被荆棘撕扯得像两条残旗,像摇着鹅毛扇一样轻轻摇着张大芭蕉叶子。

"我们从这里进去。"孙白鹿手里一根草秆点在"众"字的右下角,一路弯弯绕绕划到右肋部的"人"字头上。

"这里直接走不成吗?"苏旷指了指其中一个点。

"我不敢确定。你别忘了,这个地图是陵江的俯瞰再加上向导的印象拼凑出来的,非常不清楚,这个地方有可能是河,也可能是沼泽的边缘,还可能什么都不是,就是积水反光……我想,越是靠近地头,越要小心谨慎,就当它是条河吧。快要短兵相接了,无论如何,避免全员泅渡,咱们宁可绕点路。"

此言甚是,苏旷和楚随波都点了点头。

"就按照既定计划走,那路上还是老规矩吧。苏旷,你跟我打头阵,带着炮;沈家兄妹和你媳妇居中,带着狩天者;随波和风不二、福宝压尾。明天要早点动身,天一亮就开拔,也就是说,天亮之前,一切都要准备好。苏啊,我们这边问题肯定不大,你们那边呢,你稍微督促着点,江湖朋友里面有几位磨磨蹭蹭的,你得提前招呼一声,平时,一时半刻的也就算了,明天绝对不能耽搁,到时候就得走,风雨无阻。我们必须赶在太阳落山之前，杀进银沙教。"

"行了啊，就那两回别老念叨，我心里有数，他们正经事误不了！"

"对了，明天路上，我们要把队伍再压得短一点，随时随地，大家都能策应到。"

"好。"

"那行，就这么多了。今天晚上，大家都早点睡，高手全撤下来，该休息休息，该放松放松。好钢用在刀刃上，谁也不知道进去之后，还能不能睡上囫囵觉。"

"言下之意……就是随波守夜？"

"小苏，过分了……"

"哎，随波，我不是说你不是高手……我知道你的嘛，但凡有大事，你之前那个晚上肯定睡不踏实，睡不好还不如守夜呢。正好，沈东篱毛病也大，不管约什么时候起，肯定起得比别人都早，我待会儿跟他说一声，你们俩就接上班了。"

"哦，也是个办法。不过，今天夜里，你们江湖朋友那边，还得再出一位管事的。苏旷，讲老实话，你们的人我是不太敢管，动不动就怪里怪气，上回就过去要包盐，跟我扯什么'官爷，些许心意，还请笑纳，日后京城行走，还望通融则个'。"

这话一说，三个人都摇头笑起来。确实如此，两边固然是联队，不少人也互相敬重，但朝廷和江湖彼此忌惮已久，一路走过来，鸡毛蒜皮的小龃龉还是有不少的，孙、楚二人如今学了乖，不直接沟通，凡事都让苏旷去开口。

"那就公孙小李吧。"苏旷说道。

"那个丐帮七袋弟子？我多句嘴啊，这个身份，能不能服众？"

"没问题！临来之前，丁桀跟我提过他一声，说路上多看顾他一眼，合适的时候，给个机会历练。这个公孙小李，今年二十五岁，使一对紫云峨眉刺，八年前，他受丁桀指派，带了四个少年人，前往湘西凤凰门带艺投师，学有所成，合称凤凰五翎。三年前洛阳有事，五个人回返丐帮，从此算作两边门派的双传授业弟子。一路上，我盘过他的底。他身手很好，用毒功夫也相当了得，稳重心细，做事顾全大局，执锐攻坚或许还差把火候，巡查守夜，那是再合适不过了。"

"啰里啰嗦！你早说丁桀提点过不就完事了？丁帮主英明神武，知人善任，指的人铁定错不了。"

"哎，区区在下岂敢擅专哪，凡事还是要报备楚大人得知！日后京城行走，还望通融则个！"

"你俩行了啊！多大的人了！得，咱们今天就到这儿，我去让人再布置一层防

229

守，差不多了就让陵江下来，她飞了一天，也该歇着了，之后，所有人就不许随便动了。大概还有不到半个时辰吧，都准备准备。小苏，你晚上睡哪儿？"

"东南角吧，靠近沼泽，潮一点也脏一点，东篱南枝小鲨都爱干净。"

"好，那我就睡东北角……哎，你着急忙慌的去干吗啊？"

"我去找小鲨。"孙白鹿话音刚落，苏旷就忙站起来，拍拍裤子上的土，抖搂两下破褂子，提上鞋，"我刚跟小鲨约着饭后散步来着，说了马上就过去，她等我半天了。"

"饭后散步？"孙白鹿有点纳闷，"咱们好像一整天都在赶路。你俩不累吗？"

"赶路是赶路，散步是散步。"苏旷左右手示范着互相勾了一下，挤挤眼睛，"散步是要手拉手的。不懂吧？"

侠义道的地盘在水沟的另一边。这边就热闹多了，人来人往，水泼酒溅，地面踩得乱七八糟，像是倒翻起的石榴皮。这边的西南角也修了木栅，栅栏之外是大片快干涸了的沼泽泥地，此时已是雨季末尾，积水退了不少，大块的湿土裂着巨缝，大片的水柳和芦苇歪着脑袋，像是斜插在泥土上，一团一团云雾一样的小虫在植被中间飞。

这里地势辽阔，一目了然，很难被偷袭，众人也就放松得多。所有人都嘻嘻哈哈，吃喝着，说笑着，人群分门派坐地，泥水里涮过的草鞋挂得满树都是，兵器和散落杂物扔了一地，几张草席一凑，打牌的打牌，吹牛的吹牛，喝酒的喝酒，有人起了调子唱起歌，到慷慨处，周围人都拍着刀鞘轻轻和。

苏旷经过的时候，一路众人都冲着他扬了扬手。这是亲近，也是尊敬。此间的许多人都认为，这一趟只要取了恶马王人头，不久之后的某天，他会取丁桀而代之，成为未来武林的领袖。

没有人知道他和神捕营的约定。必死的命运像黑轭一样，卡在咽喉上，生命自有激昂之力，骨鲠在喉，不吐不快。一个属于铁与尺的自己下了判决，而属于刀与血的另一个自己表示永不服从。他的意志早已经强行接受了终局，但死神就在不远处盯着的时候，更深的骨血里，有一种天生的骄傲在对着不可抗拒之物狂叫——你休想令我丧胆！

那就战到至死方休吧！人在无法言说的时候，身体会说话，刀会咆哮。苏旷这些日子容光焕发，神采照人，他的肉身在刻意嚣张，生命力像是熊熊燃烧的烈焰，把死亡的黑烟远远顶在上空。

他状态变得出奇的好，长程赶路的间隙，依旧有余力走几路刀，一些往昔岁月里极为凝滞的招式在一个接一个地变得轻盈自在，至于那些依旧攻克不了的招式，自然而然地烟消云散。那是顶级习武者的神照之路——好像是登山，之前有一段极尽煎熬的鬼路，但在最后冲顶的一段，身体里的所有机关会一起打开，身心自然协调到最佳状态，扔去一切多余的负累，走向那虚空之中标志"我在"的最高点。

随他南征的都不是泛泛之辈，许多人心里有数。当然也有很多心里没数的人，坐地高叫："苏大侠！打牌吗？"

"我找人哪！"

"那边！那边！"有人见过云小鲨，一手拿牌，一手指点方向。

"哦，等打完这一圈啊，你们几个去跟大家伙说一声，差不多了早点休息，明天天不亮我们就要动身。"苏旷站了站，咧嘴笑笑，"可不是我挑事啊，刚才神捕营的人都笑话我们了，说你们都是有名有号的人物，连床都起不来，净拉他们后腿……"

"知道了！"一群人哄笑着。

云小鲨站在一棵白千层树下。树两边搁着两个巨大的结结实实的箱子，看起来相当之沉，箱子上箍着铁箍，箱子四周的泥土里还隐隐弹出一圈铁蒺藜。那是狩天者，是对付精卫鸟的法宝，一直放在营地的心脏位置。

傍晚无风，天热得像蒸笼。云小鲨一身淡紫轻衫，腰上系一柄极漂亮的短剑，脖颈上一条青布发带，悬着条银色小鲨鱼，她边走边晃，袖子用丝带高高扎到肩膀上，手臂修长，肌肉有道新月的弧线。她等得有些着急，时不时抬头张望。

说起来，两个人虽然一路同行，但单独相处的时刻并不多，高手毕竟就那么几个，每个人都要照应一大片，行军的时候要分段押运，夜宿的时候要分头防守，只能见缝插针，抽空相聚片刻。前天就没有聚成，前天赶路的时候临时搭的木板断了，两门炮直往泥潭里掉，七八个人一起先跳下去托着，沈东篱站得倒是近，但他见大势不可回，不仅不下去帮忙，还向外蹦了一步。一小群人在泥潭里滚了半天，弄得像女娲刚造的人一样，谁是谁也分不清，到扎营的时候，清理炮轮里绞的杂草就用了大半个时辰。昨天也没有聚成，昨天地利不好，林子密不通风，草丛高过人头，有蛊尸埋伏也看不出来，几个高手通宵守在四周的树上，压根不敢合眼，一整夜提心吊胆，草木皆兵。今天扎营得早一些，营地也还算开阔，应该可以多聚一会儿。

想到这里,云小鲨微微笑起来。他俩正在你侬我侬的当口,一日不见,如隔三秋。她知道苏旷也想念她。新婚燕尔的思念,像琥珀碗里的热蜜,每一缕拉扯开的丝都既长且甜。闲着也是闲着,她头发汗湿了,她便摘下发环,抖开长发,十指如梳,重新编了发辫、盘成发髻,一头长发太过浓密,总是有一小缕儿散在外面。

"小鲨!"苏旷远远地叫一声,一路激动跑过来。

"哎,这儿!"云小鲨随手把那缕儿头发塞进发环里,快步迎过去,笑逐颜开,"还挺快的,我还当你们要聊好久呢。"

"都是反复对过好几遍的了,没什么好聊的,白鹿忒仔细了!"苏旷伸手,把她那一小缕儿头发重新顺了顺,搂着她的肩膀,轻轻端详她片刻。小鲨有一双肆意爱恨的眼睛,笑起来的时候,心扉洞彻、火烈具扬。

"东篱兄和南枝呢?"

"去那边大树上绑藤网。南枝说那么睡既干净又凉快!"

"嗯,你今晚上还跟南枝睡吗?"

"对啊。"

"要不……嘻嘻,自己睡怎么样?后半夜我抽个空来找你……"

"后半夜,还抽个空!快得了吧,我还得去现扎个吊床!今晚上都什么时候啦,你能抽出空就活见鬼了……"

"也是。"

"你晚上在哪边?"

"我睡东南角。"

"还是水边上啊?"

"有小金嘛,又不怕虫子。小鲨,我跟你说啊,这个叫雨露均沾,东西南北四面八方我都睡一轮了,哎,掐指一算,就差一队人马没睡过……他们都哭着喊着求我呢,说苏大侠啊,发发慈悲,今晚上睡我这儿吧!我是一双玉臂千人枕……"

"脸呢,脸呢?"

"找不着吗?这呢这呢!"

"真不要了是吗,真不要了我就……"

"哎呀……云小狗咬人了!"

两个人一边说着,一边嬉笑着,不知不觉,动作上就亲热起来。远远的,几个端着破碗的丐帮弟子没见过世面，放慢了脚步，偷偷地伸头伸脑往这边打量。云小鲨搅了雅兴，往那边瞪一眼："丐帮的人好没眼力啊，都走过去了还回头看！真是自古以来的无礼……"

"好了，好了。"苏旷在她手臂上拍了拍，不提丐帮还好，一提，他倒是想起来了，"哎呀，我还得去找公孙小李说个事，小鲨，来跟我一起……走，顺路嘛，说完我们就去那边逛，那边有几棵好大好高的树，像特大号菜薹一样，我们去上面坐着吹风去！保准没人能瞧见我们！"

丐帮的摊子在东北边，是最大的一摊，跟当街卖艺似的，里三层外三层，外面的人都站着，认认真真，伸着脖子看。透过人群的缝隙，看得见席子上有一大堆碗。里圈好多人围坐着，还时不时举着胳膊咋呼。

这个场面确实不一般，人家门派累了一天，都在玩儿，就他们大眼瞪小眼看破碗，大老远看不出究竟，不知道还以为丐帮在弘扬什么传统文化，"再穷无非讨饭，不死就要出头"之类的。

苏旷和云小鲨走近了，也很好奇地探头看。席子上足足有一百多个碗，一共排了九层，摆成一座塔的样式。公孙小李居中坐着，身边四个年轻人，他正向四周指点讲述："当时，我们韩西岭韩长老的人头摆在这里……龙得鳞龙长老的人头摆在这里……凤凰门五毒侍者玉蟾蜍的人头摆在这里……而我们奚蓝眉奚门主的人头……就摆在这里。"

他在讲江南霹雳堂门口的那一座人头塔。

苏、云二人笑容顿时收敛。人群静默无声，同仇敌忾。

"敝帮老帮主回返洛阳之后，当即呕血，从此病重，抱恨而终……"公孙小李身边，一个年轻些的弟子接过他的话头补充，"这百十颗人头，还是后来我们丁帮主率众攻下总舵，才回返霹雳堂，请了出来。我们丁帮主深感凤凰门深恩厚义，亲自陪同柳门主，护送奚门主遗骨，千里迢迢，赶赴湘西。"

"奚门主仁义，我八百侠义道齐感恩德！"

"丁帮主这一节做得好！"

"霍瀛洲那一路也不知道建了多少髑髅塔！这群畜生！"

"上一回就是丁帮主心慈手软，这一回，一定要斩草除根！"

"要我说啊，咱们就是四个字——诛尽银沙！"

"说得好，诛尽银沙！"

233

"诛尽银沙！"

有人怒不可遏，有人连连附和，有人热血沸腾。几乎在场所有人都一起呼喝起来。连附近几个帮派，也一起扣下手中牌，脸色肃穆，目光庄重。

这声势将起未起，将发未发，主要是带头喊的人是个无名小卒，众人不愿跟随。如果换个人喊，譬如苏旷，那这里立地就会变成一片燃烧的海洋。

云小鲨脸色微微沉了沉。真是久违了，那四个字跳进耳朵里的时候，她心里有根弦，也隐隐拨动了一下。

"诛尽银沙"，那是十二年前，侠义道大举反击之际，丁桀拔剑说出来的四字号令，那是攻守势异的一声号角，一条流着血的征途，也是一段光辉岁月。

他们也几乎说到做到了。

这四个字太重了，重到白骨如山，诛尽银沙之前，江湖是一片汪洋血海，诛尽银沙之后，银沙教是一片汪洋血海。

她有些不安。但这不安一闪而过，她还没法准确地把它描述出来。

有些人还在沸腾，有人缓和大家情绪，把话头往高兴的地方引："对了！要是回头拿下药堂，缴了银沙教的独门笔记，就交给凤凰门，做个弥补。人家当年，可是带了独门心法《毒经》传给咱们侠义道。说不定，药堂有什么灵药神方，柳门主又是此中高手，到时候一调理，就把咱们丁帮主眼睛医好了，岂不是一桩大好事！"

一众人依旧连连附和，抚掌称好："说得好！何止眼睛啊，柳门主端庄聪慧，落落大方，身边也迟迟没有良人，又是咱们丁帮主的老相识，依我看……啧啧，那才叫好事成双哪！"

一群人又哄笑，周围人还是连连附和，抚掌称好。

云小鲨很轻微地摇了摇头。苏旷也不耐烦听他们闲扯，冲着公孙小李招呼一声，公孙小李见了他，忙站起来。一众人都点头："苏大侠！云船主！"

"公孙兄弟，今晚上劳烦你辛苦，和神捕营楚大人联手为大伙儿守个夜！"

"是，遵命！"公孙小李连忙抱拳一礼，神色不动，但语气里有些按捺不住的激动，"那我就先预备着。"

"有不明白的事项，你去直接问楚大人好了。"

"是！"

"大家……也散了吧！都早点歇着，虽说今天是要放松一点，可咱们和对头还没有碰上面，也不知道明天有什么埋伏等着我们，鹿死谁手犹未可知，临阵助威固然很好,这时候连彩头都开始扯,我觉着不妥。"

"是!我等轻狂,这就告退。"

一群人讪讪地散了。

临近黄昏,丛林里起了一层白茫茫的雾,水汽在暮光里氤氲。

只是个小小的插曲而已,苏旷拉着云小鲨,继续刚才的旅程,不过,他明显感觉到小鲨有什么心事在胸中激荡着。在那之前,他握着她的手的时候,两个人恨不得手心贴着手心,像是两团火苗要融成一个,但现在,就是很敷衍地手指随便勾着。

他们就那么并肩走着,苏旷试着讲了两个笑话,说了点路上的趣事,但没得到什么应和,云小鲨一路只低着头,随便嗯啊两声,怔怔地出神。苏旷想问,想了想又没有问,小鲨总有理由,如果不愿意说,那就不说好了。他也很累了,也有无数的事,就这么静静走一段儿也很好。

云小鲨有所思。她低着头,看自己的胸口那条银色的小鲨鱼,如游似弋,仿佛在提醒些什么。这条小银鲨是霍瀛洲亲手刻的,线条凌厉洒脱,刀工不算精致,但别有一番桀骜气魄。当时她就托着腮,坐在一边看,看霍伯伯修长的手指,握着刻刀一路写意龙蛇,小鲨鱼渐渐出来模样了,喜欢得不得了。眼看着刻完了,霍瀛洲吹了吹缭绕银丝,把新礼物挂在她脖子上,对她微笑着说:"小鲨啊,将来长大了,可以去趟银沙教,我有东西留给你。"

是什么呢?霍伯伯留的总是好东西,就像爹爹妈妈留的也都是好东西一样。

后来她长大了,去了银沙教,唯一入眼的"好东西"就是那一岛海神杉了,那是举世无双的龙骨木。她不客气地直接用教主的继承权换了云家船帮未来二十年的辉煌。

不然选什么呢?云家船帮大好前程,银沙教败局已定,难道要选那群已经走投无路的女人吗?那些女人的路早就没了,她年纪虽轻,心知肚明。她们是魔教余孽,很难像普通女人一样嫁人,又很难像男人一样改换身份,考取功名,或者做个生意,她们更无力组建门派,靠自己的力量打天下。她们像围棋里的孤子,四方堵死了,中间那粒子就被冥冥之手提起来,平地消失。大势已定,我是无力回天的。当时唯一有权力的人是丁桀,但丁桀正要横绝天下,诛尽银沙。

云小鲨叹了口气。我明白我的不安从何而来了。我是今时此地所有人里唯

——个见过她们当年绝路的人。我和我的父亲一样,在绞进残局和独善其身之间,选择了独善其身。我不后悔,可也不心安。

云小鲨信步走着,眉头紧锁,任由思绪回溯,在记忆的汪洋大海里,找一点蛛丝马迹。有些话,当时听进耳朵里,并不太以为意,可某个时刻,会叮的一声,冷不丁就从记忆里跳出来。譬如那一天,大城外的孤舟上,五夫人诚诚恳恳地说:"如果你能理解我们当初的难处,请在这一次帮助我们。我知道,我们这一代人做了许多残忍、血腥的事,但没办法,我们确实没有干净的路走,我愿意用生命做代价,洗清这个罪过。小鲨,请你相信我,我们有许多年轻的姑娘,她们的手是干净的,人是聪明的,再过一代或者两代,她们能建设一个很好、很好的新世界……或许,她们的佼佼者,也能像你一样,做自己热爱的事情,而且出类拔萃。"

五夫人当时说这番话,她是信的,不以为诓骗,即使如今,也是信的。

然而,五夫人说完这些话之后不久,银沙教就最后一次爽约了,她们杀了明镜禅师,炮击了她的船,她九死一生,之后当然就把这些抛诸脑后。

这步棋一走,就已经是死局了,除了一方被斩尽杀绝,再没有斡旋回转的余地。可这步棋为什么要这么走呢,谁在持棋子呢,对谁有好处呢?

苏旷当时提了六个条件、三个问题,说实在的,苏旷是个很大度的人,那六个条件相当宽容,而且直接把自己的私仇抹掉了。那六个条件,是哪一条不能满足呢?是谁不愿意求和呢?

等一等,再等一等,这一局还不是死局,应该还有变数,可我找不出来。找不出来就没法乱说话。可明天就要开战了。我该怎么办?我能怎么办?

腰间的短剑也在摇摇晃晃,跃跃欲飞,那是沈南枝亲手打造的神兵,有乌木和白银的鞘,秋水一样的剑身。

是,我还不知道怎么办,我还在期待破局。但我知道,这是藏山一玉,侠义道的第一名剑,足以与碧海洗银沙抗衡的存在,如今,一半在苏旷手臂里,一半在我手里。父亲、母亲和霍伯伯,确实已经把最好的东西给我了。包括当时他们解决不了的死局。

不管认不认同丁桀,他在他那一战里,已经尽了全力。而这一趟来的,是我,是我们。我们理所应当比"诛尽银沙"多做一点什么。

云小鲨抬起头,向西北方向看了一眼,那是他们明天的目的地。这一带丛林没有高低起伏,太平坦了,远方什么也看不见,除了树还是树,枝叶搭着枝叶,荆棘缠着荆棘,长草卷着短草。远处黑黝黝的森林蠕动着,像个巨大的母腹,似乎要把什么生下来。她又轻轻叹了口气,思绪万千,准备过会儿去找沈南枝聊一聊。

就这样各怀心事,两人已经走到了营地东北角的那几棵"特大号菜薹"似的巨树下。此地木间稀疏,踏叶闻声,再也无人打扰,不知名的林禽枝头鸣叫,一声接一声的嗷嗷吁吁,好像要把胸中藏着的迷惑全喊出来。

没有人再提上去吹风。苏旷兴味索然,抬头看看那树:"小鲨,还走吗?"

"不走了吧。"

"那回吗?"

"嗯,回吧。"

"也好,我去找沈东篱,你一道吗?还是自己静一静?"

"我……那一道吧,我也要找南枝。"

他们就那么有一搭没一搭地说着话,原路返回,野草长长的,倒伏在地,踩上去簌簌作响,最后一抹夕阳把高枝的影子投射在地上,一道一道像是栅栏。

一声尖锐哨响,文陵江振翅,向营地这边飞。

说起来,那电母翼真是一样造化钟神秀的宝物。收起来的时候,轻薄到盈盈一握,展开之后,隔着薄薄银翼,看得见白晃晃的火焰里夹着狭长的一朵红,在风里左冲右突。人人仰头都能看见,好些人听见哨声,都向这边赶。

文陵江很快在人群之中找到了苏旷,双翼一收,凌空划了半个大圈,落在苏、云二人面前。大家距离都不算远,没多久,大家全都赶过来了。

"有人发现了束星儿和五夫人!"文陵江急匆匆地向大家通报。

"在哪里?"

"东边一里外的河岸,我们本来在那边布置了一个哨位,风不二和你师弟守着,刚才白鹿派了一队人过去,通知他们撤下来,临来之前,在树梢和草丛里布置哨铃和连环铁夹,他们正在布置,有人看见束星儿和五夫人从河上游漂下来……我知道的就这么多,一得到通知立即就过来报信了。"

苏旷想了想:"确定就她们两个?"

"是。"

"那……她们身上有伤吗?有什么异状吗?"

"我没有落地,直接就飞转过来了,听他们说,五夫人有条腿可能是脱臼了或者骨折了,其他就是一些常见的擦伤。"

苏旷看了看众人,大家都点点头。他命令道:"好,神捕营的兄弟加一班防守,所有哨位不许离人,打开炮衣,随时准备精卫鸟突袭;公孙兄弟,你带好凤凰门的朋友,留心戒备天降银沙;南枝,带上一个狩天者,再拿上水和伤药,我们一起过去看看。"

几个人都摩拳擦掌,齐齐说了声:"好!"

他们赶去的地方离这里不算远。那是如同血脉密布的众多河道的一条,算是附近的主河道。河边有一片沙砾地,附近一棵大榕树把须根一路伸到这里来,九连环一样圈在沙地上,像是大树伸头啜饮沙坑里的水。

五夫人头枕着树枝半闭着眼睛,她的头发乱散着,两鬓里窝着大团的灰白,黑衣在泥浆里泡了太久,僵硬地贴裹在身上,勾勒出一个过于瘦小的身躯。或许是因为在水里泡了很久,也许是因为疼痛,她的皮肤现着惨青色,左腿本来用树棍和布条打了个夹板,如今也脱落了,露出本来就有点畸形的膝盖,看起来肿得老高,红得发亮。她听到有声音过来,微微睁了一睁眼,想要坐起来,几个神捕营的一起用刀尖指着她,意思是不许动。束星儿倚靠在另一根大树枝上,黑而密的长发半遮着苍白的脸。

风雪原俯身捣鼓她的小腿,那上面全是紫色瘀血,一点一点香疤一样的血洞,看起来钻了许多条水蛭,他一点一点地撒药盐,轻而快速地连拍,把那些水蛭弄下来。

一行人来得很快,一眨眼就跑近了。苏旷大老远看到这一幕,火气直往上冒,他二话不说,黑着脸上去,拎着风雪原的肩膀把他拽起来往外抡着一摔:"你给我起开!"

风雪原在泥地上滚了一个跟头,手里捏一条紫泥泥的大水蛭:"师兄!"

苏旷先问边上那几个人:"都搜过身了?"

"是,没有异状,没有夹带。"

"牙缝里也没有毒药之类的?"

"没有!"

苏旷稍微松了口气,问风雪原:"站着别动!直接说怎么回事!"

"是,师兄……她们是从河上漂过来的,就那儿……星儿抱着块木板,又拽着她,那会儿风还大,浪也快,差点就漂走了,亏我眼尖,看见她们,从那边大老远一路追过来捞起来……"

"其他的呢?正事都问了吗?"

"还没,我一看见她们在河里漂着,就赶紧吹哨了,刚一捞着,陵江姐也就下来,二话不说直接去找你们,那个五夫人喝了一肚子水,好不容易才给控出来……然后就,一二三……我刚给弄出了七条蚂蟥,你们就来了,真的已经很快了!"

苏旷点点头,他们来得确实快,几乎是全程在狂奔。

风雪原试着举了一下手里的小盐瓶:"师兄,你要问什么话,先把她腿上弄干净吧……多难受呀!"

苏旷脸色沉得可怕,冲着两个神捕营的下巴一点:"看着点他,不许他动。"

"是!"几个人一起点头。

苏旷走到束星儿面前。束星儿有些害怕,她还不太会对付蚂蟥,之前也很少见到那么大个的,试着拍打了两下,蚂蟥还在小腿上扭,她试着抬眼睛去找风雪原,风雪原刚要说什么,头直接被身后的两个人按下去了。

"说吧。"

"我……我们是逃出来的。"

"你们?"

"是,我……"束星儿想了想补充道,"我们是在行刑的中途逃出来的……"

"行什么刑?"

束星儿抬起头,微微颤抖,但也直视他的眼睛:"是夜哭郎君,我们今天早上接到了命令,要……驱赶精卫鸟……吃了他。"

苏旷脸上一丝表情都没有:"然后呢,接着说。"

束星儿打了寒战,想低头,但被目光逼视得低不下去:"在中途……半空……吃掉一半……我不敢看,把眼睛闭上了……铃乱了,精卫鸟也就乱成一团……也来啄我……五姐姐赶来救我!我们就从半空掉下去了!啊……"

束星儿话还没说完,苏旷拽着她的胸口衣领,直接把她悬空拎起来了,拳头骨节发出很可怕的响声,他的脸狰狞极了,牙关的肌肉一棱一棱地跳,从牙缝里迸出刚才听到的四个字:"吃到一半?"

束星儿双手推着他的手,扭过脸不敢看他,哆嗦着点头。

风雪原抬头挣着叫:"师兄!师兄!星儿跟我说对不起……说知道错了,

还说……"

苏旷一手拎着束星儿，身形一晃，跃到他身边，二话不说，直接一脚踹在他肚子上。风雪原惨叫一声，向前一扑，额头撞在泥地上，这回是真疼，肩膀和脊背直抖。苏旷也不理他，看了眼他后面的两个人："叫你们看着他，没听见？"

两个人一起低头应命，手底下再也不敢放松。

苏旷拽着束星儿："接着说。"

"我们落在地上……那位夜哭先生伤得很重走不了了……就……"

"有多重？"

"腿上被……吃了一些……肠子流出来了……啊……"

五夫人梗着脖子，厉声叫："是我动的手你不要难为她！"

苏旷不耐烦，一脚踢过去粒石子，封住她穴道，依旧逼问束星儿："接着说啊！有胆子做没胆子说多没意思？一口气给我说完！"

"是！是夜哭先生，叫我们来找你的……他给我们画了个地图，又问五姐姐，要了个小刀刃，然后就自寻了断了……尸体，就在那边的大树上，拴着……对了！他还叫我给你带个话，说幸会了……我们迷了路，五姐姐中途晕过去了，我没办法，抱不动她，又绕了好多冤枉路，后来我也没劲了，又没的吃，到处只有蛇和青蛙……我就想起来地图上，这条河好像是通的，就冒险找了块木板，在河里游，觉得可能省力一点……再后来我们落了水，也爬不上岸去，没办法，就抓着木板，一路漂到这里来。我说的都是实话，都是实话！"

"地图呢？"

"他是画在地上的。"

看一遍就能记下来，倒是相当聪明。苏旷想。

所有人一直在身后听，听到这里，孙白鹿上前一步，掏出怀里地图，在她面前展开："这个看得懂吗？"

"懂，不过有点不一样……"

"指给我看，夜哭兄在哪里？"苏旷说道。

"这里。"很准的一点。

"我们走！"苏旷指了指五夫人，"带着她们一起，再敢骗我，就地撕了。"

那个地方确实不算远。

文陵江在天上带路。一群人在后面拔腿狂奔。他们几乎是顺着那条浑黄的河道逆流而上。溯洄游之，道阻且长。

那是一片完全的沼泽区，放眼四望，茫茫无际的全是草莽水洼。如果不是跟着文陵江，没有人能在荒野里找到路，他们蹚过了一片齐腰的水草地，之后，河道变得更窄，更湍急了些，偶尔有了轰轰的响声，水流中开始出现大片的红褐色。附近有铁矿，一个传说中的"古国"，应该也是存在过冶铁的。此时，夜幕开始落下来，风是热而腥的水草气夹杂着土腥气、铁锈气，以及盛夏丛林里无数蛙和蛇的黏腥气。水里的红褐色变得越来越浓，越来越大片，占据了大半个河道，像飞蛇的翼尖，像古兽的舌头，像大地被剖开了，露出古老的血脉。突然，河道有个大回环，像狂妄的草书家醉倒前如椽大笔的最后一转，前方又见辽阔，河流的一边是水草甸，一边是半泡在水里的树林。

文陵江一羽当先，瞧见什么，惊叫一声，敛翅落地。没多久，他们也到了。

此时，天色已经彻底黑沉，夜幕渐渐拉过整个苍穹，大沼泽的远方，暮霭还留着细细的一片残幅，那里和河水一样，都是红褐色的，好像天被刺穿了肚腹，血腥流了下来，染遍整个泽野。

火把点起来了。他们看见在一棵大树下……有一堆残骸。之所以能一眼辨认出是个人，是因为他的头颅、左肩和小半个胸膛用一个乌金网罩套着，被系在大树上，还算完整。除此之外……一地狰狞。泥地上，率先入目的是两排鲜红惨白的肋骨。内脏已经被掏吃空了，腿骨上连了一对完好的脚，骨头上爬满蚂蚁，一见人来，无数绿头苍蝇嗡地四散。

苏旷慢慢走过去，眼里有泪。人是不应该这样看见自己朋友的！他蹲下，脚前有条"手臂"被用喙拽下来了，"手臂"上裹了片泥浆一样的布，布下面依然是白骨，胳膊肘带一点鲜红筋肉，惨白的手骨上还连着五个半根的手指。

苏旷单膝跪在地上，托起那半个残手，看了许久，之后再也忍不住，长长地怒叫一声，有什么东西直接把他的心和肺也撕开了。他哆嗦着收殓残骸，看了看自己身上的破褂子。楚随波忙一步赶上，解下腰间外衣递上。

他捡到一根臂骨，之后在草丛里捡到另一根，身躯还算完整，可能是因为头颅始终没有被拽下来的缘故。他试图打开那个乌金网罩，没有用，索子连在树根上，一连七八个死结和网罩缠得相当结实，连精卫鸟都没有拽下来。如果不想弄断遗体，需要把乌金网罩打开。不过，已经离得足够近了，近到可以看清楚夜哭郎君的脸，那样熟悉的一张脸。

苏旷心里快炸了，一口气憋着无处发泄，抡着火把往树上猛砸，火焰和火星四溅射得到处都是。他跪下，额头抵着树干，一拳一拳地往树上捶，树皮被砸得一个一个坑，他怒叫一声，声音悲愤凄厉之极，可怎么都哭不出来，眼泪被怒火烧干了，心里有个活鬼，在地狱的油锅里乱滚，他想，全他妈下地狱吧！一个都不要跑！他不是没有预备的，但没有这样的预备！这么一堆吃剩的骨头，这样出现在荒郊野外，本应该属于某个畜生，可却连着他朋友的脸。

"小苏！"孙白鹿蹲在他身边，抱住他肩膀，拍他肩头，咬牙切齿地说，"真他妈的活畜生！也好！也好！咱们这就简单了！全他妈收拾就完事了！一个活口也别留。"

楚随波举着火把，四下照着。

沈东篱和风不二站得远了些，都望着夜哭郎君，身体站得笔直，双目不瞬。

云小鲨和文陵江并肩站在一起，文陵江拧过脸去，轻轻闭着眼睛，抚着额头，眼睑在抖。她是过目不忘的人，这里的细节将会陪伴她一生。云小鲨轻轻拍了拍她的手臂。

一群人打着火把，围着夜哭郎君，围成一个圈。在默哀，也在等待。

沈南枝跑到了，她是和风雪原以及架着束星儿和五夫人的几个神捕营人员一起跑到的。风雪原背着个黑乎乎的半人高的铁箱子，那是"狩天者"，是他们敢这么越野的底气。

沈南枝跑得上气不接下气，一步一喘往这边走。之后，她怔住了，咬着手指，倒抽一口冷气。

哦！夜哭郎君，当世最优秀的机关师之一，苏旷的朋友，也是她的朋友，沽义山庄的客人。他们彼此领教过，无数次切磋过，互相表达过钦佩。或许……有时候他还表达过一点别的什么，隐隐约约的，自以为隐瞒住了。她是很聪明的人，整个江湖都知道她慧眼如炬，点到即止，繁花海上过，片叶不沾身，情之一物，从来也烦扰不了她，她处理得很好，没有回应过一个眼神，没有深聊过一次往事，四两拨千斤，一切化于无形……

"南枝！"所有人都在招呼她，分开了一条路。她走过去，到苏旷身边，半蹲下，轻轻吸溜了下鼻子，手背在眼角揩了揩，然后招手要来火把，仔细照了照那个乌金头套,拨转过头颈,检查卡扣,又将火把递给苏旷拿着,从腰带里摘下一套小小的工具包——他们永远是随身带着的,夜哭郎君也是。她从中拿出一支小银针、一支小钩针、一支带拨片的镊子,细细地探进暗卡里,慢慢地拨弄着。

一圈人都在屏息凝神地看。她的手不算好看,圆滚滚的、胖乎乎的,手背还带着几个白嫩的小梨涡,但她在拨弄这些机关的时候,有一种可怕的稳如泰山,那是技压天下的当行本色。如果当今世上还留了一双能捕风、能捉影、能分光破月、能纳须弥于芥子的手,就只有这一双了。

啪嗒,乌金头套打开了。苏旷把夜哭郎君从网罩里轻轻抱出来。尸体早已经腐臭了。虫豸乱爬。天气太热,残余的一小截躯体,早就开始溃烂,夜哭郎君脸皮和脖颈连接处,有了些松动,大量的尸液渗出来。不忍卒睹。

"等一等,拿水来。"沈南枝摆了摆手,示意要水。她靠得很近,快要脸贴脸了,仔仔细细看那张"脸皮",然后她放下工具,从腰包里又拿出一双肠衣手套戴上,去掀那张脸皮。

所有人都微微低头。这张脸皮撕下来之后,这就很难再说是个人了,就是一堆……残骨烂肉而已。

沈南枝的手触到边缘的时候,顿了顿,转头。这个味儿实在太冲鼻了,她生理上恶心想吐,心里又想哭。她向一边吸了几口新鲜空气,脸埋在胳膊肘里,调整了一下呼吸。她有点忍不住了,想号啕几声,她跟身边这群心如铁打的人不一样,难过了就是会哭。

"要不我来?"苏旷伸了下手。

"南枝可以的。"沈东篱凌空挡了挡苏旷的手。

沈南枝深深又吸口气,转回脸,胳膊肘和鼻尖都带点鼻涕,她慢慢地把那张脸皮揭下来了。水壶递到她手上,她轻轻地冲,仔细地揉洗。

文陵江先看出点什么:"这是什么?"

旁边人也都在看,眼力极好的才能发现十几排密密麻麻的针孔。

沈南枝咦了一声,摘下手套,用手指细搓。脸皮洗干净了,明胶上的针孔变得很清晰。这是很巧妙的针法,极细的针刺进去,在里面微微转一转,针孔反而比外面的大。

沈南枝的目光炯炯,跟着这些针孔游走,眼睛似乎在数着数,手指慢慢游移,时不时轻轻虚点,时而很快,时而很慢,她嘴里念念有词,但谁也听不懂,她试着用手指在半空试探着划出一条弧线、一条曲线、一个点、一个圈……

"这是什么?"苏旷也问。

"是按照六爻编的一套秘数图,我们互相传授的时候,他教过我,用点和线可以对应山水河谷,三点成角标志距离,五点成星代表高度……可以做到非常准确。很好,很好,他应该是被精卫鸟带着飞回去的……路上睁着眼睛,看清楚了一切。我需要回去,马上回去,用纸和笔仔细算一遍。"

所有人都听懂了,这是一张地图,一幅足够清楚的地图。

"此地不宜久留,我们现在就走。"苏旷站起来,双臂托抱着那副尸骸。

他的声音很冷静。但人悲伤到极致的时候,是冰冷的,像是一地汩汩浇灌的火油。只要一点星火,就变成怒不可遏。

路过五夫人的时候,苏旷站了站,脸色铁青:"白鹿,你会逼供是吧?"

"没问题,交给我!"

"带她们回去,该问什么问什么,该怎么问怎么问,问到吐尽为止。"

"明白!"

苏旷大步向前走。

五夫人激灵一下,梗着脖子,目光追着他身影厉叫:"等等!苏旷!不要走!不要这样!我出来是找你的!我出来是因为信得过你,我有事跟你说。我们再谈一次,再谈一次!求你了,苏旷!"

苏旷没有回头,但站住了,冷笑一声:"呵呵,你信得过我?"

"是啊……"

"可我信不过你。"

"苏旷!"

"银沙教五夫人,迄今为止,我还不知道你的名字。你折磨过的人太多,可能已经忘了。那一天,在守默谷,你高高在上,我问你你是谁,你回答我,我还不配问。这点小事你应该不记得了,对不对?可我记得。我还跟你说过,我们能谈,我也愿意谈,我万里迢迢过来就是跟你们谈的,两个换一个我答应你了!腰的事我也就算了。你是不是以为这个算了很容易?我只要你们把我朋友放了,他肩胛骨都坏了,他根本威胁不了你们!五夫人啊,你听懂了没有!到今天,我不知道我配不配,我已经不想再问你了!我们之间没有对话了,永远都没有了!只有招供!你真有话,跟白鹿说吧,神捕营自有手段,知道哪些是真,哪些是假。"

苏旷头也不回说完了，一顿足向前走。他走得太快了，怀里尸骸的腰椎本来就被啄到半断，一个颠簸直接往地上掉，他一把抄起来，抱在怀里看着，肩膀几度起伏，强行忍着悲叫。

五夫人恓惶极了，像是条被打断七寸的眼镜蛇，嘶嘶地转脖子。她找到云小鲨了，盯着喊："小鲨，你劝劝他，我有事的！真有秘密的，我不怕死！我只能跟他私下说……我信不过神捕营……小鲨！你不要走，求你不要走！要不，我们来谈，我们也能谈！"

云小鲨窘迫极了，想了想，快步过来，按了按她胸口，让她躺平，轻声叮嘱："你先躺着，求你别说话了……他正在气头上，回去说！"

"小鲨，求你了！跟我私下谈一次！就一次！最后一次！"五夫人被封了穴道，身体以下不能动，叫得脖子挣得青筋直露，面皮紫涨，她死死瞪着云小鲨，近乎目眦尽裂，眼角全是血和泪，又慌张，又垂死挣扎。

她眼里有很真诚的东西，似乎真的怀抱一个巨大的秘密。

云小鲨扫了眼苏旷背影，闭了闭眼，轻轻点了点头，声音极低："行，五姐，你先收声，我答应你，等回去找机会……"

"云小鲨——"苏旷明明已经走挺远了，忽听闻"五姐"两个字，猛一转头，脸色铁青，鼻翼发红，眼里全是泪，手指了指她鼻子，"我看你敢！"

云小鲨愣住了，所有人都愣住了，全都回头，望着他们。

孙白鹿连忙挥手，小声吩咐："你们几个愣着干什么，先把人抬走！"

苏旷望着云小鲨，狠狠点着头，脸色还是很难看："云小鲨，你听着，我今天给你句话。我知道你是霍瀛洲的义女，知道你有摇摆！我没指望你帮忙干她们。银沙教这档子事，你愿意出手，很好！不愿意出手，没关系！不想蹚这趟浑水，现在就可以回你的船上去！爱干吗干吗，想去哪去哪！别让我再看见你跟她勾勾搭搭的！"

一众讶然。

云小鲨惊在当地，目瞪口呆。她认识苏旷以来，从来没有听他疾言厉色跟自己说过话，更别提在众人面前这样呵斥。

苏旷说完转身就走了，沈南枝到她身边，碰了下她胳膊："小鲨……"

"没事儿，我自己处理一下，走你的。"云小鲨看了看沈南枝手里攥着的那张脸皮，也轻拍了下她的胳膊，示意先行。

沈南枝心里有急事，点点头，离开了。

人群在前方。云小鲨一个人拖在最后，存心拉开距离。火把越来越远，变成星星点点。夜色渐寂，四野无人。她漫步走，一路胡乱踢着石子泥块。

她一口气顶在喉咙口，吐不出咽不下。现在回船上去？倒也是个办法！我现在走，还大可以全身而退！我就当这趟出海来暹罗玩儿了！什么金沙教、银沙教，可去他的吧！银沙教与我何干，侠义道与我何干，神捕营又与我何干！本来就都不关我的事！她们那个破国，我刚刚才知道有，爱灭不灭，这附近小国多了去了！我散步那会儿是鬼上头了，想破什么死局？我强扮什么英雄呢？难不成世上还有好死的英雄吗？我死乞白赖跟着这个人干吗呀，他反正非死不可！那就去死吧！

她走着走着，见前方黑影里，还有个人在举着火把等着她，那是一个长腿年轻人，脸上两个小酒窝，微笑莞尔："云船主，你还好吧？"

"楚大人，我……这不挺好啊！"

"云船主，一起走一程？"楚随波和她并肩而行，此人真是温柔儒雅，火把高高举在斜前方，既代为照路，又不把黑烟撒向她，声音也极动听，"云船主，刚才的事，你不用太放在心上，我打包票，那个人没有恶意的。他是担心她们暗算你……夜哭兄刚遭了人毒手，实在怕你也出事，太着急了，口不择言。你有所不知，前次有人往你船上开炮，他整个人都快疯了。"

"楚大人真是善解人意。"

"不敢当，我知道他的，窝里横，爱跟自己人发火……"前方有个水泊里的草梗，楚随波先跳过去，让一步，自己踩在泥水里，把干的地面留给云小鲨，接着斜举火把照路，"来，小心脚下滑！"

云小鲨一怔，微笑起来："楚大人真是名不虚传……"

"哦，什么名？"

"这个……就是……心细如发，如沐春风？"

"哈哈哈，他能说我什么好话！狗嘴里吐不出象牙来。"楚随波接着引路，深一脚浅一脚，显然不得其法，"云船主，大家都是自己人，就不要见外了，我比苏旷小一岁，要不然，你就叫我随波吧。我听丁桀那么喊过你，也斗胆叫你小鲨，你看唐突不唐突？"

云小鲨脾气来得快去得快，听这话，气性散了，仰头大笑："不唐突不唐突！来！随波，火把给我。这一块我也不太熟，不过，应该比你好一点。"

第七十一章　兵临城下

最后一个夜晚并没有发生什么。没有精卫鸟，没有偷袭，没有雨也没有风。只有暗夜里燃尽平生的一摊火，血化土，骨化尘，西域机关师连同他的传说，被封进了第二个锡酒罐。

次日黎明，一众人等整饬停当，驻足在沈南枝的帐篷外，无声等待，孙白鹿命人去做了一顶软兜。到第一缕阳光打到脸上的时候，帐篷门打开，沈南枝走出来，一脸油枯灯尽，身后废纸如雪片，擦鼻涕的纸团和拗断的炭笔扔了一地，她绕过苏旷，递给孙白鹿一张新地图，附了一纸说明。"还有一点瑕疵，我改不了啦。"沈南枝交代了一声，就一头栽倒在软兜里，昏睡过去。

联队开拔出发，一路向北，到正午阳光最炽烈的时候，按照地图上的标识，他们距离目的地已经很近了。

苏旷和孙白鹿走在队伍的最前面，相隔大约一丈远，不怎么交谈，手里都拿着镰刀，顺便砍掉拦路的木藤之类。在他们身后，是一支大约两百人的先头队伍，他们一路开着道，斩去荆棘，搬开拦路的枯树，填上没膝的土坑。再之后才是正规的队伍，用高轮车押运着小山炮。

他们的速度并不快，但相当稳扎稳打，走完这一程，近乎在丛林之中直接开出一条崎岖小道来。他们做好了银沙教闭城不出、坚壁清野的准备，如果确实那样，萧老板可以顺着这条新路，率众送来补给，到那时所需的时间只有今次的一半；在他们前进的同时，萧老板也在就地修建简易的码头，如果还需更多的粮食，船队往返大城，总共也只需要五天。到了短兵相接的时候，只要补给线已经全部打通，地利上的劣势就至少抹去了一半。

他们也并没有做歼灭的打算，彻底击破就足够了，这附近方圆五百里全是丛林和沼泽，那些既是银沙教的天堑，也是她们的枷锁，逃出去的人，并不比留在总舵安全。

在发现夜哭郎君的尸骸之前，整个队伍都是昂扬的，这种昂扬里当然包含着对敌人的稳操胜券，即便孙白鹿和楚随波，偶尔也会提及战利品的分配——银庄的库银是一定要带回京城的，这是极重要的任务，库银之中相当大一部分来自江湖，那也很难退回去，作为补偿，银沙教独步天下的药堂就归侠义道所有，如果侥幸还有些其他秘籍之类，当然也归侠义道。这一次，神捕营和侠义道的合作非常愉快，开了个很好的先河，说不定后续还有别的机会……

可在带回夜哭郎君的尸骸之后，一切都不太一样了。死亡被明目张胆地掷在面前，这是银沙教的见面礼，充满了威胁、挑衅和玉石俱焚的警告：既然来了，无论是哪一方的血，总要流干净。

没有路，人向前迈进的每一步就是路。树林高而密，飘着一层淡淡的雾，只有几点白到耀眼的光斑打在面前的土地上，一棵已经完全沤烂了的枯树横在前方，树冠架在另一棵树杈上，树根和野草融为一体，树下的缝隙里长满了彩色的蘑菇。

苏旷一脚蹬在那棵树上，稍微用力蹍了蹍，朽木发出了喀嚓的断裂声。他振腕、挥刀，还没有等完全发上力，手里镰刀的刀刃发出一声响，甩脱了刀柄，啪嗒一声落在地上，刃铁早已经卷得不成样子，刀头连崩了两个豁口，显见已经没法用了。这是苏旷今天上午用废的第三把镰刀。在孙白鹿看来，他发力的方式多少有些鲁莽粗暴，大概是存心要泄一泄邪火。

"白鹿，这是微木。"苏旷踹了脚那棵朽木，让它转了半圈，露出更容易辨别的枝条，"这树起码有七八岁了，是个老树标。我觉着就在这附近了，再看眼地图？"

孙白鹿从腰带的皮壶里抽出地图，展开，两人头碰头地看——那是一张很大的藤纸，图形精准、线条流畅、毫无冗余，几乎是一气呵成，各项标注清清楚楚，可以说得上赏心悦目。

两个人的目光顺着路径移动，之后都定在分叉点上。

"应该就是在这儿？"

"应该就是在这儿！"

两个人换了个眼色，一起往右手边走了几步。右边有个斜斜的上坡，到坡顶，拨开藤蔓树丛，眼前豁然开朗，明亮亮的阳光一泻而入，弄得人有点闪眼。两人都一愣，没想到在迷雾森林里摸索了这样久，辽阔世界居然只有一幕之隔。

树林外面是个一丈左右的红土下坡，下了土坡不远处是白晃晃的亮堂堂的、宽近二十丈一眼望不到头的沙砾长河。显而易见，很多年前，此处曾经有一条真正的大河，不知何故，彻底干涸了。烈日之下，沙砾长河向北而去，一望无际，碎沙土之中，巨大的皲裂的白石如鳞如骨，好像很久之前，诸天神在这里凌迟了一条白龙。爬上树顶向南看，很遥远的南方，长河变成湿地，消失在沼泽里。干涸的河床只有这么一段，非深入丛林不得见之。

　　按照地图上的标识，这里就是分道转向的所在——沿着树林走，通向一片大沼泽，沼泽上清清楚楚打了个 ×；顺着河道逆流而上，大约迂回五六里地，可以走到银沙教的"东大门"。

　　"小苏，怎么着？"

　　苏旷反身回走几步，向属下吩咐一声："日头太毒，大家就地歇半个时辰吧，稍微凉快一点再走。等陵江这圈转回来了，叫她跟上我们。"

　　之后他又向孙白鹿道："走，我俩先去探探路。"

　　苏、孙两个人戴上斗笠，穿上外衣，拎起水壶和长索，换了双厚实的毒针很难刺透的靴子，径直跳下那片沙砾长河。

　　时值正午，是一天之中最为暑热难当的时候。在往常，丛林午后时常浓云密布，下一阵子急雨，但今天，从一大早出发，天空就万里无云。靴子本来就热，每一步踩在滚烫的沙石上，脚都像要着了火。

　　苏旷一路走，一路看着地图，四下比照。

　　"在担心什么？"

　　"此地不比中原，常年都在下雨，到处都是水，这么大的一条河，怎么就说干就干了呢……"

　　"我猜猜看，最有可能的状况是这里以前发过一场大洪水，改天换地的那一种，大河在上流就改了道……估计和银沙教没什么关系。"孙白鹿弯腰，用镰刀背敲了敲那块大白石，"这种风化的程度，起码是百年以上了，至少在霍瀛洲出生前，这条河就消失了。"

　　"有道理。那你再猜猜，这条河道还有可能复开吗？"

　　猝不及防的洪水，是联队最担心的一种情况——在这片丛林里，真正不可抗拒的是大自然本身的力量。

　　"几乎不可能。你看这个河，相当宽！这个工程太大了，而且很复杂，我想，以她们的人力物力，是做不到的，假使真能做到，就没必要搞这些下毒、暗杀鸡零狗碎的下作事儿了，她们那国早已经成了。"

"说得也是。"苏旷说归说，眉头更皱。

"还在担心什么？"

"白鹿，你看这两个地图。"苏旷站了站，把大地图展开，那张"众"字形的破破烂烂的小地图也展开，贴在一起比对，"两个地图最大的不同，就在河流上游的改道处。喏，这里！夜哭兄的这张图，北边标注得并不清楚，我试着猜测，他应该是被精卫鸟从南边带进去的，可能在银沙教内部转了一圈，为了耀武扬威，让每个人都能看到。对不对？符合她们的行事准则吧？在这个猜想上，继续再做一步推测，银沙教的大部分教众，可能都在中部和南部，教母那么神秘的人，一定是离群索居，自己住北边，可能是东北角，或者西北角……嗯，更有可能是西北角，西边有河嘛，天然防御，安全得多，而且这个地方的夏天常年刮西南风，就算我们放火也烧不到西边去，所以，精卫鸟就没有太在北边转悠。这样一来，他没有看清楚，只估个大概的地势。"

孙白鹿得了大地图之后，就没有再细细比照小地图了，听这话，凝神细看片刻，指了指一个地方："这个符号是什么意思？沈姑娘捎来的纸条上，没有解释这个。"

"这可能不是符号……"苏旷摇摇头，"我想，是南枝依样画葫芦，描下来了，这都是墨笔，描了也擦不掉……这里应该是眼睛的位置，他手抖了。"

孙白鹿怔了怔，苏旷确实看了这张图太多遍："好，那就说你担心的这个点。你觉得河流上游会有什么状况？"

"我不知道，所以才担心。目前的形势，也不可能让陵江单飞去看一看。但是你想，从我们这个地方向东北走，五百里就到安南山了，那是一座真正的大山脉，足以析别气候，河流上游那一带地势落差非差大，水流又充沛，就算遇上罕见的干旱，下一个雨季也一样沟满河平，我想不出来有什么变故，能让这条河彻底消失，除非是……"

"什么？"

"水库！别忘了，她们来这里之前，这儿可不全是蛮荒之地，曾经有过一个什么古国来着。"

"水库就更不可能了！我们又不是猪，为什么会站在河道里面任她们冲？小苏，我们是要小心谨慎，不能低估了对手，可也没必要太往她们脸上贴金，那些个通天彻地的神通，我谅她们没有。"

"嘶，算了……我有个头绪，还说不太清楚，再理理吧。"

两个人边走边聊，并肩前行了一段，南方的丛林开始显露手段——酷暑如海，热火满地奔流，所有的植被和作物全在吐着滚热的水汽，潮而且闷，炎热从土地的每个缝隙里冒出来，从岩石每个孔洞里冒出来，好像地底下有个巨大的蒸笼，一起往外喷着炎风。太阳光芒强而炽烈，像是天穹顶也有个熊熊燃烧的烤肉架子，烧成赤红的铁扦亿万次地扎下来，沙砾灼灼地闪着光，像糖炒栗子里的石子一样，把火热搅拌得更均匀。这样的天气，人的皮肤毛孔汗毛骨骼都被烘烤着，刚开始行走汗流浃背，很快连汗都不流。

"这鬼天气。"孙白鹿手背挡着眼睛，向前看。

"有得有失，阳光很强，对银沙也有克制。"苏旷向后转头看一眼，"陵江来了，我们到对面再看看。"

不远处，文陵江一羽银翅，乘风而来，电母翼好像是云层之中的一片琉璃，轻轻鼓动之下，阳光被银翼割成碎芒，闪着疯白光晕。

文陵江这一路，有点不要命的劲头，清早起飞之后就不怎么落地，好几次都是孙白鹿强行叫下来喝水休息。

她是这支队伍的"天眼"，在大部队上空来回逡巡，确认路标，随时报警，不过绝不会让自己落单太远，随时随地的一个疏漏，都可能被精卫鸟击杀。

孙白鹿向她挥了挥手，扳指上一点亮闪闪发光，她也挥了挥手，示意一切正常，继续向前。

苏旷从昨夜到此刻，一直都黑沉着脸，看到这个手势，才露出点笑意："白鹿，好像是我在的时候，就有人说这套手势动作太含混，眼神不好的看不清楚，提议要重新修订一套来着，怎么这会儿还没改？"

"嗨，神捕营搁置的提议也不是一件两件……"孙白鹿苦笑，"这个事修订了一半，后来不是……铁总捕头退了嘛，这事就搁下了，再之后呢，咱们楚副总捕头上了，他又不带队，拍不了这个板啊，对不对？慢慢，就再没人管这些鸡毛蒜皮的小事，反正老一辈的名捕都觉得没必要改动，照老规矩办，眼神不好的不招就是了。"

"随波……不容易。"

"是不容易。"那句"我在的时候"多少勾出几分沧桑，子弟营里同窗共宿已经是快二十年前的往事了。

孙白鹿一时感慨，搂了搂苏旷肩膀："没想到，咱俩认识这么久，到这趟才是头回一起出任务。"

"那不能怪我！"苏旷哈哈大笑起来，"是你升得太快了。"

两个人上了河对岸，进了树林，一路巡查。文陵江就在他们头上飞，俯瞰丛林上部。因为土壤沙化的缘故，此岸植被比彼岸稀疏很多，东南边地势一路走低，树林之间的空地上有几个雨坑泥潭，蚊蝇虫豸铺天盖日。两人四处翻查，寻找埋伏痕迹，偶见一泥坑里有一家五口大小野猪正在午睡，正好随身带了长索，顺手捉了，绑在当地，准备回程的时候带上，做今晚的加餐。他们横穿过这片树林，一路走下来，细细搜索，略略放心。这里地势相当不好设伏，鸟兽野物又多，不像有毒虫机关的样子，联队沿着河床走，应当安全无事。算起来已经走了三四里地，肚子也都饿了，两人准备打道回转。

孙白鹿想起个事："对了，苏，我跟你说个情况啊，你来掌握一下分寸。那个五夫人，昨晚上我问了几遍，什么也没问出来。"孙白鹿手在腹部比画一下，继续说道，"她的腹部，就……这个地方，肿胀得厉害，用手一摁，里面全是肿块，昨天小金在场，那应该就不是蛊虫之类。我给她简单查了一下，很意外，病得相当厉害。更准确一点说，她早就是快死的人了，不知道用什么药物吊着命。这样一来，我就不太敢用强，怕一个没轻没重，把人给搞死了……"

"烂命一条……你昨晚上怎么不问我？"

"一来是时间太紧迫，昨晚上回去已经大半夜了，问完话天都快亮了，我还得调度开拔；二来，我去找过你，看你在火堆边上呆坐了半夜，一动都没动，觉着你心里头可能有点绷不住了，就等你缓过那个劲儿再讲。她这回是连你都不愿见了，口口声声，非得见你媳妇不可。你看怎么办，让她见吗？还是用刑？"

"见个屁！有什么了不得的大事？见不了云小鲨就不能说？那云小鲨要没来她怎么办？这么大事闷死在肚子里？无非就是攥着小鲨当救命稻草！这种人真他妈恶心，从头到尾仗着自己不想活了，为所欲为！该怎么问怎么问，死了活该。"

"行行，搂住火啊，知道了。"

"搂不住火！我就不明白了，她要打就打，要降就降，干吗非拉着小鲨下水不可！算了算了，接着说正事，那小的呢？"

"小的倒是真爱说话，翻来覆去，唠唠叨叨……她也说了个状况，挺有意思的，我记了个大概,跟你学一遍啊,你自己判断。"孙白鹿就把束星儿夜探河畔,开柜门读信始末讲了一遍,尽量删繁就简、简短点评,"我说个自己的感觉,这个情况比较意外,不太像是能凭空编出来的,但我也不敢确定,毕竟江湖上的恩恩怨怨,霍瀛洲的生生死死,我知道的本来也不多,都是道听途说。我上下拉了几遍口供,确定没有什么大的纰漏,至于那个什么《须弥芥子学宫术数入门》……对,还是上卷,你问问沈姑娘就知道了。"

"嗯……"苏旷应道。

"别光嗯,不如现在就去?"

"你这什么意思呀?"

"苏,有道是'人前训子,人后训妻',你昨儿有点不给你媳妇面子了,回去一趟,给人顺顺气,啊?"

"得了吧,就我还分人前训人后训呢……"苏旷站了一会儿,抓抓脑袋,想了想回去跟小鲨说话的场面,有点头皮发麻,"先不提那些了……咦,前面是个高点,我们过去看一眼。"

他拔腿就走,孙白鹿也只好忍饥挨饿跟上。

前面有个小小的山头。这座山头并不算高,看起来像是半艘倾覆了的乌篷船,东边有条长长的缓坡,长着杂密到下不了脚的爬蔓和荆棘丛,最西边是一道笔直的断崖,崖面上裸露着大块的土和石头,断崖前的壕沟里长满粗壮的野竹,横七竖八,怒龇枝杈,像是几千支毛笔倒插在壕沟里。

细细看,断崖不算高,最深的地方也不超过十丈,断土面相当齐整,好像是被老天爷一刀两断了,但是整个断面很长,不像是人力所为,土石面已经风化了,能长植物的地方都长满了植物。看起来,很久之前的某个时刻,确实有过一场大洪水从这里经过。断崖边缘有棵特大号菜薹一样的树。

苏旷又打开地图看一眼,皱了皱眉头,走到树下,仰头看看,后退助跑几步准备直接蹿上去,又转眼见断崖外头几条老树根裸在土外,曲折盘旋,须毛带着土渣,总之不怎么结实的样子。他稳妥起见,手脚并用地笔直攀上去了,之后向外张望,眉眼一凛,招手让孙白鹿也赶紧上来。

站在大树顶上,视野要广阔得多,极目所望,野竹沟的外面是那条环绕的沙砾长河,迂回至此,长河对岸是沿河走向、狭长一带金灿灿的稻田,稻田南北两

253

端一眼望不到头，东西向窄一些，约莫二里宽，阡陌纵横，垄亩方正，靠近对面西侧的引水宽渠上有几架水车，每块田头都有个扎起来的稻草人。对任何稻田来说，稻草人都太多了一点，而且全都垂着手臂站着，跟兵马俑似的。

稻田带后面，矮山如两翼，环抱着一片金瓯平地，山口大约一里宽。平地上有人在行走，因为太远了，只能看见小小的人影。那片土地的中央、视线的尽头，是一座高耸入云、堪称壮观的石塔——漆黑的底座，白石塔身，金光灿烂的塔顶，塔顶穹庐下依稀有一点白纱帷幔飘舞，如同天尽头的灵幡。

苏旷吸了口气，左胳膊搭在孙白鹿的肩膀上，语气里有种自己也意外的平静："我们到了。"

孙白鹿从兜里拿出铁哨，吹了几声，呜呜低唤，叫文陵江循声下来。不期而遇，三个人一起遥望那片稻田。

说起来，银沙教有点唱空城计的意思。没有城门，似乎也没有城墙，那片稻田就算是唯一的防御了。这有些在意料之外，可是，稻田也就是二里多宽，就算是里面全是毒药，一人一锹土，连烧带碾的，就这么点路，硬拿土石堆也给堆平了。苏旷和孙白鹿看不出什么究竟，都在等文陵江说点什么。

"塔上有人。"文陵江向塔顶打量，"都坐在白帷后面，好像不少，可能有十几个……"

"坐着？"

"是，很奇怪，全都面向我们坐着，我看不清动作，但好像是在……在调整乐器。"

"乐器？"

"对，我看见琵琶了，还有很多琴、长笛……每个人手里都有乐器。"

苏旷和孙白鹿对望一眼，表情都很古怪。孙白鹿问："陵江，你再数数，会不会是十二个？"

"极有可能。"

苏旷接着问："田里呢？"

"稻草人里面有东西，很压土，相当沉。"

"再仔细看看，会不会是人？"

"太僵硬了，不是很像……如果是，也是死人。"

"死人就对了。"

"苏，你觉得那个是……"

"我刚刚数了数,我们面对的十六个田亩里大约是一千个,我猜,既然这都已经到老巢门口了,应该就是千尸伏魔阵。"

文陵江闻言,默默扫一遍,纠正他:"一千零二十四个。"

"你打过这个阵,怎么触发?"

"不确定,每次都有细微调整。来都来了,我们干脆试一下。走,白鹿,我俩去把那几头野猪弄过来,直接蹚一遍就什么都知道了。"

"会不会打草惊蛇?"

"我们都把路开到人家大门口了,人家掰着手指头数着日子等我们来呢,还担心什么打草惊蛇。"

两个人说干就干,把那五头野猪给拖过来。本地的野猪个头更小一点,战力略弱,但跑动更灵活,他们吃过一回,肉质粗糙,又硬又涩,不算可口,但这一带丛林能吃的野味相当少,林地里全是蛇和鼠,兼之靠近银沙教,也不知干净不干净,远一点的沼泽里都是蜥蜴、鳄鱼之类,看来看去下不了嘴,有野猪就算很不错了。三个人算好退路,摸下断崖,小心翼翼,一步一探,走到野竹丛的边缘,那里的草极密,足以挡住身形。

为了便于观察,文陵江摘下电母翼,攀到一棵大竹顶上,目不转睛。苏旷解开第一头猪的绑绳,向稻田扔过去,那猪一落地,翻身站起来,刚昂刚昂地叫,四肢还都带着泥浆,一转头就要蹿回来。孙白鹿左一粒石子,右一粒石子,把猪逼入稻田里。

三个人目不转睛地盯着——猪就是猪,很快就安静下来,东走西逛,时不时地还低头啃两口什么。它迈过一道田垄,忽然之间,一声惨叫,两只前腿跪地。

孙白鹿和苏旷什么也瞧不见,只见它猛地翻滚起来,不多时,皮毛尽去,就剩一团鲜红血肉在地上打滚,再细看,它身上好像披了一层黑烟,那层黑烟缠着它,滚到东跟到东,滚到西跟到西,像是地狱里裂了个肉眼看不见的口子,红莲烈焰就地吐出,盏茶工夫,血肉噬尽,肺腑肝肠流了一地,之后内脏也消失,就剩一副白骨,还张着嘴,蹬着腿,保留着挣扎的姿势。

两个人看不懂,仰头看向文陵江。奇怪的是,文陵江也紧紧闭着眼睛,手攥着粗竹枝,好像很不舒服。她平时稳到骇人的地步,但此刻,整棵大竹都在飒飒地抖。孙白鹿想要上去抱她,她轻轻摇头:"不要紧的,等我缓一缓……"

过了好一会儿,文陵江松手,跌落下来,两个人一起接扶着她,急问:"陵江怎么了？"

"没事，"文陵江一身冷汗，闭着眼睛缓缓说，"田地里有许多黑白琉璃子，摆成诡异的图案，高处看，似乎是闪动很快的一只眼……视觉和听觉相通，眼花跟着就是耳鸣，我一时不服气，硬是多盯了一会儿，天旋地转，眼胀得要裂开。小心一点，她们那边有高人。"

两人对望一眼，看来他们有备而来，对方也不是易与之辈。又过片刻，文陵江睁开眼，轻声："是蚂蚁。"

"蚂蚁？"两人不太明白，有蚂蚁可以理解，但皮毛尽去的样子，显然不是光凭蚂蚁能做到的。只听文陵江继续说道，"而且很奇怪，它是从跨过那道田垄之后，开始受到攻击的，你们注意到没有？我们刚来的时候，水车没有动静，但现在开始动了。这附近的稻子全都收割过了，根本没有必要再灌溉。苏旷、白鹿，有人在跟我们斗法。"

"一不做二不休。"苏旷从小手指里拔出柄小刀，"来，把其他四只放出去，挑一只放点血，看能不能把田里的东西引出来。"

两人挑了只病病歪歪的野猪，正要在它颈上开道血口，却看见它后颈上有个疽痈肿包有些异样。苏旷拿小刀挑开了，从里面拔出一枚竹箭头来，递给孙白鹿看。

孙白鹿是行家里手，一看就说："这不是本地制式，本地土著的竹箭是菱形箭头，小弓，飞不远。这个模仿的是中原箭镞，用竹根削成长铤的模样，箭身上应该还有配套的銎管，做得很像，制箭的人应该对弓箭相当熟悉，但这个模仿并不得法，竹箭头不能做铤，竹子太脆也太细，既飞不稳，也受不住力，就算射中，野兽一挣就断了。这个人在丛林里做这种武器，应该挨了不少饿。"

"也可能就是银沙教徒尝试打猎，这个猪的箭伤有年头了，少说要两年……"苏旷不再多猜，"时间不早了，咱们得快点，弄完赶紧回去。"

他们一起动手，从长索里拆下一股股细麻，接成更长的绳子，系在那头伤猪脚上，之后假惺惺念了声"抱歉"，把它们全赶了出去。

那片稻田第二次开始"进食"了。和刚才并没有什么两样，三头猪跑过田埂，之后就被那一团黑烟缠上，嘶声厉叫，四蹄挣扎，很快皮毛血肉化尽，成了一堆白骨。有只猪劲猛个头大，向前多蹿了两丈，到了一个稻草人脚下。那稻草人的双臂慢慢竟举了起来，挥舞着拍打了两下，但身体似乎被什么东西束缚住了，动弹不得。最后一只猪迈过田垄的同时，苏旷伸手拉绳，把它拽了回来。

果然！那团黑烟跟着席卷而来。苏旷拽得快，那团黑烟也跟得快，到了沙砾长河的中央，已经可以看清楚，猪身上密密麻麻全是黑蚁，它们无声无息地啃噬着，连皮带肉、连筋带髓，转眼之间，沙砾地一片血腥狰狞，上面又是一具白骨。但这回离得近了，可以看见那些蚂蚁稍微有些与众不同，它们的个头比普通蚂蚁稍微大一些，大颚尖锐，几乎可以横展开，大概有一半数目，背上都驮着一粒银沙。

培育这种银沙蚁的人确实聪明极了，银沙毒性强，但是强光下很容易失效，又易溶于水，大面积喷洒，消耗会非常之快，沾在这种食人蚁背上，就灵活且主动得多。

有几只带头的蚂蚁向苏旷这边爬，相隔一丈左右，感觉到了小金，又猛回头。这忽然的转向，弄得蚁群在地上团团转——日头太毒辣，沙石留不住气味，它们找不到回家的路。

文陵江示意二人看。田西水渠最近的一架水车下面有个黑长辫子的年轻姑娘，拾级而上，她身穿淡蓝及踝长裙，打起一把白纱伞，拎着五根丝绦系起的大蕉叶，赤着双脚，穿过稻田，径直向他们走来。不可思议！她就那么赤着一双脚，踩过血地，蹚过蚁群，走到那展开双臂的稻草人身边，手一抚便把它手臂顺了下来。之后，她进了沙砾长河，一路走到了那片白骨附近，搁下大蕉叶，轻轻招了招手。她五指上戴着宝石戒指，闪闪发光，似乎洒下点什么，那些蚂蚁顿时有了主心骨，全都爬了上去。

如果这是驭毒之术，那么已经到了出神入化的地步。那一叶秤盘，上面的蚂蚁堆积如小山，就任凭她轻轻巧巧拎着，五色丝绦随步摇曳，银沙熠熠璀璨。

她和三个人离得已经很近了，近到可以看见黑辫梢的金柳叶。孙白鹿轻轻动了动青崖弓。如果发动攻击，这个距离也能凑合。

她向三人藏身之处看了一眼，很明显，她知道来的是谁。她和苏旷目光交接的刹那，眼神里有极犀利的光一闪而过。那是个令人过目难忘的眼神，像是冬夜原野上的流星，遥远、孤独、寒冷。

她是谁？哪儿来的胆子，就这么信步而来？她有什么手段守卫这座小城？如果她真有这样过人的才魄，之前那些年为什么不能左右银沙教的所作所为？

苏旷想招呼一声，文陵江一把紧握住他的手。之后，苏旷也看到了，精卫鸟已经起飞了，向着他们而来。最好的、格毙对方领袖的时机，一闪而逝。

那个年轻姑娘——海柳尊者反身回转，一手举起来，五色宝石在阳光下闪烁着。

257

作为呼应，金瓯内壁响起了鼓声。

咚咚，咚咚。有一点像很轻的腰鼓，又有一点像巨大的水滴落在荷叶上，比雨重，比铁轻，和心脏的律动一个节拍。水渠上，十二座水车全都吱呀吱呀地转起来。水斗里有什么东西，在源源不绝地向稻田输送。

咚咚，咚咚。那鼓点一样的声音开始流动起来，这座小小城池一定有什么奇诡存在，让音色保持着清润浑厚，又能传出来很远。

咚咚，咚咚，咚咚咚。鼓点渐渐汇聚成一股洪流，洪流在城池内壁流转着，小小的旋律变成了宏大的节奏，好像天空中有一面巨大的琉璃筛在筛雪，雪粒越来越大，越来越密，如霰，如雹，重而密的鼓声单独跳出来了，轻佻而欢快的鼓声随之附和，像一条受刑的白龙在云中落鳞，又像上万匹野马在爆竹地里狂奔。雪更大了，更密了，似乎下了一夜，又似乎下了一生，人间世渐渐寂寞，一切湮灭。万物如冰原，孤独永恒。

啪嗒，啪嗒，啪嗒。击筑声起，冰原之下，还是有什么东西在敲击着，寻找着裂缝，寻找着突破。

轰！白塔之上，音乐一起冲出来。

起初并不能准确地分辨出乐器，乐音们拥抱在一起，纠缠在一起，飞翔在一起。奚琴低唱，维纳琴游吟，筚篥和长箫相依为命，琵琶在羯鼓上独舞，很快，管乐合一部，弦乐并一部，高音从平地直冲云霄，八音合奏，雄壮的音符像火焰一样笔直地上升。轰！冰原被冲破了。火焰呼啸着穿过大雪，乡愁只剩下灰烬下的余温。漆黑的大海带着风暴之母的诅咒，席卷而来。

那是愤怒！如此之多的愤怒，如此之深的死不瞑目。

冰原之下是大海，她们在演奏大海！有死灵在深渊里沦陷，白骨长笛如海妖召唤，巨大的帆船触着冰原，嘎轧嘎轧地沉没，那样大片的水淹上来，那样透明的、永恒的、冰冷的、死亡的海，人在沉沦，鲸在落，海龟脖子上绞着桅索，海底漆黑的长藤随浪伸着，永不见天日的礁石吐着一两个阴沉小泡沫，像死神的低语，缠着他们滑向那片海牢，深海里的囚禁自我之地，那样的黏稠、腐败、永堕的黑。

有亡灵在黑夜里上升。欢歌有时，笑聚有时，死有时，生有时。海上有座孤岛，灯塔上被巨浪卷着，那岛快要碎了，光明在陷阱里，真实在谎言里，希望在绝望里，生在死里，低音部里一个不变的旋律在循环反复：走向我——走向我——走向我——

在高音部压过低音部的刹那，七只精卫鸟一起"起飞"。它们本来就在天上飞，但只有那个刹那，才是真正的"起飞"。

某一个恍惚之间，似乎得以重见鲲化为鹏，垂天之翼的矫健。七只巨大的翼连在一起，像是一面小小的乌云，带着雷霆，带着闪电，带着难以言喻的欢鸣，而且……似乎还有沙漠绿洲之上重返故土的自由。

它们像是不再被金铃控制！它们像是就此重生，已经重新成为守护家园的神灵。

苏旷眼一凛！不仅仅是洗涤灵魂的问题，它们振翅的速度比过去快了很多，处在一个完全随心所欲的状态，而且翅根下都涂了一层金灿灿的药水。在十二乐伎的指挥下，它们比过去强了一大截，而且摆脱了网兜的束缚。

一曲终了，精卫鸟回复原形。

三个人都被这音乐镇住了。不可思议，这些阴沟里蚂蚁一样的存在，居然真的演奏了一场前所未见的宏伟磅礴的乐章。在此之前，他们没有听过这样的音乐——没有这样的乐谱，没有这样的演奏，更没有这样好的效果。整座城池，似乎就是为了共鸣而建筑的。

"京西客栈！"孙白鹿轻声提醒，"这个布局，好像变大了一万倍的京西客栈……"

苏旷、文陵江一起点头，他们都听说过，京西客栈是京城最好的舞榭歌台，曾经耗费重金，把歌台附近三面墙全都做成了嵌白铜片的回音壁，一旦奏乐，余音袅袅。冥冥之中，似乎有某种巧合。眼前这座白塔，也很像那根变大了一万倍的穿云竿。

"那……这个音乐是……？"

"我没听过，但我应该看过乐谱，兰二先生抄了一份，你回去问随波，他那里有。"孙白鹿解释，"如果没记错，这是《极乐世界》的第一乐章，叫作《迎宾》。"

苏旷默然，他想起了十二乐伎的传说，那些倡优一样的流浪者，那个井里的女人，那两个在杭州地下巷道里毫不犹豫选择服毒自尽的教众。

承认也好，不承认也罢，这座城池里，除了教母和七夫人之外，确实还藏着另一个银沙教。有相当之多的人，曾经被侮辱，被损害，颠沛流离，悄无声息，她们不惜一切代价，不管是自己的还是别人的代价，不管是寄生还是杀戮，不管是用骗取的还是掠夺的财富，总而言之，她们修建了这个避难所，在这个世界灰

259

飞烟灭之前，白塔上的声音都会响彻寰宇。

五具白骨在烈日下闪着光，像是古战场上征战之前给神灵的祭祀。

整个世界重新恢复了宁静，夏日悠长，水车吱吱呀呀。

海柳尊者的背影已经消失在她的世界里，从头至尾，一言不发。她是这个世界的守卫者，也已经足够清晰地表达了她的意志——这场胜利绝非探囊取物，要么重新评估这场战争，要么重新评估代价。

第七十二章　画地为牢

午时刚过，酷暑消退。丛林里有个很简单的"监狱"。居中有棵大树，四壁是用上百个一人多高的辎重箱子垒砌起来的，像一口黑咕隆咚的天井。那些箱子沉且坚固，用了一批船木的废料，连接处有铜皮和铆钉，侧边还加了凹槽和铜轴。只要需要，可以直接把备用的轮子装上去。

束星儿和五夫人就被关在这么一个狭窄的空间里，头顶横几根斜出的树枝，很高的天空上飘着一层薄薄的稀米汤一样的雾，被阳光照成一种明亮的乳白色。

不久之前，外面就已沸然喧嚣。束星儿爬上箱壁，扒着缝隙看了一眼。

起先是一小群人向东南方林间聚集，好像是孙白鹿站在一棵大树前，用炭笔指着剥了树皮的白干讲解些什么；再之后就换了苏旷走到中间，又说了些什么，好像是发号施令。这时候就立显出神捕营和侠义道的不同之处来——侠义道散漫，有些人点头，有些人摇头，有些人抱着胳膊，有些人鼓掌，有些人还互相聊两句……神捕营的非常简单粗暴，找准节奏，一起举起胳膊，齐刷刷地吼了一声。

苏旷在里面排兵布阵，怒吼声一浪浪地跟他应和，他指到哪儿，一群人就举起手臂，齐齐发一声喊。吼声越来越大，渐渐合众为一，好像一柄慷慨激昂的大刀劈过整个天空，直接把人胸中块垒荡去，把某些沸腾的东西勾起来。到最后，所有的命令都部署完了，整个丛林有刹那安静，那是屏息凝神的后撤一步即将冲锋的寂静，之后，整个丛林都听见了熟悉的声音。苏旷拿着炭笔，重重画了一道斜线，横亘过整张地图，直推到目的地："诸位，准备开拔。明天太阳升起之前，我们拿下那座塔。"

轰！丛林里立即沸反盈天，呼喝声漫山遍野，鼓荡的血勇顷刻之间驱走了本能的恐惧。那些声浪里有股暴烈的热意，一种急于短兵相接的饥渴，还有一种闻到了血腥味的兴奋。

群情激昂，而且再也无法按捺，这一次是侠义道的挑头，神捕营跟随，所有人脱口而出，四面八方，响起了那个久违的口号："诛尽银沙！诛尽银沙！诛尽银沙！……"

束星儿听得心怦怦直跳，匆匆溜下箱壁，跑到五夫人身边。五夫人在犄角里坐着，整个人快要融化进阴影里。她身下垫了条破毯子，佝着腿，膝盖肿得老高，脚上全是泥块，几根白发嵌在上面。她头发披散着，沤烂的麻似的一缕儿一子儿地耷拉在胸口，半张着嘴，牙齿缺了一枚，喘息好像都从那个黑黑的牙洞进出，睁着眼睛，木愣愣地看向远方。

"五姐！他们快要出发了！"束星儿捉着五夫人的手，焦急地摇，"怎么办呀？他们会不会杀了我们？"

五夫人不说话，她盯着箱壁，仿佛在回望一场很遥远的往事，外界那样嘈杂的声音，丝毫传不到她耳朵里，好像礁石孔洞里藏着一团空气，海浪怎么拍也进不来。

束星儿更急了，她握着五夫人的手，凑近她的耳边，几乎哀求："五姐！五姐！快呀！来不及了！你出来不就是找他们的吗，你要是知道什么，告诉他们吧……"

五夫人的眼珠很慢地转了转，似乎是想要把目光从一个遥远的泥潭里拔出来，然而未果，她仅剩的一只手攥了攥束星儿的手，冰冷、哆嗦、枯如柴："你不要怕，他们问起来，你就把一切推到我头上，说是我逼你的……"

束星儿抿了抿嘴，有点淡淡的难过。她不是失望，只是难过，很显然，这个曾经威风八面的五姐姐，已经穷途末路了，她并不知道怎么保护她，只能说这种没有分量的话语，像一个穷人掏出了裤兜里的最后一个铜板，连烂兜布都扯出来了。

外面的人群四散开了，他们在"准备开拔"。到处都是铜哨声，粗糙、长而厉。与之相应的是脚步声，扔掉草鞋、换上靴子，靴跟撞在一起的砰砰声；踩熄火堆、倒掉锅里剩汤，收拾行李的嘈杂声；拔刀再入鞘、校准弓弦、盾牌在地上撞击的锵锵声；撬开辎重木箱，搬出大桶桐油，分到无数个小木桶里的汩汩声。短弓队在集结，长弓队也在集结，盾牌手和长矛手分列行动，人群整装待发。一支在丛林中徒步的队伍，迅速变成一支即将攻城拔寨的队伍。

轰隆！轰隆！轰隆！轰隆！忽然之间，不远处山林连环巨震，头顶的树枝都在轻轻摇晃，露水簌簌洒落。那是四门炮。临行之前，他们在试炮，也在示威。

束星儿是第一次听见炮声，不由自主肩膀一哆嗦，她忙去看五夫人。五夫人盯着箱子底的阴影，头颅向前探，眼光越来越直，语气狠而厉："星儿……你瞧见了没有？"

"什么？"

"是不是……有血渗进来……"

"没有啊，"束星儿揉了揉眼，晃了晃五夫人，"五姐？你眼花啦？什么都没有呀！"

五夫人又直勾勾地看了一会儿，发觉是花了眼，跌坐回去，闭上眼睛，胸膛起伏喘着粗气。

她确实弄错了。那些尸山血海的回忆过于鲜活，和眼前的景象叠加在一起。上一次听到"诛尽银沙"四个字的时候，也是那么伴着九天雷霆，好似一场天诛地灭……

最后的一段日子里，战败变成一场凌迟。再没有退路了，海路已经断绝，所有可以行船的船帮，都遥遥尊奉丁帮主的英雄令，只帆片板不得助纣；被霍瀛洲压制二十年之久几乎销声匿迹的地方衙门，一见风头变换，立地光复朝纲律令，而且变本加厉，通令山林沼泽之中的蛮族土著，只要见到银沙教众，当即可以猎取人头，换取赏银；唯一的逃生之路，就是听人说更远的大海上有精卫鸟，有可能过来接人。

降不得，打不过，跑不了……所有人都濒临崩溃。他们整夜睡不着，通红着眼，亢奋地滔滔不绝，每天、每夜、每顿饭都在嘲笑咒骂丁桀，可丁桀是咒不死的，还是一步一步，越来越近。他们手里有的只有堆积如山的金银财宝，喝不完的酒，和……一群年轻的姑娘们。

穷途末路了，人全是兽。五夫人是这个时候悄悄飞去崖州的。她也是七夫人之中唯一在场的。

教母不再允许精卫鸟落地，败局已定，银沙覆灭是定局，但当时的精卫鸟还无法精准控制，加入战局也是徒损战力。更重要的是，不能让大多数注定被抛弃的人，看到那条唯一的逃生路径。

五夫人领命而去，任务是"善后"姐妹们，焚毁苗圃，带走药堂的笔记。

她一到，姑娘们围着她告诉她这些日子发生的事。侵犯每天都在发生，自尽也每天都在发生，年轻的姑娘不敢落单，只要落单，就会被捂着嘴蒙着眼拖走，最后连是谁干的都不知道。

如果说大多数人还能得以保全，那是因为昔时总舵里，还有三个并称为"岁寒三友"的人。

最后的日子里，死亡已经成了必将降临的命运，基本的秩序宣告崩溃。柳衔杯当时贵为左使，代行教主之职，从睁眼到闭眼，所见所闻都是倍增的伤亡，他无计可施，只有闷酒喝个不停；袁不愠每天都想跑路，在游说两位义兄，他不死心，他们哥仨这样好的功夫，躲在深山老林里，藏个几年，丁桀总不会一辈子在海南。唯一例外的是况年来，他听闻了暗夜里的那些事之后，就抱着剑，在后殿前的石地上打了张地铺，整夜地守在那里，天明才离开。他变成了一道门。

他守夜，袁不愠虽然不情愿，但也跟着守夜。等到袁不愠也来了，柳衔杯就不得不来。他们三个都在，夜晚就安全了。

有人问过况年来："你以为这样，丁桀会放过你们吗？"

况年来回答他："不会的。"

有人又问："那为什么非跟大家伙过不去呢？"

况年来回答："不知道，看不下去。"

他们最终没有离开。

某年，某月，某日。传说之中的丁桀终于来了。那一夜，外面也是那么轰轰隆隆的，那是个暴雨夜，远处的大海轰鸣着，飓风像要卷走整座岛屿。暗夜之中，一个霹雳连着一个霹雳，天上一阵雪亮一阵血红，围墙很高，但快要挡不住了，人头被一颗一颗地抛进来，地上的雨水洇到殷红……

药堂的姑娘们就挤在后殿的屋檐下面，你搂着我，我抱着你。那是无可名状的恐惧。平时那些无所不能的人，那些喋喋不休的人，那些分析时局头头是道的人，那些欺侮她们手到擒来的人，那些……全都像镰刀下的稻子一样，变成了一颗颗人头。

武器耗尽了，火油耗尽了，银沙耗尽了。围墙边也不再有人徒劳抵抗。所有人都是待屠戮的羔羊。

巨木在撞击大门，轰隆！轰隆！巨大的门在摇晃着，铁叶脱落，门闩和抵石往地上落。

一道一道的闪电，打得堂前雨水雪亮。后殿高一些，可雨水也在横流,淌过石阶，小瀑布似的。风狂啸,高树弯曲如弓,人头在地上乱滚,尸体堆挡起雨水。

九天风雷,訇然震动。一个白骨如山的旧世界要彻底覆亡了。

哐啷,极其坚固的从未被摧毁过的大门,被巨石车撞开了。喀嚓,一道巨大的血树一样的电光,就打在大门外绵延数百丈的尸堆上面。那些久闻其名从未得见的"八百侠义道"一拥而入,铜哨声、兵刃敲击声震天动地,他们直接在油桶里点着火,那巨大的蓝火苗在暴雨里起伏跳跃着,蜿蜒成龙。

胜利者们全都握着刀,刀锋上的血水被暴雨冲洗得干干净净,万人当中,群星拱月一样,簇拥着年轻的丁桀。

在那个时候,见过丁桀的人,终生都会不忘。此前并没有这样的年轻人,一出世就无坚不摧,一落地就风华正茂,他不仅带着他的部下来,也带着他的时代来。

他走进来,和周围狂欢人群比起来,显得有一些孤独怅然。他已经习惯了战无不胜,一路斩下过太多颗人头,生擒活捉过无数豪杰,他没有计数的习惯,身边有的是敬若神明的丐帮弟子帮他数着。

他渴慕对手,这柄刚出世的神兵在叩问苍穹——剑菩提是传说,霍瀛洲和汪振衣已经战死,命中注定的对手还在三钱五两地过窝囊日子,前不见古人,后不见来者,念天地之悠悠,亦怆然而若失。我生竟不能尽兴。

丁桀举目四顾,在人群里找了一圈,伸出一根手指,慢慢点了点三颗人头——况年来、柳衔杯、袁不愠。这是他最后要亲手拿下的人,之后他招了招手。身边人全都退开了。

三个人互相看一眼,想要说一句什么,倒也未必是声辩,就是句场面话,打个招呼,或者随意什么都好。丁桀慢慢地摇了摇头。侠义道的叛徒,从没有解释的机会,一个都没有。

三个人没路走了,并肩子一起上。之后,所有人都看到了,岁寒三友已经是崖州总舵里的最强者了,可他们在丁桀面前,和前面那些滚瓜切菜送人头的家伙们好像并没有区别。

柳衔杯手里长剑递出去的一刹那,丁桀手里的剑光闪动,已经点在剑柄上,斜斜地把他的剑挑向天空。那是不可思议的速度,极具震慑的准头——柳衔杯的剑,直上九霄霹雳里,就听夸嚓一声巨响,楼云霹雳惊爆处,百丈九曲紫蛇光,那柄剑当头炸了。柳衔杯愣了愣,残酒梦未醒。

袁不愠二十四桥折梅手斜拍向丁桀左颈,丁桀随手拂了一把,借着势,带着

265

他的手，撞在况年来胸口上，内力直吐，袁不愠自脉门至肩膀筋脉尽酥，而他那一记折梅手正撞在况年来心口上，况年来结结实实呕出一口血来。两个人一左一右歪倒，踉跄无力处，被丐帮人上前摁在雨水里，拿下了。

满打满算，一人只有一招。柳衔杯愣了愣，还站着。丁桀的剑指着他的喉头，用一种很轻的声音吩咐道："还是跪下吧，给你的人留点活路。"

"活路"二字一出，束手待毙的众人全抬头。所有人都在看着，银沙余孽们在看着，药堂的女人们也在看着。

丁桀极少迫人下跪，但眼前已经是银沙教现存的最高一人了，他需要一个正式的降虏。

柳衔杯还在惊骇，他不敢相信这一幕。他是绝顶高手，得霍瀛洲首肯过，当然有战意全失、连月惊惧、彻夜不眠、借酒消愁的缘故……但是，丁桀摧毁的，还有他们武道上的信心。

他还勉强站着，背后有个属下飞跳起来，从后面给了他一脚，他扑倒在泥水里，手撑着地面，丁桀的剑尖慢悠悠跟着动，还是指向他的咽喉，他晃了晃，闭上眼睛，终究没有再站起来。

站着的银沙教众，全都跪下了。一切都结束了。

侠义道一拥而上，这里有一大批俘虏，需要锁拿住，按照罪行轻重分队列。有些罪大恶极的一部分，会被押到苦主妻儿面前处决。

"帮主，"有人赶上来几步，示意那些女人，"这些怎么办？"

"都是干吗的？"

"好像有药堂的……还有些……我也不知道，女的没有名单。"

"自作孽。"丁桀揉了揉眉心，"你们跟地方商量，酌情办吧。"

他还有他的要事去做——银沙教有巨大的地宫，里面有令人叹为观止的金银珠宝，还有霍瀛洲从各个门派抢来的镇派之物，那些死在他手下掌门的佩刀和佩剑。在地宫正中心，两壁搁着数以千计的名刀宝剑，每一柄刀剑后，都是一场除名裂胆。正中，是一方黑石神龛，那里本应该摆着碧海洗银沙。

"结束了。"丁桀目示神龛良久，一剑斩落，黑石台一刀两断。

但是，对于另一些人来说，天并没有亮。雷霆和暴雨还在继续着，药堂的姑娘们还抱在一起，另一段命运的苦旅开始了。

"酌情办"的结果是：依剿灭寨匪的妇人旧例，海南有许多流徙之徒，苦无家室，分配各处，准予婚配。很多女人默默咬紧牙，她们拒绝这个命运，牙关里，还藏着最后一处毒药。

"不要死啊……也不要疯……"五夫人去就是做这个的，她轻声叮嘱着，一只一只的手，在黑暗中传递着小小的纸包，里面是微木的种子，"先忍一忍，随他们去吧，不管去哪里，把种子偷偷种在门口，三年之内，微木花开的时候，姐妹们会来接你们……"

三年之后，微木花开的那个初夏，她们依约而去，按照微木花的标识，接走了七成人。她们久别重逢，互相拥抱着，互相许诺："我们去开辟一个新世界！我们再也不分开了。"

新世界很好，大家都说很好。可为什么，同样的故事，又发生了一遍呢？

……

无数声音响成一片。脑海里同样也有两个声音，一个在喊着和谈，一个在叫嚣着玉碎，两个声音和外面的"诛尽银沙"交缠在一起，同样激烈，同样声嘶力竭，五夫人分辨不出来哪一个才是真实的自己的声音，她的意志力快要到头了。

她还在硬挺，还在等。等一个可以把秘密托付出去的人。

时光胶滞在这一方小小天地里，而外面的世界兀自隆隆运转。有人在搬运木箱，有梯子和搭板架起来，最顶上的一层箱子被哐哐当当地挪下去，摇晃处，缝隙里透出几线刺眼白光。

"嘿！"外面的守卫发现了什么人，叫了半声。

黑影一闪，有个人站上了箱顶，她身手相当敏捷，回头向某处望了望，之后跳了下来。

那是云小鲨。她刚才应该是在涂药，裸露在外的脖颈和上臂满是亮晶晶的药膏，左右手腕上裹缠着黄麻软布，布里看来也有药芯，一身药味冲得熏人。这很显然是防毒虫的装束，但着装并没有完成，似乎是正到中途，临时起意而来。

"你出去。"云小鲨跟五夫人点了点头，她脸色沉得很，瞥了一眼束星儿，没等回应，就拎起她的腰带，向上抛——那力道直上直下，不轻不重，角度刚刚好，束星儿手舞足蹈地扒在箱子顶上，箱子摇了摇，没有倒。

外部的世界变得很安静，那些拆卸箱笼的人，似乎领命退开了。这个小小的天牢里，只有她们两个人。

"五姐，你昨天说要见我，我来了。"云小鲨坐在五夫人对面，"没时间了，咱俩开门见山吧！五姐，我是来劝降的，我知道你有很多苦楚，你也清楚你们都干过些什么，这些我们不讨论了。旧恩怨也好，血海深仇也罢，无论如何，上一代的问题已经拖到这一代了，你我都有点担当，不要再传给下一代，就在自己手里解决掉，好不好？你直接一点，把该告诉我的告诉我。银沙教内，现在一共有多少人？战力是多少人？药堂有多少人？以前存了多少银沙？还有什么新毒药？上官乾在哪里？他和教母怎么个合作法？你不说，他们一样有办法打。可你既然逃出来了，想必也不是为了一己的安危。开弓没有回头箭，大家如今目标一致，早一点除掉教母和上官乾，少一点这边的伤亡，也就少一点那边的伤亡。我答应你，战后会尽全力居中转圜，保全你那边的小姑娘们，怎么样？"

五夫人没有急于应答，目光上下打量了几转，最后落在她脖颈上——一条洗到泛白的青布带，只有打结处泛一点深深的青色，看起来像是解开过又系上的，布带悬一条银雕的小鲨鱼，刀工硬朗，线条相当写意。

"小鲨……"五夫人抬起眼，眼珠子直直的，她好像把浑身的一点力气都用在眼珠子上，两个内眼角因为过于用力，微微有些开裂，"我要是告诉你……我们还有一条别的路，能让你们兵不血刃拿下银沙教……那样的话，你们能给我们什么？"

"你说什么？"

"就是我说过的话。"

"五姐，这不可能，千尸伏魔阵已经摆下来了，我们先谈可能的，好不好？"

"我说有，就是有……小鲨，还是刚才的问题，如果我们能做到，你能给我们什么？"

"那你要什么？"

"上一回的老条件。你要把银沙教给我保下来……"

"如果真的如你所说，那行啊。"

"如果你做不到呢？如果我们事情做完了，你说话不管用呢？"

"五姐，你搞搞清楚，我们没时间了，准确地说，是你们没时间了，已经要开拔了！你放心，我这辈子，答应别人的事，一定能做到，现在一再失信的是你们！只要你们不撒谎！"

"我不是说你撒谎……我是说，我把银沙教卖了，到头来，神捕营和侠义道说话，你一个人，分量够用吗？"

"你要是真能做到。我身家性命压在这里，一定尽力而为。"

"那好。小鲨，你记得吗……你还有过一个朋友，叫月牙儿？"

云小鲨怔了怔，这名字过于猝不及防，她有些迟疑，点了点头："是有一个……"

"那你还记得，她跟你说过些什么吗？"

"当然……记得。"

在沽义山庄的某一个夜晚，沈南枝问过她：小鲨，你有过朋友吗？

她回答，有过一个。

那是她的第一个朋友。

她闯出大漩涡，夺回云家船帮之后，依约赶赴银沙教总舵，五夫人带她上了一趟药岛。

药岛很大，居中是一座相当高的火山，火山口还有一口冷湖。五夫人腿脚不好，爬不了山，就喊来一个黑黑瘦瘦、豆芽菜一样的女孩儿，对她吩咐："月牙儿，你带小鲨四处转一转，领她去看海神杉。"

那个叫月牙儿的女孩子，比云小鲨小了四岁，矮了一个半头，不笑的时候普普通通，一笑起来，一双眼睛眯得像一对新月，可爱极了。她拉着云小鲨的手，领着新客人四处转，一路都在笑，笑得人心里快活起来。

月牙儿对药岛熟极了，可以说是如数家珍，她指给云小鲨每一棵奇花异草，告诉她这个可以治跌打，那个可以疗蛇毒，还有那个能治痢疾，这朵清晨开，那朵夜半开，还有那朵二十年才开一次……她领她去爬山，一路吹着口哨，问她船帮和大海的故事。云小鲨就来劲了，滔滔不绝地讲大海的故事。

"小鲨！你真了不起，我和我的朋友们都听说过你，我们都很羡慕你……"月牙儿老是说"我和我的朋友们"，但走了很久，一个朋友也没有见到。

"月牙儿，你也了不起啊，这些草明明都一样，你全能分清，我连荠菜和苋菜都分不清。"

"小鲨！你说要扬帆出远洋，你要去哪里呀？"

"还不知道呢！海图有的地方，我都想去，海图上没有的地方，我也想去。"

"哇哦，真好。"月牙儿用一种激动又神往的眼神看着她，听她说那些被海风吹到天涯海角的梦想，每听一段，就用力点头，"好可惜啊，我也喜欢大海啊，我也想坐船……"

"那就去嘛！你这儿周围都是海，坐船很难吗？"

"不是的，小鲨，我生病了，我的病……离不开这座岛。"

月牙儿说到这里，轻轻低了低头，但很快又嘻嘻哈哈笑起来。那个笑容真是好看，干净、明亮、闪着光，月牙儿落在湖水里一样好看。那口冷湖也很美，蓝莹莹的，波光灵动，像海神从深海里掬了一捧龙鳞。月牙儿走累了，坐在湖边，脚浸在湖水里，随手摘下片叶子，吹了一支曲子给她听，那曲子动听又活泼，快活得想让人手拉着手、围成一圈跳舞。

之后，月牙儿郑重地介绍，说这首曲子是她写的，名字叫《月牙儿和她的朋友们》，还说，小鲨，如果你也是我的朋友，这首曲子就也是你的啦！

云小鲨被她的新朋友迷住了，赶紧拼命点头。

之后，她们就看见了海神杉。

海神杉长在冷湖的另一边，是火山灰和海风共同的造物，蓝幽幽的冷雾环绕着，青郁郁的树身，笔直地指向苍穹，像是海神的长枪。云小鲨仰着头，张开嘴，有一种小心翼翼的狂喜和一种全身心都明亮起来的幸福，那是梦想成真的幸福。

月牙儿盯着她的眼睛看，笑得自己眼睛也眯起来。云小鲨二话不说，挽起袖子，开始测量树围。月牙儿跟着她走，轻轻嘀咕："小鲨，你要把它们都带走吗？海神杉从来没有人砍过。我朋友们都说，砍走了海神杉，海神就不来这座岛了。"

"……月牙儿，你朋友们都在哪里呀？"

"她们都……生病了，都……不在了……我们……只有一个朋友还没有得病……我们的病很奇怪，不在了就……只能化成灰，我把她们埋在海神杉下面了……你量的这棵就是……"

"哦，抱歉！这几棵我可以不动。"

"不是啦，小鲨，如果你真要砍走，就挑她们走吧，我的朋友们都没有出过岛，我们没人看过外面的世界，更没有在大海上旅行过……"月牙儿叹口气，拉着她，一棵一棵把"朋友们的树"指给她看，最后指到最高的一棵，"小鲨，如果我的病也好不了……你要记住，那是我最喜欢的一棵树了，我从小到大就爱爬在上面，小鲨，到时候你要把它做成最大的桅杆，以后想我了，就坐在上面，海风吹过的时候，你会听见我吹哨子给你听。"

"月牙儿，我看你活蹦乱跳，你们生的究竟是什么病啊！为什么会医不好？"

月牙儿又低了低头，她不爱回答的问题，低一低头就过去了。

相聚的时光很短暂。五夫人在山下吹号角了，该回去了。

下山路上，明明四周没有人，月牙儿还是把声音压得低低的："小鲨，我听朋友们说，如果你留下来，就会是我们的教主，是这样吗？"

云小鲨轻轻点点头。

"那……你会留下来吗？"

"我在犹豫……"其实并不会，但她也并不想让新朋友失望。

云小鲨还在斟酌着措辞，眼看前方就到了，月牙儿凑到她耳朵边上，轻声地坚决地叮嘱："不要听她们的。"

云小鲨很快就离开了。她不愿意久留，银沙教也并不想和她再打交道。下一次再来的时候，已经是三年后。云小鲨依约来拜访朋友，但是五夫人告诉她，月牙儿已经不在了。五夫人不愿意多谈，她也没有再问。

那一次云小鲨带走了所有合尺寸的海神杉，当时云家船帮的头船是"海鲨"，已经下水很久了，她就按照承诺，把那棵最高的树做成了"风主"的主桅杆。

再之后，她有了自己的传奇，慢慢地就把这段少时故事淡忘了。只是偶尔，爬上主桅瞭望风景的时候，耳边好像有乐声。

五夫人看着云小鲨。云小鲨如梦初醒："月牙儿没有得病？"

五夫人点点头："当然没有。"

"我明白了……蛊还是毒？"

"算是毒吧。"

"算是？"

"是。那段日子，银沙教过得艰难，教母就想，如果丐帮可以集四代之力，制造出一个天才来，我们凭什么不可以？我们翻了浅海的笔记，发现一种方案，就是如果一个小孩子，能够从哺乳开始，就大量服食微木的汁液，长大之后，陆续用轻微毒药注入身体里……有一定可能做到百毒不侵。"

"百毒不侵"在江湖上是个神话，从来没有人真的做到过。

"你们……试了多少个孩子？"

"相当多。教母找了很多女婴，从哺乳时候开始服食微木的汁液，最后……留下来了十二个。都是看起来最健康、最聪明的孩子，从她们三岁开始，就尝试在血液里注入微木的汁液，然后……一一试毒。当然，这是个秘密。"

"后来呢？"

"孩子们成长得很好，很快，所有人的血液里都有了解毒的屏障，她们一关一关扛下来，越来越强，我们喜出望外。"五夫人顿了顿，"但是，某一天，她们开始发育了，从孩子变成少女，一切就不一样了。不知为何，她们血液里解毒的屏障变得非常激烈，剧毒杀不了她们，但血液本身的反应可以。十二个女孩子，一个接一个地死掉，到最后，只剩下两个女孩儿，那就是月牙儿和……"

"海柳？"

"对。"

"那么说，海柳尊者百毒不侵？"

"是。"

"怎么做到的？"

"之前没人知道。我也是几天前刚刚听说的。她们十二个女孩子尝试了很多次，都太痛苦了，觉得谁也熬不下去，月牙儿就提出来，她们抓阄吧，一个人先试毒，经过身体的一轮反应，再把染毒的血液注入第二个人的身体里，这样会温和一些……"

"这简直就是炼蛊！那有用吗？"

"有用，而且有奇效。死掉的人没有白死，活下来的人越来越强，到了只剩下月牙儿和海柳儿的时候，她们最终要面对的，只有银沙这个级别的奇毒了。"

"她们……"

"那一天，她俩还是抓阄，月牙儿写，海柳儿抓，她们事先约定，无论是谁，活下来了，要带着大家那一份一起活下去。"

"月牙儿是没有抓到还是……"

"抓阄的时候，月牙儿已经服毒了，你也知道，她是个很爱笑的小姑娘，可做事情一点犹豫都没有。海柳一直是她们之中最小也最强的一个，是我们的希望。海柳打开纸条，那上面有两个字，猜猜看，哪两个？"

"活着？"

"自由。"

"你们真是该死！"

"小鲨，不用动怒，我想，无论是月牙儿还是海柳，都没有否认过这个命运。我们没路走了，我跟你说过，我们需要一个年轻的领袖帮我闯出一条路来。"

云小鲨轻轻闭了闭眼睛。

"我也是三天前才知道这一切的，之前，海柳从没有跟我说过，她一直以为，我是教母的人……呵，她并没有看错，我确实一直是，可我也以为，她是教母的人。三天前，我去地库里找暗器，我想是时候了结了，七姊妹只剩我一个，我去杀了她，一了百了……还没动机关，海柳就出现了，她告诉我，别想了，教母早就在提防我了，我唯一的机会是趁着行刑的时候逃出去，来见你。"

"等一等，海柳百毒不侵，地位非凡，为什么她动不了教母？"

"她们还在襁褓的时候，就被种下连心蛊。"

"连心蛊？"

"对，母女连心。女儿是不能弑母的，母蛊在教母自己的身体里，她所有波动的情绪，教母都能感应到，如果想要杀了她，只要催动母蛊就可以了……而如果教母死了，她也会立刻跟着死掉，两人同时毙命，没有任何侥幸的机会。"

"怎么可能做到呢……那么多的想法，那么多的痛苦，怎么可能不动情绪呢？"

"我不知道，我也想不出来，她就是做到了，海柳尊者这么多年，没有人见过她动过七情。"

"她要你跟我说什么？"

"银沙教里，还藏了另外一支力量，虽然弱一点，但如果能够里应外合，也能翻盘。"

"什么？"

"但是我不能现在告诉你，那是我们硕果仅存的希望了。你需要先回应她，我才能告诉你下一步的事。"

"要怎么回应？"

"过不了多久，塔台就会奏乐，如果你还记得月牙儿那首曲子。"

"我记得。"

"听到之后，这边号角回应——连吹四声长号，表示你收到了，你们同意合作。"

"合作什么？"

"她帮忙除掉教母和上官乾，你们保留住银沙教。"

"如果我不回应呢？如果我根本不相信这一切呢？"

"那就继续交战，直至玉石俱焚。"

"玉石俱焚？她做得到吗？"

"这我就不知道了。我知道的是，海柳尊者已经是我们实际上的掌舵人好些年了，教母用她一个人取代了我们七夫人，看起来效果很好。"

"我不敢保证，我去试试。"

云小鲨翻身跃出去。

外面，所有人准备就绪。大部队已经在干河床里列好阵，前方是一排排小推车和硬木箱车，上面满是白千层树皮、桐油、火药……一应引火之物。盾牌手一列，长矛手一列，弓箭手一列，居中拱卫着四门炮……一目了然，他们准备用火开路，再用铁碾平这条路。

不远处，苏旷居中，一干领袖人物都在他身边，人人都涂好了药膏，穿上了黄麻软甲。药膏是江湖上用毒的八大派共同的杰作——二十年前，他们全体在银沙教面前颜面扫地，不仅毫无还手之力，甚至连看都看不懂；自丁桀率众恭迎凤凰门之后，门户之见尽除，用毒的八大派全数回归侠义道，如今一声英雄令下，也要还以颜色。黄麻甲里是岩棉芯，岩棉在极短的时间里可以抗火，浸透药汁之后也能抵挡毒烟。这些物事，神捕营在一个月前调度下来，命人送到会安。

场地全部清理完毕，只剩下最后一批箱子了。云小鲨一出来，苏旷挥了挥手，一群人飞奔去拆卸。

"小鲨，里面什么状况？"

云小鲨匆匆把刚才的事讲了一遍。大家伙交换了一下眼色，议论纷纷——

"月牙儿那个事……你觉得可能是真的吗？"

"这个五夫人做了一辈子坏事，满嘴谎言，那些会不会是临时编出来的？她知道你有个朋友，就那么糊弄着拖延一下。"

"就算月牙儿是真的，谁能担保海柳也是真的？说不准，是她故意下套。"

"抓阄这个事，也是她自己一张嘴在说。万一是那个海柳，蛇蝎心肠，先下手为强，把其他人都毒死了呢？"

"连心蛊也太荒诞了，我看她跟教母心连心才是真的。"

"想求和还摆什么千尸伏魔阵？"

……

云小鲨陆续看过去，没有什么人相信她。她特地望了一眼沈南枝，沈南枝想了想，给了回答："我存疑。"

她最后望向苏旷，已经有点着急了："苏旷，你怎么想？我们会回应她的信号吗？我觉得这一切是真的，我们再商量商量，或许可以少流很多血……"

苏旷抬头，看了看天空，他早已经做了决断，或者说，他根本就没犹豫过："小鲨，抱歉，这一次我们不能相信她。"

"苏旷……"

"那只是一个故事，没有任何证据。我没法冒这个险……而且，小鲨，你抬头看看天，万里无云，这是进攻的最好时机。你替我们想一想，银沙畏光，丛林里随时随地可能下大雨，一旦下起雨，那个银沙蚁很难对付不说，我们身上这层药物也留不住。天时不可误，先机不可错，我们必须在最短的时间里把千尸伏魔阵除掉。至于那个海柳尊者，我们判断一个事情，不是听人说什么，是看人做什么，她一边叫人带了这样的话，一边摆了千尸伏魔阵。如果我选择相信她，那是对自己人的不负责任。我不管她在盘算什么，就算是真心想求和，一切为时已晚，等这一仗打完……降了再说吧。"

云小鲨愣在当地，她没有想到这是苏旷的回答。苏旷平时是个很好讲话的人，但真要是说过没得谈了，那就是没得谈了，见到夜哭郎君残骸的那个刹那，这场仗就打定了，无论背后千头万绪、什么缘由，让她进去聊一次，更多是为了让她安心而已。

这确实只是个故事，没有任何证据，她没有理由反驳，更没有可能让那么多人冒着生命危险在这儿空等。她点了点头，妥协了。

号角吹起来了，从前队传到后队，整个队伍在摩拳擦掌，战意正高。

五夫人被架走了。

最后的几个箱子也撬开了，里面全是长刀。苏旷走到其中一个箱子前，里头装的是从军中特调过来的一批百炼精钢仿唐刀。

"这是特地为蛊尸预备的，你们看这个刀锋，利、薄、反复抛光，除非砍进大关节里面，很难卡住……这是斩首的利器，每人都带上两柄。"其他人上来分刀，喀喇喀喇地抽合校验。苏旷挑了两把，拾起块手巾，抽刀，擦了擦多余的油，检视无误，回鞘，抽了根细革带，绕了个双头扣，把两柄刀鞘系在一起，递给云小鲨，"小鲨，你只有藏山一玉，手里没有长兵刃不行，带好。"

云小鲨还在站着。苏旷叹口气，帮她把双刀系在腰上，又叹口气俯身替她系牢裤脚，站起来拂了拂她耳边乱发，说道："你心乱了，战意全无……那就别动手了，跟随波在后队,帮我们照顾南枝好不好?"

云小鲨苦笑一声:"你刚才说话的神情,真像丁桀。"

"小鲨,你和龙蛇岛也不一样了啊……"苏旷也苦笑,轻轻摇摇头,"我还是那句话,那只是一个故事而已。海柳是敌非友,不可掉以轻心,保护好自己。"

苏旷捡了长刀,系在腰带上。然后带着人,从后队向前队走。其声高远,临行令下:"所有人记住,千尸伏魔阵里到处都是稻草人,到时候烟火一起,上官乾随时随地可能杀出来,此人精于易容,防不胜防,不管是谁,不许跟他单打独斗,尤其是哥几个功夫好的,不可置气,必须三打一,不能让这个东西趁乱取了内力。诸位!三打一也扛不住的时候,心里都要有点数,牢牢记住,不管谁碰上他,不要总痴心妄想一命换一命,人倒下去之前,必须把哨子吹响,把信号送出来,务必让他现形。"

"是!"

"随波,后队交给你。按照既定计划,用最快的速度把营地围好,天一黑,不知什么状况,我们随时得往后撤。如果真有任何意外,前面在千尸伏魔阵里没法回头照应,所有人,记住是所有人,拿命去护南枝。我们可以少一门炮,甚至少四门炮,但绝对不能没有狩天者。"

"知道!"

"福宝,过来跟我们打头阵。"

"好!师兄!"

"出发!"

队伍开拔了,行进速度相当快。前后队稍微拉开了一点距离。

云小鲨在人潮中,颓得很,看着自己脚尖踢着石头在地上走。五夫人被送上一个箱子改成的小车,跟束星儿一块,被人推着走。她扒着箱壁,看着云小鲨,焦急地拍打着。云小鲨快走几步,揉着眉心,避开她的目光。

"喂,小鲨,"沈南枝从狩天者的小车上跳下来,赶几步,跟云小鲨同行,递过一壶水,"口干舌燥了吧?喝点水。"

云小鲨点点头,仰脖子喝了半壶。她平时总和沈南枝有说不完的话,但今天,有了点轻微隔膜。

"小鲨,我是来告诉你我相信什么的。"沈南枝在她身边边走边说,"我相信希望……我认为，希望不是在绝境里看到路那么简单，希望是相信很多人和自己一样在绝境里尽力寻路。"

"南枝？"

"这就是存疑。海柳给我们的信号并不够，至少不够影响判断。如果海柳完全被控制了，那么我们没有办法，只能把她当作教母的傀儡，一并消灭；如果她不是，如果她真要完成月牙儿的遗愿，她需要做出更有力量的证明来。小鲨，但如果不是你，我们连存疑的机会也不会给她。"

"南枝……"

"怎么这么容易气馁啊！你对我们这帮人，多多少少要给一点希望吧！你觉得我们都是去报仇雪恨、斩尽杀绝的吗？是世上只有你一个人有过朋友吗？千尸伏魔阵那个鬼东西，根本就不应该存在这个世界上，就算月牙儿活着，她也很想把它除掉吧？小鲨，我知道你在担心什么。有点耐心！银沙教已经盘根错节，长在一起了，像是个锁死的机关，我们要一层一层地打开它，还要注意不伤到自己。但如果真的在哪一层看到你要的希望，我跟你保证，所有人都在。"

"南枝！"

"去前面吧，前面需要人手，功夫那么好，留在后队修营地做什么！"

后队行程过大半，前队已经到了阵前。不知遭遇了什么，轰隆，一声炮响，之后烈焰火光，直冲天际。这时候，所有人都听到了石塔上的奏乐声。

所有人都在抬头谛听，那显然不是什么月牙儿唱的轻快的曲子。那乐声像一只沼泽里的洪荒怪兽在狞笑。

据楚随波介绍，那是《极乐世界》的第九章:《大沼》。

第七十三章　火烈具扬

一川沙砾长河，像是岁月的白骨。这里是个交界处，比前次探路的位置稍稍后撤了一些，避开了下风口。站在河床面向北方，右手边是山林，左前方是稻田和白塔尖，更远的左后方是一大片沼泽，那里荒林稀疏，苇草横斜，大团的虫豸如云，越往里，泥水越深，到目力不可及处，就进入了洪荒世界的黑暗深喉。

一切都是安静的，白日吐芒，沙砾地面上点点夏火，小小的城池似乎在丛林中午睡，看不见一个敌人的影子，甚至看不见精卫鸟的影子。

有人跑两步，升起了风向旗。很正的西南风，长中短三条穗子一起指向东北方，风力不算强，最长的那条穗子软绵绵地耷拉下来，像被酷暑蒸酥了似的。

第一批硬木车已经准备好了。推车是辎重箱子改成的，主体是船木，包裹上铜皮之后极难燃烧，车上堆满了桐油、木柴、稻草，车底有灵活的抽板。

大队人马驻足待命。

白塔之上，乐声悠扬，但侵略性并不强。对面那座小小的城池像是一个共鸣箱，音乐好像是从整座山川里流淌出来的，似乎代表着某种意志。

"天时还在我们这一边。"苏旷站在田埂边，不远处有个炸开的炮坑，他用长竹竿向里捅了捅。上层是三寸厚的黑泥，下面是很正常的本地黄土，松散，偶尔结块，看起来并没有深耕过，此地雨水过多，土壤里的胶黏物被反复冲刷进了沼泽，留下来的土地反而并不算肥沃，"这个土，夯实了颇能承重，过会儿大家伙小心一点，保不齐地底下能冲出点什么来。"

孙白鹿站在他身边，拉下面罩，举弓勾了个空弦，再次调整颈带的松紧。这个面罩对他的视野稍微有一些影响，但并不太要紧。

眼前景色静谧安详，风吹过，金黄的稻子翻涌成浪，墨绿的杂草沙沙作响；

一个又一个的稻草人展开双臂,从眼前排到天边去;远处的水车高耸,嘎吱嘎吱地转着,白塔上金箔闪着光芒,像已到了世界尽头。

最近的一个稻草人离这儿就两丈,它中规中矩地支开双臂绑在十字竹竿上,上半身就是稻草,下半身套条灰布裤子,被风吹得鼓鼓囊囊。细竹竿并不能撑住一具尸体的分量,那应该就是个正经稻草人。

"白鹿,"苏旷挽了个绳套,做好准备,"烧它一下试试。"

孙白鹿点点头,从腰畔的六格箭筒里抽出一支硫黄箭,扯掉箭头胶皮,在箭筒外嵌的一块小硝石上蹭两下,箭头冒起了黄色硝烟,他拉弓搭箭,瞄了瞄。苏旷手按在他手上,往下压了压,示意射它的腰侧。

嗖!这个距离没有任何难度,也无须青崖弓满弓,很轻巧的一箭射出去,正中稻草人的腰肋。

没有什么反应,光天化日之下,箭杆上白火升腾,渐渐引燃了稻草。稻草人轻轻摇晃,它脖子在冒烟,喉咙里似乎有个哨子,嚁嚁地发出几声刺响,孙白鹿不等响声大作,第二箭射出,穿喉而过,一个小小的铁哨顶在箭尖上。那个着火的稻草人慢慢歪倒下去,仔细看,能看见它身体里有无数只米粒大小的鲜红蜘蛛在四处逃窜。

几家用毒的高手都在围观,没人发声,看起来都不认识那是什么。

草绳烧断了,着火的稻草人摔倒在稻田里,田地里全是泥泞,火势起不来,大团的白烟升腾,顺风飘涌。

"注意!"有人轻轻喊了一声。

竹竿附近的土壤松动,忽然之间,一只枯瘦嶙峋的手伸了出来,在火堆里乱抓。

苏旷皱皱眉,绳套扔出去,套住那只手慢慢用力。那是沉甸甸的一整具尸体,但周围的土壤极松,并不难拔,很快就像拔萝卜一样拽了出来,慢慢拖到身边。

一群人忙围过来看,几个用毒高手纷纷在它身边洒各种药。这是一具新鲜的女尸,赤裸干枯,尸身上全是巴掌大的紫斑,颈部和腋窝的血管高高鼓起,好像里面有什么活物在动弹,翻过正面,面孔很清晰,年龄在四十五岁左右,皮肤黝黑粗糙,手上全是老茧,看起来像是做惯体力活的,眼眶里有一对暴起的血红眼珠,里面满是细细小小的红点。

苏旷正准备俯身细看,小金已来不及等命令,闪电一样蹿出去,直接射入了那具尸体的眼球。噗的一声轻轻爆裂,眼珠子里面血脓四溅,无数更小的针尖一

279

样大的红蜘蛛四处乱爬,避开小金。小金饿坏了,整个身体埋进眼球里,一通大嚼,尾巴跟小狗尾巴一样摇来摇去的,自己快活得不得了,别人快恶心吐了。

"回来!"苏旷吩咐了一声,但小金不太情愿地跳回来,知道有千尸伏魔阵要对付,苏旷这几天没怎么许它吃东西,小家伙饿得要命,见到蛊虫,已经忍不住了。

大家都在看,尸体附近洒了七八种药,那些新孵化的幼蛛,在迷宫一样的药线里一通乱走,沙砾地被太阳烤得又干又热,没多会儿,全都死了。

"这些是什么?"

"苏大侠,只知道是蛊,但不知道是什么蛊。按照现有的蛊虫推测,这个尸体是用来孵卵的,新生出来的幼蛛在找人的血管毛孔,只要找到就会钻进去,只要钻进去就会……"

"我们的药甲扛得住吗?"

"目前看来,新生的幼蛛是很弱的,我们带的所有药物都有用,这没问题,但要当心,药芯被汗水泡久了,或者淋了雨,都会失效,这个玩意儿最要命的是实在太小了,又会爬,只要药效没了,可以直接从布缝里钻进去……"

"给我个时限。"

"在外头试药是两个时辰……安全起见,一个半时辰之内最好回来,我们重新浸药芯。"

"好,够了!劳驾各位把这位收拾一下,送给小鲨看看,让那个五夫人也看看,认不认识这个人是谁。事不宜迟,白鹿,我们走!"

苏旷挥了挥手,第一列二十名弩手走上前,把弩机固定在地上。他们的动作整齐划一,上弦、瞄准,砰的一声响,一尺长的粗弩箭带着细铁链飞出,插在大约十丈之外的土地里。齐齐的一排入土的时候,箭头三叶飞虎爪一起弹射,犁进深土里,铁链回拉,虎爪上齿叶扣在一起,像只铁铸的虎爪抓着大地。

第一组的二十辆推车推上前,车头连上铁链,苏旷挥挥手,有人拉开车底推板,推送一把,手摇轮轴嘎吱嘎吱转着,硬木车哐啷哐啷被扯向前,落下一地的引火之物。那些全是浸满了桐油的柴草,还加了大块的硫黄和火药。一支火炬点起来,顿时轰轰啪啪地烧起来,燃起二十道烈火阡陌,浓烟滚滚,被西南风卷着,一起吹向东北。这些物什烧得快,火势很快就弱了下去,阳光下,大片的稻草阴燃着,小片的火苗在草秆上跳跃着,黑色的火线向外推,地面上满是焦黑的枯烬。

"走。"苏旷从腰畔抽出一柄长刀,刀鞘随手扔开,跟着那火路,当先走下稻田去探路。身后,十个人推着一根巨大滚木,一路洒着药粉,跟着碾过来。

那条焦土阡陌被碾平了。

这是个很笨拙但很有效的办法。他们确实不知道这个鬼田地要怎么过去,索性就硬开出一条道来。道路烧过、碾过,即使再赶上一场雨,收拾起来也容易得多。

打头阵的,全是神捕营的人。天本来就热,刚刚烧过的地面滚烫,他们有备而来,穿了加厚底的及膝长靴,依旧能够感觉到脚底的灼热,但是没有关系,今时此地,火比水好,酷暑比毒虫和蛊虫都好。

孙白鹿带着弓手,紧随而上,弩手再度准备,第二轮装满引火之物的推车被推过来——他们丝毫不停,开始第二轮一模一样的开路。

接着是第三轮。那条焦土之路在笔直向前。

他们动作很快,配合默契,衔接无间隙,一气呵成。如果对面没有防御动作,用不了多久,这条路就会一直通到白塔之下。

但很显然,对面开始有动作了。

白塔上的乐团早就开始奏乐了,如今不知加入了什么新鲜东西,音乐声变大了很多,低音部和几个缥缈的高音被同时加强了,那支曲子显得更加怨气森森,像是大沼泽里的白骨山头,千鬼喑哑哀哭,叹万人同去,一去不回。鬼唱之曲,沉靡恍惚,没有多久,就分不清是从塔上传下来的,还是从土地里长出来的。听得好几个人停住脚步,有些黯然神伤。

孙白鹿挥挥手,举弓向天。人群悚然,警醒起来,齐齐挥刀高叫,互相鼓舞着心志如铁。

不多时,后方也有号角声传来。那是楚随波的讯号,搜山完毕。此刻天时还早,距离太阳完全落山还有整整两个时辰,两个时辰之内,楚随波会在身后不远的山坡上,筑起一道防卫工事,挖下一道填满药泥的壕沟,夜间的山林更加不可知亦不可测,他们需要一个坚固如铁的后防。

"过来了!那边的也过来了!"有人紧张又兴奋地喊着。不远处,稻草人在一个接着一个地转向,那是些"活物",它们无须指引,出于本能地循着人的呼吸而来。稻田狭长,一眼望不到头,并不知道那些玩意儿究竟有多少。

走在最前面的一群,面对的是江湖众人。

一众高手严阵以待。他们只需要斩首,不需要过招,不管之前用的什么兵刃,都先带在身上，统一用长刀。

东北边的第一个稻草人已经过来了，它比别的"同伴"跑得都快些，以至于形单影只。长长的茅草里，有张焦黄狰狞的面孔，它像是被一个巨大的巫师卷在白茅里献祭给了这片山泽，临死时的痛苦还封印在脸上。

苏旷迎过来，跟着它跑了几步，找准空隙，就势挥出了第一刀，很凌厉很流畅的一刀，老辣熟练，刀锋抹喉而过，大半拉人头直接断在脖颈上，连脓血都没怎么流出来。他在做一个示范——尽量不要跟那玩意儿有身体接触，最好也不要让它身体里的任何东西喷出来，斩首就完事了。

四面八方，尸群汇集。人群沿着那条道，分两列，全在挥刀。

高手凭借技巧，就在尸群里周旋。功夫略微差一点的，就彼此配合，长矛和带着绳套的竹竿先固定住尸身，之后从侧面或者背后斩首。

焦土之道上，每隔十丈，有个小小的据点。轻盾手围拢成一片铁甲围墙，护着弓手，弓手站在推车上向附近人群之中谁有个闪失之处，补缺补漏。

飞矢如雨，可那些蛊尸裹在稻草里，一定情况下保护住了颈部，长箭穿喉而过，只能让它们有个趔趄，并无法直接毙命。一个脑袋大脖子粗的家伙，喉咙上攒了四支箭，还在向这边走，眼看就到了，风雪原皱皱眉，抬手抽箭一刺，直接断了它的喉骨。

孙白鹿在最前方，四门炮向着西边尸群最密集的地方打，一个小小的尸群被冲散了，它们有的手臂被炸飞了，有的直接开膛，但这些对行动的影响并不大，还在向这边昂着头爬。

他们的位置距离稻田的南端近一些，北端遥远到一眼望不到头，但好像整个北方的尸团，都在彼此召唤着，向这边走。高的、矮的、胖的、瘦的、男的、女的、陈腐的、新鲜的、本地的、不知名某国的……蛊尸群里有着形形色色的人，偶尔可以辨别出来，有些或许是挑夫，有些是土著，有些是商贾，有些是"自己人"。但并没有几具蛊尸去沙砾地上，这片稻田好像有什么结界，封印着一切邪恶。

斩首。斩首。斩首。人群一开始还有点兴奋呼喝，但很快就变成了沉默的蓄力、挥刀、再挥刀，踩着断肢、踢开尸体……默默地承受着各种浆液喷在面罩和药甲上。

风雪原相当卖力，好像在补偿什么。

焦土之路还在开辟，几乎没有停歇，整支队伍像一柄烧得通红的铁钎，直接把这片稻田撕开。

斩首。斩首。斩首。所有人都在挥刀,一遍又一遍,刀刃咬在骨头里,咬在已经僵死的肌肉里,划开腐臭的内脏,捅进嘴里,砸烂头颅,折断脖颈。大家保持着相当的默契,任何人失手,都立即有人帮助。

斩首。斩首。斩首。焦土之路在变长,队伍也在变长,道路每次加长一截,都有新的推车推进去,也有新的持刀者冲进去,所有人都尽可能地在这条战道上战斗。为了不阻碍行动,有人趁着间隙,戴着厚手套,把尸体扔成了一个个的丘堆,尸水和脓血从尸堆上渗下来,弄得焦土地上黏糊糊的,腥臭扑鼻。可这些蛊尸并不怎么招毒蚁,蚂蚁团团转,就在道外跟着人走,随时随地等待着新鲜的血肉。

开局还算轻松,所有人有备而来,体力充沛而且注意力集中,最重要的还是那条"路"相对还短,人员足够密集,每一个站点都能做到以多打一。

沙砾地上,沈东篱和风不二兀自按兵不动,沈东篱甚至打了一柄油纸伞,轻轻摇着柄折扇。他们的剑快,临敌经验也是一等一的丰富,但快剑并不适合这样长时间的砍杀,按照事先的部署,他们最好在锁死了上官乾之后再上来。

烈日无声。将近半个时辰过去了,那条隆隆作响的烈火战车碾出了一里多地,已经到了稻田的腹地。

每隔十丈一个战点,尸骨围成一座座小小山丘。大约三千人的先头部队进入了这个战场,其中两千人是神捕营的精锐,另外一千人是江湖客。

天气酷热,药甲连同药芯相当之厚,热气像是条着了火的毯子,重重包裹在身上。人在大量流汗,而且无法补水,汗水浸透药芯,药味儿相当冲。所有人都过量用药,有人甚至鼻孔里都塞满了药芯,他们并不知道面对的是哪种毒药,所以药甲里尽可能能塞的全都带上,药力过猛,时间久了,弄得皮肤有些刺痒,呼吸也不太通畅,腋窝、胳膊肘、大腿根……都在摩擦破皮。

又一具尸体的脓血喷在面罩上之后,一个很年轻的小伙子再也忍不住了,他胃里的呕吐物已经反复冲上来三次,都被强行咽了回去,这次真扛不住了。他踉跄着,冲到一个相对开阔的空地上,掀开面罩,弯腰就吐。面罩拉下来,他脸上的汗水湿漉漉的,整张脸热涨到紫红,旷野的风夹着柴烟和燃烧的尸臭一起扑面而来,但至少是新鲜的空气。

"哎,干什么呢!要喘气就撤!"

"师兄,没什么事情,我就纯恶心,吐一口就好了。"

那个年轻的小伙子直起腰来,对面的师兄愕然,之后后退一步。不知什么时候,一只很小的红蜘蛛,吊着一根细到看不清的丝,被风吹到小伙子头顶,之后顺着面罩的上沿,悠悠荡荡,飘进他的脖颈里。

"师兄,我好了我好了……"

"别动!"师兄犹豫了一刹那,之后冲过来,拎着小伙子的领口,解开手套,伸手进去捉。

那个小蜘蛛实在太小了,用指甲尖就能捏死。但是,掀开小伙子衣领的刹那,已看见了他左肩到后颈已经是鲜红一条脉络。师兄再回手,已经来不及了,两只手从身后紧紧环抱住他,小伙子喉咙里咔咔地响了几声,一口咬在师兄的脸颊上。师兄疯狂地吼着,甩着手,他的指尖也连着一根蛛丝。

附近几个人面面相觑,都向后退,之后扬起刀。他们扑倒在一块儿,在地上滚了几圈,没多久,两个人的喉咙里同时发出了野兽的声音。

时候到了,两把刀同时斩下。刀光雪亮,人头落地。有人试图上前收殓,有人制止了。他们打开了石灰箱子,直接把人头扔了进去,尸体弃诸荒野。有人挑开他们的手套,把手腕上的布带摘了下来,和人头放在一块儿,那上面写着名字。来之前,每个人都知晓,出了事是这样处理的。

那是钟离刀的弟子,一个很小的门派,这次远征,一共就出了两个人。

鲜血流淌进土地里,密密麻麻的饥饿已久的毒蚁拥上来,没过多久,地上就是两具药甲,裹着两具白骨。

这是今天的头两例战损。

开始死人了,这是个信号——如果对方不是完全的蠢货,那么,现在应该开始反击了。

最前方开路的小队没有停止过,弩机、推车、滚木和大火始终滚滚向前,这是可怕的全力以赴的速度。而更远处传来号角声,那依旧是楚随波的讯号,宣告营地已经检查清理完毕,开始挖掘壕沟,布置鹿栅。

天黑之前,他们确定会有一座大本营。

"要换批人吗?我看有些已经累了。"孙白鹿挽弓、瞄准、再换一个方向瞄准,前方有几个零散的,不用他出手解决,都已经被干掉了,冲在最前面的大多是青

284

崖白鹿旗，他的人以彪悍硬朗著称。

"不行，真扛不住的单个下。"苏旷摇了摇头。确实，天气太热，最先进场的那一批开始疲惫了，他们尽量换到焦土之道的南侧，那边蛊尸少得多。但这个时候不能让他们离场，离场就意味着新一批要进来，人他们不缺，但药物不够。

这是个很要命的问题。他们本来带了足足十天的药物，预计怎么样都够了，但是真到了地头，每个人都在拼命地洒，洒出了三倍以上的药粉，造成了海量的浪费。这个事儿叮嘱也没有用，所有人都明白，但所有人都控制不住。谁之前也没经历过这个，没有几个人能看着尸山血海和同伴变成白骨，手还能稳得像做菜撒盐。

除了药物之外，武器消耗也比平时快得多。大多数人都开始启用第二把刀，所有人在砍杀的时候都用力过猛，大量长矛因为很低级的发力方式折断，有时候一具尸体上面，满满全是箭，跟草船借箭似的。

恐惧，实在是恐惧，恐惧会让动作完全变形。没有谁能指责大家一个字，敢踏入这片田野，已经是好汉了。

但按照这个用量，他们的药物会在三天之内消耗完，而且还是在没有倾盆大雨的情况下。更要命的是，萧老板他们船上也没多少存货，他们已经带来了所有防毒虫的药，丁桀从发英雄令的那一刻就开始调度了，但这些药炼制起来相当麻烦，有些药材需要十年生的，有的需要特殊硝石，存货就那么多。所有的用毒门派，已经把能凑来的全都凑来了，他们并没有想过，这里会有整整一片鬼田。

换而言之，三天之内，如果还不能拿到教母和上官乾的人头，他们就必须打道回府。否则，丛林和毒虫蛊物会代替对手吃掉他们，留下满地的骨头。必须速战速决！

苏旷遥望白塔。行过半途，白塔已经在视线之内，人影虽如手掌，但已经可以清楚望见，乐队里有个人起来，另一个人替换了她的位子。

音乐变了，换到了下一个乐章。

路上楚随波匆匆讲解过一遍，想一想，那一章似乎是叫《惊蛰》。

新乐章跳脱得多，鼓点裹在管乐里，似春夜惊雷，伺机而动。

不知何时，水车开始轱辘轱辘地转动，水斗里的水向纵横的田渠里灌。稻田的腹地有一片洼地，水向那里聚拢，不过并没有很深的积水。

弩手们也到了。这一片泥泞很多，但也无须太担心，水顺着沟渠，南北流淌，田渠水沟一抬腿就可以跨过去。

一切都在照旧。嗤！弩机上的弩箭射出去了。啷！飞虎三爪铁齿弹出，锁死，犁进地里。满载引火之物的小车被拉了过去。

但是，就在他们开始发力的时候，咯吱一声响，正中央的铁爪好像抓住了什么金铁之物，整个地面跟着晃动一下。

"快退！"苏旷和孙白鹿同时大叫。

那是一道水力的机栝！水在沟渠里，汇聚到四角点上，超过一定的重量，某一道地下的暗门就轧开了。外力再稍加触动，随时可能翻转。

人群在退，但地面已经开始晃动，好像地下有条古蜀巨蛇，在一节一节地伸展脊骨，一道地裂出现，闪电一样直指这边，黄泥土块夹着野草往下落，之后洼地正中出现了一个巨大的地陷，地陷在向他们这边蔓延。

最前面的三台弩机和四辆车一起滚落下去，撤退不及的十几个人脚底下也开始陷落，有人手疾眼快拉着伙伴向边上跳，但坑边上也在陷落，护卫弩机的二十多个弓手跟着摔了下去。

地府入口訇然中开。地下有惨叫声传来，很显然地窟里有一个活的地狱。来不及了，无法救援。什么东西要出来了。重盾手挡在最前面，铜盾连在一起，变成一道长墙。

哐当，哐当，哐当。很重的脚步声，震得地面在颤抖。活地狱开始走出来。那是一群穿着重甲的尸体。铁甲相当精美，锻造手艺好到令人惊叹，胸甲、肩甲、裙甲、护肩、护腕、护颊，甚至胫甲上还有精美的花纹，花纹似乎在描述一个英雄千里归来的故事——这附近有许多个大大小小的国家，但没有一个有这样的工艺。头盔尤其华贵，甚至镶嵌着黄金的配饰，花纹极尽雕琢，眼睛部位加了黑铁蝠翼片，口鼻的部位加了金丝密网，网上满是淋漓的鲜血——它们咬死了猎物，能够啜饮鲜血，但是无法咀嚼吞噬，这让它们更加怒气冲冲。这盔甲沉重而且极其昂贵，如果没有猜错，应该是霍瀛洲武库里的收藏品。

这是一个百人团，与众不同的是，如此之沉的全副盔甲之下，它们行动起来比常人更敏捷，举手投足之间，昔日身手似乎还有所保留，某种意义上，似乎还"活"着。

它们过来了，臂甲上原本有装圆盾的凹槽，现在装了五芒刀轮。苏旷皱了皱眉，想起了孤岛上的小鲨家里，那个潜藏着的险些要了他命的天笑。

显而易见，这是一群"高手"，如果没有猜错，应该是银沙教内最后一批中原武林的叛徒，他们在极其意外的情形下中招，意识尚清醒的时候被种下蛊虫，服用了增强体力的药物，用一种极为残酷的方式保留了一部分格斗的技巧。

人群在向后退。轰！手忙脚乱的，有人开了一炮。铁甲尸团里最前面的一群倒下了，但硝烟和尘雾散尽，很快又爬了起来。

这种巨大的冲击力，对它们盔甲内的躯体并不构成太大的困扰。它们没有死穴，而且力大无穷……那么……

苏旷回头大叫一声："跑！快跑！"

他向水车方向指了一指，抄起一面圆手盾，自己向西南方跑，边跑边下命令："不要回头看！不要管家伙！跑！先跑！注意草丛，不要离开道！"

他跑了几步，愣了愣，顿住。他的命令显然打了个折扣。先头部队确实在向后退，但并没有那么玩命地跑，看起来还挺井然有序。一来是因为道上多少拥挤，怕有人被挤到草丛里。而更重要的是，他们是青崖白鹿旗，风格以悍勇著称，是刀山过刀山，是火海蹚火海，孙白鹿自己甚至单枪匹马闯过了无人大戈壁。他们从来没有接到过一合不接、撒腿就跑的命令，更何况是扔下武器就地逃窜，有鉴于此，他们撤的时候多少有些不够坚决，磨磨蹭蹭，盾手仗着防护，试图带上弩机和炮。

但这是不对的，稍微回神一想就知道，今天战场上没有敌人，对手只是尸体而已，东西落在地上回头可以再捡，并不存在物资落入敌手的可能，重要的是，避免让它们闻到人味儿，而更重要的是，避免让自己人为它们增员。

前面的巨大地陷里，那几十个被啃噬过面孔、摇摇晃晃的尸体已经走出来了。

几声惊叫，场面有短暂的混乱。就这么稍微一慢，尸群已经把护炮的盾手们围起来了，盾手们围成一圈，盾牌向外，连成一堵围墙。他们向后聚拢着，但力量相差太远了，一个铁甲蛊尸直接抓住盾牌上的长矛孔槽，把盾拉了出来。好在人群立即遮住他。长箭、短箭、铁弩、暗器……所有能扔的都在向它们招呼。

"鬼东西！来这儿！看这边！"人群都在喊，敲击各种能敲响的东西，试图分散注意力。

他们也没有遵从命令撤退，神捕营手足连心，十万火急，谁也不愿意放弃还活着的兄弟。不负所望，另一批尸群果然向他们去了。而孙白鹿也在那群人里。

苏旷叹口气，万万没有想到，一别多年，他和孙白鹿的默契已经如此之差，他向水车指是指了，但孙白鹿显然并没有弄明白他想怎么打。那么，他火急火燎往左路跑，什么都没有牵制到，反而和大部队直接分开。

无奈之下，他弹开小金，指了指尸群中的盾手们，小金一路蹿过去救急。小金是灵蛊，重甲防护之密，它也是见识过的，一时无处下口，就盘在炮上。盾手们围着炮举着盾，尸群不向前，可人味儿喷香，也不舍得散开。

有两个向着苏旷来了。也好，是虚是实总要试一试才知道。苏旷后退一步，左手抄着圆盾，冲着第一个的脸猛砸过去。他出手很重，接近全力，那具蛊尸仰面向后摔倒，苏旷抢上前一步，拔刀，直接往它嘴里捅，那是面看起来很细的网，但不知什么东西做的，一时没有捅断。

几乎是与此同时，另一具蛊尸从背后斜抄过来，明明什么都没有，但出于直觉，苏旷伸出手臂挡了挡。无声无息地，他的药甲、贴身衣物、左臂上的"皮肤"和"肌肉"同时被一道看不见的线割开了，那是一道透明的弦，割在作为骨骼的藏山一玉上，发出很轻微的铮的一声。这对他的影响并不算大，但如果是真的左臂……

"天音鲛丝！"苏旷向一边横跳一步，扯布把药甲包裹好，回头吼了一声，"跑跑跑！跑啊！你们避开上风头！快，离它们越远越好！跑啊！"

来不及了，铁甲尸团已经分散了。它们之间，两个一组，被那根透明的极其锐利的天音鲛丝连着，正在慢慢地散开，循着活人的血肉之躯追猎。

远远的，什么都看不见，就见两具蛊尸左右一错，一个人的上半身就飞开了。硬碰硬没有任何胜算，这么打就是一场屠杀。它们只是尸体，杀不了的话，任何伤害都是无济于事的。

瞬间扔下了十几具尸体之后，人群如梦初醒，回头狂奔。有个人被挤出去，脚崴在草丛里，被什么蜇到了，惨叫一声，弯下腰去。"蝎子！蝎子！"眼尖的几个人叫着。那个人慢慢倒了下去，之后在草丛里滚，再之后无声无息。

苏旷抬头张望片刻，刚才那两个家伙又围过来了。小鲨要是在就好了。一闪念的工夫，苏旷这样想。他知道怎么对付这群东西，但他需要帮手，一个心灵相通的帮手。但无论如何，先解决这两个再说。

刚才仰面朝天的那个家伙在左，苏旷撒手，左脚尖勾着那面重盾，当胸踹过去，左手半空一抄一绕，捞住那根天音鲛丝，在手上挽了几道，握拳，拳锋上锋刃弹出。那已经是碧海洗银沙的刀头，再不断他也没办法了。嘣的一声轻响，天音鲛丝断了，某一个刹那，半空之中弹起一串波浪样的光点，好像是阳光在打着水漂。

两具蛊尸分开了，立即好办许多。苏旷双手握刀，全力抢向站着的那个，用尽全力的一刀卡在蛊尸脖颈上，一时拔不出来。那个蛊尸脖子断了，铁护颈也断了大半，茬口里甚至还有些新鲜的血肉，头盔连着头，歪垂在肩膀上。苏旷当胸踹了一脚，起出长刀来，拿在手上看，百炼精钢的长刀，就这么一记，刀刃已经卷了。

地上那家伙第三次爬起来了，苏旷扔开废刀，再度捡起手盾，猛砸下去。盾缘太钝，并不够锋利，那家伙脖子陷下去一半，但还在尽力爬起来，苏旷也急了，咬着牙摁住，劈头就砸，咣咣咣抡了七八记，蛊尸在地上乱动，血浆和脓液不断地从金丝网口涌出来，护颈的精钢被砸成薄薄的两片，它才终于不动了。

料理完这一茬，苏旷忙回头——后面情势相当麻烦，尸群已经散开了，小金不在手头，要穿过大半个尸群去，绝非易事。

不过，人群向后退，三道人影逆行而来，快如疾风，向这边狂奔。跑在最前面的，艺高人胆大，左手拿两根竹竿，右手抄起一枚飞虎爪，把刚才倒在草丛里的那具躯体拎起来，血淋淋地四下甩一圈，在尸群之间飞奔，口中喊着："来这边！"

唔，小鲨的声音。

那之后的两个人，手里都拿了好几卷绳套。右边那个人不用看，在场之中，只有他一个人，把药甲穿在白衣里面。两个人一左一右，长索脱手而出，把分散的蛊尸两个两个缠在一起。

三个人始终成品字形，互相照应，把手上那具血躯当诱饵，你扔给我，我扔给你，像牧羊人在赶着羊群，散开的尸群慢慢再度聚拢。

云小鲨向苏旷望一眼，算算距离，点一点头，回头喊一声："二位照管那边！交给我们！"

她竹竿在半空一点，人提着血尸凌空而起，准备越过整个尸群。竹竿很快被天音鲛丝绞断了，但一跃之力，她已经落在另一边。她快跑几步，苏旷向这边迎，两个人面对面的时候，云小鲨把那具血肉之躯扔给他，自己从腰上解下狂风索。他俩凑在一块，小金立即就要蹦过来。不过小金一来，尸群就没法带了，苏旷远远招呼一声："金小狗，去吃饭！"小金欢天喜地，去追它心爱的蛊尸。云小鲨白了苏旷一眼，前面开路。

苏旷看了看手里那个血"人"，他被蝎子和毒蚁啃得血肉模糊，胸腹吃掉一大半，但侥幸那片草丛没有蜘蛛，并没有变成蛊尸。他的心脏还没有被啃掉，似乎还有起伏。

他还是个"活人"，但这附近也确实没有别的诱饵了。苏旷咬了咬牙，在他大

289

椎穴上重手点了一点,就算有意识也晕死过去,背在身上,向水车跑。

南边草深,这边的田地可能之前就是荒芜的,没有怎么耕种过,细长的草茎打在小腿上,越跑越像旷野。

云小鲨在前面开路,一边跑,狂风索左右抢着,把草丛里的蝎子抽开,如分青海。

猩红狰狞的血和液体很快就把药甲染透了。那是很难忍受的感觉,背上那个兄弟胸腹快要被吃空了,苏旷的后背直接能够感觉到他的肋骨和零散的内脏。但就是这样浓烈的血腥气,才能让铁甲尸团寸步不离地跟着他走。

云小鲨已经到水渠了。水渠大约一丈宽一丈深,流水潺潺,两边都是斜而陡的石坡,留个坎口放渡槽,石渠靠近流水的部位生满了青苔,水底满是荇草,看起来相当之滑。这是天然牢笼,铁甲蛊尸从这里掉下去,无论如何也爬不上来。

云小鲨腰间带了一小袋药粉,她指了指脚底,看了看苏旷,示意苏旷再远一点。她在水渠边缘上洒了一小圈药粉,之后纵身从渠边跃下,几个起落上了水车,一手攀在水斗上,跟着水车徐徐升高。而苏旷站在水渠边药圈里,等它们围过来。

铁甲尸团跟过来了。铿锵,铿锵,肩甲撞着肩甲,脚步碰着脚步,头盔后面是一张张面孔,它们没有呼吸了,本应是刹那的死亡延续了多时,唯一的渴望是择人而噬。

"你倒是快呀!"云小鲨见他还迟迟不动,在身后催一声,她已经快要随着水车降下来了,逆着水斗又爬上去。

苏旷还在等,他只有一具诱饵,他需要包一盘饺子。

近一点……

再近一点……

还要近一点……

苏旷静静地等着,半扎马步,一只腿蓄满力。

他左手扶着背后那个兄弟,右手隐隐一个拔刀的动作,这动作让他宁静。

好像某一个瞬间,风吹过草丛的时候,他能感觉到远处的草丛里似乎有什么在盯着他,再瞥过去,什么都没有。不过顾不得了,尸群已经冲过来了,甚至闻得到网罩后面它们大张着的血口里的腐臭气。

苏旷转过身,把背后的血人亮给它们。尸群蜂拥,第一只手就快要抓到背后的时候,他左拳刀锋直出,彻底断了背后那个血人的心脉,拧身,猛冲一步,踏着水渠边缘,淋漓的尸体一路血迹蜿蜒滚向渠底,他借力蹬一步,腾地凌空跃起。尸群一拥而上,他能感觉到带着刀刃的铁手在小腿边划过去,而另一只手抓到了他的鞋底。

这是极其漂亮的一个跳跃,腿、膝、腰、肩,所有肌肉的力量拧成一条龙,金鳞化鲤,直跃龙门。

他没有顾及落点,也根本顾不了。云小鲨跟着他的动作一直在水车上调整位置,他扑过来的时候,狂风索直接卷上他的手腕。他拽住狂风索,云小鲨抖腕,长索如浪,向上弹振,借着一弹一收的力,他半空转向,扑上水车,整具水车跟着轻轻晃了晃。

那具诱饵滚落入水。而尸群跟着轰轰隆隆地往下冲,一个接一个,砸在一起。

它们有几个抓住了尸体,埋头大嚼,有几个去扑那座水车,还有几个追着残尸的内脏碎片,追到了水渠正中,渠底滑不溜脚,它们站不住,顺流直下。

一、二、三、四、五……只剩一半了。

尸体很快吃完了,但水车上还有个血淋淋的活人。

苏旷拍拍云小鲨的手,故技重施,顺着水斗降下来了。其余尸群继续一拥而上。

哐啷,哐啷!铿锵,铿锵!五十具铁甲,加上里面的人,快一万斤的分量,呼呼啦啦全往水车上冲着砸。

云小鲨纵身先跳向了对岸。水车被撞得摇摇晃晃。大块的木轴被扯下来,横在水流里,水斗被扯裂了,渡槽被天音鲛丝割成碎屑,快要倒了。

苏旷打了个手势——预备。他第二次,如法炮制。他在水深处那一边,随水斗慢慢降下来,越来越低,越来越近。尸群冲过来的瞬间,他再度一跃而起。云小鲨从半空卷住他,拉到岸边。

偌大的水车,吱吱嘎嘎地倒下了。铁甲尸团全压在水里了,三五个被卡在倾倒的水斗上,其余顺流而下。铁甲是防护,也是枷锁。它们自身的重力带着它们向下游而去,而水渠的尽头是南边的黑暗沼泽。

两个人并肩站了一会儿,只见铁甲尸团消失得很快,一个个镶着黄金的青铜头盔,咕嘟咕嘟冒几个泡,就不见了。

他们双双跃回对岸。此时水里只剩最后一个,居然挣扎到了岸边,抓着渡槽,还在试图向上爬。只一个就好办多了。苏旷探身靠近一点,拔刀,手腕灵活之极,从容挑开它头盔下的卡扣,头盔咣啷滚进水里。面前是一张文静清秀的中年面孔,鬓角有一缕白发,眉宇间居然还有几分傲气,如果不是细加端详,很难相信这是

291

个死人。

苏旷想了想,嘶一声,好像记起了什么人,又挑开它右手护甲,右臂之上果然有个小小的灵芝文身。他轻轻点点头,凝视片刻,但还是闭了闭眼睛,刀尖送出,挑下那缕白发,之后断了它的咽喉。铁甲尸体滚进流水里,扑通一个水花,和其余尸群一样消失了。

云小鲨看他把白发包裹起来,塞进靴筒里,便问道:"你认识他?"

"路上谈吧,小鲨,我们得快一点,不能离开他们太久。"

两个人起身返回,并肩信步,这时候太阳已经偏西,长草和风、彤云微醺,真是难得的片刻安宁。

都说相爱的人渴慕天涯海角,可这里已经是天涯海角了。如果这里不是战场多好。

两个人说是要快点,可也都没有加快脚步。苏旷握了握云小鲨手指,见她没反对,就把整只手攥在手里。这是很短的几步路,说不了几句话,时光太宝贵了,他想先为昨天的发火道个歉,但又不知如何开口,想解释今天的想法,但似乎一言半语也讲不清。好半天,他才问道:"小鲨,我叫人送具女尸回去,你瞧见了吗?"

云小鲨摇摇头:"没有,南枝催我过来,我就过来了。看你们已经进来了,不知道你怎么个安排,就蹭东篱大哥的伞,避一避太阳。"

苏旷握着云小鲨的手,又想了想,接着说:"刚才那个人,是琅琊剑社的芝剑卫江潭。这个名号消失不见已经将近二十年了,你可能没有听说过。当年琅琊剑社名噪一时,兰芝双剑是新一代的少年翘楚。据说,他当年受了剑社之首的排挤逼迫,负气之下,斩落剑社牌匾,拂袖而去,从此隐姓埋名,自外于江湖。他走后五年,那个社首一病归天;走后七年,琅琊剑社风消云散,同门各自转投门户,大多数人入了泰山门下;走后十年,兰剑狄铮开创兰陵剑社,也是今日武林的一个大剑社,狄铮自立门派之后,四处托人寻访他,想邀他重出江湖,据说,最后一次有人见他,已经到了澜沧江边……实在没有想到,是投奔了银沙教。"

云小鲨望着他。她问他这么个问题,他老老实实回答了。可这条路太短了,只来得及讲完了这个陌路人短短的生平。两个人昨夜之后,都想说点什么,可有些事非剖肝胆讲不清楚,实在没有深聊的时候。

旁人眼见他们归来,都鼓掌长哨,人群喧嚣,已经不好再讲体己话了。云小鲨想了想，转头问："这一次我们会赢吗？"

"会赢的。"

"我说的是那种赢。"

"我说的也是。"

"好，你去找孙白鹿，我去那边照应。"

"千万要小心。"

"你也是。"

战场已经清扫干净了。铁甲尸团除去之后，前方一片坦途。

时不我待，孙白鹿带着部下，把那条焦土之路，一口气快要推到稻田尽头。还不到一个时辰，他们已经掌握了局面。

只是，不由分说，白塔上的音乐又变了。那是极激昂料峭的一章。那支曲子，很不好听，除了高音还是高音，一个尖一个尖向上拔，苏旷一时想不起来叫什么了。

所有人都仰起头。对面终于不能坐守了，从白塔之后的红云里，飞出了七只精卫鸟。它们飞得很高，双翼凌云，从地上仰头望去，像是七只大雁，爪子上都带着装银沙的布囊……战场上，人群立刻汇聚。他们的药甲多少可以防卫。重盾和轻盾汇成长墙。炮口指向天空。

但那些精卫鸟并不是冲他们来的。这不过是二里长的稻田，它们几下振翅，已经越过去了。它们一路飞到了沙砾长河上，那里是留守递补的五千人。

刚才情急之下，沈东篱、云小鲨和风不二全数入阵，沙砾河上已经是薄弱环节。

风中有乐声，乐声中有"那个人"的意志在指挥。这是银沙教的第一次主动反击，无须获胜，只需要几具尸体，压一压干掉铁甲尸团的士气就行了。

一、二、三、四、五、六……头鸟之外，六只药囊凌空洒开。漫天银沙，一团雪，一团银，一团雾，一团尘。

沙砾长河之众，似乎并没有足够的保护。但他们也早有准备。在精卫鸟撒爪的同时，四面八方，噼里啪啦，刺棱砰呛，上百支烟火冲天而起，火树银花，交织成网。那是一道彩焰之穹，目力极好的人甚至看得见银沙投入烟火网时，暴起的点点光芒。焰穹之下，另一支巨大的烟花冲天而起，那是只金色火鸟，一头双翼五翎，形似凤凰，在半空之中、众人头顶逡巡一番，涅槃一样，冲天而起，五翎长尾横空旋扫，在天振开双翅。

六袋银沙落尽,五千人居然毫发未伤。沙砾长河上,一片的欢呼鼓掌,沸反盈天。其中一群人齐声大叫:"湘西凤凰门柳门主!还礼银沙教!"

稻田的战场也随之沸腾。这不仅仅是保命,还是斗法。银沙教自从有药堂起,就号称独步天下,想当年,用毒门派连银沙是什么也猜不出来,实在是屈辱之极。这是凤凰门登门来的一场较量,也是毒门传统的一场交锋。经此一役之后,湘西凤凰门必成边地八大毒门之首。

白塔上兀自余音未歇。最后一只精卫鸟,向着楚随波安营扎寨的那片山坡而去。它飞得依旧很高,而且已经离群,远得甚至有那么一丁点脱离了白塔的乐声范围。

刚才生死关头,没人顾得上音乐。如今所有人都在观望精卫鸟,当然也就顺便细心聆听那乐声。在场的大多数人,都算不上精通音律乐理,但许多人都听出了乐声之中,有那么一点点不和谐。

说不清哪里不和谐,只是人同此耳,刚刚入场时,一切都是圆融如一的,似乎山林川泽都在奏一场乐。可不知什么时候起,就变成了白塔上的乐团在表演。

好像……是从换了某个人开始的。

所有的失误都要付出代价。

那只精卫鸟快要到壕沟了。它在高度判断上略有恍惚!

嗖!树丛里一声轻响。一枚含苞欲放的菡萏骨朵射了出来。但不知何故,射得实在歪。啪的一声轻响,那朵歪莲花也当空歪着开了,离精卫鸟还有一段距离。

乐声急变,精卫鸟不再管银沙,急速鼓翅,向上拉升。

哒哒哒哒一串轻响,歪莲花的莲盘里,九枝小菡萏一起射出。

苍穹之上,九朵莲花,依次盛开,玲珑璀璨,银线光华。但起初那一下歪得实在厉害,开到第五朵时,另四朵转向另一侧,没有开成。

即便如此,精卫鸟的布囊稍微触碰到了一点银线,顿时之间,漫天银叶,藕断丝连,生成了一张活的恢恢天网,追着风,沿着精卫鸟的双爪、双翅向上攀缘。

精卫鸟仅仅是被裹住了双爪和左翅。它还能飞。

白塔在召唤,六只精卫鸟已经回转,另一只也要尽快飞回。

嗖!又是一道白影,追击了出去。是文陵江,她手持雷公斩,身披电母翼,在众目所向之下,向精卫鸟直冲而去。

"陵江！回来！""陵江！危险！"所有人都在喊。可文陵江极其坚决。好像她万里而来，就是在等待这场飞翔一样。

精卫鸟越飞越高，她也越飞越高。

一声令下，六只精卫鸟振翅返回高空救援。

苏旷带着小金，玩命向文陵江的位置狂跑。

她在高飞，急剧飙着高度，之前没有人想过，一个人可以飞到那样的高度，向着白云，向着蓝天，向着太阳独自占有的苍穹。

她追上精卫鸟了。精卫鸟也发现她了，恶狠狠扭头，一喙啄来。

在大约相隔一丈的距离，文陵江稳稳举起双手，雷公斩作势欲发。

无数人都在惊叫，在那个刹那，清风托在脚下，她衣袂飘举，双翅尽展，直接悬停在了百丈高空。那是她的成名绝技——一羽凌江。

少年时她就是这样报了父母之仇。如今，是为了另一个人。

轰，啪！她凿亮了雷公斩。白光急闪，怒雪快炸！

喙尖快到面前了，六只精卫鸟也渐渐包围过来。一点花蕊触动，砰砰砰砰，其余四朵菡萏齐齐盛开。

许多人终于明白，这个东西为什么叫"狩天者"，那张冷厉璀璨的巨网露出了真面目，它是活的，猛然张开，像要在荒淫之波里打捞太阳，像要在浩瀚长空里捕捉六龙，像要连女娲刚补的一片天都抓下来。那只精卫鸟的双翅、双足、喙尖全被包裹起来，狩天者开始收网，九九归一，越收越紧。

精卫鸟开始扑棱着往下坠。文陵江也往下飞。可六只精卫鸟已成合围之势，亟待扑杀！

"陵江！没事，来！"苏旷抬头高叫。

文陵江点一点头，她不假思索，直接收翅，石头一样直坠下去。这速度太快，径直穿过了六只精卫鸟的包围圈。

大地扑面而来，她试图振翅缓一缓，但疾风扑面，电母翼已经打不开。

苏旷指了指小金在地别动，丹田一口真气运满全身，双臂展开，药甲无风鼓起。他不敢就地硬接，就算自己无事，文陵江筋骨也要坠断，他向上，轻跃了一小步，半空之中，双臂接住文陵江，一身膨起的药甲顿时震成碎片，这股急坠之力卸去七成，其余三成未歇，他抱着文陵江，后背直摔在地上，两眼一黑，硬扛下了这么一砸。而小金就守在那里，一地干干净净的。他们坠地之后，才又轰隆一声震，那只束缚住的精卫鸟，落在不远处的地上，挣扎扑腾。

文陵江闭着眼睛缓了一会儿，先站起来，伸手拉他："谢了。"

"好样的陵江，这次是抓了个活的！"苏旷拽着她站起来，见文陵江双眼有泪，忽然自己声音也有些哽咽，他搂着她的肩膀，用力拍了拍，"万叔要是能见着你今天，不知道有多高兴！"

略远处，孙白鹿站在一尊炮左边，目不转睛地盯着文陵江。他的眼神里有关切，有一点焦急的温柔，甚至还有一丁点吃醋。

文陵江落下来，被苏旷接住的一刹那，他一颗心快要提到嗓子眼里了，见她平安，才长长松了口气。但又一个念头忽然冒出来："有媳妇的人了……有话要说，说就完了，搂搂抱抱的干什么！"

他这个念头一冒起来，便耸了下肩膀，之后又有点不好意思，自己嘿嘿地摇头笑。这些微的关心则乱，让他并没有留心到，一大块披着稻草的草皮，从地上稍微隆起了一点点，正在慢慢地向他靠拢。

那块"草皮"已经到了炮的右手侧，也就是他的右手侧了，而炮和右臂之间有个夹角，很难拔刀防御。

依旧没有任何人察觉，只有一个孙白鹿的属下，刚好转过头来，他正见着那块草皮猛然掀起，下面一个人，锵然拔刀。那个小伙子想都没有想，完全出于第一反应，把自己的身体塞到了上官乾的刀路上，他甚至连一个"上"字都没有来得及叫出来，已经被从肩膀一劈两半。

孙白鹿回过神来，转身，上官乾已完全站起来了，人从分尸血雨里向前迈了一步，一刀再度劈落。

那是一柄淡墨色的刀，即便在光天化日之下，也凝聚着纯黑的光，似乎从极深的海底破浪而来，从九渊之下的地狱里带出淋漓狂血杀意，当头落下。

孙白鹿猝不及防，右手上只有三枚白鹿箭，两个人只隔着一具炮筒。他匆匆抬手格挡，三枚箭一起断裂，刀锋过处，电光石火，呛啷一声，在红铜炮筒上留下一道劈痕。

好快的刀！好重的手！如此不可一世的碧海洗银沙！上官乾欺人太甚，他似乎是要定了孙白鹿的性命，一步跳上炮身，借着一跃之力，第三次一刀劈下。

孙白鹿没有亲眼见过，但很多人都见过，在熊耳山的大峡谷里，上官乾以逸待劳,对丁桀的第一招,也是那么一式力劈华山。

力劈华山是所有刀势里发力最直接、最刚猛的一招,在大多数情况下,只有力道完全占了上风的人,才敢跳起来这么抢先手。上官乾已经少了一只左臂了,但力道还是可怖之极。他是一个真正的绝顶高手,与其说他有格斗的天赋,不如说他有掠食者捕猎的天赋,他找到了猎物的破绽,之后就决不放弃,必要一击封喉。

这一串动作实在是太快了,他蹬地借力,由腿至腰,由肩至臂,刹那一体,几乎在启动的一瞬间,全身就协调到了不可思议的状态,干硬如岩的身体同样柔韧如古藤,整个人在半空像条鞭子一样抽下来,这一刀,挟着碧海洗银沙不可一世的锋芒,真有驱山裂海的架势。

孙白鹿本来就关心则乱,失了先手,刹那之间又慢了一步。他是个弓手,虽然也是近战的一把好手,但持弓和持刀的状态是完全不同的,他的全部眼力、精力都用于观察战局和同伴,随时准备策应,身体上本来就没有做好硬战的准备。白鹿箭断去之后,他最应手的动作就是把青崖弓交给右手挡刀,但他明显犹豫了一刹那。那并非出于意愿,仅仅是本能,多少年来,他和青崖弓早已连为一体,性命交托,生死与共,根本接受不了这把弓的断裂,那一刹那之后再去拔刀。可在面对上官乾这样高手的情况下,差之毫厘谬以千里,已经慢到不可饶恕,刀还没拔出来,他的整个胸膛都已经暴露在攻击范围之下。

四名孙白鹿的属下一拥而上,四柄刀一起去接他这一刀。而上官乾半空之中,硬生生拧腰一转,淡墨色的刀锋外暴起一圈银色光轮。他实在是太快了,四个人甚至没有看清楚他是怎么出的手,是一刀还是四刀,四柄刀齐断,连四个刀头、带四颗人头,一起旋得乱飞起来,断腔上血如泉涌。

狂血乱溅之中,上官乾一落地,不等收刀,向孙白鹿斜踹一腿。这一腿也是很普通的一腿,像无数个踢木人、踢沙袋的少年差不多,没有任何花哨之处,只是基本功硬到令人发指,极快,极重,极准。这是很欺负人的。高手对决,动腿就是空门大露,两个人只有差距极大,才敢近距离那么抬腿踹人。

但孙白鹿又慢了一步。那四颗人头就在他眼面前飞开,他眼神瞬间炸了,不知道跟着谁看。那是四个如手似足的兄弟,跟了他很多年,南征北战,彼此交托后背。那点错愕也只是一个刹那,在普通的战斗里根本算不上什么,但对面是上官乾。

孙白鹿已经后退了,退得算是很快,但那一脚还是踹他胯骨上,虽然只是余力,他还是一跤跌倒，向边上滚了半圈，再也爬不起来。

上官乾跟过来又一刀。

这一连串快如鬼魅的动作，在普通人眼里，只是一个动作而已。别说是过来救援，远一点甚至都没法看清。

而凌空一个白影闪过，挡在上官乾面前。无须辨认，根本没有谁会在这样的地方，还坚持穿着一袭白衣——白到洁净纯粹，比初雪还要白，比晨雾还要白，比世界刚刚开始的时刻还要白。

上官乾嘴角咧了咧，冷笑，他还是来了。

沈东篱手里握着梼杌剑，那是一柄木剑，漆黑，带着朱红的纹理，刃上有渴饮敌血的光。

上官乾当然知道沈东篱，也知道昔日天下第一剑客的破绽。那就是慢，就是不再是天下第一了，而天下第二、第十、第一百剑客在他面前，都根本无法活着。

上官乾嘿嘿冷笑，举刀，连招数都懒得换，力劈华山。今天他有绝对的自信，人欺负人，魔刀欺负神剑。

苏旷已经往这边跑了，但他离得实在有点远。

沈东篱是没法退的，他背后就是孙白鹿，闪开一个空当，孙白鹿就会立毙当场。

锵！碧海洗银沙破碎苍穹，泰山压顶；梼杌剑繁花照海，一剑西来。

刀是快刀，剑是快剑。一刀撕破长夜之腹，秋坟鬼唱，剜心恨血；一剑饮尽碧波雷霆，海中捞月，折桂广寒。

刀剑交接，金铁相鸣。当啷！很清脆的一声断裂，梼杌剑一折为二。这柄在神镇潭里浸泡百年的西南神木，不知格挡过多少神兵利器，但在碧海洗银沙之下，还是不堪一击。

碧海洗银沙号称三分已足凌天下，更何况在沈南枝手底下，竭尽沽义山庄之工，开到了十分。既然藏山一玉已经一分为二，这柄刀就再无对手了。

上官乾嘴角噙着一点冷意，本来只想要孙白鹿，既然沈东篱凑上门，那再好不过了。

他抬手，第二刀。致命杀招。

可也就在他抬手的一刹那，沈东篱也静静抬起了手。沈东篱手上什么都没有，只是戟指一点。他神色不变，眉目之间，尽是澹澹静意，那一指出，非剑、非禅、非生、非死、如意、如气、如虚、如实，一如寒川白水之下，静卧着的一泓雪练月光。

苏旷和云小鲨一路狂奔,他们离得还有点远,但遥遥被这剑意遏制,甚至稍微站了站。繁花照海的名剑宗,南剑白帝楼的隐剑宗——百尺竿头,名隐归一。

剑气一吐,上官乾这一刀完全没有斩出来。

人群已经开始围过来了,上官乾哈哈大笑一声,他有备而来,地上有两根带着铜脚套的长竹竿,他立起长竿,凌空一旋,像宫廷朱漆柱上的蟠龙似的,不知怎么就到了竿顶,不等人上前,一步三四丈,向荒芜处奔去。

有人要追,他随手扔了一包银粉出来。

这一切变故实在是快极了。围拢过来的众人都低着头,为殒身的兄弟难过,也为沈东篱难过。名满天下的暗香盈袖,居然就这么……在众目睽睽之下,被上官乾一击断剑。

苏旷和云小鲨来了。苏旷四下看看,先蹲下去问孙白鹿:"白鹿,怎么样?"

孙白鹿痛得一头冷汗,点点头:"我没什么事……大腿应该是脱臼了,要找个安全地方,才好脱这身衣裳。"

"好!你稍等!"

安顿好孙白鹿,苏旷走到沈东篱身边。

沈东篱神色平淡如常。

苏旷用力抱着他,因为实在激动,一身的血和尸浆都蹭在白衣上,他声音很轻,有按捺不住的激动:"东篱兄,多谢啊!恭喜,恭喜了!"

第七十四章　侵略如火

即将西落的太阳嵌在白云层里，云层边有一点乌黑，像个焦边的溏心荷包蛋似的，晚霞将起未起。

苏旷站在沙砾长河里，浩浩荡荡的大队人马在身后，未出战的待命，归来的休息。苏旷举水囊猛灌两口，脱下那身破破烂烂的药甲，接过块湿汗巾，连脸带身上胡乱抹了一把。这一路摸爬滚打，药芯早就磨破了，药粉糊在皮肤上，药力太猛，烧灼得两肋到腹部一片小水泡，痒得很。

"苏哥，等下回，我就知道怎么调了！"公孙小李拿过一小碗淡绿色的药膏，帮他涂在身上，示意等风吹干裹层白布，再穿新药甲。

"还有下回！"苏旷接着仰脖子灌水，顺便劝一边的沈东篱，"东篱兄，我劝你也别忍着，脱下来上点药，咱们过会儿还有一仗要打。"

"我一点都不痒。"沈东篱淡淡地答，"也没怎么出汗。"

身边几个人都在笑，站在一边的风雪原也跟着嘿嘿地笑。人绷得太久了，都需要稍微松弛一下。说起来，风雪原今天的战绩相当不错，斩首数量绝对在前五，甚至前三，他相当适合这种直截了当的战斗，并且意犹未尽。他在等苏旷下一步的安排。大家都在等。

对下一步的行动，苏旷有一点犹豫。道路铺到门口、六只精卫鸟飞回白塔之后，对面似乎偃旗息鼓，一丁点儿动静都没有，连白塔上的乐声也停了下来。那边放下了重重帷幔，看不清楚白塔上什么状况，但按道理讲，重重帷幔是很妨碍乐声的，这八成就是真歇了。真歇了是什么意思？对面到底在琢磨什么？唱空城计吗？

稻田里的蛊尸已经稀稀落落，他们干掉了相当的数量，可能还有三分之一，一路反身往北走了，看不清去了哪里。天时地利人和，带队冲进去似乎就是一抬腿的事，但时间上有些微妙的复杂。场上杀戮的药甲还有半个时辰的药效，天再过一个时辰就彻底黑了，这个地方还在雨季的末尾，只要天上起了云，暴雨说下就下，初来乍到，他并不准备夜战加上雨战，危险太大了。但如果眼看着时光流逝，坐等到天明，又唯恐错失良机。他心里有主意，但要等一个确定。

一道白影由远而近，文陵江振翅，沿着那条焦道一路飞回来。稻田里布置了许多白琉璃片，专为扰乱她的目力，她并不敢在其他地方随意俯瞰，但有了这条路，可谓来去如风。

"怎么样？"不等她落地，一群人都在问，躺在担架上的孙白鹿也在问，他的伤势不算重，但毕竟伤了筋骨，可能要坐个几天才能站起来。

"里面已经没有人了，一个人都没有。"文陵江摸出小金葫芦，还给苏旷，拿树枝，在地上飞速画了个倒着的"凹"字，众人都围过来看，"这座城的地形是这样的，里面的布局很奇怪，我前所未见。城门里面有这么一片空地，白塔就在最中央，空地的一面是城门，三面都是树林，密密麻麻的树林，好像是一道篱笆，所有人都退到树林后面去了。我看不懂她们在干什么。"

"白塔上面呢？"

"顶上也没有人，里面不知道有没有。她们把塔顶用帷幔遮起来了，但我等到了一个风吹起一角的机会，看了一眼，里面是空的，我不知道塔里是什么情况。城门两侧有视线的死角，我不敢再深入了。"

"这是故弄玄虚吧……"几个人都在议论说。

"我猜不是故弄玄虚，她们内部可能也出了状况。你们还记得刚刚白塔上面有过一次换人吗？换人之后，乐声就不太对了，精卫鸟也偏了方向，我猜，她们那边的状况就是从那次换人开始的。"

"那咱们怎么办？"

众目所向，等一个命令。时限紧迫，苏旷当下做了定夺："咱们去打个招呼！场上退一半下来，大家自己掂酌，体力够的、能再战的，跟我再走一趟，都带上雨具，拿足暗器、火器，带上鸣镝响箭，我们推两门炮，留两门看家。我们就进去看一眼，不恋战，天黑之前回来。"

"是！"场上齐齐一声应。

"陵江，你也换身衣服，电母翼随身带着，拿上纸笔，咱俩得进塔，到那边可能有东西需要你细看……"

"好！"

这边正在准备，对面山坡下，楚随波撩着衣摆大步跑过来。看来，一定是大本营有什么事情。楚随波跑得很快，几步到了跟前："小鲨，你得跟我回去一趟……沈姑娘有点伤。"

所有人立即惊问："什么？"

"稍安，沈姑娘没事！"楚随波摆了摆手，"刚才我们防事还没有修完，精卫鸟就过来了，沈姑娘要上那棵歪树，让我们把狩天者的箱子给她固定好，说附近就那一个点合适，就在那个大树枝上，我们觉得有点悬，那个枝子细了点，沈姑娘还是多少有些……嗯，丰润……不过狩天者非沈姑娘调理不可，我们也没办法，就尽力做防护……精卫鸟过来的时候，我也没看清楚，就见箱子一震，树枝跟着就断了，沈姑娘就滚了下来了，我们都有准备，沈姑娘没什么大事，就是断树枝划破了那个……咳，那个尊臀。她自己够不到……我们也不好帮忙。"

几个人都听笑了。这也就弄明白了，狩天者刚才那一歪是怎么回事。

"也好，小鲨你干脆留下吧，白鹿受伤了，大本营也需要个高手坐镇。东篱兄，带把新剑跟我走；随波，你既然来了，帮盯着点，没有意外，我们半个时辰之内回来，要是天黑了还回不来，大家伙就按计划先撤。"

"好！哦对，还有一个小事情。"楚随波接着道。

"什么？"

"你派人送回去的那具女尸，五夫人认识，她反应很强烈，浑身哆嗦，但不肯跟我们对话；倒是那个束星儿说，她也认识，那是个排屋里的厨子，叫何仙姑，人缘很好，很多小姑娘都喜欢她，临走之前，五夫人还特地去她那里吃了一碗鱼糜面，不知道怎么就出事了。"

"嘶……小鲨，这个事情，你回头看着问一下。"

"好。"

"各位整装好了吗？事不宜迟，立即出发！"

兵贵神速。一回生二回熟，大家对稻田已经无所忌惮，跑得快一点，道路几乎是畅通无阻。于是，不设防的城池就在眼前。

这是一座古老的城，没有城门，两翼的城墙掩藏在丛林藤蔓里，偶尔露出一小片风蚀的巨岩，门前的水渠上面已经架妥了两根碾路用的巨大滚木，抬腿就可以走过去。白塔就在正前方。此时夕阳西下，金光黑城、红云白塔，一眼望去，相当壮观。白塔上白帷缭绕，有风过吹起一角，里面空无一人。

苏旷招招手，分了一队人守桥放哨，带着大部人马进了城去。

城外是黑沙之地，进了那道无形的"城门"，脚下就变成了白沙之地，白沙看起来并没有什么毒，甚至也没有几个脚印。他们的脚步很轻，呼吸屏在鼻腔里，每一步都如履薄冰，彼此之间只能听得见盾牌偶尔相触的砰砰声、刀鞘擦着药甲的沙沙声。

整座古城是一个倒"凹"形，白塔在缺口的中央，石塔四周有一大圈空地，地面上铺着赭色的岩石，嵌着黑色的纹理，水磨过似的，泛着粼粼的光。空地四周全是树丛和蔓藤。那道树篱大约长十里，基本就是沿着"凹"字内部的"几"字线布局。

两翼的死角并没有埋伏，苏旷稍微放下心来。他们先走向城墙，城墙的基座是黑色的玄武岩，厚得可怕，岩石粗粝，经历了千年风雨，剥蚀得不成样子，露出一座上古城池的本来面目。城墙的下半截被藤蔓整个包裹住了，大臂粗的木藤已经枯死，上面又爬满了青藤和紫藤，藤条纠缠在一起，层层叠叠，把一些荆棘也扭成了带刺的弯曲。偶尔剥落的苔藓下露出一些线条极简的石雕壁画，他们走马观花，并没有时间仔细端详，约略可以看出，是一群服饰迥异的上古之人，战胜外来之敌，簇拥一位女王登基的故事。

是的，五夫人讲过，这里曾经是一个小小的部落，之后变成了一个国家，出了一位能征惯战的女王。当时听完她说后，他们身边也没有什么史料可以查证，只约略互相聊了几句，有人记得扶南国的柳叶女王是汉代的人，史载上也不过寥寥几笔。

再向上看，城墙的上半部分的两翼各自立了两道长长的回音壁。从外面看，上下一体全是藤蔓，没什么区别；里面看，上半截就糊弄多了，搭了道长约一里的竹架子，又在上面贴满了一寸厚、瓷白色的薄"砖"，上面亮晃晃的，不知道涂了些什么。

这道回音壁看起来是专为白塔而设，回音汇聚到白塔顶上的某个点，再通过空城门传出去，可以声震数里。很显然，这里是个中枢，至少是这座城池的中枢之一。正常一点的领袖不会放弃这里，除非十二乐伎本身出了严重问题。

无论如何，这套白塔加回音壁的防御绝不是十天半个月可以匆匆建造出来的，留下来是个祸患。来都来了,苏旷吩咐了一声,众人一起出手,飞虎爪、挠钩、飞石全上,把那些回音壁瓷片大块大块扯下来,就听哐啷、咚隆……大片大片的薄瓷从高空坠下,碎成一地雪片,在这个空荡荡的荒芜广场上,回声往复,久久不散,如玉碎鬼蜮,掀案灵霄。

一群人动手砸着,苏旷率众再向往前走,只见前头,城墙完全湮没在一片密林里。那是一片真正的密林,像百万根巨大的筷子抱成团一样,最宽处也就一个人可以侧过去,窄处几棵树几乎长在一起,只能伸过手臂的缝隙。走近看,里面黑得可怕,一点光不透,木藤缠绕,树根纠结,所有的树冠长成一片,树木们彼此诛杀对方,汲取养分,死掉的树木就被木藤连根卷起,张牙舞爪地横在半空,腐木的荒芜里爆出一片恐怖的湿绿,湿绿里又拧着死去的枝叶。再仰头看,树冠里串着无数动物的残骸,目光一一扫去,两人高的古猿、七八丈长水桶粗的林蟒、小盆样的巨蛙、手臂长的金蝎,各自布列,个头都不小……显然曾经都是这片林中的一方霸主。

苏旷想法子拽了一条鳄鱼下来,肚腹是掏空的,皮应该在硝制之后涂了许多药,在这样的湿热下也没有完全腐坏。残骸都没有毒,不知道有什么用。这与其说是警告,更像是个祭品。

这样的树林,是天然的篱笆,队伍是没法硬进去的,要进只能斧砍火烧。入口应该藏在树林的某一处,需要细细寻找。

"陵江?看出什么了吗?"

"微木。"文陵江一直在细看,她伸手指了三处,"这三个地方,树木和其他地方不同,全是微木林,我想,入口应该就藏在这三处之中的某一处。微木林是个障眼法,或许可以试试移开。"

"好极了,我们分头行动。东篱兄、福宝,你们带人找一找出入口;陵江,我俩去塔里看看。"苏旷抬头看了看天色,"时间不多,这里诡异得很,显然还有后招,大家万事小心,动作要快,随时哨声联络。一刻钟之后,不管有无查获,我们撤出去。"

"好!"

场上很快分成了三拨。砸墙的继续去另一边砸墙,找路的继续找路,苏旷和文陵江带人向石塔一溜小跑。

这座石塔,无论放在哪里,都称得上是了不起的建筑。石塔接地的是一方黑色玄武岩基座，长十丈，宽十丈，高十丈，像一个小小的堡垒，黑岩之上，活灵活现地雕刻着一条巨怖的"那伽"，那是一种远古恶龙，不孝顺父母，也蔑视神明，不礼沙门，也不敬婆罗门，在人世间兴风作浪，灭绝五谷，法力未必通天，却也绝无悔改。石塔上的那条"那伽"大到震慑的地步，整整绕塔一周，首尾相衔，龙身高过人头，鳞纹森森，双目如鬼窟，怒张的巨口里黑森森的，正是入塔之门。

石门有闩，但撬下来毫不费力。破开门，苏旷当先举火进去，里面约莫十丈方圆的场所，像是一座小小石宫。

进塔之后，他仰头望去，里面的建筑技巧也相当了得，整座塔是外石内木的结构，头顶的石梁经过了细密的打磨，塔的中轴用了一根参天立地的巨木柱，围绕着木柱的是一尺宽的旋转木梯，直通塔顶。

石宫地面是条状石板，厅后部有把披着孔雀毛的交椅，高高大大，富丽堂皇，看起来是教母的宝座。而木梯的起点就在交椅后，交椅两侧立着两排巨大的牛油蜡烛，上前探一探，蜡烛芯附近的烛泪还有一点余温。算上他们进来的时间，塔里人走了没多久，而且相当匆忙。

石厅两侧，各自是个半弧的房间。右间大一些，看起来是十二乐伎使用来休息的地方，挂着许多乐器，桌上一盏小油灯甚至还没来得及熄灭，上面摆着一盒一盒替换用的乐器零件，木架子上全是乐谱，几把椅子上堆着披肩、纱巾、毯子，地上胡乱散着鞋子、手帕和衣服，随手乱放的梳妆匣子敞着口，首饰就随便扔在里面，梳子上还缠有头发。她们走得确实急，看来是紧急的命令。

左边的另一侧房间是个行刑室。靠墙的一排铁架子上面血迹斑斑，地上盘着生锈的铁链，墙上各种刑具。

苏旷目光扫过，脸色顿时变了，他看见了几个罩在脸上和胸膛的乌金丝网。这个地方，是事先"处理"即将行刑的囚徒的所在。

这座塔，看来是个完全的祭坛，下层是处死祭品的所在，上层是诸神飞天的场合。旋转木梯很窄，也很长，苏旷上去看了看。木梯直接通到顶，上面一览无余，平台上空空荡荡，脚下是金箔灿烂，周围是白帷环绕，有十几把椅子，四周有十几面鼓，也有满地散落的乐谱和一条红纱巾。撩开白帷，举目四顾，这里视野极好，看得见大部分稻田，对岸的沙砾长河，以及长河后面自己的营地，晚来风急，山坡上星星点点，火把照亮山川。

而树丛后方是银沙教的"家园"。那就是普通的寨子，密密麻麻全是竹楼，数以千计的排屋,生活区之间间隔着小道、花圃,大河远处奔流,四下袅袅炊烟。按照房屋的数量推算,这里的人数可能比想象中还要多一点,大约在四到六万人。

放眼所及,这并不是一个能够防守的格局。这里是生活区,没有什么传统的军事层面的布防,"树篱"很厚,但再厚也是死物,根本不够抵御侵略,不管里面有什么,毒虫还是猛兽,都抗不过一场冲天大火。或许,在这座城池建立之初,领袖们就没有想过还有短兵相接的一天。

迄今为止,银沙教已经利用了能够遥控的一切,丛林、毒虫、蛊尸、音乐、精卫鸟,但战力的根本差距是无法弥补的,双方对此都心知肚明。只要对面没有制造出更多的蛊尸,天明之后,只要两边面对面,基本就意味着一场屠杀。

而如果教母想要制造出更多的蛊尸,那当然也是可能的。但要制造多少才够呢?全部都弄死肯定够,自己这边确实对付不了四到六万人的蛊尸团,但对自己人下手,只要开了个头,怎么样才能保证其他人的忠诚?

最大的变数是上官乾,可上官乾只有一个人。除非他在一夜之间,再吃掉一个或者两个绝顶高手,否则没有任何翻盘机会。

一张一张的暗牌全部掀开了,只有最后的底牌还扣在庄家手里——教母在想什么?她还想赢吗?她凭什么?她还有什么隐藏着的秘密?

卒子已经过河了,再没有任何退路可言。

侵略如火。这是他们第一次完全掌握主动权,当然要不间断地施压,只有重压连着重压,才能逼着对方犯错误。

苏旷手里还拿着火炬,沉默片刻,把白帷幕烧了。白帷幕相当昂贵,轻柔干燥,火舌四面卷着,火焰四起。他再点着椅子、鼓、乐谱……白塔变成了暮色之中熊熊燃烧的一支蜡烛,火光和巨大的烟雾在塔顶缭绕着,大团青烟顺着西南风向东北飘。

这一切足够显眼了,对面的自己人当然能看到,树丛之后的银沙教众当然也能看见。那停在半空之中的一粒子,清清楚楚地敲下来——将军!

苏旷下了木梯,吩咐一声"能烧的都烧了",大家齐齐应和,取了易燃的材料堆在木梯上,准备把这个地方一炬了账。

放火有窍门,但凡高台高塔,火要从中段烧起,这最省油,而且撤得从从容容,木梁慢慢烧断落下来,自然就把下面也烧透了。

大桶的桐油浇在木梯上，大火冲天，大股的浓烟从白塔的每一个孔穴里涌出去。

木梯烧起来了，巨木柱还算耐火，但也只能扛一会儿。四下环顾，万无一失，差不多可以撤了。

"我们撤！"快要烧到下面了，苏旷挥挥手，吩咐大家先出去。人们刚应了一声，正准备动身，苏旷竖起耳朵，嘘了一声——交椅下面，传来很轻微的咳嗽声。

怎么，居然还有人？

他命人挪开交椅，椅子下面有一道石头，是活动的。浓烟顺着石缝往里面钻，有根闩子闩死了，几个人手上有凿子，几下弄断。石门开了，烟往里狂涌。

轻微的咳嗽声立刻变成了捂着嘴的猛咳，好像还有孩童的哭泣声。

"有人吗？上来！"苏旷喊了一声，但下面的声音立即小了。

火还要再烧一会儿，他犹豫了片刻，拿了块手巾捂住口鼻，举着火炬下去看看。

交椅下面是一条甬道，并不高，他要稍微低一点头。甬道两侧，有看起来同样古老、线条极简的壁画，数一数，是十三个骷髅女武士，手持各样的法器。甬道尽头，地面上有一道巨大的石门，石门上画着一只怪兽的髑髅，髑髅大张的口里端坐着一位女王雕像，一手举着法杖，一手举着心脏，周边环绕着髑髅，还有一大圈神秘的文字。在石门边的角落里，有两个女孩儿，哆里哆嗦，互相抱着，她们一个十一二岁，一个七八岁，大一点的女孩儿黑黑瘦瘦的，小一点的是个小胖妞。

看到那圈文字的时候，苏旷的脑袋里响起了轻轻的一声"叮"，一个自始至终没有想通的点豁然开朗。他一直没搞懂，教母为什么点名要李牧呢？教母显然不是什么有情有义之辈，李牧事败之后对她已经毫无用处，还惦记着干什么？

如今他明白了。李牧精通六国语言，是个了不起的翻译。如果这个古国有一些无人能懂的文字需要破解，李牧无疑是视野范围内的唯一人选。如此看来，这个古国里，显然还有一些故事。

苏旷试了试挪动石门，纹丝不动。这道门像一块天然巨岩，显然不是人力可以撼动的，设计相当精巧，连从哪儿开也看不出来。

"陵江，你下来瞧瞧这个，好生古怪！"苏旷向外大喊一声，"哥几个，把火控一控，拿湿布把门缝挡一挡，我们还要稍微问几句话，马上上去。"

文陵江依言下来，扫了一眼那道门，便从腰侧竹筒取出简易纸笔临摹。其他人把门缝堵上，很快烟就在可承受的限度。剩下的问题就是两个女孩儿了。

大一点的女孩儿又黑又瘦，编两个小辫儿，怀里紧紧抱着几本书，肩膀微微颤抖，眼里全是怕，但还尽力把小姑娘挡在身后；小一点白白胖胖的女孩儿，从大姑娘身后伸头伸脑，头上扎个小纂儿，跟个小笼包似的，一双眼珠子倒是机灵，黑豆子一样滚来滚去。

苏旷轻轻叹了口气，就地坐下，拉开面罩，问那个大一点的女孩儿："哎，我叫苏旷，你叫什么名字？"

他不自报家门还好，一报姓名，那个女孩儿惊叫一声，撒手把书全扔了，而右手心里还攥着把匕首，刀刃翻向外，有点哆嗦地指着苏旷的喉咙。

"这样多没意思，都没法聊了！"苏旷看都没看那柄匕首，随手捡起本书来看。居然是本《齐民要术》，和自己读惯了的是一个版本，随手翻翻，连一直都没有改过的错字都是一样的；再捡一本，是个手抄的本子，是因地制宜版的《齐民要术》，用语更质朴，没什么生僻字，配了插图，添加的全是本地的农作物。看起来蛮用心的，农书大巧无工，耗时耗力，绝非泛泛之辈可以做到。还有一本书，掉的位置离女孩近一些，苏旷刚一伸手，女孩儿吓着了，浑身直抖，眼里敌意更浓，翻腕，刀尖改抵着自己咽喉。

"真是家传的坏毛病……"苏旷想伸手把她匕首摘下来，又有点担心，她是不是嘴里藏了什么毒药，这么近的距离，即使嘴里真有毒药，其实摘下巴也来得及，但他不太想那么干，这两个丫头，跟二毛和风筝是一个岁数，都还是孩子。

他就把手里的那两本也放回去，尽量和颜悦色："我不难为你，我问你几个问题，愿意回答就回答，不愿意就算了。之后咱们一起上去，我放你回去，怎么样？"

大一点的女孩儿面无表情。

"你叫什么名字？"突破口通常越简单越好。

这个问题问过一遍了，大女孩儿相当警觉，防微杜渐，刀尖抖了抖，稍稍刺进皮肤。

小一点的胖妞急了，拽她胳膊："阿月，你不要这样啦，他都打进来了，肯定不怕你这个呀……"

这个小丫头贼精贼精的，哼哼唧唧之间，就回答了他的问题。苏旷想，那就干脆和好对话的小孩对话："那你叫什么名字？"

"我叫豆芽儿，她们都叫我胖豆！"

阿月瞪了胖豆一眼，皱了下眉头。

"大人都撤了,你们为什么留在这里呀,好像还被人反锁在这里,出不去?"

"她们不是撤了……她们是抓了海笛姐姐走……"阿月接着用力瞪胖豆,胖豆装没看见接着说,"海笛姐姐让我们躲在这里,不要出声……"

"海笛姐姐是谁?"

"乐工里面吹笛子的呀!"

是,自己人总不会管自己人叫乐伎,都是各有一套称呼。苏旷继续问道:"她们为什么抓她走呢?"

涉及机密,阿月真的着急了:"胖豆!"

阿月和胖豆不太一样,口音偏东南,咬字有些生涩费力,平时说惯了的应该不是这个话。

胖豆抬起眼看阿月:"可她们就是抓了海笛姐姐走……姐姐会死的!"

"可……那也不许跟敌人说!"

"她们还说五姐姐也是叛徒呢,你怎么什么都听她们的……那你说怎么办啊,他要不带我们走,我们会被烧死的!"

"怕死鬼!烧死也不许讲!"

"我才不干……"

看起来,两个小姑娘想法很不一样,苏旷说话算话,不愿意回答的问题就不问了:"那问另一个吧,这里好像是打仗的地方,你们是小孩子,来干吗?"

"我们是来还书的。所有人都要搬到北边去,我们的书本来藏在枕头下面,不知道还能放哪儿,就还回来了。"

"什么书?为什么要藏呢?"

小姑娘伸手,把地上那本捡起来:"本来是海笛姐姐的……讲一个姓苏的抬杠怪老头的故事。"

"什么玩意儿?"

"就是……一个姓苏的抬杠怪老头的故事呀!他又闲,又穷,废话又多,还娶了一个凶巴巴的老婆……"

苏旷忍不住嘿嘿乐了两声,真有意思!这些人在搞什么嘛,打不过就打不过,还写本书埋汰他!他那个笑声相当不要脸,文陵江一边忙乎,一边也摇了摇头——她正在一笔一画临摹那些文字,又快又稳,丝毫不差。

阿月垂着头:"你这个人真是的,又不是写你的……"

"哦，那……这个书有什么问题吗？"

小姑娘继续眨着眼睛："我也不知道……这个书，我俩都看不懂，是海笛姐姐一直在讲给我们听，昨天讲到姓苏的怪老头，因为每天都在街上，拦着年轻人问问题，被人说是渎神，败坏年轻人，五百个人的审判团一起判处了他死刑，他可以逃走，但是不肯走……我们都很想知道为什么，就把书借回去……嗯，偷偷拿回去看了，不过研究到半夜也没太明白，早上嬷嬷忽然说要搬家，这个书……海笛姐姐说过绝对不可以被人发现，我们没地方藏，就只能又还回来了，可是一过来路就没了，回不去了……这里乱糟糟的，海笛姐姐就把我们藏起来，锁上门，叫我们千万别出声，说……让我们等，如果有一个姓云的姐姐来，就吹笛子给她听，可我们还没来得及问她……她就被抓走了。"

她说到"我俩都看不懂"的时候，阿月明显撇了撇嘴。苏旷和文陵江互相看了一眼。小女孩比他们想的都聪明，她不仅把能说的都说了，而且她好像是知道一点"为什么"的。

外面已经有着火的木梁落下来了，有人在敲门，差不多了。文陵江卷起纸张："画完了，走吧！"

苏旷点点头，想了想又问小姑娘："胖豆，我带你去找姓云的姐姐，那支曲子能不能先吹给我听？"

两个小姑娘一起摇了头。

"那行，我们走吧！来，你们到门口来，我送你们上去。"

阿月捡起几本书抱在怀里，走到门口，有一些犹豫。她抱着书，又拿着匕首，刀尖还得指着自己脖子，这样两只手全占着，不好上去。

咚咚咚，外面在疯狂地敲着，快点儿！来不及了！苏旷看烦了，实在是讨厌这样的行为，一下子拽下她手里的匕首，又拿过那本"本家"的书，往腰带里一掖，戴上面罩，托着门，准备打开。

阿月狠狠瞪着他。

"不走？不走算了。"苏旷说。

"你们为什么要来打我们？我们又没惹你们！"

"呵呵，那可真是妄自菲薄了。"苏旷忍不住有点嘲讽，把她拽到门前，抓起她的手捂在她自己的嘴上，"闭上眼！捂着嘴！屏住呼吸！她们怎么跟你说的，落到我手里会发生什么？"

小姑娘闭上了眼睛，捂住了嘴巴，也屏住了呼吸，但在那之前，安静而坚决地回答了他的问题："就像你们无数次做过的一样。"

苏旷愣了愣，托开门，大团的浓烟涌入，他把两个女孩儿托出去，之后跳上去，拉上文陵江，关上石门。

几个人打着手势往外跑。塔里已经满是烟了，巨木如火龙参天。火舌燎过，那只巨大的交椅烧着了，华丽的孔雀翎，变成五道灰白色的灰烬，之后一切全都在烈火之中消失。

出了塔门，外面天已经微黑，地上点点滴滴开始落雨。重新闩上石门的时候，苏旷拿那本书翻了两下，奇怪的文字，看起来像是大食一带航海者的手抄本。封面上标注着一行小字，诡谲而硬朗，那笔迹他是认识的。

辛亥仲春抄赠娥皇 ——霍留本

这居然是霍瀛洲的藏书！

是！众所周知，霍瀛洲搜罗过一个巨大的武库，藏了无数神兵利器、武功秘籍，被丁桀毁在海南总舵了；据束星儿说，他还有一个神秘而庞杂的文库，汇集了七海之内的珍贵书籍，且曾经把一批副本抄赠到了守默谷，原本居然还在，而且就在这里。

再翻下去，文字圈圈点点，空白的纸页上，标满了翻译的词——"城邦""律法""神"。

这里有人能读懂这些书，而且试图把它们传播出去。最后，也是翻得最皱的一页上，注着几行蝇头小字：

或许他以为，如若认可律法该庇佑所有弱者，就应该接受律法能够惩罚所有强者，如果任由强者逃出去，那么以往守卫的一切都是虚无的……

用赴死捍卫律法和城邦，用生命捍卫真理，二者合一就是所谓心里神的声音吧……总之我是这么看待的。

"律法"两个字圈了起来，边上重重地画了两道，以至于墨迹渗透到了下一页。

标注者意犹未尽,在封底的白纸上用飞扬的、连笔的字迹写着:

等我们有一个新的国家了,也就有律法了,不会永远像现在这个样子……

无论如何,想到古老的岁月里,在遥远的异乡,最了不起的智者也曾和我一样仰望星空,在审判团为自己下判决之前,独自向众神聆听过命运,真是令人慰藉。

快过去了……总会过去的……一切都会好起来的……

"你们拖得真久!"沈东篱走过来,看到还有两个"收获",略吃惊,"怎么,里面有情况?"

苏旷一凛心神:"一言难尽,回去说。"

"你先过来看一眼,这边也有个情况。"

树丛中间,一个"入口"被清理出来了。一个作为摆设的微木林被清出来,木头堆在一边。微木林之后,有一道石桥,桥上荧荧闪着蓝光。桥的另一侧也是树丛,但明显薄多了,后面隐约已经看见人影闪动。低头看,树丛里夹着一道暗河,不宽,还不到一丈,河面黑黝黝的,也浮着蓝幽幽、荧荧闪光的东西。

"鬼母菌!"文陵江看了一眼,催促道,"这个东西,早晚不见太阳,遇水而生,再过一会儿就要全开了,会飘出来许多看不见的菌子,落在身上,皮肤会烂掉。天黑了,我们走吧?"

"来都来了,我跟她们打声招呼。"苏旷回过头,向神捕营的弓箭手招了招手,"鸣镝都带了吗?"

"随身带着!"

"准备——"

两百多号人,拉弓在手,搭上一支鸣镝箭,箭尾裹着信纸。

"对面的,听清楚了,我有几句话,劳烦替我捎一捎。"苏旷向桥那边站着,运足内力,声音远远传了进去,"自古以来,'冤有头,债有主',事出有因,师出有名,两年前的正月,贵教的束夫人一纸书信相邀,要我闯一闯龙潭虎穴,破一破守默剑冢,我依约而去,折在贵教精卫鸟翼下,在冰河之上打断了腰,自此九死一生,此一事,我苏某人没齿难忘;贵教七夫人,上在宫廷,只手遮天,下入江湖,血雨腥风,以人为尸,灭绝天理,至于夺借刀堂,立十二银庄,取国库资财无数，江湖银两无数，王素的元月银庄，肆意妄为到连户部青苗银子都敢动，此一事，上天入地，决不能善罢甘休；上官乾一身血债，可谓罄竹难书，假托圣旨，毁我国之栋梁，江湖豪杰多少人折在他手，七旬老妪与世无争，也虐杀当场，这一头畜生，我们多少人指天为誓，非要他人头不可……桩桩件件，皆是血海深仇。贵教教母，约我七月十五海上相见，互换人质，我答应了，当时当日，贵教五夫人和我约了六条和解，我也答应了。苏某人扪心自问，不算心胸狭窄、唯念私仇之辈，答应这些事情，无非就是念及八字——只诛首恶，不杀无辜！但是，你们前脚立约，后脚翻脸，大城里暗算我朋友——居中斡旋、两头担保的余怀之；孤岛上暗算明镜禅师，海上伪托青崖白鹿旗，炮击云家船帮……可以说，从始至终，毫无信义可言！我把人质万里迢迢带到你们家门口，你们……你们他妈的还了我一堆骨头！我不知道如今你们管事的到底是什么人，反正给我听明白了，你们的教母、登门入室的上官乾，还有那什么尊者，真是让人从牙缝里瞧不起，我一步一步都走到这了，堵门口跟你们叫阵，还是没有一个人，敢站出来说句话！想当初，昔年往日霍瀛洲在位之时，银沙教固然也是无恶不作之魔教，但银沙教这三个字响当当的，真一天也没这么窝囊过。这番话长，怕你们记不住，我写下来了，这就送过去，还有一条，既然我朋友死了，王素也抓了，里面有两条得改动改动，我又加了两颗人头、三个条件，你们互相传着看一看，今晚上悄悄商量商量。要是合适，还有最后一次只诛首恶的机会，要是不合适，明天太阳升起来的时候，我亲自来拿这几颗人头。"之后，苏旷挥了挥手，"放箭！"

鸣镝如雨，箭矢带信，一轮一轮地飞过桥去。他觉得对面人多，信颇写了不少。桥后的人影，很快就有了闪动、惊诧、喧哗……显然有人要去捡那些信，有人严厉呵斥住了。不过没关系，那边总会传开的。

忽然，对面声音越来越大，树影一动，桥那边的树丛也挪开了。

还来不及细看——一头灰色老公象就冲了出来。那头象扇着耳朵，象牙如刀，长鼻上绑着铁蒺藜，腿外也绑着铁蒺藜，最重要的是，它眼睛灰蒙蒙的，嘴里也满是凝固的血腥，没有任何的嘶吼咆哮，它似乎也已经死了，是一头蛊象。

弓箭手忙向后退，小金一闪而上。

那头象刚刚跪地翻倒。轰，一阵振翅乱响，十几只灰孔雀飞出来。眼珠子也是灰蒙蒙的，了无生机，看来是蛊孔雀。弓箭手一起换箭，箭镞如铁，尽穿头颅。跟着又一大群孔雀……那边真是养了不少孔雀，数不清了，孔雀东南飞，轰轰一大堆,足足上千只。跟着另一头蛊象,一头快要成年的蛊象。再之后,两头长角蛊公牛、四头短角蛊水牛、八匹矮脚蛊马、乌泱泱的两百多头蛊猪、一千多只铺天盖地的蛊鸭子……

人群哗然,纷纷后退,且战且啧啧议论。说实在的,也不是不会打,就是被这耳目一新、多种多样的蛊物军团震惊了。

苏旷本来还想再大声说几句,两只蛊野鸡直扑面门。确实力量奇大,爪喙带毒,两翼生风,远非平日抓来吃的那种可比。

苏旷拔刀劈过,心说银沙教这个教母,以前怕不是做卤菜的,什么都拿进去卤一把。这些东西,说难打不难打,说不难打,谁之前跟千八百只蛊猪蛊鸭子干过仗?拖久了总会有意外,这时候折了人命不划算,苏旷准备撤了,挥挥手,率众就退。

"站住!"桥那边有人一声喊。但不是喊他们,是那头的一些人在制止另一些人。

但已经冲出来了!上百个少女骑着上百匹矮脚小马,就那么挥刀放马过来,恶狠狠地喊:"放下我们的小妹子!"

沈东篱本来站在前面,烦得一皱眉,直接转身向后走,差不多一口气走到队尾。

她们看见了阿月和胖豆,就毫不犹豫地冲出来救人。这是苏旷他们走到这里为止遇到的第一批当面冲锋的"战士"。好年轻啊!太可惜了!每一个看到她们的人都这样想。

她们真的年轻,十六七八,最大的也不超过二十岁,素麻短裙,高挑矫健,疾恶如仇,来往如风。她们胸口戴着微木花环,额头戴着微木花环,马脚也戴着微木花环,那些蓝莹莹的鬼菌,就没有上身。

她们居然还是有点阵列的,中间那个,带头直奔苏旷;左翼的一个十五六岁的,挥舞着弯刀,试图把人群冲散开。前面的人不知该如何应对,一起向后退了两步,只有风雪原傻乎乎没退,她就一刀砍向风雪原。

今天,还能跟着苏旷来这里的人,本来就是精锐,大多数也曾身经百战。大家看着这个少女的出手,都很吃惊。

这也太差劲了。这完全就是自己攒一堆人,找个空地胡练几年的结果,而且很有可能没有师傅带,是在依靠着想当然瞎练。这个水平比普通农妇当然好很多,但比大多数江湖门派的女弟子都差很远,没有臂力,但又非用蛮力,挥刀没任何技巧可言,手一举高得要命,整个空门全都露出来。本来唯一可以借的是马力,但矮脚小马冲速本来就有限,从小桥上过来,基本就是颠着跑,速度根本起不来。

今天到场的,不管到谁面前都是找死,她还专挑了风雪原。而此时,风雪原手往刀柄上探。

"福宝!"苏旷叫了一声。

风雪原已经很习惯听话听音了,能从升降调里听出师兄的意思来,没多想,拔刀就反手斜挥出去。他用这种长刀,速度稍微打了点折扣,但已经快到在少女这一刀砍下来同时拔刀、挥刀、归鞘。

马颈血光一闪,连人扑倒在地。少女身手还是很敏捷的,就地七八滚,踉跄着站起来,脸上有一些茫然。那是一只刚刚啄破蛋壳的小雏鸟,看见外面真实世界的茫然。

"巧巧!躲呀!"身边几个人都在纷纷提醒。

她回头,但是慢了,两只死灰色的被亡灵侵蚀了的孔雀扑面而来。她挥刀,还是尽力地砍中了一只,而另一只的爪尖从她额头上划过,微木花环掀掉了,一道细细的血线顺着鼻翼流了下来。

她伸手去捡花环,马上的少女们一起惊叫。她再抬起手的时候,瞳孔已经变成了死灰色,哆嗦着,喉咙里发出了第一声非人的咆哮。

少女们都震惊且愤怒,但是领头的那一个依旧没有放弃自己的使命。前车之鉴,她不太敢再继续冲苏旷动手,率众列了个阵,怒叫:"把我们的小妹子还给我们!"

而被拉着手的阿月也在带着哭腔喊:"巧巧!巧巧!"

五夫人说过,她们有一批"洁白的、手上没有沾过血"的女孩子。如今看来真的是。

那些少女,真不知天高地厚,居然没有太把那个变成蛊尸的女孩儿当回事,有几个还低头看,看有没有办法医治她。蛊尸女孩儿忽然扑过去,抓住一个人的脚,那个少女如梦初醒,连忙挥刀砍下来,但一刀劈在头上,没什么力道,她被直接拽下马来,直接撕咬在大腿上。

不杀人已经是仁至义尽了。苏旷沉默片刻,挥手:"大家先撤吧!"人群依令,折向返程。

黑夜来了,雨夜也来了。雨已经不再是雨点了,慢慢大起来,地面也都湿透了。

阿月被人拦腰抱着带走,她拼命挣扎,挥着手大声叫:"你说话不算数!你说了放我们回去!巧巧!阿茶!蟹姐!"

胖豆也跺着脚大声喊:"倒是跑啊!跑回去啊!别管她们啦,也别管我们啦!"

苏旷走在队尾,边走边回头。女孩儿已经折了三个了,还咬中了两匹马。马群全都惊了,胡乱尥蹶子,没头苍蝇一样乱转,几个少女被甩下地来,有一个脚拖在马镫里,往蛊尸那儿甩,有人试图救她们,但自己的马也在惊跳。她们很讲义气,不肯放弃任何一个朋友,但战力和意图的差别过大了。

桥那边……居然没有人出来救她们。

"苏哥小心!"门口先撤的那些看到了什么,疯狂吹哨子,然后个个一溜烟地撒腿就跑。

原来是稻田里还有三分之一的蛊尸,绕了一条长路,从水渠上游转回来了。难怪桥那边的人躲着不肯出来。不过没有人担心苏旷,他有小金,蛮可以溜达着回去。

苏旷走得很慢,越走越慢。此时,白塔完全烧透了,变成了一根巨大的熊熊的火炬,在初墨的天穹里吐着浓烟,金箔和饰物带着火苗从半空坠落,里面也在轰隆隆地震响,像极了一个旧世界在覆亡。而林中那条暗河里的水在暴涨,河水渐渐与岸平,那些鬼母菌快要溢出来了。此刻雨水没有这么大,那是上游有人在灌水。

少女们已经倒了七个了,这个数字很可怕,现在不是剩下的人跑不跑的问题,有蛊尸就在桥头,根本过不去。

城门口,第一个蛊尸已经晃晃悠悠进来了。

再一回头,已经有十一个少女了!速度在暴涨,这些姑娘们……可能不会有人活下来。

一个十六七岁的少女异常勇猛,她第一个从错愕中反应过来,跳下马,双手挥刀,直接利落地斩下了第一个蛊尸的头颅,这是她们真正干掉的第一个。随后,三具蛊尸一起围过来,少女向河边退。她没路走了。

苏旷干脆站住了,手往刀柄上探了探,又放下,拳头握紧,又松开。

我不能这么干,敌我已分,这是铁线,不可逾越,救助任何一个敌人,可能就是明天白天,杀了自己人的凶手。而且她们无辜吗?就算没有杀过人,精卫鸟吊起夜哭郎君的时候,都鼓掌了吧?自作孽,不可活,随他去吧!

他这么想着,可脚步黏在地上,一步不动。而那本书里的几行字在脑海里不断地游动……

等我们有一个新的国家了，也就有律法了，不会永远像现在这个样子……

无论如何，想到古老的岁月里，在遥远的异乡，最了不起的智者也曾和我一样仰望星空，在审判团为自己下判决之前，独自向众神聆听过命运，真是令人慰藉。

快过去了……总会过去的……一切都会好起来的……

十七个了！已经开始变成猎杀了。

少女们从惊慌中清醒过来，学会了还手。但是太晚了。刚才成功斩首的少女握着刀，喘着粗气，左右看看，她有股狠劲，知道自己出不去了，但也想拼掉一个。

"呀！"她一刀劈出去，但这一次不够顺利，劲用得太猛，刀锋嵌在一具蛊尸的脖子上，蛊尸没有倒下，可刀脱手了，在脖子上颤颤悠悠。

苏旷完全转过身了，盯着她的脸看——怎么？她的面容，居然依稀相识……像是……哦，是田头挖出来的那具女尸。母亲刚刚死去，就轮到女儿了。

阿月快要被带出城门了，她还在挣扎着哭着，蹬着腿。

"放她过来！"苏旷吼了一声，他转身狂奔，拔刀挥臂，直接掷了出去。嗡！刀锋在暮色里划过一道雪光，直接没入那个少女面前最近蛊尸的咽喉。他跟着一个起落，跳进小小尸群，和刀锋几乎是前后脚到，在那具蛊尸扑向前快要掉进河里的时候，拔出刀，反手斜挥，带飞了两颗头颅，蛊尸脖颈里卡着的那柄刀掉下来了，他刀尖一挑，挑进少女手里。

"何仙姑你认识吗？"

"你说什么！"少女脸色难看极了，甚至比深陷重围的时候还要难看。

"刚才我们发现了她的尸体，就在田头，用来养蛊的。"

这个年轻的女孩子，被这个消息击垮了，她张着嘴，摇着头，踉跄向后退，快要一步跌进河里去。

苏旷拽着她的手，往前甩了一步："自己想想！"

人群在看着苏旷。他速度太快，从一具蛊尸面前跃到另一具面前，刀随身走，刀锋直接推走了人头。有一具蛊尸离群，向着跑过来的阿月走，金光一闪，小金过去终结了它。

他和小金一起动作，如入无人之地。金光一闪，刀光又一闪。一匹马倒下。

另一匹马倒在那匹马身上。他直接抓住一只孔雀的尾翎，之后砸在另一只孔雀的头上。

刀锋如鬼如电，在一具咽喉上停顿了一下，跳向下一个咽喉。一串动作流畅而优雅，这不像是处决什么，像是众神羽翼上的寂寞孤光，在午夜里飞行。

桥头的小战场在逐渐清理出来，持刀的少女们在盯着他看。除了敌人的领袖之外，还有刀本身，神之技艺本来就有震慑力。

她们是在霍瀛洲死后才出生的一代，有一些听说过霍瀛洲，有一些甚至没有。她们生下来就在悲歌里，"银沙教"三个字，对她们而言意味着更多战败后的耻辱，而非光荣和梦想。

雨大了，簌簌地响。微木花环全都湿透了，荧荧蓝光浸没了草丛。

战斗结束了。苏旷收刀，准备离开。他想了想，对阿月，也对那些少女们说："现在不是一个合适的时间和地点，有些问题，我们恐怕没法坐下来谈。但明天之后，一切都不一样了，不管最终是什么结果，这个世界都会彻底改变……我建议你们选择活下来。"

蓝幽幽的河水终于漫出来，向着城门口推，白塔的火熄灭了，只剩青烟，小广场变成一片夜雨中的蓝海。雨越下越大，瓢泼盆洒，云层里轰隆隆的有了雷电声。

苏旷向外走，径直地从蛊尸群里穿了过去，小金就在肩膀上坐着。

他的人在焦道上急走着，漆黑的、长长的一列，有人提着灯。

苏旷把那本书塞进怀里，贴身放妥。

一切都和来的时候不一样了。在这片尸山血海的田野里，他看见了种子。

318

第七十五章　怀刃卧榻

部落东南是老人们的聚居区。最后一批嬷嬷在搬家,一捆一捆的行李堆在小推车上,向北部高地转移。

并没有足够的火源,小车上悬着丛林里捡来的萤石,放着淡淡白光,那些光并不足以照亮道路,只能标识存在。黑夜里,一个人跟着另一个人,自觉地摸索出一条道路来。咯吱咯吱,木轮太过原始,没有金属的轮轴,推起来分外吃力,上坡的时候一下子卡住了,哐啦一声,行李散落一地,老嬷嬷连忙停下来捡,黑而瘦的脊背在雨夜里摸索着,像大鱼的背。

"老了,行李都扎不牢了。"

雨太大了,风也大起来,风雨掀着斗笠,带着一头白发乱飞。嬷嬷咕哝着,干脆摘下了斗笠,跪在地上摸。一盏风灯挂在边上的树梢上,淡淡的光摇来晃去,一个人弯下腰帮她捡。

"尊者!"嬷嬷这样惊喜地叫着,试图去阻挡那只手做这样的事。但海柳是很灵活的,很快就收拾完了。

海柳提着灯,扶了一把车头,示意帮她照路,同行一段。

"尊者,咱们去北边做什么?"

海柳素来话少,只摇头。

"我晓得了,是要放水淹那群恶人。"老嬷嬷自顾自地说着。

"嬷嬷,你晓得来的都是什么人吗?"海柳沉默片刻,还是问了一声。

"不知道,反正是来打我们的恶人。还有小囡说有官家的人……管他呢!"

海柳没有说话。

"尊者,咱们这一遭,是过得去的,是吧?"

"是啊。"

过了上坡的坎地,到转弯的路口了,海柳松开手,示意她可以独行了。

"尊者,"干而瘦的老太太,牙齿都快要掉光了,还是硬撅撅地咬着,松而耷拉的眼睑,眼珠子像是埋在苦水堆里,她向着海柳,弓着背,压低了声音说,"要是真不行,就拿我这老骨头做活尸首吧……"

"你在说什么?"

"尊者,不要再哄我们了,我们都懂……如今恶人不肯放过我们,只能跟他们拼……"

"乱讲话……"

"你们不是要那活尸首打仗吗?来!拿我去吧!尊者,你年纪轻不晓得,恶人有多么恶!我姐姐做姑娘的时候,就是受了人家糟蹋还不了手,也没官家肯帮我们,她听人说,只要穿一身大红裙子吊死在人家门楣上,就能化为厉鬼,能报血仇!大年三十晚上,我姐姐一口气咽不过,就那么干了,结果呢?恶人重金请个道士,贴一道符,屁事都没有,回头还到我家来,说姐姐把他家门口弄脏了,抢了最后的一袋米走!尊者,我天天等着看报应,可那恶人家兴旺得很,五谷丰登,小孙子还中了举人!你说人家怕鬼吗?不怕的!你说这世上恶人受过报应吗?没有,从来都没有……我姐姐要是知道能变成活尸首,保准一早就变了!这世上,唯一帮我们报应的就是老五……我就信她,不信别人。"

海柳低着头,面无表情:"够了,嬷嬷,回去休息吧。"

老嬷嬷还絮絮:"尊者啊……柳儿啊……我不拿你当个尊者,就当个姑娘,你听我的劝,不要再顾念我们了,你一个人就算有通天的能耐,哪里就顾得了那么些废人!我们活了一辈子,如今能扬眉吐气过十年,值了,拿我们这把老骨头做活尸首去,把小的救了就成了……"

"嬷嬷,"海柳转过头来,声音冷而硬,"回去!这不是请求,这是个命令。"

老嬷嬷咕咕哝哝地离开了。

海柳静静站着,手里风灯在雨中亮着,照得宝石戒指五彩斑斓。她等了一会儿,今天走到哪里都会遇到这些很坏的"情绪",像是无数蛾子往火上扑,或许说一些更鼓舞人心的话更好,不过她做不到,只能等情绪过去,像是海潮湮没了沙地,之后又吐出来。

这是她日常的巡视——日日如此,月月如此,年年如此。

她是教母的化身，未来的领袖，年轻的掌门人。

前方是个要紧的所在，那是桥的出入口，守桥的是一群四十上下的中年女人，她们是核心的教众，和七夫人差不多同时代，其中的一小部分跟随过霍瀛洲一步登天，亲见过丁桀攻破总舵，刚刚也见到了苏旷。

"尊者！"她们打着招呼。

"各位辛苦了！"海柳走过去，她径直步入那片树林，走到桥头看。

外面的广场是低洼地，水已经聚满了。黑茫茫的水波上，蓝幽幽的鬼母菌无边盛开，那一幕很美，像是大雨柱激起来的水花。"活尸首"们就在外面转悠着，它们有的已经走到桥头了，转一转又回去。除此之外，积水里泡着几匹马、几具尸体。远处是浩瀚无边的黑，稻田应该已经满是积水和鬼母菌了，这个夜晚，没有人能横穿过来。

外面没有光源，白塔黑黝黝地立着，而白塔的这场火造成的影响是恶劣的。撤回来是教母的命令，那个时候所有人都不赞同。场上形势不算好，但她们显然也并未落败，那个时候，最应该加强防御，在塔顶奏一首鼓舞士气的歌。

但教母说不要紧，对面不敢来。可对面还是来了。稻田是第一道屏障，树篱是第二道屏障，石宫是第三道屏障。好端端的，又少了一道屏障，这让人心里发慌。更让人心惶惶的是海笛直接被替换下来，在众目睽睽之下被押走。

海笛是十二乐工里的首席，很多年前她的母亲就是十二乐伎的首席，她们渡海而来之后，海笛的母亲亲自带人重新设计了白塔和回音壁，白塔落成的那一天她曾经抚摸着女儿的头对大家说："诸位从此可以放心了，我们的家园虽然没有城门，但固若金汤。"那个时候，所有人都在欢呼鼓掌，而渡海而来的那一代小孩子的名字里都带一个海，她们是未来的希望，中坚的一代。

海笛被押走后，换上去的是一个年轻的小丫头。她和老十二乐工没法相提并论，连十二乐章都弹不完。

此刻，人人都在望着海柳，她是她们寄予厚望的领袖。和那些老一辈不一样，老一辈像是苦难中的一团废纸，打开后每一个褶皱都浸满了仇恨。海柳有她们希望的一切，坚定而聪慧，开阔又勇敢，当海柳出来取代七夫人的时候，大家都默默无言地站在她这一边。可海柳话太少了，从小到大她也并未流露过多少七情六欲，

321

而一个真正的领袖除了保持镇定，还需要有鼓舞人心的力量。

海柳转身回来，随手在木桥栏杆上拂着，雨水落了一帘——桥栏是极其珍贵的龙血木，上面凿满了小眼儿，装着一粒一粒玉碎雪谷一样的东西。海柳问守卫："它们是一步也没有过来吗？"

"尊者，一步也没有过来。"

"那就是我们又多了一种新蛊，蛊母做成朱栏，放出去之后，永远也回不来。"

"尊者，新蛊还没有名字，您起一个吧？"

"桃源蛊。"海柳走回来，"今夜应该很安静，大家可以回去休息。"

"尊者！我们没关系！"

"回去吧，都好好睡一觉。放心，雨停了再过来。"

"是，"有人把一边三大筐的鸣镝响箭指给海柳看，"尊者，这些怎么办？"

海柳捡起来一支看，之后随手拿着："全在这里了？"

"能捡的都捡了，有一些落在树林里。"

"你们都看过信了吗？"

"没有。"

"拿去烧了吧！"

"是……"

"尊者，还有个小姑娘，何仙姑的女儿，她对教母……有些不恭敬……"声音变得小了一些，几乎是在向海柳耳语。

"先关在西边排屋里，我去姆妈那里，完事儿了再说。"

"是。"

海柳这段巡视的终点，是北边那座古老的石宫。据说，那是很久之前柳叶女王的寝宫，也是现在教母的住处，更是这个世界的禁地。

海柳推开门，走了进去。依照惯例，她抬起头看了看穹顶的壁画——高高的弧石穹顶打磨抛光过，上面画着一幅未完工的精美繁复的壁画，画面似乎是好几个异教女神拱卫着一个大女神，明亮天穹的蓝、血滴宝石的红、璀璨流转的金、月下珍珠的白……光辉灿烂，奔放绚丽。六扇高窗大开着，在唯一的一扇低窗之下，教母坐在一架宽大的轮椅里，膝上搭着条波斯毛毯，六只精卫鸟围拢在她身边，咯咯地追啄一只铁核桃玩。祭坛上的髑髅塔闪着乌黑和金灿灿的光。十二乐工在祭坛下的池地里，十一个站着，一个人跪着。跪着的那个有张轮廓分明的脸，深而俏皮的大眼睛，小麦穗一样的长睫毛，高而挺的鼻梁，抿得笔直的嘴。

"姆妈！"石宫辽阔，海柳的声音空空荡荡的。

教母叹了口气："我的海柳儿来啦？外面都好吗？这帮胆小鬼，还能睡得着吗？"

海柳径直走到她身边，递上那支带着信的响箭："姆妈，外面一切都好。"

很长的信，教母扫了一眼，就不再看下去："他说什么了？"

"他……"海柳低着头，"他在老五的条件之外，加了两颗人头，三个条件。"

"两颗人头，一颗是我的，另一颗呢？"

"当然是我的。"

"提了什么条件？"

"参与杀人、制蛊、做千尸伏魔阵的，一律束手就擒，押解回京；所有赃银一律抄没；其余投奔而来的百姓，念其无知，准许离开此地，投奔附近几座大城池……神捕营可以代为安置。"

"唔……"教母慢慢揉着那团信，扔进火里，"海柳儿，我还以为惺惺惜惺惺，姓苏的会留你一个活口。"

海柳抬头，一惊，拂衣跪在教母脚边，深深低下头去："姆妈！"

教母把膝盖上一沓乐谱摔在她面前。海柳没敢乱动，跪着翻阅，她看得细致且快，很快就看完了。

"海柳儿，你都看完啦？"

"姆妈，我看完了。"

"你有什么看法？"

"有人改了乐谱，姆妈。"

"那个人是谁呀？"

"我不知道，姆妈，我已经很久没有看过乐谱了。"

"看着我的眼睛。"

海柳遵命，抬起头，看她的眼，任其读心。那样黑、那样苍老、那样不可捉摸的一双眼，像是风暴海里的礁石，随时随地准备击碎迷途的船只。她用了很多年，才敢直视这双眼睛。

"海柳儿，你刚才说你什么都不知道。"

"是，我不知道，姆妈。"海柳的眼睛也很安静，像一块永远凝固的春冰。

"那么……好吧。"教母转过头，看地上的姑娘，"海笛，轮到你来告诉我，是谁改了乐谱。"

海笛低下头去："我也不知道……我是演奏到一半，才发现……乐谱动过了……或许是五姐……五姐临走时候改的！"

"是吗？海笛，抬起头。"

海笛抬起头来，她的嘴唇微微颤抖，眼里有压不住的恐惧。

"你是乐工的首席，每次上塔之前，检查乐谱是你的职责，为什么没有看？"

"我……我在担心敌人。"

"海云，你是在哪一章发现不对的？"

一个站着的垂着手的姑娘回答："姆妈，是《穿云》那一章。"

"之前并没有发现过？"

"是，姆妈，我们之前从来没有用到过《穿云》。"

"为什么没有即时停下来？"

"姆妈，如您所知，一个乐章完成之前，无论如何都停不下来。"

"来，告诉你的海笛姐姐，这个改动会造成什么后果？"

"是，姆妈。这个改动拿掉了一个高音区，会让精卫鸟的飞行在低空毫无区别，超过一个高度之后，就失去联络。"

"海云，这个是老五能干出来的吗？"

"不可能，姆妈，这是精通乐理的人……而且是高手中的高手才能做出来的。"

"好，海笛，轮到你解释了。"

海笛重新抬头，转眼看了看海云，又重新看向教母。她在负隅顽抗："姆妈……我不知道……饶了我……我不知道……"

"既然不知道乐谱，那好吧，解释另一件事，地宫里的藏书是从什么时候开始流出去的？"

海笛深深埋下头，过了一会儿才抬起头说："是，姆妈……从七夫人联盟解散的那一天起。"

其他站着的十一个人都在面面相觑。这是招供了。

"你是我喜欢的小女儿。海笛，从你阿妈还是年轻的姑娘起，就和所有姐妹一起誓约忠诚。我收留了你的母亲，免去她颠沛流离，我给了你想要的一切，如今大敌当前，告诉我，为什么要做这种事情？"

"姆妈，"海笛深深呼吸，之后慢慢站了起来，她平静了片刻，连颤抖和哆嗦也消失，"因为……精卫鸟和音乐，本来就是我们的，不是你的。"

一众讶然。十一个人都向后躲。

教母问海云："少了海笛，那个小丫头能补上吗？"

"姆妈，差了一点，有两章弹不了。"

"意思就是，也能将就？"

"是。"

"好，海笛，你把话说完吧。"

海笛直接站起来，生命到了最后的时刻，她开始无所畏惧："精卫鸟是我族的圣鸟，是指引沙漠上迷途人生机的神鸟，不该是这种魔鬼。我们的音乐是歌颂天神的音乐，更不会听从你这个怪胎。"

"说得好。"

教母挥了挥手，十一个人闪开了，六只精卫鸟走过去，今天的晚餐开始了。

一只尖喙啄过来，海笛白皙修长的手指消失在精卫鸟嘴里。精卫鸟的分食是轻车熟路的，她很快就不再是人，而是一只猎物的哀鸣。一只尖喙啄穿了肚腹，扯开肝脏。另一只尖喙啄穿了她的胸膛，血淋淋的心脏顶在喙尖上，顺一顺，吞了下去。

十一个人全低着头，盯着自己的脚尖看，恨不得永远不抬眼睛。

海柳遥遥望着，依旧没有任何表情。她好像见过这一幕了，好像随时准备再见到这一幕。

"海柳儿，把这里收拾干净。"教母打了个哈欠，抚摸着髑髅坛上的乌金髑髅们，"再做一个新的。"

"是的，姆妈。"

"明朝见，海柳儿。我年纪大了，要早一点休息。"

"姆妈，明朝见。"

暴风雨在轰鸣着降临。那是浓重而密集的雨，雨水之间的罅隙里挟裹着杂着土腥味的热风。雨从树枝的间隙里流下来，从树叶的缝隙里落下来，从刚刚搭起的棚子缝隙渗下来。丛林重新属于雨季，雨水冲着泥汤，四下奔流成小小沟壑，汇合进山坡西边的野竹沟里，没多久，到处听见了哗哗的流水声。

325

营地里的火炬纷纷熄灭了，只有极少的笼中之灯还在放着微光。人们跑来跑去加固营地，到处吆喝着，检查着篱笆、木栅、野竹沟上的浮桥，随时随地准备突发状况。

"先搬回去！灯！灯！"到处都在叫着，把刚刚弄好的混合着泥土的药包搭好雨布，挪进雨棚里。暴雨太急，放在外面的药包一小会儿就冲没了。这里是高地，外面的沟里全是水流，他们宁可拼肉眼，一边防着天上的精卫鸟，一边防着地上的毒蚁。

"人回来了！人回来了！灯！灯！"又一群人吆喝着，他们看见了队伍正在往回跑，纷纷冲去栅栏边，在浮桥这一侧等待。回来的队列很长，快要进家门的时候，就把药甲脱下来，露出脸和赤裸的左臂，这是最有效的防范上官乾浑水摸鱼的办法。

脱下来的药甲还可以裹泥包。这让通过的速度慢了不少。两门炮过桥的时候，吊桥也出了一点状况，很大的一块土崩了，需要重新拉着绳子拽上来。

苏旷和沈东篱压在队尾，因为队伍速度一慢，田里的蛊尸和城里的新蛊尸晃晃悠悠就绕过来了，他俩要断个后。

"小心，小心，稳一点！再来个灯！"

一道闪电落在树梢上。哗啦！山坡西边，那棵又歪又高的树轰然倒下了，连带着砸崩了脚下的一大片山崖。

"小心！土酥得很！不要踩浮土！快来人哪！不好，蚂蚁！蚂蚁！蚂蚁！"

"这个不是银沙蚁！"

"这个好像是！"

"到底是不是！"

"操！这谁知道！我能让它咬一口吗？"

"再来个灯！"

"没灯了！这也有蚂蚁！"

"叫苏哥来！小金能管这事！"

"苏哥，苏哥——救命啊，快救命！"

"叫什么魂！跑死我了这就是普通蚂蚁……"

"苏哥苏哥，再看看这个——"

……

场面一度轻微混乱。营地里唯一一个完全干燥的有着木屋顶的简易棚屋，留给了沈南枝和云小鲨。

棚屋里两个大箱子搭了个简易的床,沈南枝趴在上面小憩,身上搭了条毯子。角落里是狩天者,那是全营的心肝宝贝,今天的大功臣。另一个角落里是湿漉漉的脸色铁青的五夫人。束星儿捧了碗药正送到她嘴边。

有个人伸着脑袋进来喊:"鲨头儿!还有灯吗?"

"最后一盏了!"云小鲨摘下屋檐的风灯递过去,"要帮忙吗?"

"不用!都是泥里的脏活!楚大人再三交代,鲨头儿照顾沈姑娘就成!"

"辛苦!苏旷回来了吗?"

"回来了!就在外面,西边滑坡了,出来个大蚁巢,也不知道是不是毒蚂蚁,苏哥带小金去清场,一会儿就能完事!"

"行,知道了。"

灯拿走了,屋里暗淡许多,云小鲨点了火炬,插在墙上,回来坐在沈南枝身边:"南枝啊,醒醒,他们一回来,估计也不会休息,我们得开个紧急的会。"

"开呗,我再眯一会儿……"沈南枝趴在毯子卷的枕头上,眼皮发沉。她是个神奇的人,一天睡不足五个时辰就要犯困,偏又见缝插针,什么状况下都能睡着。

"我猜明天早上会打过去。"

"打呗……"

"你猜猜看,那头会不会有什么状况?譬如有人哗变,或者教母先下手为强,把海柳杀了?"

"杀呗……"沈南枝声音越来越微弱,跟小呼噜差不多。

"哎呀,不睡了嘛好不好。南枝,你一眯怎么老眯这么长,刚才那么大的雷!不嫌吵嘛!你听不见嘛,树都劈了,山都塌了……"

"塌啦……?"

"起来起来,我一个人坐好久了,无聊死了,陪我聊天嘛。你说,教母会不会先把海柳杀了?"

"不会。"回答的不是沈南枝,是角落里的五夫人。

自从认出了何仙姑的尸体,五夫人一直失魂落魄,一个字都不说。而此时她却回答了这个问题。

云小鲨转头看她。说来神奇,一有状况,沈南枝也立马醒了,也扭过头来。

五夫人好像也"醒过来"了，脸上有种豁出去的宁静。云小鲨皱了皱眉，她有种感觉，或许这一次，能问出什么要紧的来。

"为什么不会？"

"连心蛊走到尽头，是一门叫作将心比心的巫术。"五夫人坐直了腰回答，"意思就是……教母最终要用自己的心，换掉海柳的心。"

云小鲨和沈南枝对视一眼："这怎么可能？"

"我不知道是不是可能，但教母一直在这么准备，海柳是她……亲手为自己打造的肉身，年轻、健壮，有个了不起的脑子，长得也美。只要这么做成功了，那就好像是……"

沈、云二人一起说："长生不老。"

"对。"

"你为什么会知道这个？海柳知道吗？"

"这个古国……本来就是我发现的，最早的巫术刻在石板上，石板是我呈给教母的……我看不懂那个文字，但我看得懂画，女王战死了，她勇猛无俦的心脏，被转移到新王的胸膛里，王国就这样复活了。"

云小鲨听得一愣，问沈南枝："南枝，这有可能是真的吗？"

沈南枝打了个大哈欠，一边扶着她受伤的"尊臀"，一边单脚跳着找另一只鞋子，懒洋洋地回答："扶南女王是汉代的事，秦汉那时候可能就那么个风气……四海八荒都流行求长生不老吧……古人嘛，咱们尽量理解。"

"那这个世界真有长生术吗？"

"痴心妄想！"沈南枝找到她的鞋了趿拉着，"生之为人，蜉蝣草芥，唯一能长生的法门，就是把自己这区区几十年看得小一点，把宇宙看得大一点，向后世传递一点了不起的知识，除此之外，没有捷径可走，想通之后，其乐无边。"

束星儿愣愣盯着沈南枝。

"那你说，这么不着调的巫术，教母会当真的吗？她似乎也并不笨。"

"不好说……依我看，极恶之人都特别自恋，从来不把别人的命当回事，但有个通病，很少能勘破自己的生死关。"沈南枝叹口气，"而且我能理解她，那么强的灵魂，困在那么一个可怜巴巴的小身体里，想换具肉身，应该是想疯了，但是她也拿不准呀，所以才拖到最后动手……可话说回来，谁还不想换肉身呢，我还想换个瘦点的呢，可能吗？"

云小鲨眨了眨眼,心说别的不可能,瘦点有什么不可能,少吃一口不就行了吗,这也要换肉身?

"石板上的巫术……只有你知道,别的夫人都不知道?"云小鲨问道。

"不,是别的姐妹都明白了,只有我看不见。"五夫人很平静地说,"最早的时候,是教母在解释那些画,她说那是舍身的勇气,我们七姐妹已经手上沾血了,不如一沾到底,为下一代干干净净的手做点事情……我一直是最相信她的,因为她和我一样,腿都不好,我想,我们心里的痛苦和希望也一样,只是她比我坚硬,什么都不会说出来。"

"所以……后来?"

"后来,我们中的大姐委婉地提醒了我……但我勃然大怒,把她的话都告诉教母了,让教母小心叛徒和中伤。我帮她把所有能做的事全都做完了,大姐是我除掉的……我是最后一个明白过来的,那时候一切都晚了……"

"十二乐伎也是你们的姐妹吗?"

"是,她们很早就加入我们了,那是很久之前的事……她们一路流浪一路奏乐,走了许多座城,其中不少是我们的银庄所在地,在广州的时候,我们的精卫鸟也在附近,有人发觉精卫鸟对她们的音乐很有感觉,于是,教母就去找她们问话。她们说,自己是西域一个小国遗民的后代,小国已经没有了,她们无家可归,原本有十二个姐妹,但最小的妹妹坚持要留在京城,从此音讯全无,不知道她过得好不好,她们的乐章就一直缺了一个人……"

"《极乐世界》?"

"对,那本来就是西域小国祭祀的神乐,从最开始,就是用来驾驭和召唤神鸟的。之后,教母就给她们看了她们的'神鸟',她们非常激动、难过,她们和精卫鸟本来就来自一个地方,回不去,不生不灭。教母就跟她们说,和我们一起吧,你们需要的一切,我们都有。"

"她们就留下来了?"

"她们谈不上留下来。那时候,地母们还没有自己的新总舵呢,是她们最终拿出一张图画来,告诉我们,这个图里有很大的秘密,我们才发现了大城的第十二座银庄。有了那座银庄之后,一切的白银都有出口了,贸易也有来处了。也是从那时候起,我们才开始布局大城,她们和老七一起,也就是大城王妃帕莎玖素雅,经营了整整十年,秘密向我们提供需要的一切。"

"如今的十二乐工是……"

"一些是她们的女儿，一些是教里选出来的最有天赋的孩子。不过，有几个孩子和跨海一代不同，她们一直跟在母亲身边，是在大城里长大的，譬如海笛。她们自幼见到各式各样的人，也没有受过我们那些欺侮，所以对很多事情的疑惑，都比教里其他姑娘多些。可惜，教母没法换掉她们，她们和母亲一样，血液里流着故国的乡愁，对乐章的感知力，远远不是其他人能比得上……"

"上官乾，知道这些了吗？"

"既然来这里，当然知道了。上官乾来的那天，教母设了欢迎酒宴，特地向十二乐工介绍，这是雁姬的小儿子，是我们的自己人。那晚海笛一言不发，很快就离开了。"

"那上官乾……之前知道他母亲的来处吗？"

"这我就不清楚了，我猜他不知道，只是隐隐约约地有那么一些感觉……这里所有人，其实都是教母带来的，大家能走在一起，不是因为彼此是老乡，而是因为……"

"恨。"

"对，就像百川归海一样，这儿曾经是一片恨海，八方人等泅渡而来。"五夫人轻轻闭上眼睛，喃喃地说，"我们早都该死了，可我还是希望啊……年轻的一代人能活下来，见到我们最初承诺过的那个家园，所有的女人，永远不害怕，永远有尊严……"

帐篷里片刻安静。

"我还有一件很困惑的事，"沈南枝转向五夫人，"五夫人，话都说到这一步了，你还没告诉我们，教母是谁呀？她是谁，叫什么名字，从哪里来的……或者说，她是一个什么样的存在？你能告诉我吗？"

"能。"五夫人点了点头，"她没有名字，从出现的那一天起，就没有名字。"

"那她怎么出现的？"

"很多年以前，在我们老总舱，除了药岛，还有另一座岛，叫作欢乐岛。那里有一个很美的山谷，叫作欢乐谷，有鲜花、野草、温泉、透明的海、云海一样的白沙……梦一样美的地方……还有……几十座巨石像，全是中空的。每年，我们会在春暖花开的日子，开一个纵饮狂欢的盛会，年轻的男人和女人会在那片山谷，尽情享受欢愉……就是你懂的那种欢愉。那座岛，曾经在航海客之中很有名，有些人会置办千金，不远万里赶过去，如果经过检查，他们的身体是健康强壮的，就会被允许入岛，等候挑选和邀约。"

云小鲨抗议："我没有听说过。"

"那是因为你出生的时候，那座岛已经毁了。"

沈南枝冲云小鲨摇摇手："接着说。"

"那些巨石像，是为一些匿名者准备的。小鲨，你要明白，这个世界上有许多赫赫威名的男人，他们三妻四妾、家财万贯，但一样没有享受过极致的男欢女爱，他们到这里来，寻找勇敢放纵的身体……"

此时，沈南枝和云小鲨对视一眼，她们知道好像快要触及那个秘密了……

"有一年，霍瀛洲还年轻，你们也知道，他年少时有那么几年，一直想逃离总舵。几个看守他的地母就跟他打了赌，说他长大了，是个男人了，如果他能够熬过那个合欢节，就放他离开……他同意了。于是他被灌下很多带着合欢药的酒，锁进石像里。

"那是非常快乐的一次盛会，到处都是篝火，烤着美味，人人欢歌跳舞，整整十五天里，全像在极乐世界……到了盛会的最后一天，山顶有大流星陨落如雨，美不胜收，地母们也就去看了。

"再后来，发生了一个很大的错误……没有人想到过，天魔女也会去。你们知道，天魔一族，如果诞下女儿，母亲就会失去容貌，变得丑陋无比，天魔女已经生了齐勒耶姬卜珠，面容变得很不堪，她在教内地位尊崇，深居简出，很少有人会把她和这种欢会联想在一起……"

沈南枝和云小鲨被这个"错误"镇住了。五夫人点了点头，证实了她们的猜想，她吐出了那个秘密："是……她既是他的妹妹，也是他的女儿。"

一屋哑然，唯有风雨横天。

实在是太可笑了。对于霍瀛洲而言，这一生就是个残酷的笑话。

他的亲生父亲，是个破了戒的僧侣，毁灭了亲生母亲的国度；他的亲生母亲，背叛了自己的国度，但也永不原谅父亲；他的养父，凌迟了生父；收养他的银沙教，毁了养父。而他的母亲……

而他……他从此无法再行走这个人世上，他只能行走在无间地狱里。可造化弄人，他还有一身剐不掉的绝学和忘不了的见识。

"那个孩子命不该绝……天魔女把她丢在一个柳枝篮子里，抛进海里去，但又被海浪推回来，被专门收养弃婴的姐妹们捡回来。第二次，天魔女又偷偷把她带出去送给一个快要远行的水手，但没过多久，那艘船遇到海难，又被冲回总舵。最后一次，天魔女把她扔在荒野里，那一次她在外面待了很久，吃了毒草，腿坏掉了，可还是挣扎着，自己爬回来。再见到她的时候，天魔女就认命了，不久就投海自尽……"

沈南枝过了好久才问："是她告诉你的，还是霍瀛洲？"

五夫人摇头："都不是，是齐勒耶姬卜珠……甚至不用告诉，霍瀛洲看见她的时候就明白了。小鲨，你是见过霍瀛洲的，记得吗？他们俩的眼睛，是一模一样的。"

是，一双冰风怒海下，深黑礁石一样的眼睛；一双生下来就苍老，但至死还年轻的眼睛；一双永远看不透，也永远忘不掉的眼睛。

是霍瀛洲，也是她。

霍瀛洲再没有离开过银沙教，因为不管去哪里，人世间都没有他的立足之地。他也没有爱人。他甚至并不真的指望亲手建立新世界。他是，并且只是旧世界的毁灭者。

或许，他要的就是一片血海，之后凌空一跃，让众神目击他的死亡。

那她呢？

所有人都在沉默。只有风雨飘摇，黑色的苍穹里一个接一个霹雳，白的闪电，紫的雷火，由远而近，如天九问，血光连着雪光。屋顶上嗒啦一声，好像风卷着大树枝掉在上面。

暴风雨的天气，这声音太正常了。沈南枝还沉浸在刚才的故事里，凝神思索，只有云小鲨稍微抬了抬头。

外面有格楞格楞的响声，似乎谁在推什么东西。云小鲨实在警觉，站起来，推开简易的竹门，向外看了一眼。

风雨之中，有个人在泥泞里推着一门炮，手里还拿着一盏灯，大声叫："鲨头儿，雨太大了，那边帐篷塌了！苏哥说，炮推屋里避一下！"

"好。"云小鲨点点头，看靠墙就有几块大木板，很是占地方，就去挪开，随口问，"一共几门啊？屋里有点乱，我给你腾个地方出来。"

"鲨头儿！就一门，不用忙啦！"

云小鲨抱着木板，刚向门边走了一步，忽然之间，听见很轻很轻的一声格楞。像是什么被卡住了，但门口就是烂泥地，并没有什么台阶。

有一点不对，那是一种本能的警觉。她没有想明白那一刻脑子里转动了些什么，身手比脑子更快，已经毫不犹豫地把那几扇大木板一起向外推过去。

或许是一个高手的直觉，或许是上次在海上刻骨铭心的回忆，她动作之后才判断，那不是轮子卡住，那是炮在上膛。

当啷！嚓！没错！是碎了灯盏，之后点炮。

她一个箭步冲过去，凌空一跃，抱着还在沉思的沈南枝，就地一滚。

轰隆！随着一个霹雳落下来，屋里惊天动地地一震。破木门直接碎了，厚木板撞在箱子上，一切四分五裂，击碎了后面的简易木墙。巨大的余震之力推着她俩向一边急摔，云小鲨抱着沈南枝，一路卸力，一口气连滚了七八圈，她的后背撞在屋里一根木柱上，眼前一黑，嗓子一阵恶心，沈南枝脱手而出，额头磕在狩天者的铁箱上，也不知是炮震的还是箱子撞的，直接晕了过去。

云小鲨脑中翻沸，天旋地转，她没有任何精力再顾及别人，抚着额头强行站起来，她记得刀就在狩天者附近，跟跄着向那边走了几步。

"云船主名不虚传。"格楞一声响，上官乾走了进来，他还弯着腰，推着那门炮。

完全不一样的声音！他居然会变声！

云小鲨余光扫去，双刀就在沈南枝头边上的竹篓里！

几乎与此同时，上官乾拔下墙上还在燃烧的火炬，微微笑着，转动炮口，瞄准，就在门口点了第二次火。

云小鲨贴地飞扑过去，捞了双刀在手里，右手硬拽着沈南枝，向另一个方向猛滚过去。

第二炮！好在这一炮并不是向着她们的，而是向着狩天者。可就在他转动炮口的时候，地上的五夫人站了起来，她一头扑向狩天者的铁箱，她试图保护，张开双臂。

轰隆！

太快了，坐在一边的束星儿还什么都没反应过来，五夫人就在她面前炸碎了，铁箱也冲破木墙，歪倒在外面雨地里。五夫人的尸体下半身还完好，上半身四分五裂，鲜血和碎肉直接溅了她一头一脸。束星儿浑身抖成筛糠，她尖叫，可也只能张嘴，完全发不出声。她的整个身体、整个精神，被这星星点点的残躯炸疯了。

后面木墙破了两个大洞，门也碎了，狂风暴雨直接灌进屋里，拍打着能动的一切，所有东西乱滚，血衣碎片乱飞，地上湿漉漉全是雨水。

云小鲨也被溅得一脸血点，她没太在意，左手横握着双刀略挡在面前。她先去看那炮，好在只是光秃秃的一门炮，没有炮弹了，上官乾毕竟独臂不方便，可能就是随手抄了两个。这多少可以松口气。之后，她上下扫了眼上官乾。太奇怪了，外面的防守极其森严，他是怎么混进来的？又是什么时候进来的？

不过，不用细看，一阵风过，她一鼻子就嗅出了答案。

上官乾身上有股恶臭。

她立即记起来了。没错的，如果说这块营地有什么漏洞，就是粪坑了。神捕营在建造营地伊始，就先远远地挖了个粪坑，还做了竹篱遮挡。上官乾应该是偷袭孙白鹿没有得手之后，立即就到了营地附近，趁着楚随波出去，悄悄摸了进来。他当然也不是那么赤裸裸跳进去的，身上应该有袋子之类的东西遮挡，但也极其难为人了。军营的粪坑一向足够深，这么多人，忙乎半天也有不少"存货"，暴雨再一灌，足以遮挡起一个人。

绝大多数人并没有那么心细。但作为执掌者的楚随波，本来应该想到的，他们每个人都仔细研究过上官乾的来龙去脉，卷宗熟到快要背出来，人人都记得小桑村的营生。但楚随波实在是个有点洁癖的人，他风里来雨里去，吃得穿得差一点都无所谓，可如果茅厕太脏，别提仔细看了，他甚至根本拉不出屎来。就算看一万次卷宗，他也很难想起来去搜查污秽。沈南枝和云小鲨就更不爱去了，她们一直有优待，自己弄了个干净又私密的所在。

上官乾是个狠人。说起来，功夫高到这个地步的人，愿意下地狱的多的是，愿意下粪坑的，可能只有他一个。

现在真的很要命，外面风雨咆哮，雷霆大作，连炮声都被掩盖了，别说打斗声和呼喊声。外面本来是有守卫的，但应该已经全都出事了。没有意外的话，在苏旷过来之前，根本不会有人来烦她们。每个人都记得，沈姑娘最爱睡觉，最讨厌人打扰，只有沈姑娘睡饱，才有精神。

上官乾慢慢走过来了。他应该是把沾满了污秽的外衣扔了，就套条无袖的褂子，背后用破绳子系着碧海洗银沙。

他有一具在整个人类世界里也数得着的肉身，大条的肌肉互相碾动，像冬眠复苏的蛇在黑泥之下隆起，连断臂的茬口里也有残肉虬结，好像假以时日能重新长出来什么似的。

他把碧海洗银沙拽在手里，横握，之后竖着指了指，比画着距离。他是比给云小鲨看的，咫尺之间，张狂之极。

云小鲨头还在晕，稍微甩了甩脑袋，湿漉漉的乱发贴在脸上，半弓半马，左手还是横握双刀，右手有一点欲拔刀未拔刀的意思。

她已经根本不敢去看地上的沈南枝了，后颈微微有汗。

她身法之灵动，可谓天下无双，最擅长的兵刃是软兵刃，极喜欢开阔，最好是高低起伏、动荡不安的场所。但是海牙枪鲨齿链已经全部失在海里，这个屋里，行李包裹杂物相当之多，空间极其狭窄，根本就施展不开。这个距离、这个地形，面对上官乾，近身搏击，那就是用自己最弱的一项，去拼对手最强的一项。可她也没法跑，南枝已经晕倒了，而且就在身边，她甚至无法闪躲得太远，只能咬牙向前。

一步、两步、三步……上官乾举起手臂，碧海洗银沙连着刀鞘举起来。电光石火！只要再一步，她就完全在他的攻击范围里，进不得、退不得、闪避不得。唯一的机会，唯一的空门！就是在第四步抬腿的刹那，攻击他的左肩！

云小鲨眼角冷光闪过，在一个刹那，右手去握第二把刀的刀柄，左手抬起三指，准备放开多余刀鞘。这个动作之后，她的手里是双刀，可进可退。

轰！上官乾一步欺进，那一刀直劈下来了。可怕的速度，可怕的力量，那柄无俦的黑铁本身形成了小小的风洞，云小鲨整个人都包裹在罡风气劲里，刀锋如洪峰过谷，双耳一起炸，嗡！排山倒海的一声！

可也就是同一个刹那，云小鲨的左手三指重新握紧双刀，右手也握住双刀，硬碰硬地架了上去。另一个刻骨铭心的记忆和本能的反应是同时出现的——

沽义山庄的后山，她犯过同样的错误，向着丁桀主动出击。那次的一摔，是近乎永世不忘的。丁桀之后拉着她在后山调教了七天，同样的动作、同样的罅隙、同样的出手，就是告诉她一件事——那不是机会！那是个陷阱！在绝对的力量和速度优势面前，任何进攻都是死路一条，眼前出现的茫茫白烟，是心里急躁之火的幻象。

当！一声开山打铁的巨震。云小鲨眼前一阵黑，喉咙发甜，虎口剧痛，双手的手腕像是被着了火的钻头锉着，那股巨力传到双肩，之后是腰和膝盖。她踉跄向前一步，差点跪下去，但晃了晃，还是慢慢站直了。

"可以哎！"上官乾笑嘻嘻称赞一声后挥手，夺的一声刀鞘甩出去插在束星儿额头前的木墙上，漆黑如长夜的刀锋指着云小鲨咽喉。

云小鲨虎口上已经满是血了，她抖了抖手，也拔出其中一柄刀，立在胸前。

束星儿手脚并用，本来要贴地爬出去，但那柄刀鞘飞来一插，她又一屁股坐在地上。"没用的东西！"云小鲨默默骂了一声。她本来蛮可以从破洞直接逃出去，不过那要经过上官乾的视线。看起来很机灵的小姑娘，碎肉炸到脸上之后，就像活鬼的头上贴个符，手脚完全不会动了。

夺！上官乾挥刀又直劈。云小鲨双脚站稳，右手刀反撩上去，自地法天，汪洋参见，巨鳌三山，招风啸浪，邪劲里全是巧劲，还是昆仑剑诀，带一点十三式里的东打西指。她想得很明白，此地无处可走，又不敢以硬碰硬，只能以快打快，反手刀一起手，跟着就准备带一轮快剑。

当啷！一招未用老，半个刀刃直接飞出去。断刀！

云小鲨的脸色变得很难看了。快剑起不来，她想不出任何办法，也没法躲开一步。

双刀去其一，上官乾胆子更大，微微笑着说："鲨头儿，还好吗？"接着举起刀。

这一回，云小鲨不敢拔刀了，连鞘，慢慢扬起来。她已经在角落了，上官乾欺身就砍，她无路可走，双手握刀，连鞘格了上去。

上官乾对她风闻已久，今天来此，早就把路数盘算得一清二楚，决意不给她任何拉开阵势的机会。仗着碧海洗银沙凌绝天下，一刀劈卡在刀鞘缝隙里，他本来就高，猿臂极长，碧海洗银沙刀身又长，长臂带着长刀，就在斗室方寸之地，天地方圆尽揽在自己怀抱，也不劈撩刺掠，单把一股黏字诀运到极致，向外一撵，向内一碟，连推带压，连揉带送，把云小鲨刀鞘直接碾出去一半，刀鞘直接挑飞，趁着一点力滑，欺她一介女流，逼进死角，上步提膝就往下身撞。

云小鲨咬着牙，挡不住，只能往后退。这一步退，门户动摇，当头一刀又劈落，当啷一声，第二把刀也断了。

第二刀落，上官乾哈哈大笑一声，今日之势，尽在掌握。

他见束星儿反应过来，要向木墙破洞逃命，一步跃过去，拎起她来直接往云小鲨身上抢。云小鲨刚接住束星儿放下，上官乾旋身回手一刀又起，直接劈在身边木柱上。小水桶粗的木柱轰隆折了一半，连着一截带雨屋顶篷歪下来，哗啦啦黄龙吐水。

云小鲨推开束星儿，双手扶着木柱，还没来得及撑起，上官乾哈哈又笑一声，刀插在地，蛮劲发作，"喝呀"一声喊，抓住一边的铜炮，腰马发力，手臂较劲抢起来。呜轰的一声，金风大作，毁屋砸梁，就砸在木柱上。

那一门炮，抢起来何止千斤，木柱是木屋的承重柱，一旦全断，带着大半个屋顶，劈头盖脸，泥水夹着大片雨水，开天辟地一样的架势，全往云小鲨身上砸，云小鲨一口血呕出来。她左肩在海上脱臼过一夜，本来就有旧伤，喀啦一声，直接再度脱臼。她捂着左肩，挣开重压，滚了半圈刚要站起来，上官乾实在太快，也不等她起身，也不回头拔刀，拎起厚木板，兜头接着又一砸。

云小鲨刚爬起来，接着砸在背上，闷哼一声，再度摔倒，满鼻子满嘴血全往外涌。

上官乾狂暴之极，看云小鲨摇摇晃晃，额头、脸颊、鼻子、嘴里，全是血，嘿嘿笑一声，反身拔起碧海洗银沙，扬刀，直劈她右肩。

他从进门第一炮起，就占定了先手。在沈东篱那边吃了一次亏之后，吃一堑长一智，二度出手，连自寻了断的机会也不给她！

锵！也是雪光闪过，淡淡一尺秋水，横格在肩上。

云小鲨反手，握着藏山一玉，慢慢抬起头，眼里全是火。太他妈窝囊了，今天就没还手过。

藏山一玉分毫无损，确实是与彼齐名的神兵利刃。可一尺长的短剑，实在是挡不住长刀。

上官乾冷笑，手上用力，向前锉了三寸。

云小鲨额头眼角全是冷汗，手腕剧痛，筋肉快要被撕开了。

上官乾又向前锉了三寸，云小鲨一撒手，歪坐在地，左手搭在身上，微微用力，藏山一玉的剑鞘里射出三枚银针。这是南枝送给她的礼物，最后的救命稻草。

上官乾一惊，忙转身向后退。这种距离本来应该失不了手，只是云小鲨左肩脱臼，三枚银针角度有问题，机栝也扳不到位，只一起射进了上官乾左肩茬口的断肉里。

上官乾看起来并不在乎这个，他歪歪头，扭扭肩膀，嘿嘿狞笑，碧海洗银沙刀尖重新对准她咽喉。

"那今天就到这吧。"云小鲨心里默念一声，藏山一玉剑锋悄悄内转。无论如何，不能让他生吃了她，只要吃掉她，上官乾接下去就是横扫了。

"不错，从我进门，一声都没叫过。"上官乾稍微弯下一点腰，"云船主，我们其实还有时间……"

嚯嚯嚯——嚯嚯嚯嚯——

一阵急哨声由远而近，有人来了，来得极快。

上官乾话音未落，后面破洞里，一道长索，毒蛇探头一样直跳出来，取他喉头。

狂风索！

上官乾忙一步跳开。

破洞撞开，人随索进，风不二直接跳进来，他单枪匹马不是上官乾对手，也不敢多看云小鲨伤势，就站在她身边，紧张之极："鲨头儿，怎么样？"

云小鲨点一点头，直接左肩摁回位，总算是得了机会，摇摇晃晃站起来，揩了揩嘴角："倒是没什么大事……"

"来！咱俩换一个！"

风不二把狂风索递过去，两个人就在上官乾面前换了兵刃。

"走！"

云小鲨今天这口恶气憋到现在，她接过狂风索，就地一抖，狂风索幻作浪影，敲山震地，白龙赶海，一环荡起一环，索尖取海牙枪式，直取上官乾双目。风不二一轮快剑，直奔上官乾咽喉。

上官乾不知在哪儿摸了一把，抖手，洒出一片银沙。

云小鲨一惊，狂风索回撤，舞作狂风，滴水不漏。

并不是银沙！就是普通白沙！

上官乾逼近一步，抖手，长刀穿破屋顶，如电破空而去。他这一招，谁也没料到，谁也没看懂。

风不二刚到眼前，上官乾旋身，一脚就地横扫，顺势拽着风不二左手，往前带了一把，凌空而起，撞破屋顶。碧海洗银沙寒光照夜，遥遥下坠，他接在手里，反咬在口中——

又笃笃两声响，云小鲨出门去看——门前两道长竹竿影，高可丈八，上官乾就踩着那一对高跷，人在半空，踏夜而去！

原来那刚开始时落在屋顶的大树枝声,是他事先放置好的竹竿。此人此行,把来龙去脉,算了个清清楚楚。

眼看着风不二左手上一道青气逆血脉而上,显然,九头蛟已经留下痕迹。云小鲨不敢怠慢,忙过去,拿过藏山一玉,挥手就砍,准备帮忙壮士断腕。

"等一等!"风不二摇摇手,从怀里取出三枚银针,依次扎在手臂上。

两个人都泄了气,一起坐在地上。大敌一去,云小鲨这才觉得浑身骨头散了架一样,痛得靠在木壁上,咬起牙来。

"拦住他!"

"那里!"

外面大声喧哗,有人已经发现了上官乾痕迹。

"小鲨!"被哨声召唤,苏旷从破洞里冲了进来。他裤腿挽得老高,浑身湿泥,一直在前面大禹治水,跑来跑去好几趟,三过家门。

他一进门,吓坏了。一屋里满地狼藉,显然一场恶战。沈南枝晕倒在一个角落,束星儿瑟缩在废木料堆里,不知死活。狩天者冲在外头雨地老远。五夫人炸飞的残骸到处都是,下半身留在地上。风不二半个手臂乌青,靠在墙上,嘴角发紫。而云小鲨全身都是血。

苏旷冲到两个人面前,一时不知先问谁平安。

云小鲨摆了摆手,示意风不二。

"苏……"风不二咬着牙在抖,他撸起袖子——三根针,分别在脉门、肘弯、肩头。

这是纪黄九的儿子!风不二在用命帮他试九头蛟!

苏旷明白他的意思,搭着脉门,一股内力透过去——青气在肩头,盘旋片刻,没有再向上了。

风不二冲他点点头。苏旷也点点头,铁青着脸,一个字不再多说,追进外面的雨夜里。

云小鲨似乎想起了什么极其重要的事,刚要抬头叫一声,苏旷走得太急,人影已经消失不见。

第七十六章　关山夺路

嚯嚯嚯——

短促而尖厉的哨声在营地的东南方向响起，那一带连通着广袤的荒野。

风雪原在雨夜狂奔，一队人跟着他跑，渐渐拉成长龙。

营地里已经是一片深浅烂泥了，外面完全是汪洋，需要不时借一些石块和木桩的力，这对身手是一个天然的拣选。

上官乾是个高手，他选择逃脱的方向是整个营地最薄弱的环节，防线最长，地形复杂而陌生，大雨夜，只要逃逸，几乎无法追踪。

刚才营地里一片混乱，风雨交加，哨声此起彼伏，巡哨们大声喊着"精卫鸟"，似乎是上官乾临走的时候，特地破开了关精卫鸟的笼子。十万火急之下，沈东篱扔给风雪原一个锦囊、一个哨子，指了指苏旷前去追逐的方向，意思很清楚——你先去，我稳一下那边。

那一指，风雪原心头有火在烧。

夜渐深，天边闪电一个接着一个，好像天穹的另一边有一个巨大的光球，正要被黑夜分娩出来，这一会儿没有风，雨作琉璃管，笔直坠下，一道电落，地下的水茫茫白亮。

风雪原停下来的地方，淤泥已经很深了，踩一脚，拔出来费老大力气。

木笼里有盏风灯，微光摇曳。地上躺了一小群人，见有援手，坐起来七八个。他们看起来是被银沙毒伤，一个伤重的倚在同伴怀里，额头和半边脸皮肉都被削去了，露出白森森的半截牙关。

地上有一根长竿，长箭穿竿而过，另一根断为两截。数十乱箭零落泥中。

除此之外还有四具尸体，有一具整个被断竿洞穿了，看起来，他是在上官乾起脚的同时，不要性命地冲了上去。其他三个全是刀伤，各自一刀毙命。

刚才显然有过一场惊心动魄的打斗，他们要在苏旷赶上来之前，强行把上官乾截停。而苏旷不在场，那应该就是追过去了。

风雪原急急忙忙地问："走了多久？"

"刚走！"有人连忙指，"那边！"

"再给我两把刀！"风雪原招呼一声，四个人都把佩刀扔给他，他一边继续狂奔，一边头也不回，向刚刚赶来的那队人喊，"我去给师兄搭把手，诸位照顾他们回去！"

其余人也就没有再跟进——苏旷和上官乾的速度太快了，这样的雨夜，普通人即使跟，也跟不上。

风雪原一边跑，一边把随身的佩剑和四柄新刀系在一起甩在背上，刀鞘上面是五个浓黑楷字：辋川十二刀。

那是万里戎机旗的人。他们是远征队里年岁最大的一批，也是最早追随万蜀戎的一批，其中最年轻的也已经过了四十岁，速度和爆发力都比年轻时候下降了不少，按照旧规，他们本应该离旗转岗，不再出征。但他们执意要来，万里戎机旗早就降下来了，他们各自裁了一条，缠在刀环上。那意味着，昔日的旗帜永远不落。

雨很大，泥流隆隆地响，水没到大腿，苏旷在蹚着洪流跋涉。

一望无际，头顶是完全的黑，脚下也是完全的黑，没有四野，没有方向，后不见过去，前不见将来，只有轰轰的雨声，汩汩的涛声，和偶尔在远天奔走的雷声。雨水在脸上流着，渗进眼睛里，有微微的涩，前方什么也看不见，只有模模糊糊的影子和几点微光。这无边无涯的黑暗，慑得人眼球发胀。

那冷森森的碧玉似的光，叫作"寒光"，是万里戎机旗的追踪至宝，一旦沾染，洗不掉，盖不住，至少一个昼夜才能彻底消散。

追逐已经到了尾声。两个人一前一后从营地东南角追到营地东南方的稀树林，出了树林转向西南，蹚过一片水草之地，过了那道已经是洪流的"沙砾长河"，再向前就是城池南边的沼泽。

苏旷始终没法快冲几步撵上上官乾，按理说，这样的地貌，跑在前面的人会更吃亏一点，但上官乾显然比他更适合野外的泥沼，有时候陷下泥坑，手脚并用一蹿一跃就出去了。每个高手都有野兽的本能，但上官乾的兽性比其他人类多得多。

但上官乾也始终无法甩下来苏旷，前面那点光开始拔足狂奔，苏旷他就也跟着狂奔，无论重复多少次。到了后来，两个人似乎有了某种隐隐的默契——他在等上官乾停下来。

但上官乾在执意向沼泽里走，像是要引他去什么地方。那片沼泽，两张地图上都没有任何记载，在夜哭郎君的地图上，干脆就打了个叉，也意味着那里本来就是人踪灭绝之地、地狱无门之所。如果上官乾要选择在那里决战，也很好。

不知不觉，雨势变得小了一些，流水已经和缓许多，偶尔能听见蛙鸣。但淤泥越来越深了，过了膝盖，很快又到了大腿，长草绞着朽木，有一两脚迈出去，沼泽直接吞到了腰。粗略估计地理方位，应该是踏入了沼泽的边缘地区。没法再向前了，再向前整个人都会陷进去。好在前面那个人也不再跋涉了，那点光忽然低下去，他好像是钻下去，在泥泞里扒拉些什么。

苏旷谨慎地后退一步，选了一个略微坚硬的立足之地，手移上了刀柄，小金跳上肩头。

那点光又出现了。接着，轰哗！前方不远处，轰轰烈烈一道烈火闪过，水面上燃起一圈火篱，蓝莹莹的。那是油火，看起来是个事先准备的一丈方圆的木藤圈，上面缠着装满油的葫芦，如此一来，火在水上燃烧着，淡蓝色的火苗被斜风细雨扯得细碎，但燃烧殆尽前也不会熄灭。

上官乾站在火圈里面，慢慢地转过身，影子摇曳在火光之后，看不清他的面孔，只能看见瘦削精壮的身材，湿淋淋的乱发束在脑后，手里斜握着一柄长刀，刀光冷厉凛然。

眼睛适应火光需要一点时间，小金有点向外跳的意思。但这个距离略远，泥沼之中小金没有借力的点。苏旷轻轻拍了它一下，示意先安静。

雨还在下，火焰无法持久，油葫芦很快就会燃烧殆尽，片刻光明难得，苏旷和上官乾都在左右看，将一切景致尽量记在脑子里。

他们已经进入了浅水沼泽之中，洪水浸着一片稀稀疏疏的红树林，枝丫横斜，彼此倒伏着，高树的底部浸在泥水里，低树浸没到树梢。

水向西南方缓慢地流，水面上漂着大团的水草、带着苔藓和草皮的树枝、吹落下来的叶巢和小动物的尸体。这些东西遇到几棵相连的树，就会淤积成一片，而上官乾就站在淤泥浮物之间最高的一棵树边上，脚底下大约踩了个树桩，水只到膝盖。

那棵树有个大树杈，上面钉死了一条林蟒，看起来是个标记。蟒蛇很长，在这样炎热潮湿的地方，已经完全腐烂了，蛇身被虫豸啃掉大半，蛇头上蜕出了半具颅骨。如果是在燥热的白天，这里应该腥臭扑鼻。

说实在的，这水脏极了，泡久了恐怕会生病，稍微正常的人肯定不愿意在这里动手。但上官乾浑身有种难以描述的舒服和自在，就好像一个普通人坐在明亮干净的小酒馆里，和几个老朋友把酒话当年一样。倒也不意外，他本是个无间地狱里的活鬼，压根儿不惧怕死亡，也不渴求解脱，他玩弄"死"本身，那是他最大的快乐。

两个人面对面，都没有开口说话。

上官乾一抖手，把刀鞘和皮带都扔了。相当可惜，那是一柄极精美的刀鞘，沈南枝用了最好的皮革、乌金和镂银，竭尽所能地制成了一柄配得上天下名刀的鞘。

苏旷单掌如刀，在眼前水面上横劈一记，气劲全被泥水吞噬了，前面水相当的深，可能已经没顶。他和上官乾的距离是一丈半，不到两丈，但也太远了，一次跃击到不了位。地利不在这一边，并不适合抢先手。他稍微调了调腰间刀鞘和皮带的位置，方便双手同时拔刀。

他的动作被上官乾尽收眼底，上官乾慢慢地点了点头，嘴角有种无边倨傲，仿佛在说"不过如此"。然后，他刀尖探向水面，蘸着油，斜挥一线磷火，活动了两下手腕，把那轮带着一圈油葫芦的大风火轮挑了起来，当头轰隆轰隆地转了两大圈，凌空直甩过来。

那东西不轻，一百斤朝上的分量，泥浆淋漓地砸过来，劈头盖脸，风裹着火，火挟着水。

上官乾用的是戟法，相当大开大阖。此人奇怪得很，论人品，毒辣阴险；论武功，倒有种不知从何而来的光明气概，似乎是随相之中，另有本相。

苏旷双手同时探向腰间，呛啷一声，双刀同时出鞘。他有七年没有施展过双刀了，仗着门户双全、存心尽兴。左手是义手，对阵高手当然不行，但劈一劈木头还是能将就的，双刀一错一架，头顶凌空接住风火轮，也轰隆轰隆转了两大圈，刀锋呼啸，七挑八斩，把风火轮凌空斩为十二段，不等坠地，连抹带挑，十二点星火呼啸驰骋，回奔向上官乾面门。

这十二段分得匀称，好像是用一把极其精准的铁尺量过一样。他用的也不是刀法，是从短刀之中演化出来的尺法，这是万蜀戎成名武学——黄钟十二律，断木的是起手式"黄钟有信"，挑木的是第二式"姑射有灵"。

黄钟者信，权衡度量天下。黄钟十二律是万蜀戎的压箱底功夫，这套尺法法度森严，擅长以短克长、以静制动、以分定尺。万蜀戎三十岁上下，借此尺规天下凶顽，以一柄一尺六寸长的铁尺，格挡住了无数咄咄锋锐。

苏旷曾听风雪原说过，在面对上官乾的时候，万蜀戎甚至没有机会施展出来这套武功。万蜀戎年过五旬，筋骨不复当年，面对上官乾的当面冲撞，只能用"八步赶蝉"这种游身法来勉力支撑。此刻，他要让眼前这个人知道，万里戎机旗主人的武学，本来应该是什么样的。

上官乾瞧在眼里，依旧是一副"这也稀松平常"的不屑神态，刀锋斜起，挑起其中一点星火，向左边遥遥一掷，接着把七八点火都拨了过去。其他火焰胡乱落在水面上，蓝莹莹的火苗一丛一丛地跳着，渐渐微弱下去，只有一点火落进一片黑暗中，之后，轰，一焰光起。

苏旷本来是余光斜瞟，不由得就转过了头——

真是活见鬼！水声哗啦响动，黑沼之中，缓缓"驶"过来一条竹排。是那种又长又窄的竹排，南方很多见，通常在清清浅浅的江水上，置个鱼篓，放七八只鱼鹰，鱼鹰养熟了，自己会扑棱扑棱跳下水，吞两条小鱼上来，一卡脖子就有下酒菜了。那种竹排上通常有个戴斗笠的老渔翁，腰间一壶酒，唱着"不劳而获乃人生快乐之本"之类的山歌，悠悠转转荡出来，欸乃一声山水绿。在京城，很多人甚至没见过南方那样的江水，也会买幅画挂在书桌前，案牍劳形到太恶心人的时候，就拿起扇子摇一摇，寄情山水，凝望着那个竹排，哼唧哼唧发通牢骚——不干了，不伺候那帮孙子了，老子明天就上辞呈，欸乃一声山水绿。

通常情况下，竹排自己是不会动的。但那具竹排则不然，竹排前头竖起一根长竿，长竿上又斜架一竿长竹至排尾，以保持平衡。斜伸出来的一截竹头上，倒吊着一个少年。黑暗里看不清少年的脸，瞧身段十二三岁，还没有长成，瘦瘦细细的。少年的手腕被捆在腰上，堵着嘴，扭动着脖子，惊恐万状地挣扎。他应该是练过武的，而且有几年底子，如果真是普通人家的孩子，早就动弹不得了。

竹排的左右侧……也有一大圈乌泱泱的人头在动，当然也都不是什么活人，就是"老朋友"到了。看那些蛊尸动作，好像被上了轭，身体被倾斜着固定在竹排两侧，手脚上绑了短木桨，出于本能，张嘴想要咬一口前面吊着的活肉，手舞足蹈之下，变成了木马流牛，竹排就这么向前"走"。

竹排上的鱼篓里，装的似乎也是油葫芦之类，星火引燃，熊熊烧成一团。

上官乾确实是个因地制宜的高手，这样的沼泽里，随便什么机关名家，都无法设置机关，但他利用的是蛊尸和水流。

竹排快"驶"到面前了。蛊尸感应到了小金，都在本能闪避，竹排摇晃起来。

少年倒吊的位置说高不高，说低不低，最前面的蛊尸务努力也能咬到头皮。竹排一晃，少年死命地向上蜷着腰，像只鱼钩上的大虾一样乱扭乱跳，一时力尽，一个蛊尸咬住他垂下的一缕头发，张口大嚼。

少年极惊惧，猛扬头，扯断头发，身体向上弹起来，蜷曲到快要抽筋的地步。他堵着嘴，依旧发出一声声凄厉而喑哑的叫唤，他并不是在冲谁求援，而是睁着眼睛望着无涯的黑暗，像在无边的噩梦中。

上官乾做了一个"请"的手势，相当彬彬有礼。之后，他从腰间摸出一根竹箫一样的管子向上弯折起来，吹了吹叼在嘴里，扑通一声跳进了泥水里。水纹涟漪一闪即逝，他就那么消失在大沼泽中，像条泥泞里的巨蟒，随时随地等待出击。

这是他挑的地盘，他划的道，苏旷要么跳上去，要么转身回去，没有别的路可走。

一时之间，四野复寂，苏旷左手还刀入鞘，右手横刀在手，举目四顾，远方淡墨里浸出浓黑，好像有几个偌大的口子，里面汩汩不停地流出暗夜来。蛊尸四下挣扎，骨爪狰狞，身边流水迟且缓，一刹那恍惚，能够感觉到老迈的土地在脚下流淌。

竹排就在面前，不上去，很快就要"驶"走了。今夜至此，已经逆尽半生天数，没有徒劳往返的道理。

苏旷摘下柄刀鞘，甩手——破月离手刀！刀鞘旋风也似的在竹排上一通盘旋，涤荡了一切可能的小机关毒针之类，脚底猛蹬借力，带着一长溜泥汤浆水，凌空跃了上去。

这一坠很重，整个竹筏震了震，泥水从竹缝里涌上来，漫过了脚背。与此同时，噌棱！一柄雪亮长刀从竹筏底直刺上来。他退一步，长刀消失。

刀锋再度破竹而出，顺着竹缝，鲨鱼背鳍一样向前直滑。他再退一步，长刀再消失。

真是疯狂而野蛮的试探。

已经没法再退了，筏头吊了个人，本来就头重脚轻，全靠一根长竹竿平衡，他再向后退，整条竹筏都会翻过来。苏旷心念一动，挥刀，直接劈开两只蛊尸身上的木轭。

几乎是不约而同，上官乾也挥刀，劈开了另一侧两只蛊尸身上的木轭。

但让人意想不到的是，那四只蛊尸虽然都避着小金，但也没有转而去咬上官乾，一起张牙舞爪，连滚带爬，一齐向着筏头少年而去。

奇了怪了！但不由细想，那柄长刀呛啷一声，又从竹底刺出，直奔双腿之间。苏旷二话不说，不退不让，伸出左手，凌空一把抓住了碧海洗银沙的刀锋。同样直接粗暴的回应。他上手就要抢这把刀。这把刀本来就是他的。

上官乾在水下也意外，急忙抽刀，但碧海洗银沙刚发出一阵非金非玉的绞音，便被左掌的胶皮死死嵌住，和作为掌骨的藏山一玉卡在一处。

两人这一较上劲，真是非同小可，水下动静很大，像有只咬了钩的大鳄，竹排左右乱晃，泥浪四下翻涌。

砰！一声震响，上官乾膝盖撞向竹排借力。竹缝裂隙里，一点透气管的头探出来，苏旷右手刀狠狠捅下去，上官乾闪身转开了，巨竹替他格开了刀锋。

透气管再探头。

绝不让他换气！又一刀捅下去！

砰！又一声震响，海碗粗的大竹竿被撞碎开一道，苏旷忙避开，上官乾膝盖上带着两寸长的铁芒，也在寻找着苏旷膝盖的位置。

两个人都不肯撒手，直接角力。

考验沽义山庄机关的时刻到了。上下臂在固定的角度，肘弯的轴承开始起效，抵消掉大量的冲击力，十几条钢筋鲛丝把藏山一玉的臂骨牢牢固定在肌肉和骨骼上，连接处有轻微的撕扯感，但牢固远胜人骨。在碧海洗银沙绞碎一切胶皮之前，上官乾很难夺回刀去。而胶皮上……留着所有人的名字。

反复几个来回，上官乾还没有得到换气的机会，他的动作开始疯狂和失控。空！空！空！膝盖在轮番撞着、顶着、碾着。

"别他妈的想上来！"苏旷一口怒气也在向上涌，无穷无尽的新仇旧恨，无边无际的前世今生。咔！咔！咔！右手刀在疯狂地劈着、捅着、砍着。"九头蛆！活畜生！粪坑里泡大的下贱杂碎！"他破口骂了几声，又想到上官乾在水里听不见，就不再浪费口舌。

两个人你来我往，在竹排上快要凿出一口井来，大量的泥和浪被巨力冲着，一股一股涌上来。捆住竹筏的牛皮索在一根一根绷断，巨竹在一根一根地碾成竹篾。几十股竹篾砰砰啪啪，向上弹着，向下崩着，有几根弹在苏旷额头上，一线温热的血流下来。

他不在乎，他知道上官乾一口气快要撑不住了，再几个回合，就非出水不可。

但四只蛊尸已经到了竹筏前头。它们不在轭里，灵活得多，扒拉着竹筏前面的蛊尸，叠罗汉一样向上爬，上半身直立起来，去咬那个动来动去的鱼饵。

少年撕心裂肺地尖叫，他早已经完全叫破音了，嘶哑、绝望，腰快要扭断在半空中。四只蛊尸很快就能够到他，而他早已经筋疲力尽，极端的恐惧从堵嘴布里渗出来。

苏旷心念一动，说了声"去"。小金电一样射过去。

小家伙并不太听话，苏旷想让它蹦到少年身上，但小金不那么想，它四下乱跳，叮叮，连接穿透了两只的咽喉，顺便吃了口夜宵，但到了第三只，小金咯噔一声轻响，消失在蛊尸的大嘴里。不知道那里面藏了个什么样的小机关，小金封在里面左冲右突，蛊尸已经"死"了，但头颅还像个拨浪鼓，在脖颈上前后左右，吊诡地晃着、荡着。不过总算第四只蛊尸也知难而退，躲避在一边。

嚯嚯嚯——远方有人看见了这点船头渔火，用力吹响了哨子，那是神捕营的铁哨，问询的意思。

见有来援，苏旷精神一振，长啸一声，长曲短折，清亮悠远。

那边的哨声立即停止了。来人听懂了，明白了这边的处境，也立即意识到了危险，变得无声无息。

奇怪的是，那个少年似乎也听得懂这口哨声，也变得宁静了一些。

第四只蛊尸折回头，开始往竹筏上爬。竹排本来就头重脚轻，这一爬，前头猛沉下去，后面猛翘起来。

苏旷脚底一滑，手里松了点劲。上官乾反应极快，全力推进，碧海洗银沙像锯子一样，刀锋向前直送三尺。

这一来，平衡彻底打破。竹排整个直立起来。上官乾双脚踩着竹节，手向上掀，欺身向前挺。苏旷左手握不住了，右手一刀捅在巨竹里，整个身体吊在那柄刀上，可那柄长刀吃不住劲，嘣的一声断了。

电光石火之间，上官乾猛甩手，把碧海洗银沙从苏旷左手里硬生生夺了出来。而苏旷在断刀的刹那，左手握拳，食指的一根弩箭，向着上官乾双眼之间直射过去。

上官乾一口气还没完全吸进肺里，忙转头，避开弩箭。苏旷左手胡乱捞一把，拽住根竹篾，身体悬空的刹那，一股急力由腰及肩，由肩及肘，右手闪电直拳，向着他左颧骨直砸过去。这一拳倾尽全力，半虚半实地擦上了，格楞一声，颧骨碎了。上官乾凌空摔进泥水里。

竹排整个翻转过来。苏旷拽着那根竹篾，长竹一路劈开，弯曲如弦，身体向下急坠。而他身下还是排头那些蛊尸们。

那根长竹篾半空崩了，他右手凌空抽刀横斩，砍断少年身上的绳子，一口咬住绳头，扑通落入水，刀锋顺手划过身边三具蛊尸的咽喉。左手边是藏着小金的那颗脑袋，他拳锋划过去，直接把那颗人头拧了下来。

扑通！泥浪冲天激起。竹竿横七竖八，蛊尸吱吱哇哇，整个竹排底朝天，再度横在水面上，把他拍在水底。

苏旷在泥水里闷了一会儿，找到刚才打出来的豁口，泥人一样爬了上去。

而上官乾摔下去之后，就完全消失了。刚刚苏旷的那一拳并不轻，稍微弱一点的人，当场颅骨会被打爆，上官乾当然死不了，但无论如何也要休息片刻。苏旷喘了几口气，来不及摘出小金，就把人头系在腰带上，松开嘴里的绳头，在竹上系牢，重新摸下去，在泥浆里寻找那个少年。

顺着绳，很快就找到了，但那头好像重了很多，多了些什么。苏旷皱了皱眉，连拖带拽，把绳那端的一大团拉过来。

很奇怪，那是两个人，好像紧紧抱在一起。是上官乾吗？个头不太对。是个蛊尸吗？好像没有那么安静的蛊尸。竹排一翻，火已经没了，天是黑的，地也是黑的，能分出这些都是人已经不容易了。

苏旷疑惑地看了一眼，刀锋谨慎向前指了指："喂！说话！"

抱着泥人的另一个泥人激动喊出声："师兄！是我！沈大哥给了我一个锦囊，这里有火折子！"

火折子相当好用，那也是沽义山庄的宝贝，防风防水，能反复烧小半个时辰。火光微弱地亮起来。少年身上的绳索被挑断了，嘴里的布被扯出来，蜷缩着颤抖和干呕。

雨已经变成毛毛小雨，泥浆过的衣裤沾在身上，风一吹，干而且硬。水太脏了，也没法洗，三个人只能就那么将就，都像是裹满了面糊，要下油锅炸的鸡腿一样。

苏旷拎着刀，来回上下逡巡几圈，把附近蛊尸都清理了，断开轭，斩断系着长竹竿的绳子，又把快散架的竹排扎牢。而风雪原在揉那个少年的手和脚。

"什么时候到的？"

"刚到没多久……"风雪原把四柄泥糊糊的刀排在面前，"我不是怕上官乾偷袭我，给师兄添麻烦嘛，就没敢出声……到了这儿，看你们已经漂在水里，离地越来越远，也不敢直接蹚，就抱了根树干，一路连划拉带游过来，就近埋伏着……准备给师兄你搭把手……"

苏旷一愣："我们离地很远？有多远？"

"一二里地吧……"

苏旷这才意识过来，天实在太黑了，眼睛无法判断距离，竹排就那么顺水漂流，已经到了不知什么鬼地方。

雨停了，夜已深。有风呜咽，似乎是从天穹里一个七孔骨笛里吹出来的。

苏旷站在排头撑着根竹竿，在水里随意点着，拨开淤浮杂物。不知何时天霁，水波里已有微光。漫天黑骑，浴铁为云。云裂之间，一轮残月如钩。

是夜星辰蟹行。无端一阵风起，大泽如湖，波浪似有黑色的脊骨，游弋逡巡。

苏旷低头看手，见左掌胶皮尽去，掌纹和指缝那些名字都不在了，一时怅惘，想旁人的名字还可以找南枝添补，夜哭郎君的留字却再也找不回来。这一转念，心神又一凛，想这一世哪里还回得去沽义山庄？旁人的名字也添补不了。

今夜他用这只左臂，实在得心应手，失却一扇门户多年，迄今才算圆满。世间事自古难全，他失一臂之后，武功大进，才去找丁桀较量，好容易手臂失而复得，丁桀双目又盲了。又想刚才追出帐篷，小鲨似乎有话要讲，走得急了，没来得及听。昨夜因着夜哭郎君的缘故，跟小鲨发了一通脾气，事后缓过来，总想去找她说些什么，只是一事连着一事，没有片刻喘息的机会。直到刚才，他实在惊怒，要是小鲨一个不留神，失了手，她和南枝就双双折损在帐篷里……

这已经是小鲨第二次遇险了。他以前经常胡思乱想，连自己死后吃醋都想过，

349

唯独没有想过她真的出事。人其实是很难想象至爱之人的死去的,就好像很难真的想象死后的世界一样。无边寂寥,三五念转,万千缱绻,一时神飞。

不远处,一阵扑簌破浪声,苏旷忙收敛心神,横刀去看,原来是一条巨蟒,在竹排边游过。此地巨蟒可真长,这条大蛇从头到尾,小水桶粗细,比竹排还要长些,想来是泽中霸主。

强敌就在左近,还有场硬仗要打,哪是分心时候!苏旷胸怀激荡,心复如铁,长啸一声,啸声朗朗清越,震得远处枭鸟长鸣,长竹竿驱着水光里月照着一团团的白,如同牧羊归来的苏武。

极远处的深黑里,也传来一声应和。那是一声从身体深处传出来的啸叫,类似于呻吟,在咆哮和歌哭之间。似兽非兽,似魔非魔,似鬼非鬼。很少有人类可以这么直抒胸臆地发声。

来得正好!今夜不死不休。

"呀!蛇!大蟒蛇!"长蛇游过,一直失魂落魄、抱着膝盖哆嗦的少年激灵一下,坐直了身体。

"别怕别怕!蛇有什么可怕的呀,还没狗可怕呢!"风雪原胡乱安慰他,"哎呀,你总算是缓过来了,我说脏小子啊,你捡回来一条命啊,还没告诉我们……咦,你是卢千里?"

苏旷惊讶,也转回头去。

少年因为一把眼泪一把鼻涕地哭了太久,脸蛋已经快蹭干净了,露出清秀模样。看见苏旷回头,少年正热烈地看着他,眼睛里有极强的仰慕。显然,少年知道他是谁,如雷贯耳的那种知道。

他也记得这个名字,风雪原跟他说过卢千里的事情。卢千里天赋很好,是同龄人中最好的一个,他率众捉弄了楚随波,把前副总捕头塞进粪桶里,这事以下犯上非同小可,子弟营管事的要废了他功夫,他闹得很凶,他的管带师傅……唔,不记得叫什么名字了,反正是个懦夫,把所有的责任推给了弟子,但这孩子也挺倔,一直咬着牙,没有吐口招出师傅,结果管带师傅串通了上官乾,自己服毒灭了口,这孩子最后从子弟营的一口废井里跑了,万叔那天就是去追他,之后才……出了事。

平心而论,小朋友性格有些偏激,处事没有章法,但这事儿不能全怪他。苏旷想过,卢千里做的事,自己十三岁的时候,有些恐怕也会做。他那时候很冲动,偶尔不守规矩,也很讲义气,会死死保护师傅,而且,最重要的是,如果有人胆敢废了自己功夫，无论是谁，也会恨，也会殊死反抗，也会跑。

神捕营对武学有点不够尊重，总把"废掉武功"和"抄没家产"当一回事，觉得只要不弄疼你，废掉武功也就是做回普通人。不是的，对有些人来说可能是这样，但对于另一些人来说，废掉武功相当于毁掉生命中最热烈宝贵的东西，那相当于杀人。

苏旷走到卢千里面前，弯腰说道："怎么回事啊？"

"她们要我躲在精卫鸟的羽衣里面……帮她们杀人……我不愿意……她们就把我送给他了……他一直绑着我，我很害怕，我也不知道都是怎么回事……"

这个回答有点糊弄了，从逃出神捕营到现在，经历绝不可能这么简单。不过，情有可原，这么一通惊吓，对这个岁数的少年来说，已经过于可怕。

卢千里呼吸里有些热，似乎还有点气味，苏旷摸了摸他的额头，很要命，有一点低烧。

小朋友倒吊着挣扎得太厉害了，浑身肌肉都有轻微拉伤，水也太脏，很容易就生病。这不是什么麻烦的病，但今时此地，苏旷没办法出手用内力帮他。

苏旷想了想，刚才风雪原递给他一个锦囊，说是沈东篱给他的，便打开来，里面有两丸蜡封的药，两丸霹雳雷火珠，两丸胶皮水丸。胶皮水丸本来是夜哭郎君特制的补给物，沈南枝学会了，此次前来特地做了一小批。

苏旷先往自己嘴里丢了一粒水丸，缓一缓口干舌燥。然后捏开药丸蜡封，他颇为惊喜，赞了一声："小兄弟，你运气很好，这是少林的大还丹。"

风雪原轻轻皱了皱眉头。

"少林的大还丹？吃一粒可以长一甲子功力的那种吗？"卢千里惊讶极了。

苏旷哈哈大笑起来，把半粒递到少年嘴边。

风雪原忍不住了，出手挡他的手："师兄，今天最重要的人是你，你有个三长两短，我们都完蛋。"

苏旷推开他的手，给卢千里喂了半粒，剩下半粒反手塞到风雪原嘴里，又把水丸也递给卢千里，助他送药："大还丹没有那么邪乎……是，药材确实珍贵，炮制也不容易，不过，也就是疗伤的好药而已。再说少林的方子，几百年没有变过了，你看这个药，碎成这样，也没有加一点蜜蜡，要多不方便有多不方便。其实啊，单论制药，二十年前，普天之下就没有银沙药堂的敌手，要不是从那时候起，她们专攻制毒、养蛊，本来该有条很了不起的路可以走。而且，你俩给我牢牢记住，

351

神捕营的传统是不在任何情况下抛弃同伴。"

苏旷说完，用力拍着卢千里的肩膀说："放心吧，你会没事的。等你回去，可以找随波聊聊今晚的事情，如果你愿意，也聊聊过去的事情……你呢，是有错，有错当然要罚，可是小小年纪，跟错一个糟糕的管带师傅，这本来不应该决定命运。子弟营是有不少问题的，该改的得改，不过，像刘伯、兰叔他们哥俩信，我、白鹿……我们都在里面待得太舒服了，一点儿毛病没看出来，旁观者清，这个事该随波来做。"

苏旷侃侃而谈。卢千里的脸色一下子就舒缓下来，苏旷不仅在告诉他今天晚上不必害怕，还在向他描述未来，许多闪闪发光的未来。他眼神闪烁，似乎有话要说，但又低下了眼睛。

"师兄，子弟营革故鼎新这种事，远得不着边。你还是想想今晚上怎么过去，上官乾在哪儿……"

"不用想，上官乾会来找我的。"苏旷从竹排上捡起一柄刀，擦了擦泥，看见"辋川十二刀"五个字，手指在上面摩挲了几下，不动声色，系在腰间刀钩上，"傻小子带那么多！不嫌沉哪！"

"嫌！当然嫌！差点撑不上，我一路跑吐了好几回。"风雪原也把一柄刀系在腰边，把佩剑改系在背上，"没办法啊，谁叫有些人看着名满天下，其实穷人穷命，破铜烂铁老找人借，神兵利器到手就丢，常言说得好，叫狗窝里留不住剩馍馍。"

"欠揍的东西。"

两个人嘎嘎哈哈就笑起来。卢千里看得羡慕。

"千里，你用什么兵刃？"

"苏……苏大侠……我用双刀。"

"你的伤不重，但三两个月里也别想动手，今晚上好好休息，等回去了我抽空教你两招。"苏旷拍拍他，"嫌生分叫大哥就行。"

"师兄，你什么时候会用双刀的？"

"连钱字都不认识的人，怎么有脸喊我师兄……我精通十八般兵刃的时候，有些人还没出生呢。"

"我可不是吴下福宝，现如今都认全啦！"

"哦，字认全啦，还是家伙认全啦……"

三个人一路说说笑笑，竹排随波飘流，到了一处分野之地。

南边浩浩荡荡，大湖水波连天。西边有丛林的黑影，重重叠叠，深深浅浅，最浓黑处如天公大笔，皴破了宣纸。当中有一条沙洲，大长舌头似的，两边全是滩涂。

苏旷手指在半空盘画，心里默默记忆地图河流，想一路走来，自东南转正南，又向西南……哦，此地莫不是在城池南方，那么应该是……

"师兄，快看！"

苏旷顺着风雪原手指的方向望去，慢慢站起来，眼神一凛——小岛上，也有一棵枯树，巨大枝丫上也钉着一条林蟒。

这条林蟒新鲜多了，两丈多长，蛇头钉在树干上，一小截蛇尾还垂到地面，看起来似乎就是刚才路过的那条，被剖了腹，取了胆，血迹和残余内脏流成一摊。这条大蛇钉上去的时候还是活的，扑腾挣扎过，蛇尾把地面拍得一片狼藉，污泥、血、内脏……搅得到处都是。上官乾是个极其残忍的人，他不仅以蛇胆为食，还以痛苦为食。

"师兄？"风雪原看得脸色铁青，拇指推开刀镡又摁回去，"我们怎么办？"

苏旷试着用长竿向沼泽探了探，淤泥深不可测，长竿出水，大半都是泥痕。

大沼泽实在太大了，在地图上，城池甚至只是很小的一片陆地。一旦随波逐流，不知道会漂荡到哪里去。至于沙洲尽头通向哪里，看不太清楚。风停雨住，寒气遇上暑热，远处天地之间，一团团一股股白雾贴地而起，像是地狱打开了大门，蒸锅掀起了盖子。大泽迷雾，最好不要轻举妄动。

"师兄，你听！"风雪原手向前指，又惊呼一声。

夜雾深处，有悠远铃声在响，巫灵悠远，招我迷魂。丁零，丁零，丁零。

竹排轻轻一声撞上滩涂，着了陆。

苏旷眯着眼睛看，雾越来越浓，很快就要什么都看不见了，他自己还好说，两个小朋友照应起来实在困难。

但雾深处不仅有铃声。还有脚步声，极重的近似整齐划一的脚步声，震得地面似乎都在微微颤抖。

哐当！哐当！哐当！好像地面訇然中开，活地狱的出口打开了。

这极重的脚步声并不陌生。今儿白天，他和小鲨曾经联手把那个百人铁甲尸团引到水渠里。如果这里确实是城池的南方，那么，水渠的下游应该就通向这一带沼泽。

353

铁甲尸团被再度聚集了，然后被召唤到这里来。这里有上好的诱饵……腥得让人作呕的一地血肉内脏。

浓雾前方，铁甲尸团初现雏形。全盔全甲，口鼻上金丝镂网，手臂臂盾的位置装了五叶刀轮，有的手上还被强行焊死了短斧。这帮东西不可能打得过，它们的盔甲像铁牢一样，连炮都轰不死。得想个办法，离它们远一点。

但这摇铃声……摇铃声是从何而来？是在控制它们吗？是在驱使它们吗？上官乾已经学会这一手了吗？还是仅仅挂个铃铛而已？

正思忖着，脚底下有什么东西在动。苏旷反应极快，拔刀回身，一脚踢开卢千里。卢千里屁股下面，又是雪亮长刀直起，鲨鱼鳍背一样向前推。苏旷反手，一刀架住长刀，嘣的一声，刀又断了。

嚯！长刀好快，一路割开三个牛皮索结，竹排一分为二。

那竹排早就破散过一次，凑合着扎起来的，这么一来，长竹七零八散，在泥水上滚滚溜圆。

轰！庞然大物，就从竹排中间硬生生拔地站起。另一具铁甲蛊尸站在面前，不！只是铁甲而已，内中另有其人！

苏旷站在一根独竹上，脚下正在保持平衡。铁甲转身，碧海洗银沙劈头一刀。苏旷拔刀，腰间最后一柄刀凌空斜挥一记格挡，口中吼一声："福宝照顾千里！"

风雪原立足不稳，摔下水去，他明白轻重，抱头胡乱一滚，向卢千里的方向滚了几步。卢千里正在挣扎，他脚底下全是泥潭，越扑腾，陷得越深。风雪原一把抓住他，试着抓住点什么，但四边光溜溜的，只有芦苇水草，带着他上前一步，也跟着往下陷。

苏旷站不稳，后退一步，也落下水，就势一脚蹬在长竹上，破浪送到风雪原手边。

铁甲没有进击，上官乾选了一个非常好的伏击的位置，自己脚底下可能有木桩、石块之类可以借力的东西，但苏旷一落水，稀泥直接过了大腿，水直接到胸口。上官乾这一身铁甲，当然下不去，但只要苏旷想上来，也绕不过他。

那一群铁甲尸团已经赶到了，围拢成群，全都围着那棵独树蛇尸，噬啃撕咬，它们的嘴被金丝罩网挡着，只能把一些血浆肉泥送进去。这是极其强烈的刺激，尸团逐渐狂暴起来，呜呜吼着，张牙舞爪，把蟒蛇撕成碎片，连沾了血的树也撕得全是嶙峋爪痕。

绝不可能再和它们动手，即使只有一个上官乾，也很难对付。苏旷站在水里，

354

想着对策，低头看刀。这柄他选中的无名之刀，相当可以，凌空格挡一记，上面只有一个米粒大小的豁口。

"师兄！"风雪原扔过来第二把刀。

他那边已经安顿好了，长竹卡着芦苇丛，和卢千里一边一个抱着。

苏旷想好对策了，说道："福宝，派你个活啊。你上去，机灵点儿，引两个下来，就从你那边。"

"啊？引什么？"

"你说还能引什么？"

"师兄……"

"快去！挑着点儿，选那个中间有天音鲛丝的。"

风雪原搓了搓手，这活儿不小，他气势上顿时弱了些，哆哆嗦嗦，往沙洲上走。他脚刚踏上滩涂，不太敢往前走，就招着手大喊大叫："来呀，快来呀……"

"近一点！让它们闻着点人味儿！"

风雪原极其勉强地又向前跋涉了几步，丢了个小小泥团过去，随时准备转身就跑，可铁甲尸团压根头都不转。

"过去！瞧你那点胆！"

风雪原拎着刀，啊啊啊地闷头往前冲了几步，挥舞着双手一通嚷嚷："来来来，追追追追……我呀！"

其实离得还挺远的，但不知为什么，有几个已经转向他了。

上官乾向那一侧走了一步。而苏旷走得更快，他大刀阔斧地往左边连蹿三步，堵住上官乾的路线。

上官乾轻轻冷笑一声，举手，扬起碧海洗银沙。苏旷也拔刀，今天的第二柄輞川十二刀。他知道这刀扛不住碧海洗银沙的锋锐，便出手极快，唰唰唰一连三刀，正手是黄河古剑诀的"苍山一溪"，反手是霍瀛洲的"东指西打"，而最后拧身平削是浮生七剑的"开门堪叹事还生"。这三刀极快，也极精妙，几乎是他一生武学的精髓，却又神完气足，一气呵成。这三招本非同源，一挥而就，万山不许一溪奔，我意东来，众山破碎，突兀一青峰。

他没有想到的是，上官乾并没有蛮力猛砍，碧海洗银沙扬起，抬手还了三刀。他不认识这三刀，但这是他这些年来见过的最好的三刀，奇崛、丰盈、匪夷所思。而且一点都不脏，从容自在。这三刀，海底千峰，鬼影重重，大河之源，巫祝歌起，长蛇百里，别开一层境。仅就这三招而言，完全配得上碧海洗银沙。

苏旷眼前一亮——眼前是个真正的刀客，而且是一个诚于刀的刀客。诚于刀是很难的。

上官乾装神弄鬼，马上兵器用的是方天画戟，步上兵器用的是九世佛争铜。他这个人掩饰得太好，武功也掩饰得太好。其实他真正的兵器，只是刀。

没有一柄刀，不想和另一柄刀交鸣；没有任何一个绝顶刀客，不想和另一个绝顶刀客切磋。

丁桀用的不过是剑，苏旷就已经如痴如醉，一再上门讨教。他的人生里本来就有很大一个遗憾，当代绝顶高手全都沉醉剑道，他没有遇到过真正的可以匹敌的刀客。但没有想到，得来全不费功夫。上官乾就在眼前，就在铁甲里。他又一次扬起碧海洗银沙。

苏旷站在齐腰洪水之中，辋川十二刀斜指洪荒，风声浩荡，大雾迷蒙。对这个人，他说不出一个"请"字，只在心里默念"来"。

碧海洗银沙流光幻起，在这狂夜大泽里，剖天破夜而来。

来得好！那是上官乾曾经在丁桀面前施展过真正的四刀——百里南屠的"蚩尤埋骨四象刀"。

百里南屠是一代绝顶高手，但绝非宗师。绝顶高手，是流之极术之致。而开宗必有道。今日，上官乾把那套"蚩尤埋骨四象刀"，向前推了很大的一步。

丹凤焚于野火，青象沉于大沼，神龟五裂，四足支撑天地，其首悬于不周山，白猿藏书而逃，途中九箭穿心，缚于巴陵江壁，声声啸叫。刀象之中，自有修罗幻境。只要再往前一点点，就是窗户纸、头发丝的那一点点，就足以突破幻境、抵达道谛了。

此人非人非兽，非鬼非魔，今夕到此一会，是真有道呢，还是幻中道呢？会一会罢！

苏旷刀起，刀风呜咽啸叫，一刀起，风极悲怆；一刀落，道极磊落。九耀刀！

九耀刀至诚至笃。初学之时，大开大阖，光明磊落；及到少壮，欲谨不得谨，欲肆不得肆。他这些年，搜尽奇峰，如果不是遇到那场大挫，本来也要在双峰夹峙之间，凌空一跃。今时此地，正是时辰，他一路刀滚开去，越打越是畅快淋漓，越打越是汪洋自由。九路刀连施八路，那一点大光明，将从黑海里夺魄而出。

上官乾点一点头，刀光又一变。这已经不再是"蚩尤埋骨四象刀"了，似乎脱胎于喻佛争的九世佛争，极邪辟里有一股盛大气象，已是独门自家心法，巴蛇蜃境,自成世界。他将这一门刀,曲折变化,尽数施展,坦诚心境。

——这海外孤岛,方生方死,大梦大雾,极正极邪。明早太阳升起来的时候,你我二人,恐怕只有一个人在这人世,我今夜带刀来此,本是要会你一会。

——是!既然今宵一会,那就彼此示道如何?

——正是我意。

上官乾一身铁甲,但举重若轻。苏旷在泥泞之中,却举轻若重。两个人都避开刀锋直对,蛮力劈砍,将毕生修为,一一施展开来。

实在是痛快极了!苏旷没有见过这样的刀,上官乾半攻半守,半隐半显,半真半幻,十成刀藏了一成。就是那最绝妙处,不予人看。好像是大沼狂雾,隐一座极乐幻境,只要一阵风吹,雾散处就有真容。可不管苏旷怎么逼,就是不露最后那一点真谛本相。

"师兄!我引下来啦,然后呢?"风雪原狂叫一声。他离得并不远,但雾已经太大了,只能听见这边金铁交鸣,看不见二人的出手。

两个人互相望一眼,都顿了顿。

是时候了!苏旷持刀与肩平,左手二指,在刀锋上缓缓抹过。九耀刀最终一路,步履至此,夺魄而出。

碧海洗银沙斜斜指地,刀尖划起半个弧,斜指苍穹。修罗鬼王,攀地狱绝壁而上,血咒祭起,屠戮众生。

呛啷一声,金铁相交!

——刺,挑,勾,抹。

我走那段路,走了很多年了。

昔日收刀时,见的是铺满星辰的他乡之路,千山鸟飞绝,万径人踪灭,黄昏染着鸿鹄的翼尖,大雪落在国境线的皑皑群山上。

——劈,剁,砍,削。

我追那点光,也已经追了很多年了。

今日拔刀时,见的是豫让桥下那一块沉沉黑铁,燃烧着千年以来的阳刚魂魄,凿天帝之壁,盗一炬之辉,我血点燃闪电,风雷苏醒九州。

——你来了,你说有道要示我,道呢?

雾中刀风狂叫!

千年老泽，白骨森林，万蛇攒动，魔王复生。

汝道在彼，我道在此！

唯此大沼，蚩尤埋骨，恨炎黄枉杀！

万魂血祭，百鬼同祝，九黎巫歌。

待我复生时，汝天柱折，汝地维绝。

汝轩辕台倒，汝群山崩裂江河阻。

汝百代血祀付一炬。

汝圣贤衣冠尽白骨。

汝历历春秋铸天牢，

汝三千经史归尘土。

咄！

时日曷丧！唯吾与汝！

刀声隆隆，雾里似有长歌，我有迷魂，何人招得？这是真境，还是魇境？

也不知是哪里来的腥臭扑鼻，令人心烦作呕，而且越来越浓，像是血，又像是腐烂的内脏，像在满是污秽的大泽里，又像在肝脑涂地的千年古战场之中。

苏旷早听丁桀说过，这个人的武功是他妈有味儿的！他胸口烦恶上涌，一股热血直奔后脑勺，刀起，意起，神起，气起，舌绽春雷，破口大叫一声："李正！"

铁甲里的"那个人"浑身一个哆嗦，怔了怔。

他猛摇头，一刀直劈下去——当啷一声，第二柄刀也断了。

苏旷并不转身，后退一步，深水已至胸。彼此已在浓雾里，面目依稀。

上官乾并没有跟上来，深水区是铁甲的死敌。

刚才的过招，其实蹊跷，上官乾只要一记重手，苏旷只要退一步，都斗不成。

苏旷再蹚几步，到了风雪原这边。风雪原见他身影退出来，大喜，忙递过第三柄刀："师兄，你们打得好热闹！急死我了，什么也看不见！喏，按你说的已经引下来了，接着怎么办？"

两只被天音鲛丝连着的铁甲蛊尸，已经陷在齐胸的烂泥里，进退不得，嗷嗷连连，指手画脚。

"你都干了什么呀？我看着离挺远就给招过来了，能耐啊！"苏旷转到蛊尸后面，这么重的铁甲，一旦进了沼泽，就像两座随身铁牢一样，根本不需要再畏惧。

他从左手小指里拔出柄小匕首，摸出火折子晃亮，交给风雪原照着，找到铁甲的卡扣，解开。

"嘿嘿嘿……"风雪原不太好意思，"师兄，你不是让我给它们点人味儿嘛，我本来还憋着呢，你一说，就都给它们了……"

"嗤！真是龌龊！"

正说着，苏旷把其中一个的头盔摘下来。那里面一具青面獠牙，扭过头来，黑洞洞的双眼瞪着。苏旷叹口气，招招手，小金蹿过去，解决了它。接着是第二个。之后，苏旷把它们俩拖到离岸近些的地方，就像从蟹钳子里掏蟹肉一样，把里面的尸体掏出来，扔一边。

"你们个头都矮，砍一节竹子，绑在脚上，进去！"

风雪原和卢千里互相看了看，这确实是最安全的选择了。

他俩一边砍竹子，一边问："师兄，那你呢？"

"我待会儿找个落单的。"

两个人准备好了。苏旷拎起一具尸体，倒吸口气，咬咬牙，跺跺脚，咽了口吐沫，直接肚腹撕开，连尸液带腐烂的内脏，一起倒在两个少年头上身上："捏着鼻子，都给我忍着点，不许吐啊……"那淋淋漓漓的一堆脏东西！恶心到胃快翻过来，气味浓到辣眼睛，但两个小家伙都硬忍住了。他们站进铁甲里，苏旷帮他们扣好扣子，扶着站起来。再想想，苏旷把小金葫芦塞给风雪原，说道："你拿着吧，一来防身，二来要是找不着我，就跟着小金。"

"师兄，你呢？"

"我还有一颗霹雳雷火珠，不碍事。"

苏旷给他们把头盔也戴好，一切完美："行了，一点儿差别没有！就算上官乾看着你们混进去也分不出来，你们俩互相照应着点，我去再找一个……"

"师兄，待会儿咱们是要……"

"混进去，他能混进去我们也能混进去。我们跟着尸团，到沙洲那边去，我估计那边有路。"

苏旷劈了根竹篾，做了个套子，猫着腰上了岸，四下看看，雾大得头晕，谅谁也看不见谁。他循声过去，差点迎头碰到一个铁甲蛊尸身上，捡到就是撞到，拿竹篾套了它，拽着就走。

一回生二回熟，苏旷如法炮制，把这一个也引到烂泥里，弄死剥开，拽出尸体来，不管不顾，也弄了自己一身污物，急急忙忙躲进去。一进铁甲，脏归脏，但真是安全多了。眼前也有乌金网罩，略微遮蔽了视野，苏旷试着左右转转头，立即就明白了上官乾刚才为什么没有追。

好事儿不能占两头，够安全就不够灵活，这些重甲本来就只适合战场劈杀，走动没法灵活，网罩又是后加的，只能看见眼前一片折扇形的区域。

风雪原笨手笨脚地帮他扣好一个够不着的扣子。

"走走走！大部队要撤了！我们跟着……来来来，小心一点，跟着我混进去……"

所有的长蛇血肉都消失了，只有一片蟒皮，铃声还在响着，铁甲尸团要离开了。

大雾之中，就算是面对面，谁也分不出来谁。他固然不认识上官乾，上官乾也绝没法认出来他。

"同伴们"一个个从身边走过，气味都一样，天地之间，全是非人。

丁零，丁零，丁零。苏旷循声回头看，不知何时，一个偌大金铃被遗留在那棵枯树枝头上。

一刹那怅惘。这芜凉世界，我是何时来过的？

丁零，丁零，丁零。夜风在背后呼啸。

荒天古木。远风中有童年梦见的那只猛虎。

我在这里，我在这里。

沙洲狭且长，极荒凉，像一条白无常的鬼舌头。

雾更大了。这里的雾是活的，一团团，一股股，一阵阵，像是沙洲尽头有只大鼍，吞吐着太虚幻境，大雾一起，就是天工大手笔，天地四野弥散开来，堆堆叠叠铺天盖地，小重山压着小重山，虽然也有风，根本吹不透，一阵风起，云海扑面，云山顶的白雾团滚滚下落，破裂成漫天雪崩。偶能听见波涛哗哗轰轰，有时候一低头，一道水浪猝不及防地冲进雾障来，像个大水舌头，舔得沙地湿漉漉的，留下一堆碎白泡沫又缩回去。地府中开，百鬼夜行。

"师兄，"风雪原凑到他身边，附耳低语，"你看那个人，像不像上官乾？"

苏旷顺他的示意看，前头有个铁甲蛊尸，走得摇摇摆摆，好像确实是个人。

"嘶，有点像……小心些，我们靠近一点。"

"好！师兄，如果发现他是，我们怎么动手？"

"我们待会……"

苏旷刚刚说完这四个字,忽然,他耳朵根子一动,整个脊背寒毛暗耸,一种难言难述的感觉袭上心头,仿佛是独居暗室里,看着一汪水洇过门缝一样。

他极少有这种森然怖感,他忽然意识到"风雪原"就在他背后。他说不清楚哪里不对,仅仅是直觉,一个顶级高手对杀意的直觉。

"我们待会分头行动……走,留神一点别被他发现。"苏旷尽量保持正常的步子,只是步幅稍稍加大了一点,他向"上官乾"靠近,而"风雪原"就无声无息地在后面跟,左后方"卢千里"当然也在跟,只是扮得更入戏,时不时森然低吼两声。

雾浓到呛人的地步。苏旷偏偏头,压低嗓门:"对了福宝,你们巢湖有那么大的雾吗?"

"师兄,我确实未曾见过,应该是此地特有之风致吧!"

苏旷刚起的那身白毛汗,慢慢收敛下去,后脊梁的寒意却越来越深——风雪原才不会这么回答他呢!福宝是个爱撒娇的狗东西,不管你问他什么宝贝他老家有没有,都会尾巴翘到天上,跟你翻着白眼胡吹大气,当然有!而且比这大多了!臭小子长这么大,也没老老实实回答什么"确实未曾见过"。

那么,问题是——你是什么时候下的手?怎么得手的?你把我师弟怎么了?最重要的是……为什么你居然会他的声音?

他没法回头。蛊尸是他特定挑的,找有天音鲛丝连着的,这样才可以"有个照应"。

两个"人"一左一右,锁定了他的全部后路。他的后颈和后背全在"风雪原"的攻击范围里。太近了,只有一臂之内的距离,碧海洗银沙可以准确无误地找到盔甲之间的缝隙,只要在大血管上点一下,就足以毙命。霹雳雷火珠有用,可用处不大,非得好钢用在刀刃上,这身铁甲实在是太厚了,霹雳雷火珠的爆炸威力不够。他需要不动声色地走到"上官乾"身后,发起攻击。这段"路"只有短短的二三十步而已。他需要在这几步路里想出对策来。想得出得想,想不出也得想。

人的脑子是很奇怪的,有时候枯坐数月空空如也,有时候走几步路,却会冒出来很多。譬如,喻佛争有过一个朋友——胡忘筌。他的灵山飞狐旗,在当时的十面大旗里叨陪末座。

胡忘筌是个孤儿，乳名叫作鱼儿，他的父亲是个出了名的采花大盗，在他七岁那年，被神捕营捉拿，很快就秋后问斩。母亲据说是个绝世美人，不方便透露名讳。

胡鱼儿在父亲的一帮"老朋友"的帮衬下长大，但生性孤僻，从不亲近人，就在桥洞、妓院、破庙、道观里一春一冬地挨着。他长到十三四岁，变成了一个极美貌的少年，身手不凡，轻功极好，又精通易容术，家学渊源有了传承，也做起了采花小贼。

胡鱼儿这一横空出世，在采花界是个状元新秀的角色，他出入无数名门世家，四百八十烟雨楼阁横扫，三千脂粉琉璃闺房平踏，从无失手。他劣童心性，倒也不玷污人身子，就是成天躲在被窝里，这个摸一把，那个香一口，临走的时候，拿胭脂在镜子上写：转告神捕营得知，胡鱼儿到此一游。

这个行径可谓是武大郎吃奶——跳脚作(嗯)。没多久，就传到了铁敖的耳朵里。

捉这个小贼，确实像是浑水里捉一条小鱼，颇费了一番力气。他几乎每次都能易容成丫鬟、嬷嬷离开，不仅一张脸瞧不出破绽，声音也是学什么像什么，惟妙惟肖。

但最终，他是栽在舒窈手里的。舒窈看过一次他的眼睛，从此过目不忘，在围观人群之中，大老远就把他指了出来。

小贼被抓了，几个捕快强行给他洗了脸，围观众人啧啧称奇，这个少年有张漂亮脸孔，柳眉桃花脸，一双眼睛水灵灵的，肤白如玉，双手锁在身后，压根不服气，哼哼地冷笑，那一笑，春水银鱼跃，雪山灵狐飞。边上人都议论：有这样的脸蛋，费那个劲做采花贼干什么，只要坐在那里笑，就有姑娘投怀送抱了。

小贼被押回神捕营，油盐不进，软硬不吃。他恨神捕营，更恨铁敖，他们是杀父亲的仇人，不是他们，他不会变成孤儿。

他父亲对他很好，童年时父子相依为命。极偶尔的深夜里，会有黑布马车带着母亲，来远远看他一眼，不撩开车帘，在里面跟他说几句话。他是从那个时候起学会变声的，他把母亲的声音完完全全记下来了，那是孩提时唯一的温暖和眷恋。父亲是当他面被抓走的，后来人头挂在城墙上，他也是从那个时候起学会易容术的，他做了一张父亲的人皮面具，随身带着，想家的时候就拿出来看看。他把一家三口都随身带着。

铁敖在他身上，颇耗了一些时间。铁敖从卷宗阁里调出他父亲的全部卷宗，一个案子一个案子细讲给他听。他必须明白，"采花"意味着什么。对他父亲来说，那只是很刺激、很香艳的一夜，但之后，一些姑娘疯了，一些少妇死了，一些女人终生煎熬在地狱里。

　　他沉默了很久，父亲这个形象垮掉之后，会是雪崩一样的耻辱和天翻地覆。但铁敖甚至不允许他沉默，强行带他去见那些苦主——有个女孩儿悬梁了，她的母亲用了全部的积蓄在庙宇里捐了一道门槛，千人踩万人踏，要赎尽罪过才能还回清白；有个女人活下来了，别居僻所，家里一直供着铁敖的长生牌位，她当时是个寡妇，怀了身孕，这是个可怕的事情，如果胡鱼儿的父亲没有抓到，那么她就是通奸，而非迷奸。

　　他们就那么一家一家地走，走了很久。直到有一天，胡鱼儿低声说，行了，我认罪了，回去吧。

　　他们便回去了。铁敖不仅仅是要他认罪而已，那个时候，采花案是个很要命的事情，小案子传不到神捕营，大案子交代过来，就已经是无数家破人亡的惨剧。神捕营对付那些采花大盗相当吃力，常规的许多手段是失效的，问题不在贼那里，在苦主那里，女人们总是沉默，什么都不肯说，宁可哭，宁可撒谎，宁可关起门来悬梁自尽。

　　那是一个沉默而恐惧的世界，神捕营的名捕们只能偶尔抓到几个人，但不知道怎么理出那个世界的经纬，就像是隔着窗子看那些大风之中的人们，你只能看见那些人手舞足蹈，意乱神迷，但看不见风。铁敖需要他背叛那些"父亲的老朋友们"，但那些老朋友很是照拂过他。这在江湖是大忌。

　　他嘴很硬，沉默了很久，天人交战，天平两端轮流顿地。铁敖懂什么叫江湖义气，也很耐心地等，嘴硬的人，开口的时候有时候更真诚。

　　某一天，他终于点了头。三年之内，父亲的老朋友们全军覆没。采花界为之涤荡一空。

　　每一个老朋友被抓的时候，都对他破口大骂，咒他不得好死。他一言不发。最后一个被抓的人唾了他一脸，他连擦都没有擦。铁敖亲手帮他擦干净了，之后告诉他一句话："在我们神捕营，有三把真正的属于大英雄的刀，第一把，叫止恶之刀，指的是，斩断轮回，诸恶至我为止。"

　　他问："那另外两把呢？"

铁敖没有回答他。

最后一次带他回去的时候，铁敖告诉他，如果想走，已经可以走了，他还小，知错能改善莫大焉，做的这些事情，足以将功折罪，以后记得做个好人。

他点了点头。但他有点不想分离，因为这些案子，他和铁敖相处了三年，一起过了两个除夕，不知不觉，有了孺慕之思。而且，他开始怀念那种无数人欢呼、鼓掌、赞扬的时刻……那是荣誉，被大众尊敬的荣誉。

他快走到西门口了，铁敖走进去，他在门槛外站着不动，也不转身。

铁敖就问他："不然，你我就此别过？"

他还是站着不动。

铁敖终于就哈哈地笑："舍不得走？那还不进来！"

从此之后，神捕营里多了个名捕。

十年之后，灵山飞狐旗飘扬在风雨校场上。

玉面灵狐的易容术出神入化，多少铜墙铁壁的贼寇巢穴，独他来去自由。

他并不藏私，他说，易容术最重要的东西不是化妆，是你要从心里先理解一个人，才会变成另一个人。没人学这个，也学不会。大丈夫行不更名坐不改姓，谁要变成别人。

胡忘筌唯一的朋友是喻佛争。他们有一些真正共同的东西——他们的身世里都埋着一口深井。

他们交情极深，人所共知。喻佛争被抓回来的那个晚上，胡忘筌带了两壶酒，深夜前往，非要单独跟他聊聊不可，而且严令守卫走远些。他们聊了很久，中间还有些激烈争执。后来，"胡忘筌"离开了，甚至吩咐守卫不要打扰，让他自己反省反省。

再到黎明，铁敖匆匆破门而入。那只曾经玉雪可爱的小银狐狸，已经是一具僵尸。他的脸上依旧保留着惊讶的神色，即使狰狞可怖，也有一些清秀轮廓。

喻佛争藏私了，学会了他的一切，但没有教他九头蛟。

夜正长，路也正长。像在一个无边无际的甬道里走，身边尽是非人，停下来的那一刻，判定生死存亡。

"风雪原"寸步不离："师兄……师兄？你看那边？"

真是太可怕了，这个声音随便怎么听，都不会听出区别来，如果再动摇一点，苏旷甚至怀疑自己刚才的判断。不过,他并没有转头,"转头"这个动作会把头盔下的束甲带露出来一些。

"对了,福宝,我有个想法,等会儿啊到上官乾后面……"他其实没有想好,就那么随口胡扯着。人嘛,听到对付自己的计划,总是难免有一点点好奇心的。

又是一阵风。哗啦啦,左脚边一阵浪响,一条大水舌头从雾里探出来,推出了厚厚一层泥。

左边就是滩涂区!苏旷毫不犹豫,双手把两颗霹雳雷火珠同时甩出去,当空一撞。

轰!雷火珠在三个人中间炸裂了。一股巨大的推力,狂烟飞起,乱泥四溅。

苏旷左肩一阵撕裂痛楚,连着肌肉和骨骼的"筋"可能被震断了一根,不过没关系,将就着还能用。他几乎在爆炸的同时转身,直扑过去,死死抱住了"风雪原",恶狠狠嚷嚷了一嗓子:"尸首们都他妈来呀!快来啊!"之后猛一较劲,掀翻倒地,两个人就势向左滚。

天音鲛丝把另一具蛊尸也带倒了,三个人缠在一块儿。这么一通乱嚷嚷,让铁甲尸团发现了新猎物,前后左右,纷至沓来,一拥而上。

哐当!一个拎着短斧的,径直砸下去。

苏旷左臂死死箍着"风雪原"不许他动,那一记斧子硬生生砸在他后背上,苏旷明显能感觉到,一口血从对面的乌金网罩里喷出来,溅了几点到脸上。

哐当!跟着是另一记,但连着左臂一起砸到,左臂不由得松动了些。

"风雪原"趁机猛转身,铁甲里上官乾的声音急骂了声,抱着苏旷也滚了半圈。

哐当!这下,苏旷在上面,一柄短刀抡在后脑勺上,另一记双手合抱铁拳直接砸在后背心上。这些鬼东西力气太大了,隔着铁甲,像掉下来一座山。苏旷心口巨震,眼前一黑,嗓子眼一甜,也一口血喷在乌金网罩上。

他很难再滚了,天音鲛丝把他的右臂死死缠住了,三个人捆成一团。

但蛊尸无脑,不懂排兵布阵,另两个天音鲛丝连着的,也扑了上来,绊成一堆。

那一口鲜甜人血是致命诱饵。蛊尸一具一具往上扑,堆成一座小山。两个人身上压了一千多斤的分量,动也动不了,全仗着铁甲坚实无匹。不管彼此顺眼不顺眼,都不得不额头抵着额头,眼对着眼,嘴对着嘴,保护最柔软的部分。

尽管如此,脸两边还是血盆大口,而且奇臭无比,隔着两道乌金网罩,漆黑的獠牙还带着蟒蛇尸液,在脸上剐着、啃着,颊甲和网罩格楞格楞地响。

苏旷索性闭上眼睛，但还是死死箍着上官乾，不让他稍微挪动一下碧海洗银沙。

铁甲尸团又一轮狂轰滥炸，"小山堆"顺着滩涂的边缘，往沼泽深处缓缓陷落。水咕嘟咕嘟地灌满了盔甲，之后是稀泥。

铁甲们依旧前仆后继跟上来。它们只是本能，要吃掉核桃里的果仁，虾壳的甜肉。它们四面八方，围着、砸着、轮着、掰着、踹着、咬着……苏旷开始还记个数，算算谁挨得多些，后面慢慢就撑不住了……他双耳灌满了水，胸膛爆裂一样地重压，血从鼻子里不断涌出来，只能感觉到鼻翼微微温热。他的头上、脸上、腰上、腿上……反反复复不知多少计，砸得铁甲一块块凹下去，天地如烘炉，如撞钟，如砧板……两耳嗡嗡失聪，肉身簌簌战栗。

上官乾一样动弹不得，闭着嘴，硬生生受着，血从口鼻里涌出来，手里紧紧握着碧海洗银沙。

除了等，等沼泽吞噬一切。

这么重的分量，所有人陷进沼泽是很快的。很快就什么动静都没有了。

他们继续陷落，在绝对黑暗里，埋在沼泽底部。再过些日子，雨季过去，旱季来临，沙土之中，只有铁甲里的一具具白骨。

上官乾手指在苏旷后颈一轮抓挠。

苏旷懂他什么意思。他的意思是，上去再说，你我死在对方手里，总比这么死好。

苏旷轻轻点头。

上官乾出于示好，先帮忙打开了一个卡扣。

苏旷很谨慎，左臂略放松，碧海洗银沙活动起来，挑断一根天音鲛丝。

两人都很小心，一个点跟一个点，一个扣接一个扣，松开了一大半天音鲛丝缠绕，慢慢从铁壳里挣出来。软绵绵的血肉之躯，一出壳，泥水里顿时血雾氤氲。

他们贴"沼泽"底部，拽着芦苇根，用刀一下一下撬着泥土，慢慢向上坡爬。快要出水了。两个人几乎是一模一样的动作——刀捅在泥土上，带着身体向前挪。当头探出水面透气的刹那，上官乾一只手，青郁郁地猛抓在苏旷手腕上。苏旷也毫不犹豫，反手扣住上官乾脉门。

咄！九头蛟邪毒逆血脉而上。

但这一股真气的路数，苏旷在风不二手臂里见识过了，他早有成算，逆走阴墟周天，要将那一股真气倒逼回上官乾脉门里。

两人一触即分！双双破水而出。那股青郁郁的邪气，还在上官乾手臂上流转。

上官乾拄着长刀，站着喘息。

苏旷也扶刀站着，摸了摸腰间，把最后一丸湿漉漉的大还丹扔进嘴里，但完全嚼不碎，也咽不下去，嘴是麻的，牙根全酸疼。肉身还没有给出反应，他不太清楚自己还能不能动手。但如果上官乾站着，他也绝不会坐下。

这一通乱战，铁甲尸团失陷了一半在沼泽里。另外一半不知所终。

雾还是很浓，但从乳白色变成了清亮的白色。最深的夜快要过去了，已经是黎明时分。

苏旷目不转睛地看着上官乾，出水之后，他开始有轻微的变化。上官乾的嘴角和鼻孔鼓起了小小气泡，之后是一张脸皮鼓起，再之后是全身，他的整个身体被一层明胶覆盖着，这也是他为什么没有"人味儿"而不太招蛊尸的原因。

明胶下面，似乎包着一汪血池，红黑相间的九头蛟逐渐浮现出来，从颈部到腰，文遍全身，过肩缠背，都点了睛，抬起眼来，似乎森森弑人。那层皮整个被撕下来了，赤裸裸的，一身血水淋淋漓漓。

上官乾的芯子里，是另一个人。形容相似，神韵迥异——他非常干也非常硬，脸上已经全是棱角了，脖子就更是，筋脉骨头喉结盘根错节，像根雕一样。他有一双深褐色的眼珠子，藏在深陷的眼眶里，灵活而冷漠，像是有只蜥蜴藏在颅骨中。他所有骨头都很结实，下颌骨尤其粗大，好像随时随地都在咀嚼一样，身上的肌肉有一种悬挂了一年以上的风干牛肉的肌理，连一丁点儿正常人的油脂都没有，粗大和虬结的血管突兀在皮肤表面，青郁郁的血管节像个活物，一扭一扭的。

苏旷扶着刀拄着地，向前慢慢地走，一个字一个字地念出眼前人的本名："李正。"

"苏旷。"李正也点了点头，声音里添了一点陌生的调子。那种永远不可一世的讥诮消失了，他开始用本来的面目、本来的声音。

"我师弟呢？"

"你过一会儿就能见着。"这也是个很妙的回答。

"好！李正，我来拿你归案。"

"哼，真是笑话，你来拿我归案，谁去抓你归案？"

"这你管不着。"

"那么来吧，苏旷。"李正缓缓扬起了碧海洗银沙，"我很小的时候，就见过你练刀了，一直想着会你一会。来，让我再看看，你还有什么了不起的！"

他们踉踉跄跄向对方走，深一脚浅一脚，谁都站不稳。

苏旷站直了身体，扬起了他的无名之刀。这一次，是他在攻，李正在守。

他一刀挥了出去。那是简简单单的一刀，平平无奇的直线，没有招式，也没有路数。他在少年的梦里见过那样的一刀——至简，至真，自在，自由，随心所驭，像是在百年之门逐渐关闭的罅隙里，看见了一匹长鬃洒着微光的白马，在它倏忽消逝的刹那，纵身上马，驰骋奔行。

李正眼里有赞赏的光。

夺！双刀相交。

无名的破刀更破了，米粒大的豁口变成了黄豆大的豁口，牢牢卡着碧海洗银沙。

李正反手挑。铁甲蛊尸不是闹着玩儿的，那一轮砸，他差点活活砸成坨肉，强弩之末，力之将竭，实在夺不动刀了。

苏旷也抬手，一声呼喝。他的肩背也奇酸剧痛，耳朵还在嗡嗡作响，发力过猛，从后脑勺疼到脚后跟，虎口把持不住，双刀一起离手挑飞，双双插在沙地上。刀刃上已经有了今天的第一缕阳光。

两个人都嘿笑了一声。之后各自站了一会儿，稍微歇几口气，调匀呼吸。

"再来！"苏旷离得近些，走到双刀边，依旧拔起自己的无名破刀，把碧海洗银沙挑到李正手里。

"这样托大？"

"倒也不是，江湖有规矩，老友不可弃。"

"你还有几招？"

"就一招。"

"我也就一招，那再喘口气！"

"好。"

两个人又各自拄刀，站了一会儿。

那是很奇怪的感觉，两个人一直保持着距离，彼此提防着；他们有血海深仇，可生死大关前，竟也有一丝不舍。

很美的清晨。第一缕阳光已经刺破了云层，晨雾渐渐消散，在大泽上氤氲成岚。西方的山峦，趁着淡墨色的远天，像一幅写意大山水。沼泽完全恢复了宁静，水草摇曳，晨鸟掠着波澜，尸体埋在流沙里，世界像新的一样，昨夜的一切好像都是一场噩梦。

"差不多了?"

"差不多了。"

"你选个边!"

"哈哈,苏旷,好,我就这样,不动了。"

李正背对着朝阳,那是一个绝大多数比武的人,都会选择的方向。他长刀挟在腋下,慢慢地把手上的鲜血点在心口九头蛟嘴里的人头上。九头蛟在吞噬主人的血肉。它是复仇者的图腾。鲜红,如地狱烈火里,剥了皮的龙;漆黑,如永劫不复的死亡。每一只蛟口里,都咬着人头。

苏旷记得那个传说,文在心脏上的那头蛟有双重相,咬着的那个人头文着的是仇人的脸,可一旦大仇得报,涂抹上仇人的血,那颗人头就变成了为之报仇的那个亲人的脸。他仔细看,但没有看清楚,那颗人头很小,只有拇指甲盖那么大。

李正慢慢举起刀,他的浑身变成惨绿色,很快又复归平静。真是不可思议,就在这短短休憩的片刻之间,他的肉身重新变得矫健、灵活,不可一世。似乎九头蛟攫取了浑身的痛苦,反哺给了他力量。

这是毕其功于一役的一刀!

他向天祭出血咒——

一刀阴风起。

一刀烈焰生。

一刀百鬼尊我令。

一刀白骨如山点阴兵。

一刀穿心而来。

天地为炉,万物为铜,众生皆恶,我为之杀!

苏旷点点头,也轻轻展开双臂,提起左腿。那是一个白鹤亮翅的动作,极尽完美的守势。

李正眼里狂喜,他狂奔两步,高高跃起。

那一刀带着万古长夜而来。无边寂灭,杀意夺魄,召唤着修罗血海。我在无间道出生,在地狱中称王!我来向大地归还死亡了!

但苏旷一脚踏出去,顿地而起,也高高跃了起来。那是一个大开的守势,自然而然转成一记大阖的刀锋。他双手合握刀柄，刀锋豁口上闪着九耀朝阳。

他们俩的招式非常像，几乎是一模一样。大开大阖，直斩直落！刀对刀，刃对刃，锋芒对着锋芒。

两个人近乎同时凌空变招！李正双腿快成一字马，刀势一顿，从直落变为斜斩，仗着刀头长三寸，点向苏旷左颈。

苏旷向前方轻轻"跑"了半步，这是他一生最好的一次滞空。像小时候梦到过的那场飞翔，像白云一样，乘着长风，俯视江河。

他还是起初那一刀，简单、直落、纯粹的一刀。只是在半空中多停留了一个刹那，让那一刀向前多走了三尺。

如果他能够活到白发苍苍的岁月，他也会铭记这一个刹那的——唯有天空见证，这不朽的一刀。

我曾直视骄阳！

夺！十字交叉！刀锋和刀锋再度撞在一起！

同样的豁口，经历了第三次撞击，无名之刀的刀头崩飞了。但淋漓浩瀚的刀气丝毫无阻，后半截刀刃原招未动，继续当胸劈了过去。

那一刀在李正胸前划过，斩断了心口那只九头蛟的头颅。

——在这个世界上，有三把英雄之刀。

——第一把刀，是止恶之刀，意味着斩断轮回，诸恶至我为止！

——第二把刀，是破伪之刀，意味着唯公义与星辰永垂不朽，唯律法与阳光可以普照进每一口黑井之中。

——第三把刀，是除惧之刀。那柄刀属于高贵而勇敢的灵魂，意味着无论命运给予我什么，都会牢牢记住，在每一个关头，依然有选择良知的自由。

——带上这三把刀，才可以称得上当世英雄！

李正落在地上，略扑跌踉跄，但也没有伏倒。那一刀直伤心脉，但还留着活口。

苏旷也落在地上，收刀，回过头。

"很好。"李正捂着心口，鲜血从指缝渗出来，重复了一声，"恭喜了，你很好，我也没有输。"

"你在说什么？"

"等你下来我再告诉你……"李正微微地笑着，那副神情前所未见，好像是一个街边擦身而过的邻居，有一种仿佛少年的自然和轻松，他望着苏旷点了点头，"苏旷，早。"

苏旷一惊，想去拉他肩膀，手又顿住。

眼前的身体开始急剧变化。这一切已经不是他能阻止的了。

李正胸口起伏，已经被沼泽泡得发白的皮肤变成了青郁郁的尸体的颜色，五个手指在抽搐，喉管瘪下去又鼓起来，咯咯地响了两声，之后是嘴角，最后是眼睛，细微的血管破裂了，眼白一片鲜红，他的头在地上撞了几下，什么东西冲进了他的脑海，之后控制了他。他血红的眼睛怔怔地望了苏旷片刻，龇着牙，发出了咕噜咕噜的蛊尸的咆哮。

苏旷长长地叹了口气，只觉得筋疲力尽。他捡过碧海洗银沙，挑翻过李正的躯体看，他心口的皮肤已经被抓烂了，看不清九头蛟嘴里那颗人头是长成什么样子的。

没有人配看他的痛苦，他和这个世界无话可说。

苏旷把蛊尸绑在一边，找了个地方，四肢摊开躺了下去。他累极了，从内到外的那种疲倦，一躺下就再也坐不起来，沼泽里被锤了无数遍的剧痛，这时候才袭遍全身。此时，天彻底亮了。

"师兄！师兄！"风雪原和卢千里还在铁甲里，气震山河地跑回来，"铃铛拿回来了！"

两个人被眼前的一幕惊呆了，他们互相看了看。风雪原费劲巴拉弄出手来，先去推一推苏旷，见没有动静，又去试苏旷的鼻息。

"干吗啊……"苏旷眼睛睁不开。

"铃铛拿回来了！"

"什么铃铛？"

"你叫我去拿的！说铃铛有大用，我好不容易才找到。"

"白痴……"

"师兄！看那边，电母翼！醒醒！你快醒醒啊，我们得回去啊！"

371

苏旷半转过头，眯着眼睛看，水云之间、白浪尖上，一双电母翼振翅翱翔，文陵江向这边过来。苏旷摇摇头闭上眼睛，声音渐渐微弱："我得睡一会儿……你叫陵江带碧海洗银沙回去。"

"交给谁啊？"

"给小鲨。"

第七十七章　微木花开

百鸟啾啭，万象更新，清晨的第一缕阳光照在昨日的战场上。负责工事的队伍在奔忙，一轮新的进攻在筹备之中。

十几个火堆，青烟弥漫，烘烤着棕衣和野麻；十丈长的野竹被砍下来，亟待制成云梯；硬的青檀木和软的榕树被削尖，烘烤成巨木刺与大木栅；长索一捆一捆架在独木车上，钩爪和轴承擦得油亮；堆成小山的白千层树皮在摊开晾晒着，这些树皮富含油脂，随便就可以点燃；柳木芯里最干燥的部分被刨出木花，稍后淋上桐油，立即可以作为引火之物……

昨天新修出来的那条焦土大道依然是最重要的通道，昨夜的大雨冲塌了一部分，但适时碾压、加固就可以。

稻田的积水并不严重，大多数雨水顺着水渠排向南方的大沼泽，此外还有许多蛊尸的遗体没人管，就在角落堆成丘陵，上面覆盖了一层厚厚的淤泥，只能远远地看出人形轮廓。

"沙砾长河"已经变成了一条淤泥长河，泥潭之中，水洼连着水洼，好在联队来此，对雨季早有预备，第一时间夯起了一条硬土路，两边筑起了护路的木架。

一切进展都很顺利。

云小鲨站在长河边一块干燥的三角地上，长发飞舞，抱着双臂，遥望白塔出神。即使隔得很远，也能看见昨晚大火的痕迹，白塔内部黑洞洞的梁柱被焚烧一空，黑烟如浪，凝固在白石上，平台顶上还有一堆残骸，风一吹，四下乱滚，遥遥相望，湮没无闻，心里好像也能随之听见轰隆一声。除此之外，对面是一片可疑的静谧，只有几缕细细的炊烟。

又一阵风过,远天似乎有羽翼飞翔的声音,云小鲨忙转过脸去看,不过是寻常乱鸟惊飞而已。

南边是文陵江飞回来的方向,而且已经去了很久了……乱发吹在脸上,云小鲨胡乱拂了一把,尽力压制住不安的猜测。此时此地,不仅仅是她一个人在等。

昨夜苏旷师兄弟追入荒野之后,没人能睡得着,枯坐不是办法,沈南枝带了个头,点起灯来,研究文陵江描摹回来的白塔下入口的文字,旁人也都找一些事情在手头忙着,免得心焦。半夜风雨雷霆,无边迷雾,一到东方破晓,大家再坐不住,都不约而同地早早走了出来。

楚随波和孙白鹿已经到城里去转了一圈,正沿着焦土大道返还。孙白鹿胯骨有伤,歪着半边屁股,坐在一副简易轮椅上,楚随波在他背后推着,一路走,两个人一路说着话。

"随波,咱们来的那条路,叫人去看过了吗?"

"刚去,还没回来。"

"去了多少人?"

"一个十人队。"

"少了点。"

"去那么多人也没用!要是路真冲垮了,现修也来不及嘛!"

"哎……总要做最坏的打算!"

"所谓最坏的打算,无非就是对面变出五万具蛊尸嘛,咱们都推演过好多遍了,玩命封门就是……"

道路中间有一个烂泥坑,楚随波弯腰查视。孙白鹿伤得也不算太重,直接双臂撑着轮,一条腿就蹦过去了,他有些不满:"随波,真是急惊风遇上慢郎中!什么时候了,你还管这坑!我跟你说啊,别不当回事,待会儿真要是有什么要命的状况……嗨,干脆说白了,上官乾把苏旷人头往我们门口一扔,那对士气的打击是致命的……"

"我觉得小苏能回来。"

"随波!这不是觉得不觉得的问题!这是有没有可能的问题!有没有可能?有!可能大不大?我看很大!苏旷这个混账东西!天生就不是当头儿的料!狗肉排不上席,烂泥糊不上墙!他是咱们联队的主帅,发号施令的领袖,结果干什么了呢?大半夜,单枪匹马,在这么个两眼一抹黑的地方,大老远去追那么个穷凶极恶的玩意儿！什么叫沉不住气？这就叫沉不住气！"

说着聊着，两个人快到这边了。

"消消火！白鹿，你信我，小苏这个人跟别人不一样，真的！他按部就班做事情那是一向靠不住，血性上头了拍脑袋，反而是没一次不成的，我觉着一物降一物，他克得住上官乾。"

云小鲨慢慢走过来，三个人互相点了点头，她直接加入了对话："为什么这么觉得？"

"高手到一定地步，有时候比的就不是手上那两下，比的更多的是胆识、心智……"楚随波侃侃而谈，"至于说苏旷怎么想的，我大概也能猜到一两点：上官乾有这个易容术，咱们是防不胜防，他存心暗地放冷箭，一次不成两次，两次不成三次，试多了，迟早能被他逮上一次，到时候，此消彼长不说，士气上打击更大！就算逮不着，他见势不妙，跟教母一起，搭着精卫鸟，拍拍屁股跑了，我们上哪儿追去？昨晚上那个大暴雨、那个地貌！苏旷当然路不熟，可是上官乾熟也熟不到哪儿去，拼到底，也能给他个同归于尽，那时候咱们这边一样稳赢。"

孙白鹿点了点头。

云小鲨也点了点头说："随波，你是懂他的人。"

"倒也不是谬托知己，"楚随波在肚脐的高度比了比，"我认识他的时候呢，他才那么点儿高，就已经准备好做一个英雄了……这么多年，其实也没什么变化。做这样的决定，情理之中，不算冲动。"

云小鲨心稍稍放下来："他那么点儿高的时候，还盘算了些什么？"

楚随波哈哈笑起来："那可是满神捕营无人不知无人不晓，他整天立志要娶江湖第一美人，我们都以为他吹牛，哪知道这也能梦想成真……"

云小鲨跟着哈哈大笑："人情通达啊，楚大人！"

一时之间，气氛轻松不少。营地入口处有守卫问早声，三人转头去看，见沈家兄妹也并肩走了过来。沈东篱穿了双高脚木屐，一双裤脚也满是淤泥，白袍依旧如雪；沈南枝一手攥了个纸卷，一手端了碗汤水，大老远高声招呼："小鲨，早饭还没吃吧！"

"南枝！"云小鲨回头向她笑，"你来得正好，我们——"

云小鲨刚说到"我们"两个字，忽然就见沈南枝眼睛亮了，直勾勾盯着她身后，把手里汤碗直接塞在沈东篱手上，沈东篱轻轻拍了拍她的手背。

再回头，见孙白鹿扶着轮椅站了起来，楚随波比画的手顿在半空。

风声呼啸，南方有白翼渐近。是文陵江，她手里拿了个什么，但离得还远，看不清楚。

场上的所有人，都放下了手里的东西，互相提醒，仰着头看——

近了！更近了！所有人一起屏住了呼吸。除了风，没有任何声音。

文陵江到了，她展开电母翼，停顿在高空，对着太阳，手里的长刀高高举了起来，大声喊着："赢啦！"

"是碧海洗银沙！"当时立地的所有人发出山呼海啸一样的欢呼声，沈东篱直接扔了碗，沈南枝抱着他乱跳，楚随波和孙白鹿互相搭着肩膀用力拍着，云小鲨双手合十抵着额头，眼眶直接就红了。欢呼声席卷了整个营房，所有人全冲了出来，快乐的喊声快要把整个原野掀翻了。

文陵江收翅落下，几个人一起把她围在中央。大家七嘴八舌地问："人呢人呢？"

"他很累，要休息一会儿，说让我先报信，过会儿自己回来。"

"还说什么？"

"没说什么，就说大家按预定的办吧！"文陵江把碧海洗银沙递给云小鲨，又从腰间摘下小金葫芦，"小鲨，苏旷让我把这个交给你。"

云小鲨仔细看了看手中的刀。真是美！淡墨色的刀带着夜幕中大海的颜色，锋刃如龙舟，划出极美又极洒脱的弧度，刀刃是黑色的，但淡蒙蒙的一层光是银色的，像是水墨凝结在月光里。

她仔仔细细打量这柄刀的次数并不多。第一次，还是在霍瀛洲手上，要对阵自己的父亲；第二次，已经是大海里捞出来的残兵；第三次，是沈南枝再造的千锤百炼、重放光芒的神铁；如今是失而复得的第四次。不变的只有一侧铭文：出世海波平。她拔出藏山一玉，对照着比了比，唯有这一泓秋水魂魄，可以匹敌争锋。她下定了决心："诸位，我有个想法……我想到那边去找一趟海柳。"

楚随波摇摇手，四周安静了。

"这一路发生了许许多多的事情……五夫人逃出来向我求救，我收到了；她为了保护狩天者而死，我看到了；胖豆给我带了歌，我听到了。我和月牙儿之间确实是曾经有过约定的……我想，在最终的一切不可挽回之前，做最后一次努力，去履行这个约定。如果可以，我想劝海柳选择和平。"

几个人互相看了看。事情一步步推演到今天，对方能投降当然是更好，说实在的，这边毕竟是侠义道和神捕营，真要面对着老弱妇孺的五万蛊尸，谁心里都有点扛不住。可云小鲨孤身前去……谁都不放心。

"我主意已定。"云小鲨点了点头，"刚才战局未卜，如果……苏旷真有什么，我只能留下来死战；但既然他赢了，或许事情还有一线转机，事不宜迟，我想立即动身。"

楚随波问："你怎么去？"

"我走城墙外面，那里有许多藤蔓，我应该可以沿路拐到西南角，之后摸进去。"

孙白鹿接口："那耽搁太久了……鲨头儿，我们没法等你。"

"我知道，诸位按预定计划行事就好。如果有消息，我用信箭传出来。"

沈东篱沉吟："你的退路？"

"西边有条大河，真有什么，我从水路遁走，她们应该追不上我；再有什么万一的话……我想，也不会妨碍大局。"

沈南枝最后开口："那等苏旷回来，我们怎么跟他说？"这是很聪明的问法。

"这刀太张狂，我就不带了。"云小鲨把碧海洗银沙递给沈南枝，"你们告诉他，上次他跟我说的话，我想通了，碧海洗银沙有碧海洗银沙的使命，藏山一玉有藏山一玉的担当，我去做我该做的事情。回头见。"

"那么小鲨稍等，我给你多准备几支信箭。过会儿火烧起来，不一定瞧得清楚……"

主意已定，立即着手准备。有个声音在外面，怯生生地喊："鲨头儿……你要是放心，我用精卫鸟送你去……"

束星儿站在外面，手心攥着一串金铃。在她身后，风不二用狂风索牵着一只精卫鸟，铁钳封着嘴，铁链锁着脚。那只鸟昨夜被上官乾放出笼子，还没有来得及兴风作浪，就听见了一阵摇铃声。金铃是从沈南枝兜里掉出来的，束星儿在雨夜里赤脚站着，托着铃铛。她完全可以趁乱离开，但并没有。

"我的命是五姐姐救的，我想为她完成最后的心愿。"

"那我们走吧。"云小鲨点了点头。

古城的西边，是一条浑黄绵长的大河，从北向南流。河西岸是一眼望不到头的森林，再向前是极深的山谷，没有人类活动的踪影；河东岸是宽阔平坦的沙滩，有的地方是卵石，另一些是细沙，河流在岸边冲积起层层白沫，沙滩上留下一弧一弧的水痕。河滩整饬过,是练习格斗的好地方。

离岸不远处有一片沙洲,长满了丰美水草,那里斜放着条中等海船,大半截船身埋在沙土里,喙形船首高高翘着。

四野无人。

"你就把我放在那里,之后赶紧回去。剩下的事情,我自己来处理。"

"小鲨姐,小心啊。"

束星儿这样叮嘱着,驾驭着精卫鸟,把云小鲨放在一棵大树旁,振翅离去,消失在丛林里。

半空中云小鲨稍稍有些惊讶,不知何时,翘起的船头的另一侧,开了许多星星点点的白花。

晨岚缭绕,空旷辽阔。云小鲨信步向前走。前方是一排吊脚竹楼,走过去看,大概是平时训练的姑娘们吃饭的地方。从楼后随意经过,第一栋竹楼的二楼窗户里飘出一股淡淡的尸臭味。

云小鲨轻蹙眉,转到正门沿着竹梯而上。竹梯平时应该是常常洗刷的,昨夜暴风雨带来许多泥浆,泥浆中有几个凌乱的脚印。

一楼是间大厨房,看起来这里曾经有一位干净、勤快的女主人,一切陈设井井有条。但厨房被人搜罗过,竹篓和木柜都大开着,茶米油盐一扫而空,连炊具和餐具都拿走了一些,只剩几个碎碗,盆子里有馊了的鱼糜。但那不是臭味的来源。

出去之后,走上二楼。二楼的竹窗没有关牢,随风轧轧开合,进了许多雨水。那里本来是大堂,如今桌椅都凌乱,有打斗的痕迹。地上有几滴血,顺着血滴走到墙角,那里有一堆杂物,上面扣着口大铁锅,掀开,下面是个大木桶,胡乱塞着几个麻袋。

臭味是从这里来的。打开麻袋看,里面有两具尸体。都是四十岁左右的女人,手臂粗壮而结实,看起来有习武的痕迹,外衣显然被脱走了。她们一个喉头有枚吹箭,一个背后被捅了一刀,拔箭头出来看,箭镞相当粗糙,就是部落土著的水平。除此之外,木桶里还有一截绳子、一只破了的绑腿草鞋。再也没有别的斩获。

云小鲨走出这间竹楼,又去其他几间看了看。都一样,人去楼空,能吃能用的都搬走了。她继续向东北方走,边走边四下看,见泥地上有深深的独轮车辙印,就跟着追。地上散落的杂物渐渐多起来,看来应该进行过一场大搬迁。

云小鲨有点蒙,她做了相当充裕的格斗的准备,但走了好远,一个人都没有遇见。她不是特别懂,这无非就是一座小城,躲在一个角落和另一个角落,几乎没什么区别,如果逃不出去,这里的绝大多数人进森林就是送死。

她放弃追踪车辙,直接向东方插,那边离敌人更近,总会有防卫的。

穿过几排屋舍,绕过一带花林,前方是城池腹地——一片可谓浩瀚的药田,外面围着木篱笆,里面全是药草,阡陌相连,但大多数已经被挖走了。这里应该就是药堂的药圃。

顺着木篱走一段,看见一个花棚,棚下是又加围了一道的栅栏。那里面是苗圃,总算有人,二十几个穿着素麻长裙的年轻姑娘正在躬身劳作,把那些药草幼苗小心翼翼地连根移进花盆里,搁在一边的小车上。幼苗看起来珍贵极了,姑娘们连花锄都不用,全小心翼翼地用小铲子细细侍弄。花棚的一角堆着小山一样的木柴,是准备付之一炬的架势。

"快些再快些!"其中一个人在催,"教母催了好几回了,不行就扔下吧……"

几个躬身的姑娘都手不停,轻轻嘟哝:"这种子培育了快一百代,七年了才出苗……她说烧就烧……我不走,要烧连我一起烧……"

"不要怄气!快点快点,多带一盆是一盆……小心根……"

不知道是什么名贵的药草。云小鲨正想着,又忽想起,自己这样一身外人装束,恐怕是不好浑水摸鱼,准备去弄身行头。就见远处有个穿着同样素麻长袍、额头上戴着微木花环的女子疾走过来,那女子四十上下,腰间挂几个小竹篓,手里拿一枝一尺左右的白花枝,气度似乎更尊贵些。这身衣服或许可以通行……她经过的时候,云小鲨随手把她拍倒了,拖到一边,换了她一身装束。打开她腰间挂的小竹篓,里面有五只金色的蝎子、两只大花蜘蛛、三个红壁虎……都养得仔仔细细、各住各屋。还没来得及看仔细,小金扑棱把葫芦盖子顶开了,一头跳进竹篓里,拦也拦不住,三下五除二大快朵颐,每只还只咬了一口。云小鲨烦得不行,拍打它几下,骂了一声,但也无可奈何,就把虫尸倒了,葫芦直接扔在空竹篓里。

再走一段,到了古城的中心区。总算人多了些。行走的无非三类人,穿着短裙配着刀剑、跑来跑去的年轻姑娘,应该是战士;穿着素麻长袍或者长裙,戴着微木花环的,应该是药堂的;此外就是黑袍女子,薄纱遮面。

人人脸上都有焦虑,上官乾的死讯应该早传遍了。

轰!远远一声响,大家都向东方看。那边就是黑树林的屏障带,对面投石车把大包的引火之物扔进来,看不见火,只见一道道的青烟弥漫。风是西南风,青烟汇拢如盖,向东北推移。

云小鲨走近细看,通红的火焰在黑影里闪着。那些是雨后的树,相当湿,中间又有暗河,极其难烧。黑树林的这一边竖着一道两尺高的药坝,每隔三十丈搁一个装毒虫的巨大黑箱,有两个药堂的姑娘看守。现在,一个黑箱都没有打开,那是一声令下玉石俱焚用的,药坝这一边就直接是家园了,一旦撕破,畅通无阻。

轰!快到防守的关键桥口了,那里树丛稀薄,一个巨大的火球直接扔了过来,骨碌碌滚了几圈。大火球撞在这边一栋木楼上,很快就熊熊烧了起来。

几个姑娘好像有什么东西留在木楼里,就要冲进去拿。云小鲨随手拦了拦:"哎,小心!"

那是军队的投火球,里外分层,外面的草毯烧透了,里层的淋油刨花砰地四射开,烈火轰然,哔剥作响。整栋木楼很快烧成一片。姑娘们看那火,互相议论。

另两个黑袍女子眼尖,互相对望一眼,走到云小鲨面前:"你是谁?"

云小鲨没有应声。

"你很面生,你是谁的人?"

云小鲨想了想,迅速跑进附近另一间木屋里。

"站住!"两个黑袍女子跟着追了进来。

说热闹来热闹,木屋里居然有人。云小鲨前脚进去,两个黑袍女子后脚进去,也分不清谁是谁,昏暗地里猛起一道刀光。

然而,门后竟也有人,扔绳套住她俩的喉咙。另一个是当头儿的,反手关上了门。而桌子下面的一个,弯刀砍向云小鲨。

两个黑袍女子已经被放倒了,原先屋里的四个人一起向她围过来。

"你们都谁是谁啊?"极小空间里,云小鲨也没太多动作,挨个把几个人手上兵刃摘下来,反手格挡住当头那个的出手,但令人诧异,银沙教里居然有高手!

对面用的是一柄两尺长的短铁剑,一剑封喉,快、凌厉,准而且狠。云小鲨侧头闪过去,存心想看看门道,只见那人右手接着又一剑,左掌掌心内力暗吐,一尺之外,遍体生寒。云小鲨猛拧身避让,说道:"你是谁?"这个人眉眼相当年轻,但这一掌一剑,在中原武林也可以行走了。

有个人故技重施,也扔绳套套她喉咙。云小鲨抄过绳套,随手一抖,长绳如狂龙,把旁边三个人齐齐向角落里一卷一推,之后啪地抽在地上。绳头弹地而起,灵蛇一样，反打在领头那人手腕上，那人一个拿捏不稳，短剑落地，正要去抄，云小鲨抢上一步，脚尖踢起剑，反手握住，直抵着那人咽喉，低声问："你又是谁？"

极小的角落里，她没有伤任何人。

对面被她逼住的，是个二十岁左右的姑娘。黑袍斗篷之下，头发相当脏，一缕一缕的，用细皮带编成七八条辫子，额头上系一根狼皮抹额。她脸上也全是泥，手臂和腿上都有动物爪痕，一双眼，小鹿一样清澈，嘴角极倔强。她被云小鲨的剑尖抵着咽喉，但并不惊慌，直截了当地问："真是好身手！你是云小鲨吧？"

云小鲨点点头。

只见她轻轻松了口气，说道："鲨头儿，大家好像这么叫你……我不知道苏旷跟你提过冰雪四子没有，我跟他们一起上的昆仑山……我是老四，叫天颜。"

云小鲨又点点头，反手把短剑递回给她："你知道海柳在哪儿？"

"知道，我们就是来找她的。"

"你们究竟是谁？这到底是怎么回事？"

"鲨头儿，你得听我说……"只见她挥手示意，三个手下都抹去了斗篷，全是二十出头相当年轻的女孩子。

木屋很干净，看起来是个存放香料的地方。四周看看，落下的还有一些小孩子读的识字书。五个人就地坐下，当头的那个熟门熟路，从后面找了两碗水来。云小鲨脸上不动声色，并没有喝。

"恐怕要从头说起了。从昆仑山下山之后，我们和苏旷分道扬镳，我和二哥、三哥接到命令，率众前往广州分舵，陈述昆仑山事本末。那几年，教母一直常驻广州分舵，总在一个老船商的家里。我们到了地头，一进门全都被收了兵刃，教母相当震怒，我们心里也都有预备，毕竟……大家是柳左使的人嘛，柳左使那番作为，一意孤行不说，既开罪了丐帮，又损失惨重，自己也死在昆仑山巅，教母要惩罚余部也是情理之中……

"虽然有预备，但我们兄妹也没有太过担心，毕竟我们年轻，也一直被称之为后起之秀，教母将来不管想要怎样作为，总是能用得到我们的。教母先是处决了几个人，都是一直跟着柳左使的老人，我还暗自叫好，说实在的，那几个人，行事相当阴毒，除了就除了。再后来，分舵里就没人跟我们过不去了，日子久了，我以为那事就过去了。广州分舵有一些年轻姊妹，跟我很聊得来，她们告诉我，很快，北风一起，海船队就要启航，大家要一起迁到新总舵，建立新世界去。我可诧异坏了，我们都是柳系的，完全不知道这件事。

"那些日子，我动了心，走动都在想新世界，说真的，我是很雀跃的，中原一战之后，出师不利，而且……可能更重要的是，大家伙根本不知道在为什么而战，为什么而死，又为什么活着，人人都有些迷惘，都不想继续在江湖厮混，可身为魔教弟子，又走投无路。她们跟我说，新世界里全是要好的姐妹，自由自在过日子，喜欢干什么就干什么，在洪荒世界的丛林里，外人根本进不来，又有天下无敌的精卫鸟，没人能欺负我们……这有什么不好呢？

"可我两个哥哥都在劝我逃走，整天劝……我记得有一次，三哥脸色很可怕，问我说，天颜啊，新世界什么都好，可就是听起来太好了，像个天堂。你想过没有，洪荒世界，外人是进不去，可我们也出不来，精卫鸟天下无敌，可我们也拿它没办法。真出什么事，能怎么办？我当时并不信，和他俩吵得很凶。再后来，二哥突然就走了，他们都在传，说他是偷偷跑的。

"我还在生他气。可又有一天晚上，三哥跟我说，他发现二哥不是跑了，是被抓了。当时，他叫我跟他走，切记不要收拾东西，不要漏了口风，免得被人发现，当天半夜就来接我！我当时犹豫得很，不知道要不要信三哥。那时候我年纪小，脸上也藏不住心事，就被朋友看出来，问我，我没答好，说漏了一嘴，说明天啊，你可能就见不着我了……结果你也知道……三哥也被抓走了。他被抓的那夜……很惨的！他一直在瞪着我……我就明白了，说，我是要去新世界的，你爱去不去，只是来给他送个包裹，之后他稍微松了口气……

"再后来，我就再也没有见过他们。可我知道的，他们不在了。陆陆续续，柳系的人都不在了。我就跟着她们来了，从来的第一天就一直想着跑，随时随地都在记路，准备物资，可我又不甘心就那么跑，想我们那么多姐妹呢，我们的梦、我们的自由……我悄悄藏东西，武器、药品、生存需要的一切……就藏在沙洲那条船里。

"有一天，我半夜过去的时候，发现有个人在等我，蒙着脸。我吓了一跳，心说糟了，她却说，是时候了，该跑啦，教母已经盯上我了，明天就要动手。我问她，你怎么知道的？她没回答，只是接着说，天颜，你是这里功夫最好的，最有可能在森林里活下来……你要先出去，而且一定要活下来，等别人出去了，至少有个投奔。我说好啊，可你到底是谁？她说，我吹首曲子给你听，你活下来以后，挑一个清晨回来，就在河对岸留神等着，有小姑娘来牧马、放牛，你就听她们吹什么，如果是这一首,那么到半夜,来这里接下一个人。

"她一吹,我就知道她是谁了。那首曲子好简单的,人人都会,可被她一吹,像是有许多小伙伴就在身边唱歌跳舞,快乐无边……我就激动了,喊破她,海笛姐。海笛姐握着我的手,叮嘱我说,天颜,你是第一个逃出去的,也会第一个回来,你一定要坚持住,成为我们的希望。你知道这个曲子,可你知道这句歌词唱的是什么吗?唱的是,到那时,微木花相继盛开,姐妹们和自由会接踵而来……

"于是我记住了。之后几个月,我一个人在那片森林里活下来了,也留下来了。"

……

讲到这里,天颜微微一顿。

单枪匹马一个人,在森林里活下来,殊非易事,这绝不是一个简简单单"武功高强"就可以完成的使命。一个人要对抗黑暗、野兽、蛇虫、风雨、沼泽和没有尽头的孤寂。更何况是留下来,留下来就意味着选择继续战斗。

云小鲨静静望她一眼,颇赞许。通常情况下,一个人穿过幽暗岁月活下来之后,既是那个人,也不是那个人。苏旷提过几句这个姑娘,在昆仑山的时候,她还是个天真受宠、肆意妄为的小妹子,如今已经成长为一个勇毅沉静的年轻人,谈起经历的诸多磨炼,也只是"微微一顿"。

天颜接着说:"我就住在森林里,学会了该学的一切,留神躲避精卫鸟……再后来,依照我们的约定,听到曲子,半夜来接人。我陆陆续续接走了很多人,比我大的,比我小的……慢慢地,我就成了我们。如果她们选择离开,我们找时机送她离开。很多人没能活下来。很多人不肯留下来。留下来的这些人里,有叛逃的姐妹,有远道来投奔但是想要离开的老百姓,有生了重病别人以为快要死掉的病人,也有海笛姐她们的自己人,特地来加入我们。海笛姐她们会很小心很小心,确定是自己人,才会告诉她我们的存在。在裂谷那一边,我们重新建立了一个很小的部落。迄今为止,一共是一千二百六十三个人。她们全都来了。"

听到这里,云小鲨抬起头轻声问:"最近出了什么事?"

"昨天,海笛姐死了……被精卫鸟活生生吃掉了。"

"为什么?"

"她是白塔上的首席乐师……教母听出了乐曲的改动。海笛姐是我们大家的姐姐,所有人不开心的时候,都喜欢听她的吹奏。她出事之后,有人半夜在河边为她吹那首曲子,反反复复,像是在唱歌,也像是在哭。我不知道来的都是谁,但一个人走了,另一个人就来接上,都带着笛子。在我们的秘语里,笛子是她的指代。我的水性很好,鲨头儿,在你面前说笑了,但对大多数人来说,已经算很好了。昨夜暴风雨,我泅渡到船头,船那边也有人在吹那曲子,特别哀伤,特别动听,我一直在流泪。清晨天明之后,就看见了……微木花开。我知道,那一天终于来了。她在召唤我们。"

"谁?"

"海柳。"

"你确定可以相信她吗?确定她是你们的领袖吗?"

"当然,在我们的秘语里,海柳的指代就是'微木花开'。因为在她之前,微木花只能开放在初夏,而在她之后,微木花会盛开在每一个角落。"

"我还有一个问题。为什么不去找苏旷他们?"

"一来是因为道路断绝,苏旷也刚来,如果不穿城,南边的沼泽和那片蛊田我都过不去,要是走北边的高山绕行,大概需要七天;二来……鲨头儿,昨天苏旷射过来几百支响箭,开过出降的条件,其中有一条是准许大家离开此地,投奔附近几座大城池。恕我直言,这是不可能的。他们看见了银沙教杀人灭门,残暴狠毒,但他们没有看到……没有看到那么多人是为什么而来的,这里的每一个苦命女人,在外面都被欺侮到极限了,她们不可能有多少战斗力,即使经过训练,也不是你们这群天兵天将的对手,她们早已经流离失所,这就是唯一的家园,对她们而言,就地遣散,或许不如变成蛊尸。"

"哦……"

"这不是威胁,也不是恳求,这是个……事实。"

"你说的是她们,那你们呢?"

"我们不是没有地方可去,我们是不服!凭什么这么多年,整整一代人一砖一瓦、胼手胝足建立起来的新世界,就归了教母?我们怎么失去这个世界的,就怎么夺回来!"

"好!我知道了!那……你们还在这里等什么?"

"等微木花开……等海柳的召唤。鲨头儿,从那边穿过去,就是教母的石宫了,海柳尊者和属下们从昨天半夜进去就一直没有出来,我们都在等她的消息。"

"能确定她没事吗?"

"应该没有,门还是常开一线的,出来要一些药物。"

"干什么用?"

"不知道,里面没说。"

"那别等了,我们进去看看。"

"鲨头儿?"

"我是来应邀拜访她的,而且,或许……她需要我们做点什么。"

"那你跟我来。"

石宫在古城的心脏位置。一千多年的风风雨雨,蔓藤和苔藓已经和巨石长在一起,共同调和成暗绿的色调,好像不是建造在这片土地上,而是从丛林里长出来。

古老的大门紧闭着。门前的草地上聚集着许多人,全是药堂的姑娘,很多人都腰挎小竹篓,手里提着大药箱,她们围着一张张木桌站着,木桌上面有小火炉和锅具,静待指令。再从这里向东北方看,人就更多了,密密麻麻,一路排到东北边半残的石殿那里。看来,整座城池的居民应该全在东北角,有老人和孩子,带着包裹、行李、独轮车。

奇了怪了,聚集在北边和聚集在南边有什么不同!云小鲨正想着,天颜招招手,两人侧身从人群里挤过去。

大门轻轻开了一条缝,有半边脸闪出来,吩咐了一句什么。很快,几个姑娘就从药箱里拿出某种药粉,递了过去。

开门人正要关门,云小鲨喊住了她。

开门人神色不善:"你是……?"

"麻烦告诉海柳,我是月牙儿的朋友,应约而来。"

那人点点头,门再度关上了,很快,又打开。她做了个"请进"的动作。

天颜和云小鲨随她走进石宫里。石宫里是满满的人,或站或坐,全是年轻姑娘,一言不发。站着的,来回奔忙,坐着的,就很诡异了,全都绑起了双手,脖子上也有根细绳,挽着活扣。髑髅坛被挪走了,取而代之的是一张大桌子,摆满了药水、药粉、煮药的小锅,数以千计的瓶瓶罐罐。

"这些是跨海一代。"天颜在云小鲨耳边轻声说,"跨海一代是银沙教的年轻中坚,差不多全在这里了,她们都是自幼种了蛊虫卵,没想到会被一起催动、孵化……"

石宫里太安静,很轻的声音也显得嘈杂,引路人做了个"嘘"的噤声动作。

海柳站在窗前,对着阳光,细细看手里的琉璃瓶。蓝色的、浑浊的液体,她滴了一滴鲜血进去，变成了淡紫色的、透明的液体。她向着云小鲨点了点头，显然暂时没有精力招呼。她走到一个坐地的姑娘身边，声音温柔而镇定："试试这个，来，不怕，我们再试一次。"

姑娘的脖子上已经有了很明显的红线。她点了点头，眨着眼睛，眼泪流下来。

海柳轻轻把那瓶液体喂进她嘴里。姑娘的后背抽搐了一下，捂着嘴，好像是咳嗽，又好像在呕吐。海柳就轻轻地抱着她的肩膀，轻轻拍。

呕！那姑娘猛向前扑，那条细线立即勒住了她的脖子。之后，她发出了咕噜咕噜的可怕的咆哮声。她一口咬向海柳，而海柳似乎还在默然，抚着额头，半闭着眼睛。

云小鲨一皱眉，手里暗扣的藏山一玉飞出去，结果了那具蛊尸。

姑娘倒在海柳怀里，很快有两个人把她挪走了。

海柳叹口气，抬起眼来："你来啦？"她疲惫极了，连嘴唇也是苍白的，仅仅是昨天，她还是个健康有光泽的年轻人。

云小鲨点点头："我知道你很累了，但至少也要保护自己……"

海柳站起来："我不要紧，单凭蛊毒杀不了我……"她拂开袖子，露出手臂，上面深深浅浅，全是齿痕。

她走到那张大桌子前，重新调配下一管解药。

这些许余暇，云小鲨仰头看——石宫里的壁画相当之精美繁复，画面似乎是好几个异教女神拱卫着一个大女神，明亮天穹的蓝，血滴宝石的红，璀璨流转的金，月下珍珠的白……光辉灿烂，奔放绚丽。云小鲨极轻声耳语："这是什么？"

天颜回答："一个神话传说，回头告诉你……"

"上一次的药剂，太保护肝脏了。"海柳调了另一管解药，打开一个小罐子，挑了点淡绿色的药粉洒进去，"以毒攻毒试试，我总是不敢用碧蚕卵……"

之后她刺破手指，也滴了两滴鲜血进去。这次的溶液更透明，有一种宝石一样的凝固感。

海柳走到另一个也年长一些的姑娘面前，略有些犹豫。

那姑娘看起来比海柳还要大个两三岁，与她也很熟识，就笑了笑，自己接过去："迟早的事，太折磨你了……"

她仰头一饮而尽。

所有人依旧屏息凝神，望着她。

海柳目不转睛。

她手里的琉璃管落在地上，粉碎。之后捂住嘴，慢慢地咳嗽，肩膀开始耸动，渐渐蜷缩起身体，好像腹部被一个大木槌砸到了。

几个站着的姑娘都靠近观望，有人祈求一样，十指绞在一起。

那姑娘接着咳嗽，一口血从指缝里涌出来，接着第二口……第三口……

海柳紧紧抱着双肘，低着头，咬牙等。

那个姑娘抬起脸，满嘴鲜血，吃力地呼唤："海柳……海柳！"

姑娘们爆发出小范围的欢呼声。海柳一把抱住她，两个人好久不肯松开。

"啊！海宁姐是第四十七个！四十七！"石宫里一片欢腾，坐在地上的姑娘们喊着成功的数字。

稍后，海柳拍了拍海宁的后背，解开她脖子上的绳套："去做事吧……我抓紧把其他人试完。"

"请稍等一下……"云小鲨旁观了两例，"我有点不明白，海柳，如果你百毒不侵，为什么不干脆把蛊虫吸出来？"

"我不是简单的百毒不侵，我是身体里蕴藏百毒，但血液里有解毒的药力……"海柳尽力解释，"一切办法都尝试过很多次了，蛊虫还是卵的时候不会进血管，一旦成虫，就必然要入脑，只能用药物把它们逼进血管，在这里截住它们……这个时间段相当短，它们会躲我，我的嘴靠近，它们就钻回到血管里，返回五脏六腑。"

"还可以用药物逼进固定的血管？"

"我们是药堂。"

"要不然，换我来试试？"

"什么？"

"我用这个。"云小鲨把腰间的小金葫芦提起来，"海柳，金壳线虫和你很像，也是只要一靠近，蛊虫就会躲它，不过，一个很偶然的机会，我们发现如果小金在烈酒里，就能掩饰它自身的气息……苏旷在杭州试过一次，是为他的师弟吸毒，他把金壳线虫和酒吞进肚子，再把蛊虫吸出来，连酒吐掉，安然无恙。我想，我可以如法炮制。"

海柳打量着她："云小鲨，这好像是我们第一次见面……"

"是，还没来得及打招呼。"

"这样做有生命危险。"

"当然，不过值得冒险。"

"你的条件？"

"和平。海柳，一路上天颜跟我说了许多你们的事，如果我没看错，教母已经是我们共同的敌人了。在除掉她和精卫鸟之后，我会竭尽全力做一道双方之间的桥梁，我来保住你们的自由，但也要请你和你的人负起所有该负的责任，为这件事情的前因后果承担代价。"

海柳挥了挥手："去拿酒。"

酒是自酿的醇酒，有一股特有的凛冽清香，云小鲨深吸了口气，吞下小金，把半坛子一饮而尽。一个姑娘的脖颈上已经出现了红线，有人在血管上细细划了一道痕，她凑过去，吸了口血，如此反复再三，之后连酒带小金吐得干干净净。

好些人在围着那个姑娘检查、止血……过了一小会儿，冲海柳点点头。

石宫里等待的人相当多，大概快三百人，但是一回生二回熟，继续下去就快得多了。

整座石宫都沉浸在欣喜里，除了小金。小金过了五六次之后，已经有点怒了，嘶嘶作响，反复扭动，非常抵触。云小鲨虎着脸，弹着它的脑门儿低声训："丢丢，配合一点！你看你千年修行也没法位列仙班，就是老不爱干好事……"

小金渐渐掌握了诀窍，越往后就越来越快。云小鲨一次可以直接吸掉两三个，攒一起再吐。不过半个时辰，石厅里两百多号人已经清理干净。

云小鲨最后灌了两肚子酒，呕尽之后，又要了清水，反复再呕几次。最后一次，才算是又把小金吐了出来，洗涮干净，塞回葫芦里去。她摇摇晃晃站起来，不觉已有醺醺醉意。

一屋子姑娘都在看着她。她的声名，这里所有人都久仰了。

"鲨头儿，我来给你引见，这位是海宁，"海柳指了指刚才的姑娘，"在我们所谓的跨海一代，习惯按照技能和艺术来划分人，她掌管书籍，包括普通书籍的采买，还有敝教霍教主藏书的整理和誊写……我离开之后，她是最合适的接班人选。鲨头儿，很快，我和教母都会消失，在那之后，希望你可以代为搭桥，让她和苏大侠重新谈一谈。"

"教母呢？"

"从地道走了，去了北边大湖。"

"发生了什么？"

"上官乾的消息传过来之后,我们试着和她谈了谈,结果不太好……我想,她的耐心到头了。"

"耐心到头会怎么样?"

"当然是同归于尽。你们所有人,和我们所有人,但是,她和她的人可以离开。我要去找她一趟,我们有些事要了结。"

"你说的地道在哪里?"

海柳指了指髑髅坛的下方,也是现在这方药案的下方,那里洒满了密密麻麻的银沙。这样的剧毒,只有海柳一个人能穿过,这是特地为她预留的路。

"我不是很明白,教母去北边大湖要做什么,能做什么?你们把人搬迁过来,又是在躲什么?"

这一回,轮到海柳讶异了。

"关于湖水的秘密,沈南枝没有告诉你吗?"

"告诉我什么?"

"鲨头儿,云小鲨!"海柳用不可思议的目光打量着她,"原来你什么都不知道啊……你居然敢就这么来!"

白塔之下,短短的甬道尽头,石门已经打开。石门里面是一片古老的墓穴,外面甬道的壁画,还是文陵江临摹的那些——一只怪兽的髑髅,髑髅大张的口里端坐着一位女王,一手举着法杖,一手举着心脏;环绕着髑髅,有一大圈神秘的文字。

几个人商议了一下,沈南枝和孙白鹿、楚随波下去,其余人守在外面应变。

那是一座巨大的石墓,又是一棵巨大的神树的残骸。石头的缝隙里鼓着粗硬的树根,但上面的树干被杀死了,没有突破石宫的力量。四壁的石龛里嵌着石棺,而石棺被一个个撬了出来,里面的尸体显然做过防腐处理,但依旧朽坏了大半,只有骨殖的残迹。

石龛上也写着很古老的文字,和石门上的古老文字是一种。除此之外,还有壁画,硕果仅存的明亮鲜妍。里外的壁画显然是一个风格流派的,女武士的髑髅,形态各异,有些举着自己的心脏献出来,有些舞着兵刃,有些戴着荆棘冠冕,有些实在是看不懂在干什么。

"白鹿,能看出这些人是怎么死的吗?"楚随波问。

"看不出来，实在太久了。"孙白鹿一具一具地检视过去，"没有陪葬品……衣物全部蚀坏了……肌肉消失……连牙齿也没有几颗……无法判断年龄……我能一眼看出来的，只有显而易见的三条：一，这些都是女人；二，没有儿童；三，所有人的左肋骨都断过，这里，心脏的位置。"

楚随波点了点头，时间太短，线索也太少，确实很难找到有用的消息，他又问沈南枝："那南枝能看出来什么呢？"

沈南枝也点点头："差不多都清楚了。"

孙、楚两个人都揉了揉鼻子："愿闻其详？"

"这里之前是一个小小的王国，后来她们被偷袭了……"

"沈姑娘！这是哪里能看出来的！"

"外面城墙上的壁画和里面的壁画是连着的，讲了同一个故事。"

"……那之后呢？"

"高山上的圣湖帮她们报了仇。"

"哪一个画得像湖？"

"这个是文字写着的。"

"沈姑娘认识这个字？为什么不早说？"

"不怎么认识。主要是推论，因为柳叶女王差不多是汉代的人，那个时候这一带的国家都没有什么文字，留下来的文字，要么接近汉语，要么接近梵语，要么是两个的变种。这个字儿都长成这个样了，肯定不像汉语，那就往古梵语猜，梵文变种极多，一路向北是方体，一路向南变圆体，这个长这样肯定不是方体，如果是圆体，无数个变形我不懂，但基本的四十七言是没跑了，我带了几本经书来，从里面抠出来一些很基本的词，比如湖水，比如太阳，月亮，星星……古墓里嘛，一般词语都是最简单的，连估带蒙，能套出来……剩下的和图一起猜，八九不离十。"

"沈姑娘接着说。"

"这里很长一大段，从这儿到这儿，都在用颂体的格式，反复歌颂这个湖，我就先管它叫圣湖吧。这个圣湖，能耐很大，它像人一样，吸进去生的气息，呼出来死的气息，这个湖里面肯定有神或者魔鬼，它快乐的时候，就吸进去丛林的生的气息；愤怒的时候，就咆哮着倾泻，之后吐出去丛林的死的气息。这个死的气息飘落下来……嗯，在一个魔鬼、众神和入侵的敌人都沉睡的夜晚，杀死了敌人、叛徒、俘虏，包括部落里的牲畜和丛林里的野兽……复仇的地点，嗯，应该是，就在我们站的这里。这上面还歌颂说，那些手拿武器的比我们强壮得多的敌人，全部死掉之后……女王就复仇成功……但因为老女王已经死了，就在新生的躯体里更换了心脏，之后就复活了。这个墓穴就是停放摘心躯体的祭坛，感激她们为部落做出的神圣贡献。"

孙白鹿和楚随波互相看了一眼，有点怪怪的。

这座不大的石宫确实像个心脏的形状，石棺里的几百具骨殖形状可怖。古老的故事慢慢显出雏形，就在此地的上千年前，曾经有过一场大规模的外敌入侵，侵略者趁着夜晚杀死了这个部落的许多人，也俘虏了许多人，在一切无能为力的情形下，祭司召唤圣湖，发出死亡的气息，趁着入侵者沉睡杀死了他们……而作为感恩和回报，数百名战士向圣湖和女王献出了自己年轻的心脏。

这片古老的土地上，已经有过一个王国了，战斗过、失败过、胜利过，而一切终归泯于荒草。如今是第二个小王国，第二群入侵者。

他们站在这里，头顶是巨大的古老而死亡的树根，更广阔的外面是一望无际的雨林。在人类来此之前，万物生长；人类离开之后，万物依然会生长。

一滴水不知从哪里落下来，滴答一声。

孙白鹿问："沈姑娘，宁可信其有，你姑且揣度一下，我们要不要做点防备……"

"等一等，这个死亡气息……"沈南枝继续捏着下巴，"我好像有点摸着脉了，你们想，这一带河流是从北向南，风向是西南向东北，这里正好有个三角形的盆地就在城池的南边。这个死亡气息，是一种很重的气息，往地势低的地方沉降……"

"怎么说？"

"颂诗里在赞叹它说，死神无所不在，唯有丛林永生……你看看图里，敌人、叛徒、牲畜、野兽都死了……但是，只有飞鸟和游鱼存活，鱼在水里，飞鸟在高的地方；而白塔顶上，美丽的月牙儿得到神的宽恕，目睹了这一切……白塔顶上，也是高的地方……把一切连起来，就是说，高山圣湖里有一种死亡气息，在大家沉睡的时候，湖水倾泻，死亡气息飘落下来，杀死了所有低地的生灵。"

"对，北边确实有一座大湖。不知道教母在不在那里？"

"还不知道，要等小鲨的消息。"

"差不多了，我们马上走，这里不安全。"

三个人匆匆走出来。天空中，风向旗笔直。

还不等他们下令，文陵江就已经飞下来通报："三位，有个很奇怪的状况，对面她们集体搬家了,都从南边搬到了北边……"

三个人点点头,楚随波下令:"小心为上,我们退出去一半人,一路退到营地!陵江飞高一点,注意河流、风向、洪水,尤其是北边的洪水……弓箭手上城墙!拿绳梯,我们几个上白塔,看看这个死亡气息,到底是什么诡异的东西!"

军令如山。很短的时间之内,稻田带和城池里,变得空无一人。以至于苏旷拎着上官乾,走回老地方的时候,一时举目四顾,按刀茫然。

呜呜——呜呜——营地上、城墙上牛角号齐举,青铜号长鸣。茫茫无人的龙蛇大野,似乎都在向他一个人祝贺。

这阵仗太大,风雪原和卢千里都弄得团团乱转。

苏旷横刀而立,看远方沙砾长河上游,一道浑黄水线渐渐冲下来。

八荒辽阔,远山雾霭升腾。海天龙战血玄黄。

城池北方有一座高山,是第一大山长山的余脉。山间有一道天然的堰塞湖。大湖像是在一口巨大的石盆里,四周全是嶙峋的黑岩山壁,较低的一侧河水漫过石壁沿,涌出一口大瀑布。

湖水相当深,四周腐烂的树木和藤蔓全沉在湖里,透出一股铜绿色。更早的腐烂千年的植株,已经变成了大潭的泥炭。

城池太大,湖水是杀不了所有人的。但湖底的泥炭可以,只要湖水泻出来,泥炭被搅动,就有大量的死亡的气息顺风向下游压过去。

所有低地生灵都会死亡,而狂风大作之后,那些死亡的气息会消失。

这是教母很久之前就知道的事情了。她知晓之后,就再度封住了那座小石宫。

昨夜一场大暴雨,许多枝丫横生的大树浮在水面上,聚在瀑布那一侧,澎湃碰撞。瀑布下密布石缝,小而急的激流从大水里冲出来,扬着手臂粗的青藤,好像山妖在曼舞吟唱。

瀑布之下的空地上,教母的亲信侍从两侧站立,都在仰头望。教母在六只精卫鸟合拉的网兜里,舒舒服服地倚坐在一张软榻上。

她在等。

海柳来了。从甬道的出口,攀着木藤爬上来了。她经历过一场手忙脚乱的救援,手腕上有血口,脸色苍白,但依然没有太大的表情,平淡素净,眼神安宁,长辫子编着金柳叶,斜垂在一侧。

"海柳儿!我的好女儿!"教母在半空,声音远而空洞,"靠近我,让我看看你!"

"姆妈。"海柳已经到了湖边,眼前是最后一块湿漉漉的石板,水雾弥漫,前方就是绿如蓝的大湖。她仰着头,脸色一如既往。

"海柳儿,我的好女儿!"教母在空中大笑,"你想要上来杀了我,对不对?"

海柳望着她的眼睛,那像冰封大海之中礁石一样的眼睛,她犹豫片刻,轻轻点了点头。

"海柳儿,你比我想的还要勇敢。"教母在空中鼓掌,"来人啊,给我的女儿装扮起来!"

她的黑衣亲信们四面八方拥上来,她们的手里居然捧着新衣、妆奁匣子、首饰、鞋子和王冠。

海柳站着,一动不动。

她们脱去她的所有衣衫,露出一副几无瑕疵的身体,高挑、结实、健康,一丁点衰老的迹象都没有,带着青春的光华。教母的眼睛一眨不眨,近乎贪婪地盯着那具躯体看。

之后,她们为她更衣,换上了一身鲜红夹着亮金,满是缎带、轻纱、宝石和黄金的长裙,金丝柳叶和装着药粉的戒指被拿去了,换上了华丽的手镯和一顶金冠。

海柳任由摆布。金丝柳叶顺着瀑布冲走了,戒指沉入湖水中,作为药堂主人的一切记认都不存在了。

她们啧啧惊叹着,为她盛妆,描画了眉和眼,把有些苍白的嘴唇点得鲜艳欲滴。最后,她们摆弄她的长发,为那乌黑得像极品缎子一样的长发洒下香粉和花瓣。

没有任何王后配得上这样的妆饰。

这属于一位女王,或者是一位不可一世的女神。

而只缺一颗心脏。

海柳始终一动不动。

"我的女儿,你可真美。"教母催动着精卫鸟,围着海柳飞,"你不愿意上前一步,照一照湖水,看看你一生之中最美的样子吗?"

"姆妈,"有人把一柄宝石权杖递到她手里,海柳还是连眼睛都没有垂下来,"我不必看，我知道这是什么样子。"

"那么来吧，我的女儿。"教母飞低了，网兜就在海柳面前，"上来，看看新世界诞生的样子。"

海柳上前一步，和教母一起升上半天。

黑衣亲信们纷纷躲上山顶。她们一直相信那个奇迹，正渴盼见证它发生。

轰隆隆，山巅之上，巨大的沉重的箱子，像一座倾颓的雪山砸了下来。那是银沙教这些年搜来的所有金银财宝，真正的富可敌国。之后是被箱子砸断的巨树、绝壁上被巨树砸裂的石块。瀑布里本来就满是裂隙的山壁，开始滚着喷着、溅射出更多的激流和碎石，石条在跌落，无数的金块和银块从瀑布里喷洒出去。那条古老的伤痕累累的湖水石壁在动摇，暴风雨夜里蓄满的洪水开始发力。

轰隆隆！第一道石梁砸下去。之后是第二道，第三道。石门一样的页岩掀翻下去了，落在瀑布底部，激起惊涛如雪花。那阻碍湖水的大半边老石坝终于整个脱落。浩瀚的大湖，顺着瀑布，冲向河道，之后冲向整座城池，白浪像是丛林之神骑着的惊马。

"来吧，我的女儿……"教母拉起海柳的手，逐浪而飞。她们很快就到了自己王国的上方。

所有人都在严阵以待——自己人、敌人、牲畜。

洪水顺着河道灌进城里，转眼就变成一片汪洋，浑浊的水停在大约与吊脚楼面齐平的位置，许多杂物浮了起来。但也就如此了。"低地的生灵们"似乎安然无恙，连猪都没有死一只。

"你做了什么，海柳儿？"教母吃惊，但也饶有兴趣地看着这一切。

"我带来了月光藤，那是浅海的植物，我把它们移植进了淡水里，那种水藤繁衍起来会大量地吃掉泥炭，而死亡气息就埋在泥炭中……"

"什么时候做的呀？"

"有几年了。"

"听起来很厉害。"

"姆妈，我是药堂的主人。"

"那么海柳儿，告诉我，今天你能杀了我吗？"

"恐怕我做不到。"

"如果，我要来拿我的东西呢？"

"姆妈，你动手吧，为了这一天，我准备很多年了。"

教母望着身边闭着双目的海柳，轻轻摸出一柄蛇形匕首。那是漂亮的用黑曜石打造的匕首，锋利而诡异。

她什么都没有做，但海柳慢慢咬住嘴唇，手指按在心口上，一点点蜷缩起了身子。

那是连心蛊，母女连心，从孩提时就是了，母亲要处决的话，子蛊的心脏可以随时随地碎裂掉。

教母在试探着，她也是第一次操弄这蛊，一只魔鬼的爪子在撕扯海柳的心脏。海柳抓紧了网兜，又松开，低头，又仰头，沉重的金冠掉在网兜里滚着，权杖落下，宝石跌得粉碎。

海柳不是一个轻易流露痛苦的人，如果她近乎翻滚，那么痛苦就在极致了。

跨海一代在底下望着她。

白塔顶上楚随波问："南枝，能用狩天者吗？"

沈南枝摇摇头："太高了，也太远了……需要再过来一点。"

"你在等什么呢，我的女儿？"教母在她耳边叮咛，"你是在等你死掉的瞬间，身体里的百毒一起爆出来吗？"

海柳转过脸看她，她眼里有被言中的惊讶，汗水洗着脂粉，露出几道本来的素净的皮肤。她的身体是最好的反击武器，但教母是操纵痛苦的绝顶高手，在快要撕碎她的刹那，就停下来。

"撑不住可以跳下去……跳下去，就一了百了……"

海柳抓着网兜的指关节已经泛白。

"你这样坚持有什么用呢？我并不痛苦啊，我的女儿。"

海柳牙齿咬在下嘴唇上，流出一线血，她轻轻闭上眼睛。她在等……

云小鲨也在仰头看，她问身边的天颜："天颜，海柳的妆饰和穹顶壁画的女神是完全一样的。你说过那是个传说，那到底是什么意思？"

天颜目不转睛望着天空的挣扎："这是一个银沙教里，很多人都知道的神话，

395

也是夫人的起源。"

这个神话,来自天竺古老的经典《往世书》。曾有一日,阿修罗之王摩西沙得到了不败赐福,他化身水牛怪,率领阿修罗界,把天神们赶出了天界。创世神梵天求助另外两位主神,毗湿奴和湿婆。三主神竭尽所能,依旧无法伤害他。

在宇宙即将落入摩西沙之手的时刻,梵天的妻子辩才天手执经卷和宝琴,凌空显现。

吉祥天现出摩诃拉克什米之相,手持莲花和妙见。

湿婆之妻乌玛持三叉戟,施无畏印。

因陀罗之妻舍脂乘白象,持雷电杵。

女神们合为一体,现出大女神萨克蒂的终极形态:十八臂杜尔迦。

萨克蒂坐于雄狮之上,有天花如雨,诸天授武,众神献裳。得此喜悦,女神开颜大笑,杀死了水牛怪摩西沙,也从灾厄中拯救了宇宙。

这是故事的真谛——七个妻子摆脱了妻子面具之后,会聚合成一位真正的强有力的女神,战胜一切魔王,开辟了新的世界。

"很好的故事。"云小鲨继续问,"那你们在等什么,等她们之中的赢家落地,你们表示服从吗?"

天颜很奇怪:"等她召唤啊,微木花开?"

"很明显,现在是她需要你们,不是你们需要她啊?"

天颜好像忽然明白过来了,她从花圃里折来一枝白花枝,轻轻举起来,大喊了一声:"微木花开!"

跨海一代互相看了看,如梦初醒,她们每一个人都举起了一枝微木花。

人群里,一个人举起微木花,接着是第二个。独轮车旁的老人,然后是孩子。之后是穿素麻长袍的人,穿短裙的人,穿着黑袍的人……整座城池里,微木花一朵一朵,相继盛开。

海柳遥望着,转过脸,眼泪慢慢地流下来。

——我很久没有在你面前表露七情六欲,久到,我以为自己已经没有情感了。

——情感是弱点,但似乎也不是。

——既然你可以随意杀死我,那么,就也感受我的痛苦,我的快乐,我的愤怒,我的希望。

——你看到我的技艺了吗？很好，接着看下去。

——人活在这个世界上，倚仗许多技艺，这些技艺，关乎世界怎么运转；在技艺之上，还有许多知识，譬如天文，譬如地理，关乎草木如何荣衰，海洋如何流动；在知识之上，是真正的智慧，关乎城邦如何建立，法律如何制定，人与人怎样相处，怎么样才能度过一生；所有这些智慧之上，才是信仰，才能回答什么才值得为之赴死，而我试着放胆一答，是家园、尊严和智慧。

——现在，轮到你了，告诉我你倚仗什么竟这样活着！姆妈，你也只活几十年而已！死神也已经站在你身后了。你要毁去一切吗？无论是你创造的，还是不是你创造的？

——做你想做的一切。拿走我的心脏吧，我不再使用百毒，我不是你的女儿，我只是你创造出来的一个作品，把它毁掉吧，如你所愿。

"海柳儿，"教母轻轻摸了摸她的头发，一个刹那，海柳心头的痛苦消失了，教母悄悄告诉她一个秘密，"你知道吗？我其实也知道……人不能长生不老。"

海柳很是吃惊，但表示点了点头。

"你放弃了，那姆妈放弃了，来，我们换一种玩法。"教母凑到她耳边，还是很轻声，"海柳儿，我告诉你，连心蛊不算真正的蛊虫，真正的蛊虫是权力和野心。喏，等你落地之后，你将是银沙教第一个集教主与教母于一身的人物，而且如此年轻。我给了你一切，可能包括你不想要的。让我看一看，你活到我这个岁数，会说出什么样的话，变成一个什么样子的人。"

海柳摇了摇头："你……姆妈？你在说什么？"

"我赌你会变成另一个我……海柳儿，那个时候，才是蛊虫发作了。"

教母微笑起来，之后是哈哈大笑。她翻身跳起来，一跃而下。在下坠的过程之中，一边继续狂笑，一边把匕首刺进了心脏里。她如此肆无忌惮地结束了这个游戏，像一个牌品不好的小孩子，把摸到的一手烂牌扔回牌堆里。

所有的精卫鸟一起回头！没有主人了，它们要肆意吞噬血肉。

但它们在射程内。

嗖！白塔之上，一道弥天银网射了出来。恢恢天网，抓捕苍穹，像要在荒淫之波里打捞太阳，像要在浩瀚长空里捕捉六龙，像要连女娲刚补的一片天都抓下来。

一点光芒,继而射出六点光芒,天空盛开一朵莲花,之后是九朵莲花,光点在围着精卫鸟的躯体奔走,爪、喙、双翅,周身一切。整个狩天者完全展开了,像一朵盛大的光芒四射的莲台。

精卫鸟双翼收拢,挣扎着,扑棱着往下落。之后,嗖!张开到极限的机关,开始合拢。

大开大阖,九九归一。狩天者收拢成一团银网,六只精卫鸟一网打尽,一起落了下来。

落下的位置是一片沙洲,这里原本水草丰美,刚刚的洪水湮没这一带,船头高高翘起,像是昔日搁浅的理想。

船头之下,微木花依旧盛开。

战火并没有焚尽一切,停在了那条死亡的边际线上。教母死去之后,和平顺理成章地到来。

白塔之下,两班人马面对面站着。海柳换回了素麻长袍,金丝柳叶编在辫子里,她微微地笑,像是春冰中的新柳枝探了出来。她在看手里的新拟定文书。而苏旷也在翻着手里的文书册子。这是略嫌草率的文书,但开启一个新世界的时候,脚步总是有些激动的。

差不多了,两个人都合起册子。苏旷走上前一步,说道:"海柳尊者,我看大家都意见一致,那么来定下契约。"

"是。"

"你们要允诺的是:第一,所有灭门案的凶手,要跟我们回去,接受应有的惩罚;第二,赃银要陆续打捞出来,运回京城,不足的部分,你们分八年付账,再不足的部分,用药草抵数;第三,每个人都要明白,这件事不是教母一个人的所作所为,银沙教既然全体参与,理应全体承担责任,杀一人则活九人,银沙药堂,从此要以活人为使命,海柳,至于你个人,我要你就此立誓,终生弃绝蛊毒,三世医人;第四,这件事的前因后果,不可不明鉴于世,我的意思,是刻在白塔上,此为银沙叙事本末;第五……我还有要事在身,这里的许多善后要拜托诸位朋友,侠义道得留一部分人下来,一来督促缉凶查账,二来,这个地方白骨如山,鬼气森森,也要彻底变个样子;第六,我跟你们约个时限,从今往后,每年微木花开时节,你们要命人前往洛阳……不是见我,那时候我早就不在了,你们去见丁桀,跟他陈述这一年所作所为，八年之后，如果一切如常，希望银沙教顶天立地，就此成为一个真正的大门派，世间再无魔教；第七，这是我们这边的允诺，中原武林，从此之后，会在大城设立商铺，和你们贸易，你们需要的一切，会源源不绝运过来，祝你们好自为之家园平安。"

海柳点了点头："唯愿止戈于此，家园平安，永享太平。"

"如果大家都没有意见，在场所有人，沥血于酒，共立盟约，如违此誓，神人共诛之！"

醇而烈的酒斟满在空杯中，在场众人誓血立约。

自古以来，没有什么盟约是能千秋万代、金汤永固的。

但一代事一代毕，下一代烽烟再起，自有新英雄。

从此之后，银沙教开启了海柳执掌的时代，江湖有史，也称为银沙跨海时代。

青山别样风采，南泽草木多情。需要善后的事情太多，有无穷无尽的事情可忙。第一批，也是最容易收拾的金银装好箱了。很快就要归程。

苏旷坐在田埂上，合握双手，撑着下巴，目光追着归鸿，恍惚神飞，第一次觉得此地山水如画，田园风光，不愿离去。

"苏啊，"楚随波到他身后，负手弯腰低语，"咱们第一批要开拔了，我和白鹿准备头里走……后面的那一批叫十二刀老哥几个压阵。"

"啊，好。"

楚随波声音更轻，商量着："我跟侠义道的几位问了声，他们和银沙教恩仇牵涉太深，还要再耽搁几天。"

"啊，好。"

"苏啊……该走了！"

苏旷慢慢转过脸，眼神里有一丝盖不住的难过。怎么这么快！怎么能这么快！

"你……跟小鲨，道个别吧？"

苏旷坐着没动。楚随波手在他肩膀上按了按，离开。

云小鲨预见到了什么，跟着苏旷走到一棵大榕树后。她眼神迟疑不定。

"小鲨，"苏旷把小金葫芦塞在她手里，"那个，小金跟着你吧……"

云小鲨轻轻抱住他脖子，一个字、一个字地恨恨地问："凭—什么—？"

"我答应过他们……"苏旷搂着她肩膀，紧紧抱在怀里，"小鲨，我答应过了，你都懂的……"

云小鲨脸颊靠在他肩膀上，牙咬得很紧："我不想放手。"

"小鲨，你记不记得那个姓苏的怪老头的故事？我跑不了，我是神捕营的人，铁敖的弟子，在那里长到二十四岁，一身本事从那里学来，我犯了事，必须得回去，不然谁本事大谁跑，律法就会永远对强者网开一面，我们要律法干什么呢！我们之前的坚持算什么呢！"

云小鲨不想跟他辩论，只是抱着他的手，不愿松。

苏旷无论如何也不舍得狠心拉开。

"喂，小鲨，我也答应你一个事，好不好？"

"什么？"

"在佛家的说法里，满手血腥的人会坠入十八层地狱，但那个地狱呢，不是一下子掉到底的，是一层一层打下去的……小鲨，我想我这样的人死了之后……"

"那我也是满手血腥的人，我下去找你。"

"你是海上的人嘛！海上的人又不信佛……"两个人耳鬓厮磨，苏旷脸颊擦着她的头发，"你听我说嘛，我这样的人死掉之后，按规矩会先打到拔舌地狱里，多嘴多舌嘛，肯定要拔掉舌头……在那之后，我这么聪明，对不对，会想个办法，偷偷跑出来找你……"

云小鲨望着他，泪满眼。

"可我拔掉了舌头了啊，就没法跟你说话……你在船上，也听不见我的声音，你肯定想我啊，我也想你，就着急，急着急着，哎，灵机一动……我就用这招跟你打个招呼，你闻到这个味儿，就是我来找你了。"

云小鲨翕动鼻翼，皱了皱鼻子，顺手就扇了两下风。苏旷是个很"臭屁"的人，真的很臭屁。

她的手一拿开，苏旷就退了一步。云小鲨愣住了，试图再上前抱住他。苏旷摇摇头，慢慢往后退。他退了几步，想笑，没笑出来，眼眶也红起来，实在是受不了，猛转身，先是快走，之后是狂跑。

楚随波招呼孙白鹿连忙跟上去。

云小鲨远远跟着。

沈家兄妹这才发现不对，走过来。

而云小鲨痴痴向前走了几步，见苏旷越跑越快，身形一掠而过，消失在丛林里。她一生没有这样脆弱过，就地坐下来，慢慢把头埋在膝盖里，不管不顾，号啕大哭，声嘶力竭。

沈家兄妹在她身边，柔声安慰。

丛林转角处，苏旷停下来，躲在树后，回头望了一眼。他再也撑不住，捂着脑袋，挨着树干，慢慢跌坐下来，肩膀抽动，无声无息。

第七十八章　借刀杀人

碧海若琉璃。如果顺风顺水，从占城会安城港到海南崖州，只有一夜的船程。

今天的天气特别好，船头劈破着白浪，海面上阳光粼粼如金羽，海鸟在浮藻上休憩，远方的海船在转帆，主帆像是一页页的归书。

长旅将尽，很快就要踏足自己的国土了，所有人都有些难捺之情。按照事前关照，大家都在会安城沐浴更衣过，听说下船就有接风宴，据说来了头面人物，大胜还朝，理应焕然一新。

楚随波站在船头，遥望海岸线。他特地整理过仪容，穿一身藕色薄衫，袖口细细熨出褶子来，发带上系一方青玉，春风拂面，唇红齿白。他手指里夹着一页信笺，似乎已经反复展读过很多遍，边角都有些起卷，指尖在船壁上轻轻一轮轮地敲着，若有所思。

"随波！"孙白鹿还是套个破褂子，匆匆跑过来，"我四处找你！"

"白鹿！"楚随波微微一笑，"咱们这就要到了，你还不收拾收拾？"

"嗨，先别扯那些有的没的！"孙白鹿站在楚随波对面，一眼看见他手里的信，"是二先生的信吗？他都说了些什么？随波，你这人哪，真是慢性子！拿到白隼传书，也舍得知会我一声！"

"白鹿，你要有个预备……"楚随波轻轻叹口气，把信纸递过去，"天上一日，地下千年，我们一走这么久，京城里头有不少变动……好事情呢，就是圣上嘉许神捕营精忠恤国，也赏识我们是国之利器，下了旨意，说是从明年正月起，神捕营单划出来，归刑部、大理寺共辖，所需银两，二部循旧例，各拨一份，也就是双份；上下人等衔级、俸禄依次往上调一级，总捕头的实禄往上调两级，衔级往上调三级，遇上大案、大事……奏折可以直陈圣驾。"

"哦呦！"孙白鹿还在慢看，闻言先惊赞一声，"这真是天大好事！许多掣肘的事，以后都好办多了！那这回咱们总捕头……可真是非同小可，该由谁来担当呢？"

"圣上叫拟个名录，等我们到京了，御前见驾，由圣驾钦点！"

"嗯，也是应当……"

"不过，据说在御书房议论这些事情的时候，也有人参奏了我们。还是老一套，自立山头，爱拉帮结派，江湖气十足，凡事先分自己人和外人，特容易营私护短……"

"肯定又是大理寺那群孙子！"

"话可不敢乱讲！白鹿，这回真不是人家，如今在圣驾前反复叨叨我们的，你猜是谁？嘿，他还真不算外人……哦，打嘴打嘴，以后不能说外人、自己人！是国公爷那位重孙，小侯爷关无尘！"

孙白鹿听出味了，信纸捏在手里："怎么？关小侯爷……已经可以御前参奏了？"

"哈哈，何止！国公爷中风之后呢，圣上体恤得很，又命了御医前去诊治，又赏赐许多东西。咱们这位小侯爷是老关家的独裔独苗，可你想想，盘根错节、指着他白日飞升的，那可不知多少……小侯爷的姨丈，也就是荀大学士，就趁机上了个折子，说关家这位年轻才俊，骨血里就精忠，文武双全、温文儒雅……如此如此般般般地夸耀了一番。圣上呢一召见，哎呀了不得，咱们小侯爷真是谈吐不俗，对答如流，甚合上心。喏，也是朝中旧例，为了给老爷子冲喜，圣上立地就指了婚配，要为靖公主也就是当今皇后最宠爱的小女儿招他为驸马，明年正月准备风风光光把事儿办了……听懂了没有啊，白鹿？"楚随波手指在船头上敲了三下，"关小侯爷，如今是新科驸马爷，这个人咱们是无论如何招惹不起！就是他，在圣驾面前参奏我们护短！至于护的是什么短、哪家短、谁的短，白鹿你再猜猜看！"

孙白鹿惊在当场："怎么……小苏？"

楚随波又点点头："圣上已经第二次听到苏旷这两个字了，至于其余，云山雾罩也不明白，就钦命了关无尘，大理寺卿严岳带着大理寺五弦的宫组与徵组，刑部员外郎姚舸，携尚方宝剑，一起赶赴崖州。一来犒酒劳军，二来是接手上官乾，三来是厘清各路旧案，为神捕营调部改辙做好前驱。兰二先生说了刑部公文已经下了，卷宗已经调拨过了，大理寺诸人等，靠岸就来拿人，由他们押解回京，三堂过审。不出意外的话，到明年正月，神捕营应该是里里外外、清清白白。"

"二先生没说别的了？"

"信在你手上，一个字多的也没有。"

"随波……那我们应该怎么办？"

"白鹿，你要是真听明白了，就应该清楚，你我二人什么都做不了，也绝不应该再想着做什么。你唯一要做的，就是快去换身衣服，都是上差，礼数不宜有失。"

"可是……"

"苏是个明白人。"

"可是我们……"

"白鹿啊，这一次不同上一次，不是你上个辞呈就能置身事外的，刑部和大理寺一起来拿人，带了公文、尚方宝剑……你要做的是安抚好兄弟们，人带走之前别让他们下船，免得生乱！关无尘盯着咱们呢，唯恐那帮兔崽子不生事。"

"随波？"

"去更衣，别让我再催一次！"

"楚随波，你说了那么多，一个字不替小苏打算……更衣倒催了三遍！"孙白鹿手在船舷敲了几下，"你让他怎么想？"

"白鹿，容我提醒你一声，苏旷干的是什么事，你别忘了，他可是亲口有言在先，到时候，要人头给我，要凌迟扛到最后一刀。"

"楚大人近乡情怯，满脑子都是明年正月了吧？"

"随便你怎么说。"

孙白鹿揉了那团信纸，掷在地上："那我去跟他先知会一声？"

"还是我去。"

"嘿嘿，好！楚大人前途无量！"孙白鹿一跺脚，拂袖离开了。

楚随波捡起那张信纸，反复抚平，收妥。

码头就在前方了，远远看得见人影。大理寺的人已经在等了。

他深吸口气，仰头看了看天，一跺脚，向那边来人迎去。

苏旷在头船最左边第一间舱房里住。从上船起，楚随波就在门闩上封了一根筷子，那是画地为牢的意思，他也就再没有出过舱门。

住宿没什么不舒服的，床榻干净，饮食有人送进来，有文房四宝，甚至还有一尾琴,挺大的屋子还能散散步,早晚临窗看海,吃饱了睡,睡醒了吃,一路好生悠闲,一不小心胖了两斤。

今天是该到了。午饭之后,苏旷就有些坐不住,他挨着枕头睡了一气,难得失眠,又坐起来,本来想胡乱写写画画解闷,取了文房四宝,研了许久的墨,对着一张白纸,滴了好几滴大墨,终于一笔未落。有人送了茶来,他捧在手里好久,还是只抿了一口。多少年没有这样心惊肉跳,唇焦口燥了。

千古艰难唯一死,慷慨赴死,要的是一个"快"字,这样慢刀子割肉,实在煎熬。

苏旷站一会儿坐一会儿,又靠窗望一会儿,也想学人口诵心经,念了两句实在忘词,骂了句"去他妈的"。

人生苦短!罢了罢了!他摇头苦笑,终于从床头柜子里取了一身新衣新鞋,那是他在会安特地要的,一袭青衫,黑鞋白袜,是可以收殓此生的装束。

砰!一声轻响,船头靠岸。案几一阵摇晃,茶盏向一旁跌,他轻轻抄住了,放回去。该来的总得接着,事到面前,他一颗躁乱的心反而慢慢沉静下来。

他那扇窗看不见岸,只有天高云淡,海波浮沉。外头四处有人在跑动,吆三喝四,搬运些重物。人声不算嘈杂,不知为什么,神捕营众人并没有下船。

说来也怪,今天靠岸,本来无论如何,随波和白鹿都该来一趟,跟他说说后事如何。但怪得很,大家似乎是把他忘了。

又过一刻,案上毫尖墨已干凝。外头终于有了人语。听起来好像挺不少人,狭窄的舱道里,听得楚随波在让:"啊,青桐兄,这边请。"

苏旷耳朵一动,轻轻皱了皱眉头。既然是"青桐兄",想必就是大理寺宫组老大陈青桐到了。此人是大理寺第一高手,宫组出山,向来是专拿各路宫廷王府的侍卫、大内的高手、军中的将领,当然,也有各州各府、神捕营内的名捕。他冲我来,自然也没有二话可说,但是……楚随波这个人吧,真是一言难尽,每次你觉着可以跟他肝胆相照了,他就非得那么恶心你一下。我大好头颅许给你了,你一根竹筷封了我一个月,陈青桐到崖州这么大的事,怎么就不能捎带着跟我吱一声?

一行人到门口了,听得真切,锁链碰撞当啷有声。苏旷长出口气,拂了拂衣襟,心说也罢!

竹筷抽开,楚随波领着一群人走进来。陈青桐一身公服,紧随其后,在后面是十几个大理寺跟随,有人手里拎着钢枷铁链。

苏旷站起来，点了点头。

陈青桐并没有看他，目光在舱室内扫了一圈，多少有些不满。

苏旷心里微微有火，也就不再多看他。

"苏啊，"楚随波一脸春意盎然，几步走过来，手里拿一卷公文、一小盒印泥、一个香筒大小的玉瓶，他把公文一张张排在苏旷面前，"本来该早点过来……刚刚招呼几位，一时走不开……这儿有几张文书，要劳烦你签一签，按个手印。"

苏旷低头看："连人带卷宗移交大理寺？"

"是，是。"楚随波给他指，"就签这儿。"

"随波，我知道该签哪儿……"苏旷抬头望着楚随波，"连人带卷宗移交，那就是说，早在京城……卷宗已经移交过了……这到底是怎么一回事，你不跟我说一声吗？"

"苏旷啊，"楚随波脸色有些尴尬，"得了，那我就明告诉你一声！有人在圣驾面前，参奏神捕营营私护短，自立山头，圣上有旨，着大理寺卿严岳携宫、徵二组，刑部员外郎姚舸，持尚方宝剑、刑部红头公文，协办诸事。我说得够明白了吗？喏，这儿，签字。"

"嗨！"陈青桐慢慢悠悠咳嗽一声，"楚大人啊，陈某开了眼了，神捕营拿人，真是前提灯后打扇，有商有量……"

这话着实刺耳，苏旷脸色铁青，咬了咬牙，心说命都给你了，还讨价还价什么！不再开口，提笔把名字写了，手印摁上。

一笔枯墨，处处锋芒。

楚随波轻叹口气，转开那个小玉瓶，里面是一寸长的两根空心银针，一红一黑。他问陈青桐："劳驾陈大人指点！"

"风池。"

苏旷心里又一惊。大理寺是知道他武功根底的，风池是阳热风气凝聚之所，极重的穴位，即使不用药，一针也足以封死内息。普通拿人，多半是封住肩井，如非穷凶极恶之徒，很少会在这里施针。

楚随波二指摁了摁苏旷后脑，露出后颈："小苏，担待！"

苏旷轻轻扶住桌子，忍不住还了句嘴："大理寺拿人，真是乐得清闲。"

两枚银针前后入脑，一股剧痛冲撞得眼前一黑，体内内息锁死七寸，冰火双龙在脑内翻江倒海。实在太痛，他抬手就要去拔针，身边一群人连忙一拥而上，拧住双臂,头脚一轮搜身,见无异状,把左手小指匕首拆了,双手锁在身后,铁链拦腰捆了。

"带走。"陈青桐冲楚随波拱拱手,"楚大人,一路辛苦,稍后公事罢了,咱们席上接风!"

外头一片白亮世界。海在晃着船,船在晃着跳板,人在几只手里推来搡去,大地像秋千一样左右摇曳。那两枚针也不知喂的什么药,太阳穴突突突一个劲地跳,大滴汗水顺着额头、脖颈,流得胸口湿漉漉的。那是一片沙砾地,踩得到处都是脚印。赃银被运上车子,清点计数。更前方的一辆双马大车,有人正把关着上官乾的大铁笼子抬上去,把王素也押上去,不知要把他俩拖到哪里。

苏旷回了回头,他本来是想好了这一路绝不回头的,但终究还是没有忍住。那些归航的大船上,神捕营的弟兄们在船舷边站着,应该是得到了命令,没有人佩刀,也没有人出声。离得太远了,不知道有没有人眼里有泪。

他们也看见了他,口不能呼,就无声无息地注目。之后,有一个人抬起头,然后所有人一起抬头,看向长空。

那儿有什么?苏旷也抬头,跟着转了转眼,众目所向,长空茫茫,什么都没有。但他立即就明白了,那是神捕营风雨校场跑马升旗的仪式。可以了,这辈子够本了。

押解的人按了一把他的头,继续往前搡着走。

"哎,陈大人!"前面,哒哒马蹄,一匹极英俊的黑马勒停下来,长鬃如火,金辔头,缰绳上坠着珊瑚珠子,抬头看马背上端坐一个人,面如冠玉,清秀白净,着一身绣银蟒的白袍,束一条玉带,戴一领束发紫玉金冠,着实富贵逼人。

"小侯爷!"陈青桐拱拱手。

苏旷心里炸了一样。关无尘?他怎么也来了!他来还能有我的好?在神捕营他就敢上手抽我!再定睛一看,那匹马可不眼生,正是上官乾的那匹坐骑!心中怒火冲撞,他忍不住扭头去找楚随波,还没回过头,已经被抓着头发扳回脖子。

"陈大人,这个人犯,你们准备带到哪里去?"

"回小侯爷,带到崖州武备司,暂时看押,随后一路递解进京。"

"我瞧过他的海捕公文,好像说是在村子里滥杀无辜,气死了铁侯爷,是不是?"

"哦……差不多算是。"

"陈大人语焉不详,想必此獠在海外又作恶多端!"

苏旷没忍住，抬眼看他。

关无尘轻轻俯身，冷笑一声："大胆狂徒！"

苏旷没说话。关无尘俯身更低，挥手让押解的人远两步，靠近他耳朵，冷笑耳语："敢下船就好！我还当你跟那个谁一样，躲山窝窝里畏罪自杀了呢！"

苏旷也嘿嘿一笑："我当然敢！我又不是专业的孙子！"

"混账！败类！"这话极刺耳！关无尘脸色大变，一手控缰，一手拎马鞭，劈头盖脸就抽了下来，口里叱骂，"陈大人！我在神捕营一眼看见这个东西，就知道他是个忤逆的反叛！穷凶极恶的匪徒！兰二先生还敢护着他！今日可算败露了，就该千刀万剐了，替铁侯爷清理门户！"

他说一句抽一句，苏旷反正也躲不开，就闷头挨着。陈青桐倒也没有阻挡，但也有些疑虑："小侯爷，我并不知道他忤逆反叛的事情，只是按公文拿人。小侯爷消消气，这个事容后再议，我们还有公务在身。"

关无尘冷冷哼："陈大人不知者不为怪，回头问你们严大人去！这个人，我是一清二楚。来啊，给我押上那车去！三个畜生一起游街！让老百姓也瞧一瞧，弑父叛国是什么下场！"

这话一出，一片哗然。苏旷慢慢抬起头，一头一脸全是血，一字字问："你说什么？"

关无尘马鞭空中啪地挥响："贼骨头，你干了什么，你心里没有数？"

血往眼睛里流，苏旷慢慢摇摇头："我不清楚，你说说看？"

关无尘愕然，没想到他敢还口，一鞭子照脸直抽下来，苏旷头没低："我说了，我不清楚。你说说看。"

"铁总捕头是不是气死的，谁他妈知道啊！那是神捕营要脸！不是你杀的，海捕公文上用忤逆两个字干什么！"

身后一片难以忍耐的哗然。神捕营大部分在船上关着舱门没让下来，但即便是抬银子的几个也多少听不下去，随口嘀咕："驸马爷了不起啊……"

苏旷心里又是一声炸。驸马爷？小侯爷鸿运当头，居然撞上这种攀龙附凤的大喜事？等等，为什么这么快指他做驸马爷？楚随波孙白鹿来的时候，好像曾经提过一嘴，国公爷忽然中风了，按照旧例，这样的大功勋，家里的独苗又袭爵，圣上许个婚，冲个喜，也是人之常情。可……再等等，还有个事从没想过，国公爷为什么中风了？之前压根没有细想，是因为国公爷毕竟八十有五，风烛残年，出什么意外,都是意料中事。可……别着急,再捋一捋,那条线再向前捯一捯……对!上官乾的案子里,还缺了一个重要的叛徒。一个偷偷拓了刑部大印,偷听了机密要讯,把大别山的行踪出卖给上官乾,也让上官乾得以假冒公文、混淆着放了一批死囚,协同他们杀了万叔……的叛徒。那个叛徒一直查不出来,是因为他的位置太核心了,能接触到那些机密的,就那么几个人而已。但大家都没有想到,老爷子年纪大了,常常要把公文带回府里,耳朵又背,需要大声念诵……老爷子身边,可能是有家贼的。关从周是因为这个生气中风的吗?有可能。如果是,那么这一幕血口喷人就很容易理解,一个做了无法弥补的坏事的人,常常会把自己做的罪名,安到对方头上,而且,很容易超出寻常的义愤填膺。上官乾已经变成蛊尸了,他当然着急过来参与此事,只要坐实我是叛徒,最好再找个由头把我宰了,那么这个事,人不知鬼不觉,就那么做成了铁案。

"给我押上车去!吊起来游街!"耳边,关无尘还在指挥,非如此这般不可。

大理寺几个人都看向陈青桐。陈青桐在犹豫,此举当然不妥!但关无尘有尚方宝剑,确实有指挥的权力。

苏旷心里有了定数,轻声问:"小侯爷,这匹马跟你好像熟得很……"

关无尘脸色剧变,又是一鞭子。如果说刚才是想打人,这下就是想杀人了。头皮裂开一个很大的口子,血汩汩流了一脸。但没关系,动作不说谎。我盯上你,你就跑不了……苏旷轻轻挪动了一下双手,那对精钢手枷度身定做,绝对挣不脱,肩膀一动,边上两个人一起扣住他。他的气息回归丹田,开始逆转阴垆。大理寺是看过他的卷宗,但对他的根底,知道得也没有那么详细。

"小侯爷,你跟上官乾认识对吧?"他还在挑逗。

"胡说八道!血口喷人!"关无尘反手又是一鞭子。

苏旷一个踉跄,向后仰。这是很正常的躲避动作,两个人扶了一把他的肩膀。真气逆行,风邪暗聚,阴垆运行,冲撞玄关,把那两枚银针稍稍逼出来一些,掩饰在头发下。

"小侯爷,你跟上官乾认识,这事知道的人不少啊,你们平时都聊些什么?"

鞭子快抽断了,血红的一条。连陈青桐也看出不对了,今天小侯爷有点太激动了,这相当反常。

来不及了!远处,严岳、姚舸带着另一批大理寺的高手过来了,严岳一边过来一边厉声问:"青桐!耽搁许久,怎么回事?"

陈青桐忙抬头："严大人，是小侯爷——"

这一抬头正是机会！苏旷闭了闭眼睛，全身真气往一个点撞，森森冷笑："小侯爷，叛国的到底是谁啊？"

"放肆！我要你的命！"关无尘激怒之下，反手抽出佩剑。

那两枚银针，无声无息离体！苏旷一跺脚，双肩甩开两个人，顿地直跃起来。

这一跃，出乎所有人意料之外！他太快了，凌空踢飞佩剑，双腿骑上马颈，不等坐实，膝盖全力一拧一撞，这下出尽全力，咔嚓一声响，那匹黑马的长颈直接绞断了，马头直接转向面门。关无尘被这一幕吓呆了。

苏旷这一双腿，也不知勤修苦练多少年，今日周围高手如云，时机电光石火，转瞬即逝，他存心拼一点残命换一个口供，趁着马尸向一侧扑倒，双腿扬起，旋风一样飞起来，反撞关无尘胸口，带着他往地上直接压，厉声大喝："说！上官乾和你怎么勾搭的！老爷子是不是被你们联手暗算的！"

马尸直接砸下来，关无尘左腿压在下面，立地就折了，跟着肋骨被膝盖搓断两根，他出娘胎来哪经过这样剧痛，极惧极惊，涕泪双下，忍不住大呼小叫："救命啊，我没有！上官乾在我屋里埋了铜线偷听！太爷爷是被他气中风的！"

"哈！"苏旷刚大笑一声，一根枪杆拦腰扫来。他本能地抬腿踢开，但稍微一转身，脸如死灰。刚才踢飞的那柄佩剑，居然是一柄尚方宝剑。尚方宝剑当然不能踢！可尚方宝剑也压根不该这么用！他惊得目瞪口呆。

身后噗的一声轻响，还没反应过来，两根透明细弦穿肩而过。大理寺五弦的徵组到了！

苏旷僵在原地，右膝还跪在关无尘身上，一动不敢动。稍一动弹，上半身直接割裂。

这件事不管最终什么结果，都会是大理寺的奇耻大辱！

有人招呼一声，四面合围，一拥而上。刀鞘剑鞘，乱枪乱棍，一起往身上招呼。身后有人扑过来，一对金钹双风贯耳，合拍在太阳穴上。他立刻什么也听不见了，两耳嗡嗡直响，关无尘的惨叫消失了，眼前一片血红迷雾，看得见前后左右人都往上冲，几双手一起把他摁在地上，有人剥开他的上衣按了按肩胛骨，他们会穿了他的琵琶骨，也是想得到的事。

嗖！一道白箭飞过！另一边也有人向这边冲，来的应该是白鹿，他和他的人在极其激动地嚷嚷着什么，但一切嗡嗡嗡，也听不清楚。白鹿不能再插手这事了！

如果他稍微明白事理，就不该冲过来！

他被翻过来，眼前血红迷雾一片亮，有人在摇晃他，有人在喊他，有许多手来抓他，又有许多手推开，似乎一切都在混乱。一枚金针直接刺进胸口膻中穴，接着第二枚刺进丹田。他彻底昏死过去。

苏旷昏迷了很久。醒过来的时候，耳边还是嗡嗡作响，眼前还是血红一片，但总算可以听见、看见，只是不太清楚。他转动了一下身体，手还是锁在身后，双脚砸了重镣，周身封了七重重穴，身处一个硕大的铁笼。想起来了，这笼子还是他们船上带去装精卫鸟的。

"唔……"他试着坐起来一点，头痛欲裂，失败了。

而镣铐一响动，背后另一个铁笼里，嗷呜一声咆哮。"上官乾"认识他似的，张开血盆大口冲上来，隔着栏杆撕咬。

再眯着眼向前看，三足鼎立，另一边还是个铁笼，里面是王素，腕上有铁链，抱着膝盖，嘻嘻嘻嘻地一个劲坏笑。

王素隔着笼子，冲他扬扬下巴："我指点过你没有，将来最惨的就是你！"

"妈的！"苏旷拧过脸，不太想听这人瞎埋汰，实在不乐意跟他俩关一块儿。

"我就想不明白，啊？姓苏的，你跟我一起下的水，哪来的劲头，逮着我们俩死咬着不放。"

"住口吧……"

"住口？"王素嘿嘿直乐，拿破碗里的烂菜叶子掰碎了往他脸上扔，"你还让我住口？你躲我一个看看？你抓我的时候怎么那么来劲！怎么躲哪儿都能找到！我他妈这辈子没别的事了，就看你怎么死。跟你说吧姓苏的，丑话说在头里，我留后路啦，手里还有几笔生意能交代，不敢说捐条性命，至少换个舒舒服服的全尸。上官乾压根没受什么罪，你最清楚啦。咱们哥儿仨，最后就你一个落着活剐，不信走着瞧！"

苏旷没说话，他知道这回是真的。看到尚方宝剑的那一刻，他就知道肯定这个下场了。很难说清楚，不知道算不算冲动。反正也不后悔就是了。

他不说话，王素来劲了，脸凑在栏杆上往这边挤："呦，难受啦！"

"王素，关无尘后来怎么了？他们也不能光冲我来对不对。审他了没有？"

"真他妈死心眼啊！"王素气得一拍大腿，"人家……得嘞，告诉你吧，人家

411

两眼一闭,背过气去!直接被抬下去了,你那两下子,富贵小孩儿扛过什么事,疼得尿一地!"

"反正他吐口了!所有人都听见了!"

"关你妈屁事!人家现在还是驸马爷,被你那么搞一通,吓死个人!嚷嚷错一句话,有什么了不起吗?赶紧把你弄死了,大家你好我好大家好。"

"大理寺那两个人虽然瞧我不顺眼,倒也干不出这个事……"

王素真怒了,拿着破碗往这边砸,没砸过来掉在自己笼子下面:"姓苏的你是不是有病,你是不是真有病!"

苏旷没陪他急:"王素,你见多识广,眼光准,你帮我相相面,我还能出海南吗?"

"想屁吃!你能出这个牢房就不容易了!我掐指算给你看,具体在哪儿动手我不知道,肯定死在崖州。"

"托你吉言。"

"妈的,还笑。"

"多大点事啊……我本来也没打算活着,临了还能揪出个叛徒,值了!行行行,别砸了,留着点精气神,回去好好打点你的全尸……"

王素真生气了,也兼闲得无聊,接着捡碗,接着砸。牢门口,守卫被惊动了,直接开门进来,径直在王素笼子上踹一脚:"干什么呢老实点!"

苏旷挣了挣,他眼肿得只剩一条缝,眯着眼看守卫,他一时也不知道该喊人家什么,喊兄弟肯定不合适了:"那个……差爷,我不要吃的……他破碗里有水,我就没有……我是真渴,能喝一口吗……"

守卫看了他一会儿,冲外面喊:"行行你过来吧,喂他口水……"

一个少年跑进来,端着碗水,拿着块湿手巾。苏旷愣住了,楚随波这个人怎么看不住孩子呢?来的是卢千里。

卢千里也在看他,脸色变得很可怕:"苏……"

苏旷把"大哥"那两个字瞪了回去。

守卫催:"快着点,别废话,喂完水赶紧出去!"

那个碗太大了,栏杆细很多,伸不进来,苏旷试着欠了欠身体,也不知道哪里剧痛,闷哼一声,头抵着栏杆,半天缓不过劲来。

卢千里眼里有泪,他手腕细,轻轻拿了手巾,蘸湿了,递到他嘴边,捏着喂。

一碗水喝完,苏旷示意行了,向外扬扬下巴,意思是出去吧。

卢千里不依，望着守卫："大哥，让我给他擦擦伤口行吗……"

"不行，快走！"守卫拽着卢千里的肩膀，拉他出去。卢千里抓着栏杆不肯放，攥得相当狠。

苏旷愣了一下，某一个刹那，他看见了熟悉的文身浮出皮肤。一阵寒意，从后脊梁往外冒。上官乾临死时候说过的，我也没输，等你下来就告诉你！这个恶鬼，居然把九头蛟传出去了！

"千里！"苏旷激灵一下，猛欠起半个身子，但又不敢叫破，"不许！"

卢千里回过头，满眼泪，慢慢摇着头："苏大哥，你知道吗，如果你最后是这个下场，我就什么都不信了……"

"千里！不许啊！记住不许！"苏旷想说点什么，但实在也没法说，他头抵在栏杆上，冲守卫的背影喊了一声，"差爷！我死前想见一眼楚随波！"

人家没理他。牢门关上了，无声无息。

第二个夜晚过去了，之后是第三个。有的伤口化脓了，有的伤口奇迹般开始愈合。

他的事应该已经被讨论过了，掰开来相当麻烦！关无尘拿着尚方宝剑乱砍，他挣脱大理寺乱踢。这事儿稍微理不顺，极有可能牵连到神捕营。

守卫变得森严了。有时候有人进来，喂他一口水。但没人喂他吃的。这种情况，必然有人打了招呼。有人太想他死了。

重伤失血之后，实在需要吃一点东西，他实在忍不住，往王素笼子里看。王素是有条破席子的，而且有人送饭，不管送什么，吧嗒着嘴，嚼得可香。

楚随波始终没有来，也没有神捕营的任何人来过。或许是避嫌，连卢千里也不来了。

只有王素，还是呵呵嘲讽："人家都在等小侯爷好转呢，差不离了，就直接把你收拾了走人。"

苏旷沉默，他开始接受这个事实。杀了他，是所有举措之中最简单的方案，一了百了，就像是什么都没发生过。既然如此，那还是快一点吧……

到了第四天晚上，苏旷做了个梦，梦见自己在丛林里飞奔，之后陷落到沼泽里，越陷越深……等他醒过来的时候，脚镣卡在栏杆里，拽不出来，确实动弹不得。他开始恐慌，倒不是怕死，是怕熬太久，他这种人身体太好，李喻在旗杆上挂了大半个月才烂成骨头,他就那么一口水一口水喂下去,且他妈早着呢。

第五个晚上他实在忍不下去了,试着把耳朵往上官乾那边送,只要咬一口就行,轻轻一口就行。王素踹了一脚笼子:"想什么美事!"

第六个夜晚他很安静。他开始祈求。他认命了,但这一切千万别被小鲨知道,无论如何,求哪方神明都行,怎么求都行。

第七个夜晚,一件奇怪的小事发生了。

屋角不知什么时候,多了个小小的香炉,守卫好像没有发现。那香极其迷醉,他本来就晕晕乎乎,很快就再度入睡。王素也迷迷瞪瞪歪倒在笼子一角。之后,有人摸了进来,打开了笼子,把他抱了出去。然后把王素也抱了出去。屋角不知何时,多了个小小的地道口,他被塞进去,王素也被塞进去。

不知何时,牢房和另一间小屋打通了,搞不清楚谁胆大包天,敢那么干!

他被放在一张小竹床上,用热酒快速擦遍了全身。酒味一入鼻,吸溜一下又醒过来一点。有人在试着开他手上的锁,一大串钥匙,一把一把又一把,那人开始急了,有点哆嗦。"冷静冷静!"另一个人安慰道。

苏旷在极度晕厥里,还是能辨出那个声音,他迷迷糊糊问:"随波?"

"闭嘴。"楚随波声音极低,在他耳边低声,"你他妈真是皮糙肉厚,这个都晕不死,那就将就忍着点……哎,过来过来,给他看看钥匙!"

"左手第七个像。"

锁开了,手自由了。肩膀像两坨铁,右手已经感觉和左手差不多。一条手巾塞进嘴里。之后,一柄小刀刺进左肩。楚随波在把他的左臂卸下来。

楚随波叫别人冷静点,自己的手抖得像风中的树叶。屋里太暗了,他们不敢点大灯,两个头一起凑在小蜡烛上:"你来看,这是有根筋吗?"

那个人凑过去:"楚大哥,好像是……"

苏旷更惊讶。千里?

左臂被直接拆了下来,抽走,胡乱裹上止血的药物。裹了非常多,极其马马虎虎。之后他们去对付王素。王素迷得更厉害,但一刀下去,也痛得叫骂起来:"你们不得好死……"

他的嘴被堵上了,之后一根针刺坏了喉咙。王素一条好端端的左臂被卸了下来,趁着迷药的余力,又把苏旷的左臂胡乱装了上去。苏旷的衣服也被剥下来给王素换上,而王素的衣服……角落里还有另一具备好的尸体,脸上涂满了鲜血。

苏旷瞪大眼睛,他有点明白了。他蹭掉毛巾,胡乱摇着头:"随波你疯了?偷梁换柱不可能瞒过去……"

"叫你闭嘴就闭嘴!"楚随波把毛巾塞回去,他的声音已经完全在发抖了,牙关咯咯直响,"你给我听好了,这次滚……滚蛋之后!绝对,绝对不许回来!不许露面!更不许走漏风声!听懂了没有?不然的话,不只是你,我们全完了!你他妈听懂了没有!"

苏旷点点头,似懂非懂。

"快快快!来不及了!"楚随波手极其麻利,拿床毯子,连人包起来,"记住!死命令!你一路不许出声!扛到底就没事了!南枝会给你再做一只胳膊,直接送船上去。"

苏旷又点点头。楚随波把他抱起来,塞进一个大木桶里,临放进去之前,愣了一小会儿,然后抱了抱他说道:"小苏,你听我说……从今往后,神捕营不会再有你的名字,但江湖上永远有你的传说。苏旷,我们不会再见面了,此后浪迹天涯,一生平安。"

苏旷看着他,嘴里轻声:"随波……"

"快快快!"楚随波又慌张起来,催促着,两个人把苏旷塞进一个木桶里,摆放好,"你拿得动吧?拿不动也得拿!千万小心,别被发现!我去收拾那边,快快快!"

卢千里点点头,抱起木桶向外挪动。木桶里有股熟悉的淡淡的臭气,苏旷想起上官乾的老本行,他明白要怎么出去了。

他们这三个人,总跟这破桶有点关联。但他不明白,接下来楚随波要怎么办。

掏出来的沙土填回去,地道堵上了,一切恢复原状。"苏旷"在一个笼子里,"王素"在另一个,他一动不动。两个"人"的脸上都涂满了血。

过了没多久,牢门悄悄开了,守卫摸进来,胡乱查了查哨,一不小心忘记关笼门销。之后,大门关紧了,锁上。

上官乾的笼门被慢慢推开了,一张狰狞的脸探出来,之后是一只铁青的手……它也已经饿了很久,循着血腥味而来。

"啊啊啊——"王素被咬醒了,嘶哑着嗓子厉声高叫,一时听不出是谁的声音。

反复,挣扎,反复。他还想再叫几声,但已经变成了咕噜咕噜的咆哮。

两具蛊尸爬向第三具——新鲜的尸体。

牢房外面，鸦雀无声。守卫在门缝里偷看，然后向身后招招手："小侯爷，您来瞧？两个人都啃差不多了，这肯定是死了。过一会儿，您得做主，放把火就行……"

关无尘跟着凑过来瞧，轻轻出了一口气。

"小侯爷，小的办事，还是没差的！前面真是没办法，那个人就是不死还挺精神叫我怎么办呢！要下毒，那神捕营肯定能查出来。"

"别废话，许你的双倍给你！记住了，天知地知你知我知！"

"那是肯定的呀！"

关无尘心里终于放下一块巨石。他伤得很重，今天是第一天能下地。他迫不及待地就来办这个事了。只能这样做了，他别无选择。再过一个月，他的伤势就会痊愈。再过两个月，他就要成为驸马爷，开始另一段风风光光，一路平步青云的人生。这些天，没有人跟他提那个事，但他确定当场好几个人都听见了。必须死无对证。他不能冒险，苏旷不能过海，不能过堂，不能进京。这件事，要永永远远变成一个意外。

一切都会过去的，一切都会好的。小侯爷关无尘松了口气。他拄着拐的脚步，甚至都开始轻快起来。

出了牢门口，前面是个转角。转出去，穿过一个极小天井，再转过条回廊，就是自己的房间。但就在那一刻，他听到了楚随波糯糯的温文尔雅的声音："严大人，这边请！"而且不止他们俩，似乎还挺多人。

关无尘惊住了，像上回在自己家里一样目瞪口呆。他不知道该怎么办，无法后退，无法前进，无法应对。他几乎能想象到楚随波那张笑脸。永远春风拂面，永远温文尔雅，永远看不穿在想什么。

身后，守卫也很愉快地跟过来。他是来报告的，身后场面惨烈，两个人都被啃得面目全非。他当然也愣住了。

"楚大人请！"严岳和楚随波互相礼让一下，一起走了过来。

看见关无尘的刹那，楚随波微微一笑，点了点头。他问出了这辈子最愉快的一句话："哎呀，小侯爷，深夜在此何为呀？"

尾声　依旧水波平

十二月的某一天。天气晴朗，北风呼啸。

神捕营中，万蜀戎的公署小楼上，蜡烬渐冷，一帘风帜北窗明。

最后一页奏章写毕，一笔一画，工笔楷书，端庄圆润，小心翼翼地摊在案上收墨。

楚随波站起身来，舒展了一番筋骨，把手里的紫毫在笔洗里涮了涮，笔架上挂好。展开一领新熨的公服，收拾妥帖领口和袖口。他收起奏章，拿在手里，出门前回头环顾，一切都很好，窗明几净，焕然一新。

小楼外，晴空如洗。兰雪拥站在小径上，仰首看风中一枚黄叶，蹁跹浮沉。

"二先生！"

"哦，随波！"兰雪拥缓步过来，"都备妥了？"

"备妥了，二先生过目。"

"关家五代刑部，世世忠良，国公爷对我等多有照拂，此一事由神捕营发难，真是惴惴难安。"二人并肩前行，兰雪拥拈须一叹，"我斟酌再三，也不知此事妥与不妥……"

"二先生，依我之见，此一事多思无益。于公，只想着与国家法度合与不合；于私，只想着国公爷若是平安无事，他会如何定夺便好！"

"随波，说得好！"

二人经过风雨校场，一起向旗杆上望去。万里戎机旗撤下之后，其余旗帜依次递补，第十面大旗随风招展，那是一对雪白的翅膀，像闪电一样，飞翔在奔流的大江上。

车骑已经备妥了，楚随波为兰雪拥撩开车帘。兰雪拥登车，又一顿："王羽想跟陵江，就让她去吧！"

楚随波亦登车："会不会略早？"

兰雪拥放下车帘："自古英雄出少年，多历练也好。走！"

车骑辚辚，出了子弟门，向北街而去。

十二月的某一天。天气晴朗，北风呼啸。

洛阳丐帮总舵，一辆黑绸马车急停在总舵大门外。

公孙小李撩开车帘。丁桀走下车来，手里扶一枝青竹作杖，步履平稳，边走边吩咐："今天有几位长老在总舵？去传一声，一个时辰之后，我在议事厅上等，有事商议。"

"是！"

还没走进大门，又是一连声叫。"帮主！帮主回来啦！"孙云平跑得飞快，"好叫帮主得知，凤凰门柳门主刚送了新药来！"

"哦，是差人来的还是亲自来的？"

"帮主！我这刚从热被窝里爬起来，要是差人来的，哪能跑这么急？"

"孙云平，"丁桀微微皱眉，"你们提了几回了？适可而止。"

"哎，帮主啊，"孙云平挠头笑，"那些都是长老们提的，不是我提的！柳门主今番来此，一是送药，二是来拿药堂的笔记副本，就算是叙旧，总得去招呼奉茶吧？"

"我去问个礼。不许节外生枝！"

"知道，知道！走走走走！"

忽然天地长风起，一枚黄叶在抚天问候。

丁桀转眼向天，覆眼的黑绸与乌发一起飞扬。

从银沙药堂得回一种新药，不知何时起，向阳时候，双眼有了些微微酸热意。这变故太微妙，他谨慎得很，隐而不提。

银沙一战后，武林平添了无穷故事，洛阳总舵车水马龙，八百侠义道来往，三教九流奔忙。多少日子来都是帮务缠身，夙兴夜寐，倒是难得饮茶叙旧。

想到叙旧，丁桀轻叹口气，手指在青竹上摩挲过，那上面镌着七字小篆，清俊飘逸：再与梅花作故人。

十二月的某一天。天气晴朗，北风呼啸。

武夷山沽义山庄。

时值正午,老大一轮白日,天蓝得像不要钱一样。沈南枝打了个哈欠,四下溜达,刚刚起床,还睡眼惺忪。

"二姑娘!二姑娘起床啦!"几个丫鬟跑来告状,"二姑娘,那个大雅姑娘自称是个丫鬟,除了拿大扫把呼呼舞两下,每天就闷头吃、闷头睡、闷头玩儿,这么久了,一点想走的意思都没有,我看她是很把这里当家……一个月扫把坏了十五把不说,还问咱们要工钱……"

"要就给呗……哎呀,快叫她快别扫地了,这都扫的什么呀……"

"二姑娘!那还给她钱吗?给她多少合适呀?哎,二姑娘!要是连她都给,嘿嘿嘿,快过年了,今次咱们远征魔教大获全胜,来点意思呗!"

沽义山庄这群手下,别的本事没有,个顶个的脸皮厚,大庄主二庄主出门打架从来不跟着,一回来倒是念念不忘加工钱。

再仔细看,好嘛!这大风天,大雅在院子角落里大扫帚舞起来,枪法不像枪法,棍法不像棍法,嘴里吼吼哈嘿地喊着,百鸟惊飞,自有一派倜傥。

有个人曾说过,这丫头天生天养,武学一道上了路,将来巧不巧能有点造化。

"那就留下来吧,别的不说,好吃懒做又贪钱,是真像我们沽义山庄的人……"沈南枝伸了个大大的懒腰,眼光追着一枚黄叶飞上了天。

十二月的某一天。天气晴朗。

一琼碧海汪洋。甲板昨天刚刚洗刷过,洁白光滑,一尘不染。

起风了,水手们在转帆,苏旷连忙护住他的小炉子。炉子上面一排烤虾油嗞嗞地红了,火候正好。

他又有一只新左手了,和第一只手一样,不能打架,但看起来栩栩如生。

"大师兄!"风筝赤脚跑过来,然后一屁股坐在船舷上。苏旷递给她两只,她吃一只,喂小金吃一只。

苏旷认真捣鼓他的虾,很小心很小心地撒了一点点胡椒上去。

风筝又抓一串,牛嚼牡丹,吃不出那点精妙区别来。

"小心啊,别掉下去,再掉你小鲨姐不捞了。"

"大师兄,我们傍晚就要靠岸了!他们说前面是三佛齐国……你去过三佛齐吗?"

"这不废话吗……"

"夕阳好美啊！真的好美啊好美啊！大师兄快看！"

"别动快别动，一动火候就过了，好看是吧？自己去看……"苏旷全神贯注，又撒了一点点盐。

风筝砰砰砰地跑开了。

身后舷梯上，云小鲨掩着长袍，赤着脚，打着哈欠，慢悠悠上来。

"小鲨，尝尝今天这个，这个味儿特别好……"

云小鲨走到他背后，下巴搭在他肩膀上，磨磨蹭蹭的。

苏旷喂了一串过去："怎么样？"

"嗯，不错！我就说你手艺突飞猛进，前两天老研究螃蟹，这两天是跟虾对上了……"

"那也是没办法的事，总得好好干活、别出心裁、精益求精，才能求鲨头儿赏口饭吃。"

海风大起来了，远处白浪一线翻涌，主帆转向，甲板重重倾斜。

苏旷一手掌着他的虾，云小鲨轻轻搂着他的脖子："就吃那么一口，我们船帮养得起……"

"还得有口酒……"

"也养得起。"

"还有小师妹……"

"拖油瓶也行。"

"待会儿靠岸了还想去玩儿……"

"有完没完了！"

他们嘻嘻哈哈地笑着。

风大起来，海船在颠簸，似乎也已经习惯了。

前方是一段全新的旅程、一个新的国度，接着是另一个。

日出，日落，北极星。

浪迹天涯，永远自由，一直漂泊。

这也很好，这也是我想要的人生。

只是……

不知为什么，这样燠热的南国海面，北风里也卷着一枚黄叶。

苏旷搂着云小鲨，静静望着那风、那枚黄叶。

我知道的，它从大漠来，越过千里草原，越过雁门关与太行山，越过京城飞檐斗拱的屋顶，越过黄河，越过中原，越过长江，越过英雄云集的洛阳，越过杏花烟雨的江南，越过清绝俊逸的武夷山。

它在风中挥着手，越过魂牵梦绕的岁月，特来向我道别。

再见了，我的江湖。